1913

SONS AND LOVERS

兒子與情人

（全新中譯本）

D. H. Lawrence　D・H・勞倫斯

王儀筠——譯

〈導讀〉

生命的微光本質——勞倫斯猛爆式的生命書寫噴發情感的熔岩，改變現代小說的地貌，百年後的微火依舊炙熱動人

國立臺東大學英美語文學系副教授　鄧鴻樹

勞倫斯是英國小說史上最受誤解的作家。他的遺作《查泰萊夫人的情人》（一九二八）突破當時尺度，挑戰社會禁忌，無法在英國出版，只能在義大利印行少量「潔本」。後來，盜版書流竄市面，被控妨礙善良風俗，在英國成為禁書。

輿論對他投以「有色」眼光，撻伐他的私德（他與大學時期的德籍師母私奔），令他淪為流亡海外的文壇邊緣人。一九三〇年，勞倫斯不敵肺癆在法國抑鬱而終。作家過世三十年後（一九六〇年），《查泰萊夫人的情人》才得以原貌正式出版。出版社打贏官司雖然讓這部作品獲得解禁，整個過程登上頭版新聞，反而加深大眾的刻板印象，並未真正平反他的「污名」。

「禁忌的勞倫斯」成為英國現代文學的一種現象。讀者往往未審先判，並未細讀他的作品。連英國現代小說指標人物吳爾芙也承認，直到勞倫斯去世後，自己才首次翻開《兒子與情人》。不過，如吳爾芙指出，讀者的偏見反而成為閱讀動機：「若從此角度切入，《兒子與情人》就會鮮明地在眼前浮現，

令人驚嘆，就像迷霧突然退去，遠方閃現一座島嶼。」英國二十世紀後期代表詩人菲利普．拉金表示，《兒子與情人》的成就奠定勞倫斯在英國文學的地位：「就算勞倫斯寫完本書後不幸過世，依然會是英國最偉大的小說家。」

悲愴澎湃的生命書寫

一九一二年，年僅二十七歲的勞倫斯歷經兩年苦思，完成《兒子與情人》初稿。先前，作家歷經感情生活挫敗、母親逝世、自己差點死於肺癆等變局。他回憶寫道：「僅僅一年之間，我的世界一切都崩解了，只剩死亡之謎，與陰魂不散的死亡陰影。那時我才二十五歲。」年輕的勞倫斯化悲愴為力量，透過寫作重拾人生。《兒子與情人》於一九一三年出版，成為英國自傳小說名作，開啟生命書寫的序幕。

本書敘述一位成長於礦工家庭的男孩如何認清自己，掙脫家庭、宗教、社會三大桎梏，最後勇敢選擇自己的人生道路。勞倫斯早年寫詩起家，非常喜愛繪畫，《兒子與情人》展現極具詩意的藝術特質。故事開始，主角母親為嬰兒命名的場景好比一幅印象派的風景畫：

每逢萬里無雲的傍晚，德比郡的群山無一不染上夕陽的火紅餘暉。莫瑞爾太太望著太陽從金光閃閃的空中慢慢下沉，為頭頂上方帶來淡藍如花的天色，卻染紅了西半邊天空，彷彿所有火光都沉潛至西方，徒留火光以外一圈完美無瑕的藍。田野另一端的晦暗葉叢裡，花楸樹莓一時被照得火紅耀眼。休耕地一角豎放著幾堆玉米禾束，這時彷彿重獲新生，她想像它們正低頭鞠躬。也許她的兒子會成為像聖經中約瑟那樣的偉大人物。

無奈，保羅在家暴陰影下成長，這幅溫暖安逸的畫面很快幻滅。他們家飽受強風吹拂，猶如現代版的「咆哮山莊」。小保羅好比真人版〈尖叫〉（表現主義畫家孟克一八九三年名畫）那位身心扭曲的主角：

對保羅來說，那種聲響簡直成了邪惡噪音……孩子們因而知曉何謂夜晚、何謂廣袤、何謂恐懼。這種恐懼源自巨樹發出的呼嘯聲，以及家庭不睦帶來的痛苦……風呼嘯而過，所有叫聲都淹沒在巨大梣樹發出的各種尖銳刺耳聲中……颳過巨樹的風一陣比一陣強，吹得這架巨大豎琴的每根琴弦嗡嗡作響，又是呼嘯，又是尖叫。

長大後，保羅意識到無聲的吶喊彷彿是勞工階級的宿命，「淪為工業主義的階下囚」：「現實迫使他綁手綁腳，他將無法在心愛的谷地家園裡自由悠轉了。」

故事隨後的發展聚焦於保羅與青梅竹馬米莉安、有夫之婦克拉拉的兩段戀情。他「開始質疑所謂的正統信條」，努力調和心靈與肉慾的衝突。他警覺，母親的關愛變成寡占的情感投射，致使他無法自愛愛人。他對米莉安喊道：「妳永遠不會懂！妳永遠不會相信我不能……就身體而言不能。」不能人道的自卑感迫使保羅以偷情的方式克服「與生俱來的缺陷」。

情慾的集體萎靡

《兒子與情人》藉由主角的不舉，寓意工業社會造成整個世代的集體萎靡。工業城鎮醜陋無比，宛如大地「一個小小的痂」，工廠屋舍「乍看像黑色毒草」：

景色之中，些許有趣的各種形狀紛紛消失，徒留一大片由憂傷和悲劇構成的密集黑點，每棟房屋、每片河灘、每個人、每隻鳥皆失去清晰輪廓，僅是形狀各有不同的色塊。一切事物的外形似乎都消失了，只剩下構成眼前所有山水景色的一個整體，一個充滿掙扎與苦痛的集合體。工廠、螺旋女孩、母親、高聳巨大的教堂、城鎮裡的雜木林，全融為一體，散發著憂鬱、陰森、哀傷的氛圍。

保羅試圖追尋不同的戀情以療癒情感的創傷。可是，他與情人觀念迥異，在宗教與道德上都有解不開心結，無法靈肉合一：「強烈慾望對抗的是某種更為強烈的羞怯之情與貞操感。而貞操感有如一股絕對力量」。母親過世後，他終於領悟，他人生之悲哀莫過於只能由「兒子」與「情人」之中擇一過活。拒絕二選一的保羅終於被命運吞噬：「他實在受不了。這股巨大又黑暗的沉默似乎從四面八方壓迫著微小如火花的自己，欲將他撲滅」。保羅能否打敗命運，從萎靡的人生站起來找到幸福？故事結尾將有催淚的解答。

勞倫斯是英國現代作家裏唯一具有正式教師資格者。《兒子與情人》寫作期間，他剛從大學畢業，在小學教學現場目睹當時英國僵化的教育，擔心年輕一代因而被社會物化。他在一篇未發表的長文〈人民的教育〉寫道，我們不能怪罪工業社會的機器，因為，「體制就在我們心裡，而非外在。機器就在我們內心。」初任教職的勞倫斯充滿熱忱，特別喜愛編寫自然與繪畫教材讓學童自由學習。

一九〇八年，勞倫斯最喜愛的畫作是英國畫家格雷芬哈根（Maurice Greiffenhagen）的名畫〈牧歌〉（*An Idyll*, 一八九一）。夕陽微光下，半裸的情侶在罌粟花叢裡熱情擁吻，朦朧間大地彷彿隨之燃燒。一九一〇年勞倫斯人生最低落時，或許有感此畫捕捉了情感的原貌，特地臨摹四幅獻給親友以抒發心中的悲痛。

《兒子與情人》有一幕顯現異曲同工之妙。保羅試圖解釋自己畫作的魅力，對情人說道：「是因為上面幾乎沒什麼陰影，整體更有種微微發亮的感覺，就好像我畫出了樹葉和每個地方隱含的發亮本質，而不是生硬的輪廓。光有輪廓，我覺得死氣沉沉，只有像這樣微微發亮才有活生生的感覺。輪廓是缺乏生命的外殼，微光才是真正的核心本質。」

此「微光」哲理好比存在主義式的宣言：情感賦予人生意義。打敗命運的契機就在擁抱激情的當下：「那種透過另一個人感受到，再真實不過的熱情之火——哪怕只有一次，就那麼一次」。為了點亮生命，勞倫斯短短三年內重寫《兒子與情人》三次。他的小說寫出人生，他的人生就是一部小說。百年後，他一鳴驚人的激情或許不如當年那般勁爆。可是，在人工智慧當道的今天，當代讀者清楚聽見《兒子與情人》的呼喚，喚醒我們心中那把熒熒的生命之火。

目錄

第一部

第一章　莫瑞爾夫婦的早期婚姻生活

「谷底鎮」接替了原本的「地獄窟」。地獄窟位於綠丘巷靠河岸處，一棟棟圓鼓鼓的茅草屋成排佇立。住戶全是礦工，在兩塊田外的小型豎井工作。赤楊樹下，小河潺潺流動，幾乎未受這些小型礦坑汙染。煤礦從礦坑開採出來後，由綁在豎井口附近的驢子，拖著疲倦沉重的步伐不停繞圈走，慢慢地從地底拉到地面。這種豎井在鄉間地區隨處可見，有些自查理二世時代起便開採至今，礦坑周圍都能看到數名礦工和驢子像螞蟻鑽土堆垤般，鑽進大地，在麥田和草地間挖出一個個黑色小洞，堆起奇形怪狀的土墩。三三兩兩的煤礦工茅草屋，加上少數幾間農場和長襪織工住所，零星散布在教區各處，便構成了貝斯特伍德村。

六十多年前，風雲突變，豎井陸續被有錢人投資的大型礦坑取而代之，原因無他，正是因為在諾丁漢郡與德比郡發現了煤礦與鐵礦。卡斯頓偉特礦業公司隨之成立。在眾所矚目下，巴麥尊勛爵[1]替該公司主持首個礦場的開工典禮，就位於雪伍德林外圍的小樹林園。

約莫同一時期，惡名昭彰的地獄窟年久失修，早已聲名狼藉，索性放火夷為平地，清除大半汙泥塵土。

探勘時，卡斯頓偉特公司在塞爾比至納托的溪谷間有了意外斬獲，於是沿途開挖新礦坑，沒過多久便開採了六個。這六個礦坑宛如打在鄉間的黑色大頭釘，由一圈精心打造的鐵鍊串連起來，這鐵鍊便是鐵路：從納托林中高聳的砂岩山頂出發，行經卡爾特教團修道院廢墟及羅賓漢水井小屋，一路往下直達小樹林園，接著駛向位於麥田間的明頓大礦坑，再橫越河谷岸的農田來到邦克丘，在此往北轉朝貝格里和塞爾比奔去，後者向南可遠眺克里奇，德比郡的山丘也盡收眼底。

卡斯頓偉特公司為了安頓大批礦工，在貝斯特伍德的半山腰興建占地廣大的方院住宅區，隨後在地獄窟舊址的河谷建立今日的谷底鎮。

谷底鎮共有六個礦工宿舍街區，排成兩列，每列三個街區，就像多米諾骨牌六點上的二乘三圓點圖案，每一街區各十二戶。兩排房子坐落於貝斯特伍德的陡坡底端，由屋內望出去，應該說從頂樓望向窗外，看得到往塞爾比方向的河谷緩坡。

房子本身都相當堅固，整體設計也美觀得宜：繞著街區走一圈，便能看見位於低處的陰暗街區，前院長著耳葉報春花和虎耳草，位於高處的陽光充足街區則開著美洲石竹和草花石竹，一路上還能看見整齊劃一的前窗、窄小的門廊、低矮的水蠟樹樹籬、閣樓的天窗。但這一切皆屬於室外的風景，是所有礦工妻子得走進平時無人的客廳才看得到的景色。臥室與廚房都位於屋後，正對相鄰街區的房子，望出去即是雜草叢生的後院和兼作燒垃圾的煤灰坑。宿舍後方這一長列煤灰坑之間，自然形成一條小巷，在此常常可見孩童玩耍、女人閒聊、男人抽菸。所以，谷底鎮的房屋雖然看起來堅固體面，實際生活起來卻沒那麼愜意，因為大家其實都離不開廚房，但廚房門往外一開，又得面對那條令人不快的煤灰坑巷。

在谷底鎮建好的第十二個年頭，對於要從貝斯特伍德搬到位於下坡路底端的這座小鎮，莫瑞爾太太興趣缺缺，但也沒有更好的選擇了。更何況，新家是高處街區之一的邊間戶，這表示只有一棟房子相鄰，另一側會多出一塊狹長的花園空地。此外，身為邊間戶，讓她自認比其他「中間戶」的女人高

1. 巴麥尊勛爵（Lord Palmerston，一七八四～一八六五），英國政治家，二度擔任首相。

人一等，不禁沾沾自喜，因為她的房租不是一週五先令，而是五先令六便士[2]。即便如此，這種地位上的優越感也無法為莫瑞爾太太帶來多少慰藉。

她三十一歲，已婚八年，個頭有些嬌小，外表看似纖弱，實則剛毅果決。與谷底鎮的女人初次見面後，整個人似乎又略為縮水。她七月搬下來，九月將生第三胎。

她的丈夫是名礦工。他們搬到新家才三週，守夜節假期便開始了，市集活動也隨之展開。她很清楚莫瑞爾勢必會趁這次休假尋歡作樂。果不其然，週一市集開始後，他一大早就出門，家裡兩個孩子也興奮得不得了。七歲的兒子威廉一吃完早餐，立刻跑得不見人影，去守夜節市集四處閒晃；才五歲的安妮被哥哥拋下，整個早上都在吵她也要去。莫瑞爾太太繼續埋頭做家事。她和鄰居還不怎麼熟，不曉得可以放心託誰帶小女兒去，於是答應安妮吃完午餐就帶她去逛市集。

十二點半，威廉回來了。少年活潑好動，一頭金髮，滿臉雀斑，長得有點像丹麥人或挪威人。

「母親，可以吃飯了嗎？」他大喊，沒脫帽便衝進屋裡，「因為那個人說一點半就開始了。」

「午餐煮好就能開動了。」母親回答。

「還沒煮好嗎？」他又大喊，那對藍眼怒瞪著她，「那我不吃了。」

「你不准不吃。再五分鐘就好了，現在才十二點半啊。」

「到時候就開始啦。」男孩大喊大叫。

「就算真的開始了，也不會要了你的命。」母親說：「而且現在才十二點半，還有整整一小時可以讓你吃啊。」

少年連忙擺起餐桌，擺好後，三人立刻坐下。他們吃著麵包布丁配果醬時，男孩從椅子上跳了起來，僵在原地，站著一動也不動。從遠處傳來旋轉木馬啟動後，響起的那一小聲喇叭和號角的嘟嘟聲。他看著母親，氣得臉孔直發抖。

「妳看吧！」他邊說邊跑去櫥櫃拿帽子。

「把麵包布丁帶去吃——而且現在才一點五分，是你搞錯時間了——我也還沒給你兩便士。」母親一口氣大聲喊道。

男孩頂著苦瓜臉，回來拿兩便士，然後悶不吭聲離開。

「我也要去、我也要去。」安妮說著說著，哭了起來。

「好啦，妳可以去，妳這愛哭哭啼啼的小呆瓜！」母親說。當天下午稍晚，她帶著孩子沿著高大樹籬，拖著腳步爬上山坡。田裡堆著收割好的乾草，牛群對地上長出的新芽興味盎然。天氣溫暖和煦，一片平靜祥和。

莫瑞爾太太不喜歡守夜節市集。現場有兩座旋轉木馬，一座由蒸汽驅動，另一座由小馬拉著轉；三架風琴正嘎嘎演奏；不時能聽到砰砰的手槍射擊聲、椰子小販的尖聲吆喝、投擲遊戲攤販的高聲吶喊、西洋鏡女販的刺耳叫賣聲。母親看到兒子站在猛獅瓦勒斯的攤位外，一臉陶醉欣賞照片——這頭遠近馳名的獅子不只咬死一名黑人，更導致兩位白人終身殘廢。她沒出聲打擾他，而是去幫安妮買太妃棉花糖。不久，少年站在她面前，渾身洋溢著興奮之情。

「妳根本沒說妳要來耶——是不是有好多精彩的東西？——那隻獅子居然咬死了三個人——我已經把兩便士花光了——然後，妳瞧。」

他從口袋裡掏出兩個水煮蛋杯，上面飾以粉色的松葉牡丹。

「有個攤位只要把彈珠打進洞裡就有獎賞，我就是在那裡得到的。玩一次一便士，我玩兩次就贏得

2. 一九七一年前，一英鎊等於二十先令，一先令等於十二便士。

這兩個蛋杯呢。瞧，這裡畫著松葉牡丹。我就想要這兩個。」

她明白他是想送給自己。

「嗯！」她滿意地說，「**確實**很漂亮！」

「可以給妳拿嗎？我怕我會摔破。」

母親居然來了，他簡直喜出望外，於是帶她到處逛逛，什麼都看。來到西洋鏡攤販，她像講故事般說明那些圖片，他聽得如癡如醉。他不肯離開她身邊，始終寸步不離緊黏著她，小小年紀就以身為她兒子而備感自豪，不禁抬頭挺胸，因為母親頭戴小巧的黑色女帽，身披斗篷，在場沒有哪個女人看上去比她端莊。見到認識的婦女，母親便微笑致意。

等她累了，對兒子說：「好了，你是現在要回家，還是晚點再說？」

「妳已經要走了？」他大喊，滿臉責備的神情。

「什麼已經？都四點多了，**我**怎麼會不知道。」

「妳這麼早回家要做什麼啦？」他哀嘆。

「你不想回家，就不必跟來。」她說。

語畢，母親牽著小女兒慢慢離開，兒子站在原地看著她遠去的身影，卻又捨不得拋下市集，不禁心如刀割。她經過月星酒館前的空地時，聽到男人在大聲嚷嚷，並聞到啤酒味，於是稍微加快了腳步，心想丈夫恐怕正在酒館裡。

六點半左右，兒子回到家，看起來累壞了，臉色相當蒼白，神情有些沮喪。他很痛苦，卻不明白原因正是自己讓母親先回家了。母親離開後，他在市集就玩得不開心。

「爸爸回來了嗎？」他問。

「還沒。」母親說。

「他在月星酒館幫忙招待客人。窗戶上裝著的那個黑色金屬東西有洞，我從洞裡看見他捲著袖子在幫忙。」

「哈！」母親立刻大叫，「他身上沒錢了。只要對方肯賞他錢，他就滿足了，才不管拿多少。」

天色漸暗，暗到莫瑞爾太太無法就著光線做針線活，只好起身走到門口。四處人聲鼎沸，洋溢著節日的歡騰氣氛，她最終也受到感染。她向外走去側院花園。婦女正紛紛離開市集踏上歸途，孩子不是摟著綠腿的白色小羊，就是抱著木馬玩具。偶爾有男人蹣跚走過，吃飽喝足，幾乎再也走不動；有時則是好丈夫陪家人平靜路過。不過，通常婦孺都只有彼此的陪伴。隨著暮色降臨，那些留在家裡的母親身著白色圍裙，雙手抱胸，聚在巷道轉角閒嗑牙。

莫瑞爾太太孤身一人，早已習以為常。兒子和小女兒都上樓睡覺了。在她身後的這個家，似乎是個穩定不變的存在。然而，即將出世的孩子卻為她帶來痛苦，整個世界顯得枯燥沉悶，她的生活不會有半點變化——至少在威廉長大前，一切不會有任何改變。但對她來說，眼下就只能忍受這種枯燥沉悶，根本毫無樂趣可言——唯有等到孩子長大。說到孩子！她根本無法再養這第三個孩子，也不想懷上老三。孩子的父親這時在酒館替人端啤酒，將自己灌得爛醉。莫瑞爾太太瞧不起他，卻又離不開他。即將出生的孩子為她帶來的負擔實在過於沉重。要不是為了威廉和安妮，她早就厭倦這樣在貧困、醜陋、卑賤中掙扎過活了。

她心情鬱悶，無法出門走走，但在家裡也待不住，只好踏進前院。天氣悶熱得讓她透不過氣。展望未來，她覺得前景黯淡得彷彿自己將被活埋。

小小的方形前院圍著一道水蠟樹樹籬。她就站在那裡聞著花香，看著即將消逝的絕美暮色，努力撫平情緒。院子小門的對面有個通往上坡的過籬梯，位於高大圍籬下方，兩側各是收割過的牧草地，在晚霞照耀下一片火紅。隨著光線變化，天色陣陣脈動，千變萬化。耀眼的光芒不久便從田野上消逝，大地與圍籬皆蒙上一層幽暗。天色漸黑之際，山頂亮起刺眼紅光，下方傳來市集逐漸平息的喧囂聲。

圍籬陰影下有條幽暗小徑，不時有男人東倒西歪路過要回家。有個年輕人還在山腳那段陡坡跑了起來，向下衝，直接撞上過籬梯。莫瑞爾太太看得心驚膽顫。男人爬起來，大罵髒話，模樣相當可悲，好像認為那道梯磴存心要傷害自己。

莫瑞爾太太進屋，心想日子是不是將就此一成不變，因為她逐漸開始領悟，一切將毫無變化。如今，少女時代離她是如此遙遠，她不禁懷疑這個在谷底鎮邁著沉重步伐爬上後院的她，與十年前朝希爾內斯防波堤飛奔而上的她，是否真是同一人。

「**我**又能怎麼辦？」她喃喃自語，「我又能拿這一切怎麼辦？就連這個快出生的小孩，我也拿他沒轍！好像**我**根本沒被當成一回事。」

有時，人只能任由生命主宰，軀體被迫隨波逐流並經歷既定人生階段，卻又感覺不真實，彷彿一切皆在渾渾噩噩之中度過。

「我等啊等，」莫瑞爾太太自言自語，「等了又等，等著永遠不會到來的那一切。」

她整理廚房，點燈添炭，挑出隔天要洗的衣物，先加以浸泡。忙完後，她坐下來縫紉。接下來好長一段時間，那支針不停在衣物上迅速來回穿梭，而她偶爾嘆口氣，稍微動一動，紓緩不適。自始至終，她都思考著要如何盡其所能，為孩子做好打算。

十一點半，丈夫回來了。他雙頰通紅，在黑鬍髭的襯托下，更顯透亮。他微微點著頭，自鳴得意。

「噢！噢！姑娘，在等我啊？我一直在幫安東尼，結果猜他賞我多少？居然才半克朗[3]，每一便士都——」

「他覺得其餘的都拿去抵你喝的啤酒了。」她不耐地說。

「我沒喝——我才沒喝。相信我，我今天根本沒怎麼喝，只有那一點。」他改用溫和的語氣，「瞧，我給汝帶了點白蘭地脆捲餅，也給孩子們帶了顆椰子。」他把薑餅點心和外殼毛茸茸的椰子放在桌上。

「不，汝這輩子從來就不懂得說謝謝，對吧？」

莫瑞爾太太只是妥協地拿起椰子搖一搖，確認裡面是否有椰子水。

「是好椰子啦，我敢打包票。是跟比爾．霍金森要來的。我說：『比爾，汝沒事要三顆椰子幹嘛？乾脆給我一個，我帶回去送我兒女吧？』他說：『可以啊，華特老弟，挑一顆汝中意的吧。』我就挑了一顆，謝謝他。我不想當著他的面搖那椰子，可是他說：『汝最好先確定一下那是顆好椰子，華特。』所以我就知道它一定有水。他是好傢伙，比爾．霍金森，好傢伙一個！」

「人醉了，捨棄什麼都甘願，而你跟他都喝醉了。」莫瑞爾太太說。

「呃，汝這臭婆娘，說誰醉了？告訴我啊。」莫瑞爾說。今天在月星酒館幫忙招待客人，他洋洋得意極了，話匣子一開就停不了。

莫瑞爾太太累得要命，受不了他胡言亂語，便趁他撥弄爐火時盡快就寢。

莫瑞爾太太出身良好，來自中產階級，祖先為知名的清教徒獨立派，曾與哈欽森上校[4]並肩作戰，後代子孫仍是信仰堅定的公理會教徒。祖父原本經營蕾絲事業，不過隨著諾丁漢眾多蕾絲製造商接連倒閉，他也宣告破產。父親喬治．科帕德是機械技師，高大英俊，高傲自負，以一身白皙皮膚和

3. 一九七一年前，一克朗等於五先令。

4. 哈欽森上校（Colonel John Hutchinson，一六一五～一六六四），英國政治家、軍事將領，身為清教徒，在英國內戰期間選擇加入議會軍。

那對藍眼為傲，更以為人剛正不阿自豪。葛楚的嬌小身材遺傳自母親，高傲頑強的個性則是科帕德家族的真傳。

喬治・科帕德為家境貧困感到憤憤不平。他最終當上希爾內斯造船廠的機械技師工頭。莫瑞爾太太——葛楚・科帕德——是他的次女。葛楚偏愛母親，愛她勝過其他人，卻遺傳了科帕德家族桀驁不馴的清澈藍眼與濃眉。她記得自己痛恨父親老是擺出蠻橫態度，對溫順體貼又風趣的母親頤指氣使；她也記得自己在希爾內斯的防波堤上飛奔找船；她更記得每次去造船廠，大家都把她當寵兒，讚不絕口，畢竟她可是個內心纖細、自尊心卻頗強的孩子；她還記得私立學校那位上了年紀的有趣女老師，自己後來成為她的助教，樂於幫她的忙。她依然保留著約翰・費爾德送她的那本聖經。十九歲時，她經常陪約翰・費爾德從禮拜堂走回家。他是富商之子，曾赴倫敦讀大學，當時打算從商。

她總是能憶起那年九月的某個週日下午，兩人就坐在她父親家後院，頭頂上方爬滿葡萄藤，一切仍歷歷在目。陽光穿過藤葉間的縫隙，灑落在他們身上，形成蕾絲領巾般的美麗圖樣。部分葡萄葉褪成鮮黃色，宛如花瓣平展的黃花。

「妳坐著別動。」他大喊，「瞧妳的頭髮，我不曉得**該**怎麼形容！明亮得像銅和黃金，又紅得像火烤過的紅銅，照到陽光的時候，還夾雜著幾縷金絲。大家居然都管這叫棕色，妳母親還說是鼠色。」

她迎上他的明亮雙眼，喜悅湧上心頭，卻幾乎未顯露在潔白的臉龐上。

「但你說你不喜歡做生意啊。」她繼續說。

「我不喜歡啊，討厭死了！」他激動高喊。

「而且你想當牧師。」她半懇求地說。

「應該是吧。要是我自認能成為一流的傳教士，應該會想這麼做。」

「那你為什麼不當——為什麼**不**這麼做？」她語帶挑釁質問，「**我**要是男人，什麼也攔不了我。」

她昂起頭，他在她面前顯得有點怯懦。

「可是我父親太頑固了。他有意讓我投入商界，我知道他一定會這麼做。」

「但你不是**男人**嗎？」她大喊。

「就算身為男人，也無法為所欲為啊。」他回說，困惑不解地皺起眉頭，露出無可奈何的表情。

如今，莫瑞爾太太在谷底鎮忙著家務，對身為男人代表什麼有所瞭解，也曉得男人確實**無法**為所欲為。

二十歲時，由於健康因素，她離開了希爾內斯。父親退休回到諾丁漢。約翰．費爾德的父親經商失敗，兒子前往諾伍德教書。她始終沒收到他的消息，於是兩年後下定決心到處打聽，才得知他的近況。沒想到，他已經娶了四十歲的女房東為妻，對方是有錢的寡婦。

即便如此，莫瑞爾太太依然保留著約翰．費爾德送的聖經。她現在仍不相信他會——她非常清楚以他的為人，他可能會或不會做什麼。因此，她保留了他那本聖經，並為了自己，將關於他的回憶完整無瑕暗藏心中。直到她離世為止，整整三十五年間，她從未談起他。

二十三歲時，她在聖誕派對認識了一名來自厄瑞瓦許谷的年輕人。當年，莫瑞爾二十七歲，體格健壯，身材挺拔，英俊瀟灑，鬈髮烏黑發亮，蓄著從不剃的濃密黑鬍。他雙頰緋紅，因為常開懷大笑，嘴脣顯得紅潤醒目，還發出那種少有的響亮渾厚笑聲。葛楚．科帕德注視著他，整個人深受吸引。他神采飛揚、活力十足，講起話來動不動就變成令人發噱的滑稽語調，而且隨時願意與每個人打成一片。葛楚的父親也富有幽默感，卻往往是在挖苦嘲諷。但這個男人不一樣：他個性溫和，不高談闊論，態度熱情，有點愛嬉鬧。

她自己則截然相反：她對凡事抱持好奇和開放心胸，因此傾聽他人話語，為她帶來不少樂趣；她擅於引導他人開口暢談；她喜於思考，旁人都認為她頗具知性。她最喜歡與受過教育的男人，就宗教、哲學或政治的話題展開辯論。但她通常不怎麼樂在其中，所以向來都讓他人主動開口談論自己，再從中自尋樂趣。

從外表來看，她個子嬌小纖瘦，額頭寬大，披著一頭鬈曲的褐色秀髮；藍色眼眸帶著直率真誠的目光，探究眼前的一切；雙手美麗動人，正是科帕德家族的真傳。她打扮起來總是樸素低調：一襲深藍色絲綢洋裝，鑲著獨特銀紗設計的銀色荷葉邊，再加上一只沉甸甸的金色紐結造型胸針，此外便無任何裝飾。當時的她還未經人事，信仰極其虔誠，舉手投足落落大方。

華特．莫瑞爾簡直為她神魂顛倒。在礦工眼裡，她就是一位渾身是謎且極富魅力的大家閨秀。她與他交談時，純正英語帶有南方口音，撩撥著他的心弦。她定睛注視他，看到他很會跳舞，好像開心跳舞是與生俱來的本能。他祖父是法國難民，娶了英國酒吧女侍——倘若這樁婚姻果真屬實。葛楚．科帕德看著這位年輕礦工翩翩起舞，每一步都隱約帶著雀躍之情，魅惑人心，臉蛋更有如身軀上綻開的一朵花，氣色紅潤，黑髮披散，不論身旁是哪個舞伴，始終開懷大笑跳著舞。她認為他相當不可思議，生平從未見過像他這樣的人。對她來說，世上所有男人都跟父親一樣。喬治．科帕德以自身教養為豪，外表英俊，憤世嫉俗；偏好閱讀宗教著作，其中唯一有所共鳴的人是使徒保羅；他作主時，一向嚴以待人，即使語氣親暱，也往往話中帶刺；他無視一切感官的享樂——與這位礦工可說是天差地遠。葛楚本身相當鄙視跳舞這種行為，絲毫沒有意願要成為技壓群雄的舞者，連常見的鄉村舞也沒學過。她就像父親，嚴以律己，自命清高，堅持己見。因此，當眼前的男人散發出訴諸感官的生命之火，淡柔金光如燭火般不斷從他身上流洩而出，不像她的生命早已在各種思緒念頭的阻撓禁錮下化為白熾，她不禁覺得那生命之火是自己可望不可及的美好化身。

他走過來，向她鞠躬。一股暖意流竄全身，彷彿她喝醉了。

「現在來跟我跳這支舞吧。」他親暱地說，「舞步其實不難。我好想看妳跳舞。」

她先前就告訴過他自己不會跳舞。她看了一眼他那謙卑的姿態，露出微笑。這嫣然一笑令眼前的男子目瞪口呆，忘卻周遭一切。

「不，我不跳。」她輕聲說，字字清脆悅耳。

莫瑞爾往往憑直覺便能做出正確舉動，此刻也尚未意識到自己在做什麼，就自動坐到她身邊，畢恭畢敬地朝她傾身。

「你可不能錯過跳舞的機會啊。」她語帶責備地說。

「不了，我不想跳這支舞——我才不在乎呢。」

「可是你剛剛卻邀我去跳。」

聽到這番話，他放聲大笑。

「我根本沒發現耶。沒想到汝三兩下就看穿我的兜圈子戰術了。」

這次換她忍俊不住。

「你看起來可不像會輕言放棄呢。」她說。

「我就像捲捲的豬尾巴，忍不住就想拐彎抹角嘛。」說完，他一陣狂笑。

「你還是個礦工！」她驚叫出聲。

「對，十歲就下礦坑了。」

她一臉詫異看著他。

「才十歲！這樣不是非常辛苦嗎？」她問。

「很快就習慣啦。像隻老鼠住在那裡，晚上才從地底爬出來到處看看。」

「光聽你這樣說，我就覺得自己好像瞎了。」她皺起眉頭。

「就像鼴鼠！」他笑說，「對啊，真的有幾個傢伙像鼴鼠在地下鑽來繞去。」他忽然臉往前一抬，模仿盲眼鼴鼠用口鼻辨別方向的嗅聞動作。「他們是沒這樣啦！」他用天真的語氣如此聲明，「沒人會這樣下礦坑啦。不過一定要讓我哪天帶汝下去，到時候汝就能親眼見識是怎麼回事了。」

她驚訝地看著他。一種全新的生活方式忽然展現在她面前。她對礦工的生活有了粗淺認識：上百人在地底埋頭苦幹，到了傍晚才爬上來。她覺得他很了不起，每天冒著生命危險，還樂在其中。她望著他，不由得肅然起敬。

「汝不會喜歡吧？」他溫柔地問，「八成不會，因為會把汝弄得髒兮兮。」

從來沒有人用方言的「汝」來稱呼她。

隔年聖誕節，他們結為夫婦。婚後三個月，她樂不可支；婚後六個月，她非常快樂。

他發誓滴酒不沾，還繫上代表絕對禁酒者的藍絲帶——他就是這麼愛現。夫婦倆住在她原以為是他名下的房子。屋舍不大，但生活便利，家具擺設相當講究牢固，一分錢一分貨與她腳踏實地的作風不謀而合。她與左鄰右舍的婦女格格不入，莫瑞爾的母親和姊妹老是對她大小姐似的態度嗤之以鼻。但只要與丈夫維持親密關係，即便沒有社交圈，她照樣能過日子。

有時，她厭倦了那些甜言蜜語，努力與他認真交心。她看到他洗耳恭聽，卻有聽沒有懂。她想建立更親密關係的種種舉動，根本是白費功夫，心頭不禁閃過一絲恐懼。他有時晚上會躁動不安，她這才發現，原來他光是與她廝守並不夠。所以，他開始動手做雜活後，她樂見其成。

他雙手出奇靈巧，要做什麼或修什麼都難不倒他。於是，她會開口說：「我很喜歡你母親那把煤耙，小巧有型。」

「姑娘，是這樣嗎？那是我做的啦，所以也能幫汝做一個！」

「什麼！咦，那可是鋼製的耶！」

「那又怎樣！汝也會有一把幾乎一模一樣的啦。」

她不在乎他搞得一團亂，也不介意敲敲打打的噪音。他忙得很開心。

然而，婚後第七個月，她刷著他最好的外套時，摸到胸前口袋塞著紙，一時好奇心作祟，掏出來看。莫瑞爾平日難得會穿這件結婚時穿過的禮服大衣，她以前也從未動過念頭，想知道這些紙到底是怎麼回事。結果是家具的帳單，尚未繳清。

「瞧，」那一晚，等他洗過澡、吃完飯，她才開口：「這些是在你婚禮大衣的口袋裡找到的。你還沒把帳單付清嗎？」

「還沒，找不到機會啊。」

「但你跟我說都付清了。看來我星期天得去諾丁漢一趟，全數結清。我可不喜歡坐在屬於別人的椅子上，圍著還沒付錢的桌子吃飯。」

他沒答腔。

「我可以拿你的銀行存摺吧？」

「可以啊，但拿了又有啥用？」

「我以為——」她欲言又止。他告訴過她自己存了一大筆錢，但她現在意識到再追問也沒用。她渾身僵硬坐在原位，憤恨不平。

隔天，她去找他母親。

「您不是替華特買了家具嗎？」她問。

「對，我是有買。」老婦人尖酸回應。

「那他給了您多少去買家具？」

老婦人被這番話激怒了。

「那麼想知道就告訴妳吧：八十鎊。」她回答。

「八十鎊！但還欠人四十二鎊啊！」

「跟我說也沒用。」

「可是錢都花去哪了？」

「我想只要仔細找，所有帳單都找得到——除了他欠我的十鎊，還有花在這邊婚宴的六鎊。」

「六鎊！」葛楚・莫瑞爾只能複述。父親為了她的婚禮破費，結果華特居然還得自掏腰包，多花六鎊在他父母家招待賓客大吃大喝，簡直駭人聽聞。

「他在他那些房子又投入多少錢？」她問。

「他那些房子——什麼房子？」

葛楚・莫瑞爾連嘴脣都發白了。他曾對她說，他住的那間房子和隔壁那棟都是他的名下財產。

「我以為我們住的那間房子——」她開口說。

「那些是我的房子，兩間都是，」婆婆打斷她，「抵押貸款也還沒繳清。我光付貸款利息就很勉強了。」

葛楚坐在原位，臉色蒼白，不發一語。此刻，她化身為她父親。

「那麼我們應當付您房租才對。」她語氣冷淡。

「華特有在付我房租。」華特的母親回答。

「房租多少？」葛楚問。

「每週六先令六便士。」他母親答道。

那間房子的行情根本不值這個價碼。葛楚揚起頭，直視前方。

「妳可真幸運，」老婦人譏諷說，「嫁了個負責煩惱所有金錢問題的先生，自己卻無事一身輕。」

年輕妻子沉默不語。

她對丈夫未多加表示，對他的態度卻起了變化。她高尚的自尊心，某處開始變得堅硬如石。

時序進入十月，她滿腦子只想得到聖誕節。前年聖誕節，她遇見他；去年聖誕節，她嫁給他；今年聖誕節，她將為他誕下一子。

「太太，妳是不是不跳舞啊？」住得最近的鄰居問她。大家十月正熱烈討論要不要在貝斯特伍德的磚瓦酒館開跳舞課。

「不跳，我從來沒有半點興趣。」莫瑞爾太太回答。

「真妙！結果妳居然嫁給妳先生，太有意思了，他可是出了名的跳舞高手呢。」

「我不知道他那麼有名。」莫瑞爾太太笑說。

「他真的是啦！他在礦工之友俱樂部開課教人跳舞有五年了呢。」

「是嗎？」

「對，真的有。」這名女子不以為然地說。「每到星期二、四、六就擠滿人——而且不少人都說有人趁機吃豆腐喔。」

聽到這種流言蜚語，莫瑞爾太太憤恨難消，同樣的事卻反覆上演。其他婦女起初並未放過酸她的機會，因為她總是在無意間散發出高人一等的氣息。

莫瑞爾則開始晚歸。

「他們現在都工作到很晚，是不是？」她問家裡那位洗衣婦。

「沒有比平常要晚，我想沒有。不過他們收工後會去艾倫酒館喝一杯，然後話匣子一開就停不了啦！想也知道，回家後晚飯都涼了，真是活該。」

「可是莫瑞爾先生不喝酒啊。」

洗衣婦扔下手中的衣物，看了莫瑞爾太太一眼，不發一語繼續幹活。

兒子出生後，葛楚．莫瑞爾身體非常虛弱。莫瑞爾無微不至細心呵護她。但娘家遠在他方，她備感寂寞。縱使莫瑞爾陪在身邊，她依然覺得孤單，他的存在只讓孑然一身的寂寞之情更加惡化。

兒子剛出生時瘦小虛弱，卻長得快。他臉蛋俊俏，一頭深金色鬈髮，深藍眼眸逐漸轉為清澈灰眼。母親對他寵愛有加，因為他誕生之際，恰逢她幻想破滅而痛不欲生的時候，不只對人生抱持的信念開始動搖，內心也孤獨鬱悶。她悉心照料兒子，令孩子的父親眼紅。

事到如今，莫瑞爾太太終於瞧不起丈夫了。她對孩子盡心呵護，對孩子的父親則表現厭惡。他開始對她視而不見，家裡的生活新鮮感消失殆盡。他缺乏毅力，她暗自抱怨。他只活在當下，感受眼前的一切，還無法信守承諾。在他那副外表下，空空如也。

於是，夫妻間展開了一場不是你死就是我亡的惡鬥。她奮力一搏，迫使他扛起該扛的責任、盡到該盡的義務。但他實在與她大相逕庭：他天性喜歡憑感覺行事，因此她費盡千辛萬苦，要他成為兼具品德與信仰之人。她試圖逼他面對現實，他卻無法忍受，簡直要被逼瘋了。

寶寶還小的時候，父親就已脾氣暴躁，動不動發火。孩子稍微一哭，男人立刻破口大罵；孩子要是鬧得更厲害，礦工那雙結實的手便往他身上招呼。事後，莫瑞爾太太為此憎恨丈夫，懷恨好幾天，當事人卻出門買醉。他都去幹了什麼，她不怎麼在乎，只不過等到他回家便出言諷刺，損他一頓。

兩人關係逐漸疏遠，導致他有意無意做出前所未有的舉動，大大激怒她。

才一歲的威廉如此可愛，母親十分引以為傲。她目前手頭拮据，但多虧姊妹們的饋贈，小男孩始終有得穿。看見他頭戴飾以鴕鳥羽毛的小白帽，頂著一綹綹蓬鬆鬈髮，穿著白外套，她不由得心花怒放。某個週日早晨，莫瑞爾太太躺在床上，聽著父子倆在樓下嘰嘰喳喳，不知不覺打起盹來。等她下樓，發現壁爐裡生起熊熊大火，屋內悶熱，早餐散亂擺在桌上。這時，莫瑞爾坐在緊靠壁爐架的專屬扶手椅上，神情有些怯怯，而站在他兩腿間的孩子一臉困惑望著她，腦袋像被剃了毛的綿羊，露出古怪的渾圓輪廓。爐邊地毯上鋪著一張攤開的報紙，堆滿一簇簇月牙狀鬈髮，宛如四散在赤紅火光下的一片片萬壽菊花瓣。

莫瑞爾太太僵在原地。這可是她生的頭一個孩子。她頓時語塞，臉色慘白。

「他看起來怎樣？」莫瑞爾不自在地笑了一下。

她握緊雙拳，舉了起來，朝他走去。莫瑞爾見狀，往後一縮。

「我真想殺了你，沒在開玩笑！」她講完，氣得說不出話來，雙拳高舉空中。

「汝不會想把他搞得跟ㄚ頭一樣啊。」莫瑞爾害怕地說，垂下頭，避開她的目光。他不再有心情耍寶了。

母親低頭看著孩子被理得參差不齊的腦袋瓜，幾近平頭。她伸手觸摸孩子的頭髮，輕輕愛撫他的頭。

「噢，我的兒子啊！」她聲音發抖。只見她嘴脣顫抖，神情崩潰，一把抱起孩子，臉埋在他肩上，痛哭失聲。她不是那種說哭就哭的女人，而是像男人真正心痛時才會哭出來。她發出的嗚咽，猶如撕心裂肺的聲響。

莫瑞爾坐在那裡，雙肘靠在膝上，兩手緊握成一團，用力得指節泛白。他望著爐火，震驚不已，彷彿透不過氣來。

沒過多久，莫瑞爾太太不再哭泣，一邊安撫孩子，一邊把早餐收拾乾淨。她任由那張鬈髮散落的報紙繼續攤在爐邊地毯上。最後，丈夫拾起報紙，揉成一團，塞到爐火後方。她緊閉雙脣，默不作聲，忙於家務。莫瑞爾悶悶不樂，做什麼都綁手綁腳，那天連吃個飯都苦不堪言。她對他開口時客氣有禮，卻對他做了什麼好事隻字未提。然而，他覺得有什麼已經無力回天了。

事後，她表示自己真蠢，因為兒子的頭髮遲早得剪。她最後甚至說服自己對丈夫說，他當時替兒子理髮，還真是挑了個好時機。但兩人都心知肚明，那個舉動已經在她心裡留下無可抹滅的痕跡。那一幕是她最切膚之痛的經歷，她終身難忘。

這種男性特有的笨拙之舉有如一把利刃，從旁刺穿了她對莫瑞爾抱有的愛意。以前，儘管她心懷怨恨與莫瑞爾作對，仍會替他煩惱，好像他只是誤入歧途，遠離自己；如今，她不再為他是否愛著自己發愁：在她看來，他就是個外人。如此轉念後，日子倒是足堪忍受。

不過，莫瑞爾太太依舊繼續與他作對。她仍秉持家族代代相傳的清教徒作風，堅守高道德標準。這已成了某種宗教本能，只要事關莫瑞爾，她簡直像狂熱信徒，因為她愛他，或者該說愛過他。他只要犯下罪過，她便折磨他；他只要喝酒、撒謊，不然就是經常耍孬，或時而耍流氓，她便毫不仁慈地揮鞭痛斥。

遺憾的是，兩人實在相差十萬八千里。她不滿足於他可能做得到的些許改變，而是要求他應當盡其所能，發揮潛能。結果，為了塑造出他無法企及的高尚品格，這番用心良苦反倒毀了他。過程中，她也遍體鱗傷，卻未失去半點尊嚴。更何況，她還有那些孩子作伴。

莫瑞爾酗酒成性，但比起不少礦工已經算節制了，加上喝的總是啤酒，身體雖然多少有點毛病，卻不致太嚴重。每逢週末，他便狂飲作樂。每到週五、六、日的晚上，他都待在礦工之友俱樂部，一路喝到打烊；週一和週二，他都不得不在十點左右，心不甘情不願起身離去；週三和週四的晚上，他有時會待在家裡，就算出門也只去一個小時。他幾乎從未因喝酒而翹班。

不過，他雖然總是準時上工，工資卻一點一滴減少。他管不住嘴巴，老愛搬弄是非。他痛恨高層，於是只能拿那些礦坑負責人開刀出氣。他會模仿巴麥尊勛爵的語氣說：

「那工頭今早下來我們的採煤巷說：『華特啊，這樣行不通啦，這些支架是怎麼回事？』我就對他說：『什麼？說啥啊？這些支架怎麼了？』他說：『這樣根本行不通，坑頂遲早會塌下來。』然後我說：『那汝最好踩在什麼硬黏土上，用頭撐住啦。』他聽了當然氣得要死，破口大罵，在場的傢伙都笑了。」莫瑞爾可是模仿高手，把負責人那短促尖銳的嗓音學得有模有樣，連對方企圖講一口標準英語的腔調都模仿得維妙維肖。

「『我可無法接受，華特。到底誰比較懂，是我還是你？』於是我說：『我從來沒搞清楚汝到底懂多少，阿弗雷德，大概要把汝背回家再背來才會搞懂吧。』」

莫瑞爾繼續講個不停，逗樂身邊的酒友。內容有一部分並非子虛烏有。比如那位礦坑負責人沒受過什麼教育，而且從小就認識莫瑞爾，兩人雖然都看對方不順眼，對彼此的所作所為多少都習以為常了。不過，阿弗雷德．查爾斯沃斯可沒原諒這個領班在酒館這樣到處亂說一通。因此，莫瑞爾雖然是能幹的礦工，婚後甚至有時一週能掙五英鎊，卻漸漸被派去每況愈下的採煤巷，煤礦少又難開採，賺不了什麼錢。

此外，礦坑在夏天迎來淡季。早上還晴空萬里，十點、十一點或十二點往往就能看到男人成群結隊返家。礦坑口並未停放空蕩蕩的貨車。婦女紛紛站在半山腰上，一邊在籬笆旁甩著爐邊地毯一邊遙望，數著火車頭要拉幾輛貨車駛上河谷。孩子們放學回家吃午飯，途中俯瞰田野，看到井架上的轉輪紋風不動便說：

「明頓收工啦，我爸等下就回家了。」

但不分男女老少，眾人似乎都蒙上一層陰影，因為這表示該週結算時，領不到多少工資了。

照理說，莫瑞爾每週應交給妻子三十先令，支付一切生活開銷，包括房租、伙食、衣物、工人俱樂部會費、保險費、醫療費。他偶爾手頭闊綽，便給她三十五先令。但這些一時興起多給的錢，根本無法彌補他平時只給二十五先令所造成的赤字。冬天若是被派到產量不錯的採煤巷，一週可能進帳五十或五十五先令，這位礦工便樂不可支。於是，到了週五晚上和週末，他出手大方，花起一英鎊金幣毫不手軟。手頭如此寬裕，他卻很少為孩子們留個一便士，或替他們買一磅蘋果——錢全花在杯中物。如果碰上不景氣，家計比以往吃緊，他反倒很少醉醺醺，搞得莫瑞爾太太老是說：「或許手頭拮据還好得多，因為他一有錢，家裡就沒一刻安寧。」

當他賺了四十先令，便自己留十先令；賺三十五留五先令；賺三十二留四先令；賺二十八留三先令；賺二十四留兩先令；賺二十留一先令六便士；賺十八留一先令；賺十六留六便士。他從不存錢，也沒讓妻子有半點機會可以攢點積蓄，她反倒偶爾得替他還債，但不是在酒館賒的帳，那些永遠不會透露給老婆知道，而是他買金絲雀或花哨手杖的欠款。

守夜節前後，莫瑞爾工作不順，莫瑞爾太太則為了臨盆，能省則省。一想到他居然出門尋歡作樂、盡情揮霍，自己卻得待在家裡為錢煩惱，她不禁氣憤至極。守夜節假期共兩天，週二，莫瑞爾起了個大早，心情愉快。一大清早不到六點，她就聽見他在樓下吹著口哨。他吹的口哨輕快悅耳，令人愉快，十之八九都是讚美詩。他參加過唱詩班，擁有美妙嗓音，曾在紹斯韋爾大教堂擔任獨唱。光憑他早晨這樣隨意一吹便足以印證。

妻子躺著聽他在花園裡忙東忙西，又鋸又敲，夾雜著響亮的口哨聲。每當燦爛晨光閃耀，孩子們仍在睡夢中，她窩在床上，聽到他在幹活、獨自享樂，總是覺得心頭一暖，內心平靜。

九點，孩子們光腳露腿，坐在沙發上玩耍，母親正在洗碗。就在這時，他做完木工，走進家門，袖子捲起，背心敞開。

他看上去英俊依舊，一頭烏黑鬈髮，蓄著黑色大鬍鬚。他表情可能過於激動，給人一種近似愛發脾氣的印象。不過，這時的他眉飛色舞，逕直走向妻子洗碗的水槽。

「汝怎麼也在啊！」他大聲嚷嚷，「讓一邊去，換我洗。」

「你可以等我洗完。」妻子說。

「哦，非要我等？要是我不等呢？」

這番威脅帶著愉悅口吻，逗樂了莫瑞爾太太。

「那你可以去找洗衣盆，把自己洗乾淨。」

「哈！當然行，汝這惹人厭的小丫頭。」

語畢，他站在原地看了她一下，走到旁邊等她完事。

只要莫瑞爾願意，還是能打扮得極為時髦。以往，他出門通常脖子繫個領巾就了事了；如今，他卻會好好梳理打扮一番。他興致勃勃忙著梳洗，動作勤快，一個箭步衝去廚房照鏡子，由於鏡子太低，他還得彎著腰，才能把那頭溼答答的黑髮一絲不苟梳出分線，看得莫瑞爾太太心頭不快。他戴上下翻的衣領，別上黑色蝴蝶領結，再穿上最好的那件燕尾服。換裝後，他看上去瀟灑俐落，即便服裝有任何不足之處，他也能憑直覺，充分利用迷人外表加以掩飾。

九點半，傑瑞．帕迪來接他的好哥們。傑瑞是莫瑞爾的知己，但莫瑞爾太太不喜歡他。他身材高瘦，長著一張狐狸臉，那種乍看之下少了睫毛的臉孔。他走起路來生硬不自然，一副死要面子，彷彿腦袋裝在木製的彈簧上。他生性冷淡，精明得很，只在該慷慨時才出手大方。他似乎非常喜歡莫瑞爾，或多或少掌控著他。

莫瑞爾太太很討厭這個人。她認識他太太，對方死於肺癆，臨終前開始對丈夫恨之入骨，一看見他走進房間就咯血。傑瑞似乎根本不在乎這些事。現在，他的十五歲長女為他持家，在一貧如洗的家中照顧兩個還年幼的孩子。

「沒良心又瘦巴巴的卑鄙小人！」莫瑞爾太太如此看待他。

「**我**這輩子可沒看過傑瑞做什麼卑鄙的事。」莫瑞爾出聲抗議。「就我所知，上哪都找不到比他更慷慨大方、自由自在的傢伙了。」

「是對你才出手大方，」莫瑞爾太太反駁，「但對自己的親骨肉卻一毛不拔，他們還真可憐啊。」

「真可憐！我倒想知道，他們到底哪裡可憐了。」

針對傑瑞的看法，莫瑞爾太太就是不肯退讓。

此刻，讓兩人爭執不休的主角正伸著細瘦脖子，從洗滌間的窗簾後方探出頭。他與莫瑞爾太太目光相會。

「早啊，太太！妳先生在嗎？」

「對，他在。」

傑瑞問也沒問就走進來，站在廚房門口。沒人請他坐下，但他就站在那裡，厚顏無恥宣示著身為男人和丈夫所享有的特權。

「今天天氣真不錯。」他對莫瑞爾太太說。

「對。」

「早上真適合出門——很適合去散步。」

「你是說**你們**要出門散步？」她問。

「是啊，我們打算走去諾丁漢。」他回答。

「哦！」

兩個男人互相寒暄，神情都興高采烈，不過傑瑞是洋溢著自信，莫瑞爾倒是表現得有些壓抑，不敢在妻子面前顯得太過雀躍，但仍神采奕奕地迅速綁好鞋帶。他們打算徒步十哩，橫越田野，走去諾丁漢。兩人從谷底鎮出發，沐浴在晨光下，快活地爬上山坡。抵達月星酒館，兩人開喝，再轉戰老地方酒館。接著，他們走上漫長的五哩，沒碰半滴酒，一腳踏進布魯威爾，才痛快灌下一大杯苦啤酒。

但上路後，他們又在田裡逗留一陣子，與幾個帶著滿滿大壺酒水的堆乾草工人暢飲，於是等到終於看見目的地城市，莫瑞爾早已昏昏欲睡。只見整座城鎮在他們眼前向上開展，日正當中，隱約可見白煙裊裊，矗立在南方高處的盡是尖塔、廠房、煙囪。來到進城前的最後一片田野，莫瑞爾躺在橡樹下，熟睡一個多小時。等他起身要往前走，卻覺得不太舒服。

兩人在草地餐館與傑瑞的妹妹吃了一頓飯，然後光顧調酒碗酒館，融入賽鴿的群眾，情緒激動起來。莫瑞爾生平從未玩過牌，始終認為紙牌具有某種神祕的邪惡力量——「惡魔圖像」！他都如此稱呼。不過，玩起九柱戲和多米諾骨牌，他可是箇中高手。有個來自紐瓦克的男人向他提出挑戰，用九柱戲來分勝負，他欣然接受。在又舊又長的酒館裡，每個人開始選邊站，賭某一方會贏。莫瑞爾脫下外套。傑瑞捧著裝了賭注的帽子。眾人坐在桌旁觀戰，有些人則手拿酒杯站著。莫瑞爾謹慎地掂了掂手中的大木球，再擲出去。這一擊讓九根木柱東倒西歪，為他贏得半克朗，口袋不再空空。

晚上七點，兩人狀況絕佳，搭了七點半的火車回家。

谷底鎮午後的天氣令人難耐。沒出遠門的居民都走到戶外。婦女不戴帽，繫著圍裙，三三兩兩聚在街區間的巷道聊八卦；男人蹲坐閒談，每小酌一杯就稍事休息。整個地方散發霉味，石板屋瓦在陣陣旱燥熱氣中閃閃發光。

莫瑞爾太太帶小女兒去溪邊草地乘涼，離家不到兩百碼。溪水湍急，沖刷著石頭和鍋碗的碎片。母女靠在老舊羊橋的欄杆上，眺望風景。草地另一頭有個水坑，莫瑞爾太太看得見幾個男孩正光著身子，在深黃的水裡到處亂跑，偶爾某個充滿活力的身影帶著一身明亮水珠，飛奔過死氣沉沉的發黑草地。她知道威廉也在水坑裡嬉戲，最怕的莫過於他可能會溺死。安妮在高大殘破的樹籬下玩耍，撿了赤楊毬果，卻把它們叫成醋栗。這孩子需要多照顧，何況蒼蠅還在騷擾她。

孩子們七點就被送上床。接著，她做了些家務。

華特．莫瑞爾和傑瑞抵達貝斯特伍德時，心情輕鬆不少，火車行劃下句點，他們終於可以為美妙的一天再錦上添花。他們擺出心滿意足的返家旅客姿態，走進尼爾森酒館。

想到隔天就要上工，眾人無不感到掃興。此外，多數人早已花光身上財產，有些人垂頭喪志，搖搖晃晃走回家，準備就寢，明天好去幹活。莫瑞爾太太聽著他們憂傷的歌聲，走進屋內。過了九點，甚至十點，「兩人組」依然沒有回家的跡象。有個男人正在某戶人家門口放聲高歌，慢條斯理唱著〈引領我吧，慈愛之光〉。男人一喝醉，變得多愁善感，就非得唱這首讚美歌，總是令莫瑞爾太太感到氣憤。

「好像唱〈吉妮維芙〉[5]不夠格似的。」她說。

廚房瀰漫著熬煮香草和蛇麻草的氣味。爐架上，一只黑色平底深鍋緩緩冒著煙。莫瑞爾太太取來厚實龐大的紅色陶製麵包盆，倒入大量白砂糖，再使盡全力抬起燉鍋，把熬煮液倒進去。

就在這個節骨眼，莫瑞爾走進家門。他在尼爾森酒館度過快活無比的時光，但回家路上漸感煩躁。先前熱到睡在地上休息，醒來後卻渾身疼痛又煩躁，他始終沒擺脫這股異樣感，加上現在快到家了，愧疚感油然而生。他不曉得自己在氣頭上，但當他想打開花園柵門，試了幾次都無功而返，便朝門一腳踹下去，弄壞了門閂。他進門時，莫瑞爾太太正把燉鍋裡熬煮好的香草液倒出來。莫瑞爾微微晃著身子，突然一個踉蹌，撞上桌子。滾燙的香草液灑出來。莫瑞爾太太嚇得往後一退。

「老天哪，」她大喊，「居然醉成這樣回家！」

「居然哪樣回家？」他咆哮，帽子滑落，遮住眼睛。

她忽然覺得一肚子火。

「有種說你沒醉啊！」她立刻反嗆。

她放下燉鍋，開始攪拌發酵液，好讓糖溶解。他雙手往桌面重重一拍，臉朝她猛伸過去。

「『有種說你沒醉啊。』」他重複她的話。「哼，只有妳這種臭婆娘才會這樣想啦。」

他繼續把臉湊向她。

「有錢去狂飲，就沒錢花在其他地方。」

「我今天花的錢根本不到兩先令耶。」他說。

「哪可能不花半點錢就喝個爛醉啊。」她回應，接著冷不防暴跳如雷喊道：「你如果是利用你心愛的傑瑞白吃白喝，倒不如讓他乖乖待在家照顧孩子，他們可是很需要有人照顧。」

「說謊，全是胡扯。女人，給我閉嘴。」

兩人現在陷入激戰。不論哪一方都忘卻了一切，徒留對彼此的恨意以及眼前這場爭鬥。她大發雷霆，他勃然大怒。兩人不斷脣槍舌劍，直到他開口罵她騙子。

「不行，」她大喊後，挺直身軀，難以呼吸，「不准那樣罵我——你才是天底下最不要臉的騙子。」她差點透不過氣，好不容易才把最後那幾個字吐出來。

「妳就是騙子！」他扯開嗓子大吼，拳頭猛力往桌上一敲。「妳是騙子、妳才是騙子。」

她渾身僵硬，握緊拳頭。

「家裡就是因為有你，才搞得烏煙瘴氣。」她大喊。

「那就滾出去啊——這可是我家。滾出去！」他大吼，「賺錢養家的人可是我，不是汝。這是我的家，不是汝的家。不爽就滾啊——滾出去！」

「那我就滾啊。」她大叫後，突如其來的無力感讓她淚眼盈眶。「噢，我怎麼不走，要不是為了那

5.〈甜美的吉妮維芙〉（Sweet Genevieve）為英國民謠。

些孩子，我老早就一走了之了。沒錯，多年前還只有一個孩子的時候，我幹嘛不走，你以為我沒後悔過嗎？」這時，眼淚忽然止住，化為盛怒。「你以為我會留下來是因為你嗎？你真以為我會捨得留下來，就為了**你**嗎？」

「那滾啊，」他失控大吼：「滾！」

「不！」她轉過頭，放聲大喊：「不，我才不會讓**一切**都順你的意，不會讓你想怎樣就怎樣。我還得照顧那些孩子。」她笑說：「天哪，要是把他們留給你可有得受了。」

「滾。」他聲音混濁地大喊，舉起了拳頭。他對她感到害怕。「滾！」

「我可是再樂意不過了。要是能離你而去，老天啊，我可是會笑得合不攏嘴呢。」她回應。

他滿臉通紅，雙眼充血，朝她走去，猛然一撲，緊抓住她的手臂。她嚇得驚叫出聲，拚命想掙脫。莫瑞爾稍微恢復理智後，喘著氣，動作粗暴地把她推向門口，再用力往外一推，在她身後砰地插上門閂。他走回廚房，重重跌進扶手椅，任由腦袋垂落雙膝之間，任憑血液直衝腦門。筋疲力盡又爛醉如泥的他，就這樣緩緩陷入昏睡。

八月的夜空中，月亮高掛，碩大渾圓。怒火中燒的莫瑞爾太太這時發現自己站在外頭，明亮卻冷冽的白光照在身上，不禁打了個冷顫，被激怒的內心深受衝擊。她呆站了好一會兒，無助地望著門旁光芒閃爍的大黃葉片。最終，她深吸一口氣，沿著花園小徑一路走去，四肢不住顫抖，腹中胎兒躁動不已。她好一陣子無法控制腦中思緒，只是無意識重溫剛才最後那一幕，那場面一而再、再而三反覆上演。某些話語、某些片刻每次出現，都像在她的靈魂上留下熾熱烙印；她每次重現過去那一小時發生的一切，烙印往往都在同一刻落下，直至烙痕深得無法磨滅，痛楚逐漸麻木，她這才回過神來。她深陷這種神智不清的狀態肯定長達半小時之久，才又意識到自己正置身夜色之中。她環顧四周，滿懷恐懼。不知不覺間，她晃到側院花園，沿著長屋牆旁的醋栗叢小徑來回走動。側院花園是一塊狹長土地，與周圍橫跨街區的道路，隔著一排茂密的有刺樹籬。

她急忙離開側院花園，回到前院，站在那裡，彷彿能沐浴在無邊無際的白光下。月亮在頭頂的高空中飄盪，月光照亮著前方的丘陵，灑遍谷底鎮盤踞的山谷，幾近眩目。最後，心頭重擔壓得她又是喘氣，又是啜泣，口中不斷喃喃自語：「討厭鬼！討厭鬼！」

她對自身有了某種體悟，於是盡力打起精神，想知道究竟有何領悟。高大的白百合在月光下左搖右晃，花香瀰漫在空氣中，濃烈得無所不在。莫瑞爾太太害怕得輕輕倒抽一口氣。她碰了一下碩大蒼白的花瓣，不由得渾身打顫。月光下的百合似乎正伸展軀幹。她把手伸進一朵白花的花瓣間，再就著月光，卻幾乎看不到手指沾染的金色花粉。她彎腰細看花中滿滿的黃色花粉，只看到黝黑一片。她深吸一口花香，差點沒暈過去。

莫瑞爾太太倚靠花園柵門，向外望去，失神片刻。她思緒不清，仍略感噁心，意識到腹中的孩子，自身卻像融化般，化為無形氣味，飄散至閃著微弱光芒的空中。不久，體內的胎兒也隨她一同消融於無所不在的月色之中，一切似乎在眼前轉了起來，丘陵、百合、住家全混成一團，她亦置身其中。

待她清醒過來，卻累得只想睡。她無精打采地四下張望，只見一簇簇白色草夾竹桃有如樹叢上鋪著亞麻布，一隻蛾在花叢間到處飛跳，最後橫越花園而去。目光緊追著牠不放，讓她失去睡意。輕吸了幾口草夾竹桃的新鮮濃郁香氣，令她精神煥發。她走過小徑，在白玫瑰花叢旁停下腳步，它聞起來是如此純粹芳香。她輕觸白玫瑰的波浪緣花瓣。花卉的清新香氣與柔軟冰涼的葉片，喚起她對清晨時刻和陽光的記憶。她愛不釋手，卻也疲倦不堪，只想睡上一覺。置身於妙不可言的露天花園，她孑然一身。

此刻，萬籟俱寂。孩子們顯然沒被吵醒，不然就是又睡著了。三哩外，一列火車隆隆作響，駛過山谷。夜幕龐大，奇妙無比，永無止盡不斷延伸灰白的勢力範圍。從這片昏暗的銀灰霧氣中，傳來眾多模糊沙啞的聲響：一隻秧雞近在咫尺、火車宛如在嘆息、男人們在遠方吆喝。

莫瑞爾太太原本平靜下來的心，此時又開始快速跳動。她連忙走過側院花園，繞到屋後，輕輕抬起門閂，但門依然鎖著，推也推不開。她輕輕敲了幾下，等候回應，又敲了一次。她絕對不能吵醒孩子或驚動鄰居。莫瑞爾想必還在睡，他一睡著就很難叫醒。她一心只想進門，於是緊握門把不放。天氣變冷了，她說不定會著涼，以她現在這樣子，情況可不妙！

她把圍裙披在頭上，罩住雙臂，再次匆匆走向側院花園，來到廚房窗前。她貼著窗臺，從捲簾下方，勉強能看到丈夫手臂攤在桌上，滿頭黑髮散在桌面。他就這樣趴在桌上睡著了。看到他這副模樣，她不知為何對一切心生厭倦。油燈冒著煙，她光看泛著紅銅色的燈火就曉得了。她輕敲窗戶，愈敲愈大聲，聽起來簡直快把玻璃敲破了，他卻依然沒醒。

一切都是白費力氣。由於身體靠著石頭，加上精疲力盡，她開始渾身發抖。她無時無刻替尚未出生的孩子感到擔憂，一心只想著該如何保暖。她前天把一張舊爐邊地毯拿去儲煤間，打算交給收破爛的人，於是走過去把地毯披在肩上。地毯髒歸髒，裹著卻很暖和。接著，她在花園小徑上來回走動，時不時從捲簾下窺探、敲窗，心想莫瑞爾那種不舒服睡姿遲早會讓他痛醒。

又過了約一小時，她開始持續不斷輕敲窗戶。這個聲音漸漸傳進他耳裡。正當她絕望得不再敲，卻看到他動了一下，茫然抬頭。心臟奮力鼓動，疼得他終於清醒過來。她急切敲著窗戶。他瞬間驚醒。她頓時看到他握緊拳頭，瞪大眼睛。他根本不怕肢體衝突，就算來的是二十個竊賊，他也會輕率魯莽地朝他們發動攻擊。他瞪著雙眼環顧四周，大感困惑，卻已經進入備戰狀態。

「開門，華特。」她冷漠地說。

莫瑞爾鬆開拳頭。他這才明白自己做了什麼好事。他低下頭，悶悶不樂，顯得頑固。她看到他急忙走向門邊，聽見門閂發出悶響。他試著打開門閂，門也終於開了——在油燈的黃褐光芒照耀下，眼前出現一整片銀灰夜幕，他不禁心生畏懼，趕緊退回屋內。

莫瑞爾太太進屋時，看到他簡直是拔腿穿過門跑向樓梯。為了趕在她進門前消失得不見人影，他慌忙扯下衣領亂丟，導致鈕孔扯裂。她對此大為光火。

她暖和身子，平復情緒。累到極點的她忘卻一切，只是四處走動，做著尚待完成的瑣碎家事：準備好他的早餐，清洗他工作攜帶的水壺，將工作服放到壁爐上烘暖，把工作靴擺到爐旁，替他拿出乾淨的領巾、隨身包、兩顆蘋果，接著撥弄柴火，上床睡覺。莫瑞爾早已睡得不省人事。只見他烏黑細眉在額頭上皺成一團，似在發怒，還垮著一張臉，緇緊嘴脣，彷彿在說：「我才不在乎你是誰、又是何方神聖，我**就是**要為所欲為。」

莫瑞爾太太不用看也知道他睡著後是什麼模樣。她對著鏡子取下胸針，嘴角微微上揚，這才發現臉上沾滿百合的黃色花粉。她拂去花粉，終於能躺下了。儘管思緒依舊紛雜，內心不時激動了好一陣子，但等到丈夫真正酒醒之際，她早已入睡。

第二章 保羅出生，以及另一場爭戰

這次與妻子大吵後，華特．莫瑞爾好幾天都羞愧得無地自容，但沒過多久便故態復萌，擺出蠻橫霸道又漠不關心的態度。然而，不同於以往，他的狂妄自大有些收斂，氣焰略消。不只心態上有點畏縮，連實際的身軀也跟著蜷縮，存在感隨之降低。他體格向來並不粗壯，所以當挺拔自信的姿態遭受打擊，身形似乎也隨著自尊和氣概一同消風。

他現在發覺妻子大腹便便要做家務有多辛苦，出於懺悔，開始展現同情心，盡可能主動伸出援手。他離開礦坑便直接回家，每晚都待在家裡，直到週五實在待不住，終究還是出門了。但他十點前就返家，幾乎沒怎麼醉。

他總是自己動手做早餐。身為一個早起且時間充裕的人，他不像有些礦工六點一到就硬把妻子叫醒。他五點醒來，有時更早，醒了就直接起床下樓。妻子要是睡不著，便躺在床上靜待這段時間的到來，像在等待平靜時光。似乎唯有在他離家的期間，她才能獲得真正的安寧。

莫瑞爾穿著襯衫下樓，然後費力穿起整晚擱在壁爐上烘暖的工作褲。爐裡必定會生著火，因為莫瑞爾太太事先都撥弄好了。莫瑞爾把水壺裝滿，放在爐架上，再敲碎沒燒完的煤塊來燒開水，火鉗敲著煤耙的砰砰聲，便成了屋內一天最初的聲響。他要用的茶杯和刀叉擺在桌面的報紙上，所需的一切準備就緒，只缺食物。於是，他準備早餐、沏好茶，將小地毯塞進門下的縫隙擋風，往爐裡添煤生起大火，坐下來好好享受一小時。他叉起培根直接用火烤，滴落的油拿厚麵包片接住，再放上鹹肉薄片，用摺疊刀切成大塊，然後把茶倒入茶碟，感到心滿意足。與家人一同用餐時，食物的滋味從未如此美妙。他對叉子厭惡至極，這個現代產物此時尚未在平民百姓間普及開來。莫瑞爾寧可用摺疊刀。他通常坐著小板凳，在寒風刺骨中背對溫暖的壁爐架，圍欄上擱著食物，壁爐上放著茶杯，就這樣獨自吃吃喝喝。隨後，他看起昨晚的報紙，吃力地一字一句慢慢讀，能看懂多少是多少。即使白天，他也寧可拉下捲簾，點燃蠟燭——這是在礦坑工作養成的習慣。

五點四十五分，莫瑞爾起身，切下兩塊厚麵包片，塗上奶油，放進白色印花棉布的隨身包。他在錫製水壺裡倒滿茶。去礦坑幹活時，他喜歡喝不加牛奶或糖的冷茶。他脫下襯衫，換上工作服：法蘭絨汗衫質地厚實，領口低，袖子短得像女式襯衣。

整裝完畢，他端了一杯茶上樓給妻子，因為她人不舒服，他也正好想到要這麼做。

「姑娘，我替汝端了一杯茶。」他說。

「不必這麼麻煩，你也知道我不喜歡喝。」她回應。

「喝吧，喝了汝很快又能睡一下了。」

她接過茶。看到她把茶端去啜飲，他很滿意。

「我敢說這裡面沒放糖。」她說。

「才怪，我放了一大塊耶。」他語氣受傷地回答。

「還真怪啊。」她說完，繼續小口喝茶。

她放下頭髮時，臉蛋美麗迷人。他很喜歡她以這模樣對自己發牢騷。他又看了她一眼，連句再見也沒說便離開。他上工向來只帶兩片塗了奶油的麵包，所以多了一顆蘋果或柳橙，就是難得的樂事。每次她多打包了什麼，他都很享受。他在脖子綁上領巾，穿上沉重的大靴和有個大口袋的外套，口袋裡裝著隨身包和那瓶茶。穿戴整齊後，他在身後關上門，沒鎖，迎向晨間的清新空氣。他很喜歡清晨，也喜歡一早漫步穿越田野。每當他抵達礦坑口，嘴裡往往叼著從樹籬拔下的葉莖，整天被他嚼個不停，以保持口腔溼潤，讓他就算下到礦坑，心情也和待在田野一樣愉快。

隨著臨盆的日子逼近，他散漫歸散漫，還是開始忙上忙下，出門前清出爐灰、擦拭壁爐、打掃屋內。自認幫了不少忙後，他走上樓。

「我替汝打掃乾淨了，所以汝不必成天忙來忙去，乖乖坐著看書就行了。」

聽到這番話，莫瑞爾太太雖然內心氣憤，依然笑了出來。

「然後晚飯會自己煮好啊？」她回問。

「呃，晚飯的事我啥都不知道。」

「晚飯沒端上桌，你就知道了。」

「說得有道理。」他講完便出門。

下樓後，她會發現屋裡井然有序卻髒兮兮。除非徹底打掃乾淨，否則她無法安心休息，於是她提起畚箕走向灰坑。柯克太太一看見她的身影，總是設法在這時也走去自家的儲煤間，隔著柵欄喊道：

「妳怎麼還忙得不可開交啊？」

「唉，」莫瑞爾太太不以為然地回答，「我又能怎麼辦？」

「妳們有看到霍斯嗎？」對街有個身材嬌小的女人大喊。原來是安東尼太太，她頭髮烏黑，身形瘦小，老是穿著剪裁貼身的褐絲絨裙。

「沒看到。」莫瑞爾太太說。

「這樣啊，真希望他會來，我已經縫好滿滿一盆衣服了。我很確定剛剛有聽到他在搖鈴。」

「瞧！他在巷底。」

兩位婦女朝巷尾望去。只見谷底鎮的盡頭停著一輛舊式雙輪輕馬車，一名男子站在車上，正彎腰查看一捆捆乳白色物品，四周擠著一群婦女，紛紛朝他舉起手，有些人就拿著那種包裹。安東尼太太手臂上掛著一堆尚未染過的乳白色長襪。

「我這星期縫了十打。」她驕傲地對莫瑞爾太太說。

「我的天！」另一個女人表示，「真不知道妳怎麼有辦法擠出那麼多時間。」

「哎呀！」安東尼太太說：「只要努力空出時間，就能擠出時間啦。」

「真不知道妳是怎麼辦到的。」莫瑞爾太太說：「縫那麼多可以賺多少啊？」

「一打兩便士半。」對方回答。

「哦，」莫瑞爾太太說：「為了兩便士半，要坐下來縫二十四條長襪，我還沒縫就先餓死了吧。」

「噢，不曉得耶，」安東尼太太說：「縫得飛快就好啦。」

霍斯搖著鈴走過來。婦女紛紛站在院子盡頭等他，手臂上都掛著縫好的長襪。這個平凡無奇的男人對婦女開開玩笑，試圖敲詐她們。莫瑞爾太太一臉鄙夷，轉身走過後院。

這裡的居民都心照不宣，哪家婦女要是想叫鄰居，就拿火鉗伸過爐火，用力敲後方的爐壁，因為相鄰屋舍的壁爐僅有一牆之隔，一敲隔壁就會發出巨響。某天早上，柯克太太正在攪拌麵包布丁的麵糊，忽然聽見壁爐傳來砰砰的重擊聲，差點被嚇得魂不附體。她顧不得雙手還沾滿麵粉，趕緊跑到柵欄邊。

「莫瑞爾太太，妳剛剛是不是有敲啊？」

「麻煩妳幫個忙，柯克太太。」

柯克太太爬上自家的洗衣銅盆，翻過柵欄，越過莫瑞爾太太家的洗衣盆，匆匆跑進鄰居家。

「啊，親愛的，妳感覺怎樣？」她大聲關切。

「妳可能得找鮑爾太太過來。」莫瑞爾太太說。

柯克太太走進院子，扯開嗓子尖聲大喊：「艾姬——艾姬！」

她的聲音大到傳遍整個谷底鎮。艾姬終於跑過來，被派去找鮑爾太太，而柯克太太就丟著麵包布丁不管，留下來陪鄰居。

莫瑞爾太太上床躺好。柯克太太替安妮和威廉張羅晚餐。鮑爾太太身材臃腫，走起路來搖搖晃晃，接管了家務。

「請替我先生切點冷肉當晚餐，再烤個蘋果麵包布丁。」莫瑞爾太太說。

「**今天**沒麵包布丁可吃，他也不要緊。」鮑爾太太說。

莫瑞爾通常不是搶第一批收工，在坑底等著上去的人。四點下工的汽笛聲還沒響，就有人出現在坑底等下班。這段時期，莫瑞爾工作的採煤巷產量低，離坑底約有一哩半之遠，所以經常等到哪個同伴先停手，他才跟著收工。然而，礦工今天卻對工作感到厭倦。兩點時，他待在不必用安全燈的坑道，於是就著綠蠟燭的火光，查看自己的錶，然後才過半小時，又確認了一次。由於有塊岩石擋到明天要採煤的地方，他正對它又劈又鑿。他跪坐在地上，使勁揮動十字鎬，嘴裡喊著「呼哈——呼哈！」。

「老兄，汝要結束了吧？」他的好夥伴巴克大聲問。

「結束？天沒塌下來，想都別想！」莫瑞爾咆哮。

他繼續敲擊，疲累不堪。

「看了真教人難受。」巴克說。

莫瑞爾氣到不行，懶得回話。他仍使盡全力，又揮又鑿。

「夠了啦，華特，」巴克說：「就算不這樣死命亂劈，明天再搞也行啊。」

「以色列，這該死的東西我明天連碰都不想碰！」莫瑞爾大叫。

「噢，好吧，汝不想幹，總會有人解決它的。」以色列說。

莫瑞爾聽完，繼續敲擊。

「喂，你們，**收工啦！**」隔壁煤巷的男人離去時大喊。

莫瑞爾繼續敲擊。

「汝快點跟上來吧。」巴克說完就走了。

他離開後，獨自留下的莫瑞爾怒火中燒。他工作還沒結束，發瘋似地拚命埋頭苦幹。最後，汗流浹背的他站起來，扔下工具，穿上外套，吹熄蠟燭，拾起安全燈，離開原地。來到主坑道，其他人手中的燈來回晃動，眾多聲音匯聚成一股悶響。大家踩著沉重步伐，走過漫長的地下通道。

莫瑞爾坐在坑底，大顆水珠滴答落下。許多礦工都在等輪到自己上去地面，趁著這段空檔大聲交談。莫瑞爾三兩句就把人打發掉，一副愛理不理的樣子。

「各位，外頭正在下雨。」老札爾斯帶來地面上的消息。

莫瑞爾感到欣慰，因為他愛用的那把舊傘就放在燈具間。最後，他終於在升降機裡占到位置，一眨眼便回到地表。他交出安全燈，拿了在拍賣會花一先令六便士買來的雨傘。他站在煤堆外圍半晌，眺望田野，天空陰雨綿綿。貨車載滿溼黑發亮的煤炭，雨水順著貨車兩側滑落，流過「卡偉公司」的白色字樣。礦工們滿不在乎地走入雨中，沿著鐵軌走向田野，黑壓壓一片，顯得陰鬱。莫瑞爾撐傘，感受雨滴接二連三打在傘上，自得其樂。

走在往貝斯特伍德的路上，這些礦工始終踩著沉重的腳步，渾身溼透又骯髒，但通紅的嘴唇一張一合，聊個不停。莫瑞爾也跟著一群人走，卻不發一語，而是邊走邊氣得皺眉。路過威爾斯親王酒館或艾倫酒館時，不少人走進去。莫瑞爾心情壞到極點，抗拒來一杯的誘惑，步履艱難地沿著公園外牆前行，走過伸出牆頭、滴著雨水的樹下，踏進滿是泥濘的綠丘巷。

莫瑞爾太太躺在床上，聽見淅瀝雨聲夾雜著礦工自明頓返家的腳步聲、說話聲，以及跨過上坡田野那道過籬梯時柵門的砰砰聲。

「食品儲藏室的門後有些香草啤酒。」她說：「萬一我先生沒去酒館光顧，回來會想喝一杯的。」

不過，他晚歸了，而且在下雨，於是她想他一定是去喝酒了。他又哪裡在乎這個孩子或她呢？她每次生孩子，身體都變得非常虛弱。

「是男孩還是女孩？」她氣若游絲地問。

「是個男孩。」

這個回答令她寬慰。想到自己成為男人們的母親，她內心湧起一股暖意。她仔細瞧了瞧嬰兒：一對藍眼，金髮濃密，整個人胖嘟嘟。儘管生活如此不順遂，她依然萌生出熾熱無比的母愛。她讓孩子睡在自己身邊。

莫瑞爾腦袋放空，又氣又累，拖著腳步走上花園小徑。他收傘後，豎放在排水溝上，再踩著滑溜的笨重靴子走進廚房。鮑爾太太在內門處現身。

「呃，」她說：「她情況糟到不行，生了個男孩。」

礦工咕噥一聲，把空無一物的隨身包和錫製水壺放到櫥櫃上，走去洗滌間，掛好外套，再回來倒坐在椅子上。

「有酒嗎？」他問。

鮑爾太太走進食品儲藏室，裡面傳出軟木塞拔開時啪地一響。她露出略帶嫌惡的苛責表情，將馬克杯擺在莫瑞爾面前的桌上。

他灌下一口，喘口氣，用領巾一角擦乾大鬍髭，再灌一口，喘口氣，往後朝椅子一靠。婦人不願再與他交談，把晚餐擺在他面前就上樓。

「是我先生嗎？」莫瑞爾太太問。

「我把晚飯端給他了。」鮑爾太太答道。

莫瑞爾手擱在桌上後，才發現鮑爾太太沒有替自己鋪桌巾，還只用小盤子盛裝食物，而不是一般吃飯用的大餐盤。儘管內心氣憤，他照樣開動。此時此刻，無論是妻子身體不適，抑或是他又添了個兒子，他都覺得無關緊要。他累壞了，只想好好吃一頓，只想坐著把手擱在桌上吃飯，不喜歡有鮑爾太太在屋內打轉。爐火燒得不夠旺，令他不悅。

吃完飯，他坐在原位整整二十分鐘，才添煤把火撥旺。接著，他沒脫襪，心不甘情不願上樓。這時的他提不起勁要面對妻子，加上整個人疲憊不堪，留了滿頭汗的臉骯髒漆黑，已經乾了的汗衫覆滿塵土，脖子圍著的羊毛領巾也髒兮兮。於是，他只好站在床尾。

「呃，汝還好嗎？」他問。

「我會沒事的。」她回答。

「哦！」

他一臉茫然站在那裡，不知該如何接腔。他累得要命，還要煩惱該說什麼，根本自找麻煩，他連東南西北都搞不清楚了。

「聽說是個男孩。」他結巴地說。

她掀開被單，讓他看看孩子。

「上帝保佑他！」他喃喃說道。她聞言笑了，因為他只是照本宣科脫口而出，裝出父親該有的樣子，但當下其實根本沒那種心情。

「你走吧。」她說。

「我會的，姑娘。」他答完，轉身離去。

儘管被妻子打發走，他還是想親她一下，卻沒膽這麼做；她也有點希望他能給自己一個吻，卻鼓不起勇氣暗示他。待他再度離開房間，留下一股淡淡的煤屑味，她才能盡情呼吸。

公理會的牧師每天都來拜訪莫瑞爾太太。這位希頓先生年紀尚輕，一貧如洗。他妻子生頭胎時死於分娩，所以他至今仍獨自住在牧師館。他畢業於劍橋大學，擁有文學學士學位，生性靦腆，不擅長講道。莫瑞爾太太很喜歡他，牧師對她也信賴有加。她身體狀況好的話，兩人往往一聊就是數小時。他後來成為那個剛出生孩子的教父。

牧師偶爾會留下來與莫瑞爾太太一同用茶。這時，她都提早鋪好桌巾，擺出家裡最漂亮的茶杯，杯緣鑲著綠邊，並暗自希望莫瑞爾不要太早回家。要是當天他在酒館逗留多喝一大杯酒，她可不介意。莫瑞爾太太每天得煮兩頓正餐，因為她認為孩子們一天主要的一餐應該在中午享用，而莫瑞爾要到下午五點才吃。於是，當莫瑞爾太太攪拌麵包布丁的麵糊或削馬鈴薯，希頓先生便替她抱著嬰兒，與她討論下次布道的內容，目光始終不曾離開她。他的想法稀奇古怪、不切實際，往往要靠頭腦清醒的她把他拉回現實。他們正在討論迦拿婚宴[6]。

「耶穌在迦拿將水變成酒，」他說：「象徵著已婚夫妻原本平凡的生命，甚或體內的血，本來未受啟發，如今充滿靈，就像水變成酒，因為若心中充滿愛，人整個心靈便會產生變化，充滿聖靈，形貌也幾乎會隨之改變。」

莫瑞爾太太心想：「唉，這人真可憐，太太年紀輕輕就死了，他才轉而將愛奉獻給聖靈。」

他們第一杯茶才喝到一半，就聽到工作靴發出的滑溜聲響。

「我的天啊！」莫瑞爾太太不由得驚呼。

牧師看上去嚇壞了。莫瑞爾進屋，心情相當不快。他向牧師點頭致意，後者起身想與他握手。

「不，」莫瑞爾邊說邊把手伸給他看，「瞧！汝才不想握這麼髒的手吧？上面太多老繭和煤屑了。」

牧師聽了不知所措，滿臉通紅，又坐回去。莫瑞爾太太站起來，端走熱氣騰騰的燉鍋。莫瑞爾脫下外套，把扶手椅拖到桌旁，重重坐下。

「你很累嗎？」牧師問。

「累？我確實累得要死。」莫瑞爾回答，「**你**才不曉得什麼叫累，更不知道**我**到底多累。」

「確實。」牧師回應。

「瞧瞧這裡。」礦工說完，把汗衫的肩膀處秀給他看。「現在變得有點乾了，但還是溼得跟吸滿汗水的破布一樣。摸摸看啊。」

「天哪！」莫瑞爾太太大叫，「希頓先生才不想摸你那髒得要死的汗衫。」

牧師小心翼翼伸出手。

「對啦，他可能不想，」莫瑞爾說：「但管他摸不摸，這些汗全是從**我**身上流出來的，我的汗衫每天都像這樣溼得能擰出水。這位太太，男人去礦坑做牛做馬，全身髒兮兮回家了，是不會端喝的來啊？」

「你很清楚啤酒早被你喝光了。」莫瑞爾太太邊說邊替他倒茶。

「那是不會再去買喔？」他轉身對牧師說：「誰不知道煤坑到哪都是煤屑，下去搞得全身都是塵土可是家常便飯，回家後當然**需要**喝一杯啊。」

「說得對。」牧師說。

「可是十之八九，啥也不會有。」

「家裡有水——也有茶。」莫瑞爾太太說。

6. 出自《新約・約翰福音》第二章一至十一節。

「水！水怎麼可能潤得了喉啊。」

他倒了滿滿一茶碟的茶，吹涼後，用藏在濃密黑鬍下的嘴巴一飲而盡，發出一聲嘆息。接著，他又倒了一茶碟，把杯子放在桌上。

「我的桌巾！」莫瑞爾太太叫道，把茶杯放到托盤上。

「像我這樣累得半死才回家的人，哪來的精力管什麼桌巾啊。」莫瑞爾說。

「還真可憐喔！」妻子大聲挖苦。

屋內充斥著肉品、蔬菜、工作服散發出來的氣味。

莫瑞爾朝牧師傾身，大鬍鬚跟著猛然往前一凸，嘴唇在烏漆抹黑的臉上出奇紅潤。

「希頓先生，」他說：「整天待在下面那個漆黑的洞，對著煤面挖個不停，唉，那可是比那道牆還硬得多——」

「你不必這樣發牢騷。」莫瑞爾太太插嘴。

她討厭丈夫一有機會逮到聽眾，就像這樣抱怨裝可憐。此時坐在一旁照顧嬰兒的威廉也討厭父親，他年紀雖然還小，卻憎恨他的虛情假意，憎恨他不當對待母親。安妮對他從來沒有好感，老是躲著他。

牧師離去後，莫瑞爾太太看著桌巾。

「真是一團糟！」她說。

「就因為有牧師來陪汝喝茶，汝就以為我會把手懸在半空中嗎？」他咆哮。

雙方怒氣沖沖，但她不發一語。嬰兒哭了起來。莫瑞爾太太從爐上拿起燉鍋時，不小心敲到安妮的頭，女孩開始嗚咽，莫瑞爾對她大吼。混亂之中，威廉抬頭望著掛在壁爐架上方的巨大裱框文字，字字清晰地唸出來：「願上帝保佑我們家！」

莫瑞爾太太本來在哄寶寶，聽到後立刻起身，衝過去賞他一記耳光，罵說：「你沒事亂插什麼嘴？」

說完，她坐下來放聲大笑，笑到淚水滑落臉龐，威廉則朝剛坐的凳子踹了一腳。莫瑞爾見狀，怒吼：「我可看不出有什麼好笑的。」

某天傍晚，牧師來訪時，丈夫再次搬出博取同情的戲碼，莫瑞爾太太忍無可忍，於是牧師前腳剛走，她就帶著安妮和寶寶出門。莫瑞爾還踹威廉出氣，作為母親，她永遠無法原諒他。

離家後，她行經羊橋，穿越草地一隅，來到板球場。整片草地籠罩在色澤豐潤的暮光下，遠處隱約傳來磨坊水車潺潺作響。她在板球場一旁的赤楊樹下找位子坐，望著眼前的黃昏景色。廣闊的綠色板球場在她面前擴展開來，處處平坦堅實，宛如閃爍著光芒的海底。在看臺頂棚投下的深藍陰影中，小孩彼此玩耍。眾多禿鼻鴉飛越由柔和光線交織而成的天空，啼叫不已，準備歸巢。牠們一隻接一隻從高空俯衝而下，劃出一道又遠又長的弧線，滑翔在那團金黃光芒之中，聚精會神，呱呱鳴叫，盤旋於草地上隆起的昏暗樹叢，猶如黑色雪花緩緩旋轉飄落。

幾位男士正在練球，莫瑞爾太太聽得見球被擊中後，眾人忽然一陣騷動，還看得見他們的白色人影在綠色球場上無聲移動，而暗藏在草地下的陰影早已蓄勢待發。遙望遠處的農莊，乾草堆一側餘暉眩目，另一側灰藍陰暗。一輛滿載著成捆乾草的馬車搖搖晃晃駛過這片柔和黃光，小得快看不見了。

此時正值日落時分。每逢萬里無雲的傍晚，德比郡的群山無一不染上夕陽的火紅餘暉。莫瑞爾太太望著太陽從金光閃閃的空中慢慢下沉，為頭頂上方帶來淡藍如花的天色，卻染紅了西半邊天空，彷彿所有火光都沉潛至西方，徒留火光以外一圈完美無瑕的藍。田野另一端的晦暗葉叢裡，花楸樹莓一時被照得火紅耀眼。休耕地一角豎放著幾堆玉米禾束，這時彷彿重獲新生，她想像它們正低頭鞠躬。也許她的兒子會成為像聖經中約瑟那樣的偉大人物。對照西邊的緋紅夕陽，東邊則映照出一片粉色天空。山坡上的高大乾草堆只剩頂端籠罩在餘暉中，逐漸變冷。

對莫瑞爾太太來說，這是生活中少數的寧靜時刻，瑣碎煩惱消失得無影無蹤，美好事物躍然而出，使她得以鼓足力量，心平氣和面對自己。有時，一隻燕子從她身旁飛掠而過；有時，安妮捧著一大把被她當成赤楊毬果的醋栗走來。坐在母親膝上的寶寶動來動去，朝著亮光揮舞雙手。

莫瑞爾太太低頭看他。她原以為對丈夫的反感，將導致自己視這個嬰孩為災難；現在面對這個襁褓中的孩子，她卻湧出難以言喻的奇妙之情。這孩子教她心情沉重，好像他身體不好或哪裡畸形，實際上他卻相當健康。不過，她注意到寶寶特別喜歡皺眉，眼神特別鬱悶，似乎努力想理解某種痛苦。當她望進那孩子若有所思的深色瞳孔，心不禁為之一沉。

「他看起來像在思考什麼——還是頗為傷心的事。」柯克太太曾這麼說。

母親望著他，沉重的心情忽然化為激昂的悲痛。她朝他垂下頭，心中的淚水奪眶而出。嬰兒舉起手。

「我的小寶貝啊！」她輕聲呼喊。

這一刻，她打從靈魂深處覺得自己和丈夫皆有罪。

寶寶仰頭看她。他的藍眼與她如出一轍，眼神卻如此憂鬱又沉穩，彷彿他內心某處深受震撼，因而有所體悟。

嬌弱的嬰兒躺在她懷裡，無時無刻不抬著那對深邃藍眼注視她，眨也不眨，似乎將她內心最深處的思緒一一拉了出來。她不再愛著丈夫，當初也不想生這個孩子，他現在卻躺在她的懷裡，牽動她的心。她覺得自己與這副虛弱瘦小身軀相連的臍帶似乎尚未剪斷，一股熱烈愛意頓時從她體內湧出，流向眼前的幼兒。她將孩子緊貼著臉，緊抱在胸前。既然他是在不受人喜愛下誕生於世，那她會盡其所能，全心全意愛他；既然他已誕生於此，那她今後會更愛他，以愛澆灌。他若有所悟的清澈雙眼，令她滿懷痛苦與恐懼。他是不是對她瞭若指掌了？當他躺在自己心臟下方，是不是都在偷聽她的心聲？他是不是露出責備她的神情？她感覺骨頭裡的骨髓正在融化，內心充滿恐懼與痛苦。

她再度意識到火紅的夕陽正停留在對面的山脊上。忽然間，她用雙手將孩子舉高。

「看！」她說：「看哪，我可愛的孩子！」

她把手上的嬰兒朝陣陣脈動的緋紅夕陽一舉，簡直鬆了一口氣。她看見他舉起小拳頭，又將他抱回懷裡，幾乎為自己一時衝動，想把他送回當初孕育他的地方，感到無地自容。

「要是他活下去，」她心想：「他會變得怎樣——他會成為什麼樣的人呢？」

她心裡一陣焦慮。

「我就叫他保羅。」她脫口而出，本人也不明所以。

過了一會兒，她踏上歸途。墨綠草地籠罩在大片陰影下，一切昏暗模糊不清。

不出所料，家裡空無一人。不過，莫瑞爾十點就回家了，這天最終至少是以和平收場。

這段時期，華特．莫瑞爾極其易怒。工作似乎讓他身心俱疲。回到家，他對誰都惡言相向。要是爐火不夠旺，他便出言狂酸；對著晚餐，他也滿腹牢騷；孩子們只要嘰嘰喳喳吵個不停，他就破口大罵，搞得孩子討厭他，孩子的母親也怒火沸騰。

週五，他到十一點都還沒回家。寶寶不舒服，鬧個不停，不抱他就哭。莫瑞爾太太累得要死，身體依然虛弱，快撐不下去了。

「真希望那個討厭鬼快回來。」她有氣無力地自言自語。

孩子終於在她懷裡墜入夢鄉，她卻累到沒力氣把他抱去搖籃。

「不管他哪時回來，我都不吭一聲。」她說，「唸他只會搞得我情緒激動，所以我什麼也不說。但我知道他做什麼都會讓我氣得一肚子火。」她又補充說。

聽到他回來的腳步聲，她受不了地嘆了口氣。他存心報復，於是喝得近乎爛醉。他進門時，她始終低頭看著孩子，不希望看到他的身影。然而，他東倒西歪走過她身邊，撞到櫥櫃，晃得鍋碗瓢盆乒乓作響。他緊抓住白色鍋蓋把手以免摔倒。這個瞬間，她體內竄起熾熱怒火。他掛好帽子和外套，原路折返，站在遠處怒瞪著她，而她仍坐著俯身看孩子。

「家裡難道沒吃的嗎？」他語氣粗魯無禮，好像在質問僕人。莫瑞爾醉到某種程度，就會模仿都市人的講話方式，字正腔圓卻矯揉造作。莫瑞爾太太最討厭他這樣裝腔作勢了。

「你很清楚家裡有什麼。」她說，語氣冰冷至極，聽上去不帶一絲同情。

他站在原地，紋風不動，瞪著她看。

「我客客氣氣問妳，妳就該客客氣氣回答我。」他口吻做作地說。

「我也照做了。」她依然沒朝他看一眼。

他又怒瞪她，然後往前踉蹌走了幾步，一手撐在桌面，一手猛扯桌子的抽屜，想拿把刀切麵包。由於他是往旁邊拉，抽屜卡住不動。一氣之下，他用力拽，抽屜整個飛出來，湯匙、叉子、刀子等一大堆金屬餐具嘩啦一聲全撒在磚塊地板上，噹啷作響。嬰兒被嚇得微微發抖。

「你這笨手笨腳的蠢醉鬼在幹嘛？」她大喊。

「那汝就該自己動手把這鬼東西拿出來啊。汝就該像別的女人，站起來好好伺候男人。」

「伺候你——你是說伺候你？」她大叫。「對，我懂了。」

「沒錯，我會好好教訓汝，要汝伺候**我**，對，汝就該伺候我——」

「休想，大爺，我寧可去伺候門邊的狗。」

「什——什麼？」

他正努力把抽屜塞回去，但一聽到她最後那句話，立刻轉身。他臉漲得通紅，兩眼布滿血絲。在那安靜無聲的短暫片刻，他一臉威嚇地盯著她。

她見狀，立刻不齒地「哼！」了一聲。

他氣得用力扯了一下抽屜。結果抽屜掉下去，重重砸在他小腿上，痛得他不加思索，直接撿起來朝她扔去。

扁平抽屜的一角擦過她的眉毛，砰一聲撞上壁爐。她身子一晃，震驚得險些從椅子上掉下去。她內心深處十分難受，將孩子緊緊抱在懷裡。過了一會兒，她好不容易才回過神來。寶寶正放聲痛哭。她的左眉血流如注。她低頭看了孩子一眼，頓時一陣暈眩，並看見幾滴血滲入裹著他的白色披巾，不過至少他毫髮無傷。她抬起頭，好讓自己不再感到頭暈，傷口的血卻因此流進眼裡。

華特・莫瑞爾仍站在原地，一手撐著桌面，表情茫然。等他確認自己完全能站穩後，朝她走去，腳步依然踉蹌。最後，他抓住她坐的那張搖椅椅背，晃得差點讓她摔下椅子。接著，他往前一傾，晃著身子，擔憂地問她：「砸到汝了嗎？」

他又晃動了一下，險些要摔到孩子身上。剛剛闖下大禍，讓他失去平衡，也失去鎮定。

「走開。」莫瑞爾太太費盡全力想保持泰然。

他打了嗝。「來──來好好瞧一下。」他說完又打嗝。

「走開！」她大叫。

「讓我──讓我瞧一下吧，姑娘。」

她聞到他渾身酒味，卻覺得他晃動她搖椅椅背的力道大得驚人。

「走開。」她說，儘管手無縛雞之力，仍然把他推到一旁。

他依舊沒站穩，眼睛直盯著她。她一手抱著寶寶，使盡力氣站起來。她咬緊牙關，憑藉意志力，像夢遊般緩慢移動，走進洗滌間，用冷水清洗眼睛一分鐘。可是，她頭實在太暈了，唯恐自己會昏倒，只好又渾身顫抖地走回搖椅。出於本能，她始終將寶寶緊揣在懷裡。

氣惱的莫瑞爾終於把抽屜塞回它所屬的位置，然後跪在地上，用麻木的雙手四處摸索，拾起散落一地的湯匙。

她的眉毛仍血流不止。沒過多久，莫瑞爾起身朝她走去，伸長脖子想看清楚。

「姑娘，它對汝做了什麼好事啊？」他低聲下氣地問，語氣非常難過。

「你自己看了就知道。」她回答。

他站定後，手撐在膝蓋上，身體向前一彎，仔細瞧了瞧傷口。

看見他那蓄著大鬍鬚的臉突然靠過來，她不由得盡可能別過頭。

眼見她如石頭般冷淡無情，嘴巴緊閉，他感到絕望，顯得有氣無力。當他無精打采把頭別開，正好看到轉向另一邊的傷口流下一滴血，落入嬰兒富有光澤的纖細髮絲裡。他繼續著迷觀看那一大滴暗沉血珠掛在那片閃閃發亮的雲朵上，慢慢把細絲往下拉。又有一滴血落下。這次，血滴將浸溼嬰孩的頭皮。他饒富興味地繼續看下去，覺得那滴血滲入其中。最後，他終究心軟了。

「這孩子怎麼了？」妻子只問了他這一句，聲音很小卻飽含情緒，讓他頭垂得更低。她改用更溫和的語氣說：「從中間的抽屜幫我拿些棉花來。」

他乖乖照做，跌跌撞撞走開，很快就拿著一團棉花回來。她接過後放到爐火前，燒去絨毛，再壓到額頭上。這段期間，寶寶始終躺在她膝上。

「現在拿條乾淨的工作領巾來。」

於是他又在抽屜裡翻來找去，最後拿著一條細長的紅色領巾走回她身邊。她接過領巾，用顫抖的雙手開始纏在頭上。

「讓我幫汝綁吧。」他低聲下氣說。

「我可以自己來。」她答道。包紮完，她交代他要撥弄爐火並鎖門，便先行上樓。

到了早上，莫瑞爾太太說：「因為蠟燭熄了，我摸黑想找煤耙，結果卻一頭撞上儲煤間的門閂。」兩個小孩抬頭，瞪大眼睛，一臉驚愕看著她，啞口無言，但目瞪口呆的表情似乎透露出他們隱約明白這起慘劇有多嚴重。

事件隔天，華特．莫瑞爾快中午都還躺在床上。他腦中想的不是前一晚的事，他幾乎什麼都沒在想，就是不願想起昨晚的事。他像隻生悶氣的狗，躺在那裡受盡委屈。他才是傷自己最深的那個人。他傷得比較重，也是因為他絕不會對她吐露半點心聲，或表示自己有多難過。他想盡辦法擺脫這種心情。「那都是她的錯。」他心想。不過，他內心的自我折磨說什麼也阻止不了，就像鐵鏽般不斷侵蝕他的心靈，唯有借酒澆愁才能紓緩。

他沒動力起床、講話或移動，只能像塊木頭躺著不動。更何況，他腦袋還陣陣劇痛。今天正好是週六，於是他快中午才起床，到食品儲藏室切點東西，低頭吃完，再穿靴子出門，結果三點回來時微醉，心情放鬆，又直接倒頭就睡。傍晚六點，他再次起床，喝完茶便出門。

週日也大同小異：睡到中午，在巴麥尊紋章酒館待到兩點半，回家吃飯就寢，整天幾乎沒講半個字。莫瑞爾太太快四點上樓，準備換上最好看的那套衣服時，看到他睡得不醒人事。哪怕他只要開口說一句「老婆，我很抱歉」，她就會對他心軟，但他就是不肯說，堅決認為都是她的錯。結果，他暗自神傷，她則乾脆放著他不管。兩人在情感上陷入僵持，而她顯然較為堅強。

時間到了，莫瑞爾一家開始喝下午茶。週日是全家唯一能坐下來一同用餐的日子。

「父親不打算起床嗎？」威廉問。

「讓他繼續躺吧。」母親回應。

整個家籠罩在愁雲慘霧之中。孩子們呼吸著有害身心的空氣，個個垂頭喪氣。他們悶悶不樂，不知如何是好，也不曉得該玩什麼好。

莫瑞爾一醒來立刻下床。他生性坐不住，從小到大一向如此——不動就渾身不對勁。連續兩天上午都窩在床上不動，把他悶壞了。

他下樓時將近六點。這次，他毫不猶豫走進房間，原本神經敏感的畏首畏尾態度，再度變得冷酷無情。他不再擔心家裡的人對自己有何看法。

下午茶全擺在桌上。威廉正大聲朗讀《兒童世界》，安妮一邊聽一邊不停問「為什麼」。聽到父親穿著長襪的腳發出砰砰聲走過來，兩個孩子頓時噤聲，更在他走進房間時縮起身子，即便兩人平時都受到他不少溺愛。

莫瑞爾獨自準備要享用的茶點，動作粗暴，吃吃喝喝時還發出不必要的多餘噪音。誰也沒對他開口。當他踏進房間，家人便退避三舍，安靜下來，原有的家庭氣氛消散瓦解。但他已經不在乎自己是否被家人疏遠。

他一喝完茶，便欣然起身出門。就是他這種欣然的態度，這種迫不及待要離開的舉動，教莫瑞爾太太厭惡至極。聽到他心情大好用冷水沖洗，聽見他打溼頭髮後，拿著鋼梳熱切地在洗臉盆上刮了幾下，她只能滿心作嘔，閉上眼睛。他彎腰綁鞋帶，動作散發出某種粗俗活力，將他和其餘默默盯著他看的家人一分為二。他老是逃避爭執，選擇落荒而逃。就連在不為人所知的內心深處，他也自行辯解：「要是她沒那樣說，根本不會發生這種事。她這是自作自受。」他準備出門時，孩子們全程屏息以待，等他離去，他們才鬆了一口氣。

他在身後關上門，心情愉快。傍晚的天空正下著雨。看來，去巴麥尊酒館會比較愜意。他滿懷期待，開始趕路。谷底鎮每棟房子的黑色石板屋瓦都溼得發亮，平常總是布滿煤屑的道路，現在處處是發黑的泥濘。他沿路加快腳步。巴麥尊酒館窗戶全起了霧，出入口布滿溼答答的腳印，不過室內溫暖，空氣有些汙濁，充斥著交談聲，瀰漫著啤酒味和菸味。

「華特，要喝啥？」莫瑞爾一出現在門口，就有人大喊。

「噢，吉姆老弟，什麼風把汝吹來啦？」

男人們為他騰出空位，熱烈歡迎。他心情雀躍。不出幾分鐘，他們便教他忘卻一切，拋開所有責任、恥辱、煩惱，讓他盡情享受，度過快活的一夜。

到了週三，莫瑞爾已身無分文。他害怕要面對妻子。由於傷害了她，他痛恨她。那天傍晚，他拿不定主意，到底該不該連兩便士也沒有就跑去巴麥尊酒館賒帳，讓自己債上加債。於是，趁著妻子在花園與孩子同樂，他拉開櫃子最上層抽屜，四處翻找她收在那裡的錢包。找到後，他檢視內容物，裡面有一枚半克朗、兩枚半便士、一枚六便士。最後，他拿走六便士，小心翼翼把錢包放回原處才出門。

隔天，莫瑞爾太太想付錢給菜販時，打開錢包要取出六便士，心頓時一沉。她坐下來思索：「原本有六便士嗎？我沒有花掉吧？也沒忘在別的地方吧？」

她心煩意亂到了極點，開始大肆搜索，翻遍所有地方。她找的同時，心裡慢慢浮現一個念頭：把錢拿走的一定是她丈夫。錢包裡那些錢就是她僅有的財產，他居然敢背著她偷偷摸走，簡直令人忍無可忍。他已經有兩次前科了。第一次她沒有指責他，而且他週末便把那一先令放回錢包，所以她才曉得拿走錢的就是他。不過，第二次他就沒還錢了。

這一次，她覺得他太過分了。那天，他提早回家，等他吃完晚飯，她便冷冰冰對他說：

「你昨晚是不是從我錢包拿了六便士？」

「我！」他抬起頭，一臉被冒犯地說，「不，我才沒拿！我從沒看過妳錢包。」

但她一聽就知道他在說謊。

「哦，你很清楚就是你拿的。」她平靜地說。

「我就說我沒有。」他大喊，「妳又在找我碴了，是不是？我受夠了。」

「你趁我收衣服，從錢包摸走六便士。」

「敢這樣亂指控，我會讓妳後悔的。」他說完，情急之下把椅子往後一推站起來，匆匆梳洗，毅然決然上樓。不久，他穿戴整齊下樓，一手提著藍色格子花紋布的大包袱。

「好了，」他說：「等妳哪時想見我，我才會回來。」

「不必等到那時候，你就會回來了。」她回應。聞言，他便攜著包袱，大步跨出家門。她坐在原位，全身微微發抖，心裡卻滿是鄙夷。萬一他跑去另一個礦坑、找到工作、另結新歡，她該如何是好？但她太瞭解莫瑞爾了——他沒這種本事。她篤定他辦不到。即便如此，她仍憂心如焚。

「爸爸在哪？」放學回家後，威廉問。

「他說他要離家出走。」母親回答。

「走去哪？」

「呃，不知道。他用一塊藍布收拾了包袱，還說他不回來了。」

「那我們要怎麼辦？」男孩大喊。

「唉，別擔心，他不會跑太遠的。」

「可是如果他真的不回來呢？」安妮哭著說。

她和威廉都坐在沙發上哭了起來。莫瑞爾太太倒是坐在那裡笑了出來。

「你們這兩個傻瓜！」她大聲說，「天亮前就會見到他了。」

不過，這番話並未讓孩子們放心。暮色降臨，疲倦不已的莫瑞爾太太開始憂心忡忡。她一面覺得不必再跟他打交道，可以鬆一口氣，一面卻因為還得養兒育女，苦惱不安，而且她目前還不能就這樣放他走。她內心深處十分清楚，他**不能**就這樣一走了之。

她走到花園盡頭的儲煤間，察覺門後有動靜，於是探頭一看，發現靜置在黑暗中的正是那個藍色大包袱。她坐到一塊煤炭上，笑出聲來。每每看到那丟臉的胖鼓鼓包袱隱身在暗處一角，打結後露出的尾端像沮喪下垂的耳朵不停晃動，她便笑了。她著實鬆了一口氣。

莫瑞爾太太坐在家裡等待。她知道他身上沒半點錢，所以他要是在哪留宿，只會欠下更多錢。她對他感到非常厭煩，厭煩得要死。他甚至連帶著包袱走出院子的勇氣也沒有。

她一直左思右想，結果九點左右，他開門走進來，舉止鬼祟，生著悶氣。她不發一語。他脫下外套，悄悄坐到他的專屬扶手椅，開始脫靴子。

「脫鞋前，你最好先把那個包袱拿回來。」她輕聲說。

「我今晚就回來，算妳走運。」他說，原本低垂著頭，這時抬眼看她，一臉惱怒，狀似威嚇。

「哦，你又去得了哪啊？你甚至沒膽把那包行李帶出院子。」她說。

他簡直愚蠢至極，她根本生不了氣。他繼續動手脫鞋，準備就寢。

「我是不曉得你用那塊藍布打包了什麼，」她說：「但你要是丟著不管，孩子們早上會去拿回來。」

話音剛落，他起身走出家門，沒多久便回來，撇頭不看她就穿過廚房，匆忙上樓。莫瑞爾太太看著他快步偷偷溜進內門，一手抓著那個包袱，不禁暗自發笑，心裡卻苦澀不已：因為她愛過他。

第三章 捨棄莫瑞爾，迎接威廉

接下來整整一週，莫瑞爾的脾氣簡直教人難以忍受。他就和其他礦工一樣，對藥物情有獨鍾，而且說也奇怪，他買藥通常都自掏腰包。

「妳得幫我弄點硫酸鹽特效藥來。」他說：「家裡居然喝不到，真不像話。」

於是，莫瑞爾太太替他買了這種他最愛的硫酸鹽特效藥。他也會親自泡一大壺苦艾茶。他在閣樓掛起為數不少的乾燥藥草束：苦艾、芸香、苦薄荷、接骨木花、歐芹、藥蜀葵、牛膝草、蒲公英、矢車菊。壁爐架上往往擺著一大壺用某種乾草熬成的藥水，他都大口灌下。

「好極了！」喝完苦艾藥草茶，他咂嘴說，「好極了！」還勸孩子們喝一口看看。

「這比你們喝的那什麼茶或熱可可都還棒。」他拍胸脯保證，但誰也不想嘗試。

不過，這次無論是藥丸、特效藥或哪種藥草茶，都沒辦法讓他擺脫「惱人的頭疼」。由於腦內發炎，他整個人病懨懨。其實自從與傑瑞結伴去諾丁漢，半路直接倒地而睡後，他身體一直都不舒服。從那時起，他不是喝得醉醺醺，就是大發脾氣。如今，他病入膏肓，莫瑞爾太太得悉心照料他。他可是全天下數一數二難搞的病人。撇開他是家中的唯一經濟支柱，即便他難伺候，她也從未真心希望他病死。她內心仍有一部分想獨占他。

左鄰右舍紛紛對她伸出援手：有人偶爾請孩子們去自家吃飯，有人偶爾幫忙分擔家事，還有人替她照顧寶寶一整天。然而，莫瑞爾太太肩上仍壓著沉沉重擔，畢竟鄰居不是天天幫忙，這麼一來，她就得同時照顧嬰兒和丈夫、打掃煮飯、打理所有家務。她疲累不堪，卻依然完成該盡的職責。

家裡的錢也勉強夠用。她每週從工人俱樂部可領到十七先令，每逢週五，巴克和其他礦工同事都替莫瑞爾的妻子從他那條煤巷賺的錢撥出一部分收益。鄰居燉肉湯、送雞蛋，帶來各種給病人吃的東西。要不是他們在這段時間如此慷慨伸出援手，莫瑞爾太太絕對無法撐過去，更別說還會陷入壓垮她的負債之中。

數週過去，出乎意料的是，莫瑞爾竟然逐漸康復了。他本來身體素質就不錯，因此病一好轉，迅速痊癒，不久便能下樓到處走動。生病期間，他有點被妻子寵壞了，所以即使病好了，仍希望她繼續這樣照顧自己。他經常用手按著腦袋，嘴角下垂，裝出根本不存在的疼痛。但這些把戲可騙不了她。起初她只是一笑置之，後來便開始嚴厲斥責。

「天啊，別像個愛哭鬼。」

這句話讓他有點受傷，不過他還是繼續裝病。

「換成是我，我才不會這樣撒嬌鬧脾氣。」妻子不耐煩地說。

他聽完相當氣憤，像小男孩低聲咒罵。但他也只好恢復正常語氣，不再亂哭訴。

即便出現上述插曲，家裡仍維持了好一陣子的和睦氣氛。莫瑞爾太太更能容忍他，他則像個孩子似地依賴她，過得相當快樂。兩人都沒意識到，她之所以更能容忍他，是因為她不再像以前那麼愛他了。無論經歷什麼風雨，他到現在依然是她的丈夫、她的男人。她也多少感覺得出來，他怎麼對他自己，就怎麼對她。她還得靠他才能生活下去。她對他懷抱的愛漸漸消逝，雖然可分為許多個階段，但自始至終都一點一滴在流失。

隨著第三個孩子出生，她現在不再無依無靠，事事以丈夫優先，反倒像一道鮮少漲起的浪潮，離他遠去。此後，她幾乎從未動過渴望他的念頭。她對他更敬而遠之，不再覺得他是自己的一部分，只把他當成生活環境的一部分，所以不太在乎他做了什麼，進而放任他不管。

接下來的一年間，充滿一切暫緩的惆悵氛圍，宛如人生踏入暮年。妻子摒棄他，儘管略帶遺憾，卻終究狠心得冷酷無情；她摒棄他，轉而將愛意和生命投注在孩子身上。自此之後，他簡直與空殼無異。正如許多男人最終所做出的抉擇，莫瑞爾本人也默認了這種變化，讓位給孩子。

他養病期間，夫妻關係早已名存實亡，但雙方都努力想恢復婚後頭幾個月的舊時關係。他待在家裡，等孩子們都上床，她正在做針線活時——所有襯衫和孩子的衣物全由她親手縫製，他會為她朗讀報紙，像擲鐵環套樁遊戲般，一字接一字慢慢唸出。她經常催他唸快點，提示接下來出現的詞語，他便畢恭畢敬複述她的話。

兩人之間散發著獨特的寂靜氛圍。時而可聽見她飛針走線時，縫衣針輕輕發出咯咯聲；時而可聽見他吐菸時，嘴巴突然「啵」一聲；時而可聽見他朝火裡吐痰後，鐵條嘶嘶作響。接著，她的思緒飄向威廉。他現在是大男孩了，在班上名列前茅，老師還說他是全校最聰明的孩子。在她眼中，他是個男人，年紀尚輕，精力充沛，再次點亮了她的世界。

莫瑞爾坐在那裡，形單影隻，無事可想，因而隱約感到不自在。他的靈魂會盲目尋求她，卻發現她早已離他而去。他感到一陣空虛，簡直像靈魂出現一塊空缺。他焦躁不安，靜不下來。沒過多久，置身這種氛圍便教他無法忍受，也連帶影響了妻子。兩人被迫共處一段時間，都覺得快喘不過氣。於是他決定就寢，她則靜下心來，開始享受獨處、工作、思考、生活。

這對父母漸行漸遠，彼此卻和平共處、溫柔相待，這段短暫的美好時光最終開花結果：又有嬰兒即將誕生。新生兒呱呱墜地時，保羅才十七個月大。保羅這時白白胖胖，不吵不鬧，藍眼顯得鬱悶，依舊特別喜歡微微皺眉。最小的孩子也是個男孩，金髮白膚，十分活潑。莫瑞爾太太得知自己又懷孕時，滿心懊悔，不只是考量到經濟因素，也因為自己不愛丈夫了，但絕不是為腹中的孩子感到後悔。

寶寶取名為亞瑟。他臉蛋俊俏，頂著蓬亂的金色鬈髮，打從一開始就很愛父親。莫瑞爾太太很高興這孩子愛他父親。只要聽到礦工的腳步聲，嬰兒就舉起雙手，開心歡呼。莫瑞爾要是心情不錯，立刻就用發自內心的愉快口吻回應：「我的小可愛，怎麼啦？我馬上就來。」

他一脫下工作外套，莫瑞爾太太便用圍裙裹住寶寶，交給孩子的父親。

「看看你把孩子弄成什麼鬼樣子！」她有時會一邊驚呼，一邊抱回寶寶，因為父親又親又逗後，他滿臉髒兮兮。莫瑞爾見狀，開懷大笑。

「他是個小礦工，願上帝保佑！」他大聲嚷嚷。

每當孩子們讓父親像這樣進駐她的內心，就是她當前生活的快樂時刻。

同一時期，威廉成長茁壯，熱愛活動筋骨，反觀保羅一向纖細文靜，身形削瘦，像影子般跟在母親身後快步跑。他平常積極主動，充滿好奇，有時卻會突然沮喪起來。這時，母親會發現這個三、四歲大的男孩在沙發上哭泣。

「怎麼啦？」她問，卻沒有得到回應。

「怎麼啦？」她逼問，火氣上來了。

「我不知道。」小孩抽泣。

她設法勸他別哭或逗樂他，卻徒勞無功，讓她簡直快抓狂了。然後，老是不耐煩的父親會從椅子上跳起來，大聲喊道：「要是他繼續哭，我就打到他不哭。」

「你不准那麼做。」母親語氣冰冷地說。她抱著孩子去庭院，讓他撲通一聲坐上他專屬的小椅子，對他說：「你就在這裡哭個痛快吧，愛哭鬼！」

之後，可能有停留在大黃葉片上的蝴蝶吸引了他的目光，不然就是他哭累睡著了。他像這樣突然陷入沮喪的情況並不常發生，卻在莫瑞爾太太心中投下陰影，因此她對待保羅的方式，與對待其他孩子有所不同。

某天早上，當她望向谷底鎮的巷弄盡頭，尋找發泡酵母小販的身影，忽然聽見有人在叫自己。原來是身材瘦小、穿著褐絲絨裙的安東尼太太。

「莫瑞爾太太啊，我想跟妳談談妳家小威。」

「噢，這樣啊，」莫瑞爾太太回應，「怎麼了嗎？」

「小孩從背後揪住另一個小孩，還把人家衣服撕破，」安東尼太太說：「是在逞什麼威風啊。」

「妳家阿弗雷德和我家威廉年紀一樣大吧。」莫瑞爾太太說。

「也許吧，但不代表他可以揪住我家孩子的衣領，從背後整個扯下來啊。」

「好吧，」莫瑞爾太太說：「我不打孩子，就算要打，也會先聽聽看他們怎麼說。」

「要是好好打他們一頓，說不定就會乖一點了。」安東尼太太回嘴。「居然把人家孩子乾淨的衣領從背後撕破，如果他是故意——」

「我很確定他不是故意這麼做的。」莫瑞爾太太說。

「難道是我說謊！」安東尼太太大叫。

莫瑞爾太太離開原地，關上柵門。她拿著裝有酵母液杯子的手不停顫抖。

「我一定會讓妳先生知道這件事。」安東尼太太在她身後大喊。

年滿十一歲的威廉吃完午餐，準備離席，母親開口問他：「你為什麼要扯壞阿弗雷德·安東尼的衣領？」

「我什麼時候扯壞他的衣領了？」

「我不知道什麼時候，但他母親說你有這麼做。」

「哦，是昨天，而且那衣領早就破了。」

「可是你又把它扯得更破了。」

「我當時拿著的果實，已經擊敗十七顆果實了，結果阿弗雷・安東尼說：

「『亞當和夏娃和涅沃，

去河裡玩水好快活。

亞當和夏娃溺水時，

你覺得哪個人沒事？』

「於是我說：『噢，捏**你**』[7]，也捏了他一下，他氣得要死，搶了我的果實就跑。所以我追上去，就快抓到他了，結果他一閃，變成衣領被撕破了。不過我有把果實搶回來——」

他從口袋裡拉出一條細繩，掛在尾端的是一顆老舊的黑色七葉樹果實。這顆老果實已經「以實擊實」，擊中並敲碎其他同樣綁在繩子上的十七顆果實，男孩才對這個身經百戰的夥伴如此引以為豪。

「好吧，」莫瑞爾太太說：「但你很清楚自己不該扯壞他的衣領。」

「母親啊！」他回答：「我真的不是故意的，更何況那個舊橡膠衣領早就破了。」

「下次，」母親說：「**你**要給我更小心一點。我可不希望你回家的時候，看到**你**的衣領被撕破。」

「我才不管，母親，我又不是故意的。」

男孩被訓了一頓，心裡很難受。

「的確不是。不管怎樣，你要更小心一點。」

說教結束，威廉很高興沒被定罪，立刻跑開。莫瑞爾太太討厭沒事和鄰居發生糾紛，心想只要向

7. 前述為愛爾蘭童謠，玩 pinch-me 的文字遊戲。由於答案必然會是第三個人「涅沃」（「捏我」），回答的孩子就會被提問的孩子惡作劇，所以此處威廉才不照實回答。

安東尼太太好好解釋，這件事便能就此落幕。

可是當晚，莫瑞爾從礦坑返家後，一臉惱怒。他站在廚房裡，瞪著眼睛環顧四周，好一陣子沒開口。接著，他才問：「阿威那小子在哪？」

「你找**他**要做什麼？」莫瑞爾太太問，心裡有數。

「等我逮到他，他就知道我想幹嘛了。」莫瑞爾說著，把工作用水壺重重扔到櫥櫃上。

「看來安東尼太太已經先跟你告狀，亂說阿弗雷衣領那件事了。」莫瑞爾太太的口吻滿是譏諷。

「管他是誰跟我告狀。」莫瑞爾說：「等我逮到**他**，我會打得他滿地找牙。」

「真是傷透人心啊，」莫瑞爾太太說：「那種亂講你親骨肉壞話的惡毒潑婦，你居然就這樣輕信了。」

「我會好好教訓他！」莫瑞爾說：「我才不管他是誰家的小鬼，誰都不准這樣高興就亂扯又亂撕。」

「『亂扯又亂撕！』」莫瑞爾太太重複道。「是阿弗雷搶了他的果實，他才追上去，結果不小心揪住對方的衣領，都是因為那小子想閃躲——根本就是安東尼家的人會做的事。」

「我知道！」莫瑞爾威脅似地大吼。

「沒人跟你亂告狀，你哪會知道啊。」妻子嘲諷地回答。

「妳別管，」莫瑞爾氣呼呼說，「我知道自己在幹嘛。」

「那還真令人懷疑呢。」莫瑞爾太太說：「就是有某個大嘴巴亂講一通，搞得你準備打自己小孩。」

「我知道。」莫瑞爾又說了一遍。

語畢，他不再開口，只是坐下來，生起悶氣。這時，威廉忽然闖進來說：「母親，我可以喝茶了嗎？」

「光喝茶還不夠看！」莫瑞爾大吼。

「別給我大聲嚷嚷，」莫瑞爾太太說：「也別這樣丟人現眼。」

「我沒好好教訓他，他才會丟人現眼！」莫瑞爾吼完，從椅子上站起來，怒瞪兒子。

威廉在同齡孩子中算高個子，不過生性敏感，聽到這番話，臉色頓時發白，狀似驚恐地看著父親。

「出去！」莫瑞爾太太命令兒子。

威廉卻嚇得無法動彈。莫瑞爾忽然握緊拳頭，往下一蹲。

「我這就**讓**他『出去』！」他發瘋似地亂吼。

「什麼！」莫瑞爾太太氣得驚叫，「你不准因為**她**亂告狀，就給我動他半根寒毛，你不准！」

「我不准？」莫瑞爾大喊，「我不准？」

他瞪著男孩，往前一衝。莫瑞爾太太跳到兩人中間，舉起拳頭。

「你**敢**！」她大叫。

「什麼！」他大喊，一時不知如何是好，「搞什麼！」

她趁機朝兒子轉身。

「**去**外面！」她怒氣沖沖地命令他。

男孩彷彿受到她催眠，一個轉身便消失得不見人影。莫瑞爾衝到門邊，卻慢了一步。他轉身走回屋內，覆滿煤屑的臉氣得發白。不過，妻子現在完全被他激怒了。

「你竟敢！」她大吼，字字清脆響亮，「你這大爺竟然敢對那孩子動手！真要這麼做，你鐵定會後悔一輩子。」

他對她感到害怕。最後，他在盛怒之中坐下來。

等孩子們年紀大到可以獨自看家，莫瑞爾太太便加入婦女協會。這個小型婦女會隸屬合作經營批發社，每週一晚上在貝斯特伍德「合作社」雜貨店樓上的長廳定期聚會，理應要討論合作經營可帶來什麼好處及其他社會問題。有時，莫瑞爾太太會讀起報紙。看到總是在家忙來忙去的母親坐在那裡，振筆疾書、陷入沉思、參閱書籍、再度動筆，孩子們似乎都覺得很奇妙。每逢此時，他們都不由得對她肅然起敬。

不過，他們很喜歡婦女協會。這是他們唯一捨得讓母親去參加的活動：一來是她樂在其中，二來是他們能從中獲得消遣。有些丈夫發現妻子變得太有主見，心生不滿，便把協會戲稱為「打屁」店，也就是供她們八卦的地方。確實沒錯，因為協會成立的出發點，就是要讓婦女可以重新審視自己的家庭和生活處境，找出不足之處。結果，礦工們紛紛發現妻子開始有一套自己的行事準則，感到困窘。此外，莫瑞爾太太週一晚上總是帶著各種消息回來，所以孩子們都希望母親返家時，威廉也在，因為她向來什麼都會告訴他。

威廉滿十三歲後，她在合作社辦公室替他覓得一職。他聰明伶俐，直率真誠，外表粗獷，擁有一對媲美北歐血統的藍眼。

「汝幹嘛要他去當個成天坐板凳的打雜小弟啊？」莫瑞爾說：「他只會坐到屁股發霉，根本掙不了半點錢。他一開始能拿多少？」

「他起薪多少不重要。」莫瑞爾太太說。

「哪會不重要！讓他跟我去礦坑幹活，一開始每週就能輕鬆掙得十先令。但是坐板凳坐到屁股爛掉拿六先令，比跟我去採煤掙十先令要來得好，我懂了。」

「他**才不會**去礦坑工作。」莫瑞爾太太說：「這件事就這樣決定了。」

「這工作我覺得夠好了，但顯然對他來說不夠好啊。」

「就算你母親十二歲就把你送下礦坑，不代表我也要讓我孩子跟著照做。」

「十二歲！遠比那還早呢！」

「管你到底是什麼時候。」莫瑞爾太太說。

她非常替兒子感到自豪。他上夜校，學會速記，到了十六歲，不論是速記還是簿記，除了一人以外，他在當地可說是無出其右。後來，他開始在夜校教書，但要不是本性善良、身材魁梧，恐怕那暴躁脾氣早就讓他被當成眼中釘了。

凡是男人會做的正經事，威廉無所不做。他跑起步來快如疾風，十二歲參加比賽，拿下冠軍，獲得造型像鐵砧的玻璃墨水臺獎盃。獎盃炫耀似地擺在櫥櫃上，看得莫瑞爾太太滿心歡喜。兒子只為她一人而跑。當時，他捧著這個鐵砧獎盃飛奔回家，氣喘吁吁說「母親，妳看！」這是第一個真正獻給她的禮物，而她以女王般的姿態收下它。

「真美啊！」她驚呼。

於是，威廉變得雄心勃勃。他把賺來的錢全交給母親。他一週進帳十四先令的話，她就將其中兩先令交還給他。由於他從不喝酒，這些錢便讓他自覺富有。他的來往對象都是貝斯特伍德的中產階級。這座小鎮地位最高的是牧師，其次是銀行經理、醫生、商人，再來才是那一大群礦工。威廉開始與藥劑師、教師、商人的兒子來往，去技工大廳打撞球，也不顧母親反對學跳舞。不論是在教堂街花六便士就能參加的舞會，還是運動和打撞球，凡是貝斯特伍德有的消遣娛樂，他都樂在其中。

他還對保羅繪聲繪影描述了形形色色的小姐，這些如花似玉的女子多半就像剛剪下的鮮花，頂多在威廉心中盛開短短兩週。

為了這位定不下來的情郎，三不五時會有一些熱情如火的女孩找上門來。莫瑞爾太太一看到門口站著陌生女孩，立刻嗅出端倪。

「莫瑞爾先生在嗎？」少女會如此哀求問道。

「我丈夫在家。」莫瑞爾太太回答。

「我……我是指**年輕**的那位莫瑞爾先生。」少女費力重述。

「哪一位？有好幾位呢。」

聞言，美女滿臉通紅，開始結巴。

「我……我是在雷普利……認識莫瑞爾先生的。」她解釋。

「噢，是在舞會上認識的啊！」

「對。」

「我兒子在舞會認識的那些女孩，我都不認可。而且他現在**不**在家。」

知道母親如此無禮地將那名女孩拒之門外，威廉回家後整個人怒氣沖沖。他平常無憂無慮，看上去熱情洋溢，走起路來更是精神奕奕，雖然有時皺著眉頭，不過往往把無邊便帽推到後腦杓，露出愉快神情。現在，他走進家門，卻皺眉蹙額。他把帽子往沙發一扔，用手托著強而有力的下巴，氣憤地低頭瞪著母親。她身材嬌小，頭髮全從額頭往後梳，默默散發一股威嚴，卻也透露出一絲少有的親切。心知兒子氣在上頭，她內心不禁瑟瑟發抖。

「母親，昨天是不是有位小姐來找我？」他問。

「我不知道什麼小姐，是有個女孩來過。」

「那妳為什麼不告訴我？」

「因為我忘了，就這樣。」

他有些動怒。

「是個臉蛋姣好的女孩——看起來像小姐？」

「我沒看她長得怎樣。」

「有一對棕色大眼睛？」

「我**沒**看到。兒子啊，告訴你那些女孩，她們要追你的話，不准來家裡要求你母親讓她們見人。就這樣轉告她們——那些你在舞蹈課認識的厚臉皮姑娘。」

「我敢說她是個好女孩。」

「我敢說她才不是。」

爭吵就此結束。不過為了跳舞一事，母子之間起了激烈衝突。當威廉表示要去咸認風評不佳的小鎮哈克諾托卡德，參加當地的化裝舞會，母親不滿的情緒漲到最高點。他要扮成蘇格蘭高地人，有辦法向某位友人租借到整套服裝，而且完全合身。這套蘇格蘭高地服裝送來了家裡，莫瑞爾太太收下包裹時，態度冷漠，不肯打開。

「我的服裝送來了嗎？」威廉大喊。

「有個包裹放在起居室。」

他急忙走去剪開繩子。

「想像一下妳兒子穿上這個會有多好看！」他說，欣喜若狂地把服裝展示給她看。

「你很清楚我才不願意想像你穿上它的模樣。」

舞會當晚，威廉回家要換裝時，莫瑞爾太太穿好外套，戴上女帽。

「母親，妳不打算留下來看我一眼嗎？」他問。

「不，我不想看你。」她回應。

她臉色慘白，表情僵硬，充滿抗拒。她擔心兒子將步上他父親的後塵。威廉猶豫片刻，心懸在半空中，焦慮萬分。然後，他瞥見那頂飾以絲帶的蘇格蘭無邊軟帽，雀躍地拿起來，忘了她的存在。母親走出家門。

十九歲時，威廉突然從合作社辭職，在諾丁漢找了份工作。新工作讓他每週不再只賺十八先令，而是三十先令，薪水著實大漲。父母滿懷驕傲，人人都對威廉讚不絕口。看來他很快便會出人頭地。

莫瑞爾太太希望他的金援能對年紀更小的兩個兒子有所幫助。安妮正埋首苦讀，好當上教師。保羅也天資聰穎，學業順利，跟教父學法文與德文，這位牧師仍是莫瑞爾太太的朋友。亞瑟外表英俊，是個被寵壞的小男孩，目前在讀小學，據說正努力要爭取諾丁漢中學的獎學金。

威廉在諾丁漢的新工作崗位待了一年。他用功學習，認真以對。他似乎正為某件事發愁，即便如此，他照樣出門跳舞、划船。他不喝酒，莫瑞爾家的幾個孩子全都誓死滴酒不沾。他三更半夜回家後，往往繼續挑燈苦讀。母親拜託他多照顧身體，一次專注在一件事就好。

「兒子啊，你想跳舞就跳舞，但別以為自己有本錢去上班，再盡情玩樂，**然後**還可以用功讀書。你辦不到，人的身體會吃不消。一次專注在一件事就好——不是去盡情玩樂，就是學拉丁文，但別想兩件事同時做。」

後來，他獲得一份在倫敦的工作，年薪一百二十英鎊。這數字簡直令人難以置信。母親懷疑得不知該喜還是憂。

「母親，他們要我下週一就去萊姆街報到。」他大聲唸出那封信，目光炯炯有神。莫瑞爾太太頓覺內心陷入沉寂。他繼續朗讀：「『請於週四前回覆您是否接受邀約。此致——』母親，他們提出一年一百二十鎊的條件要錄取我，甚至沒說要面試。我不是早就說我辦得到嗎！想像一下我居然要在倫敦工作耶！還可以一年給妳二十鎊，母親，我們要發大財了。」

「是啊，兒子。」她難過地回答。

威廉從未想過，對母親來說，他即將離去所造成的打擊，竟勝過他出人頭地所帶來的喜悅。隨著他離家出發的日子逼近，她開始封閉內心，益發絕望，心灰意冷。她是這麼愛他！不止如此，她還對他抱持這麼高的期望，沒有他幾乎就活不下去。她願意為他鞠躬盡瘁，喜歡替他端來茶杯、熨燙衣領。他為筆挺的衣領感到自豪，看到他如此引以為傲，她心花怒放。由於沒有洗衣房，她向來都是用那底部圓弧的小熨斗反覆熨燙，全靠手臂施力，直到衣領變得平整光滑。今後，她不會再為他這麼做了，因為他即將離去。她覺得他簡直就像是從自己心裡離去一樣。他似乎沒有把自己留下，常駐在她心中，她為此悲痛欲絕。他這一走，幾乎把自己整個人也帶走了。

動身的幾天前，剛滿二十歲的他把所有情書燒掉。它們本來都放在廚房碗櫃最上方的文件夾裡。他曾挑出幾封，唸了幾句給母親聽；她也曾特地抽出幾封，自行閱讀。但大部分的信都寫得過於瑣碎。

週日早上，威廉開口說：「來吧，使徒，我們來一一檢查我的信，那些有花有鳥的漂亮信件就歸你了。」

莫瑞爾太太早在週五就完成週六該做的家事，因為這是他離去前最後放假的日子。她正在烤他愛吃的米蛋糕，讓他帶去。威廉似乎並未察覺她有多心如刀割。

他從文件夾拿出第一封情書。信紙略呈淡紫，印著紫綠相間的薊花。威廉聞了聞信紙。

「真香！聞聞看。」

他把紙湊到保羅鼻子底下。

「嗯！」保羅吸氣。「這味道是什麼啊？母親，妳聞聞看。」

母親低頭，小巧纖細的鼻子湊向信紙。

「**我**才不想聞她們這些垃圾。」她嗤之以鼻說。

「這個女孩的父親，」威廉說：「富可敵國，坐擁無窮財富。她都叫我拉法葉，就因為我會法語。『你到時就會發現，我已經原諒你了』——我喜歡是**她**原諒我。『我今天早上向母親提到你，她非常樂意邀你週日來喝茶，但是她得先徵求父親同意。我衷心希望他會答應。我會再告訴你最終有何結束[8]。不過，假如你——』」

「『告訴你最終有何』什麼？」莫瑞爾太太打斷他。

「『結束』——噢，對耶！」

「還『結束』咧！」莫瑞爾太太嘲諷地重複道，「我還以為她受過良好教育呢！」

威廉有點不自在，於是將這名少女棄置一旁，撕下印有薊花的一角給保羅。他繼續從信中挑些段落朗讀，有些內容逗樂了母親，有些則令她難過，替他擔心起來。

「我的孩子啊，」她說：「她們都精明得很。她們知道只要滿足你的虛榮心，你就會像一條嘗到甜頭的狗，對她們俯首貼耳。」

「但她們又不可能一直給我甜頭啊。」他答道，「等她們厭倦了，我就會小跑步溜走。」

「可是總有一天，你會發現自己的脖子被套上繩索，扯也扯不掉。」她回應。

「才不會呢！我和她們每個人都是平起平坐，母親，她們不必自以為是。」

「自以為是的人是**你**才對。」她靜靜地說。

原本一大疊散發香氣的情書，不久便只剩一堆扭曲變形的焦黑紙張，以及保羅留存了三、四十張信紙的一角，上面都印著漂亮的圖案：燕子、勿忘草、常春藤藤蔓。威廉前往倫敦，展開新生活。

8. 原文為 transpires，正確文法應為 transpired，用結「果」的錯字結「束」取代。

第四章　保羅的年少時光

保羅長大後，身材會像母親一樣單薄細瘦。他的金髮逐漸轉紅，接著轉為深褐色；眼瞳則是灰色。他是個文靜的小孩，膚色蒼白，雙眼好像在留神諦聽，豐滿下脣老是合不攏。

他通常顯得很老成。他對其他人的情感非常敏銳，尤其是母親，只要她一煩惱，他便心有靈犀，同樣不得安寧。他的靈魂似乎隨時留意著她的一舉一動。

隨著年齡漸長，保羅愈加堅強。遠在他鄉的威廉實在難以成為玩伴，所以這位年紀小的男孩起初幾乎由安妮獨占。安妮是個頑皮的丫頭，還是母親口中「猴頭猴腦的野孩子」。不過，她非常喜歡這個兄弟中排行第二的弟弟。於是，保羅被安妮拖著到處跑，她玩什麼就跟著玩。她和谷底鎮其他活潑好動的小孩一起玩踢罐子，到處亂跑。保羅總是跟著她飛奔，體驗她玩的遊戲，卻從未真正參與其中。他安靜不起眼，但姊姊對他寵愛有加。她想要他做什麼，他似乎往往都放在心上。

安妮有個大玩偶，雖然沒有到非常喜歡，卻很愛拿來炫耀。有一次，她把玩偶放到沙發，蓋上防汙罩布，假裝它在睡覺。然後就忘得一乾二淨了。保羅偏偏這時就是要練習從沙發扶手往下跳，結果跳到被遮住的玩偶上，正中它的臉。安妮衝過來，嚎啕大哭，跌坐後開始哀泣。保羅僵在原地，一動也不動。

「誰都看不出來它在那裡啊，母親，根本看不出來。」他不斷反覆說。安妮為玩偶痛哭了多久，他就悲慘無助地坐在那裡多久。最後，她哭乾眼淚，原諒了弟弟，因為他居然這麼沮喪。沒想到事發一兩天後，他的言行卻讓她大為震驚。

「我們把阿拉貝拉當成祭品，」他說：「來燒掉她吧。」

安妮被嚇到了，卻也對這個提議很感興趣。她想看看這男孩會做些什麼。保羅用磚塊堆出祭壇，從阿拉貝拉體內拔出一些木屑，接著把碎蠟塊放到臉上的凹洞，倒一點煤油，再放火燒了整個玩偶。看著蠟塊在阿拉貝拉被撞壞的額頭上融化，像汗珠般滴落火中，保羅暗自幸災樂禍，感到心滿意足。這個討厭的大玩偶燃燒時，他一直在心裡默默歡呼。最後，他拿樹枝撥弄餘燼，挑出玩偶被燒得烏漆抹黑的四肢，再用石頭敲個粉碎。

「阿拉貝拉小姐這樣就成為祭品了。」他說：「我很高興她沒有留下半點碎片。」

安妮聽了心神不寧，卻說不出半句話。保羅似乎對那個玩偶恨之入骨，就因為他把它弄壞了。

家裡所有小孩都站在母親這邊，對父親充滿強烈**對抗**意識，其中又以保羅為甚。莫瑞爾依舊橫行霸道，照樣酗酒，時不時讓全家籠罩在愁雲慘霧之中，而且往往持續好一陣子，甚至長達數月。保羅絕不會忘記某個週一傍晚，他從英國希望少年禁酒團回家後，發現母親有隻眼睛腫脹變色，父親跨立在爐邊地毯上，低垂著頭，剛下班的威廉則怒瞪著父親。年紀較小的幾個孩子進門時，屋內一片死寂，但年長的那三人誰也沒轉頭看他們。

威廉整個嘴唇泛白，緊握著拳頭。等孩子們都靜下來，帶著稚嫩的憤恨表情看著眼前的一切，他才開口說：「你這懦夫，我在家你就不敢這麼做。」

然而，莫瑞爾正怒火中燒。他立刻轉身面向兒子。威廉塊頭較大，但莫瑞爾渾身結實肌肉，還氣得失去理智。

「我不敢？」他大吼，「我不敢嗎？臭小子，汝要是再亂說一句，我就揍得汝滿地找牙。沒錯，我說到做到，瞭嗎？」

莫瑞爾屈膝蹲伏，擺出近似野獸般的難看姿勢，亮出拳頭。威廉氣得臉色發白。

「真的啊？」他低聲說，語氣激動，「就算是，這也會是最後一次。」

莫瑞爾維持蹲姿，往前跳了一下，稍微朝威廉逼近，拳頭往後一拉，準備揮過去。威廉架起拳頭，藍眼閃著光芒，簡直像在嘲笑對方。他緊盯著父親。只要有誰出聲，兩個男人勢必會打起來。保羅巴不得他們真的開打。三個孩子坐在沙發上，臉色慘白。

「你們兩個都給我住手。」莫瑞爾太太厲聲大喊，「光**一個**晚上搞成這樣就夠了。還有**你**，」她轉向丈夫說：「看看你孩子！」

莫瑞爾朝沙發看了一眼。

「看看那些孩子，妳這臭婆娘！」他冷笑，「幹嘛，**我**對那些孩子做了什麼好事，告訴我啊？他們不就跟妳一樣，都是妳教唆他們胡搞瞎搞——都是妳教的，就是妳。」

她不肯回話。無人開口。過了一陣子，莫瑞爾把靴子扔到桌子底下，上床睡覺。

「妳為什麼不讓我跟他打一架啊？」父親上樓後，威廉問道。「我輕而易舉就能打倒他。」

「居然這樣講，那可是你的親生父親啊。」她回答。

「**父親！**」威廉重複了一遍。「居然稱**他**是**我**父親！」

「他的確是啊，所以——」

「但妳為什麼不讓我教訓他？我輕輕鬆鬆就能辦到。」

「你在想什麼啊！」她大聲說，「情況還沒嚴重到**那種**地步。」

「不，」他說：「情況比妳認為的還嚴重。看看妳自己，**為什麼**不讓我揍他一頓？」

「因為我承受不了啊，所以以後別再有這種念頭了。」她立刻大聲說。

孩子們上床睡覺，個個垂頭喪氣。

威廉長大成人期間，全家從谷底鎮搬到一間位於山坡頂的房子，俯瞰整片山谷，景色就像圓凸的海扇殼或蛤蜊殼，朝坡底擴展開來。屋前長著一棵巨大的老梣樹。從德比郡颳來的西風毫不留情掃過山坡上的屋舍，巨樹隨即尖聲呼嘯。莫瑞爾對此很中意。

「真悅耳。」他說：「聽著就能讓我睡著。」

可是，保羅、亞瑟、安妮都討厭得要命。對保羅來說，那種聲響簡直成了邪惡噪音。他們搬入新家的第一年冬天，父親脾氣壞到極點。於是，孩子們不是跑到街上嬉戲，就是去昏暗的寬闊山谷玩耍，玩到八點才回家，接著上床睡覺，母親則在樓下做針線活。屋前有一塊如此龐大的空間，孩子們因而知曉何謂夜晚、何謂廣袤、何謂恐懼。這種恐懼源自巨樹發出的呼嘯聲，以及家庭不睦帶來的痛苦。保羅經常睡了很久後忽然醒來，聽到樓下傳來砰砰聲，頓時徹底清醒。接著，他聽見喝得酩酊大醉才回家的父親不斷咆哮，母親厲聲刺耳回應，再換成父親用拳頭砰砰敲桌，嗓門愈來愈大，吼著齷齪難聽的話。最後，風呼嘯而過，所有叫聲都淹沒在巨大梣樹發出的各種尖銳刺耳聲中。孩子們一聲不響躺在床上，提心吊膽，要等風停歇，才能聽到父親在做什麼。他可能又會出手打母親。他們驚恐無比，在黑暗中感到毛骨悚然，覺得似乎可能會見血。他們躺在那裡，揪心得痛苦萬分。颳過巨樹的風一陣比一陣強，吹得這架巨大豎琴的每根琴弦嗡嗡作響，又是呼嘯，又是尖叫。下一刻，忽然鴉雀無聲，不論屋外還是樓下都悄然無聲，四下一片死寂，恐懼隨之而來。究竟怎麼了？是不是因為見血了才渺無聲息？他到底做了什麼？

孩子們躺在黑暗中，靜靜呼吸。然後，他們終於聽見父親扔下靴子，直接穿著長襪，重重踩著腳步上樓。他們依然豎耳傾聽。最後，要是風聲暫歇，他們會聽到自來水流入水壺，敲得底部叮咚作響，代表母親正在為明早裝水，他們便能安心入睡。

早上，孩子們都很開心——不只心情愉快，還非常開心玩耍，晚上更圍著在黑暗中顯得孤伶伶的燈柱追逐嬉戲。然而，由於焦慮不安，他們內心某處仍像一根緊繃的弦，眼神暗藏陰霾，透露出他們所過的真正生活。

保羅對父親深惡痛絕。他從小便暗自篤信宗教。他每晚都祈禱：「請別再讓他喝酒了。」他還三不五時祈禱：「主啊，請讓我父親死掉。」不過，每當喝完下午茶，卻不見父親收工回家，他都祈禱：「請別讓他死在礦坑裡。」

那又是一段全家人得捱過痛苦煎熬的時期。孩子們放學回家，享用下午茶。爐架上的黑色大平底深鍋正在慢慢煨煮，烤箱裡有燉菜，隨時能端上桌，給莫瑞爾當晚餐。他預計五點到家。但好幾個月來，他每晚下班都不直接回家，而是中途跑去酒館喝一杯。

到了冬夜，要是寒風刺骨，天又黑得快，莫瑞爾太太會在桌上擺出黃銅燭臺，點燃獸脂蠟燭，以節省瓦斯。孩子們吃完塗了奶油或淋上肉汁的麵包，準備出去玩。但如果莫瑞爾沒回家，他們便舉棋不定。想到他辛苦工作一整天，卻不回家吃飯洗澡，而是帶著一身煤灰坐在酒館裡，空著肚子買醉，莫瑞爾太太實在無法忍受。她這種心情也傳染給家裡的孩子。她再也不是獨自受苦：孩子們與她共患難。

保羅出門和其他孩子玩耍。下方的大片山谷籠罩在暮色之中，礦場所在地有小小的幾簇燈火顯得明亮。最後幾名礦工零星走在昏暗的田間小路上，點燈人緊跟在後。不再有其他礦工現身。黑暗遍布整座山谷，今日就此收工。夜晚降臨。

保羅憂心忡忡跑進廚房。桌上那根蠟燭仍在燃燒，熊熊爐火則燒得通紅。莫瑞爾太太獨自坐著。爐架上的燉鍋熱氣騰騰，餐盤擺在桌上等人使用。整個室內瀰漫著等候的氣氛，等著在黑夜另一端的那個男人，他正坐在離家幾哩外，一身煤灰，還沒吃晚餐，卻顧著把自己灌醉。保羅站在門口。

「爸爸回來了嗎？」他問。

「看也知道還沒。」莫瑞爾太太說，對這個毫無意義的問題感到氣惱。

男孩慢慢晃到母親身邊，兩人都一樣憂心忡忡。不久，莫瑞爾太太走出去，濾掉煮馬鈴薯的水。

「它們都煮壞發黑了，」她說：「但又關我什麼事呢？」

兩人幾乎沒什麼交談。保羅簡直痛恨母親居然要忍受父親下工不直接回家。

「妳幹嘛要這樣傷透腦筋？」他說：「要是他想中途逗留喝醉，幹嘛不讓他這麼做？」

「讓他這麼做！」莫瑞爾太太氣得驚叫，「你乾脆說『隨便他去吧』。」

她心知肚明，那個男人收工回家半途逗留的舉動，其實等同於踏上迅速摧毀自己和整個家的不歸路。孩子都還小，必須靠他養家糊口。威廉讓她寬心不少，因為就算莫瑞爾不行了，她至少還能求助大兒子。即便如此，只要晚上這樣等門，屋內的氣氛總是十分緊繃。

時間一分一秒流逝。六點了，桌巾依然鋪在桌上，晚餐依然等人享用，屋內依然瀰漫著同樣的焦慮和期望。男孩再也受不了。他無法出去玩，只好跑到隔了一棟房子的英格太太家，找她聊天。她膝下無子，丈夫待她很好，只不過在店裡工作，很晚才回家。因此，看見少年在門口現身時，她喊道：「進來吧，保羅。」

兩人坐下來交談一陣子後，男孩忽然起身說：「呃，我要走了，得看看母親需不需要我跑腿。」他故作興高采烈，沒把內心的苦惱告訴這位朋友就跑回家。

這段時期，莫瑞爾進家門總是脾氣差又惹人厭。

「還真會挑時間回家啊。」莫瑞爾太太說。

「我幾點回家，哪輪得到妳管？」他大吼。

屋裡每個人都默不作聲，因為惹他很危險。他吃起飯來簡直是狼吞虎嚥，吃完又把整堆杯盤推到一旁，好騰出空間把手臂放在桌上。接著，他倒頭就睡。

保羅痛恨父親這副德性。礦工又小又醜的頭擱在赤裸的手臂上，披散著略帶灰絲的黑髮，紅腫的臉滿是髒汗，鼻子寬大，眉毛稀疏。這時，他臉側向一邊，伴著啤酒、疲勞、壞脾氣進入夢鄉。要是有誰突然走進來，或發出半點聲響，男人就抬頭怒吼：

「再繼續這樣亂吵，我就一拳往腦袋招呼過去，我可沒在唬爛！聽到沒？」

他恐嚇般吼出最後那三個字，通常都是對著安妮喊，但全家人聽到後都對這個男人恨之入骨。

他被屏除在家中大小事之外，沒有人對他吐露任何事。孩子們與母親獨處，都告訴她白天發生了什麼事，毫無保留。唯有把一切告訴母親，才意味著那些事真的有發生。可是，只要父親一進家門，一切嘎然而止。他就像障礙物，卡住了這部開心、順利運轉的家庭機器。他察覺每次自己一進屋，家裡都立刻籠罩在沉默之中，將他隔絕在家庭生活之外，把他視為不速之客。但事到如今，情況早已無力回天。

他非常希望孩子們能跟自己聊聊天，他們卻辦不到。莫瑞爾太太有時會說：「你們應該告訴父親。」

保羅在兒童報舉辦的比賽中得獎，全家歡欣鼓舞。

「父親進門後，你最好告訴他這件事。」莫瑞爾太太說：「你也知道他老是嘮叨抱怨，說你們什麼事都不告訴他。」

「好吧。」保羅說，內心卻厭惡得寧可放棄這個獎，也不願告訴父親。

「爸爸，我比賽得獎了。」他說。

莫瑞爾轉頭看他。「是嗎？兒子啊，是什麼比賽？」

「噢，沒什麼，是關於知名女性的比賽。」

「那你拿到的獎金有多少？」

「是一本書。」

「噢，這樣啊！」

「是關於鳥的書。」

「嗯哼！」

對話就此結束。父親根本無法與其他家庭成員展開對話。他是外人，也否認了內在靈性，無心改變。

他得以再次融入自家人的生活，就只有動手做工的時候，他做起活來也十分快活。有時到了晚上，他不是修鞋，就是修理燒水或工作用的水壺。這時，他總是希望有幾名幫手，孩子們也樂於幫忙。唯有當他再度展現真實自我，孩子們才會在勞動過程中，在實際動手做些什麼的時候，與他團結一心。

他擅長做工，手動起來靈巧俐落，心情愉快時，必定放聲高歌。他可能某一陣子、接連幾個月，甚至幾乎整年，老是把家裡氣氛搞僵，亂發脾氣，有時卻又恢復好心情。難得可以看到他拿著燒紅的鐵塊跑向洗滌間，嘴裡同時大喊：「別擋路——別擋路啊！」

接著，他把這塊燙得發紅的軟化材料放到長柄熨斗上，敲打出想要的形狀，不然就是坐在那裡，全神貫注焊接一會兒。孩子們開心看著金屬忽然開始凹陷熔解，沾上烙鐵頭，屋內頓時充斥樹脂燃燒和焊錫的氣味，莫瑞爾則暫時不發一語，專心做工。他修鞋時，令人快活的敲打聲總是教他開口唱和。每次坐下來用大塊補丁縫補厚斜紋布的工作褲，他都頗為高興。他常自己縫補，因為褲子髒得不能給妻子修補，布料也偏硬。

不過，孩子們最愛的時光，就屬他做導火線的時候。莫瑞爾從閣樓取來一捆完好無缺的長麥稈，徒手清乾淨，直到每根麥稈彷彿閃著金光，再一一切成約六吋的長度，並盡可能在每段底部留下一道凹口。他總是用一把極其鋒利的小刀，可以乾淨俐落切斷麥稈，毫髮無損。切完後，他在桌子正中央堆放火藥，只見這一小堆黑色粉粒襯著擦得亮白的桌面，涇渭分明。他修剪麥稈的同時，保羅和安妮把火藥塞進麥稈並堵好。保羅很喜歡看著黑色粉末細細一道從自己的掌縫流入麥稈的開口，接二連三快活撒落，直到裝滿為止。接著，他用拇指指甲刮下一丁點淺碟上的肥皂，堵住開口，這樣麥稈導火線就完成了。

「爸爸，你看！」他說。

「就是這樣，我的寶貝。」莫瑞爾回應，對次子出奇大方表達愛意。保羅迅速把導火線放進火藥罐，莫瑞爾明早就會帶去礦坑引爆，炸開煤壁。

這時，還很喜歡父親的亞瑟會靠著莫瑞爾那張椅子的扶手說：「爹地，跟我們講講礦坑的故事。」莫瑞爾樂於從命。

「好啊，有隻小馬，我們都管牠叫威爾斯佬。」他開始說，「牠是個狡猾的傢伙！」

莫瑞爾講起故事來生動有趣，聽者都能感受到威爾斯佬有多狡猾。

「牠是隻棕馬，」他會這麼回應，「長得不高。牠啊，走進坑道的時候，喀答喀答吵得要命，還會聽到牠打噴嚏。」

「『你好啊，威爾斯佬。』你說：『幹嘛打噴嚏啊？是不是去吸鼻煙啦？』

「然後牠又打了個噴嚏，偷偷走過來，用頭往你身上蹭，這小無賴。」

「『威爾斯佬，你想幹嘛？』你問牠。」

「結果牠想幹嘛？」亞瑟每次都這麼問。

「牠想來點菸草啊，我的小親親。」

威爾斯佬的故事可以沒完沒了講下去，大家都很愛聽。有時候也會有新故事。

「親愛的，猜猜看發生了什麼事？我準備穿外套，去吃點心，結果居然有老鼠爬上我的手臂。

「『嘿，你這傢伙！』我大喊。

「我差點就沒抓住牠的尾巴。」

「你有殺掉牠嗎？」

「有啊，因為牠們很討厭。那裡根本爬滿了老鼠。」

「牠們都吃些什麼啊？」

「吃那些馬沒咬好，掉到地上的麥子。一個不小心，牠們還會鑽進外套口袋，吃掉點心，外套掛在哪都一樣，因為這些小討厭鬼就是喜歡小口偷吃東西。」

除非莫瑞爾有活可做，否則不會出現像這樣快樂的夜晚時光。而且他每次都早早就寢，經常比孩子還早上床。等他把東西修補好，瀏覽過報紙的大標題，就沒理由繼續熬夜了。

父親上床後，孩子們便放下心來。他們躺著小聲聊了一下。準備值九點夜班的礦工踩著沉重步伐從屋外經過，手上提的燈不斷晃動，發出來的燈光忽然照亮天花板，嚇了孩子們一跳。他們聽著這些人聲，想像男人們一路走下黑暗的山谷。孩子們有時跑到窗邊，望著三、四盞燈朝田野而去，搖搖晃晃沒入漆黑之中，愈變愈小。看完後，他們很喜歡衝回床上，緊緊依偎在殘存的溫暖中。

保羅體弱多病，患有支氣管炎。其他小孩都身強體壯，於是這又成了母親格外疼惜他的原因。有一天，他回家吃午飯，覺得身體不舒服。但身為這個家的一員，可不能小題大作。

「**你**是怎麼了？」母親厲聲問道。

「沒什麼。」他回答。

可是他一口飯也沒吃。

「你不吃飯，就不准去上課。」她說。

「為什麼？」他問。

「沒為什麼。」

於是他把飯吃完，躺在孩子們都很愛的暖和印花棉布沙發墊上，陷入昏睡。那天下午，莫瑞爾太太一邊燙衣服，一邊聽著男孩喉嚨不停發出細微聲響。以前幾乎為他操煩了心的感覺再次湧上心頭。她從未料到他居然會活下來，但他的年輕身軀確實充滿生命力。要是他早就死了，她或許反倒會稍稍寬慰吧。她對他的愛一向混雜著萬分痛苦。

保羅半睡半醒，隱約聽見熨斗碰到熨斗架時喀啷作響，以及放到燙衣板上輕輕發出砰一聲。他被吵醒後，睜開眼睛，看到母親站在爐邊地毯上，熱燙的熨斗靠近臉頰，似乎在聆聽那股熱氣。她表情平靜，嘴巴由於辛勞、醒悟、克己而緊閉著，鼻子略偏向一側，那雙靈敏的藍眼充滿朝氣與關愛。保羅看得滿懷愛意，內心揪成一團。她像這樣靜默不語時，看上去既勇敢又富有活力，卻也露出一副應享權利被剝奪的模樣。想到她從未真正活出自己的人生，男孩便心如刀割，加上他沒辦法彌補她失去的一切，這種無力感讓他痛苦不已，卻促使他培養出堅忍不拔的頑強意志。這是稚氣的他所立下的目標。

她朝熨斗吐了口水，一小團唾沫沿著深色的光滑表面彈跳，迅速滑落。然後她跪下去，使勁用熨斗燙平爐邊地毯的粗麻襯裡。赤紅的爐火烤得她全身暖呼呼。保羅喜歡看著她側頭蹲在地上。她的動作輕盈，每次觀察她都是種享受。她的所作所為、一舉一動，孩子們永遠都覺得完美無缺。此時，室內溫暖，充斥著亞麻布熨燙後的氣味。之後，牧師走了進來，與她輕聲交談。

由於支氣管炎發作，保羅被迫臥床休息。他其實不太介意，畢竟都生病了，硬要勉強只是自討苦吃。他喜歡八點熄燈後的晚上，可以看到爐火的光芒在黑暗的牆壁和天花板上躍動，還可以看到巨大影子左搖右晃，好像整個房間擠滿了正在打無聲戰役的人們。

父親就寢前，都會來他的病房一趟。家裡只要有誰生病，他總是變得非常溫柔。不過他的到來，打亂了男孩的思緒。

「我的寶貝，你睡了嗎？」莫瑞爾輕聲問。

「還沒。母親要來了嗎？」

「她才剛摺好衣服。你需要什麼嗎？」莫瑞爾很少用「汝」稱呼兒子。

「我什麼也不需要。但她還要多久才會來？」

「不會太久，小寶貝。」

父親站在爐邊地毯上，猶豫了一下。他覺得兒子需要的人不是自己，於是走到樓梯頂端，對妻子說：「這孩子想見汝，還要等多久？」

「老天啊，當然是等我弄完！叫他快點睡吧。」

「她叫你快點睡。」父親將她的話溫柔地轉述給保羅。

「我就想要**她**過來。」男孩堅持。

「他說妳不來，他就沒辦法睡。」莫瑞爾朝樓下大喊。

「真是的！我馬上就來。還有別再朝樓下亂喊了，其他孩子也在——」

莫瑞爾又走回來，蹲在臥室的爐火前。他對爐火情有獨鍾。

「她說她馬上就來。」他說。

他開始消磨時間，似乎沒有要走的意思。男孩對此感到惱怒，渾身激動發熱。父親待在這裡，好像只讓他更煩躁不耐。

莫瑞爾站著看了兒子一會兒，最後輕聲說：「晚安，我的寶貝。」

「晚安。」保羅回應，翻過身去，因為終於可以獨處而鬆了口氣。

保羅很喜歡與母親一起睡覺。儘管衛生學家抱持異議，不過有心愛的人伴自己入眠，依然是最理想的睡眠時光。那種溫暖、安全感、內心平靜、對方碰觸帶來的極致撫慰，交織成真正的安眠，才能徹底療癒身心靈。保羅靠著母親入睡，病情有所好轉；而她一向睡得不好，後來她沉沉入睡到似乎能讓她信心大增的程度。

養病期間，保羅會在床上坐起身子，望著鬃毛蓬鬆的馬兒在田野間的飼料槽邊吃邊讓乾草散落在被踩踏發黃的雪上；他看著礦工成群結隊返家，只見一群小小黑色身影拖著腳步，緩緩穿越白色田野。接著，夜色化為深藍煙霧，由雪地升起。

康復期間，萬物美妙至極。雪花驀然飄落在窗玻璃上，宛如燕子攀附片刻，隨即消失，徒留一滴水珠沿著玻璃緩緩滑下。雪花迅速繞過屋角，猶如鴿子飛掠而過。遠在山谷另一頭，渺小的黑色火車狀似遲疑，慢吞吞行經一大片白色雪原。

由於家境貧寒，只要能為家計貢獻一己之力，孩子們都樂於幫忙。比方在夏天，安妮、保羅、亞瑟一大清早便出門採蘑菇，尋遍沾著露水的草地，因為這些赤裸著白皙美妙身軀的食材就隱身其中，草叢裡的雲雀被驚動後振翅而起。他們如果採到快半磅的蘑菇就樂不可支：這份喜悅不只是因為有所收穫，也是因為直接從大自然手中收下餽贈，更是因為能對家計有所貢獻。

不過，最重要的採集食材非黑莓莫屬，勝過為了煮麥乳粥而拾穗。每逢週六，莫瑞爾太太一定得買烤麵包布丁用的水果，她自己也很喜歡黑莓。於是，保羅和亞瑟搜遍雜木林、森林、舊採石場，只要找得到黑莓的地方，他們每個週末無處不搜。在他們礦村這一帶，黑莓成了相對稀有的食材，但保羅仍尋遍各處。他喜歡漫步在鄉野間，行經灌木樹叢。不過，他也無法忍受回家見母親時卻兩手空空。他覺得空手而歸會讓她失望，寧死也不願讓這種事發生。

「老天啊！」看到晚回家的男孩們累得要死，飢腸轆轆，她會大叫起來，「你們到底跑去哪啦？」

「哦，」保羅答道，「因為找不到半顆，我們就跑去米斯克山丘了。母親，妳看！」

她朝籃子裡看了一眼。

「哎呀，這些黑莓真不錯！」她驚呼。

「而且超過兩磅了——妳說是不是？」

她掂了掂籃子。

「對啊。」她語帶懷疑回答。

然後，保羅掏出了一枝花。他每次都替她帶回一枝他所能找到最美的花。

「真漂亮！」她說，口吻異於平常，有如女人收下定情信物般。

男孩奔波一整天，走了又走，就是不願意舉手投降、空手回家見她。母親從未意識到這點，而他到底還年輕。她是盼望著孩子長大的女人，心裡最常掛念的人則是威廉。

不過，自從威廉去諾丁漢，不常在家後，母親開始與保羅為伴。保羅不知不覺嫉妒起哥哥，威廉也嫉妒他，兩人同時卻又互為好朋友。

莫瑞爾太太與次子的親密關係較隱微細膩，也許不如與長子那般熱情洋溢。照慣例，保羅要在週五下午去領薪水。五個礦坑的礦工都是在週五支薪，但不是各自領。每條採煤巷賺來的所有收益都交給領班，再由他協助發放，不是在酒館就是在他自家分發。為了讓孩子們可以去領這筆薪資，學校週五下午會提早放學。莫瑞爾家每個孩子都有在週五下午領薪水的經驗，先是威廉，然後是安妮，接著是保羅，直到他們自己開始工作為止。保羅經常三點半就出發，口袋裡放著一個印花棉布的小錢袋。只見每條路上，男男女女和兒童成群結隊朝辦公室前進。

辦公室的所在地相當壯觀，是一棟新落成的紅磚建築，宛如大宅，矗立於綠丘巷盡頭，自成一格。大廳即是等候室，這個長型房間沒什麼擺設，地上鋪著藍磚，沿著牆壁放置一圈座椅。坐在那裡的是全身覆著煤灰的礦工，他們提早收工回到地表。婦女和小孩通常在鋪著赤色礫石的小路上閒晃。保羅總是仔細觀察草地邊緣以及那一大片草坪，因為上面長著小株的三色堇和勿忘草。周圍各種聲音合而為一：女人戴著自己最漂亮的帽子；女孩嘰嘰喳喳大聲交談；小狗跑來跑去；四周綠意盎然的灌木寂靜無聲。

接著，屋內有人大喊「小樹林園——小樹林園」，小樹林園的居民便蜂擁而入。輪到布萊提地區領工資時，保羅隨著人群走進室內。支薪室很窄小，櫃檯橫跨其中，把房間一分為二。櫃檯後方站著兩個男人，分別是布雷斯威特先生以及他的書記溫特巴頓先生。布雷斯威特先生身形龐大，白鬍稀疏，微微散發出族長般的嚴厲氛圍。他通常嚴實地圍著一條巨大絲巾，即便在炎炎夏日，開放式壁爐依舊烈焰熊熊，沒有半扇窗戶打開。所以到了冬天，從外頭的清新空氣走進來，大家有時都覺得喉嚨被室內的悶熱空氣灼傷了。相形之下，溫特巴頓先生身材矮胖，頂上無毛。他老是說些不太風趣的話，他的上司則經常擺出一副族長之姿，訓誡礦工。

房間裡擠滿一身煤灰的礦工、回家換過衣服的男人，以及婦女和一兩名小孩，通常還有隻狗。保羅個子矮小，往往被男人們擠到後方，靠近那團燙得要命的爐火。他很清楚唱名順序，因為都是按煤巷編號來排。

「哈勒戴。」布雷斯威特先生宏亮大喊。哈勒戴太太隨即默默上前，領了錢，退到一旁。

「鮑爾——約翰．鮑爾。」

有個男孩走近櫃檯。身形龐大又暴躁易怒的布雷斯威特先生越過眼鏡上方，怒瞪著他。

「約翰．鮑爾！」他重複一遍。

「就是我。」男孩說。

「哎呀，你以前鼻子可不是長這樣呢。」溫特巴頓先生一邊越過櫃檯盯著他，一邊用浮誇的語氣說。想到年長的那位約翰・鮑爾，眾人竊笑。

「你父親為何沒來！」布雷斯威特先生扯著嗓門，語氣充滿威嚴。

「他不舒服。」男孩尖聲回答。

「你該叫他別再喝酒了。」高高在上的出納員發表高見。

「就算他狠狠踢你一腳，也別介意啊。」後方有人如此揶揄。

眾人哄堂大笑。身居要職的高大出納員低頭看著下一頁。

「弗雷德・皮爾金頓！」他事不關己地大喊。

布雷斯威特是礦業公司的重要股東。

保羅知道再下一個就輪到自己，心臟開始狂跳。他被推擠到壁爐架旁，小腿發燙，絕望得不認為自己能穿過眼前的人牆。

「華特・莫瑞爾！」宏亮聲音喊道。

「在！」保羅尖聲說，卻細不可聞。

「莫瑞爾——華特・莫瑞爾！」出納員又叫了一次，食指和拇指擱在付款證明上，準備換下一張。

要沐浴在眾人目光下，保羅渾身不自在，所以無法或不願意大喊出聲。眾多男人的背影抹去了他的存在。結果是溫特巴頓先生替他解圍。

「他有來，在哪裡？莫瑞爾家的兒子呢？」

這個臉色紅潤又禿頭的矮胖男人東張西望，目光犀利。接著，他指向壁爐。礦工紛紛轉過頭，往兩旁挪去，男孩的身影立刻無所遁形。

「找到他了！」溫特巴頓先生說。

保羅走向櫃檯。

「十七鎊十一先令五便士。剛叫到你，怎麼不大聲回答？」布雷斯威特先生說。他朝付款證明上重重扔了一個五磅袋的銀幣，接著動作優雅熟練地拿起一疊共十英鎊的小巧金幣，丟到銀幣錢袋旁。金幣滑過紙上，劃出一道耀眼光芒。出納員數完錢，男孩便沿著櫃檯把所有錢推到溫特巴頓先生那裡，扣除必須繳清的房租和工具費。他又感到渾身不自在。

「十六先令六便士。」溫特巴頓先生說。

少年過於心慌意亂，根本沒好好算錢，就把幾枚銀幣和一枚半鎊金幣往前推。

「你覺得自己給了我多少啊？」溫特巴頓先生問。

男孩看著他，卻不發一語。他根本毫無頭緒。

「你是沒有嘴巴嗎？」

保羅咬了一下嘴唇，又把幾枚銀幣往前推。

「學校難道沒教你算數嗎？」他問。

「他們只教代數和法文啦。」有個礦工說。

「還有厚臉皮和沒禮貌的態度。」另一個礦工說。

保羅耽擱到後面的某人了。他抖著手把錢裝進布袋，悄悄溜出去。每次碰到這種糟糕透頂的場合，他都備受折磨，飽受煎熬。

等他來到外頭，走在曼斯菲爾德路上，簡直鬆了一大口氣。公園牆上長滿苔蘚，一片青綠；果園的蘋果樹下，幾隻羽色金黃或雪白的家禽到處啄食。漫步回家的礦工川流不息。男孩難為情地靠向圍牆。這些男人當中，他認識不少人，但他們現在全身煤灰，他認不出誰是誰。對他來說，這又是另一種痛苦折磨。

他抵達布萊提的新潮酒館，可是父親還沒來。老闆娘瓦姆比太太認得保羅，因為他的奶奶，也就是莫瑞爾的母親，是瓦姆比太太的朋友。

「你爸還沒來。」老闆娘說，聽起來就像那種平常多半和成年男性打交道的女人，語氣半帶嘲諷，半瞧不起人。「你先坐吧。」

保羅在酒吧長椅一端坐下。有些礦工正在酒館一隅「算帳」，平分領到的薪水，接著又有礦工走進店裡。他們都看了男孩一眼，不吭一聲。最後，莫瑞爾終於來了，雖然渾身骯髒，卻腳步輕快，神采飛揚。

「嗨！」他相當溫柔地向兒子打招呼。「你比我還早到啊？要喝點什麼嗎？」

滴酒不沾的觀念從小深植於保羅和莫瑞爾家所有孩子的心中，而且要他當著這些人的面喝下檸檬水，簡直比拔牙還難以忍受。

老闆娘一臉傲慢看著他，略顯同情，卻也對他堅持展現品行端正的一面感到嫌惡。保羅回家時，滿臉不悅，悄悄進屋。週五是烘焙日，回到家通常有熱騰騰的圓麵包可吃。母親把麵包擺到他面前。

保羅忽然對她大發脾氣，眼中閃著怒火。

「我再也**不要**去那間辦公室了。」他說。

「哎呀，怎麼了嗎？」母親吃驚地問。他突然發火，反倒逗樂她。

「我再也**不要**去了。」他重申。

「噢，好啊，就這樣跟你父親說吧。」

他嚼著圓麵包的模樣，彷彿與它有深仇大恨。

「我不要——我不要再去領錢了。」

「那就讓卡林家的某個孩子去跑腿吧，光是能賺到六便士，他們一定開心得要命。」莫瑞爾太太說。

這六便士就是保羅僅有的收入。雖然錢多半都拿來買生日禮物，但**終究是**一份收入，他也相當珍惜。可是——

「他們想賺就賺吧！」他說：「我才不要。」

「噢，好吧。」母親說：「但你不必這樣對**我**亂發脾氣。」

「他們討厭死了，粗魯又討人厭，老是這樣，我再也不要去了。布雷斯威特先生講起話來不清不楚，溫特巴頓先生的文法也亂七八糟。」

「這就是你再也不去的原因嗎？」莫瑞爾太太面帶微笑。

男孩保持沉默好一陣子，臉色蒼白，眼神陰鬱又憤怒。母親動手做起家事，不理會他。

「他們每次都堵在我前面，害我出不去。」他說。

「兒子，你只要開口**拜託**他們就好啦。」她答道。

「然後阿弗雷德．溫特巴頓居然還說，『學校到底都教了你什麼啊？』」

「學校從來沒教會**他**多少東西，」莫瑞爾太太說：「明眼人都看得出來，不管是禮儀還是智慧，他樣樣沒學到。他的奸詐狡猾可是天生的。」

母親用自己的方式安慰他。他簡直敏感得無可救藥，令她十分心疼。有時，他眼中透露的憤怒教她為之一振，使她體內沉睡的靈魂清醒片刻，大感詫異。

「薪水有多少？」她問。

「十七鎊十一先令五便士，再扣掉十六先令六便士。」男孩回答，「這星期還不錯，父親只被扣了五先令。」

這麼一來，莫瑞爾太太便能算出丈夫賺了多少，要是他錢給少了，就能叫他好好解釋錢跑去哪了。週薪究竟領了多少，莫瑞爾老是保密到家。

週五是烘焙之夜，也是市集之夜。按慣例，保羅要留在家裡烤麵包。他很喜歡待在家裡畫畫或看書。他愛極了繪畫。安妮週五晚上總是去「尋歡作樂」，亞瑟則一如往常自得其樂，所以家裡只剩男孩一人。

莫瑞爾太太喜歡逛市集。小市集位於山坡頂端，往諾丁漢、德比、伊爾克斯頓、曼菲斯爾德的四條道路在此交會。市集裡攤位林立，四輪馬車紛紛從附近的村莊駛來。市集到處是女人，街上則擠滿男人。大街小巷裡，男人無所不在，實在令人嘆為觀止。莫瑞爾太太通常與賣蕾絲的老闆娘討價還價，並對水果攤販深表同情，因為這男人是個傻瓜，妻子心腸卻很壞。她與一無是處卻十分滑稽的魚販有說有笑，讓賣油氈的男人自討沒趣，以冷淡態度面對雜貨攤販。除非迫不得已，或受到小碟子上的矢車菊圖案所吸引，她是不會主動找賣杯盤器皿的男人攀談，即便開口，也始終表現得冷漠又客氣。

「不知道那個小碟子要多少。」她說。

「賣妳七便士。」

「謝謝。」

她放下碟子走向別處，卻捨不得沒買下它就離開市集。於是，她又走回那些杯碗盤碟原封不動擺在地上的攤位，朝那個碟子偷看一眼，卻佯裝沒在看。

她身材嬌小，頭戴無邊女帽，穿著一身黑衣。這頂女帽已經戴了三年，安妮對此抱怨連連。

「母親！」女兒懇求，「別再戴那頂皺巴巴的小帽子啦。」

「不然我還能戴什麼。」母親尖酸回應，「我敢說這頂夠合適了。」

帽子本來有些許裝飾，後來改用花朵點綴，如今只剩下黑色蕾絲花邊和幾顆黑玉珠。

「它看起來有點走樣了。」保羅說：「妳難道就沒辦法給它打一劑強心針嗎？」

「講話這麼沒大沒小，小心我敲你頭。」說完，莫瑞爾太太氣勢十足地將黑帽的繫繩綁在下巴。

此刻，她又看了碟子一眼。不論是她，還是被她視為敵人的器皿攤販，皆感到不太自在，彷彿兩人之間一觸即發。他冷不防大喊：「五便士要買嗎？」

她嚇了一跳。本來狠下心決定不買了，結果還是彎腰拿起她看上的碟子。

「那我買了。」她說。

「幫個忙，行不行？」他說：「妳最好朝它吐一下口水，就跟每次有人送妳東西的時候一樣。」

莫瑞爾太太態度冷冰冰地付了他五便士。

「我可不覺得它是你送我的。」她說：「你要是沒意願，根本不會用五便士賣我。」

「在這種窮得要死的爛地方，有本事送人東西就算好狗運啦。」他咆哮。

「對，情況總是有好有壞。」莫瑞爾太太說。

不過，她原諒這位賣器皿的男人，兩人友好相處。她現在敢伸手觸碰他那些杯碗盤碟，心情相當愉悅。

保羅正等她回來。他很喜歡看到她返家的模樣，這時的她總是容光煥發，雖然面露疲態卻凱旋而歸，捧著大包小包，內心充實滿足。聽到門口傳來她輕快的腳步聲，本來在畫畫的保羅抬起頭。

「噢！」她嘆道，站在門口，對他微笑。

「天啊，妳**根本**滿載而歸耶！」他驚呼後，放下畫筆。

「沒錯！」她上氣不接下氣地說，「安妮居然還厚臉皮說什麼會來跟我碰頭。真是重**死**我了！」

她把網袋和大包小包扔到桌上。

「麵包烤好了嗎？」她邊問邊走向烤箱。

「最後一塊正在悶。」他回答，「妳不用看，我沒忘記。」

「噢，那個杯盤攤販啊！」她說著把烤箱門關上。「你也知道我之前說他有多壞吧？看來他其實沒我想的那麼惡劣呢。」

「是嗎？」

男孩專心聽她說。她脫下小黑帽。

「對。我覺得他應該賺不了多少錢，但現在這個時代有誰不這樣抱怨啊，難怪他脾氣那麼糟。」

「換成**我**，我也會。」保羅說。

「確實不意外啊。然後他賣我……你覺得他賣我**這個**多少？」

她從皺巴巴的報紙裡取出那個碟子，站著開心欣賞它。

「讓我看看！」保羅說。

兩人並肩而立，心滿意足看著碟子。

「我**好喜歡**東西上面有矢車菊的圖案。」保羅說。

「是啊，讓我想起你買給我的那個茶壺——」

「一先令三便士。」保羅說。

「五便士！」

「太便宜了吧，母親。」

「確實。你知道嗎，這簡直跟偷偷摸走它沒兩樣，可是我當時已經花太多錢，買不起了。而且他要是不願意，大可不必讓我買下。」

「的確，他大可不必這麼做。」保羅說。兩人擔心可能占了那個男人便宜，開始安慰彼此。

「我們可以用它來盛糖煮水果。」保羅說。

「或是蛋奶凍，或果凍。」母親說。

「或是小蘿蔔和萵苣。」他說。

「別忘了那塊麵包啊。」她說，語氣洋溢著歡欣。

保羅查看烤箱，敲了一下麵包底部。

「烤好了。」他說，把麵包遞給母親。

她也敲了敲。

「對。」她回應後，著手打開網袋。「噢，我真是個亂花錢的壞女人，接下來一定會口袋空空啊。」

他迫不及待跑到她身邊，想看她剛買來的奢侈品。只見她打開另一團報紙，裡面露出幾株三色堇和深紅色雛菊的根部。

「總共要四便士！」她哀嘆。

「真**便宜**！」他大喊。

「對，但我偏偏就是**這個**星期沒那個本錢買啊。」

「可是很漂亮啊！」他大聲說。

「對吧！」她終究不敵純粹的喜悅，也大聲嚷嚷起來，「保羅，看看這個黃色的，是不是——就像老頭子的臉！」

「非常像！」保羅大叫，彎腰嗅聞。「聞起來還好香！不過沾了點泥巴。」

他跑進洗滌間，拿了法蘭絨布回來，小心翼翼擦拭三色堇。

「它現在沾溼了，妳**快**瞧！」他說。

「很棒！」她心滿意足地歡呼。

住在斯卡吉爾街的孩子都自認是萬中選一。莫瑞爾家所在的這一頭，小孩並不多，所以這些屈指可數的孩子更為團結。男女孩皆玩在一起，女生參與打架和有肢體碰撞的遊戲，男生也加入女生主導的跳舞、套圈圈遊戲，陪她們玩扮家家酒。

只要天氣乾爽，安妮、保羅、亞瑟都很喜歡冬日傍晚。他們乖乖待在室內，直到礦工全數回家，直到夜色深沉，街道空無一人，才在脖子上圍好圍巾出門，因為他們是典型的礦工家孩子，不屑穿上大衣。路口漆黑得伸手不見五指，望向盡頭，整片夜幕猶如窟窿般擴展開來，只有下方的明頓礦坑和塞爾比反方向的遠處，可以看到一小團燈光。最遙遠的點點微光似乎讓眼前的黑暗無止盡延伸下去。孩子們憂心地沿著街道望去，看向立於田野小徑盡頭的唯一一根燈柱。要是這一小塊被照亮的空間沒出現半個人，兩個男孩便打從心底覺得孤寂。他們站在路燈下，雙手插在口袋裡，背對四周的夜色，望著眼前一棟棟漆黑無光的房子，內心相當難受。忽然間，他們的視野之中冒出一個圍裙沒脫就直接披上短外套的長腿女孩，她正飛奔過來。

「比利．皮林斯和你們家安妮，還有艾迪．達金呢？」

「我不知道。」

但這其實不太要緊，因為他們現在有三個人了。他們圍著燈柱玩起遊戲，等其他小孩大喊著衝過來。接著，大家活蹦亂跳，盡情嬉鬧。

此處僅有這根燈柱。後方是大洞般的黑暗，彷彿夜晚全匯聚於此；前方是一條寬敞幽暗的道路，直通山頂。路上偶爾會有人現身，朝田野小徑走去。十幾碼外的一切全被夜色吞噬殆盡。孩子們繼續玩耍。

由於他們找得到的玩伴只有彼此，所以感情格外要好。因此只要起了口角，大家就玩不起來。亞瑟動不動就生氣，比利．皮林斯（其實應該叫菲利普斯才對）比他還誇張。兩人一吵，保羅就得站在亞瑟這一邊。聲援保羅的還有愛莉絲，至於比利．皮林斯，一向有艾米．里姆和艾迪．達金義氣相挺。然後這六個孩子翻臉吵架，氣得討厭對方，恨得牙癢癢，再倉皇失措逃回家。保羅永遠不會忘記，有一次又發生像這樣兩敗俱傷的激烈爭吵後，自己看到碩大的紅月像隻巨鳥，從直通山頂的那條荒涼道路上不斷緩緩升起。他想到聖經有說月亮要變為血[9]。隔天，他趕緊跟比利．皮林斯和好。大家又在燈柱下，在大片黑暗的環繞下，繼續撒野嬉鬧。莫瑞爾太太走進客廳，便會聽到孩子們不停唱著：

「我腳穿西班牙皮鞋，
襪子以絲綢縫製，
每根手指戴著戒指，
洗浴時都用牛奶。」

他們聽起來完全沉浸於遊戲之中。從夜空中傳來的歌聲，宛如一群野生生物在放聲高唱。母親內心一陣激動，也明白孩子們八點整進屋時，為何一臉紅潤、雙眼發亮、嘴巴動個不停。

他們喜歡位於斯卡吉爾街的家，因為放眼望去空曠遼闊，景色如扇貝向外開展。夏日傍晚，婦女會倚著田間圍籬閒聊，向西望去，看著日落餘暉迅速消逝，將遠方天空染成一片緋紅，襯得德比郡群山的峰巒輪廓有如蠑螈的黑色背鰭。

在這種夏季時節，礦場從來不全天候開工，尤其是煙煤礦坑。莫瑞爾太太的鄰居達金太太走向田間圍籬，打算把爐邊地毯甩乾淨，正巧看到男人們緩慢爬上坡。她一眼就看出他們全是礦工，於是站在原地等待。只見這個又高又瘦的女人一臉潑婦樣，佇立在山坡頂，簡直像在威脅那些費力爬坡的可

9. 出自《舊約・約珥書》第二章三十一節：「日頭要變為黑暗，月亮要變為血，這都在耶和華大而可畏的日子未到以前。」血月預表著神審判的日子，也預示著將有重大事件發生。

憐礦工。這時才十一點。遠處蓊鬱山林的上方，霧氣繚繞，宛如細緻黑紗籠罩著夏日的上午天空，尚未散去。最前方的人走到過籬梯，「喀答！」一聲用力把柵門推開。

「怎麼，你們停工啦？」達金太太喊道。

「沒錯，太太。」

「放你們回家還真可惜呢。」她揶揄說。

「是啊。」男人回應。

「才怪，你們很清楚自己根本巴不得早點回家。」她說。

男人繼續往前走。達金太太走回自家院子，發現莫瑞爾太太正要去灰坑倒爐灰。

「太太，我看明頓是停工啦。」她大聲說。

「糟透了！」莫瑞爾太太氣得大喊。

「唉！我剛看到強特．赫奇比了。」

「他們不如乾脆不去，省得還要磨損鞋底。」莫瑞爾太太說。兩個女人走進屋內，滿心厭惡。

礦工們臉上幾乎沒弄髒，就又成群結隊踏上歸途。莫瑞爾才不想回去。他愛極了晴朗早晨，但不得不去礦坑上工後，卻又被打發回家，心情當然惡劣到極點。

「老天啊，居然這時候就回來！」他進門時，妻子驚呼。

「女人，這哪輪得到我決定啊？」他大吼。

「午餐也煮得不夠。」

「那我就吃自己帶出門的點心。」他可憐兮兮大叫，既丟臉又惱火。

孩子們放學回家後，很納悶看到父親正在吃的午飯，竟然是帶去礦坑又帶回來，變得乾扁骯髒的兩片厚奶油麵包。

「爸爸怎麼現在在吃點心啊？」亞瑟問。

「我要是不吃，有人就會扔到我身上。」莫瑞爾的語氣滿是不屑。

「真是說謊不打草稿！」妻子大喊。

「不然是要白白浪費嗎？」莫瑞爾說：「我可不像你們這些人那麼奢侈，只知道浪費。要是我在坑裡掉了一小塊麵包，就算掉進全是煤灰的地方，我也照樣撿起來吃。」

「老鼠會吃掉啊，」保羅說：「不會浪費的。」

「奶油麵包這種好東西，老鼠也不配吃。」莫瑞爾說：「管它髒不髒，我寧可吃掉，也不要浪費。」

「你大可把麵包留給老鼠吃，然後拿之後的酒錢去買麵包。」莫瑞爾太太說。

「噢，誰說我非得照做？」他大喊。

那年秋天，莫瑞爾家生活陷入困頓。威廉不久前才出發去倫敦，母親因而懷念起他過去如何貼補家用。他寄了一兩次十先令回來，但剛搬到異地，要花錢的地方可不少。他每週定期寄信回家，寫得洋洋灑灑，向母親報告生活中的大小事，包括交了什麼朋友、與某個法國人切磋學習、多麼享受倫敦生活。母親再次感受到他就像還住在家裡時，依然留在她身旁。她也每週寫信給他，內容往往直言不諱、風趣十足。一整天下來，母親往往邊打掃家裡邊想著他。威廉正在倫敦，一定會出人頭地。他簡直像自己的專屬騎士，隨身攜帶**她**贈予的信物上戰場。

他聖誕節要回來五天。為了迎接他，大家用心準備的程度前所未見。保羅和亞瑟搜遍附近各處，尋找冬青和常綠樹樹枝，安妮則照慣例做出一串串漂亮的紙環裝飾。連食品儲藏室也出現前所未有的豪華餐點。莫瑞爾太太烤了一個精緻的大蛋糕，然後鳳心大悅，向保羅示範如何川燙杏仁去皮。他畢恭畢敬為這些細長堅果去皮後，仔細清點，以免漏了哪一顆。據說蛋在涼爽處比較容易打發，於是男孩站在溫度接近冰點的洗滌間裡不斷打啊打，打到蛋白開始凝固、變得雪白，立刻興高采烈地飛奔去找母親。

「看哪，母親！是不是很漂亮？」

說完，他放了一小撮在鼻尖上，把它吹到空中。

「好了，別浪費了。」母親說。

每個人都興奮得要命。威廉就要在聖誕夜回來了。莫瑞爾太太查看食品儲藏室：一個李子大蛋糕、一個米蛋糕、果醬塔、檸檬塔、兩大盤肉餡餅。她剛烤完西班牙杏仁蛋糕和乳酪蛋糕。家裡各處皆布置了一番。結有漿果的冬青花圈掛著各種閃閃發亮的裝飾，莫瑞爾太太在廚房修整那些小塔的外型時，花圈就在她頭上慢慢旋轉。爐火正旺，糕點烤好後香味四溢。威廉預計七點抵達，但應該會晚到。三個孩子跑去迎接他，獨留她一人。不過六點四十五分，莫瑞爾又走進家門。夫妻倆誰也沒開口。他坐進扶手椅，激動得有些不知所措，她則默默繼續烘烤餐點。唯有從她小心翼翼的舉動，才能看出她對這件事有多感動。時鐘繼續滴答作響。

「他說幾點會來？」莫瑞爾第五次這麼問。

「火車六點半到站。」她回答時特別強調。

「那他七點十分就會到這裡了。」

「上帝保佑喔，密德蘭鐵路一定會晚好幾個小時。」她冷淡地說，但內心其實希望，預期他晚到反而會讓他早到。莫瑞爾走去門口，尋找他的身影，又走回來。

「天哪，你這人喔！」她說：「簡直像坐不住的母雞。」

「妳不是應該開始為他準備些吃的嗎？」父親問。

「時間還很充裕。」她回答。

「**我**可不覺得時間有那麼多。」他坐在椅子上反駁，氣得轉過身去。她開始收拾桌面。水壺滾了，嗶嗶鳴叫。兩人等了又等。

此時，三個孩子正佇立在賽斯里橋站的月臺上。車站位於密德蘭鐵路幹線上，離家兩哩。他們等了一個小時。火車進站，但威廉不在車上。只見鐵路盡頭的紅燈和綠燈不斷閃爍，四周一片漆黑，寒氣逼人。

「去問他倫敦來的火車到了沒。」看到一個戴著制服帽的男人後，保羅對安妮說。

「我才不要。」安妮說：「你安靜點，不然他可能會把我們趕走。」

可是，保羅急切想讓那個人知道，他們正在等一位從倫敦搭火車來的人，因為聽起來非常了不起。然而，他膽子小得不敢找人攀談，更別說向戴著制服帽的人開口詢問。三個小孩生怕被趕走，也擔心離開月臺會錯過什麼，所以幾乎不敢踏進等候室，依然在昏暗寒冷的外頭等待。

「已經晚一個半小時了。」亞瑟可憐兮兮地說。

「唉，」安妮說：「畢竟是聖誕夜啊。」

他們頓時沉默不語。他不來了。他們朝鐵道盡頭的黑暗望去。倫敦就在那裡！似乎遠在千里之外。想到倫敦離這裡有多遙遠，途中出了什麼意外都不奇怪，他們憂心得開不了口。三人頂著寒風，心煩意亂，默默站在月臺上，依偎著彼此。

等了兩個多小時，他們終於看見火車頭亮著燈，出現在黑暗的盡頭。一名搬運工跑到月臺上。孩子們往後退，心臟怦怦跳。一長列開往曼徹斯特的火車進站，兩扇車門打開，從其中一扇門走出來的人正是威廉。三人朝他飛奔過去。他興高采烈地把大包小包交給他們，立刻解釋這一長列火車其實本來沒有要停靠賽斯里橋，之所以停在這個小車站，全是為了**他**。

在此同時，父母兩人愈來愈焦慮不安。餐桌已經擺好，肋排也煮好了，一切準備就緒。莫瑞爾太太穿上黑色圍裙，底下是最漂亮的衣服。然後她坐下來，裝作在閱讀。每分每秒對她來說都是煎熬。

「哼！」莫瑞爾說：「已經過了一個半小時了。」

「那些孩子也還在等！」她說。

「火車不可能還沒到啊。」他說。

「就跟你說，只要聖誕夜，火車都會誤點**好幾個小時**。」

他們對彼此微微動怒，憂心如焚。在冷冽強風的吹拂下，屋外梣樹嗚咽作響。從倫敦返家，夜路漫漫啊！思及至此，莫瑞爾太太備感煎熬。時鐘內部零件運轉時，發出微小的喀答聲，令她心煩不已。時間實在太晚了，開始教人無法忍受。

終於，門口傳來幾個人的交談聲和腳步聲。

「他到了！」莫瑞爾突然起身大叫。

接著，他往後一退。母親三步併作兩步跑到門口等待。門外傳來匆忙混亂的腳步聲，下一刻，門砰一聲打開。威廉就在那裡。他扔下公事包，將母親擁入懷中。

「母親！」他說。

「我的兒子啊！」她喊道。

接下來的兩秒鐘，不多也不少，她緊緊抱住他，並親了他一下。然後她退開，盡可能用平淡的語氣說：「你也太晚回來了吧！」

「可不是嘛！」他大聲說，轉向父親。「爸啊！」

兩個男人握了握手。

「兒子啊！」

莫瑞爾淚眼盈眶。

「我們還以為你永遠不來了呢。」他說。

「噢，我當然會來啊！」威廉驚呼。

語畢，兒子轉身面對母親。

「你看上去氣色還不錯。」她驕傲地笑說。

「哎呀！」他大聲嚷嚷，「我也這麼想——因為回家啦！」

他儀表堂堂，身材高大，相貌端正，一臉無懼。他環顧四周，看見常綠樹樹枝和冬青花圈，發現壁爐上有小水果塔靜置在錫製塔模裡。

「天啊！母親，家裡一點也沒變！」他說，似乎鬆了一口氣。

一時間，大家僵在原地。接著，威廉突然一個箭步，衝向壁爐拿起一個水果塔，整個塞進嘴裡。

「從沒看過有人這麼會吃呢！」父親大喊。

威廉替家人帶來數也數不清的禮物。他身上每一分錢都拿來買這些禮物。屋裡頓時洋溢著奢侈氣氛。他為母親買了一把雨傘，淺色把手還鍍了金。直到去世那天，她都好好保存著，什麼弄丟了都沒關係，唯獨這把傘不行。大家都收到了精美禮物，除此之外，還有一大堆他們從未看過的甜食，像是土耳其軟糖、鳳梨蜜餞等等，孩子們都認為只有倫敦這種輝煌之地才買得到。保羅後來還在朋友面前大肆吹噓這些甜食。

「這是拿真的鳳梨去切片，再用糖漬——滋味棒極了！」

每個人都幸福極了。家到底還是家，不論經歷了什麼風雨，他們仍熱愛這個家。他們開起派對，盡情慶祝。許多人過門拜訪，來看看威廉，看看倫敦對他產生了什麼影響。結果，他們都發現他「是十足的紳士，是如此優秀，我敢打包票！」

他再次離家後，孩子們紛紛躲到各處，獨自默默哭泣。莫瑞爾就寢時，心情低落；莫瑞爾太太覺得好像吃了什麼藥，失去知覺，情感麻木。她對他的愛，熱情似火。

威廉任職於法律事務所，那位律師與一間大型航運公司有工作往來。仲夏時，上司提議他搭該公司的船去地中海旅遊，費用不算多。莫瑞爾太太寫道：「去吧，兒子，你以後可能再也不會有這種機會了。而且比起你回家一趟，想著你是航行在地中海上，不知要好多少倍。」然而，威廉選擇返家度過這十四天假期。即便地中海深深吸引他渴望旅行的年輕靈魂，讓窮人出身的他想見識一下南方的秀麗風光，卻依然不敵有機會回家。知道他歸心似箭，大大彌補了母親面對空巢期的失落感。

第五章　保羅踏上人生之旅

莫瑞爾個性大而化之，不把自身安全放在心上，因此意外事故接踵而至。每當莫瑞爾太太聽到屋外傳來空煤車喀啷作響，停在門口，她便跑進客廳查看，多半預料會看到丈夫攤坐在推車裡，覆滿煤灰的臉孔發白，身上某處受了傷，整個人萎靡不振。萬一真的是他，她就跑出去攙扶。

事情發生在威廉去倫敦大約一年後，保羅當時剛畢業，尚未找到工作。當天，莫瑞爾太太在樓上，兒子在廚房作畫，他畫起畫來可是運筆自如。此時，門口傳來敲門聲。保羅惱怒地放下畫筆去應門，同一時間，在樓上的母親打開窗戶往下看。

站在門口的是個全身煤灰的礦工小子。

「這裡是華特．莫瑞爾的家嗎？」他問。

「對，」莫瑞爾太太說：「什麼事？」

不過，她早已料到是怎麼回事。

「您家先生受傷了。」他說。

「我的天哪！」她驚呼，「小子，他沒受傷才奇怪呢。那他這次又怎麼啦？」

「我不清楚，大概是腳哪裡傷到了，已經送他去醫院了。」

「老天啊！」她又驚呼，「唉，他這人還真是要不得！連五分鐘都讓人不得安寧，我敢以死發誓！他大拇指就快好了，結果現在又搞這齣。你當時有看到他嗎？」

「我有在坑底看到他，看見他們用礦車把他送上去，他整個人昏死了。可是弗雷澤醫生在礦燈倉庫檢查他的時候，他開始大吼大叫，亂罵一通，吵著要人送他回家，才不要去什麼醫院。」

男孩結結巴巴把話說完。

「他**當然**想回家，這樣就能把所有麻煩事都推到我身上。謝謝你，孩子。我的天哪，要是我說我沒覺得心煩，氣得厭煩作嘔，根本是騙人！」

語畢，她下樓。

保羅面無表情地繼續作畫。

「既然他們都送他去醫院了，傷勢肯定很嚴重。」她繼續說，「他這人實在太**不小心**了！**其他人**就不會沒事出什麼意外。沒錯，他**就是**想把所有的重擔都壓在我身上。天哪，我們好不容易日子**才要**開始輕鬆一點耶。把那些東西收一收，現在沒空畫畫了。下一班火車幾點？看來我得大老遠走去凱斯頓，還得放著沒打掃完的臥室不管。」

「我會整理好的。」保羅說。

「不必了，我想我會搭七點的火車趕回來。噢，老天垂憐啊，他鐵定會大吵大鬧！還有那些汀德山上的花崗岩鋪石，他搞不好會叫它們腎臟卵石，一路這樣顛簸，肯定震得他全身跟散了沒兩樣。真搞不懂路面糟成這樣，救護車又一定會經過，為什麼就不能修好。你以為採礦公司會直接在這裡開醫院，結果他們只買地挖礦。各位先生啊，礦坑出的意外事故絕對多到不會讓醫院關門大吉，但他們偏偏不開醫院，寧可開慢吞吞的救護車，載傷患到十哩外的諾丁漢。太不像話了！噢，他鐵定會亂發牢騷！我知道他絕對會！不曉得是誰陪他去的，我想大概是巴克吧。可憐的傢伙，他八成希望自己不在那裡。但我知道巴克一定會好好照顧他。現在還不清楚他會在那間醫院待多久——他**肯定**恨死要住院了！不過要是只傷到腳，或許沒那麼糟。」

她一面碎碎念，一面準備出門。她匆匆脫掉緊身胸衣，蹲在燒水爐旁，讓水緩緩流入汲水罐裡。

「真希望這個燒水爐是在海底！」她大喊，抓著握把的手不耐煩地扭動。她雖然個頭嬌小，手臂卻出奇結實強壯。

保羅收拾完畫具，燒開水、擺餐桌。

「下一班火車四點二十分才會來，」他說：「妳時間還很多。」

「噢，不，時間才不多呢！」她大叫，一邊拿毛巾擦臉，一邊越過毛巾上方瞇眼看他。

「有，妳還有時間。總之，妳得先喝杯茶再走。要我陪妳去凱斯頓嗎？」

「陪我去？我想知道你陪我去是要幹嘛？好了，我該幫他帶什麼東西去啊？真是的！他的乾淨襯衫，幸好衣服**是**乾淨的，但最好有晾乾；還有襪子，他不會穿的；我想應該要帶毛巾和手帕。除了這些，還有嗎？」

「梳子、刀叉、湯匙。」保羅說。這不是父親頭一次住院。

「天知道他的腳到底怎麼了。」莫瑞爾太太繼續說，梳起那一頭滑順如絲，現已摻雜些許白髮的褐色長髮。「他對上半身要怎麼洗格外講究，輪到下半身卻覺得無所謂。我想醫院對這種人應該見怪不怪了。」

保羅擺好餐具，替母親切了一兩片非常薄的麵包，並抹上奶油。

「喝吧。」他說著，把她那杯茶放到她的用餐位置。

「我才沒空喝！」她氣得大叫。

「妳就是得喝。好了，都準備了就喝吧。」他堅持。

於是，她坐下來小口喝茶，默默吃了點麵包，陷入沉思。

幾分鐘後，她動身出發，踏上前往凱斯頓車站的兩哩半之路。她替莫瑞爾打包的東西塞得網袋鼓鼓的。保羅目送她沿著樹籬間的道路遠去。看著腳步飛快的小巧身影，想到她又將被迫深陷痛苦與麻煩之中，他心痛萬分。莫瑞爾太太滿心焦慮，馬不停蹄趕路，卻依然感覺到背後的兒子一心等著她回來，感覺到他正盡力替她分憂解愁，甚至助她一臂之力。到了醫院，她心想：「等我告訴那孩子情況有多糟，他**一定**會很難受。我最好謹慎點。」她再次踏著沉重腳步返家，又感覺到他將會主動分擔她身上的重擔。

「很嚴重嗎？」她一進家門，保羅便開口問。

「夠嚴重了。」她答道。

「怎麼了？」

她嘆了口氣，坐下來解開無邊女帽的繫帶。兒子看著她抬起頭，伸出忙於家務而粗糙不堪的小手，撥弄下巴下方的蝴蝶結。

「呃，」她回答，「其實沒有到威脅性命的程度，但護士說砸得不輕。情況是這樣的：有塊大石頭砸在他腿上——這裡——是複雜性骨折。幾根斷掉的骨頭刺穿皮膚——」

「唉唷，太可怕了！」孩子們齊聲驚叫。

「然後啊，」她繼續說，「他當然說自己快死了——他這人就是這副德性。他看著我說：『姑娘，我完蛋了！』我對他說：『別傻了，管他砸得有多稀巴爛，只是斷個腿才不會死人。』然後他抱怨說：『看來我只能等到被裝進木箱，才能離開這裡了。』我說：『好吧，你要是想讓人用木箱把你抬去花園，我敢說等你好多了，院方一定很樂意這麼做。』結果護士說：『前提是我們認為這麼做會對他有幫助。』那位護士人非常好，可是很嚴厲。」

莫瑞爾太太脫下女帽。孩子們不發一語等她開口。

「當然了，他**確實**傷得不輕，」她繼續說，「要過一陣子才會康復。他受了很大的打擊，流了很多血。這次砸到腳當然非常危險，現在也不太能確定骨折是不是可以順利治好，他還可能會發燒、生壞疸——要是病情惡化，他沒多久就會一命嗚呼了。但你們也知道他這人啊，身體強健得很，傷口癒合得快，我實在看不出**哪會**惡化。他身上當然是有傷……」

講到這裡，由於情緒激動、焦慮不安，她臉色發白。三個孩子頓時明白父親的情況極為嚴重，屋裡籠罩在沉默與焦慮之中。

「但他每次都有康復啊。」片刻後，保羅開口說。

「我也是這樣跟他說。」母親表示。

大家開始默默地走來走去。

「而且他看上去真的一副快完蛋的樣子，」她說：「不過護士說那只是因為他很痛。」

安妮將母親的外套和帽子拿去掛好。

「我要離開的時候，他還用那種眼神看我！我說：『我現在得走了，華特，因為火車快來了，孩子們也在等我。』他就那樣看著我，好像我做了很殘酷的事。」

保羅再次拾起畫筆，繼續作畫；亞瑟走到屋外，取些煤炭；安妮坐在原位，神情沮喪；莫瑞爾太太坐在第一個孩子出生前，丈夫親手替她打造的小搖椅上，紋風不動，陷入沉思。她很悲痛，覺得那個身受重傷的男人分外可憐，然而，她內心深處愛火本應燃燒的地方，仍空無一物。此刻，即使她女人天性具有的憐憫心被徹底激起，即使她甘願任勞任怨照料他、救他一命，即使她願意代他承受痛苦，就算她真的辦得到，心底某處卻依然對他本人和他受的苦漠不關心。即便他在她內心激起強烈情感，她還是無法愛他，這點教她最為痛心。她又沉思半晌。

「然後呢，」她突然開口，「我去凱斯頓時，半路才發現自己穿著工作靴出門了——**看看**它們變成什麼樣子。」那是一雙保羅穿舊的棕鞋，鞋跟早已磨平。「我根本不曉得該怎麼辦，真丟臉啊。」她補了一句。

早上，安妮和亞瑟去上學後，莫瑞爾太太趁著兒子幫她做家事的期間，又和他聊了起來。

「我在醫院見到巴克。他臉色看起來很糟，可憐的傢伙！我對他說：『你和他這樣一路過來怎麼樣？』他說：『太太，妳最好別問！』我說：『好吧，我很清楚他會是什麼德性。』他說：『但是路況對他來說**真的**很糟，莫瑞爾太太，我是**說真的**！』我說：『我知道。』他說：『車子一顛簸，我都以為自己的心臟要從嘴裡飛出來了。他有時還放聲尖叫！太太啊，就算給我錢，我也不想再經歷那種折磨了。』我說：『我完全能懂。』他說：『之後會很難搞啊，這麼嚴重的傷要很久才能治好。』我說：『恐怕是的。』我喜歡巴克先生——**真的**很喜歡。他似乎很有男子氣概。」

保羅繼續默默地做家事。

「當然了，」莫瑞爾太太又說下去，「像你父親這種人，要住院**實在**很難受。他搞**不懂**院方的各種規定，也不肯讓誰碰他，除非逼不得已。他上次大腿肌肉撕裂，一天得換四次藥，他**肯**讓我和婆婆以外的人幫他換嗎？才不肯呢。所以想當然耳，住院只有護士能幫忙，他鐵定生不如死。我也不喜歡留下他。當時那樣吻了他就走，讓我有些羞愧。」

她向兒子傾吐心事，簡直像在對他自言自語。保羅盡可能讓她一吐為快，為她分擔解憂，好減輕她的煩惱。最後，她不知不覺幾乎把一切都告訴他。

莫瑞爾經歷了一段悲慘時光。整整一週，他病情告急，後來才好轉。全家人知道他會好起來後都鬆了一口氣，得以愉快度日。

莫瑞爾住院期間，他們還不至於窮困潦倒。每週，他們收到礦場發放的十四先令、傷病互助會撥出的十先令、傷殘基金給付的五先令，再加上礦工同事略施小惠給莫瑞爾太太，每週約五或七先令，所以她手頭還算寬裕。莫瑞爾在醫院順利康復的同時，全家過著幸福至極的平靜生活。每逢週日和週三，莫瑞爾太太便去諾丁漢探望丈夫，每次都帶點小禮物回來：為保羅買一小管顏料或厚畫紙；為安妮買幾張明信片，大家愛不釋手好幾天才讓女孩寄出去；不然就是為亞瑟買一把線鋸，或一小塊好看的木頭。當她描述那些大商店的探險之旅，總是眉開眼笑。不久，美術社的店員都認識她，也知道保羅這一號人物，書店的年輕女店員則對她充滿好奇。莫瑞爾太太每次從諾丁漢返家，無不滿載故事而歸。三個孩子圍坐在她身旁，仔細聆聽，偶爾插嘴，甚至爭論，直到該上床睡覺為止。此時，保羅經常去撥弄爐火。

「我現在是一家之主了。」他常高興地對母親這麼說。他們這時才發現家裡氣氛原來可以如此和睦，卻也幾乎為此感到遺憾，雖然誰也不會承認自己這麼冷酷無情，不過原因無他：父親就快回來了。

保羅現在十四歲，正在找工作。少年個頭偏小，身材纖細，頂著深褐色頭髮，有雙淺藍色眼睛。他的臉蛋褪去嬰兒肥，變得有幾分像威廉，五官粗獷，幾近有稜有角，而且表情多變。他通常看上去很懂事，充滿活力和熱情，不時冒出與母親一模一樣的討喜笑容，但他奔騰的靈魂撞上阻礙時，神情頓時變得呆滯難看。只要覺得不被理解或遭人看輕，他就變得笨拙粗魯；一感受到人情溫暖，他又變得討人喜歡。

無論面對什麼，首次接觸往往令他苦不堪言。七歲時，上學讓他備感煎熬，成了一大噩夢，不過他後來就喜歡去學校了。此刻，他感覺到自己不得不踏入人生，被迫承受自身逐漸遭到否定的痛苦。以保羅的年紀來看，他十分擅長繪畫，還略懂希頓先生教他的法文、德文、數學。然而，他具備的一切沒有哪個具有生財能力。母親表示，他不夠強壯，無法從事體力活。他不喜歡動手做東西，寧可到處轉轉，或去鄉下踏青，或是看書作畫。

「你將來想做什麼？」母親問。

「什麼都行。」

「這可稱不上是回答。」莫瑞爾太太說。

但這毫無疑問已經是他唯一能給出的答案了。就他所處的這個世界來說，他的抱負便是在家附近工作，每週默默賺個三十或三十五先令，然後等父親去世，找間小屋與母親同住，想畫就畫、想出門就出門，隨心所欲，從此過著幸福快樂的生活。若真要付諸行動，這就是他的打算。不過，他內心其實自鳴得意，擅自拿他人與自己比較，毫不留情評判對方。他還認為自己**或許**也能成為真材實料的畫家，但尚未多想。

「那麼，」母親說：「你得好好研究報紙的徵人廣告。」

他望著她，似乎覺得這麼做是難堪的羞辱，感到痛苦萬分。但他不發一語。隔天早上起床後，他整個人糾結於這麼一個念頭：「我得出門去看廣告、找工作。」

這個念頭一早就在他心頭揮之不去，扼殺所有樂趣，連以往的活力也消失了。他的心感覺像打了個死結。

於是到了十點，他動身出發。大家平常都視他為古怪的文靜孩子。不過，當他行經小鎮那條陽光普照的街道，卻覺得沿路碰見的居民似乎全在想：「他要去合作社的閱覽室看報紙求職。他找不到工作的。我看他要靠母親養了。」他悄悄爬上合作社布店後方的石階，朝閱覽室偷看一眼。室內通常有一兩個男人，不是上了年紀、不中用的人，就是領工會補助的礦工。他走進去，發現他們抬眼看來者何人，不禁滿心羞怯，十分難受，於是走到桌旁坐下，假裝瀏覽新聞報導。他很清楚他們一定會心想：「一個十三歲的毛頭小子來閱覽室看報紙要幹嘛？」思及至此，他痛苦不堪。

接著，他若有所思望向窗外。他早已淪為工業主義的階下囚。碩大的向日葵從對面花園的老舊紅磚牆探出頭，快活地俯視提著晚餐食材匆忙路過的婦女。整片山谷種滿農作，在陽光下閃閃發亮。兩座煤礦場矗立於田野間，飄出幾縷白煙。深邃迷人的安斯利樹林遍布遠處群山。他心一沉。現實迫使他綁手綁腳，他將無法在心愛的谷地家園裡自由悠轉了。

釀酒商的馬車轟隆隆地從凱斯頓駛來，載著巨大木桶，一邊四桶，排得像豆莢爆開後內部的豆子。車夫高高坐在車上，身體大幅左右搖晃，離保羅下方並不遠。男人頂著一顆又小又尖的腦袋，頭髮被陽光曬得近乎發白，曬紅的厚實手臂在粗麻圍裙上懶散晃動，白色手毛閃閃發亮。在陽光照射下，他曬紅的臉富有光澤，顯得昏昏欲睡。棕色駿馬逕自拉著馬車前進，儼然掌控著大局。

保羅好希望自己腦袋不靈光。「真希望，」他心想：「我跟他一樣胖，像隻曬太陽的狗。真希望我好吃懶做，是釀酒商的馬夫。」

等閱覽室終於空無一人，他才匆匆把廣告抄在小紙片上，然後再抄一則就偷溜出去，放下心中的大石頭。母親會一一檢視他抄下的內容。

「對，」她說：「你可以試試。」

威廉以商務用語寫過出色的求職信，保羅照抄了一遍並稍加修改。不過，男孩的筆跡潦草歪斜，凡事得心應手的威廉當時根本看不慣。

而這位哥哥開始趕流行。他發現在倫敦可以結交到地位遠高於貝斯特伍德當地朋友的人。事務所有些職員讀過法律，目前算是在實習。威廉到哪都能交朋友，快活得很。不久，他開始去名流家裡作客、過夜，這些人要是在貝斯特伍德，八成會瞧不起那位孤高的銀行經理，不屑拜訪教區牧師。於是，威廉開始以大人物自居。他十分訝異自己居然毫無困難就成為了紳士。

母親很高興他似乎過得一帆風順，尤其他在沃爾珊斯托的住處是如此死氣沉沉。可是，年輕人的來信現在似乎散發出某種狂熱：環境的種種變化讓他心神不定，他並未好好站穩腳步，反而似乎隨著新生活的快節奏起舞，整個人暈頭轉向。母親替他擔憂，感覺得出來他正在迷失自我。他不只跳舞，也去看戲、划船遊河、與友人出遊。她知道玩樂過後，他在冷颼颼的臥室裡徹夜苦讀拉丁文，因為他想在事務所出人頭地，並盡可能往法律方面深造。如今，他不再寄錢給母親。他僅有的微薄薪水全花在自己身上。母親其實也不願跟他要錢，唯一的例外是當家裡有時經濟拮据，區區十先令就能讓她不那麼煩惱。她依然想著威廉，想像他將來從事的工作，而自己就站在他身後注視一切。但哪怕是一瞬間，她也絕不會承認自己一想到他，心情有多沉重、多焦慮。

此外，他現在還常談起一位在舞會上認識的女孩，這位棕髮姑娘年輕貌美，是大家閨秀，積極追求她的男人數也數不清。

「兒子啊，」母親寫信給他：「要不是看到其他男人在追她，你未必會跟風追求她吧。你只是眾人之一，才覺得夠安心，虛榮心也獲得滿足。但要多留意，等你有機會獨處，並擄獲了芳心，再捫心自問有何感受吧。」威廉痛恨這類說教，依然故我，繼續追求那個女孩。他帶她去乘船遊河。「母親，妳要是見到她，肯定就會懂我的感受了。她身材高䠷、舉止優雅，那橄欖膚色是最晶瑩剔透的肌膚，一頭烏黑秀髮，加上令人驚豔的灰眸——炯炯有神，似在嘲弄，宛如夜晚水面倒映的燈光。妳見到本人前，要挖苦她幾句都沒關係。她打扮起來足以媲美任何一位倫敦女性。我敢跟妳說，妳兒子陪她去皮卡迪利街逛街時，可是抬頭挺胸、滿懷自信呢。」

莫瑞爾太太暗忖，兒子是否不願找身分地位相當的女子，寧可和某個身形優雅、衣著講究的女人走在皮卡迪利街上。不過，她還是含糊其辭祝賀他。這位母親站在洗衣盆旁，替兒子擔憂。她預見他將一肩扛起重擔：娶了舉止優雅卻花錢不手軟的妻子，收入不豐、捉襟見肘，不得不住在郊區某間又小又醜的房子，向下沉淪。「哎呀，」她自言自語，「我這樣實在很蠢，還沒發生就在那邊自尋煩惱。」儘管如此自我安慰，她心中的沉重憂慮卻幾乎從未消失，就怕威廉自作主張，鑄下大錯。

不久，保羅收到湯瑪斯．喬丹的回覆，受邀前往諾丁漢西班牙獵犬街二十一號的「醫療用具製造商」。莫瑞爾太太欣喜若狂。

「你看吧！」她大喊，雙眼發亮。「你只寫了四封信，第三封就收到回信了。兒子，你真幸運，我一直都這麼說啊。」

保羅看向喬丹先生寄來的信箋，上面印著套有彈性襪的木製假腿及其他醫療用品，他不由得驚慌起來。他不曉得原來世上還有彈性襪這種東西。他似乎也從中感覺到所謂的商業界，一切向價格看齊的體系、缺乏人情味的氛圍，全讓他心懷畏懼。想到光靠木腿就能經營事業，同樣令人毛骨悚然。

某個週二早上，母子倆一同出發赴約。時值八月，天氣燠熱。保羅走在路上，心情緊繃。他寧可承受肉體痛苦，也不願當著陌生人的面，被迫承受不講理的心理折磨，任憑對方決定是要雇用還是拒絕他。不過，他依然與母親聊個不停。他絕不會向她承認自己因為這些事有多痛苦，她也只是隱約感覺到他內心的糾結。她欣喜雀躍，舉止討喜。她站在貝斯特伍德的售票處前方，保羅看著她從錢包裡掏錢買票。看到她戴著破舊的黑色羔皮手套，從磨損的錢包拿出銀幣，出於對她的愛，他的心臟痛得揪起來。

母親興奮不已，喜不自勝。而保羅很難受，因為她**鐵定會**在其他旅客面前大聲嚷嚷。

「看看那頭蠢牛！」她說：「一直拚命繞圈圈，以為是在馬戲團表演呢。」

「很可能有隻馬蠅在叮牠。」他壓低聲音說。

「有隻什麼？」她問，語氣爽朗，絲毫不覺羞愧。

他們陷入沉思半晌。他始終意識到她就坐在自己對面。忽然間，兩人視線交會，她對他微笑——那是一個少見的親暱笑容，洋溢著喜悅，美麗又深情。接著，兩人各自望向窗外。

火車緩緩行駛了十六哩。母子倆走在車站街，體會情侶一起出遊探險的興奮之情。來到卡靈頓街，他們停下腳步，倚靠護牆，俯瞰河道上來往的駁船。

「就像威尼斯。」看見陽光照得夾在高聳工廠圍牆間的水面波光粼粼，他這麼說。

「也許吧。」她面帶微笑回應。

他們去每家店都逛得很盡興。

「看看那件女襯衫，」她說：「不是正好很適合我們家安妮嗎？而且才一先令十一便士三法尋[10]，很便宜吧？」

「還是手工縫製。」他說。

「沒錯。」

時間仍充裕，於是他們在街頭漫步。對他們來說，這座城鎮奇妙又充滿樂趣。不過男孩內心糾結，忐忑不安，很害怕即將與湯瑪斯．喬丹進行的面試。

聖彼得教堂的鐘顯示快十一點了。兩人轉進一條通往諾丁漢城堡的窄巷，街上氣氛陰沉，風格老派，低矮昏暗的店家和裝著黃銅門環的墨綠屋宅林立，土黃色門階紛紛從人行道上凸起。眼前出現一家老舊店鋪，小窗戶看起來像半閉的狡猾眼睛。母子倆謹慎地邊走邊找「湯瑪斯．喬丹父子」的招牌，有如在荒野狩獵。他們心情激動，迫不及待。

他們忽然看見一條又大又黑的拱道，裡面有形形色色的商行名稱，其中一個便是「湯瑪斯．喬丹」。

「找到了！」莫瑞爾太太說：「但到底在**哪裡**啊？」

他們環顧四周：一邊是古怪昏暗的硬紙板工廠，另一邊是商務旅館。

「在拱道另一端。」保羅說。

他們鼓起勇氣穿過拱道，彷彿進入龍的嘴裡。結果，他們踏進一個天井般的寬敞院子，建築物環繞四周。只見麥稈、箱子、紙板散亂一地。有個條板箱裝的麥稈撒落地面，陽光正好打在上頭，宛如黃金流洩而出。但除此之外，整個地方就像礦坑。觸目所及有幾扇門和兩道階梯。在正前方，樓梯頂端豎立著一扇骯髒的玻璃門，隱約可見一行不祥文字寫著「湯瑪斯．喬丹父子——醫療用具」。莫瑞爾太太率先邁出腳步，兒子緊跟在後。當保羅．莫瑞爾隨著母親爬上髒兮兮的階梯，走向髒兮兮的大門，心情簡直比查理一世走上斷頭臺還沉重。

母親把門推開後站定，喜出望外。一間大倉庫映入眼簾，到處堆放著乳黃色紙包裹，職員紛紛捲袖忙著工作，舉止從容自在。屋內光線不強，照得富有光澤的乳黃色包裹微微發亮，櫃檯皆以深褐色木材製成。室內寂靜無聲，溫馨舒適。莫瑞爾太太往前走了兩步，停在原地等待。保羅站在她身後。她戴著最好看的那頂女帽和黑色面紗，而他穿著獵裝外套，戴著男童用的拆卸式白色寬衣領。

其中一位職員抬起頭。他身材高瘦，臉蛋不大，眼神充滿戒心。他朝室內另一頭的玻璃隔間辦公室匆匆看了一眼後，走向他們。他沒開口，卻輕輕朝莫瑞爾太太傾身表示詢問。

「我可以見喬丹先生嗎？」她問。

「我請他過來。」年輕人回答。

他走向那間玻璃窗辦公室。一名臉色紅潤、鬍鬚發白的老人抬起頭。他讓保羅想到博美狗。隨後，這位矮男人穿過室內，朝他們走來。他腿不長，身材結實，穿著羊駝毛外套。他踩著堅定的步伐從屋內另一頭走過來，滿腹狐疑，但似乎姑且願意聽聽來者有何貴幹。

「早安！」因為不確定莫瑞爾太太是不是顧客，他猶豫了半晌才開口。

「早安。我是陪我兒子保羅．莫瑞爾來的。您請他今早來這裡一趟。」

「這邊請。」喬丹先生說，語氣短促，不拖泥帶水，一副公事公辦的模樣。

他們跟著製造商老闆走進髒亂的小房間，只見家具以美國製黑色皮革包覆，在眾多顧客使用下，磨出一層光澤。桌上放著一堆黃色疝氣帶，軟革製箍帶全纏在一塊，看起來剛做好，充滿生氣。保羅聞到一股新軟革的氣味。他很好奇那些東西到底是什麼。此時的他過於震驚，只注意得到事物的表象。

10. 一九七一年之前，一便士等於四法尋。

「坐吧！」喬丹先生邊說邊不耐地指向一張馬毛椅，要莫瑞爾太太坐下。她略帶遲疑，坐在椅子邊緣。這位矮小的老人東翻西找，抽出一張紙。

「這封信是你寫的嗎？」喬丹先生厲聲問道，把紙甩到保羅面前，後者認出那是他用的信紙。

「是的。」他回答。

那一刻，他腦中充斥著兩個念頭：其一是因為撒謊而感到愧疚，畢竟真正寫出內容的人是威廉；其二是不知為何，本來放在自家廚房桌上的普通信件，到了眼前這個手又胖又紅的人掌中，竟然顯得如此陌生、如此不同。好像自己有一部分誤入歧途了。看到老人舉著信的模樣，他深感憤恨。

「你在哪學寫字的？」老人生氣地問。

保羅只是一臉羞愧望著他，閉口不答。

「他**確實**寫得不太好看。」莫瑞爾太太語帶歉意地插話，掀開面紗。保羅討厭她沒有在這個舉止粗俗的矮老頭面前表現得更自負一點，但又喜歡她拿掉面紗後露出臉蛋的模樣。

「你還寫說你懂法文？」矮老頭問，口氣依然嚴厲。

「對。」保羅說。

「你上什麼學校？」

「一般的小學。」

「是在那裡學的嗎？」

「不是，我……」男孩滿臉通紅，沒再說下去。

「是他教父教他的。」莫瑞爾太太說，聽起來有點像在辯解，語氣卻很冷淡。

喬丹先生遲疑了一下。接著，他從口袋裡掏出另一張紙，動作一樣充滿不耐，好像隨時準備好要動手做什麼。他攤開那張紙，發出一陣窸窣聲，然後遞給保羅。

「唸出來。」他說。

那是一張寫著法文的紙條，陌生的筆跡纖細，男孩無法辨認。他茫然盯著那張紙。

「『先生，』」他起了個頭，然後滿臉困惑看向喬丹先生。「是因為……是因為……」

他打算說「筆跡」，但腦袋無法再好好運轉，讓嘴巴吐出這個詞。保羅雖然覺得自己根本像個白癡，又對喬丹先生很反感，卻還是絕望地繼續看著紙唸下去。

「『先生……請寄給我』……呃……呃……呃……我看不懂這個……呃……『兩雙……gris fil bas……灰色紗線長襪』……呃……呃……『sans……無需』……呃……我辨認不出這些字……呃……『doigts……手指』……呃……我看不懂這個……」

他打算說「筆跡」，可是這個詞依舊不肯從他嘴裡冒出來。喬丹先生看他唸不下去，從他手中搶過那張紙。

「『請即寄兩雙無**趾**灰色紗線長襪』。」

「唔，」保羅立刻開口，「『doigts』也可以表示『手指』……通常都是這個意思……」

矮老頭看著他。他可不曉得「doigts」到底是不是表示「手指」，但對**他**這個生意人來說，它的意思就是「腳趾」。

「長襪上居然有手指！」他發飆。

「它**確實**有手指的意思啊。」男孩堅持。

他討厭這個矮老頭，居然把自己當笨蛋。喬丹先生打量眼前臉色蒼白、呆頭呆腦卻出言挑釁的男孩，接著目光轉向他母親，她靜靜坐在那裡，一臉聽天由命，那種表情只會出現在得仰賴他人施捨的窮人家身上。

「他什麼時候可以來上班？」他問。

「嗯，」莫瑞爾太太說：「隨時都可以，他已經畢業了。」

「他會住在貝斯特伍德嗎？」

「對，不過他可以在……七點四十五分到火車站。」

「哼！」

最後，保羅獲得錄用，將擔任螺旋部門的助理員，薪水每週八先令。打從堅稱「doigts」的意思是「手指」後，男孩再也沒開過口。他跟隨母親下樓。她望著他，淺藍雙眼滿是愛意與喜悅。

「我覺得你會喜歡這份工作。」她說。

「『doigts』真的是『手指』的意思，母親，而且都是筆跡的錯，我看不懂它在寫什麼。」

「別介意了，兒子。我很確定他不會找你麻煩的，你又不會常常見到他。我們一開始碰到的那個年輕人不就很和善嗎？我敢說你會喜歡他們的。」

「可是，母親，喬丹先生不是很粗俗嗎？這裡真的全屬於他嗎？」

「我想他是工人起家，後來就發達了。」她說：「你不必這麼介意別人。他們不是討厭**你**——這就是他們的行事作風。你老是認為人家針對你，但其實沒這回事。」

天氣晴朗。空無一人的寬廣市集空地上方，藍天清亮如洗，鋪在路面上的花崗岩鵝卵石熠熠生輝。長街上的店家籠罩在幽暗之中，陰影斑駁錯落。

就在軌道馬車駛過市集的地方，有一排水果攤，擺出的水果在陽光下燦爛奪目：蘋果、一堆表皮微紅的柳橙、小顆的青梅李，以及香蕉。

母子倆經過時，聞到一股新鮮的水果香氣。保羅漸漸不再覺得丟臉和憤怒。

「我們該去哪裡吃飯呢？」母親問。

他們向來視外食為亂花錢的舉動。保羅生平只上過館子一、兩次，而且頂多享用一杯茶和一小塊圓麵包。貝斯特伍德的居民大多認為有茶配塗奶油的麵包，或許再加點牛肉抹醬，就是他們在諾丁漢唯一付得起的一餐了。吃一頓煮好的正餐被視為極其奢侈的享受，因此保羅很內疚。

他們找到一間看上去挺便宜的店。不過，莫瑞爾太太掃過菜單，心頓時一沉，餐點實在太貴了。結果，她只好點菜單上最便宜的腰子派佐薯泥。

「我們不該來這裡的，母親。」保羅說。

「沒關係，」她說：「反正我們不會再來了。」

她堅持要替他點一小塊紅醋栗塔，因為他喜歡吃甜食。

「我不要啦，母親。」他懇求。

「不行，」她堅決表示，「你一定要吃。」

語畢，她東張西望，想叫服務生。但服務生正在忙，莫瑞爾太太不想干擾她工作。於是，母子倆決定等女孩有空再點，卻只看到她一直和男顧客調情。

「真是無恥的輕佻丫頭！」莫瑞爾太太對保羅說，「瞧，她正要把**那個男人**的麵包布丁端過去，他比我們晚很久才來耶。」

「沒關係啦，母親。」保羅說。

莫瑞爾太太一肚子火。可是她太窮了，加上點的料理太寒酸，當下無法鼓起勇氣，挺身捍衛自身權益。他們等了又等。

「母親，我們是不是該走了？」保羅說。

這時，莫瑞爾太太站了起來。女服務生正經過他們附近。

「可以請妳上一道紅醋栗塔嗎？」莫瑞爾太太說，字字清晰。

女孩傲慢地轉過頭。

「馬上就來。」她說。

「我們已經等夠久了。」莫瑞爾太太說。

不久，女孩端著紅醋栗塔回來。莫瑞爾太太冷冰冰地表示要結帳。保羅恨不得找洞鑽。他很佩服母親居然表現得如此強硬。他很清楚母親是因為多年來的奮戰，才曉得要堅守最起碼該有的權益。她內心其實和他一樣畏縮不已。

「我再也不會去**那裡**點任何東西了！」等他們走出店外，她如此宣稱，很欣慰終於解脫了。

「我們這就走吧，」她說：「去看一下美術用品社，再逛逛一、兩個地方，好嗎？」

兩人對著幾幅畫分享看法，莫瑞爾太太還想替保羅買一小支他夢寐以求的貂毛畫筆，但他不肯讓母親寵溺自己。來到女帽店和布店，他百無聊賴地站在店門口，不過看到母親興致盎然，便心滿意足。他們繼續沿路閒逛。

「快看看那些黑葡萄！」她說：「看了就讓人口水直流。我想買那種葡萄已經好多年了，看來還要再等等才買得起啊。」

接著，她在花店停下腳步，心情雀躍，站在門口東嗅西聞。

「噢！噢！是不是很香！」

保羅看到店內暗影處有位全身黑的小姐，年輕貌美，正一臉好奇從櫃檯探出頭。

「人家在看妳啦。」他說著想把母親拉走。

「但到底是什麼花啊？」她大喊，不肯離開原地。

「是紫羅蘭！」他匆匆聞了一下回答她。「瞧，那邊放了一桶。」

「原來如此，有紅的也有白的呢。說真的，我從來不知道紫羅蘭聞起來是這種味道！」她終於離開店門口，讓保羅大大鬆了一口氣，未料她下一刻站到花店櫥窗外。

「保羅！」她大聲叫他，保羅正盡可能不讓那位一身黑衣、年輕漂亮的女店員看到自己。「保羅！快來看這邊！」

他心不甘情不願走回來。

「快看那株吊鐘花！」她指著花大喊。

「哦！」他應了一聲，表現出自己很好奇、很感興趣。「那些花垂掛在那裡，又大又重，簡直像隨時會掉下去。」

「還開了那麼多花！」她大叫。

「像絲線打了結的花蕊居然往下垂成那樣！」

「沒錯！」她大喊，「漂亮極了！」

「真好奇誰會買呢！」他說。

「我也很好奇！」她回應，「但不會是我們。」

「放在我們家客廳一定會枯死。」

「沒錯，那裡冷得要命，又窄得照不到陽光，不管擺什麼植物都養不活，就算放到廚房也會悶死。」

他們買了幾樣東西後，朝車站出發。沿運河望過去，越過兩旁建築林立的昏暗道路，他們看到諾丁漢城堡聳立在灌木蓊鬱、棕綠相間的巨岩斷崖上，正沐浴在和煦陽光下。

「我趁午休出來走走，是不是會很棒？」保羅說：「我可以在這附近到處轉轉，什麼都看。我會很享受的。」

「你一定會。」母親表示同意。

他與母親共度了美好的午後時光。最後，兩人在天色柔和的傍晚返家，心情愉快，容光煥發，渾身疲倦。

隔天一早，保羅填好申請定期票的表格，拿去車站。他回來時，母親正要開始刷洗地板，於是他屈膝坐在沙發上。

「他說星期六就會送來。」保羅說。

「總共多少錢？」

「大概一鎊十一先令。」他說。

她默不作聲，繼續刷洗地板。

「這樣很貴嗎？」他問。

「沒比我預估的還多。」她回答。

「然後我每星期會賺八先令。」他說。

她沒回話，而是繼續刷地板。最後，她才開口：

「威廉答應過我，去倫敦後每個月會給我一鎊。到目前為止，他是有給過我十先令——總共就兩次。事到如今，我知道就算開口跟他要錢，他根本掏不出半點錢，我也沒這個意思。只是想說他或許有辦法幫忙出這筆車費吧，畢竟我實在沒料到。」

「他賺好多啊。」保羅說。

「他年薪有一百三十鎊。但這些人都半斤八兩啦，開口保證時說得多好聽，真正有履行的承諾卻少得可憐。」

「他這樣平均每星期都花掉超過五十先令耶。」保羅說。

「而我要用不到三十先令來維持家計，」她回應，「還得想辦法擠出更多錢應付額外開銷。可是人一走了之後，根本不管你需不需要幫忙。他寧可把錢花在那個打扮得花枝招展的傢伙身上。」

「她要是有那麼了不起，自己應該也有錢啊。」保羅說。

「理應如此，但她就是沒錢。我有問過他。我也很清楚，他怎麼可能沒花半點錢替她買那什麼金手鐲。想想有誰買過金手鐲送**我**啊。」

威廉與他的吉普賽女孩進展順利，他都叫她「小吉」。他向這位名為露易莎・莉莉・丹尼絲・衛斯頓的姑娘索取一張照片，寄給母親。照片寄來了，是一位棕髮女子的側面大頭照：她長相標緻，表情有點皮笑肉不笑，很可能是光著身子，因為照片上的她一絲不掛，裸露香肩。

「沒錯，」莫瑞爾太太寫信給兒子，「露易的照片確實令人印象深刻，我也看得出來她想必很有魅力。可是，兒子啊，你覺得一個女孩子家給男朋友這種照片，讓他寄給自己母親看，真的得體嗎？而且第一張就寄這種照片？就像你說的，她的肩膀確實很美，但我可沒料到第一次見到她，就看到她肩膀露出那麼多。」

莫瑞爾發現照片立在客廳的餐具櫃上。他用粗厚的拇指和手指捏起來，拿出客廳。

「這誰啊？」他問妻子。

「就是跟威廉交往的女孩子啊。」莫瑞爾太太回答。

「哼！從臉蛋看得出是個美人兒，是那種不會對他有什麼好影響的人。她是誰？」

「她叫露易莎・莉莉・丹尼絲・衛斯頓。」

「也太長了吧！」礦工驚呼。「她是演員嗎？」

「不是，應該是位大小姐。」

「我想也是！」他大叫，兩眼依然盯著照片。「大小姐是嗎？那她平常拿多少錢來扮這種千金小姐的家家酒啊？」

「什麼錢也沒有。她跟一個老阿姨住，她討厭對方，只能從她那裡拿到少少的錢。」

「哼！」莫瑞爾放下照片說：「那他就是頭殼壞掉才跟這種人交往。」

「親愛的母親，」威廉回信寫道，「很抱歉妳不喜歡那張照片。我寄的時候，壓根沒想到妳可能會認為那樣不檢點。不過，我有跟小吉說它不太符合妳一板一眼、正經八百的作風，所以她打算再寄一張給妳，希望這次妳會比較滿意。老是有人在拍她，事實上，那些攝影師還**拜託**她讓他們免費替她拍照呢。」

沒過多久，新照片寄來了，附上女孩寫的一小張蠢字條。這次，只見年輕小姐身穿方領的黑緞緊身晚禮服，是公主袖設計，黑色蕾絲則從她的美麗臂膀垂落而下。

「真不知道她是不是只穿晚禮服啊。」莫瑞爾太太挖苦，「這照片**應該**是要我對她刮目相看吧。」

「母親，妳這是在雞蛋裡挑骨頭。」保羅說：「我覺得第一張裸肩的很漂亮啊。」

「是嗎？」母親回應，「我可不這麼想。」

週一早上，男孩六點起床準備去上班。付出苦澀代價換來的定期票就放在背心口袋裡，他很喜歡票券上黃色橫槓的設計。母親替他把午餐打包到一個不大的有蓋餐籃裡。保羅六點四十五分出門，才能趕上七點十五分的火車。莫瑞爾太太走到門口為他送行。

那天早晨再完美不過。屋前的梣樹結著孩子們戲稱為「鴿子」的細長形綠果實，在微風吹拂下，輕快雀躍地落進家家戶戶的前院。微微發亮的灰霧籠罩著整片谷地，成熟作物在其間忽隱忽現，從明頓礦坑飄出的蒸汽迅速融於其中。陣陣晨風不斷吹來。望向歐德斯里的高地森林，鄉野風景閃爍著光芒，保羅頭一回感受到家鄉的牽絆竟是如此強烈。

「再見，母親。」他帶著微笑說，卻覺得非常不開心。

「再見。」她愉快回應，語氣溫柔。

她穿著白色圍裙站在大馬路上，目送他穿過田野。他那結實的瘦小身軀看上去充滿活力。看著他跋涉田野的模樣，她認為不管他決定要前往何方，必定都到得了。接著，她想起威廉。換作是他，就會選擇跳過籬笆，而不是繞去走過籬梯。他遠在倫敦，一切順利，而保羅將在諾丁漢工作。現在，她有兩個兒子出去闖蕩。她可以在腦中想像兩處重大工業中心，認為自己各派了一人前去，這兩個人會如**她**所願取得成就，因為他們由她而生，為她享有，成果自然也將歸她所有。整個早上，她滿腦子想的都是保羅。

八點整，保羅爬上通往喬丹醫療用具工廠的陰暗階梯，不知所措地站在迎面的第一個巨大包裹貨架前，等某人來帶他過去。這個地方仍在沉睡。櫃檯都蓋著大尺寸防塵布。兩個男人才剛抵達，正脫下外套，捲起袖子，在室內一隅聊著天。八點十分了，顯然他們不必趕著準時上工。保羅聽著兩位職員交談，然後聽見有人咳嗽，才看到遠在室內另一端的辦公室，有位已屆垂暮之年的老職員在拆信，他頭上戴著一頂繡有紅綠花紋的黑色天鵝絨吸菸圓帽。保羅等了又等。其中一位助理員走向那位老人，爽朗地大聲打招呼。那位老「主任」顯然耳聾了。打完招呼，年輕人昂首闊步邁向自己工作的櫃檯。他看見保羅。

「嗨！」他說：「你就是那個新來的小子？」

「是的。」保羅說。

「這樣啊！你叫什麼？」

「保羅．莫瑞爾。」

「保羅．莫瑞爾？好，你跟我過來吧。」

保羅跟著他繞過成排矩形櫃檯。這個房間其實位於二樓。房間正中央的地板有個大洞，四周環繞著一圈圍牆般的櫃檯，升降機便沿著這個寬敞的升降機井垂降，光線也透過這個洞口照到最底層。天花板同樣開了一個橢圓形大洞，往上瞧就能看到頂樓的柵欄外擺著一些機器。洞口正上方是玻璃屋頂，因此這棟三樓建築的採光一路從上而下，逐層變暗，導致底層總是置於夜色之中，二樓則偏暗。工廠在頂樓，倉庫位於二樓，貨棧在底層。整個地方既陳舊又髒亂。

保羅被帶去一個陰暗無比的角落。

「這裡就是『螺旋部門』的工作區。」職員說：「你是螺旋部員，跟派普沃斯一起工作。他是你上司，現在還沒來。他要到八點半才來，所以你願意的話，可以先去梅靈先生那裡把信拿過來。」

年輕人指向辦公室那位老職員。

「好。」保羅說。

「這裡有木釘可以掛你的帽子。這是你的分類帳。派普沃斯先生很快就會來了。」

語畢，這個瘦削的年輕人跨著大步匆匆離去，一路踩得木地板發出空洞回音。

過了一、兩分鐘，保羅走到那間玻璃窗辦公室，站在門口。戴著吸菸帽的老職員從鏡框上方俯視他。

「早安。」他說，口吻親切，嗓音迷人，「你要螺旋部門的信件吧，湯瑪斯？」

保羅痛恨被人喚作「湯瑪斯」，好像他是僕人似的。他還是接過信件，回到陰暗的工作區。這裡是巨大貨架的盡頭，擺著轉角櫃檯，角落旁有三扇門。他坐到高腳凳上，讀起信來——都挑那些字跡不會太難辨認的信。內容如下：

「請貴廠立刻寄一雙女用絲製螺旋紋無足大腿襪，如我去年向貴廠購買的款式；長度：大腿至膝蓋等等。」或是「張伯倫少校欲訂購與上筆訂單相同之無彈性絲製懸吊繃帶。」

包括幾封用法文或挪威文寫的信件在內，不少信在男孩眼裡看來都難以理解。他坐在凳子上，緊張兮兮等「上司」來。八點半，一群女工上樓，經過他身邊，他立刻難為情到極點。

直到八點四十分左右，大家都開始工作了，派普沃斯先生才姍姍來遲，口中還嚼著麻醉鎮痛錠。他身形單薄，膚色蠟黃，鼻子通紅，動作敏捷卻不太連貫，穿著講究卻顯得生硬。他年約三十六歲，給人的感覺有些花哨，相當聰明機靈，散發出某種熱情，又有點讓人瞧不起。

「你就是我新來的小伙子？」他說。

保羅起身，表示就是自己沒錯。

「信都拿來了？」

派普沃斯先生嚼了一下藥錠。

「是的。」

「抄寫了嗎？」

「還沒。」

「既然這樣，那我們要動作快啦。衣服換了嗎？」

「還沒。」

「你該帶件舊外衣來，然後放這裡。」他講出最後幾個字時，用側邊牙齒咬了咬鎮痛錠。他的身影消失在巨大貨架後方的漆黑之中，等他再次現身，外套已經脫了，時髦的條紋襯衫袖口捲起，露出細瘦多毛的手臂。接著，他迅速穿上外衣。保羅注意到他瘦得要命，褲子後面鬆垮垮的。只見他抓起一張凳子，拖到男孩旁邊坐下來。

「坐吧。」他說。

保羅坐下。

派普沃斯先生離他非常近。男人一把抓過信件，從眼前的架子抽出一本長形登錄冊，用力翻開，拿起筆說：「仔細看，你要把這些信抄到這裡。」他吸了兩口氣，迅速嚼了嚼藥錠，目不轉睛盯著其中一封信，接著全神貫注，飛快動筆抄寫內容，字跡漂亮瀟灑。他迅速瞥了保羅一眼。

「懂了嗎？」

「懂了。」

「你覺得自己辦得到嗎？」

「可以。」

「那好，換你試試看。」

他跳下凳子。保羅拿起筆。然後，派普沃斯先生便不見人影。保羅滿喜歡抄寫信件，不過寫得又慢又費力，字醜到不行。抄到第四封信，他覺得忙得很充實，心情雀躍，派普沃斯先生正巧在這時回來了。

「好了，寫得怎樣啦？抄完了嗎？」

他越過男孩的肩膀傾身查看，口中嚼著藥錠，散發藥味。

「小子，我不得不說，你還真是寫得一手好字耶！」他大聲揶揄。「沒關係，你抄完多少了？才三封！信這麼少，我老早就解決完啦。快抄啊，小子，還要標上編號。瞧，就像這樣！動作快！」

保羅繼續埋頭抄信，派普沃斯先生則忙著處理各種事務。忽然，男孩聽到耳邊響起尖銳的呼嘯聲，嚇了一跳。派普沃斯先生走過來，從一根管子裡拔出塞子，用令人訝異的跋扈不滿口吻說：

「是？」

保羅從管口隱約聽見像是女人的聲音。從未見過通話管的他，看得目瞪口呆。

「那麼，」派普沃斯先生對著通話管不爽地說：「妳最好把那些拖著沒做的工作趕快做完。」

那個微弱的女聲再次傳來，聽起來悅耳卻充滿怒氣。

「我沒空站在這裡聽妳廢話。」派普沃斯先生說完，把塞子推入管口。

「快啊，小子，」他拜託保羅，「波莉在催訂單了。你就不能快一點嗎？好了，讓開！」

他拿走登錄冊，自己開始抄寫，讓保羅懊惱不已。派普沃斯先生寫得又快又好看。抄完後，他拿幾張約三吋寬的黃色長紙條，寫下當天要請女工製作的訂單。

「你最好仔細看我怎麼做。」他一邊對保羅說，一邊動筆如飛。保羅看著那些畫著小腿、大腿、腳踝的詭異小圖，標示著線條和數字，還有上司在黃紙條寫下的幾個簡要指示。派普沃斯先生寫完，一躍而起。

「跟我來。」他說，抓著在手中飄動的黃紙條，飛奔過一扇門，往下走了一段樓梯，來到點著煤氣燈的地下室。兩人穿過寒冷潮溼的貨棧，行經擺著一張擱板長桌的陰森長形房間，進入另一個較小的舒適房間，這裡天花板不高，屬於主樓增建的部分。房裡有個身材嬌小的女人，穿著紅色嗶嘰襯衫，一頭黑髮挽在頭頂，站在那裡等他們，姿態有如一隻小小的驕傲矮腳雞。

「給妳！」派普沃斯說。

「我想你應該說『給您』才對吧！」波莉大聲說，「女孩們已經在這裡等了快半小時了。想想看到底浪費了多少時間！」

派普沃斯先生說：「**妳**只要想著好好做完工作，別老是廢話，這樣早就能完工了。」

「你很清楚我們星期六就把工作都做完了！」波莉氣沖沖對他大喊，深色雙眼閃著怒火。

「巴拉巴拉巴拉！」他嘲弄說。「這位是新來的小伙子。別像上次那樣又把他給毀了啊。」

「像上次那樣！」波莉重複道。「對啦，**我們**亂搞破壞，毀了人家。我敢保證，小伙子跟著你做事，才可能會自毀前程。」

「現在該上工了，別廢話。」派普沃斯先生語氣冰冷地厲聲說。

「老早就該上工了。」波莉說著昂首闊步走開，年屆四十的嬌小身軀依然直挺。

房間窗戶下方有一張工作檯，擺著兩臺圓形螺旋機。穿過室內門是另一個更長的房間，裡面還有六臺一樣的機器。一小群打扮漂亮的女生繫著白色圍裙，聚在一起聊天。

「妳們除了聊天就沒別的事可做嗎？」派普沃斯先生說。

「就是等你啊。」一個長相標緻的女孩笑說。

「好了，快去工作。」他說：「來吧，小子。你下次就知道怎麼下來這裡了。」

保羅跟著上司跑上樓。他被交代要做些核對和開發票的工作。他站在辦公桌前，費力寫著他那歪七扭八的字。不久，喬丹先生從玻璃窗辦公室趾高氣昂走過來，站在男孩身後，令他渾身不自在。一隻紅通通的粗手指突然冒出，用力戳向保羅正在填寫的表格。

「J．A．貝慈**君**先生！」怒氣沖沖的聲音就在他耳後大喊。

保羅看著自己用難看字跡寫下的「J．A．貝慈君先生」，不明白哪裡有問題。

「學校難道沒有好好教你要怎麼寫稱謂嗎？要是寫了『君』，就不用再寫『先生』了——不能同時用。」

男孩很後悔自己使用尊稱時過於慷慨，遲疑片刻後，抖著手劃掉「君」。沒想到，喬丹先生冷不防抽走那張發票。

「再給我寫一張！你難道要把**這種東西**寄給紳士嗎？」他不耐煩地把手中的藍色表格撕個粉碎。

保羅羞愧得面紅耳赤，重新謄寫。喬丹先生仍站在一旁盯著他看。

「我不曉得學校**究竟**都在教些什麼，但你得把字寫得更好看才行。年輕小伙子現在什麼都不學，只知道背誦詩歌、打混摸魚。你看過他寫的字了嗎？」他問派普沃斯先生。

「有啊，很精彩吧？」派普沃斯先生事不關己地回答。

喬丹先生小聲咕噥了一下，不帶怒意。保羅發覺他的雇主其實是刀子嘴豆腐心。事實證明，這位矮個子製造商雖然講得一口爛英語，不過一向很有風度，放心把工作交給手下，不會斤斤計較。但他心知肚明，自己乍看之下不像個掌控大局的老闆，所以一開始得用經營主的身分下馬威，好讓一切順利上軌道。

「讓我想想喔，你叫什麼？」派普沃斯先生問男孩。

「保羅．莫瑞爾。」

只是開口說出自己的姓名，小孩子就難受得不得了，實在令人費解。

「保羅．莫瑞爾，是吧？好，你先俐落點把那兒的工作結束掉，然後——」

派普沃斯先生沒把話說完就坐上凳子，開始動筆。有個女孩從他們身後的門走上來，把一些剛壓製好的彈性網狀用品放到櫃檯，旋即轉身往回走。派普沃斯先生拿起淺藍色護膝套，檢視一番，迅速核對黃色訂單，然後放到一旁。下一個輪到顏色粉嫩的「腿」。他一一檢查那幾件用品，又寫了幾張訂單，接著叫保羅陪他走一趟。這次，他們穿過剛才女孩出現的那扇門。穿過門後，保羅發現自己站在一座窄小木梯的最上方，底下是一個兩側皆設有窗戶的房間，六、七個女生坐在室內另一端，就著窗外照進來的光線，紛紛伏案做針線活。她們正齊聲高唱〈兩個藍衣小女孩〉。聽到開門聲，眾人轉頭一看，發現派普沃斯先生和保羅從房間另一頭俯視她們。歌聲於是止息。

「妳們就不能小聲點嗎？」派普沃斯先生說：「人家會以為我們在養貓呢。」

一個坐在高腳凳上的駝背女人朝派普沃斯先生轉過頭，露出表情相當陰沉的長臉，用低沉嗓音說：

「那養的就全是公貓了。」

派普沃斯先生原本想幽對方一默，展現威嚴，讓保羅以後好辦事，未料竟徒勞無功。他步下階梯，踏進收尾加工室，走向駝背的芬妮。她身形矮小，又坐在高腳凳上，讓披著淺褐色濃髮的腦袋和陰鬱蒼白的臉蛋顯得特別大。她穿著一件綠黑相間的喀什米爾羊毛洋裝，從窄袖口伸出來的手腕細瘦扁平，她緊張地放下手中的工作。他拿出護膝，向她指出哪裡有問題。

「哎呀，」她說：「你不必特地跑來怪我啊。這又不是我的錯。」她的臉頰染上紅暈。

「我根本沒說這**是**妳的錯啊。妳會照我說的做嗎？」派普沃斯先生不耐地回應。

「你的確沒說是我的錯，但你想讓人覺得就是這樣。」駝背的女人大喊，看起來快哭了。她從「上司」手中搶走那件護膝說：「好，我會替你修改，但你不必這麼咄咄逼人。」

「這位是新來的小伙子。」派普沃斯先生說。

芬妮轉頭，對保羅淺淺一笑。

「噢！」她說。

「沒錯，妳們別把他變成一個心腸軟的人啊。」

「把他變成心腸軟的人才不會是我們呢。」她憤慨地說。

「我們走吧，保羅。」派普沃斯先生說。

「Au revoy（法文「再見」），保羅。」有個女孩說。

這句話引來一陣竊笑。保羅走出房間，面紅耳赤，始終沒開口。

這一天非常漫長。整個上午，不斷有工人來找派普沃斯先生商談要事。保羅不是在抄寫，就是在學捆包裹，以便趕上正午郵寄的時限。到了一點，確切來說是十二點四十五分，派普沃斯先生就閃人去趕火車，回到郊區的住處。到了一點，保羅悵然若失，提起午餐籃，下樓去地下室那間擺著擱板長桌的貨棧，在陰暗淒涼的地窖裡，獨自一人倉促把飯吃完。然後他走出屋外。街道一片明亮，洋溢著自由氣息，他的冒險精神不禁蠢蠢欲動，他也心情愉快了起來。不過兩點一到，他又回到那個大房間的角落。不久，女工成群結隊走過他身邊，七嘴八舌發表意見。在樓上負責製作疝氣帶和替義肢做最後修整的繁重工作的，就是這些平民出身的女孩。保羅坐等派普沃斯先生回來，由於不曉得該做什麼，只好在黃色訂單紙上隨意塗鴉。派普沃斯先生在兩點四十分回來。他坐下來和保羅閒話家常，完全把男孩視為對等的存在，甚至當作同輩看待。

下午通常無事可做，只有快週末的日子例外，因為必須把帳目補齊。五點一到，所有男人下樓去擺著擱板長桌的地下室，聚在毫無裝飾的髒兮兮桌旁享用下午茶，配著塗奶油的麵包，聊起天來就跟吃東西一樣，忙不迭又隨便，不堪入目。但他們待在樓上時，氣氛往往輕鬆愉快，看來是地窖和擱板桌影響了他們的一舉一動。

下午茶結束，所有煤氣燈一一點亮，工作步調加快，職場更有活力。傍晚有大批包裹等著郵寄。大腿襪從工作間送來時剛壓製好，摸起來還熱呼呼。保羅開完了發票，現在要幫忙打包並寫上收件人的姓名和地址，接著必須將這些包裹秤重。喊重量的回報聲此起彼落，夾雜著金屬碰撞的叮噹聲、綁繩迅速捆好的劈啪聲、匆忙跑去找梅靈先生要郵票的腳步聲。最後，郵差終於開懷大笑拿著郵袋現身。隨後，緊繃氣氛不再，大家鬆懈下來，而保羅拿著午餐籃衝向車站，好趕上八點二十分的火車。整天在工廠工作，正好滿十二小時。

母親坐在家裡為他等門，心急如焚。保羅得從凱斯頓徒步回家，所以返家時已經九點二十分左右了。隔天早上，他又不到七點就出門。莫瑞爾太太很擔心他的身體健康，但她自己一路走來吃過不少苦，因此認為孩子們也一樣要接受考驗。他們必須努力排除萬難。於是，保羅繼續待在喬丹工廠，即便在那裡工作，光線不佳、空氣不流通、工時長都讓他的健康大受影響。

他進屋時，臉色蒼白，疲憊不堪。母親定睛一看，發現他其實很高興，原本的焦慮不安頓時煙消雲散。

「感覺怎麼樣？」她問。

「還真妙啊，母親，」他回答，「不必太拚命工作，大家都對我很好。」

「一切還順利吧？」

「對啊，他們只說我字寫得很難看。不過派普沃斯先生——他是我上司——對喬丹先生說，我會沒問題的。我是螺旋部員，母親，妳一定要親自來看看，真的很不錯。」

不久，他便喜歡上喬丹工廠。派普沃斯先生身上帶有某種「雅座酒吧」風情，從不裝腔作勢，待保羅如夥伴。有時，這位「螺旋部老大」煩躁不安，嚼的藥錠比平時還多。即便這種時候，派普沃斯先生也不遷怒於人，他反倒是那種心煩起來傷己之深勝過傷人之深的人。

「你那個**還沒**做完嗎？」他會大喊，「繼續啊，再花個八百年吧。」

轉眼間，他又興高采烈開起玩笑，保羅最搞不懂這時候的他。

「明天我要帶我家的小約克夏㹴來。」他對保羅說，心情大好。

「約克夏㹴是什麼？」

「你居然**不**知道約克夏㹴是什麼？**居然不知道約克夏**——」派普沃斯先生聽了目瞪口呆。

「是不是小隻，毛茸茸的？顏色像鐵和生鏽的銀？」

「**就是**那樣，小子。牠可是我的寶貝。牠生了好幾隻值五鎊的小狗，自己就值七鎊多，而且體重還不到二十盎司[11]呢。」

隔天，那隻母狗來了。這個可憐的小不點渾身發抖。保羅並不在意牠，因為牠看起來實在很像永遠不會乾的溼抹布。然後，有個男人喚牠過去，還開起下流玩笑。不過，派普沃斯先生朝男孩的方向點頭示意，兩人便壓低聲音交談。

喬丹先生只又來查看保羅一次，挑出的唯一毛病就是看到他把筆放在櫃檯上。

「你要是打算當職員，就把筆夾在耳上。筆夾耳上！」某天，他還對少年說：「你肩膀為什麼不再挺直一點？跟我過來。」語畢，他領保羅進到玻璃間辦公室，讓他穿上肩膀可以保持挺直的特製背帶。

不過，保羅最喜歡的是那些女生。男人看起來個個平凡乏味，他是喜歡他們，但那些人都很無趣。在樓下監工的波莉嬌小活潑，發現保羅在地窖吃飯後，問他願不願意讓她用自己的小爐子為他煮點什麼。隔天，母親讓他帶一道可加熱的餐點。他提著午飯，走去乾淨舒適的房間交給波莉。沒過多久，保羅與她共進午餐逐漸變成慣例。他早上八點一進工廠，就把午餐籃拿去給她；他中午一點下樓，她已經把他的午飯準備好了。

保羅個子不算高，膚色白皙，栗色頭髮濃密，五官不對稱，嘴寬脣厚。波莉則像隻小鳥，於是他常叫她「知更鳥」。保羅雖然生性文靜，卻還是會坐下來和她聊家裡的一切，一講就是好幾個小時。女孩們都喜歡聽他聊天。她們常圍成一小圈，而他坐在工作檯上滔滔不絕，有說有笑。有些人覺得他是個古怪的小傢伙，認真到不行，卻又非常開朗快活，對待她們總是細心周到。她們全都很喜歡他，他也非常喜歡她們。在波莉身上，他覺得自己找到了歸屬；康妮有著一頭濃密紅髮，臉蛋白裡透紅，講話輕聲細語，簡直像穿著破爛黑裙的大家閨秀，令他春心蕩漾。

「妳坐在那邊捲線的時候，」他說：「看起來就像在用紡車紡紗，真是賞心悅目。妳讓我想到《國王之歌》裡的伊蓮[12]。可以的話，我一定會把妳畫下來。」

她滿臉通紅，朝他羞怯看了一眼。後來，保羅真的畫了一張他視如珍寶的素描：康妮端坐在紡車前的凳子上，濃密紅髮遮著破舊黑裙流洩而下，朱脣緊閉，神情嚴肅，雙手正把緋紅絞紗捲到線軸上。

露伊長相標緻，個性厚臉皮，似乎老是對著保羅翹起臀部，後者經常跟她開玩笑。

艾瑪相貌平凡，有點年紀，自視甚高，但屈尊與保羅互動交流讓她很開心，他也不介意。

「妳怎麼把針放進去？」他問。

11. 不到六百公克。

12. 《國王之歌》（*Idylls of the King*）為英國桂冠詩人丁尼生（Alfred Tennyson，一八〇九～九二）所寫的一系列敘事詩，伊蓮便出自其中一首〈蘭斯洛特與伊蓮〉（Lancelot and Elaine）。

「走開，別打擾我。」

「可是我應該要知道針是怎麼放進去的啊。」

一來一往間，她仍不斷操作機器。

「你該知道的事可不少呢。」她回應。

「那就告訴我要如何把針裝進機器裡。」

「噢，這孩子還真討厭！看吧，就**這樣**裝。」

他專心看著她的動作。一陣尖銳的口哨聲忽然響起。接著波莉現身，清楚表示：「保羅，派普沃斯先生想知道你還要在下面這裡和女孩們廝混多久。」

於是保羅飛奔上樓，邊跑邊喊「再見！」

艾瑪挺直身子。「讓他擺弄這機器並不是**我**的主意。」她說。

所有女生在兩點回來後，保羅通常都跑上樓去收尾加工室找駝背芬妮。派普沃斯先生兩點四十分才出現，經常發現手下那位男孩坐在芬妮旁邊，不是閒聊，就是畫畫，或與女孩們一同高歌。芬妮往往猶豫半晌，才開口跟著唱。她擁有一副不錯的女低音嗓音。大家齊聲合唱，結果相當和諧悅耳。過了一陣子，與六名女工共處一室，保羅完全不覺得害臊。

唱完歌後，芬妮會說：「我知道妳們都在笑我。」

「芬妮，別蠢了！」有個女孩大喊。

眾人曾有一次聊起康妮的紅髮。

「就我來看，芬妮的頭髮更漂亮。」艾瑪說。

「妳不必這樣捉弄我。」芬妮說完，臉整個漲紅。

「不，是真的，保羅，她有一頭秀髮。」

「這顏色真是賞心悅目。」他說：「像大地般帶點冷冽，卻又富有光澤。就像泥塘的水色。」

「我的天哪！」一個女孩驚叫後大笑。

「怎麼對我這樣品頭論足啊。」芬妮說。

「你真該看看她把頭髮放下來的樣子，保羅。」艾瑪認真地大聲說，「真的是美極了。芬妮，把頭髮放下來給他看吧，那才是他該畫的。」

芬妮不肯動手，內心卻渴望照做。

「那我就自己來吧。」少年說。

「你想就讓你來吧。」芬妮說。

於是，他小心翼翼把髮夾從髮髻拔出來，均為深褐色的頭髮一口氣流洩，順著她駝著的背滑下。

「這真是太漂亮了！」他驚呼。

女孩們定睛觀看。房間裡鴉雀無聲。少年將還纏捲在一起的頭髮抖散開來。

「真美！」他邊說邊聞髮絲的香氣。「我敢說這值好幾鎊。」

「保羅，我死了會把這些頭髮留給你的。」芬妮半開玩笑說。

「妳看起來就跟其他人沒兩樣，像坐著在弄乾頭髮。」有個女孩對這位長腿駝背女子說。

可憐的芬妮神經過敏，老覺得別人在羞辱自己。波莉則直來直往，公事公辦。兩人所屬的部門一向水火不容，所以保羅總是看到芬妮淚眼盈眶。於是，他成了芬妮吐苦水的對象，不得不替她向波莉說情。

保羅就這樣開開心心度過每一天。工廠給他一種溫馨如家的氛圍，沒有誰會被催促或逼迫要做什麼。每當臨近郵寄時刻，工作步調開始加快，全員齊心協力，保羅總是樂在其中。他喜歡看著同僚的工作身影。在這個當下，人即工作，工作即人，兩者合而為一。換成是女工，情況就不同了。女性真正的自我似乎從不投入工作，而是擱置一旁靜候。

坐上夜間列車返家時，保羅經常看到城鎮燈火一簇簇散布在山坡上，並在山谷匯聚成一團熊熊烈焰。他覺得生活充實，心情快樂無比。火車再往前駛，只見布魯威爾的方向有一處燈光閃爍，宛如脫離繁星後灑落地面的無數花瓣；更遠處，熔爐發出刺眼火光，猶如吐向雲朵的炙熱氣息。

在凱斯頓下車後，保羅得爬兩段漫長的上坡路，再走兩段較短的下坡路，總共步行兩哩多才到得了家。半路上，他通常累得要命，只好邊往上爬邊數路燈，想著還要經過幾盞才會到家。在漆黑的夜裡，他由山頂俯瞰，環顧四周，發現遠在五、六哩外的村莊像一群閃耀著光芒的活物正在發亮，好像腳下有一片天堂。遠方的黑暗被馬爾普和希諾的燈火驅散。橫亙其間的漆黑山谷偶爾隱約可見，因為某輛南下倫敦或北上蘇格蘭的列車疾駛而過，劃破黑暗。火車呼嘯遠去，活像在黑暗中貼地飛行的砲彈，一路燃燒冒煙，整片谷地隨之迴盪著哐噹聲。火車駛離後，城鎮和村莊的燈光依舊默默閃爍。

他終於來到最後一個轉角。家門面朝夜幕的另一端，門前的梣樹此時看起來親切熟悉。他一踏進家裡，母親立刻高興起身。他得意洋洋把自己賺來的八先令放到桌上。

「母親，這些能補貼家用吧？」他滿懷希望地問。

「扣掉你的車票錢、餐費，其他雜七雜八的，」她回答，「剩不了多少了。」

接著，保羅告訴她當天發生的大小事。他夜復一夜對母親訴說他的人生故事，有如一千零一夜的翻版。聽到最後，這些故事幾乎化為她自己經歷的人生。

第六章 家人過世

亞瑟．莫瑞爾日漸長大。男孩個性急躁，漫不經心，容易衝動，和父親十分相像。他討厭讀書，叫他做事便抱怨不停，一有機會就溜出去玩。

論外表，他依然是家裡最俊美的人，不只體格適中，身形優雅，更是朝氣蓬勃。他有著深褐色頭髮，氣色紅潤，長睫毛下是一對晶亮動人的深藍眼眸，再加上他落落大方，熱情如火，因此人見人愛。不過他長大後，脾氣變得難以捉摸，無緣無故就發飆，粗野急躁得令人受不了。

就連亞瑟百般愛戴的母親，有時也對他感到厭煩。他滿腦子只想到自己。想要玩樂，他便痛恨所有阻礙他的一切，連母親也不例外；碰上麻煩，他又對母親不停發牢騷。

「天哪，小子！」她說，亞瑟當時正在抱怨某個據說討厭他的老師。「你要是不喜歡，那就想辦法改變，改變不了就乖乖忍耐。」

至於原本敬愛的父親，亞瑟開始嫌棄他。隨著年齡漸老，莫瑞爾每況愈下。他本來動作敏捷的健美身軀開始萎縮，似乎並未隨著歲月愈趨成熟，而是日漸平庸，令人鄙夷。他變得面目可憎。每當這個嘴臉可鄙的老頭隨意使喚亞瑟或仗勢欺人，男孩就一肚子火。此外，莫瑞爾愈來愈沒規矩，種種習慣教人厭惡。孩子們長大期間，包括至關重要的青春期，都將父親視為某種醜惡惱人的存在。他在家的行為舉止，與他下礦坑和其他礦工相處時的方式別無二致。

「你這討人厭的髒鬼！」亞瑟只要對父親的言行感到作嘔，便這樣大喊一聲，一躍而起，奪門而出。正因為孩子們很討厭，莫瑞爾反而繼續我行我素。讓孩子心生反感、近乎抓狂，他似乎從中獲得某種樂趣，偏偏他們正好處於敏感易怒的十四、五歲年紀。而亞瑟長大時，正好是父親自甘墮落且年華老去的時期，理所當然成了家裡最痛恨他的人。

父親有時似乎感受到親骨肉對自己的鄙夷厭惡之情。

「天底下沒有哪個男人為自家付出那麼多心血！」他會大聲嚷嚷，「他為他們拚死拚活，結果居然被當成狗來對待。給我聽好了，我可不會就這樣一聲不吭！」

要不是他出言威脅，加上他並未像自認的那麼盡心盡力，孩子們可能還會心懷歉疚。事到如今，原本的夫妻之爭幾乎演變為父親與孩子們全面開戰：他堅持凡事照他那套骯髒作嘔的方式來，就為了彰顯自己有權與眾不同。他們為此痛恨他。

亞瑟後來性情變得暴躁無比，於是當他獲得諾丁漢大學預科的獎學金，母親決定讓他搬到城鎮，借住自己一位姊妹家裡，週末才回家。

安妮仍在小學擔任初階教師，每週賺大約四先令。不過，薪水很快會調漲為十五先令，因為她已經通過考試，家裡經濟將穩定下來。

保羅現在成了莫瑞爾太太的情感寄託。他生性文靜，腦袋不算靈光，卻持續作畫，依舊黏著母親。他的所作所為都是為了她。母親每晚都為保羅等門，待他回來，便將腦中的千頭萬緒或當天發生的大小事向他傾訴。他坐著認真聆聽。兩人共享各自的生活點滴。

威廉已經和那位棕髮女子訂婚，並為她買了要價八畿尼[13]的訂婚戒指。孩子們聽到這個驚人價格，嚇得倒抽一口氣。

「八畿尼！」莫瑞爾說：「他又幹了更蠢的事！要是他分些給我，才更夠意思。」

「分些給**你**！」莫瑞爾太太大喊，「幹嘛要分些給**你**！」

她還記得**他**當初根本沒買訂婚戒指，所以更喜歡威廉的做法，畢竟蠢歸蠢，卻表示他不吝嗇。然而，年輕人現在開口閉口就是他和未婚妻去哪跳舞、她又穿了哪件華麗服裝，不然就是以愉悅口吻告訴母親，他們像有頭有臉人士般去看戲了。

他想帶這名女孩回家。莫瑞爾太太表示她可以在聖誕節來訪。結果，威廉這次帶著一位小姐返家，沒帶任何禮物。莫瑞爾太太備妥晚餐。一聽到腳步聲，她便起身走到門口。威廉走了進來。

「母親，妳好啊！」他匆匆親了她一下，立刻往旁邊站，介紹一位身材高䠷且長相標緻的女孩。她穿著講究的黑白格紋服裝和毛皮大衣。

「這位就是小吉！」

衛斯頓小姐伸出手，微微露齒一笑。

「噢，妳好啊，莫瑞爾太太！」她大聲說。

「我想說你們可能餓了。」莫瑞爾太太說。

「噢，不，我們在火車上吃過飯了。小圓臉，你有拿我的手套嗎？」人高馬大卻骨瘦如柴的威廉．莫瑞爾立刻看了她一眼。

「我怎麼會拿？」他說。

「那我就是弄丟了。別對我發火嘛。」

只見他一臉不悅，卻不發一語。她環顧廚房。在她看來，這裡既小又新奇：閃閃發亮的聖誕花圈、畫作後方的常綠樹樹枝、幾把木椅、一小張松木桌。就在這時，莫瑞爾走進來。

「嗨，爸！」

13. 一九七一年前，一畿尼等於一英鎊一先令或二十一先令。

「嗨，兒子！還真讓我驚訝啊！」

兩人握手，威廉向他介紹那位小姐。她又和剛才一樣微微露齒一笑。

「莫瑞爾先生，你好嗎？」

莫瑞爾奉承似地彎腰行禮。

「我很好，希望妳也是。請務必把這裡當自己家。」

「噢，謝謝。」她回答，覺得很有趣。

「妳想上樓吧。」莫瑞爾太太。

「如果妳不介意的話，希望這麼做不會造成麻煩。」

「不會麻煩，安妮會帶妳去。華特，把這一箱拿上去。」

「別花太多時間打扮啊。」威廉對未婚妻說。

安妮舉起黃銅燭臺，害羞得幾乎不敢開口，默默領著這位年輕小姐去莫瑞爾夫婦事前為她騰出的前方臥室。就著燭光，這個房間也顯得又小又冷。礦工家庭只在有人重病時，太太才會在臥室生火。

「要不要我解開行李箱的綁帶？」安妮問。

「噢，太感謝妳了！」

安妮做完女僕的工作後，下樓取來熱水。

「我想她有點累了，母親。」威廉說：「這趟旅程不怎麼愉快，我們又趕得要命。」

「我能為她準備什麼嗎？」莫瑞爾太太問。

「噢，不用啦，她會沒事的。」

但屋內氣氛有些僵。半小時後，衛斯頓小姐換上一件淡紫色洋裝下樓，在礦工家的廚房裡顯得十分花哨。

「我跟妳說過不必換衣服啊。」威廉對她說。

「噢，小圓臉！」她轉向莫瑞爾太太，露出與剛才一樣的甜美笑容。「莫瑞爾太太，妳不覺得他老是在發牢騷嗎？」

「是嗎？」莫瑞爾太太說：「那可不太好啊。」

「真的不太好呢！」

「妳很冷吧，」母親說：「要不要再靠爐火近一點？」

莫瑞爾從他那張扶手椅跳起來。

「妳過來坐這！」他大喊，「快來這裡坐吧！」

「不用了，爸，別起身。小吉，坐沙發吧。」威廉說。

「不，不！」莫瑞爾大叫，「這張椅子坐起來最暖和。過來坐這吧，衛森小姐。」

「實在**太**謝謝你了。」女孩說著，坐到礦工的扶手椅上，也就是家裡的上座。她感覺到廚房洋溢的溫暖流竄全身，不禁為之一顫。

「幫我拿條手帕吧，親愛的小圓臉！」她對著威廉噘嘴說，口吻親暱得像兩人在獨處，頓時讓家裡其他人覺得自己不該在場。年輕小姐顯然沒有意識到他們也是人：此時此刻，她只把他們當作非人生物。威廉聽了皺起臉來。

換成是在斯特雷特姆，衛斯頓小姐若去到類似的人家家裡，便會以千金小姐般的恩賜態度對待下人。在她看來，這些人——簡單來說就是所謂的勞動階級——生來粗魯滑稽，她怎麼有辦法迎合？

「我去吧。」安妮說。

衛斯頓小姐沒多加理會，彷彿剛開口的是僕人。不過當女孩拿著手帕又回到樓下，她卻親切地說：「噢，謝謝妳！」

她坐著聊起在火車吃的那頓飯有夠寒酸，也談到倫敦和舞會的種種。她其實緊張得要命，害怕得講話都口齒不清。莫瑞爾始終坐著抽他那根粗菸草捲，一面吞雲吐霧，一面看著她，聽她道地的倫敦口音。莫瑞爾太太穿著最漂亮的黑絲上衣，回話時都輕聲細語，簡潔扼要。三個孩子默默圍坐在一旁，滿臉欽羨。衛斯頓小姐正是公主的化身。家中最好的一切都拿出來給她用：最好的茶杯、最好的湯匙、最好的桌巾、最好的咖啡壺。孩子們認為她一定覺得這種待遇非常豪華。衛斯頓小姐反而覺得很怪，無法理解這些人，不曉得該怎麼對待他們。威廉開起玩笑，有點不自在。

十點左右，他對她說：「小吉，妳不累嗎？」

「確實累了，小圓臉。」她立刻用那種親暱口吻回答，頭微微歪向一邊。

「我會替她點蠟燭的，母親。」他說。

「好吧。」母親回應。

衛斯頓小姐起身，朝莫瑞爾太太伸出手。

「晚安，莫瑞爾太太。」她說。

保羅坐在熱水爐前，將水從水龍頭灌入粗陶啤酒瓶。安妮用舊法蘭絨工作汗衫把瓶子包起來，給了母親一個晚安吻。她要和年輕小姐共住一間，因為家裡沒多餘的房間了。

「妳再等一下。」莫瑞爾太太對安妮說。於是安妮坐下來，緊抱著那瓶熱水。衛斯頓小姐跟在座每個人握手，引起眾人不自在，握完才跟著威廉離開。過了五分鐘，他又下樓，內心相當苦澀，卻不曉得原因。他沒怎麼開口，直到大家都上床睡覺，只剩下他和母親。這時，他才像以往那樣跨站在爐邊地毯上，吞吞吐吐說：「母親，怎麼樣？」

「兒子，什麼怎麼樣？」

她坐在搖椅上，有點替他感到委屈和羞愧。

「妳喜歡她嗎？」

「喜歡。」她慢了一拍才回答。

「她還很害羞，母親。她不太習慣，這裡和她阿姨家很不一樣。」

「當然不一樣，兒子，她一定覺得很不好過。」

「是啊。」說完，他立刻皺眉。「要是她沒擺出那副**討人厭**的樣子就好了！」

「她只是因為人生地不熟才那麼難為情，兒子。她會沒事的。」

「妳說得對，母親。」他感激地回答，眉宇間依然流露著陰鬱。「她不像妳，母親。她不認真看待一切，不懂得好好思考。」

「兒子，她還年輕啊。」

「對，而且她根本沒機會好好受教。她還小母親就去世了，之後一直跟阿姨住，卻受不了她。她父親還是個浪蕩子。沒有人好好愛過她。」

「不！既然這樣，你就得給她更多的愛。」

「所以說，妳要對她多多包涵了。」

「兒子，是要包涵她**什麼**？」

「我也不知道。要是她表現得很膚淺，妳得想說這是因為從來沒有人激發出她的內涵。而且她**非常**喜歡我。」

「明眼人都看得出來。」

「可是，母親，妳要知道她……她和我們不同。她平常來往的那些人，他們抱持的原則似乎跟我們不一樣。」

「你不該妄下結論。」莫瑞爾太太說。

但威廉看上去心神不寧。

然而，他早上起床後，滿屋子又唱又鬧。

「哈囉！」他坐在樓梯上大喊，「妳要起床了嗎？」

「要了。」只能隱約聽到她這麼說。

「聖誕快樂啊！」他對她高喊。

從臥室傳來她銀鈴般的悅耳笑聲。但過了半小時，她還是沒下樓。

「她說要起床的時候，是**真的**準備要起來了嗎？」他問安妮。

「是啊，她有起來。」安妮回答。

他等了一會兒，又走向樓梯。

「新年快樂啊。」他大喊。

「謝謝你，親愛的小圓臉！」從遠處傳來的聲音充滿笑意。

「動作快！」他懇求。

過了快一小時，威廉還在等她。一向不到六點就起床的莫瑞爾看了時鐘。

「天哪，真驚人！」他大聲說。

大家都吃完早餐了——威廉除外。他走到樓梯底端。

「我是不是要把復活節彩蛋送上去給妳啊？」他怒氣沖沖大喊。她只是笑了笑回應。花了那麼久時間準備，全家人都預料會看到驚為天人的成果。最後，她穿著襯衫和裙子下樓，打扮宜人。

「妳剛才**真的**一直都在梳妝打扮嗎？」威廉問。

「親愛的小圓臉！這種問題可不能問啊，莫瑞爾太太，對不對？」

起初，她裝作高貴的大小姐。她偕同威廉上教堂時，他穿著禮服大衣，頭戴大禮帽，她則穿上倫敦製服裝，披著皮草，保羅、亞瑟、安妮看了都認為沒有誰不會為之傾倒。莫瑞爾穿著最好的西裝站在道路盡頭，看著這對氣派情侶往前走，覺得自己就像王子和公主的父親。

然而，她其實沒那麼高貴。衛斯頓小姐在倫敦一間辦公室擔任類似祕書或文書的職務，已有一年之久。但在莫瑞爾一家面前，她卻擺出一副女王姿態。她坐著讓安妮或保羅伺候自己，彷彿他們是聽命於她的僕人；她面對莫瑞爾太太時，有些花言巧語，對莫瑞爾則以恩人自居。可是過了一兩天，她的態度開始有所轉變。

威廉總是希望兩人去散步時，保羅或安妮也能一起來，因為這樣有趣多了。保羅**確實**打從心底欣賞「小吉」，事實上，男孩對這位姑娘百般奉承到母親簡直無法原諒他。

第二天，當莉莉問：「噢，安妮，妳知道我把皮手套放到哪了嗎？」

威廉回說：「妳很清楚就放在臥室，幹嘛要問安妮？」

莉莉氣得閉嘴上樓。看到她竟然把自己的妹妹當僕人使喚，年輕人一肚子火。

第三天傍晚，在昏暗的客廳裡，威廉和莉莉一起圍坐在爐火旁。十點四十五分，他們聽見莫瑞爾太太在廚房撥弄爐火。威廉走進去，他的心上人緊跟在後。

「母親，已經這麼晚了啊？」他說。母親直到剛才都獨自一人坐在這裡。

「並不**晚**，兒子，但我平常都只熬到這麼晚。」

「那妳不去睡嗎？」他問。

「然後單獨留下你們倆？不，兒子，我可不認為這樣會沒問題。」

「母親，妳信不過我們嗎？」

「不管信不信，我就是不會這麼做。你們想要的話，可以待到十一點，我可以讀點書。」

「去睡吧，小吉。」他對女孩說：「我們別讓母親再等了。」

「安妮沒把蠟燭吹熄，莉莉，」莫瑞爾太太說：「我想妳不會看不見。」

「好的，謝謝。晚安，莫瑞爾太太。」

威廉在樓梯底端吻了他的甜心後，她上樓去。他回到廚房。

「母親，妳難道信不過我們嗎？」他又問了一次，顯得頗受冒犯。

「兒子啊，我說了我可不**認為**當其他人都上床睡覺了，還把像你們這樣的年輕人單獨留在樓下會沒問題。」

威廉勉為其難接受這個回答。他給了母親一個晚安吻。

復活節時，他獨自返家。回來後，他滔滔不絕與母親談論他的甜心。

「聽我說，母親，我一不在她身邊，就一點也不在乎她。就算我再也見不到她，我也不在乎。可是每次只要晚上和她在一起，我就喜歡她喜歡得不得了。」

「要是她只能占據你心頭這麼一丁點，」莫瑞爾太太說：「靠這種愛情來維繫的婚姻實在有些古怪啊！」

「**確實**很怪！」他大聲說，既憂心又困惑。「可是，我們已經一起經歷了那麼多，我沒辦法就這樣放棄她。」

「你自己最清楚。」莫瑞爾太太說：「但要是情況就像你說的，我是不會把你們之間的感情叫作**愛**，因為不管怎麼看都不太像。」

「噢，我不知道啊，母親。她是孤兒，而且……」

他們終究沒得出什麼結論。他似乎百思不解，苦惱至極，而她始終語帶保留。為了留住這個女孩，威廉把所有的精力和金錢花在她身上，因此就算回家，也沒什麼錢帶母親去諾丁漢逛逛。

到了聖誕節，保羅的薪資已經調漲至十先令，他欣喜若狂。他在喬丹工廠過得很愉快，不過由於工時長，加上悶在室內，健康狀況仍不見起色。保羅在母親心中的地位愈來愈重要，於是她思索該怎麼幫他才好。

他固定放半天假的時段是週一下午。五月，某個週一早晨，兩人單獨吃著早餐時，她說：「我覺得今天天氣會很好。」

他驚訝得抬起頭。母親不會無緣無故這麼說。

「你也知道里佛斯先生搬去新農場了。他上星期問我願不願意去探望一下里佛斯太太，我就答應他，要是天氣好，星期一就帶你去。要不要去？」

「哎呀，小姑娘，太棒了！」他大喊，「所以我們今天下午就去？」

保羅興高采烈趕去車站。德比路上有棵櫻桃樹閃閃發亮。集會廣場旁的舊磚牆鮮紅奪目，春天化身為遍地的綠意盎然。大馬路的急陡坡覆著早晨涼爽的塵埃，燦爛陽光和斑駁陰影交錯其上，一片寂靜。樹木紛紛自豪地傾斜著粗大的青綠肩頭。整個早上，男孩身在倉庫，心裡卻想像著屋外的春色。

他在午餐時間回家，母親顯得相當激動。

「我們要走了嗎？」他問。

「等我準備好。」她回答。

他立刻起身。

「趁我洗碗，妳去換衣服吧。」他說。

她照做。他洗好碗盤，收拾乾淨，然後去拿她的小山羊皮靴。鞋子一塵不染，因為莫瑞爾太太是那種天生身手靈巧的人，就算走過泥巴地也不會把鞋弄髒。不過，保羅還是要替她把鞋子擦一擦。這雙小山羊皮靴只值八先令。但他依然認為這是全世界最精緻的靴子，把它們當成花兒般，滿懷敬意擦拭。

母親忽然在內門現身，神情羞怯不已。她換上一件新的棉質女式襯衫。保羅跳起來，迎上前去。

「噢，天哪！」他驚呼，「真是太耀眼了！」

她有點自傲地哼了一聲，揚起頭。

「才一點也不耀眼！」她回應，「這件非常樸素。」

她往前走，他圍著她打轉。

「呃，」她十分害羞，卻裝作神氣活現地問：「你喜歡嗎？」

「喜歡極了！要出門遊玩，就要帶妳**這樣**的小美女！」

他繞到她背後打量一番。

「嗯，」他說：「我要是走在街上，看到妳的背影，八成會說：『**那位**小妞自認很美耶！』」

「她才沒有。」莫瑞爾太太答道，「她不確定這件衣服適不適合自己。」

「噢，不！她想穿得一身黑漆漆，看上去像裹著燒焦的紙。它**真的**很適合妳，**我**也掛保證，妳看起來很美。」

她又小小哼了一聲，顯然心滿意足，卻假裝沒對他的話照單全收。

「好吧，」她說：「它只花了我三先令。要是買現成的衣服，就不可能只花這麼點錢吧？」

「肯定買不了。」他回應。

「而且這料子也很好。」

「美極了。」他說。

這件女襯衫整體是白色，帶有淡紫與黑色的細枝狀裝飾。

「這款式穿在我身上，恐怕顯得太年輕了。」她說。

「顯得太年輕了！」他嫌惡地大叫，「那妳為什麼不乾脆買頂白色假髮黏在頭上算了。」

「我很快就不必這麼做了。」她回應，「我頭髮白得夠快了。」

「反正妳也沒必要這麼做。」他說：「我沒事幹嘛要一個滿頭白髮的母親啊？」

「孩子，恐怕你以後就得忍受這樣的母親了。」她的口吻有點怪。

最後，他們氣派非凡地出發。烈日當頭，母親撐著威廉送她的傘。保羅雖然不算高大，仍比她高出不少，他為此得意洋洋。

休耕地的小麥幼苗在陽光下顯得柔滑有光澤。明頓礦區飄出裊裊白煙，傳來陣陣轟隆聲和刺耳乒乓響。

「看那邊！」莫瑞爾太太說。母子倆站在路上觀看。巨大礦山上，一小群身影襯著天空，正沿山脊徐徐前行。只見在蒼穹下，這一馬一車一人爬上斜坡。抵達盡頭，男人傾倒貨車，廢棄物滾落寬廣陡坡，發出巨響。

「母親，妳坐一下吧。」保羅說。她在路堤上席地而坐，他迅速動筆寫生。他素描時，她默不作聲，環顧四周的午後景色，紅色農舍在一片綠意當中格外顯眼。

「這世界真美好，」她說：「而且美極了。」

「礦區也是啊。」他說：「瞧它是怎麼堆疊起來的，簡直像活生生的東西——一個沒人瞭解的巨大生物。」

「對，」她說：「或許吧！」

「還有貨車都停在那邊等待，就像一長列野獸等著餵食。」他說。

「它們**就**停在那邊，我可是非常欣慰呢，」她說：「因為那表示這週工作情況會很不錯。」

「我喜歡從這種活生生的東西感受**人味**。貨車就有那種人味，因為是用人的雙手來操縱，每一輛都是。」

「對。」莫瑞爾太太說。

他們沿著大馬路上的樹蔭往前走。他不時賣弄知識，而她興致勃勃聽著。兩人行經奈德梅爾湖畔，湖面波光粼粼，猶如落水花瓣在輕輕晃動。接著，他們轉進一條幽僻小徑，略帶惶恐不安，走向前方的大農場。有狗開口狂吠。一個女人走出屋外查看。

「請問這是往威利農場的路嗎？」莫瑞爾太太問。

保羅縮在她身後，生怕被對方趕走。不過，女人好心為他們指路。母子倆穿過小麥田和燕麥田，越過小橋，踏入一片野草地。田鳧在四周盤旋尖鳴，白腹耀眼。湛藍湖水平靜無波。一隻蒼鷺從上方的高空滑翔而過。對面的山坡上，樹木林立，蒼翠沉寂。

「母親，這是條荒路，」保羅說：「就好像加拿大。」

「是不是很美！」莫瑞爾太太四處環顧說。

「看看那隻蒼鷺，瞧，有看到牠的腳嗎？」

他為母親指出哪些景色一定要看，並略過不必多看一眼的地方。她心滿意足。

「現在該往哪裡走啊？」她說：「他跟我說要穿過樹林。」

樹林位在他們左手邊，圍著柵欄，一片幽暗。

「我感覺得出來往這邊有條小路。」保羅說：「妳走慣城鎮的路了，不知不覺就只識得那種路。」

他們找到一道小柵門，旋即踏上林間寬敞的綠蔭小徑，只見一側是新綠茂密的冷杉和松樹，另一側則是老橡樹環繞的林間空地斜坡。橡樹林的地面盛開著風鈴草，有如一池池蔚藍水塘，上有嫩綠榛樹，下有滿地淡黃褐色的橡樹葉。他摘了些花給母親。

「給妳一點剛採收的乾草。」說完，他又替她摘了勿忘草。看到她用長期勞動而粗糙不堪的手握著自己送的那一小束花，他內心滿溢著愛，卻也痛苦不已。她高興極了。

來到小路盡頭，必須越過一道籬笆。保羅三兩下就翻過去。

「來吧，」他說：「我會扶著妳。」

「不，你走開。我會自己想辦法翻過去。」

他站在下方舉起雙手，隨時準備幫她一把。她小心翼翼爬上爬下。

「爬得真精彩啊！」等她再次安穩落地，他大聲揶揄。

「討人厭的過籬梯！」她大叫。

「蠢姑娘，」他回應，「這都翻不過去。」

前方的樹林邊緣，幾間紅色的低矮農舍緊挨著彼此。兩人繼續趕路。緊鄰樹林的是一座蘋果園，蘋果花飄落至磨石上。樹籬下方的池塘深不見底，一旁的橡樹朝水面上方伸展枝椏。樹蔭下站著幾頭母牛。整座農場和數棟屋舍構成一個凹字型，開口向陽，面對樹林。四下一片寂靜。

母子倆走進圍著欄杆的花園，空氣中飄散著紅色康乃馨的花香。敞開的門旁擺著幾塊表皮覆著麵粉的麵包，正在放涼，一隻母雞走過去打算啄食。門口忽然出現一個穿著髒兮兮圍裙的女孩。她看上去約十四歲，皮膚黝黑，臉色紅潤，一頭短俏蓬鬆的黑色鬈髮，雙眸烏黑。發現有陌生人，她頓時心生戒備，一臉疑問，神情有點氣憤，接著便不見蹤影。沒過多久，另一個人現身，是纖弱嬌小的婦女，氣色紅潤，有著一對深褐色大眼睛。

「噢！」她驚叫，略帶喜色，面露微笑。「結果你們決定來啦。見到你們，我**真的**很開心。」她語氣親暱，卻略帶哀傷。

兩個女人握了握手。

「妳確定我們真的不會太打擾嗎？」莫瑞爾太太說：「我知道務農有多忙。」

「才不會！可以看到新面孔，我們感激都來不及了，這裡實在太偏僻了。」

「我有同感。」莫瑞爾太太說。

他們被帶到客廳。這個長形房間天花板偏低，壁爐裡擺著一大束雪球花。兩個女人就在那裡聊了起來，保羅則出去探索這片土地。他來到花園嗅聞康乃馨，觀察植物，結果剛才那個女孩也來到屋外，快步走向籬笆旁的煤炭堆。

「我想這些應該是百葉薔薇吧？」他指著籬笆旁的灌木叢問她。

她用那雙褐色大眼吃驚地看著他。

「我想這些應該會開出百葉薔薇的花吧？」他說。

「我不知道。」她支支吾吾，「花開出來是白的，中間是粉紅色。」

「那這個品種就是少女羞紅了。」

米莉安立刻臉紅。她有著令人賞心悅目的溫暖膚色。

「我不知道。」她說。

「妳家花園好像沒種**什麼**耶。」他說。

「我們今年才搬來這裡。」她回答，語氣冷淡又盛氣凌人，說完往後退，進屋去了。但保羅沒注意到，只顧著繼續四處探索。過了一會兒，母親走出來，他們一一逛遍這幾棟屋舍。保羅欣喜若狂。

「我想妳還得照顧家禽、小牛和豬吧？」莫瑞爾太太問里佛斯太太。

「不，」嬌小婦女回答，「我沒多餘的時間照顧小牛，也做不慣。光是持家就夠我忙了。」

「嗯，我想也是。」莫瑞爾太太說。

不久，女孩走出屋外。

「母親，下午茶準備好了。」她悅耳地輕聲說。

「噢，謝謝妳，米莉安，我們這就來。」她母親近乎討好似地回應。「莫瑞爾太太，妳現在**想**喝茶嗎？」

「當然好，」莫瑞爾太太說：「只要準備好，隨時都能喝。」

於是，母子倆與里佛斯太太共享下午茶。喝完茶，他們便前往那座遍地開滿風鈴草的樹林，小徑上長著散發芬芳的勿忘草。母子倆都沉醉其中。

等他們返回屋內，看到里佛斯太太和大兒子艾德加都在廚房裡。艾德加約十八歲。接著，兩個分別為十二和十三歲的大男孩傑佛瑞和莫里斯，也放學回家了。里佛斯先生外表英俊，正值壯年，蓄著淡褐色小鬍子，那雙藍眼在風吹日曬下總是瞇成一條縫。

里佛斯家的男孩們自視甚高，保羅卻幾乎沒察覺。他們到處亂鑽，尋找雞蛋。正當他們在餵家禽，米莉安走出屋外，但沒人理她。雞舍裡有隻母雞和牠那群黃色小雞。莫里斯抓了一大把穀物，讓母雞啄食。

「你敢嗎？」他問保羅。

「看著吧。」保羅說。

他的手既小又溫暖，感覺很靈巧。米莉安在一旁觀看。他捧著穀物，朝母雞伸去。鳥禽睜著明亮眼睛，嚴格打量他的手，然後冷不防啄了一下。保羅吃了一驚，開懷大笑。「叩叩叩！」母雞不斷用鳥嘴朝他的手掌進攻。保羅又笑出聲，其他男孩也跟著大笑。

「牠會對你又刺又咬，但絕不會傷害你。」最後一粒穀物被吃掉時，保羅表示。

「好了，米莉安，」莫里斯說：「妳過來試試。」

「不要。」她一面大叫，一面往後退。

「哈！真是孩子氣，就愛耍任性！」她的兄弟說。

「根本不會痛，」保羅說：「只會被輕輕咬一下。」

「不要。」她還是大叫，搖了搖那頭烏黑鬈髮，往後一縮。

「她不敢啦。」傑佛瑞說：「除了背誦詩歌，她根本什麼都不敢做。」

「不敢從柵門跳下去，不敢高聲尖叫，不敢滑溜梯，不敢阻止女生打自己。她什麼都做不到，只會自以為了不起。哼，什麼『湖上美人[14]』咧！」莫里斯大喊。

米莉安難堪得羞紅了臉。

「我敢做的事比你們還多。」她大叫，「你們只不過是膽小鬼和惡霸。」

「噢，膽小鬼和惡霸！」他們裝模作樣，取笑她說的話。

「土包子可激怒不了我，

鄉巴佬也激不出反應。」

他引用這兩句嗆她，還邊喊邊笑。

她只好進屋去。保羅跟著男孩們走去果園。他們在那裡搭了個臨時雙槓，用它來展現需要驚人力氣的各種動作。保羅與其說強壯，不如說敏捷，但這就足以派上用場了。他伸手撥弄一朵低垂在晃動樹枝上的蘋果花。

「我可不會摘那朵蘋果花，」兄弟之中最年長的艾德加說：「這樣明年就結不出蘋果了。」

「我又沒有要摘。」保羅答完，離開原地。

保羅覺得男孩們充滿敵意。他們對自己的消遣娛樂更感興趣。於是，他慢慢晃回屋子去找母親。他繞到屋後，看見米莉安跪在雞舍前，手裡捧著幾粒玉米，咬著嘴唇，緊繃蹲伏在地。母雞不懷好意地打量她。米莉安戰戰兢兢伸出手。母雞朝她伸頭一啄，她立刻把手縮回來，半是恐懼半是懊惱地驚叫一聲。

「牠不會傷害妳的。」保羅說。

她瞬間雙頰通紅，立刻站起來。

「我只是想試試。」她低聲說。

「看吧，不會痛的。」他說完，在手心只放了兩粒穀物，讓母雞不斷啄空蕩蕩的手。「只會癢得發笑而已。」他說。

於是她伸出手，又慢慢收回去，再試一次，結果還是一邊驚叫一邊往後縮。他皺起眉頭。

「唉，我就算把飼料放臉上讓牠啄也無所謂，」保羅說：「牠頂多輕輕碰我一下。牠真的非常靈巧，要不然每天吃東西豈不是會啄起一堆土。」

他靜待一旁，嚴肅地看著米莉安。最後，她終於讓母雞啄食手中的食物。出於害怕，加上害怕會痛，她不由得發出小聲驚叫，聽上去十分可憐。不過她做到了，還二度挑戰成功。

「妳看吧，」男孩說：「不會痛吧？」

她睜大烏黑雙眼望著他。

「不痛。」她笑得花枝亂顫。

然後，她起身進屋，似乎對男孩有些氣憤。

「他覺得我只是個平凡女孩。」她暗忖，想證明自己就像「湖上美人」一樣高貴。

保羅發現母親準備回家，她對兒子露出讚許的笑容。他捧起那一大束花。里佛斯夫婦陪他們走過田野。向晚時分，山坡染成金黃色，林間深處隱約可見風鈴草逐漸轉為深紫色。四下一片死寂，只聞樹葉沙沙作響，鳥兒啁啾鳴叫。

14. 指華特・史考特爵士的敘事詩〈湖上美人〉（The Lady of the Lake）。

「這地方真美。」莫瑞爾太太說。

「是啊，」里佛斯先生答道，「這個小天地確實很棒，要是沒那些兔子就完美了。牧草都被牠們吃個精光，我都不曉得有沒有收成能拿來付地租了。」

他拍了拍手，樹林旁的田野頓時爆發一陣騷動，只見棕色兔子到處亂蹦亂跳。

「太驚人了！」莫瑞爾太太大喊。

她和保羅兩人獨自沿路而行。

「母親，今天是不是很棒？」他輕聲說。

弦月升起。保羅幸福極了，幸福到連心都隱隱作痛。母親嘰嘰喳喳講個不停，因為她也幸福得想哭。

「換作是我，**哪可能不去**幫那個男人呢！」她說：「我**哪可能不去**照料那些家禽和幼畜！而且**我會**學怎麼擠牛奶，**我會**跟他討論，**我會**跟他規劃一切。說真的，我要是他太太，絕對會把那座農場管理好！可是，唉，她沒那個體力——她就是沒有足夠的體力幹活。她實在不該這樣一肩扛起那麼多重擔。我覺得她很可憐，也替他感到難過。說真的，如果是**我**嫁給他，才不會認為他是個爛丈夫！她應該也不這麼認為啦，而且她很討人喜歡。」

威廉在聖靈降臨週又帶戀人返家，這次放一週的假。節日期間，天氣晴朗宜人。威廉和莉莉通常與保羅早上一起出門散步。一路上，威廉話不多，只對心上人說些童年故事，反而是保羅對兩人講個不停。最後，三人都躺在明頓教堂旁的草地上。靠近古堡農莊的那一側，矗立著一排整齊秀麗的白楊樹，隨風搖曳。山楂花從樹籬飄落，法國菊和布穀蠅子草在田裡盛開，景象一片歡欣。二十三歲的威廉本來是大個子，現在卻瘦了一圈，甚至有點形容枯槁。他在陽光下往後一躺，做起美夢，莉莉則玩弄他的頭髮。保羅跑去摘大朵的法國菊。莉莉脫下帽子，露出黑亮如馬鬃的秀髮。保羅回來後，把花一朵朵插在她的烏黑髮絲上：只見滿頭黃白相間，夾雜著些許布穀蠅子草的粉色花瓣，斑斕璀璨。

「妳現在看起來很像年輕女巫。」男孩對她說，「威廉，是不是很像？」

莉莉笑了。威廉睜眼看她，眼神透露出他深感痛苦卻又極為讚賞，顯得有些困惑。

「他是不是把我變成醜八怪了？」她低頭對愛人笑著問。

「對啊！」威廉面帶微笑說。

他望著她。她的美貌似乎令他難受。他瞥了一眼她插滿鮮花的頭，不禁皺眉蹙額。

「如果妳是想確認自己美不美，那妳看上去夠美了。」他說。

結果，她沒戴帽子就走了。過了一會兒，威廉才回過神，待她相當溫柔。

走上一座橋後，他把兩人各自的姓名縮寫刻成了心形。

他刻的時候，她在一旁看著他強而有力卻緊繃顫抖的手，上面的汗毛和雀斑閃爍著光芒，似乎讓她看得很著迷。

威廉和莉莉在家期間，屋內始終瀰漫著哀傷卻溫暖的氣氛，夾雜著些許柔情。然而，他常常變得煩躁。這次要待八天，她總共帶了五件洋裝和六件襯衫。

「噢，能不能拜託妳，」她對安妮說，「替我洗一下這兩件襯衫和這些衣物啊？」

於是，威廉和莉莉隔天早上外出時，安妮就站著手洗衣服。莫瑞爾太太氣壞了。有時，年輕人瞥見心上人如何對待妹妹，為此痛恨她。

週日一早，莉莉穿上印花薄軟綢洋裝，觸感絲滑柔順，色澤藍如冠藍鴉的青色羽毛，並戴上乳黃色大帽子，飾以大多為緋紅色的大量玫瑰，整個人光鮮亮麗。每個人都對她讚不絕口。可是，她傍晚準備出去時又開口問：「小圓臉，你有拿我的手套嗎？」

「哪雙？」威廉問。

「新買的那雙絨面革黑手套。」

「沒拿。」

他們東翻西找。她把手套弄丟了。

「看吧，母親，」威廉說：「這是聖誕節以來她搞丟的第四雙手套了——每雙都要五先令耶！」

「你只送過我**兩雙**。」她語帶責備說。

到了晚上，吃完晚飯，他站在爐邊地毯上，她坐在沙發上。他似乎對她感到嫌惡。當天下午，他留下她去見老友，所以她坐下來看一本書。晚餐後，威廉想寫封信。

「莉莉，妳看的書在這裡。」莫瑞爾太太說：「妳想不想再多讀一下？」

「不，謝謝妳。」女孩說：「我乖乖坐著就好。」

「但那樣很無趣啊。」

威廉心浮氣躁，迅速把信草草寫完。封好信封時，他開口說：「看書！她這輩子根本沒看過什麼書。」

「噢，別說了！」聽到他說得那麼過分，莫瑞爾太太覺得很氣。

「是真的，母親，她沒看過。」他邊喊邊跳起來，站在爐邊地毯上那個老位子。「她這輩子真的沒看過半本書。」

「就跟我一樣。」莫瑞爾插嘴，「她看不出整天坐在那裡埋頭啃書有什麼好的，我也一樣。」

「可是你不該這樣講啊。」莫瑞爾太太對兒子說。

「但我說的是真的，母親——她看**不懂**。妳給她看什麼書？」

「我給了她一本安妮．斯萬[15]寫的輕鬆讀物。沒人想在星期天下午讀枯燥乏味的東西吧。」

「我敢打賭她連十行都沒看完。」

「那你就錯了。」母親說。

自始至終，莉莉都可憐兮兮坐在沙發上。威廉迅速朝她轉身。

「妳**真的**有看嗎？」他問。

「對，我有。」她回答。

「看了多少？」

「我不知道有幾頁。」

「就妳看過的內容，告訴我**一個重點**就好。」

她辦不到。

她始終卡在第一頁。他閱書無數，理解力強，積極好學；她只會談情說愛、沒事閒聊，其他一無所知。他早已習慣透過與母親交談，仔細檢視自己的各種想法，所以當他想找個氣味相投的伴侶，卻反被要求當個會卿卿我我、打情罵俏的情人，不禁痛恨起他的未婚妻。

「母親，妳知道嗎，」他晚上與她獨處時說，「她對金錢毫無概念，根本腦袋裝漿糊。她領了薪水，一時衝動去買什麼鬼糖漬栗子，然後**我**就不得不幫她買定期票和其他有的沒的，連內衣也是。而且她還想結婚，我是有想過我們不如乾脆明年就結吧。可是照這樣下去——」

「這段婚姻一定會一團糟。」母親回應，「兒子啊，要是我就會再考慮一下。」

「噢，交往了那麼久，現在要分手已經太遲了。」他說：「所以我還是儘早結婚吧。」

「好吧，兒子。你想結就結吧，沒人能阻止你。但我跟你說，想到這件事，我就夜不成眠。」

15. 安妮・斯萬（Annie Swan，一八五九～一九四三），蘇格蘭小說家，作品多是專為女性而寫的愛情小說。

「噢，她會沒事的，母親。我們會撐過去的。」

「她還讓你幫她買內衣？」母親問。

「呃，」他開口辯解，「她是沒拜託我啦，不過有天早上，那時候**真的**冷得要命，我發現她在車站月臺上直打哆嗦，就問她有沒有穿得夠暖和。結果她說：『我想有吧。』我又問：『妳有穿保暖的內衣褲嗎？』然後她說：『沒有，它們都是棉製的。』我問她在這種冷得要死的天氣裡到底為什麼不穿厚一點，她回我說因為她什麼也沒有。果不其然，她得了支氣管炎！我**不得不**帶她去買些保暖衣物。所以說，母親，我們要是有什麼閒錢，可不能交給我管。而且她本來**應該**要好好存錢買自己的定期票，結果沒有，反而跑來要我處理，逼得我得想辦法湊錢。」

「聽起來前途多舛啊。」莫瑞爾太太苦澀地說。

威廉臉色蒼白。那張粗獷的臉以往總是無憂無慮、笑口常開，現在卻因為內心的矛盾和絕望，變得愁容滿面。

「可是我沒辦法現在放棄她啊，都交往這麼久了。」他說：「更何況，**有些事**我沒有她就做不到。」

「兒子，要記得你賭上的可是自己的人生，」莫瑞爾太太說：「最糟的莫過於毫無希望的失敗婚姻。我自己的婚姻就夠慘了，上天為證，照理說你應該要從中學到點教訓才對。不過，情況確實有可能遠比現在還來得糟就是了。」

威廉往後靠著壁爐架，兩手插在口袋裡。他是個骨瘦如柴的高個子，看上去一副只要他願意，隨時都能浪跡天涯的樣子。但母親從表情看出他很絕望。

「我沒辦法現在放棄她。」他說。

「好吧，」她說：「記得還有比悔婚更糟的壞事。」

「我沒辦法**現在**放棄她啊。」他說。

時鐘滴答作響，母子倆沉默不語，各持己見，但他不想再多說了。最後，她開口：

「好了，去睡吧，兒子。到了早上，你就會好多了，或許也會更明理一點。」

他親了她一下便離去。她撥弄爐火，心情從未像此刻如此沉重。先前與丈夫決裂時，她內心近乎崩潰，但想活下去的動力沒有被摧毀；現在，她的內在靈魂卻覺得軟弱無力。她本來抱持的希望大受打擊。

威廉還是經常對未婚妻表露厭惡神色。待在家裡的最後一晚，他仍在抱怨她。

「好吧，」他說：「妳不相信我口中形容的她，那妳相不相信她已經受堅信禮三次了？」

「胡說八道！」莫瑞爾太太笑說。

「哪有什麼胡說不胡說的，她**就是有**！堅信禮對她就是這麼一回事——有點像可以讓她出風頭的表演舞臺。」

「莫瑞爾太太，我才沒有！」女孩大叫，「我才沒有！那不是真的！」

「什麼！」他立刻轉身過去朝她大喊，「一次在布隆萊，一次在貝肯罕，還有一次在其他地方。」

「才沒有什麼其他地方！」她淚眼汪汪說，「沒有別的地方了！」

「就是**有**！就算沒有，妳幹嘛要受堅信禮**兩次**？」

「當時我才十四歲，就那麼一次，莫瑞爾太太。」她眼裡噙著淚水為自己辯護。

「對，」莫瑞爾太太說：「我非常能理解，孩子。別理他。居然說這種話，威廉，你真該感到慚愧。」

「但這是真的啊。她確實信教，以前有好幾本藍絲絨封面的祈禱書，但她可沒比那個桌腳要虔誠到哪裡去，甚至稱不上信徒。受堅信禮三次就為了作秀、炫耀自己，她對每件事都是這副德性——**每件事都是！**」

女孩坐在沙發上哭了起來。她天性並不堅強。

「說什麼**愛情**！」他大喊，「妳乾脆叫隻蒼蠅愛妳算了！牠會愛死了要停在妳——」

「好了，別再說了。」莫瑞爾太太命令道。「你要是想說這種話，別在這裡說，給我去別的地方。我真替你感到丟臉，威廉！你怎麼不能更像個男人啊。什麼不做，偏要刁難一個女孩子，還裝作自己跟她訂婚了！」

莫瑞爾太太坐下來，氣憤無比。

威廉默不作聲，後來向女孩懺悔，並獻吻安慰她。然而，他說的話沒有半句虛假。他討厭她。

他們離去時，莫瑞爾太太一路送到諾丁漢。走去凱斯頓車站的路程並不短。

「母親啊，」威廉對她說：「小吉這個人很膚淺，做什麼都只有三分鐘熱度。」

「威廉，**希望**你別那麼說。」莫瑞爾太太表示，替就走在她身旁的女孩感到渾身不自在。

「但真的就是這樣啊，母親。她現在雖然死心塌地愛著我，但只要我一死，她大概三個月就會把我忘了。」

莫瑞爾太太害怕起來。聽到兒子最後那番話暗藏著一股辛酸，她的心一陣狂跳。

「未來的事誰料得到呢？」她回應，「你可料**不**到，所以無權這樣亂說。」

「他隨時都把這種話掛在嘴邊！」女孩大喊。

「我下葬後三個月，妳就會跟別人交往，把我忘了，」他說：「這就是妳的愛情！」

莫瑞爾太太在諾丁漢目送他們上火車，才動身返家。

「唯一令人欣慰的是，」她對保羅說，「他永遠賺不到足夠的錢結婚，我很篤定。這麼一來，她就只能放他一馬了。」

於是，莫瑞爾太太兀自慶幸。目前情況還不到走投無路的地步。她堅信威廉永遠不會娶他這位小吉。她耐心等待，繼續把保羅留在身邊。

整個夏季，威廉寫來的信都洋溢著狂熱，教人覺得他似乎一反常態，情緒緊繃。他有時語氣快活過頭，但以往在信中不是平鋪直述，就是滿口抱怨。

「唉，」母親說：「恐怕他為了那傢伙正在自毀前程，她根本不值得他去愛——不，簡直比愛碎布娃娃還不值得。」

威廉表示想回家。仲夏假期已經過了，離聖誕節還有段時間。他以急切激動的語氣寫說，要趁諾丁漢十月第一週舉辦鵝市[16]的時候，在週末兩天回去。

「你氣色不太好，兒子。」母親見到他後這麼說。光是可以又獨占他，她便泫然欲泣。

「對，我最近不太好。」他說：「我上個月感冒似乎一直沒好，不過應該快好了。」

那天是晴朗的十月天。他看上去像翹課學童，整個人欣喜若狂，接著卻又變得沉默寡言。他比以往更形容枯槁，眼神憔悴。

「你把自己逼得太緊了。」母親對他說。

他開始加班，想多賺點錢好結婚，他表示。他只有在週六晚上與母親談過一次，聊起那位心上人，語氣盡是哀傷，又溫柔無比。

「可是，母親，就算這樣，我要是死了，她是有可能心碎兩個月，但之後就會開始把我忘了。走著瞧吧，她絕不會回來這裡為我掃墓，一次也不會。」

16. 鵝市（Goose Fair）為諾丁漢一年一度的嘉年華市集，起初是鵝和牲畜的買賣市集，名稱便源自於此，隨後才演變成流動嘉年華。

「威廉啊，」母親說：「你又不會死，提這個要做什麼？」

「但是不管會不會——」他回應。

「她就是情不自禁啊。她天生就是那樣，如果你要選她，那就沒得抱怨了。」母親說。

週日一早，他正在戴衣領。

「瞧，」他對母親說，抬起下巴，「衣領居然在我下巴磨出那麼多疹子！」

就在下巴與喉嚨的交接處，有一大片發炎的紅斑。

「不應該會這樣啊。」母親說：「來吧，塗點這種藥膏，紓緩不適。你該換換別的衣領。」

他在週日午夜離去。待在家裡兩天讓他看起來氣色比較好、感覺更踏實。

週二早上，倫敦拍來電報說他病了。莫瑞爾太太當時正跪著刷洗地板，於是起身看電報，接著把鄰居叫來，再向房東太太借了一英鎊金幣，穿戴好便出發。她趕到凱斯頓，在諾丁漢搭上開往倫敦的特快車。她還得先在諾丁漢等快一個小時才搭上車。個子嬌小的她戴著黑色女帽，心急如焚地問搬運工知不知道要怎麼去艾爾莫斯區。整趟車程耗費三小時。她坐在車內一角，陷入恍惚，始終紋風不動。抵達國王十字車站後，她依然沒打聽到要怎麼去艾爾莫斯區。她提著裝有睡衣、扁梳和圓梳的網袋，一一詢問路人。最後，他們叫她搭地鐵前往坎農街。

等她抵達威廉的住處，已經六點了。捲簾沒有拉下來。[17]

「他情況怎麼樣？」她問。

「沒有好轉。」房東太太說。

她跟著這個女人上樓。威廉躺在床上，雙眼布滿血絲，臉上血色盡失。衣物散落一地，房裡沒有生火，床頭櫃擺著一杯牛奶。在這之前都沒有人來陪他。

「哦，兒子啊！」母親打起精神說。

他沒有回應。他望著她，卻沒看見她。接著，他開始用單調的語氣，像在口述信件內容說：「肇因於本船貨艙漏水，糖皆凝固結塊，變得堅硬如石，必須敲……」

他神智不清了。他負責的工作就是在倫敦港檢查諸如糖這類貨物。

「他這樣子多久了？」母親問房東太太。

「他星期一早上六點回來，好像睡了一整天，然後晚上有聽到他在說話，結果今天早上，他要我找妳來，所以我就拍了電報。已經叫醫生來了。」

「妳能不能幫忙生個火？」

莫瑞爾太太努力減緩兒子的不適，讓他鎮定下來。

醫生上門應診，說他得了肺炎，還有一種罕見的丹毒，從衣領摩擦的下巴部位開始發作，擴散到整張臉。他希望不會感染到腦部。

莫瑞爾太太坐下來照顧兒子。她為威廉祈禱，祈求他會認出她是誰。然而，年輕人臉色愈來愈蒼白。夜色降臨，她與他一同對抗病魔。威廉不停胡言亂語，始終沒恢復意識。到了凌晨兩點，他突然一陣劇烈發作，撒手人寰。

莫瑞爾太太在兒子租來的臥室裡動也不動坐了一小時，才起身叫醒房東。

六點，她在打雜女傭的協助下，讓威廉平躺在床上，接著繞遍倫敦陰鬱的大街小巷，找到戶籍管理員和醫生。

九點，斯卡吉爾街上的那棟小屋又收到一封電報：「威廉昨夜去世。叫父親帶錢來。」

17. 傳統上，有人去世會關上窗簾。

安妮、保羅、亞瑟都在家，莫瑞爾先生去上班了。三個孩子啞口無言。安妮嚇得開始啜泣，保羅出門去找父親。

屋外天氣宜人。布林斯利礦區冒出陣陣白煙，緩緩消失在陽光普照的淡藍天空中；井架上的絞纜輪在高處閃閃發光；煤塊從篩煤機被倒入貨車裡，發出吵雜聲響。

「我要找父親，他得去倫敦一趟。」男孩對在煤堆間碰到的第一個人如此表示。

「要找華特．莫瑞爾？進去那裡面，跟喬．瓦德說。」

保羅走進最上方的小辦公室。

「我要找父親，他得去倫敦一趟。」

「汝父親？他在下面嗎？他叫什麼？」

「莫瑞爾先生。」

「啥，華特？出了什麼事？」

「他得去倫敦一趟。」

男人走向電話，打給坑底辦公室。

「找華特．莫瑞爾，硬煤四十二號。出事了，他小孩在這裡。」

講完，他轉身看保羅。

「他再幾分鐘就會上來了。」他說。

保羅走出辦公室，晃到礦坑口附近。他看著升降機把裝滿煤塊的礦車吊上來。巨大鐵籠向後停靠，滿滿一車煤炭被拖走，換一輛空車被推進去，某處響起鐘聲，升降機被絞起，像石頭般往下一落。

保羅還沒對威廉死了這件事反應過來，四周如此嘈雜繁忙，怎麼可能反應得了。拉車工將那輛小礦車拖上轉車臺，另一人讓它沿著煤堆駛過彎彎曲曲的軌道。

「威廉死了，母親還在倫敦，她會做些什麼？」男孩自問，彷彿這是個難解之謎。

他望著升降機一部接一部上來，父親還是沒出現。終於，有輛礦車旁站著一個人影！升降機停靠後，莫瑞爾走出來。先前一起事故讓他走起路來有點跛。

「保羅，是汝嗎？他情況變糟了嗎？」

「你得去倫敦一趟。」

兩人離開原地，煤堆附近的人都好奇盯著他們。他們走出礦場，沿著鐵軌前進，一側是秋陽照耀下的田野，另一側是一整排貨車。這時，莫瑞爾驚恐地說：「孩子，他走了吧？」

「對。」

「什麼時候？」

「昨天晚上，我們收到母親發的電報了。」

莫瑞爾往前跨了幾步，靠在貨車上，伸手摀住眼睛。他不是在哭。保羅站在原地等待，四處張望。一輛貨車緩緩駛上過磅機。周遭一切盡收保羅眼底，唯獨父親好像累壞了才靠在貨車上的模樣沒有映入眼簾。

莫瑞爾以前只去過倫敦一次。他一臉蒼白，害怕地出發去協助妻子處理後事。那一天是週二。孩子們獨自看家。保羅去上班，亞瑟去上課，安妮找朋友來陪自己。

週六晚上，保羅在凱斯頓下車，到了只要轉個彎就能回家的地方，看到在賽斯里橋站下車的父母親。兩人在黑暗中一前一後默默往前走，身影透露著疲倦。男孩等了一下。

「母親！」他在黑暗中開口。

莫瑞爾太太的瘦小身影似乎沒有反應。於是，他又喊了一聲。

「保羅！」她說，無動於衷。

她讓他親了一下，卻似乎沒意識到他這個人。

她在家依舊如此——瘦小、蒼白、緘默。她心不在焉，默不作聲，只開口說：「華特，棺材今晚會運到，你最好先找人來幫忙。」接著，她轉身對孩子們說：「我們要帶他回家。」

說完，她又陷入先前的沉默放空狀態，雙手交疊放在腿上。保羅看她這樣子，覺得無法呼吸。屋裡一片死寂。

「我有去上班，母親。」他哀傷地說。

「是嗎？」她沒精打采地回應。

過了半小時，莫瑞爾又進了家門，整個人不知所措。

「他來了之後，我們要把他放哪？」他問妻子。

「放起居室。」

「那我最好移一下桌子？」

「對。」

「然後把他橫放在那些椅子上？」

「你知道那裡……對，應該是吧。」

莫瑞爾和保羅點了蠟燭，走進客廳。那裡沒有煤氣燈。父親旋開桃花心木大橢圓桌的螺絲，拆下桌面，在房間中央清出空地，擺好六張椅子，兩兩相對，好讓棺材能放在椅面上。

「從沒看過身子像他那麼長的人！」礦工說，一邊動手一邊擔心張望。

保羅走向凸窗望出去。龐大梣樹矗立屋前，漆黑如墨，背後是廣袤的黑暗。今晚夜色僅有些許微光。保羅回到母親身邊。

十點，莫瑞爾大喊：「他來了！」

這句話驚動所有人。前門傳來推開門閂和開鎖的聲響，然後從外頭的夜色逕直朝室內一開。

「再拿根蠟燭來。」莫瑞爾大喊。

安妮和亞瑟聽命行事。保羅跟著母親，站在內門處，伸手摟住她的腰。在清空的房間正中央，六張椅子面對面等待著。亞瑟站在窗邊，靠著蕾絲窗簾，手持一根蠟燭，安妮則站在敞開的門旁，朝著夜色向前傾身，手裡的黃銅燭臺閃閃發光。

車輪嘎吱作響。保羅朝外面的黑暗街道往下一望，看見幾匹馬和一輛黑色馬車、一盞燈、數張蒼白的臉孔，然後隱約看出有幾個男人，皆為礦工，都穿便服，似乎正費力搬運。不久，兩個身影映入眼簾，在重壓下彎著腰。是莫瑞爾和鄰居。

「穩住！」莫瑞爾大喊，上氣不接下氣。

他和同伴爬上花園的陡峭臺階，扛著反光的棺材一端，走進燭光之中。只見後面其他人的四肢也使勁出力。走在前方的莫瑞爾和伯恩斯腳步蹣跚，上方的黑色龐然大物隨之搖晃。

「穩住、穩住！」莫瑞爾痛苦萬分似地大喊。

六名抬棺人將龐大棺材舉在半空中，全數爬上小花園。離門口還有三階。在漆黑道路的盡頭，馬車上那盞孤燈泛著黃光。

「走吧！」莫瑞爾說。

棺材晃了一下，男人們扛著重擔，開始爬這三階。安妮手上的燭光搖曳。前面幾個人出現在門口時，她嗚咽出聲。六人低著頭，使出渾身解數往上爬，終於進屋。他們扛著棺材的模樣，彷彿是活人身軀背負著悲傷。

「噢，吾兒——吾兒啊！」莫瑞爾太太低聲喊道。只要看到男人攀爬時施力不均，導致棺材歪向一邊，她便喊：「噢，吾兒——吾兒——吾兒啊！」

「母親！」保羅嗚咽，手依然摟著她的腰。

她沒聽見。

「噢，吾兒——吾兒啊！」她反覆說道。

保羅看見幾滴汗珠從父親額頭滑落。六人都進到屋裡了——誰也沒穿外套，四肢費力使勁而彎曲起來，還把整個房間擠得水洩不通，不斷撞到家具。棺材轉了個方向，被眾人輕輕放到椅子上。莫瑞爾臉上的汗水滴落到棺木表面。

「天哪，他可真重啊！」有人說。五位礦工嘆了氣，低頭致意，帶著扛完重物的顫抖身軀，再次步下臺階，離開時不忘把門帶上。

全家人與這個放在客廳的拋光大木箱共處一室。威廉平放後，長達六呎四吋[18]。亮褐色的笨重棺木猶如一座紀念碑擺放在那裡。保羅心想，它永遠不會離開這個房間了。母親輕撫著拋光棺木。

他們週一替他下葬，就葬在半山腰的小墓園，從那裡可以遠眺大教堂和屋舍旁的大片田野。天氣晴朗，白菊花在暖陽下遍地盛開。

在這之後，誰也無法讓莫瑞爾太太開口暢談、讓她重拾生活樂趣。她依然把自己封閉起來。從倫敦坐火車回家，她一路上喃喃自語：「要是死的是我就好了！」

保羅晚上回家後，往往發現完成當天家務的母親呆坐著，雙手交疊放在腿上的粗布圍裙。以前，她總是會換好衣服，再穿上黑色圍裙；現在，替他端來晚餐的人是安妮，而母親就坐在那裡，一臉茫然望著前方，嘴巴緊閉。於是，他絞盡腦汁，回想有沒有發生什麼事能講給她聽。

「母親，喬丹小姐今天有下樓來，還表示我畫的繁忙礦場很出色。」

然而，莫瑞爾太太置若罔聞。夜復一夜，雖然母親都沒在聽，保羅還是硬要自己告訴她各種見聞。看到她這樣子，他簡直快瘋了。終於，他忍不住問：「母親，到底怎麼了？」。

她沒聽見。

「到底怎麼了？」他繼續問，「母親，到底怎麼回事？」

「你很清楚是怎麼回事。」她煩躁地說，別過臉去。

這名才十六歲的少年只能垂頭喪氣上床睡覺。他被母親排拒在外，度過悲慘的十月、十一月、十二月。母親努力過了，卻仍無法振作。她滿腦子只想著死去的兒子，想著他被迫死得如此悽慘。

最後，在十二月二十三日，保羅帶著口袋裡的五先令聖誕禮金，盲目走回家。母親看到他的樣子，嚇得心臟都停了。「怎麼了？」她問。

「母親，我不舒服！」他回答。「喬丹先生給了我五先令的聖誕禮金！」

他顫抖著手將錢交給她。她把錢放在桌上。

「妳怎麼不高興！」他語帶責備說，全身卻劇烈顫抖。

「你哪裡疼？」她邊問邊解開他大衣的鈕釦。

她老是這麼問他。

「我不舒服，母親。」

她幫他脫外套，送他上床。醫生說，他的肺炎症狀極為嚴重。

「要是我把他留在家裡，不讓他去諾丁漢，他是不是就不會得肺炎了？」她最先問的就是這件事。

「他是有可能不會病得那麼重。」醫生說。

莫瑞爾太太苛責自己居然如此失責。

18. 約一百九十三公分。

「我應該要關心活著的人，而不是死去的人。」她對自己說。

保羅病重垂危。母親夜裡都躺在床上陪他，因為家裡請不起護士。病情持續惡化，來到了最危險的關頭。某天晚上，一股噁心的不適感迫使保羅恢復意識，讓他覺得整個人快溶解，全身細胞彷彿劇烈晃動得要瓦解，逼得他的意識發狂似地垂死掙扎。

「我要死了，母親！」他大叫，躺在枕頭上拚命想呼吸。

她扶他起來，低聲呼喊：「噢，吾兒——吾兒啊！」

這句話令他清醒過來。他意識到母親的存在，體內湧出強烈意志，一心只想活下去。他把頭靠在她胸前，感受到她的愛，深感慰藉。

「真是因禍得福啊，」他阿姨說：「幸好那次聖誕節保羅病倒了。我認為這救了他母親一命。」

保羅臥床了七週。等他可以下床時，臉色發白，身體虛弱。父親為他買了一盆鮮紅與金黃的鬱金香。在三月陽光的照耀下，這些花在窗邊鮮豔盛放，而保羅坐在沙發上與母親閒聊。兩人互動親密無間。莫瑞爾太太的生活現在完全繞著保羅打轉。

威廉的確料事如神。莫瑞爾太太聖誕節收到莉莉寄來的小禮物和一封信。莫瑞爾太太的姊妹則在新年收到她的來信。

「我昨晚去參加了舞會。在那裡碰到一些很討喜的人，我非常樂在其中。」信上寫道，「每支舞我都有跳——一支都沒錯過。」

此後，莫瑞爾太太再也沒收到她的消息。

兒子去世後，莫瑞爾和妻子有段時間彼此和睦相處。他有時會陷入恍惚，瞪大眼睛，一臉茫然盯著房間另一頭。然後，他會冷不防站起來，出門趕去三地酒館，回家時又恢復平時的模樣。不過，他這輩子再也沒有散步到謝普斯東，經過兒子曾工作的辦公室，而且總是對那座墓園避而遠之。

第二部

第七章　情竇初開

秋天時，保羅多次前往威利農場。他和年齡最小的兩個男孩成為朋友。年紀最長的艾德加一開始不願拉下面子，米莉安也不肯讓保羅接近，怕他像自家兄弟一樣鄙視自己。女孩擁有一顆浪漫少女心：隨時隨地想像著華特・史考特爵士[1]筆下的女主角，深受戴頭盔或羽飾帽的男人所愛，並幻想自己是被變成養豬女的某國公主。眼前這位少年看起來與史考特爵士小說裡的英雄有幾分神似，不只會畫畫，也會講法語，又懂代數，還每天搭火車去諾丁漢。她深怕他可能單純只把自己視為養豬女，無法察覺暗藏的公主身分，因此總是與他保持距離。

米莉安相處起來最自在的人是她母親。兩人都有著一對棕眼，傾向尋求心靈支柱，像這樣的女性往往重視內心信仰，將宗教如空氣般吸入體內，在迷茫之中看清人生道路。所以，對米莉安來說，基督與上帝在生命中占有重要地位，以至於每當雄偉夕陽將西方天空染得火紅，對基督與上帝的愛便令她激昂得渾身發顫，而當晨光照耀的樹葉窸窣作響，或她下雪時獨自坐在樓上的臥室，伊蒂絲、露西、羅溫娜、布萊恩・德布瓦—吉爾伯特、羅伯・羅伊、蓋伊・曼爾寧[2]各種書中角色便前來報到。她覺得這才是生活。其餘時間，她在家做著乏味苦工，而且若不是兄弟們穿著農用鞋到處亂踩，把她才清乾淨的紅磚地板弄髒，她其實不介意做這些家務。米莉安極其渴望四歲的弟弟可以讓她用滿滿的愛，寵溺他到窒息的地步。她上教堂都虔誠低著頭，唱詩班其他女孩的粗俗舉止和助理牧師的平庸嗓音，教她痛苦得渾身發顫。她不時與兄弟們吵架，認為他們都是野蠻的鄉巴佬；她不怎麼尊敬父親，因為他心中沒什麼精神思想，只想凡事盡可能圖個輕鬆，要用餐時就有飯吃。

她討厭自己這種像是養豬女的身分。她想受人敬重。她想學習，就像保羅說他會閱讀，要是自己也讀得懂法文書《可倫巴》[3]或《在自己的房間裡旅行》[4]，便能看到這個世界的不同面貌，眾人會更尊重她。她無法靠財富或名望成為公主，因此求知若渴，想透過學習成果引以為豪。因為她與眾不同，不應與平庸之輩混為一談，而學習就是她一心嚮往能脫穎而出的唯一手段。

她的美貌自帶一股嬌羞氣息，散發著桀敖不馴又敏感至極的氛圍，她卻視若無物。即便她內心充滿狂想，也滿足不了她。她一定要透過某種事物來強化自尊，因為她自覺與眾不同。面對保羅時，米莉安眼神流露出渴望。一般來說，她對男性都投以輕蔑眼光。可是，眼前的少年卻是她從未見過的類型：動作敏捷輕盈，言行舉止得體，既有溫和的一面，也有糟糕的一面，而且頭腦聰明、博學多聞，家裡還有人去世了。少年其實所學不多，卻被她捧得半天高。即使如此，她依然想盡辦法奚落他，就因為他只看得到她表面的養豬女，看不出內在的公主。不過，他其實很少關注她。

1. 華特・史考特爵士（Sir Walter Scott, 一七七一～一八三二）或譯成司各特，蘇格蘭小說家、詩人、歷史學家，浪漫主義代表人物之一。
2. 以上皆為史考特爵士筆下的人物：伊蒂絲（Edith）出自敘事詩〈島之王〉（*The Lord of the Isles*）。露西（Lucy）出自歷史小說《拉美莫爾的新娘》（*The Bride of Lammermoor*）。羅溫娜（Rowena）與布萊恩・德布瓦—吉爾伯特（Brian de Bois-Guilbert）出自歷史小說《劫後英雄傳》（*Ivanhoe*）。羅伯・羅伊出自同名歷史小說《羅伯・羅伊》（*Rob Roy*）。蓋伊・曼爾寧出自同名歷史小說《蓋伊・曼爾寧》（*Guy Mannering*，又名 *The Astrologer*）。
3. 《可倫巴》（*Colomba*）為法國作家梅里美（Prosper Mérimée, 一八〇三～一八七〇）的中篇小說。
4. 《在自己的房間裡旅行》（*Voyage autour de ma chambre*）為出身薩伏伊公國之軍人薩米耶・德梅斯特（Xavier de Maistre, 一七六三～一八五二）的法文作品，他因為決鬥事件被罰在家中關禁閉四十二天，在此期間寫下本書。

後來，他患了重病，她覺得他會變得虛弱，那麼自己就會強過於他，便能愛他。要是她能趁他虛弱時掌控他、照顧他，要是他能倚賴自己，要是她能順勢擁他入懷，她會有多愛他啊！

天氣一放晴，李樹開花後，保羅便搭上載著沉甸甸牛奶罐的馬車，前往威利農場。早晨空氣清新，里佛斯先生騎馬跟著他們緩緩爬坡，沿路與少年親切大聲交談，並不時對馬兒彈舌。白雲飄飛遠颺，簇擁在春意復甦的群山背後。下方的奈德梅爾湖襯著周圍的乾枯草地和棘刺灌木，蔚藍一片。

整趟車程長達四哩半。銅綠般鮮豔的樹籬長著小花蕾，是含苞待放的玫瑰；鶇鳥婉轉啼鳴，畫眉尖聲怒叫。放眼所及是迷人的新天地。

米莉安從廚房窗戶往外窺探，看到馬兒穿過白色大門，進入農舍庭院，院子後方的橡樹林依然一片光禿。穿著厚大衣的年輕人下了馬車。他舉起手，接過臉色紅潤的英俊農夫遞給他的馬鞭和毛毯。

米莉安來到門口。她將滿十六歲，美若天仙，膚色溫暖，舉止端莊，此時，雙眼忽然出神地圓睜。

「那個，」保羅邊說邊害羞地別過頭，「妳家水仙花都快開了，是不是有點早啊？它們看起來不冷嗎？」

「冷！」米莉安用撫慰人心的悅耳聲音說。

「那些花苞的青綠——」他結結巴巴說到一半，羞怯地陷入沉默。

「我來拿毛毯吧。」米莉安說，口吻過於客氣。

「我可以自己拿。」他語氣受傷地回答，卻還是把毛毯遞給她。

這時，里佛斯太太出現了。

「你現在一定又累又冷。」她說：「我來拿你的外套吧。它**實在**很重，你不該穿著它走太多路。」

她幫保羅脫掉外套。他不太習慣備受關注。外套重得幾乎讓她透不過氣。

「哎呀，孩子的媽，」農夫笑說，他正穿過廚房，提著巨大牛奶桶晃啊晃，「妳根本是自不量力啊。」

她為年輕人拍鬆沙發靠墊。

廚房空間非常小，並非四四方方。這間農舍原本是工人住的小屋，家具老舊破損。不過，保羅喜愛這裡的一切：粗布袋製成的爐邊地毯；樓梯下方的古怪小角落；屋內角落深處的小窗戶，稍微彎腰望出去，就能看到後院的李樹和遠處景色宜人的渾圓山丘。

「你要不躺下來吧？」里佛斯太太說。

「噢，不用，我不累。」他說：「妳不覺得出門走走很棒嗎？我看到一棵黑刺李樹開花了，還有好多白屈菜。我很高興今天有放晴。」

「要不要給你吃點或喝點什麼？」

「不用了，謝謝。」

「你母親還好嗎？」

「我覺得她現在累壞了，有太多事要忙。也許再過一陣子，她會跟我去斯凱格內斯，到時候她就能好好休息了。她要是能休息，我會很高興。」

「是啊，」里佛斯太太回應，「她居然沒病倒，真是難以置信。」

米莉安走來走去，忙著準備午餐。保羅觀看眼前的一切。他的臉蛋蒼白削瘦，雙眼卻一如既往動得飛快，炯炯有神。他看著女孩四處走動，舉手投足間流露出奇妙得近乎激昂的情緒，一下把燉菜鍋送進烤箱，一下查看平底鍋。這裡給人的氛圍和他家裡很不一樣，在家時一切顯得平凡無奇。看到馬兒伸頭咬向花園裡的玫瑰花叢，屋外的里佛斯先生立刻出聲吆喝，女孩嚇了一跳，睜著深色雙眸轉頭查看，彷彿有東西闖進她的世界。屋內和屋外籠罩在某種寂靜之中。米莉安似乎沉醉於某個白日夢，化身為被呼來喚去的少女，幻想自己身處某個神奇的遙遠國度。她身上褪了色的藍色舊洋裝和破舊靴子，反倒像考費杜阿王那位乞丐少女[5]所穿的別有風情舊衣。

米莉安忽然意識到他正用藍眼熱切盯著自己，任何細節都不放過。腳上破舊的靴子和身上磨損的舊洋裝頓時刺痛她的內心。她討厭一切都被他看光光。連長襪沒有往上拉好這件事，他也知道了。她滿臉通紅走進洗滌間。之後不論做什麼，她都微微顫抖著手，差點把手中所有東西摔到地上。內心動搖導致腦內幻想受到衝擊，身體不由得驚慌發抖。她討厭被他看得那麼仔細。

里佛斯太太雖然還有家務要做，卻坐下來與男孩聊了好一陣子。她太過殷勤，不願放他一人。不久，她才起身表示得去忙。過了一會兒，她往錫製平底鍋裡一瞧。

「**天哪**，米莉安，」她叫道，「這些馬鈴薯都煮太乾啦！」

米莉安像被刺到似地嚇了一跳。

「母親，**真的**嗎？」她大喊。

「米莉安，要不是我放心交給妳煮，」母親說：「我本來是不該管的。」她望著鍋內。

女孩彷彿挨了一拳，渾身僵直。她睜著深色雙眸，站在原地動也不動。

「唔，」她深感羞愧地回答，「我很確定五分鐘前有查看過啊。」

「對，」母親說：「我知道做起來不難。」

「它們沒有很焦啊，」保羅說：「所以沒關係吧？」

里佛斯太太用那對棕眼看著年輕人，眼神受傷。

「那些男孩可不會覺得沒關係。」她對他說：「萬一馬鈴薯『臭火燒』，他們會怎麼大吵大鬧，米莉安最懂了。」

「那麼，」保羅心想：「妳就不該放任他們大吵大鬧啊。」

過了一會兒，艾德加走進來。他穿著綁腿，靴子全是泥土。以農夫來說，他身形過於矮小，態度太過拘謹。他看了保羅一眼，冷淡地對他點了點頭，開口說：「飯好了嗎？」

「快好了，艾德加。」母親語帶歉意回答。

「我準備要吃了。」年輕人說著拿起報紙看。不久，其他家族成員紛紛走進屋內。大家開始用餐，吃得不太有規矩。聽到母親過於客氣又帶著歉意的口吻，兒子們回以各種粗野舉止。艾德加嚼著馬鈴薯，嘴巴開闔的速度快得像兔子，接著一臉氣憤看著母親說：「這些馬鈴薯焦了，母親。」

「對，艾德加，我一時忘了就煮過頭了。你要是吃不了，也許可以來點麵包。」

艾德加氣得看向坐在對面的米莉安。

「米莉安當時在幹嘛，搞得她居然沒空留意？」他說。

米莉安抬頭張嘴，深色雙眸顯示她敢怒不敢言。她嚥下怒氣，壓抑羞愧，低垂著深色頭髮四散的腦袋。

「她一定有好好努力了。」母親說。

「她連煮個馬鈴薯都煮不好，」艾德加說：「那留在家裡幹嘛？」

「把食品儲藏室剩下的東西吃個精光啊。」莫里斯說。

「他們就是忘不了米莉安吃掉了那個馬鈴薯派。」父親笑說。

她被羞辱得無地自容。母親悶不吭聲，內心無比煎熬，活像坐在一幫野蠻人吃飯桌旁的聖人，格格不入。

5. 典故出自十六世紀敘事歌謠〈國王與乞丐女〉（The King and the Beggar-maid），故事講述非洲國王考費杜阿王本對女人不感興趣，卻對年輕乞丐潘妮洛芳一見傾心，決心娶她為妻。

這個場面教保羅百思不解。他有些納悶，只不過是幾個焦掉的馬鈴薯，為什麼搞得用餐氣氛那麼緊繃。這位母親凡事——就連一件簡單家事——都拿來與宗教依歸程度的大事相提並論。兒子們對此深感厭惡，認為自己作為人的根本遭到切割，於是回敬以粗野舉止和目中無人的譏笑態度。

保羅正要從少年時期邁入成年。眼前這種凡事帶有宗教觀的氛圍，隱約勾起他的興趣。這裡瀰漫著有別於他所體會過的氣氛。自家母親做事向來合情合理，但在這裡，就是有地方不一樣，是某種他又愛又恨的事物。

米莉安和兄弟們吵得不可開交。稍後，等他們下午又出門工作了，她母親說：「米莉安，妳剛才用餐時的行為讓我很失望。」

女孩垂下頭。

「他們簡直跟**畜生**沒兩樣！」她冷不防抬頭大喊，眼裡閃著怒火。

「但妳不是答應過我不會頂撞他們嗎？」母親說：「我也相信了妳。你們一吵起來，我就受不了。」

「但他們討厭得要死！」米莉安大喊，「而且……而且**很粗俗**。」

「對，親愛的，但我已經拜託妳多少次不要跟艾德加頂嘴？妳就不能讓他想說什麼就說什麼嗎？」

「可是為什麼要放任他想說什麼就說什麼？」

「就算看在我的面子上也好，米莉安，妳就不能咬個牙忍過去嗎？難道妳就那麼沒能耐，非得跟他們吵才行？」

里佛斯太太將這種罵不還口的逆來順受之舉奉為圭臬。她無法將這觀念灌輸到兒子們的腦袋裡，在女兒們身上反倒比較見效，米莉安更是她最心愛的孩子。他們家男孩看到有人逆來順受，只覺厭惡，米莉安則通常高尚得願意隱忍。因此，他們不是唾棄她，就是討厭她。不過，她深以自己的謙卑態度為豪，活在自己的小天地。

里佛斯一家時時刻刻都處於這種爭吵不休的氛圍之中。老是被要求展現內心深處順從的一面和足以自豪的謙卑態度，男孩們雖然深惡痛絕，卻仍多少受到了影響。他們無法和外人建立起一般人之間擁有的真實情誼，總是焦躁不安地想尋求更深層的聯繫。在他們看來，一般人都膚淺渺小、無足輕重。因此，即便是再簡單不過的社交往來，他們也不習慣，覺得痛苦不自在，卻又自視甚高，表現得傲慢無禮。他們內心其實渴望與人心心相繫，無法實現的原因正是他們過於笨拙，加上鄙視他人的不得體態度，導致每一種可以建立緊密關係的手段都毫無用武之地。他們嚮往真正的親密關係，卻連表現正常去接近他人都辦不到，因為他們不屑主動踏出第一步，不屑去做那些構成一般人與人交際的瑣碎小事。

保羅開始深受里佛斯太太影響。只要和她在一起，凡事皆被賦予強烈的宗教意義。他成熟無比卻受傷的心靈索求著她，像在吸取養分。兩人同心協力，似乎就能從經驗中篩選出重點。

有其母必有其女。午後陽光普照，母女倆與保羅去田野散步。他們想找鳥窩，果園旁的樹籬裡就有個鷦鷯的巢。

「我**非常**想讓你看看這個。」里佛斯太太說。

保羅蹲下去，小心翼翼把手指伸進帶刺的枝椏間，沒入鳥巢的圓形開口。

「這觸感簡直就像伸進活鳥的體內，」他說：「好溫暖。聽說鳥會把巢做得跟杯子一樣圓，再用胸口壓出凹洞。可是我很好奇，牠們又是怎麼把巢的上面弄成圓的呢？」

兩個女人覺得這個鳥窩似乎有了生命。在那之後，米莉安每天都來報到，好似與它緊密不可分。

保羅再次與女孩沿樹籬而行時，注意到水溝旁長著白屈菜，金黃花瓣盛開，宛如濺起的水花。

「我喜歡這些花，」他說：「特別是在陽光下，花瓣向後攤平的樣子，好像正奮力朝太陽盛開。」

從此只要看到白屈菜，她便從中感受到一股迷人魅力。她喜歡把萬物擬人化，於是激勵他以同樣的眼光去欣賞一切，如此一來，它們就能為她而活。米莉安似乎需要外在事物先點燃幻想或內心的火花，才覺得它們為自己所有。由於強烈的宗教信仰導致她與普通生活脫節，在她眼中，這個世界不是修女院的花園就是天堂，所謂的罪和知識並不存在，不然就是某種傷人的可憎事物。

就在這種關係曖昧的氛圍中，在雙方都對大自然某部分持共同看法的情況下，兩人的愛於焉而生。

就保羅而言，他過了很長一段時間才意識到她的存在。病倒後，他得在家休養整整十個月。還有一陣子，他與母親一起去了斯凱格內斯，幸福至極。不過就連在海邊，他也不忘寫信給里佛斯太太，每次都耗費篇幅描述大海和岸邊的景色。他更帶著心愛的素描回去，就是想讓她們看看林肯郡的平坦海岸。比起母親，里佛斯一家大概會對這些寫生畫更感興趣。莫瑞爾太太關心的並非保羅的作品，而是他本人和他的成就，不過，里佛斯太太和她的子女簡直是他的信徒。他們激起他的創作慾，點燃他的作畫熱忱，母親帶給他的影響，則是把他塑造成一個默默下定決心、耐心堅持、不屈不撓的人。

不久，保羅便和里佛斯家的男孩們成為朋友，畢竟他們的粗魯無禮只是表面偽裝。他們只要對自己有信心，每個人都異常親切討喜。

「你願意跟我去休耕地嗎？」艾德加欲言又止。

保羅欣然跟去，整個下午都在幫他的朋友鋤草，或為蕪菁進行間拔。他經常和三兄弟躺在穀倉的乾草堆上，告訴他們在諾丁漢和喬丹工廠的種種一切。作為交換，他們教他擠牛奶，讓他做點簡單工作，像是切碎乾草或把蕪菁搗成泥，這正合他的意。盛夏時分，他從頭到尾跟著他們收割乾草，愛極了這一家人。里佛斯家實在太與世隔絕，從某種角度來看就像是「les derniers fils d'une race épuisée」（法文，滅亡一族的末代子嗣）。幾位少年身強體壯，但過於敏感、裹足不前，因而感到分外孤獨，不過一旦熟稔起來，這些特質卻又讓他們成為心思細膩的摯友。保羅非常愛他們，他們亦然。

米莉安比他們慢了一步。不過，她還沒在保羅人生中留下任何印記前，他早已闖入她的人生。某個百無聊賴的下午，里佛斯家的男人不是去田裡幹活就是去上學，只剩米莉安和母親在家。女孩遲疑好一陣子，才對保羅說：「你有看過那個鞦韆嗎？」

「沒有，」他回答。「在哪？」

「牛舍裡。」她答道。

每次她要給他什麼或讓他看什麼，總是猶豫不決。男人和女人對有無價值的標準天差地遠，她視如珍寶、自認有價值的東西，往往被兄弟們嘲笑鄙視。

「那走吧。」他說，一躍而起。

牛舍共兩間，分別位於穀倉兩側。其中一間較為低矮，光線偏暗，空間可供四頭牛站立。巨大粗繩從上方黑暗中的橫梁垂掛下來，尾端拉到牆邊用木樁固定。少年少女朝垂繩走去，母雞紛紛驚叫飛過牛槽。

「還真是條繩子！」他讚賞叫道，坐了上去，急著想盪，卻旋即站起來。

「來啊，妳先試試看。」他對女孩說。

「嗯，」她邊說邊走進穀倉，「我們會在座位上放幾個布袋。」她替他把鞦韆弄得舒服好坐，暗自感到滿意。他握住繩索。

「快來啊。」他對她說。

「不，我不要第一個盪。」她回答。

她站到一旁，如同以往，淡漠自持。

「為什麼？」

「你就先盪吧。」她懇求。

這幾乎是米莉安生平第一次如此心甘情願向男人讓步並縱容他。保羅望著她。

「好吧。」他說著坐下來，「小心囉！」

他蹬一下盪出去，轉眼便飛過半空中，差點飛出牛舍門口。此刻，大門上半部敞開，可以看到外頭正在下毛毛雨、院子泥濘骯髒、牛隻悶悶不樂地站在黑色馬車棚前面，後方則是一大排灰綠樹林。米莉安戴著蘇格蘭圓扁帽，站在下面觀看。他俯視她，她看見他的藍眼閃閃發亮。

「盪鞦韆真好玩。」他說。

「對啊。」

他盪過半空中，身上每一處也晃來盪去，宛如俯衝飛撲並引以為樂的鳥兒。他往下看向米莉安。深紅色圓扁帽遮著她的深色鬈髮，她抬起暖膚色的漂亮臉蛋望著他，面無表情，若有所思。牛舍裡又冷又暗。忽然有隻燕子從挑高的天花板飛躍而下，一眨眼就飛出門外。

「我不知道居然還有鳥在看呢。」他大喊。

他心不在焉繼續盪。她感覺得到他在空中一起一落，好像有股力量推動著他。

「我要停下來了。」他說，嗓音迷離，語氣超然，彷彿他就是鞦韆逐漸停擺的動作化身。她一臉著迷地看著他。保羅突然煞住鞦韆，跳了下來。

「我盪了好久，」他說：「不過盪得很開心——實在太享受了！」

只不過是盪個鞦韆，他竟然認真以對，還興致高昂，米莉安覺得很有趣。

「不，你繼續盪吧。」她說。

「咦，妳不想盪嗎？」他驚訝地問。

「是不太想。那就盪一下下吧。」

她坐下時，保羅壓著布袋以免滑落。

「真的超棒！」他邊說邊推她一把。「腳要抬高，不然會踢到牛槽。」

她感受到他在恰好的時間點接住自己，再用恰好的力道把自己推出去。一切都恰到好處，她害怕起來，湧上心頭的恐懼讓五臟六腑絞成一團。她正處於他的掌控之中。那股規律的穩定推力再次出現在恰好的時間點。她握緊繩索，頭昏腦脹。

「哈！」她害怕得笑出聲。「別再高了！」

「但妳盪得**一點**也不高啊。」他反駁。

「拜託別再高了。」

他從聲音聽出她在害怕，於是打消念頭。等到他該再次用力推她一把時，她害怕得心一陣劇痛。結果，他沒推她。她終於喘得過氣。

「妳真的不想再盪高一點嗎？」他問道，「要我幫妳維持現在的高度嗎？」

「不，讓我自己盪吧。」她回答。

他走到一旁，繼續看她。

「妳幾乎沒在動耶。」他說。

米莉安羞愧得輕笑一聲，隨即從鞦韆下來。

「聽說只要盪得了鞦韆，就不會暈船。」他說著又坐上鞦韆。「我認為自己絕對不會暈船。」

保羅盪了起來。他身上有種吸引她的特質。此時此刻，他全神貫注盪來盪去，身上無一處不隨之擺盪。她永遠沒辦法像他這樣沉浸其中，她的兄弟也辦不到。她內心湧出一股暖意，簡直就像他化身為火焰，在盪過半空中之際，點燃她體內的那股暖意。

隨著時間過去，與里佛斯一家相處下來，保羅最親近的主要有三人：母親、艾德加、米莉安。面對一家之母，他採用同情和迎合的態度，似乎讓自己顯得更健談；艾德加成為他的摯友；他對米莉安不怎麼擺架子，因為她似乎過於低聲下氣了。

不過，女孩慢慢開始主動找他。要是他有帶寫生簿來，看著最新畫好的圖，端詳最久的人都是她。看著看著，她會抬頭望向他。只見她的深色雙眸像黑暗中的池水照到一束金光般，忽然閃閃發亮。然後她會問：「我為什麼這麼喜歡這幅畫？」

每每看到她私下才露出的親暱表情，一副被迷得神魂顛倒的模樣，他胸口某處都一陣緊縮。

「妳為什麼喜歡？」他問。

「我不知道。看起來好逼真。」

「這是因為——是因為上面幾乎沒什麼陰影，整體更有種微微發亮的感覺，就好像我畫出了樹葉和每個地方隱含的發亮本質，而不是生硬的輪廓。光有輪廓，我覺得死氣沉沉，只有像這樣微微發亮才有活生生的感覺。輪廓是缺乏生命的外殼，微光才是真正的核心本質。」

米莉安聽完會咬著小指，深入思考他說的話。這些話讓她再次體會到何謂生命，並為她眼中本來微不足道的事物注入生命。他絞盡腦汁才說出這些深奧道理，於是她想方設法從中尋求意義，再藉由這些體悟，透徹瞭解自己的心愛事物。

有一天，米莉安坐在夕陽下，保羅畫著幾棵被西方耀眼餘暉染紅的松樹。他一直沒出聲。

「妳看！」他忽然說，「這就是我要的。妳仔細看，再告訴我這些是松樹的樹幹，還是燒紅的煤炭，佇立在黑暗中並熊熊燃燒？上帝為妳燃燒荊棘，其卻焚而不燬。」

米莉安驚恐地看向那幅畫。沒想到，她一眼就看出那些是松樹樹幹，畫得十分出色。保羅把畫具收入盒內，站了起來，驀然朝她一望。

「妳為什麼老是很難過？」他問她。

「難過！」她大喊，抬起美麗的棕眼，詫異地看著他。

「對，」他回答，「妳老是很難過。」

「我才沒有——噢，一點也不難過！」她叫道。

「可是就連妳的喜悅，也活像是從難過迸散出來的火花。」他堅持，「妳沒有真正快樂過，甚至連心情還不錯也沒體會過。」

「確實。」她陷入沉思，「為什麼會這樣呢？」

「因為妳就是不快樂，因為妳的內在與眾不同，像松樹一樣，突然就發火了。但妳根本不是什麼普通的樹，而是有著躁動不安的樹葉和快樂的……」

保羅被自己講的話搞糊塗了，她卻仔細深思。他內心一陣莫名激動，彷彿體會到前所未有的感受。她離他這麼近，帶來奇妙的刺激。

不過有時候，他很討厭她。她最小的弟弟才五歲，是個體弱多病的孩子，脆弱的別緻臉蛋有著一對棕色大眼，宛如約書亞・雷諾茲[6]畫筆下的《天使合唱團》一員，只是更淘氣一點。莉安經常跪在弟弟面前，把他拉向自己。

「啊，修伯特！」她吟唱道，口吻洋溢著深沉濃烈的愛意，「啊，我的修伯特！」

她將他摟進懷裡，寵溺地輕輕來回搖晃，頭要抬不抬，雙眼半閉，聲音充滿溺愛。

「不要！」小孩說，渾身不自在，「不要，米莉安！」

「對，你愛我，是不是？」她從喉嚨深處發出喃喃低語，聽起來簡直像陷入恍惚之中，身體也繼續來回搖晃，彷彿滿腔愛意讓她心醉神迷。

「不要啦！」小孩又說了一遍，清秀眉頭皺了起來。

6. 約書亞・雷諾茲（Joshua Reynolds, 一七二三～一七九二），英國畫家，擅長肖像畫。

「你愛我，對不對？」她低聲說。

「妳幹嘛要這樣**小題大作**？」保羅大喊，實在受不了她過度投入情感的行為。「妳為什麼就不能對他普通一點？」

她放開弟弟站起來，不發一語。她平時不流露半點情緒，卻擁有如此強烈的情感，讓年輕人心煩意亂到了極點。偶爾赤裸裸碰觸到她這嚇人的一面，他總是很震驚。他習慣了母親那種含蓄的表達方式，因此碰到米莉安表露情緒時，往往打從心底感激自己擁有如此理智健全的母親。

米莉安那副身軀擁有的生命力全蘊藏在雙眼之中，這對眼眸雖然往往漆黑如昏暗教堂，卻也能像熊熊大火般閃耀光芒。她表情鮮少變化，多半露出沉思的模樣。說她是耶穌死後隨聖母瑪利亞而去的哀悼婦女之一，毫不違和。米莉安身體不靈活，缺少活力，走起路來搖搖晃晃，腳步沉重，腦袋低垂，若有所思。她稱不上笨手笨腳，但做什麼看起來都不太像正常人會有的動作。擦乾碗盤時，她經常把茶杯或酒杯一分為二，只能懊惱站在原地，不知所措。似乎出於恐懼和自我懷疑，讓她用力過猛了。米莉安不懂得放鬆或順其自然，做任何事都死板又不知變通，努力過頭反而作繭自縛。

她走路幾乎老是用那種搖來晃去、身體前傾的緊繃姿勢。偶爾和保羅跑過田野時，她雙眼閃閃發亮，流露出某種狂喜，令他驚恐。不過，她內心其實很害怕。一旦要爬過籬梯，她便痛苦萬分，非緊抓著他的手不可，並開始六神無主。任憑他哄勸，她也不肯從根本不高的地方跳下去，只會瞪大眼睛顫抖，眨也不眨。

「不！」她怕得又叫又笑，「不要！」

「就是要！」他再次大喊，猛力將她往前一拽，讓她從柵欄跳下來。但她神智不清似地痛得大叫「啊！」聽得他心如刀割。結果她安全落地，從此不再害怕這麼跳。

她對自己的境遇極為不滿。

「妳不喜歡待在家裡嗎？」保羅訝異地問她。

「誰會喜歡啊？」她低聲回答，語氣激動，「我整天就在那邊收拾男生們短短五分鐘弄出來的爛攤子，有什麼意義？我才不想待在家裡。」

「那妳想做什麼？」

「我想做點有意義的事，我想得到跟大家一樣的機會。我為什麼非得被關在家裡，什麼也不准做？就因為我是女孩子？這樣我哪有什麼機會？」

「什麼的機會？」

「認識一切的機會啊——可以學習，可以做任何事。就因為我是女生，根本沒機會，真不公平。」

她看起來憤恨不滿，保羅卻感到不解。他家安妮向來就很慶幸自己生而為女，不必扛起太多責任，負擔相對輕很多。她從沒想過不要當女生。相形之下，米莉安簡直是強烈渴望自己生而為男，卻又同時痛恨男人。

「不過當女人和當男人一樣好啊。」他皺眉說。

「哈！真的嗎？男人可是擁有一切。」

「我認為女人應該要慶幸自己是女人，就像男人慶幸自己是男人一樣。」他回答。

「不！」她搖了搖頭。「不對！擁有一切的都是男人。」

「那妳到底想要什麼？」他問。

「我想學習。我為什麼**非得**一無所知？」

「什麼！像是學數學和法文嗎？」

「我為什麼**不能**懂數學？我就是想學啊！」她瞪大眼睛喊道，眼神帶著挑釁。

「好吧，我懂多少，妳就能學多少。」他說：「妳要是願意，我會教妳。」

她睜大雙眼，懷疑他是當老師的料。

「妳願意嗎？」他問。

她低下頭，咬著手指斟酌。

「好吧。」她遲疑地說。

他習慣把這些生活點滴都告訴母親。

「我打算教米莉安代數。」他說。

「哦，」莫瑞爾太太回應，「希望她學完會長胖一點啊。」

週一傍晚，天色漸暗之際，保羅前往農場。他一進屋，便看到米莉安剛打掃完廚房，正跪在爐邊。大家都出去了，家裡只剩她。她轉頭看他，雙頰泛紅，深色眼眸閃著光芒，秀髮散落在臉蛋旁。

「你好！」她說，嗓音輕柔悅耳，「我就知道是你。」

「妳怎麼知道？」

「我認得出你的腳步聲。沒有人走得那麼快又堅定。」

他邊嘆氣邊坐下。

「準備要學點代數了嗎？」他問，從口袋裡掏出一本小書。

「但是……」

他感覺到她正在退縮。

「是妳自己說想學的。」他堅持。

「可是一定要今晚嗎？」她結結巴巴地說。

「但我就是為了教妳才來的啊。妳要是真心想學，不起頭就學不會。」

她拾起裝了爐灰的畚箕，微微發抖，看著他笑了。

「對，但是今晚就要學！其實出乎我意料。」

「天哪，真是意外啊！把爐灰倒掉，然後來找我。」

保羅說完，走到後院，坐在石椅上。院子裡斜立著幾瓶大牛奶罐。男人們在牛舍幹活，他隱約能聽到牛奶叮叮咚咚噴進桶子裡。不久，米莉安來了，手裡拿著幾顆碩大的青蘋果。

「你知道自己喜歡吃這種。」她說。

他咬了一口。

「坐吧。」他滿嘴蘋果說。

米莉安有近視，要靠他很近才看得到書。保羅對此感到不快，立刻把書遞給她。

「妳看，」他說：「代數就只是用字母代替數字，所以就是寫『a』，而不是寫『2』或『6』。」

他們開始上課：他負責講解，她埋頭盯著書看。他講得又快又急，而她始終沒回話。只有保羅偶爾要她回應，「懂了嗎？」她才抬頭看他，瞪大雙眼，露出似笑非笑的恐懼神情。「不懂嗎？」他大喊。

他教得太快了，但她不發一語。他又繼續追問，整個人激動起來。看到她任憑自己擺布的樣子，張著嘴巴，瞪大雙眼，自嘲的眼神透露著害怕、慚愧、羞恥，保羅心中莫名一把火。這時，艾德加提著兩桶牛奶走過來。

「嗨！」他說：「你們在幹嘛？」

「學代數。」保羅回答。

「代數！」艾德加好奇地重複道，然後笑了一聲離去。保羅咬了一口被他忘在一旁的蘋果，望向花園裡被家禽啄得坑坑洞洞、慘不忍睹的高麗菜，不禁想拔起來。然後，他瞥了米莉安一眼。只見她盯著那本書，似乎看得全神貫注，卻生怕看不懂，全身微微發抖，搞得他很火大。她如花似玉，臉色紅潤，內心卻好像在拚命懇求。她闔上代數課本，整個人縮成一團，深知自己惹他生氣了。就在同一刻，看到她自覺不懂而大受打擊，他心軟了下來。

不過，米莉安學得很慢。看見她上課戰戰兢兢，一副謙卑至極的模樣，保羅火氣就上來了。他對她大發脾氣，為此感到羞愧，接著繼續教她，又勃然大怒，痛罵她一頓。她往往聽而不語，只有極少數的情況下才出言反駁，用那對水汪汪的深色眼眸瞪視他。

「你沒有給我時間去理解啊。」她說。

「好吧。」他說完，把書扔到桌上，點了菸。沒過多久，他就後悔，又回去教她。上課情形便如此反覆循環。他要不是暴跳如雷，就是好聲好氣。

「只是學代數，妳為什要要怕得**內心**發抖？」他大喊，「靠妳那該死的內心是學不會代數的。妳就不能用妳那簡單卻清楚的頭腦來思考嗎？」

他又走進廚房時，里佛斯太太經常用責備的眼光看著他說：「保羅，別對米莉安那麼嚴厲。她或許學得不快，但我敢說她有在努力了。」

「沒辦法啊，」他可憐兮兮地說，「我就是會被激怒。」

「米莉安，妳不會嫌我這樣很煩吧？」他後來問女孩。

「對，」她用低沉悅耳的聲音向他保證，「不會，我不介意。」

「別理我，都是我不好。」

可是面對她，保羅仍不由自主地感到怒火中燒。說也奇怪，誰都不會激怒他到這種地步，唯有米莉安會讓他大發雷霆。有一次，他居然把鉛筆扔到她臉上，當下一陣沉默，她微微別過頭。

「我不是……」他開口，卻沒把話說完，全身骨頭虛軟無力。米莉安從不責備他或生他的氣，往往讓他無地自容。即便如此，他的怒氣依然像充了太多氣的泡泡再次爆發開來；只要看到她明明一臉好學卻不敢發問，反應遲鈍，他依然想把鉛筆扔過去；只要看到她苦惱得手開始發抖、嘴唇微啟，他依然為她感到心如刀割。她喚起的情感如此強烈，他不禁索求她的陪伴。

不過，保羅後來常躲著她，改與艾德加為伍。米莉安和哥哥個性南轅北轍。艾德加是理性派，凡事好奇，喜歡帶著類似科學的角度看待生活。米莉安發覺保羅拋下自己，轉而找顯得粗俗許多的艾德加，心裡很不是滋味。年輕人卻非常開心有她哥哥作伴。兩人不是午後一起下田，就是雨天待在閣樓做木工。他們彼此暢談，不然就是保羅教艾德加唱歌，都是安妮彈琴時唱的歌。包括里佛斯先生在內的所有男生，經常就土地國有化和其他類似議題展開激辯。保羅早已聽過母親對這些議題的看法，於是拿來當作自己的觀點，代她參與爭論。米莉安在一旁觀望，卻始終等著爭論結束，才找機會與保羅私下交流。

「畢竟，」她暗自思忖，「要是土地國有化，我、艾德加、保羅還是不會變。」於是，她耐心等待年輕人回到她身邊。

保羅磨練著畫技。他喜歡晚上待在家，努力動筆練習，與母親獨處。她則做針線活或看書。他從畫布上抬起頭，目光停留在她臉上片刻，看見她神情愉快，充滿熱情活力，便欣然低頭繼續作畫。

「母親，妳只要坐在那張搖椅上，我就能畫出最棒的畫。」他說。

「那當然！」她大聲說，假裝懷疑地哼了一聲。其實她覺得他所言不假，內心欣喜得止不住顫抖。母親靜靜坐了好幾個小時，專心動手縫紉或看書，只隱約留意到他正努力繪畫。保羅將全副身心投入在如何動筆，感受到她的熱情化為一股支持自己的力量。兩人都對有彼此作伴非常滿意，也對相扶相持這點毫無自覺。這些共處時光意義如此重大，等同於真正的生活，他們卻幾乎渾然不覺。

保羅唯有受激勵，才有所覺察。素描一完成，他老是想拿去給米莉安看，因為這麼做能促使他更瞭解自己下意識創作出來的成果。與米莉安交流後，他提升了洞察力，得以更深入觀察。於是，他從母親身上汲取熱情的生命力，化為創作動力，米莉安則將這股熱情催化成白光般的強烈情感。

等到保羅回工廠上班，工作條件已有所改善。在喬丹小姐的安排下，他週三下午休假去藝術學校，傍晚回來。工廠當天提早六點收工，而非週四、週五晚上的八點。

夏日某天傍晚，他和米莉安從圖書館回家，途中穿越希律農場旁的田野。走這條路回威利農場才三哩。夕陽將尚待收割的牧草照得一片澄黃，酸模葉頂端染上緋紅光芒。隨著他們行經高地，金黃落日逐漸西沉轉紅，再由紅轉緋紅，接著冷冽的藍色夜空逐漸在餘暉周圍蔓延開來。

最後，他們來到通往奧菲頓的大路，道路夾在漸暗的田野間，蒼白顯眼。保羅遲疑片刻，因為離他家還有兩哩，而米莉安再往前走一哩就到家了。兩人都抬眼望著這條路，只見盡頭籠罩在西北天空的餘暉之下。在天空映襯下，山頂的塞爾比只剩一點黑色輪廓，隱約可見外形死板的屋舍和豎立地面的礦坑井架。

保羅看了看錶。

「九點了！」他說。

兩人站在原地抱著書，不願就此道別。

「樹林現在很漂亮，」她說：「我想帶你去看看。」

他跟著她緩緩橫越道路，走向白色柵門。

「我晚回家會被家裡唸。」他說。

「可是你又沒做什麼壞事。」她不耐煩地回答。

在暮色下，他隨她穿越被啃過的牧草地。林間昏暗又涼爽，飄散著混合了樹葉和忍冬的氣味。兩人默默往前走。美妙夜色降臨在這一大片黑壓壓的樹林。保羅環顧四周，翹首盼望。

米莉安想讓他看看自己先前發現的某個野玫瑰花叢。她曉得那些花很美，卻覺得直到他看見為止，她內心才能感受到真正的美——唯有他能讓那些花真正為她所有，成為永垂不朽的存在。她為此感到不滿。

沿途到處布滿露珠。古老橡樹林開始起霧，保羅心生猶豫，不知道眼前這一片白茫茫究竟是一縷白霧，抑或只是雲霧中的淡色白花蠅子草。

他們走到松樹林時，米莉安早已急不可耐，緊張得要命。那個花叢可能已經凋謝，她可能找不到了。她巴不得能找到，因為她一心嚮往與保羅並肩佇立在那些花面前。他們將一同達到神交境界——這件神聖之事令她內心激動。他默默走在她身邊，彼此靠得非常近。她渾身顫抖，他豎耳傾聽，略顯焦慮。

來到樹林邊緣，他們看見眼前天色如珍珠母般，大地漸漸暗下來。在松樹枝椏外圍的某處，忍冬飄散陣陣香氣。

「在哪裡？」他問。

「在中間那條小徑上。」她低聲說，渾身顫抖。

他們沿小徑而行，轉個彎，她旋即停下腳步。她定睛凝視松樹間的寬廣空間，提心吊膽，好一陣子什麼也看不清，灰暗的光線奪去萬物的色彩。然後，她看見那個花叢。

「啊！」她驚叫，一個箭步衝過去。

萬籟俱寂。這株灌木高聳，枝葉蔓生，荊棘的魔爪伸向一旁的山楂樹，細長枝條密密麻麻垂落至草地，朝每個漆黑角落潑灑大顆純白星子。在各種幽暗草葉的襯托下，玫瑰宛如象牙浮雕，又像繁星四散，熠熠生輝。保羅和米莉安緊挨著彼此，站在原地靜靜觀看。玫瑰紋絲不動，紛紛兀自綻放耀眼光彩，似乎在他們心靈深處點燃某種火花。暮色如煙霧般從四面八方襲來，卻依然掩蓋不了玫瑰的光輝。

保羅凝望米莉安的雙眼。她臉色蒼白，表情驚嘆，一臉期待，雙脣微啟，深色眼眸睜大看著他。

他的目光似乎穿透她的內心，令她的靈魂為之一顫。這就是她嚮往的神交。他像是吃痛般側過頭，轉向玫瑰花叢。

「它們看起來像蝴蝶剛羽化，邊走邊抖動的樣子。」他說。

米莉安望著她的白色玫瑰，有的含苞待放，神聖純潔，有的盛開綻放，渾然忘我。整株灌木暗如陰影。她一時衝動舉起手，伸向眼前的花朵，滿懷敬意碰觸。

「我們走吧。」保羅說。

象牙白的玫瑰散發清香，一股純潔無瑕的香氣。他莫名感到焦慮，覺得遭到束縛。一路上，兩人沉默不語。

「星期天見。」他輕聲說，離她而去。米莉安慢慢走回家，內心對今晚的神聖體驗甚是滿意。保羅步履蹣跚沿著林間小徑前行。一走出樹林，來到終於能喘息的空曠草地，他立刻拔腿狂奔，彷彿美妙的狂喜之情在血管裡四處流竄。

保羅每次和米莉安出門都晚歸。他也知道只要跟她出門，母親鐵定發愁又發怒，他卻搞不懂為什麼。保羅進屋，扔下帽子，母親抬頭看了時鐘。她一直坐在那裡沉思，因為冷得直打顫，無法好好看書。她感覺得出來，保羅的心正被這個女孩吸引過去，而她並不喜歡米莉安。「她就是那種人，想把男人靈魂吸得一乾二淨，直到不剩半點自我。」她心想：「至於他，簡直傻得可以，任憑自己被吞噬殆盡。她永遠不會讓他成為男子漢，絕對不會。」於是，每當他離家和米莉安在一起，莫瑞爾太太便愈加心焦氣躁。

她看了一眼時鐘，用冰冷又疲倦的語氣說：「你今晚走得可真遠啊。」

保羅本來與女孩心心相印，滿懷熱情，盡顯無遺，一聽到母親的話便畏縮起來。

「你一定是直接送她回家了吧。」母親繼續說。

他不肯答腔。莫瑞爾太太迅速打量他，看見他趕路後，汗溼的頭髮黏在額頭上，還像老樣子緊皺眉頭，表情氣憤。

「她肯定迷人得要命，你才捨不得離開她，反而要在大晚上拖著腳步走上八哩。」

上一秒還陶醉於和米莉安心靈相通，下一秒就發覺母親正擔憂發愁，保羅只覺滿腹委屈。他本來不打算開口，想拒絕回應，卻狠不下心對母親不理不睬。

「我**確實**喜歡跟她聊天。」他惱怒地答道。

「你難道沒其他人可聊嗎？」

「如果我是找艾德加，妳根本不會有意見。」

「你很清楚我會。不管你跟誰出去，我都認為光是下班從諾丁漢過去，大半夜還走成這樣實在太遠了。更何況，」她的聲音忽然染上怒意和鄙夷，「年紀輕輕就大獻殷勤，實在令人作嘔。」

「這**才不是**在獻殷勤。」他大喊。

「不然能叫什麼。」

「明明就不是！妳以為我們有**調情**和更進一步嗎？我們只是閒聊啊。」

「然後聊到天曉得幾點，也不知道漫步去哪。」母親反駁，調侃他。

保羅氣得猛力扯鞋帶。

「妳幹嘛這麼氣？」他問。「因為妳不喜歡她。」

「我可沒說不喜歡她。但我可不贊成小孩子兩人獨處，從來就不贊成。」

「可是妳就不介意安妮和吉姆·英格一起出去啊。」

「他們比你們倆更懂分寸。」

「為什麼？」

「我們家安妮不是那種高深莫測的人。」

他沒聽出這句話的弦外之音。母親看起來累壞了。自從威廉去世，她不再像以往堅強，眼睛老是發疼。

「好吧，」他說：「鄉村風景實在很美。史利斯先生有問起妳，說他很想念妳。妳好點了嗎？」

「我老早就該躺在床上了。」她回答。

「母親，妳明知自己不到十點十五分不會去睡。」

「噢，沒錯，我早該去睡了！」

「小姑娘啊，妳現在跟我賭氣，愛說什麼就說什麼，是吧？」

他親了一下她那再熟悉不過的額頭：眉頭深鎖的皺紋、漸白秀髮後退的髮際線、打理得一絲不苟的鬢角。他親完，手停留在她肩上一會兒，才慢慢晃去床上。這時，他忘了米莉安，眼中只看得到母親頭髮從溫暖寬額往後梳的模樣。不知為何，她顯得大受打擊。

於是，保羅下次見到米莉安時，對她這麼說：「今晚別讓我太晚回去——不能超過十點。我晚歸讓母親非常不高興。」

米莉安低頭沉思。

「她為什麼會不高興？」她問。

「因為她說我既然要早起，就不該在外面逗留太晚。」

「好吧！」米莉安放低音量說，語氣略帶嘲諷。

保羅痛恨她這種口吻。結果，他還是經常晚歸。

他和米莉安之間就算萌生任何情愫，兩人都不願承認。保羅自認理性，不會感情用事，而她自覺高尚，無人高攀得起。兩人皆相當晚熟，心理成熟遠遠追不上生理成熟的腳步。米莉安宛如她母親的翻版，生性極為敏感，只不過是一點粗俗言行，就令她痛苦地退縮。她的兄弟確實舉止粗暴，但從不講粗話。男人們都在屋外談論農場大小事，不過也許是產業特性使然，每間農場勢必涉及家畜世代交配繁殖的事宜。米莉安對這些事格外敏感，內心純潔到光是有人暗示交配便噁心欲嘔。保羅效仿她，對這方面總是避而不談，因此兩人是以最純潔無欲的方式培養出親密關係，連母馬有孕這種事也得隻字不提。

保羅十九歲時，週薪只有二十先令，但過得很快樂。他作畫順利，生活堪稱一帆風順。他安排在復活節前的週五和幾個人一起遠足去鐵杉岩，成員有三名年紀與他相仿的小伙子，以及安妮、亞瑟、米莉安、傑佛瑞。亞瑟目前在諾丁漢當電工學徒，正好放假回家。莫瑞爾一如往常起得早，在院子裡邊吹口哨邊動手鋸物。七點時，全家就聽到他興致高昂地跟賣麵包的小女孩聊天，喚她「親愛的」，買了耶穌受難節吃的十字麵包，每個三便士。之後，幾個男孩拿了更多麵包來兜售，他通通回絕，還告訴他們已經被一個小姑娘搶先一步了。隨後，莫瑞爾太太起床，家裡其他人陸續下樓。對每個人來說，可以在工作日睡得比平時還晚，簡直是莫大奢侈。保羅和亞瑟先看了點書，然後沒梳洗，就穿著便服吃早餐，這又是過節才能享受的奢侈。屋內暖和，氣氛輕鬆自在，無憂無慮。此刻，莫瑞爾家洋溢著富足氣息。

男孩們看書時，莫瑞爾太太走進花園。他們在威廉死後不久搬家，現在住的老房子離之前斯卡吉爾街的家不遠。這時，從花園傳來一聲激動大喊：

「保羅！保羅！快來看！」

是母親在叫他。保羅丟下書，走出屋外，眼前的長型花園一路直達田野。天氣陰冷，一陣疾風從德比郡颳來。兩塊田之外便是貝斯特伍德的土地，可以看見家家戶戶的屋頂和紅色外牆，房子蓋得雜亂無序，教堂高塔和公理會禮拜堂的尖塔聳立其中。更遠處的景色不是森林就是山丘，最後延伸至本寧山脈的淡灰色峰巒。

保羅低頭看向花園，尋找母親的身影。她的頭從新長的醋栗樹叢裡露出來。

「快來這裡！」她大喊。

「怎麼了？」他回問。

「快來看啊。」

她一直在看醋栗樹上的花蕾。保羅朝她走去。

她說：「我差點就永遠不會發現它們長在這裡了！」

兒子走到她身邊。籬笆下有一小塊花圃，雜草叢生，缺乏生氣，像是從尚未成熟的球莖長出來似的，草中盛開著三朵綿棗兒。莫瑞爾太太指著那些深藍色花朵。

「快看那些花！」她大喊。「我看醋栗樹叢的時候想說『怎麼有東西很藍啊，是不是砂糖紙袋的一角呢？』結果你瞧！什麼砂糖紙袋！是三朵雪光花，還這麼漂亮！但它們到底是從哪來的？」

「我不知道。」保羅說。

「總之，真是奇蹟！我**以為**自己對這個花園的一草一木早已瞭若指掌了。**不覺得**它們挑了個好地方嗎？你看，那個醋栗樹叢剛好能為它們遮風避雨。不只沒被咬掉，也沒被吹壞！」

保羅蹲下身子，把藍色鐘形小花往上一翻。

「這顏色真是美到不行！」他說。

「是不是！」她叫道。「我猜它們是從瑞士來的，據說那裡的一切就是這麼漂亮。想像一下它們頂著風雪一路飄過來！但它們究竟是從哪來的呢？不可能是被風**吹來**這裡的吧？」

這時，保羅想起自己曾在這裡種下許多有點受損的球莖，等它們成熟。

「你從來沒告訴我。」母親說。

「不是！我想說放著不管，搞不好哪天就開花了。」

「結果你也看到了！只要一不小心，我就錯過了。我這輩子還沒在我花園裡看過雪光花呢。」

她心花怒放，激動無比。花園總是為她帶來無窮樂趣。看到母親終於能住在有長型花園直達田野的房子，保羅替她感到欣慰。每天早上，她吃完早餐便出門去花園愉快漫步。她說自己對這裡的一草一木瞭若指掌，所言不假。

遠足成員個個前來赴約。餐點打包好，一行人便興高采烈出發。他們靠在磨坊水道的圍牆上探身出去，往水裡丟了張紙，看著它從水道這一端飛速流向另一端。他們站在船庫車站上方的人行橋，眺望泛著寒光的鐵軌。

「你們真該看看蘇格蘭飛人號火車在六點半駛過的樣子！」雷納德說，他父親是信號員。「朋友啊，它幾乎沒半點聲響！」聞言，這群人抬頭沿著鐵路往倫敦的方向望去，又轉頭看往蘇格蘭的方向，頓覺這兩個神奇之地似乎近在咫尺。

在伊爾克斯頓，礦工三兩成群等酒吧開門，鎮上氣氛閒散安逸。在斯坦頓門村，鑄鐵廠迸出火光。一路上的所見所聞都能引發眾人熱議。在楚威爾，他們又從德比郡踏回諾丁漢郡的土地。正午時分，他們抵達鐵杉岩，附近擠滿了來自諾丁漢和伊爾克斯頓的民眾。

他們本來期待會看到莊嚴得令人肅然起敬的遺址，結果映入眼簾的卻是一塊不大的扭曲岩石殘骸，東凸西凹，像腐爛的蘑菇可悲地矗立在空地一隅。雷納德和迪克立刻動手在下半部的古老紅砂岩刻下各自的姓名縮寫「L. W.」和「R. P.」，但保羅沒跟著做，因為他看過報紙諷刺愛刻字留名的人，揶揄他們只想得到用這種手段讓自己永垂青史。接著，所有年輕小伙子爬到岩石頂端，眺望四周景色。

下方空地盡是工廠來的年輕男女，不是吃午餐，就是打鬧嬉戲。遠處有座莊園，花園圍著紫杉樹籬，草坪四周種著一簇簇茂密金黃番紅花。

「瞧，」保羅對米莉安說，「那花園多寧靜啊！」

她看見深色紫杉和金黃番紅花後，一臉感激。置身這群人中的他似乎不屬於她，這時的他不同於以往——不是她的保羅。她的保羅連她內心最深處的最細微顫抖也能心領神會，眼前的保羅卻是另一個人，講著她不懂的另一種語言。這令她大受打擊，渾身麻木。唯有當保羅拋下另一個不足為道的他，回到她身邊，她才會覺得自己又活了過來。此刻，他叫她看看那座花園，想再次與她有所交集。米莉安無法忍受空地人山人海的景象，於是將目光轉向那片由一簇簇番紅花圍繞而成的寧靜草坪。她內心平靜下來，幾近出神忘我，彷彿她正在那座花園與他獨處。

然後，他又離開她，加入其他人。不久，他們啟程返家。米莉安獨自一人拖著腳步走在後頭。她跟這些人格格不入，也難以真正建立起人際關係，因此她的朋友、同伴、情人理所當然就是大自然。她看著日落西沉，光芒漸逝，在陰冷暗淡的灌木樹籬中發現幾片紅葉。她逗留原地，以洋溢著熱情的輕柔動作摘下來。她用指尖深情輕撫葉片，滿腔熱情映得葉片熠熠生輝。

米莉安一回神，才發現自己孤伶伶一人在陌生巷道上，連忙往前走，轉了彎，撞見保羅。他正彎腰在弄什麼，全神貫注，一直耐心埋頭處理，顯得有點絕望。她遲疑地靠過去，想看個仔細。

保羅仍站在馬路中央，聚精會神。在他身後，灰濛濛的傍晚天空透出一道深金色光芒，襯得他宛若深色浮雕。她看見他修長結實的身軀，彷彿落日將他賜予給她。內心深處一股痛楚攫住她，她頓時明白自己一定愛他。她就是發現他的那個人，發現他罕見的潛能，發現他內心的孤寂。米莉安恍如領受了「天使報喜」，渾身顫抖，緩步向前。

保羅終於抬起頭。

「天哪，」他感激地驚呼，「妳居然特地等我！」

她在他眼裡看到一道深沉陰影。

「怎麼了？」她問。

「這裡的彈簧壞了。」他給她看雨傘哪裡出了問題。

米莉安頓覺一絲羞愧，因為她知道弄壞的人不是保羅，元凶是傑佛瑞。

「這只不過是把舊傘吧？」她問。

她很納悶，像他這樣平常不太為瑣事煩惱的人，為何如此小題大作。

「但這把傘是威廉的，母親一定會知道壞了。」他輕聲說，仍耐心地動手修雨傘。

這些話語有如利刃貫穿米莉安。這印證了她在心中所勾勒出他的為人！她望著他，但眼見他似乎有所壓抑，因此不敢上前安慰，遑論輕聲與他搭話。

「走吧。」他說：「我修不好。」他們默不作聲沿路前行。

同一天傍晚，他們沿著奈德葛林旁的樹蔭散步時，他焦急對她解釋，聽起來卻像是要努力說服自己。

「妳很清楚，」他費力開口，「只要其中一人有愛，另一人也會有。」

「啊！」她答道，「就像母親小時候跟我說的，『愛愛相生』。」

「沒錯，就像那樣，我想**一定**就是這麼回事。」

「我也希望如此，因為萬一不是，所謂的愛可能非常糟糕。」她說。

「對，但愛**就是這樣**——起碼套用在多數人身上都能成立。」他回答。

米莉安看到他釐清了頭緒，內心也堅定起來。她始終把在巷中與他巧遇一事視為天啟，這次的對話內容則銘刻在心，成為她謹守的律法之一。

現在，她與他並肩而立，給予他支持。約莫這個時期，保羅在威利農場出言不遜，激怒了里佛斯一家，米莉安卻站在他這邊，深信他是對的。也是在這段期間，她不斷夢見他，夢中的他栩栩如生，令人難忘。後來，她又開始做這些夢，內容隨著心理變化更難以參透。

復活節星期一，同一群人前往溫菲爾德莊園遠足。擠過銀行公休日帶來的喧鬧人潮，在賽斯里橋站趕搭火車，對米莉安來說非常刺激。一行人在奧菲頓下了車。保羅對當地的街道和遛狗的礦工很感興趣，像這樣的礦工他從未見過。直到眾人抵達教堂，米莉安才變得精神抖擻。他們誰都不太敢走進去，生怕手上提的食物害自己被趕出來。

長相滑稽、身材瘦削的雷納德最先進去，寧死也不願被趕走的保羅則殿後。

教堂內部為復活節而布置了一番，只見洗禮盆有上百朵白水仙生氣盎然。室內昏暗，光線帶著從彩繪玻璃透進來的各種色彩，空氣中微微飄散一股混合著百合與水仙的清香。身處此境，米莉安的靈魂開始容光煥發。保羅提心吊膽，唯恐做出無禮舉動，對此處的氛圍相當敏感。米莉安朝他轉身，他也轉了過去。兩人彼此相伴。保羅止步於祭壇欄杆前方，米莉安很喜歡他如此自持。待在他身邊，她的靈魂膨脹擴大，化為禱告。他感受到幽暗宗教會所散發出來的奇妙吸引力，蟄伏於體內的種種信仰思想開始打顫，逐漸復甦。她受他所吸引，與她共處的他即是禱告的化身。

米莉安和其他年輕人幾乎沒什麼交談，他們只要與她對話，旋即陷入一陣尷尬。於是，她通常選擇保持沉默。

過了正午，他們才爬上通往莊園的陡峭小徑。在溫暖和煦且振奮人心的陽光下，萬物閃耀著微光。白屈菜和香堇菜的花朵盛放。

眾人無不洋溢著幸福氣息。光彩奪目的常春藤、充滿獨特風情的淡灰色莊園城牆、鄰近這片斷垣殘壁的祥和景色，一切再完美不過了。

莊園本體由堅硬的淺灰色石頭砌成，其餘城牆則顯得單調無變化。這些年輕人簡直欣喜若狂。他們戰戰兢兢走進去，唯恐體會不到探索這座廢墟的樂趣。緊鄰毀壞高牆內側的是第一座庭院，棄置著幾輛農用馬車，車桿閒置於地，輪胎布滿醒目的金紅鐵鏽。整座庭院一片死寂。

大家匆匆付了六便士，提心吊膽穿過作工精細、線條優美的拱門，走進內院，步伐略顯遲疑。曾是走廊所在之處的路面上，如今只見一棵老棘刺灌木正在抽芽。他們四周處處是陰影，暗藏著各種古怪的孔洞和毀損的房間。

吃完午飯，他們再度動身探索遺址。這次，女孩與男孩結伴同行，因為後者可充當嚮導，負責解說。莊園一角有座搖搖欲墜的高塔，據說蘇格蘭女王瑪麗一世曾被囚禁於此。

「想像一下瑪麗女王居然上來過這裡！」米莉安一邊爬凹陷的階梯，一邊壓低聲音說。

「前提是她爬得上來，」保羅說：「因為她風溼很嚴重。我想她受到的待遇應該很糟吧。」

「你不覺得她是自作自受？」米莉安問。

「不，我不覺得。她只是太活躍惹眼了。」

他們繼續沿著階梯盤旋而上。一陣強風從射擊孔吹入，朝塔頂猛颳，灌得女孩的裙子鼓脹如氣球，令她很難為情。結果是男孩出手相救，替她抓住下襬，壓好裙子。他做起來毫不費力，輕鬆得像替她撿手套。這件事她始終銘記在心。

殘破塔頂的周圍爬滿常春藤，斑駁卻壯觀，夾雜著幾朵康乃馨，姿態漠然，淡色花苞冷若冰霜。米莉安想探身摘些常春藤，保羅卻不肯讓她這麼做。她只好乖乖待在他身後，任他展現最純粹的騎士精神，每摘下一小株就遞過來交給她，一株接一株。整座塔似乎隨風搖來晃去。他們遠眺樹林綿延不絕的鄉村風景，以及間或出現的顯眼牧草地。

莊園的地下室美不勝收，保存完好。保羅畫了張素描，米莉安陪在一旁。她想像蘇格蘭女王瑪麗一世睜著那對不知苦難為何物的雙眼，目光焦慮絕望，眺望援軍不會現身的遠方群山，或是坐在這間地下室，聽人講述如她所處之地般冷酷無情的上帝。

一行人興高采烈再次動身，繼續參觀他們中意的這座莊園，如此龐然大物就獨自矗立在山坡上。

「假設妳擁有**那座**農場。」保羅對米莉安說。

「好！」

「那去農場探望妳豈不是很棒！」

他們來到放眼望去盡是石壁的荒涼地區。保羅很喜歡這裡，米莉安卻覺得這片離家區區十哩的土地陌生至極。一行人拉長了隊伍，三三兩兩走在路上。他們橫越一大片背陽坡草地，沿著布滿無數閃閃發光碎石的小徑前行。米莉安提著餐袋，走在旁邊的保羅一伸出手指纏住提袋把手的細繩，她便立刻感覺到身後的安妮妒忌地緊盯著自己。整片草地沐浴在燦爛陽光下，整條小徑如寶石般閃閃發亮，他卻幾乎沒對她有所暗示。她握住提袋細繩的手指紋風不動，他的手指輕輕觸碰，周圍景色頓時變得如夢似幻。

最後，眾人來到位於高處的克里奇村，氛圍陰鬱，屋舍散亂。過了村子便是知名的克里奇瞭望塔，保羅從家裡的花園就看得到。一行人繼續往前走，遼闊的鄉村景色在四周及下方延展開來。男孩子急著要爬到山頂。上面有個圓丘，如今被削去一半，豎立著一座古老紀念塔，低矮堅固，古時用來向遠在山下諾丁漢郡和萊斯特郡的平地發出信號。

由於山頂毫無遮蔽，風勢強勁，唯一能保持安全的方法就是利用強風，緊貼塔牆而立。他們腳邊是石灰岩開採後的懸崖峭壁，下方四散著山丘和名為馬托克、安伯蓋特、史東尼密德頓的小村。男生們急著想在左側遠方較為熱鬧的鄉村地區裡，找到貝斯特伍德的教堂。結果，教堂周圍看起來一片平坦，令人心生厭惡。他們看見德比郡群山逐漸化為英格蘭中部千篇一律的地形，一路向南而去。

米莉安有點被風勢之大嚇壞了，不過男生都樂在其中。一行人繼續往前，走了又走，來到華特斯坦威爾村。他們吃光了所有食物，現在個個飢腸轆轆，坐車回家的錢也所剩無幾。但他們還是設法弄來一條麵包和一條葡萄乾麵包，用摺疊刀隨意切成幾片，坐在橋附近的圍牆上，邊吃邊欣賞波光粼粼的德文特河奔流不息，看著來自馬特洛克的大型四輪馬車停在客棧前。

保羅累得臉色發白。整天下來，他一直負責率領這群人，早已精疲力盡。米莉安明白這點，於是緊跟著他，保羅索性把自己交由她來照顧。

他們不得不在安伯蓋特站等一小時。火車進站，車上擠滿出遊後要返回曼徹斯特、伯明罕、倫敦的旅客。

「我們可能就是要去那裡——大家可能隨便就誤以為我們要坐到那麼遠。」保羅說。

等他們到家，時間都不早了。米莉安跟傑佛瑞走路回家時，望著又大又紅的月亮朦朧升起。她內心某處深感滿足。

她有個姊姊，叫阿嘉莎，擔任教職。兩個女孩感情不睦。米莉安認為阿嘉莎很世俗，而且她自己也想當教師。

某個週六下午，阿嘉莎和米莉安在樓上梳妝打扮。她們的臥室位在馬廄上方，房間低矮，空間不大，家具不多。米莉安在牆上釘了一幅保羅．維羅內塞[7]的《聖凱薩琳》複製畫。她很喜歡畫中那位坐在窗邊幻想的女人。米莉安自己的窗戶太小，沒有窗臺可坐，不過前窗外垂落著忍冬，爬滿五葉地錦，正對庭院另一頭的橡樹林樹梢，小小的後窗只有手帕大，卻能觀賞東方景色，眺望曙光從可人的圓丘緩緩升起。

7. 保羅．維羅內塞（Paolo Veronese, 一五二八～八八），文藝復興時期的義大利畫家，以宗教和神話題材的巨幅歷史畫聞名，為威尼斯畫派的「三傑」之一。

兩姊妹鮮少交談。阿嘉莎身材嬌小，相貌出眾，個性果斷，抗拒家中氛圍，反對把逆來順受奉為圭臬。現在，她踏入社會，見過世面，很可能即將離家獨立。她對世俗價值觀和個人的外表、舉止、態度都抱有一定堅持，這些米莉安卻都不予理會。

保羅來訪時，女孩們都希望自己是在樓上，沒出現在他的視線範圍內。她們喜歡飛奔下樓，打開樓梯底端旁的門，看他東張西望，盼著她們的身影。米莉安站著費力想把他送的玫瑰念珠戴起來，珠串卻勾到細密髮絲。但她終究戴了上去，紅棕色木珠襯著褐色美頸煞是好看。她身材發育良好，臉蛋標緻。可是，每當她望向掛在刷白牆面上的小鏡子，只看得到身上某處。阿嘉莎另外買了一面小鏡子，架起來為自己所用。米莉安靠在窗邊，忽然聽到耳熟的鎖鏈喀嚓聲，接著看見保羅猛地打開大門，推著單車走進院子。她看到他朝屋子看了一眼，連忙縮起身子。他若無其事繼續往前走，腳踏車如活物般跟在一旁。

「保羅來了！」她驚叫。

「妳很高興吧？」阿嘉莎挖苦說。

米莉安站在原地動也不動，既訝異又困惑。

「妳不也一樣？」她問。

「是啊，但我不會讓他看出來，以為我想見他。」

米莉安嚇了一跳。她聽到保羅將自行車停放在下面的馬廄，與吉米聊起天——這匹馬曾在礦坑工作，如今體衰力竭。

「哎呀，吉米老弟，你好嗎？只是不舒服，生了點病吧？唉，真遺憾啊，老傢伙。」

米莉安聽見馬兒被少年一撫摸，抬頭牽動韁繩滑過洞口，發出了摩擦聲。她非常喜歡趁保羅以為只有馬在聽自己說話時，側耳傾聽。然而，她的伊甸園裡潛伏著一條蛇。她認真探究內心，想知道自己是否渴望保羅．莫瑞爾。她覺得有這種慾望會有點丟臉，內心充滿矛盾扭曲，害怕自己是真心渴望他，因而良心不安。下一刻，前所未有的羞愧感帶來莫大痛苦，導致她內心陷入混亂，飽受折磨，縮成一團。她是否渴望保羅．莫瑞爾，他又是否知道自己渴望他？她居然陷入如此隱微的寡廉鮮恥之舉，頓覺整個內心彷彿蜷縮成無數個羞恥之結。

阿嘉莎最先打扮好，跑下樓。米莉安聽到她向少年愉快打招呼，完全曉得當她用那種語氣說話，那對灰眸會變得多明亮動人。要是自己用同樣的口吻問候他，她只會覺得厚顏無恥。然而，她仍深陷於渴望他的自責中，被綁在讓她受盡折磨的刑架上。最後，她茫然若失，跪地禱告：

「上帝啊，請別讓我愛上保羅．莫瑞爾。若我不該愛他，就請別讓我愛他。」

禱告內容的違和之處引起她的注意。米莉安抬頭深思。愛他怎麼會不對？愛是上帝所賜的，她卻為此感到羞愧，這全是因為他——保羅．莫瑞爾。但這不關他的事，而在於她自身，事關她與上帝。她將犧牲自己，是為了上帝而犧牲，不是為了保羅．莫瑞爾或她自己。過了幾分鐘，她又把臉埋進枕頭說：

「可是，上帝啊，若祢希望我要愛他，就讓我愛他吧——正如耶穌基督會為了眾人的靈魂而犧牲自我。請讓我好好愛著他，因為他乃祢兒子。」

她維持跪姿好一段時間，紋風不動，內心深受感動，黑髮散在由紅色布塊和薰衣草枝花紋布塊縫製而成的百衲被上。禱告對她來說簡直必不可少。禱告完，她陷入犧牲自我的狂喜之情，自認足以媲美犧牲自己的主，祂的犧牲則賜予眾多人類靈魂至福。

等她下樓，保羅早已放鬆坐在扶手椅上，對著阿嘉莎滔滔不絕，語氣熱烈至極，後者卻對他帶來給她看的一幅小畫表示不屑。米莉安朝兩人看了一眼，選擇不參與這場輕薄對話，而是走進客廳獨處。直到下午茶，她才有機會和保羅說上話，但她態度冷淡無比，讓他誤以為自己哪裡冒犯到她。

米莉安週四晚上不再前往貝斯特伍德的圖書館。整個春季，她每次都順道去保羅家拜訪。但幾件瑣碎小事，加上他家人語中略帶羞辱，她才意識到他們是如何看待自己，決定再也不順道拜訪。某一晚，她告知保羅以後週四晚上不會再去他家。

「為什麼啊？」他唐突問。

「沒什麼，就只是我不想去。」

「那好吧。」

「不過，」她支吾地說，「你要是想約見面，我們還是可以一起去。」

「約在哪裡？」

「某個地方——你喜歡哪裡就哪裡。」

「我不會跟妳約在隨便哪個地方見面。我不懂妳為什麼不能繼續來找我。既然妳不想來，我就不想約見面了。」

兩人本來都覺得極為寶貴的週四夜晚時光，便這樣無疾而終。保羅改用這段時間作畫。莫瑞爾太太知道他這樣安排，哼了一聲，十分滿意。

保羅不肯將彼此視為情人關係。他們之間的親密關係自始至終維持在抽象層面，關乎心靈與思想上的交流，以及苦苦尋求自覺，所以他只把兩人的感情當作純友誼。他堅決否認兩人之間有任何其他關係。米莉安對此不置可否，不然就是予以默認。他不曉得自己的感情變化是怎麼回事，簡直傻得可以。兩人心照不宣，不理會眾人對彼此關係的閒言閒語。

「我們不是情人，是朋友。」他對她表示，「**我們自己**知道就好，隨他們去說吧。他們說什麼又不重要。」

當他們結伴而行，米莉安有時會怯生生挽著他的手臂。但他向來很討厭她這麼做，她也心知肚明。保羅內心因此陷入激烈的天人交戰。只要有米莉安在，他總是處於出神的至高境界，自然而然迸發的愛火無不化為一連串思緒。米莉安對此甘之如飴。看到他很快活，或表現出她所謂的輕率，她便等他恢復原狀、回到她身邊，等他內心再次有所轉變。這時的他在心靈深處與自我纏鬥，臉上皺起眉頭，熱切渴望理解。他是如此渴求理解，兩人的心靈彼此貼近，她得以獨占他整個人。不過，前提是必須先讓他進入無關情愛的出神境界。

這時，要是她挽起他的手臂，簡直令他備感煎熬。他的意識似乎一分為二。她碰觸到的地方摩擦生熱，一陣滾燙。他內心激烈交戰，於是對她發洩不滿，殘忍待她。

仲夏時節某天傍晚，米莉安順道去保羅家，一路爬上來，身子暖得很。保羅獨自待在廚房，側耳便能聽見樓上母親的動靜。

「來看一下香豌豆吧。」他對女孩說。

他們走進花園。小鎮和教堂後方，天空一片橘紅，花園則充滿奇妙又溫暖的光芒，襯得每一葉皆意義非凡。保羅經過一排漂亮的香豌豆，順手東摘西採朵朵乳黃和淡藍的花。米莉安跟隨他，吸入花香。花卉展現出如此韌性，她不禁覺得必須要將其納入自身。當她彎腰嗅聞花朵，看上去就像她與那朵花彼此相愛。保羅討厭她這麼做。這個舉動似乎讓什麼攤在陽光下，暴露出某種過於私密的情感。

他摘了一大把，兩人走回屋內。他豎起耳朵，聽了一下母親在樓上輕聲走動，才開口說：

「過來吧，我替妳別幾朵裝飾一下。」他在她的洋裝胸襟上一次插兩、三朵，時不時往後退，看看效果如何。「妳也知道，」他說著從嘴裡拿出別針，「女人向來應該要站在鏡子前插花裝飾才對。」

米莉安笑了。她覺得要插花裝飾裙子的話，應該隨心所欲才對。保羅如此煞費苦心替她別上花朵，只是一時興起罷了。

聽到她的笑聲，保羅相當惱火。

「有些女人會這麼做——就是那些看上去很體面的女人。」他說。

米莉安又笑了，不過聽他這樣把自己和普通女人混為一談，這次是苦笑。這番話如果是從多數男人嘴裡說出來，她才不予理會，但正因為是出自他口，她才覺得受傷。

正當保羅快插完花，他聽見母親踩在樓梯上的腳步聲。他匆忙將最後一枚別針刺進洋裝，轉身過去。

「別被我母親發現了。」他說。

米莉安拾起書，站在門口，懊惱地望著美麗夕陽。她不會再來拜訪保羅，她表示。

「晚安，莫瑞爾太太。」她畢恭畢敬地說，聽起來好像自認沒資格出現在這裡。

「噢，米莉安，是妳啊？」莫瑞爾太太冷淡回應。

保羅依然堅持要每個人接受他和這位女孩的友情關係。莫瑞爾太太夠明智，沒有公開表示與她之間的嫌隙。

直到保羅二十歲，莫瑞爾一家才首次有本錢去度假。莫瑞爾太太婚後除了探望姊姊，從未出遠門度假。現在，保羅終於存夠錢，大家將一同出遊。他們這一行人還包括安妮的幾個朋友、保羅的一位友人——與威廉生前在同職場工作的年輕人，以及米莉安。

光是寫信訂房，他們就激動不已。保羅和母親為此爭論不休，因為他們打算訂一間附家具的別墅兩週。她覺得訂一週就夠了，但他堅持要兩週。

最後，他們收到回音，得知梅伯索普有間符合他們條件的別墅，租金一週三十先令。收到消息後，兩人歡欣鼓舞。保羅為母親感到欣喜若狂，她現在終於真的能去度假了。那天傍晚，正當兩人坐著想像這趟旅行將會如何，安妮走了進來，身後跟著雷納德、愛莉絲、凱蒂。眾人無不雀躍歡呼，引頸期盼。保羅把消息告訴米莉安，她一臉高興，暗自想像這次假期。反觀莫瑞爾家，大家興奮到了極點。

他們要搭週日早上七點的火車出發。保羅建議米莉安應該來他家過夜，因為從她家走去車站太遠了。於是，她來做客吃晚餐。眾人興高采烈，連米莉安都受到熱情招待。然而，幾乎就在她進屋的那一刻，家裡的氛圍開始變得緊繃排外。保羅找到一首琴・英格洛[8]寫的詩，內容提及梅伯索普，當然得朗讀給米莉安聽。他再怎麼多愁善感，也絕不會主動在自家人面前朗讀詩作。不過，他們現在願意賞臉聆聽。米莉安坐到沙發上，全神貫注在他身上。只要保羅在場，她似乎總是全神貫注在他身上，整個人為他所吞噬。莫瑞爾太太坐在自己的椅子上，滿心妒忌。她也打算要聽。就連安妮和父親都加入她們的行列。莫瑞爾歪著頭，像在聽人講道，對此有所自覺。保羅低下頭看著書。他在乎的觀眾全數到齊。莫瑞爾太太和安妮可說是在與米莉安互相角力，看誰聽得最認真，好獲得他的青睞。他簡直喜不自勝。

「可是，」莫瑞爾太太打斷他，「那些鐘應該要敲的〈恩德比新娘〉**到底是**什麼啊？」

「那是一段古老旋律，以前的人用幾座鐘敲出來，警告洪水來襲。我猜這位恩德比新娘就是在洪水裡溺斃了。[9]」他回答。其實他對旋律的由來根本一無所知，但絕不會無恥到敢對這些女性親友坦承自己胡謅。她們聽到後，相信他說的話。連他自己也深信不疑。

「所以大家都知道那段旋律代表什麼囉？」母親說。

8. 琴・英格洛（Jean Ingelow，一八二〇～九七），英國詩人、小說家。
9. 〈恩德比新娘〉（The Brides of Enderby）是用一組鐘敲出的鐘聲旋律，據說是為了紀念林肯郡梅維斯・恩德比（Mavis Enderby）村的女性而如此命名。

「對，就像蘇格蘭人聽到〈森林之花〉[10]就懂是怎麼回事，還有像以前的人倒著敲鐘警告一樣。」

「怎麼會呢？」安妮說：「鐘不管順著敲還是倒著敲，聽起來都一樣啊。」

「可是，」他說：「如果從聲音最低的鐘，一路敲到最高的鐘——噹——噹——噹——噹——噹——噹——噹——噹！」

保羅按音階往上唱。大家都覺得這方法很聰明，他也這麼認為。過了一會兒，他才繼續朗讀那首詩。

「唉！」他唸完，莫瑞爾太太不尋常地出聲表示，「真希望整首詩不要寫得那麼悲傷。」

「**我**搞不懂他們為啥要淹死自己。」莫瑞爾說。

眾人沉默片刻，接著安妮起身收拾桌面。

米莉安站起來，幫忙整理鍋碗。

「**我**來幫忙洗吧。」她說。

「當然不行。」安妮驚呼，「妳坐回去吧。碗盤又不多。」

由於米莉安難以親近，也不懂得堅持己見，只好再次坐下，與保羅翻閱那本書。

父親根本派不上用場，因此負責率領度假團的人是保羅。他飽受折磨，生怕還沒抵達梅伯索普，錫製行李箱就在費斯比被放下去。他連叫馬車的勇氣都沒有，還是靠他個頭嬌小的勇敢母親才攔到一輛。

「嘿！」她對一個男人大喊，「這裡啊！」

保羅和安妮跟在眾人後方，羞愧得笑彎了腰。

「載我們到小溪別墅要多少？」莫瑞爾太太說。

「兩先令。」

「天哪，有多遠？」

「遠得很喔。」

「我才不信。」她說。

她還是爬上車。他們八人全擠在一輛老舊的海濱馬車裡。

「你們想想，」莫瑞爾太太說：「這樣每個人才三便士，換成是路面電車……」

他們一路往前行駛。每經過一棟別墅，莫瑞爾太太就大喊：「這棟嗎？一定就是這棟了！」

大家坐著屏息以待。馬車駛過去。眾人皆嘆了一口氣。

「房子沒那麼簡陋，真令人欣慰。」莫瑞爾太太說：「我**本來**還很擔心呢。」他們繼續坐車前進。

最終，他們下了車，面對一棟孤伶伶佇立在大路旁堤道上的房子。發現要先越過一座小橋，才能進入前院花園，眾人大為興奮。儘管位處偏僻，他們卻很喜歡這棟房子：一側是海草地，另一側是廣袤平坦的田地，東一塊白色大麥和黃色燕麥，西一塊紅色小麥和綠色根莖作物，一路延伸至天際。

保羅負責記帳，與母親掌管大小事。總支出包含吃住等各種費用，每人一週十六先令。他和雷納德早上都去游泳，莫瑞爾也一大早就出門閒晃。

「嘿，保羅，」母親在臥室大喊，「要吃塊奶油麵包啊。」

「好。」他回答。

10.〈森林之花〉（Flowers of the Forest）是蘇格蘭知名民謠。

等他回來，看到母親一絲不苟地主掌早餐事宜。房東太太年紀尚輕，丈夫失明。她負責洗衣，所以莫瑞爾太太老是在廚房洗鍋碗瓢盆，還幫忙整理床鋪。

「妳不是說過要好好度假嗎？」保羅說：「現在又在幹活了。」

「幹活！」她驚呼，「別亂說！」

他喜歡陪她穿過田野，散步到村莊或海邊。她很怕要過木板橋，他就揶揄她太孩子氣。基本上，他隨時黏著她，當自己是**她**的男人。

米莉安不太有機會與保羅共處，唯一的例外可能是當其他人都去聽「黑鬼歌」[11]。米莉安覺得黑鬼歌簡直蠢得受不了，保羅於是被潛移默化，還自以為是的對安妮說教，表示聽那些歌根本愚蠢至極。可是，他本人對每首歌耳熟能詳，沿途扯開嗓子，盡情歡聲高唱。他一發現自己豎耳細聽，這些蠢歌都會讓他心情大好。

然而，他卻對安妮說：「真是爛透了！內容根本沒半點營養。只要是比蚱蜢還聰明的人，就不可能會去乖乖坐在那邊聽。」面對米莉安時，他則用相當鄙夷安妮和其他人的口吻說：「我猜他們是去聽『黑鬼歌』了。」

看米莉安唱黑鬼歌實在很怪。她下巴線條俐落，從下脣處至下巴底端呈直角。她唱歌的模樣，總是讓保羅聯想到波提切利[12]畫中的某個悲傷天使，即便她口中唱的是：

「快來人少的地方幽會吧
陪我散步、陪我聊天。」

唯有他動筆寫生，或其他人晚上去聽「黑鬼歌」，她才能獨占他。他不厭其煩對她訴說自己有多愛水平線：各種位於林肯郡天地之間的美妙地平線，在他看來就是永恆意志的化身，如同教堂裡的諾曼式圓拱，由大而小不斷重複，代表人類靈魂堅持不懈，不斷頑強向前躍進，無人知曉將躍向何處；反觀那些方方正正的垂直線和歌德式尖拱，照他的說法，都向上躍入天國，陷入狂喜，在上帝中迷失自我。至於他本人，他說是諾曼派，米莉安則屬於歌德派。連這種觀點，她也俯首表示贊同。

某天傍晚，保羅和米莉安爬上通往賽德索普的廣闊沙灘。長浪猛烈拍打海岸，泛起嘶嘶作響的泡沫。入夜之際，戶外依然暖和。整片廣大沙灘不見人影，只有他們倆，四周渺無聲息，只傳來浪濤聲。保羅很喜歡看大海與大地碰撞，發出轟然巨響。他很喜歡感覺到自己就夾在海浪聲和沙灘的寂靜之間。米莉安陪著他。一切變得鮮明不已。等他們往回走，夜色早已降臨。回家前要先穿過沙丘，再走上堤道間隆起的雜草路。此時，四周漆黑，平靜無風。沙丘後方傳來大海的低聲呢喃。保羅和米莉安默默往前走。忽然間，他一陣驚慌，全身血液似乎沸騰起來，簡直快喘不過氣。巨大橙月高掛在沙丘輪廓旁的天上，凝視他們。他站在原地動也不動，望著月亮。

「噢！」米莉安看到明月，驚叫出聲。

他仍紋風不動，目不轉睛望著微微發紅的巨大月亮，這片廣袤黑暗中的唯一之物。他的心臟劇烈跳動，手臂上的肌肉收縮緊繃。

「怎麼了？」米莉安低聲問，等他回應。

他轉身看她。她站在他身旁，始終籠罩在陰影下。她的臉面向他，但帽子投下的陰影使他看不清。她是在沉思。她有點害怕，卻深有感觸，依舊虔誠無比。這就是她的最佳狀態。他對此無能為

11. 黑鬼歌（coon song）是一種呈現黑人刻板印象的音樂類型，流行於十九世紀末至二十世紀初。
12. 波提切利（Sandro Botticelli，一四四五～一五一〇），文藝復興早期的義大利畫家，知名作品有《維納斯的誕生》、《春》。

力。他體內的血如火焰匯聚在胸口，但他就是無法讓她明白這份情感。他的血中熱情閃爍，她卻不知為何視若無睹。她期望在他身上看到虔誠的一面。如此盼望的她似乎隱約察覺到他的熱情，為難地望著他。

「怎麼了？」她又低聲問。

「就是月亮啊。」他皺眉回答。

「對，」她附和，「是不是很美？」她很想知道他在想什麼。這場內心風暴已然過去。

保羅自己也不曉得問題出在哪。他實在太過年輕氣盛，兩人的親密關係又過於抽象難解，因此他不知道自己其實是想將她緊緊擁入懷中，好紓緩胸口的痛楚。他對她感到害怕。自己可能像個男人渴望女人般渴望她，這個念頭一直以來都被他壓抑在心中，視之為羞愧。當米莉安腦中浮現類似想法，內心是備受折磨，蜷縮顫抖，保羅則是退縮至心靈深處。現在，這所謂的「純潔」甚至讓他們無法初嘗愛吻，因為她似乎難以忍受肉體之愛帶來的衝擊，連熱吻也不行，他則過於畏怯敏感，無法主動出擊。

他們行經昏暗的沼澤草地，他望著月亮，不發一語。她邁著沉重步伐走在他身旁。他恨她，因為她似乎透過某種方式使他唾棄自己。往前一瞧，他看到黑暗中有道光，是從他們別墅窗戶發出的燈光。

想到母親和其他快樂的旅伴，他高興了起來。

「哎呀，其他人老早就回來啦！」他們一進門，母親便開口。

「又有什麼關係！」他惱火地大喊，「我想散步就散步，不行嗎？」

「我想說你應該趕得回來跟其他人一起吃晚飯啊。」莫瑞爾太太說。

「我要怎樣就怎樣。」他回嘴，「又沒有**很晚**。我想幹嘛就幹嘛。」

「好吧，」母親語氣尖銳地說，「那你想幹嘛就**幹嘛**吧。」那一晚，她沒再理會他。他不是假裝沒注意，就是裝作不在乎，只管坐下來看書。米莉安也看起書來，消除自己的存在感。莫瑞爾太太痛恨她把兒子變成這副德性。她眼睜睜看著保羅變得易怒、自以為是、鬱鬱寡歡，為此怪罪米莉安。安妮和她那些朋友聯手與女孩作對。米莉安沒有屬於自己的朋友，只有保羅。但她不怎麼難受，因為她瞧不起這些人舉止膚淺。

保羅討厭她，因為她不知怎麼地居然讓他不復以往輕鬆自在。對此，他感到羞辱而難堪不已。

第八章　愛之爭

亞瑟學徒期滿後，在明頓礦區的發電廠找到工作。他工資不高，但未來很有機會升遷。但他無法無天，老是坐不住。他確實不喝不賭，卻不知為何往往腦袋一熱就貿然行事，接二連三置自己於窘境之中。他要不是像個盜獵者去森林獵兔，就是整晚待在諾丁漢，夜不歸宿，不然就是錯估貝斯特伍德的水渠深度，跳進去撞到水底的裸岩和罐頭，胸膛被割得傷痕累累。

他工作才沒幾個月，某一晚又沒回家了。

「妳知道亞瑟去哪了嗎？」保羅邊吃早餐邊問。

「不知道。」母親回答。

「他這個蠢蛋。」保羅說：「他要是真**做了**什麼，我才不管。但根本不是這樣，他只是不肯從惠斯特牌局[13]中抽身，不然就是非把女孩子從溜冰場送回家不可。這樣做是很得體啦，但結果就是回不了家。他就是個蠢蛋。」

「他要是真做了什麼讓我們全家蒙羞，我可不認為會比較好。」莫瑞爾太太說。

「**我**會對他更尊重。」保羅說。

「我才不信。」母親冷冷地說。

他們繼續吃早餐。

「妳是不是非常喜歡他啊？」保羅問母親。

「你問這個要做什麼？」

「因為大家都說女人一定最喜歡么子啊。」

「其他女人可能是這樣——但我可不是。不，他讓我心煩。」

「妳其實比較希望他乖一點？」

「我比較希望他多懂一點做人的常識。」

保羅感到煩躁不滿。他也常讓母親心煩。她看到他失去開朗的神情，深感氣憤。

正當他們快吃完早餐，郵差捎來一封寄自德比的信。莫瑞爾太太瞇起眼睛看上面寫的地址。

「拿來啦，妳這瞎子！」兒子大聲嚷嚷，從她手中把信搶走。

她嚇一跳，差點賞了他一記耳光。

「是妳兒子亞瑟寄來的。」他說。

「他又怎麼了！」莫瑞爾太太大叫。

「『親愛的母親：』」保羅唸出來，「『我不知道自己怎麼這麼蠢。我希望妳能來這裡接我回去。我昨天沒去上班，反而跟傑克．布里登跑來這裡入伍當兵了。他說他厭倦成天呆坐在那邊工作，結果，妳也知道傻瓜如我，就這樣跟他跑了。

「『我已經正式入伍領餉了，但妳要是來找我，或許他們會放我跟妳回去。我當時一口答應，實在很蠢。我不想當兵。親愛的母親，我向來只會替妳惹麻煩，但這次妳要是幫我脫困，我保證以後做事前會多動腦思考……』」

莫瑞爾太太坐進她那把搖椅。

13. 惠斯特牌（Whist），一種四人玩的紙牌遊戲，為橋牌的前身。

「好，**夠了**，」她大喊，「叫他別再鬧了！」

「對，」保羅說：「叫他別再鬧了。」

屋內鴉雀無聲。母親坐著，雙手交疊放在圍裙上，面無表情，陷入沉思。

「我怎麼不**心煩**！」她冷不防大叫，「簡直煩死了！」

「好了，」保羅說，皺起眉頭，「妳別為這件事操心過頭，聽到沒。」

「難不成是要我把這件事當成不幸中的大幸嗎？」她突然對兒子發起火來。

「妳也別把這件事看得那麼嚴重，當成悲劇。」他反駁。

「那個**蠢蛋**！毛還沒長齊的蠢蛋！」她大喊。

「他穿軍服會很帥啦。」保羅惱火地說。

母親對他大發雷霆。

「噢，是嗎！」她叫道，「在我看來可不會！」

「他應該要進騎兵團。他會過得很開心，還會看起來很威風。」

「威風！**威風**！聽起來還真威啊！當個普通士兵耶！」

「哦，」保羅說：「我不也就只是個普通職員？」

「兒子，你還有很多身分啊！」母親震驚喊道。

「像是什麼？」

「不管怎樣都是個**男人**，不是什麼穿紅衫的傢伙。」

「只要他們別管我管得太嚴，我不介意穿紅衫啊。深藍制服也行，這個感覺更適合我。」

母親已經沒在聽了。

「眼看他工作就要步入正軌，不然就是可能正順利發展，這個長不大的討厭鬼就這樣亂搞，毀了自己一生。你以為發生**這種事**後，他會變得多像樣啊？」

「很可能讓他就此改邪歸正。」保羅說。

「改邪歸正！我看根本是**繼續**走上歪路，一去不復返吧。**士兵**！普通**士兵**！只不過是一個口令、一個動作的軀體罷了！還真棒啊！」

「我不懂妳為什麼要這麼氣。」保羅說。

「不，或許你是不懂，但**我**清楚得很。」語畢，她又往椅背一靠，用手托著下巴，手肘撐在另一隻手上，渾身散發怒氣，臉上寫滿懊惱。

「那妳要去德比嗎？」保羅問。

「要。」

「去了也是白去。」

「我會自己看著辦。」

「妳到底為什麼不撒手不管呢？這件事不就正合他意。」

「對啦，」母親叫道，「**你**最懂他想幹嘛了！」

她準備好，搭了下一班火車前往德比，在當地見到兒子和負責軍務的中士。然而，結果是白費功夫。

當晚，莫瑞爾正在吃晚飯，她突然開口：「我今天不得不去德比一趟。」

礦工抬起視線，露出黝黑臉孔上的眼白。

「是喔，姑娘。汝去那幹嘛？」

「就是亞瑟啊！」

「噢，他現在怎樣啦？」

他的臉忽然憤怒得扭曲起來。「希望他從今以後再也別踏進我家。」他說。

「只是入伍從軍了。」

莫瑞爾放下餐刀，往後靠著椅背。

「才怪，」他說：「哪可能啊！」

「而且明天就要去奧德肖特了。」

「哎呀！」礦工大喊，「真教人吃驚。」他稍微消化這件事，「哼！」了一聲，繼續用餐。下一刻，他的臉忽然憤怒得扭曲起來。「希望他從今以後再也別踏進我家。」他說。

「你居然這樣想！」莫瑞爾太太大叫，「居然敢這樣說！」

「我就敢。」莫瑞爾又說了一遍。「蠢蛋才跑去當兵，放他自生自滅啦。我不會再替他做啥了。」

「說的好像你有做過什麼了不起的事啊。」她說。

那一晚，莫瑞爾差點羞愧得不敢上酒館。

「所以你有去嗎？」保羅回家後問母親。

「有。」

「妳能見他嗎？」

「能。」

「他說了什麼？」

「我要離開的時候，他在那邊哭哭啼啼。」

「是喔！」

「我也哭了，所以你不必擺出那種態度！」

莫瑞爾太太替兒子擔憂。她很清楚亞瑟不會喜歡軍隊生活。他確實不喜歡，對軍中紀律難以忍受。

「不過軍醫表示，」她略顯驕傲地對保羅說，「他是再完美不過的人選了——幾乎完美無缺，各項數值都合乎標準。你也知道他**確實**外貌出眾。」

「他是真的長得很好看，但不像威廉那樣愛追著女孩子跑，不是嗎？」

「對，他們個性天差地遠。亞瑟像極了他父親，毫無責任感。」

為了安撫母親，保羅這陣子鮮少造訪威利農場。他參加諾丁漢城堡舉辦的秋季學生作品展，提交兩幅畫，分別是風景水彩畫和靜物寫生油畫，結果雙雙奪下首獎。他情緒激昂到了極點。

「母親，妳覺得我的畫得了第幾名？」某一晚回家後，他這麼問。她從他的眼神看得出他很高興，頓時臉頰泛紅。

「哎呀，兒子，我怎麼會知道！」

「那些玻璃瓶的畫拿到第一名——」

「嗯！」

「威利農場的那幅寫生畫也拿到第一。」

「兩幅畫都第一名？」

「對。」

「嗯！」

儘管她什麼也沒說，卻一臉快樂幸福。

「很棒，」他說：「對不對？」

「沒錯。」

「妳怎麼不大力稱讚我，把我捧上天啊？」

她笑出聲來。

「要是又讓你落回人間，我就麻煩大了。」她說。

說歸說，她依然眉飛色舞。威廉以前為她帶回許多體育比賽的獎盃，她悉數保留，至今仍未放下喪子之痛。亞瑟生來俊俏——起碼以世人眼光來看確實很有魅力——熱情大方，最終大概會很有出息。不過，保羅將發光發熱，脫穎而出。她對他抱持無比信心，主要是因為他沒意識到自己有多大能耐。他的潛力遠不止如此。她的人生充滿希望。她要得償所願，可不要奮鬥至今，卻是竹籃打水一場空。

展覽期間，莫瑞爾太太瞞著保羅去了諾丁漢城堡好幾次。她沿著長廊漫步，細看其他展出作品。沒錯，它們確實都不賴，可是無論哪一幅都有所欠缺，無法讓她心滿意足。有的畫得好到教她心生妒忌。她久久打量，想從中挑出毛病。突然間，她大受震撼，心臟狂跳。眼前掛的就是保羅的畫！她一眼便認出，彷彿畫作早已銘刻在她心上。

「姓名——保羅．莫瑞爾——首獎。」

看到畫就掛在大庭廣眾下，還是在諾丁漢城堡藝廊的牆上，感覺十分奇妙，畢竟她這輩子在此欣賞過無數畫作。她環顧四周，想看看有沒有人注意到自己又佇足在同一幅寫生畫前。

此刻，她自覺是個驕傲的女人。沿路看到穿著講究的女士走向公園準備回家，她心想：

「對，妳們看起來是很體面，但不曉得**妳們家**兒子在諾丁漢城堡有沒有掛著兩幅第一名的畫呢。」

她繼續往前走，雖然個子嬌小，自豪的模樣卻足以媲美諾丁漢任何人。保羅覺得自己替她達成了某種成就，儘管不足掛齒。他一切成果都歸她所有。

有一天，保羅行經城門街，巧遇米莉安。他週日才見過她，沒料到會在鎮上碰到。與她同行的是一位頗有姿色的女子，一頭金髮，表情鬱悶，舉手投足桀驁不馴。奇妙的是，低頭沉思的米莉安站在這位挺著香肩的女人旁邊，竟顯得矮小不起眼。米莉安以探詢的目光看著保羅，他的視線則落在陌生女子身上，對方卻不理不睬。女孩看得出來他身為男性的那一面開始蠢蠢欲動。

「嗨！」他說：「妳沒跟我說妳要來鎮上啊。」

「對。」米莉安回應，略帶歉意，「我跟父親坐馬車來家畜市場。」

他看向她的同伴。

「我有跟你提過道斯太太。」米莉安聲音沙啞，十分緊張，「克拉拉，妳認識保羅嗎？」

「我想我有看過他。」道斯太太事不關己地回答，與保羅握了握手。她的灰眸充滿輕蔑，肌膚有如白蜜，嘴脣豐滿，上脣微翹，不知是要嘲笑所有男人，還是樂於接受一吻，但看來應是前者。她仰著頭，彷彿鄙夷得想拉開距離，或許也是想與男人保持距離。她戴著寒酸的黑色海狸帽，穿著樣式簡單、略顯做作的洋裝，讓她看起來像個粗布袋，毫無曲線可言。她顯然口袋沒錢，也不太有品味。米莉安通常都會好好打扮。

「妳在哪裡看過我？」保羅問那名女子。

她看著他的神情，好像不屑回答。然後她才說：「跟露伊・崔佛斯一起走的時候。」

露伊是其中一位「螺旋」女孩。

「哦，妳認識她嗎？」他問。

她沒回答。他轉向米莉安。

「妳們要去哪？」他問。

「去諾丁漢城堡。」

「妳要搭幾點的火車回家？」

「我會坐父親的馬車。真希望你也能來，你幾點下班？」

「妳很清楚今晚我要工作到八點，該死！」

語畢，兩個女人繼續往前走。

保羅想起克拉拉・道斯是里佛斯太太一位老友的女兒。米莉安找上她，是因為她在喬丹工廠擔任過螺旋部門的監工，也因為她丈夫貝克斯特・道斯是工廠僱用的鐵匠，負責製造身障輔具等鐵製零件。透過克拉拉，米莉安覺得自己與喬丹工廠有了直接聯繫，可以更清楚評估保羅的情況。不過，道斯太太已和丈夫分居，開始參與女權運動。她應該腦袋很不錯。種種一切勾起保羅的興趣。

他認識貝克斯特・道斯，但不喜歡他。這個鐵匠三十一、二歲，偶爾會經過保羅工作的角落，看得出來體格魁梧，相貌出眾，十分英俊。他和妻子間有種奇特的相似之處。他同樣皮膚白皙，微微帶著吹彈可破的金黃色澤，頭髮淺褐，鬍髭金黃，舉手投足同樣桀驁不馴。不過僅止於此，相異之處同樣顯而易見。他有一對深褐色眼睛，眼神飄忽不定，顯得放蕩下流，加上眼球微凸，眼皮垂掛的模樣帶有幾分憎惡。他的雙唇也肉感十足。他渾身散發威嚇氣息，舉止挑釁，好像隨時準備要撂倒任何對他不滿的人——或許是因為他不滿的根本就是自己。

打從第一天起，他就痛恨保羅。當他發現年輕小伙子用藝術家的客觀眼光仔細打量自己的臉，頓時勃然大怒。

「你看啥啊？」他冷笑說，蠻不講理。

男孩移開視線。可是，鐵匠經常站在櫃檯後方與派普沃斯先生聊天。他老是出口成髒，語帶惡毒。然後，他又發現年輕人盯著自己的臉，目光冷淡，似乎在品頭論足。鐵匠彷彿被螫到，猛地轉了一圈。

「看啥看啊？你這乳臭未乾的爛小子。」他咆哮。

男孩微微聳了聳肩。

「你幹嘛——！」道斯大吼。

「別管他啦。」派普沃斯先生說，討好的口吻像在說「他就是那種忍不住亂盯著人看的笨蛋啦。」

自那之後，男人只要經過，男孩都用同樣的好奇眼光，品頭論足般盯著他，並在迎上鐵匠的目光前先撇開頭。他的舉動讓道斯怒不可遏。他們默默憎恨著彼此。

克拉拉．道斯膝下無子。她離丈夫而去時，兩人感情早已破裂。她回娘家與母親同住，道斯則暫居姊姊家。在同一屋簷下，還住著他姊姊的小姑，保羅不知為何就是曉得這個女孩——露伊．崔佛斯——就是道斯的現任情婦。她是名輕佻女子，長相標致卻厚臉皮，雖然平常會嘲笑保羅，但年輕人送她到車站搭車回家時，她卻滿臉通紅。

保羅再次去拜訪米莉安，是週六晚上。她在客廳生了火，正在等他。除了她父母和幾個年幼孩子外，其他人都出門了，兩人得以獨占客廳。這個房間狹長低矮，十分暖和。牆上掛著三幅保羅畫的小素描，壁爐架上則擺著他的照片。桌上和紫檀木舊鋼琴上放著一盆盆色彩繽紛的樹葉。他坐進扶手椅，她在他腳旁的爐邊地毯上彎腰屈膝，宛如虔誠信徒，跪坐在地，心事重重的漂亮臉蛋泛紅發光。

「你覺得道斯太太怎麼樣？」她輕聲問。

「她看起來不太親切。」他回答。

「對，但你不覺得她是個漂亮的女人嗎？」她壓低聲音說。

「沒錯——只看身材的話。但她沒半點衣著品味。我是喜歡她某些特點。她**是不是**很難相處？」

「我不覺得。我想她只是有所不滿吧。」

「不滿什麼？」

「這個嘛，**你**會想一輩子被綁在那種男人身邊嗎？」

「她要是這麼快就對他反感，當初何苦要嫁給他？」

「是啊，她何苦呢！」米莉安苦澀地重複道。

「我還以為她擁有足以跟他相抗衡的膽識呢。」他說。

米莉安垂下頭。

「哦？」她挖苦般質問，「你怎麼會這樣想？」

「看看她那張嘴——根本是為熱情而生——還有她仰起喉頭……」他說著把頭往後一仰，學克拉拉桀驁不馴的模樣。

米莉安頭又垂得更低。

「對。」她說。

兩人沉默好一陣子，保羅始終想著克拉拉。

「那你又喜歡她哪裡？」她問。

「我不曉得……她的肌膚和外表特徵……還有她……我不知道……她體內似乎有股狠勁。從藝術家的角度來看，我很欣賞她，就只是這樣。」

「好。」

他很納悶米莉安為什麼要蹲坐在那裡沉思，此舉令他不快。

「妳其實不喜歡她吧？」他問女孩。

她睜著迷惑的深色大眼望著他。

「我喜歡她啊。」她說。

「妳才不喜歡——才不可能，不是真心喜歡。」

「那又如何？」她緩緩問道。

「呃，我不知道，也許妳喜歡她，是因為她忌恨起男人了。」

恐怕這更有可能是保羅自己喜歡道斯太太的原因之一，他卻沒意識到。兩人沉默不語。他近來養成皺眉的習慣，與米莉安共處時尤其如此。此刻，他眉頭深鎖，她雖然渴望撫平，卻也心懷畏懼。它似乎象徵著保羅．莫瑞爾體內不屬於她的那個男人。

盆裡的葉片間露出幾顆深紅莓果。他伸手拉出一串。

「要是用紅莓果裝飾在妳頭髮上，」他說：「妳為什麼就會看起來像女巫或女祭司，卻絕不會像在狂歡呢？」

她發出不帶矯飾的苦笑聲。

「我不知道。」她說。

他動著溫暖有力的手，興致盎然地玩弄那些莓果。

「妳為什麼不能好好笑出來？」他說：「妳從不開懷大笑，只有發生奇怪或矛盾的事才會笑，而且就算笑了，也似乎很痛苦。」

她彷彿被他責罵，低下頭。

「真希望妳能對我笑個一分鐘就好──就那麼一分鐘。我覺得這樣好像就能讓什麼獲得解放。」

「可是，」她抬起頭，眼裡滿滿的驚恐與掙扎，「我有對你笑過啊──我**真的有**。」

「從來沒有！妳每次笑都有些緊繃。妳一笑，我老是想哭，好像妳的笑聲透露出妳的痛苦。噢，妳讓我的內心忍不住皺起眉頭，苦思冥想。」

她絕望地緩緩搖了搖頭。

「我很確定那不是我的本意。」她說。

「我只要跟**妳**在一起，沒有哪次擺脫得了心靈上的束縛！」他大喊。

她靜靜思考後說：「那你別這樣不就好了。」然而，當他看見她蹲坐沉思的模樣，頓覺自己好像被撕成兩半。

「好吧，秋天到了，」他說：「任誰都會覺得像個出竅的遊魂。」

沉默再次降臨。兩人籠罩在這種奇特的哀傷氛圍中，米莉安的內心為之顫動。只見他眼神一暗，整個人似乎更添魅力，雙眸深邃如深不見底的井。

「妳搞得我滿腦子只想著心靈交流！」他嘆息，「我就是不想搞什麼心靈交流啊。」

米莉安從嘴裡抽出手指，發出小小一聲啵，抬頭看他，眼神帶有一絲挑戰意味。但是在她的深色大眼裡，仍看得到她赤裸著靈魂，毫無保留，保羅對她的渴望也一如往昔。他要是能以不帶情慾的純粹之情吻她，一定早就吻下去了。可是，他無法這麼吻她——她似乎讓他別無選擇。她思慕著他。

他短促地笑了一聲。

「好吧，」他說：「去拿那本法文書，我們來讀點……讀點魏爾[14]吧。」

「好。」她說，嗓音低沉，語氣幾近無可奈何。她起身把書拿來，不知所措的通紅手指看上去可憐兮兮，他衝動得想安慰她、親吻她。但他不敢，或者該說他無法。有什麼阻止了他。他的吻對她來說是不對的。他們一直讀到十點，才走進廚房。當保羅與她父母共處一室，又恢復成那個舉止自然快活的他。他的陰鬱雙眼閃閃發亮，渾身散發某種魅力。

他去穀倉牽單車，才發現前輪爆胎了。

「幫我拿盆水來。」他對米莉安說，「看來這下我要晚回家挨罵了。」

他點燃防風燈，脫下外套，將腳踏車倒過來放，立刻著手修理。米莉安捧來一盆水，站在他身旁觀看。她很喜歡看他揮舞雙手做事。他動作靈活有力，就連在最匆忙之際，舉手投足依然莫名流暢。保羅忙著修理，似乎忘了她的存在。她全神貫注愛著他，愛到想伸手順著他的身側撫摸而下。她隨時都想擁抱他，前提是他並未渴望她。

「好了！」他說著忽然站起來。「妳能修得比我還快嗎？」

「不能！」她笑說。

他挺直身子。這時，他背對著她，於是她伸出雙手分別放在他身側，迅速撫摸而下。

「你真**不錯**！」她說。

他笑了。她的聲音令他厭惡，她的雙手卻讓他頓時熱血沸騰。米莉安似乎沒意識到**他**身上的變化。在她看來，他可能和物體沒有差別。她從未意識到他就是男性。

他點亮自行車車燈，讓整輛車在穀倉地面彈了幾下，確認輪胎是否沒問題，才扣好外套。

「這樣就行了！」他說。

米莉安試了試她早就知道壞了的煞車。

「你有找人修嗎？」她問。

「沒有！」

「你為什麼不修？」

「後煞還勉強堪用啊。」

「但這樣不安全。」

「我可以用腳尖煞。」

「真希望你有把它們修好。」她喃喃說道。

「別擔心了。明天來喝下午茶吧，找艾德加一起來。」

「我們可以去嗎？」

「當然，四點左右吧。我會來接你們。」

14. 保羅・魏爾倫（Paul Verlaine，一八四四～九六），法國象徵派詩人。

「好。」

她滿心歡喜。他們穿過昏暗的院子，走向大門。保羅回頭一望，透過窗簾未拉的廚房窗戶，看見暖光打在里佛斯夫婦的頭頂，顯得愜意無比。轉回來，道路兩旁長著松樹，盡頭一片漆黑。

「明天見。」他邊說邊跳上單車。

「你小心點，好嗎？」她懇求。

「好。」

回話聲從黑暗中傳來，他的身影早已消失。她站在原地片刻，看著他鐵馬車燈發出的光一路貼著地面往前衝，漸漸消逝。她轉身進屋，全程放慢動作。獵戶座緩緩升至樹林上空，大半被遮住的獵犬追在獵人身後，一明一滅。除此之外，整個世界漆黑無比，萬籟俱寂，只聞牛棚裡的牛隻在喘息。她誠心祈禱他當晚能平安無事。每當他離開她，她常陷入焦慮，滿腦子想著他是否有安全到家。

保羅騎車衝下山坡。道路溼滑泥濘，他只能任憑車子順坡而下。單車沿著第二道更陡的下坡俯衝時，他樂不可支。「衝啊！」他說。此舉很危險，因為眼前漆黑一片，但坡底有個彎道，還停著幾輛釀酒商的馬車，上面睡著喝醉的馬夫。他身下的腳踏車似乎正直墜而落，他愛死了這種感覺。魯莽亂來簡直是男人對自己女人的報復手段。他覺得自己不被重視，所以冒著摧毀自身的風險，好讓她也不得安心。

隨著他疾馳而下，沿途的湖上繁星如蚱蜢般紛紛躍起，在黑暗中閃著銀光。接下來，要騎過漫漫長坡才到得了家。

「母親，瞧！」他說，朝著她把莓果和樹葉扔到桌上。

「哼！」她如此表示，瞥了一眼，又移開視線。她一如往常，獨自坐著閱讀。

「它們是不是很漂亮？」

「是啊。」

保羅知道她在生他的氣。

過了幾分鐘，他說：「艾德加和米莉安明天要來喝下午茶。」

她沒回話。

「妳不介意吧？」

她依然沒答腔。

「對吧？」他問。

「我介不介意，你心知肚明。」

「我不懂妳為什麼要介意。我常去他們家吃飯啊。」

「確實。」

「那妳為什麼不願意讓他們來喝下午茶？」

「我不願意讓誰來喝下午茶了？」

「妳到底為什麼這麼反感？」

「噢，別再說了！你已經邀她來喝下午茶，這就夠了。她來就來。」

他對母親火冒三丈。他很清楚她反對，只是針對米莉安。他匆匆脫掉鞋子就寢。

隔天下午，保羅去接他的朋友，很高興看到他們前來赴約。他們四點左右抵達莫瑞爾家。以週日午後來說，屋內各個角落整潔又寂靜。莫瑞爾太太穿著黑色洋裝和黑色圍裙，她本來坐著，這時起身迎接訪客。她對艾德加熱情打招呼，卻向米莉安冷漠問候，顯得不情不願。保羅覺得身穿棕色喀什米爾洋裝的女孩賞心悅目。

保羅協助母親準備下午茶。米莉安其實很樂意幫忙，卻怕得不敢開口。保羅相當以自己的家為傲。他認為這個家現在已自成一格：雖然椅子只是木椅，沙發老舊，不過爐邊地毯和沙發靠墊都舒適宜人，牆上掛著有品味的複製畫，每件物品簡單質樸，還有大量書籍。他從不為自己的家感到羞愧，米莉安亦然，因為兩人各自的家都呈現該有的面貌，溫暖人心。保羅還為餐桌感到自豪，瓷器漂亮無比，桌巾作工精細。湯匙不是銀製，或者餐刀沒有象牙刀柄，都無關緊要，因為一切是如此賞心悅目。在拉拔子女長大的同時，莫瑞爾太太持家有方，一切井然有序。

米莉安聊了一下書，她一貫的話題。可是莫瑞爾太太興致缺缺，沒多久便轉頭和艾德加閒聊。

艾德加和米莉安上教堂時，起初經常坐在莫瑞爾太太專屬的長椅上。莫瑞爾從不上教堂，寧可上酒館。莫瑞爾太太像個嬌小代表坐在長椅靠教堂中央一頭，保羅坐在另一端，而米莉安一開始都坐他旁邊。那時，來到教堂就像回到家。那裡優美宜人，深色長椅搭配高雅細柱，飾以鮮花。從小到大，保羅始終看著同樣的人坐在同樣的位置。在裡面坐上一個半小時，一旁是米莉安，離母親也很近，能藉禮拜堂之名結合他的兩大摯愛，實屬美妙，令他寬心。此刻，他心頭一暖，幸福快樂，虔誠無比。做完禮拜，他陪米莉安走回家，莫瑞爾太太則和老友伯恩斯太太共度整晚。週日晚上陪艾德加和米莉安散步，保羅一向神采飛揚。他每次晚上路過礦坑，行經燈火通明的住家、黑漆漆的高大井架、成排貨車，走過如幽魂般緩緩旋轉的扇車，都覺得米莉安又重回他身邊，感覺如此強烈，簡直難以承受。

不久，米莉安便不再坐到莫瑞爾家的專屬長椅。她父親又為自家取得一排座席，位於不大的樓座下方，與莫瑞爾家相對。保羅和母親走進教堂時，里佛斯家的長椅總是空無一人。他滿懷焦慮，生怕她不來，因為路途那麼遙遠，週日又常下雨。然後，往往晚到不能再晚了，她才姍姍來遲，跨著大步，低垂著頭，臉蛋藏在深綠色天鵝絨帽底下。相對而坐的她，臉總是籠罩在陰影下。但光是看到她坐在那裡，一股強烈情緒便湧上保羅心頭，彷彿整個靈魂為之騷動不已。這種感覺和讓母親照料時所體會到的溫暖、幸福、驕傲有所不同，而是某種更美妙、更非人的感受，帶有一絲劇烈痛楚，好像他求而不可得。

這段時期，保羅開始質疑所謂的正統信條。此時，他二十一歲，她二十歲。他變得肆無忌憚，老是傷透她的心，她因而懼怕起眾人口中的年少輕狂歲月。他持續不斷無情粉碎她的信念。艾德加對此倒是樂得很，畢竟他天生愛吹毛求疵，不為感情所左右。然而，米莉安承受著莫大苦痛，因為她所愛的男人憑藉鋒利如刃的思維邏輯，一一檢視她平日實踐、奉行、形塑自我的宗教信仰，而且毫不留情，狠心無比。兩人獨處時，他攻勢更猛烈，彷彿要扼殺她的心靈。他不斷掏空她的信念，直至她幾乎失去知覺。

「她在那邊洋洋得意——她把他從我身邊奪走，才洋洋得意成那樣。」保羅一走，莫瑞爾太太便在內心吶喊。「她不是什麼普通女人，那些女人會讓我在他心中保有一席之地。她想吞噬他。她想揭露他的內心，再吞噬殆盡，直到半點不剩，連他的自我也不復存。他永遠成為不了自食其力的男子漢——因為她會把他吃乾抹淨。」母親坐著煩憂苦思，內心天人交戰。至於保羅，陪米莉安散完步正要回家，此時心焦如焚，咬著雙唇，握緊拳頭，飛快走在路上。來到過籬梯，他停下腳步，佇立良久，紋風不動。前方是陰暗的遼闊山谷，漆黑山坡上散布著小簇燈火，夜色籠罩的山溝底部有礦坑發出亮光。眼前的景色既怪異又可怕。他為何如此心神不寧，近乎不知所措，只能定在原地動彈不得？母親為何要坐在家裡受苦？他曉得她痛徹心扉，但她為何得承受這種痛苦？他又為何一想到母親，便痛恨起米莉安，非得殘忍待她不可。假如是米莉安讓母親如此難受，那他恨她——恨她根本輕而易舉。她為何要讓他自覺好像沒信心、沒把握，信念搖擺不定，彷彿他缺乏足以保護自己不受夜晚和虛空入侵內心的力量？他實在恨死她了！下一刻，湧上心頭的居然是如此溫柔的謙卑之情！

保羅冷不防又往前衝，一路跑回家。母親在他臉上看到心煩意亂的跡象，卻未置一詞。但他非要她開口談談，於是她氣他竟與米莉安深交到這種地步。

「母親，妳為什麼不喜歡她？」他絕望大喊。

「我不知道，兒子。」她哀怨回答，「我敢說自己試過要喜歡上她，試了又試，就是沒辦法——我辦不到啊！」

夾在兩人之間，保羅沮喪不已，束手無策。

春季情況最糟，他情緒變化無常，整個人很緊繃，態度殘忍惡毒，於是決定和米莉安保持距離。然而，到了他知道她正等自己出現的時間，母親便看見他開始坐立難安。他無法繼續作畫，什麼事也做不了，彷彿有什麼促使他一心向著威利農場。結果，他戴上帽子，一聲不吭出門了。母親也知道他離開了。他一踏上路途，旋即鬆了口氣。可是，當他和她在一起，卻又變得冷酷無情。

三月某一天，保羅躺在奈德梅爾河畔，米莉安坐在一旁。藍天白雲，艷陽高照。白得發亮的大片雲朵飄過頭頂，投下的影子沿著河水悄悄移動。雲沒遮住的天空清澈湛藍。保羅躺在已非新綠的草地上，仰望天空。他連看向米莉安都受不了。她似乎渴望他，而他表示抗拒。他無時無刻不抗拒。這時，他想對她展現熱情與溫柔的一面，卻辦不到。他覺得她想要的是自己脫離軀體的靈魂，而不是自己本身。她透過某個結合了兩人的管道，將他所有的力氣和精力都吸進她體內。她不想接觸他，不接觸就表示他們是兩個個體，一男一女；她想把他整個人吸入自己體內。這股迫切渴望教他激動得快發狂，讓他如吸毒般著迷上癮。

此刻，他在談論米開朗基羅。聽他說話，米莉安覺得自己似乎正輕觸著顫抖不止的細胞組織，生命真正的本質。她對此極為心滿意足，最終卻害怕起來。他一臉蒼白躺在那裡，拚命探究分析，發出的聲音逐漸令她心生恐懼，因為語氣毫無起伏，幾乎不帶感情，彷彿他處於恍惚之中。

「別再說了。」她輕聲懇求，把手擱在他額頭上。

他靜靜躺著，幾乎無法動彈。他身體某處似乎報廢了。

「為什麼不行？妳累了嗎？」

「對，你這樣也很累啊。」

聽懂後，他立刻笑了。

「妳還不是每次都搞得我很累。」他說。

「我又不想。」她非常低聲說。

「至少妳做過頭、自認受不了的時候，可不是這麼回事。妳老是無意識想累壞我。我想我應該也甘願這樣吧。」

保羅繼續用毫無感情的聲音說：「要是妳能渴望**我**，而不是要我對妳長篇大論就好了！」

「我！」她大喊，語氣苦澀，「我！那你哪時候才願意讓我擁有你？」

「所以是我的錯了。」他說完，振作精神，起身開始聊瑣事。他感到軟弱無能，因此拐彎抹角憎恨她，卻很清楚自己也得檢討。但知道歸知道，他依然憎恨她。

這段時期，他某天傍晚陪她走回家。他們佇立在通往樹林的牧草地旁，難分難捨。隨著繁星升起，雲朵逐漸遮蔽天空。他們在西方不時瞥見屬於兩人的獵戶星座。獵人腰帶如無數寶石閃耀片刻，獵犬掛在低空，奮力想鑽過一團泡沫狀的雲。

各種星座之中，獵戶座對他們意義最為重大。他們滿懷莫名情感時，便凝望這個獵人良久，直到兩人覺得自己似乎就存在於構成他的每顆星子當中。今晚，保羅悶悶不樂，相當反常。在他眼中，獵戶座只不過是個普通星座。他抵抗著它的懾人魅力。米莉安仔細留意情人的情緒變化，但他不發一語，無從得知他真正的心情。兩人將告別的那一刻，他才表情陰沉地站在原地，皺眉望向雲朵密布的天空，那個巨大星座想必仍在雲層背後闊步前行吧。

他家翌日要舉辦一場小派對，她也會參加。

「我不會來接妳。」他說。

「噢，好吧，這種天氣出門不太方便。」她緩緩答道。

「才不是那樣——只是因為他們不喜歡我這麼做。他們都說比起他們，我更關心妳。妳也懂吧？妳很清楚我們倆之間只是友情。」

米莉安很訝異，為他感到委屈。他顯然為此耗盡了心力。她離他而去，不想再讓他覺得更丟臉。她沿路前行，一陣細雨打在臉上。她心裡非常受傷，瞧不起他經人施壓就被牽著鼻子走。在內心深處，她下意識覺得他這是想逃離自己，但她絕不會承認這點。她很同情他。

這段時期，保羅成為喬丹倉庫的要員。派普沃斯先生辭職，獨立創業，保羅繼續與喬丹先生共事，擔任螺旋部門的監工。倘若一切順利，他的薪資到年底就會調漲至三十先令。

週五晚上，米莉安依然常來莫瑞爾家學法文。保羅不再頻繁造訪威利農場，所以她一想到自己的受教機會將就此中斷，不禁悲從中來。此外，儘管意見不合，兩人都很喜歡有彼此的陪伴。於是，他們一起讀巴爾札克[15]的作品，也動手寫作文，自認具有高度文化素養。

週五晚上是礦工的算帳之夜。地點由莫瑞爾那些同僚想去哪來決定，通常不是在布萊提的新潮酒館，就是在他自家「算帳」——把煤巷賺來的錢分一分。巴克戒酒了，所以大家現在都到莫瑞爾家算帳。

安妮本來在外地教書，如今又回家住。她仍是個頑皮姑娘，不過已經訂婚。保羅正在學設計。

除非整週下來賺得不多，不然莫瑞爾每週五晚上都心情大好。晚飯吃完，他連忙準備去洗澡。男人算帳時，女人在場有失體統。她們不該在礦工算帳時，對男人專屬的私事探頭探腦，亦不能確切掌握他們每週究竟賺了多少。於是，趁父親在洗滌間沖洗，安妮出門去鄰居家消磨一小時。莫瑞爾太太專心烘焙。

「給我把那門關好！」莫瑞爾怒氣沖沖大吼。

安妮用力把門一甩就走。

「要是我洗澡再發生這種事，看我不打斷汝牙齒。」洗到一半、渾身泡沫的他出言恐嚇。保羅和母親聽到這番話無不皺起眉頭。

不久後，他從洗滌間跑出來，肥皂水從身上滴落，全身冷得直打哆嗦。

「噢，老天啊！」他說：「我的毛巾在哪？」

幸好毛巾就掛在爐前的椅子上烘暖，否則他又要語帶威脅，咄咄逼人了。他蹲在熾熱爐火前，烘乾身子。

「呼、呼、呼！」他繼續假裝自己還冷得發抖。

「天啊，你這人喔，別那麼幼稚！」莫瑞爾太太說：「現在又不冷。」

「汝自己脫光光去洗滌間洗洗看啊，」礦工邊說邊擦頭，「根本和冰窖沒兩樣！」

「我才不會這樣大驚小怪。」妻子回應。

「對啦，汝那麼容易受寒，根本就直接凍僵倒下去了，還僵死得跟門把一樣。」

「為什麼是僵死得跟門把一樣，而不是其他東西啊？」保羅好奇問。

「呃，我哪知道，大家都這樣說啊。」父親回答。「那洗滌間的穿堂風強得很，吹過肋骨就像吹過木條柵門一樣容易。」

15. 巴爾札克（Honoré de Balzac，一七九九～一八五〇），法國現代小說之父，為法國現實主義文學奠定了基礎，代表作為《人間喜劇》。

「它要吹過你的肋骨倒是有點困難。」莫瑞爾太太說。

莫瑞爾狀似可憐，低頭看了看身體兩側。

「我！」他驚呼，「我根本像被剝了皮的兔子，瘦得跟皮包骨一樣耶。」

「我倒想知道骨頭在哪裡。」妻子回嘴。

「到處都是啊！我根本像裝了一捆柴的布袋。」

莫瑞爾太太笑了。他仍擁有一副媲美年輕人的胴體，肌肉發達，沒有一絲贅肉。他的肌膚光滑潔淨。要不是有煤屑殘留在皮膚下，形成太多刺青般的藍色疤痕，加上胸毛過於濃密，他的身體說是二十八歲男人的胴體也不為過。然而，他哀傷地摸了摸身側。他堅信沒變胖就代表自己瘦得像挨餓的老鼠。保羅看著父親舉起滿是傷疤和斷甲的棕色厚實雙手，揉搓著平滑緊實的身側，這才驚覺那手和身體是如此不協調。兩者居然出自同一具肉體，真奇妙。

「我想，」他對父親說：「你以前應該有副好身材。」

「啊！」礦工嚷了一聲，轉過去瞥了他一眼，反應像孩子般又驚又羞。

「他是有過，」莫瑞爾太太大聲說，「要是他不橫衝直撞亂搞，好像死命要把自己塞進最小的空間裡，應該還是那樣子。」

「我！」莫瑞爾驚呼，「我有好身材！我從來沒比骷髏還胖過耶。」

「老天！」妻子大叫，「別再哀哀叫了！」

「天哪！」他說：「汝根本只看過我身體像在急速退化的樣子耶。」

她坐著大笑。

「你身體簡直是鐵打的。」她說：「光看身體條件，你根本就贏在起跑點了。你真該看看他年輕時的模樣。」她忽然大聲對保羅說，然後挺直身子，模仿丈夫的昔日英姿。

莫瑞爾羞澀地望著她。他在莫瑞爾太太身上又看到她以前對自己抱持的熱情重燃了那麼一瞬間。他感到羞怯、害怕、卑微。不過，他才又體會到昔日風光，下一刻卻感受到自己多年來造成的種種破壞。他想讓自己忙起來，逃避這個事實。

「幫我擦洗一下背。」他拜託她。

妻子拿來一條抹滿肥皂的法蘭絨浴巾，啪地甩到他肩上。他嚇了一跳。

「啊，汝這臭丫頭！」他大叫，「冰死人啦！」

「你體溫八成跟火蜥蜴一樣高啊。」她邊笑邊幫他擦背。莫瑞爾太太會替他做這麼私人的事，實屬罕見，通常都是孩子們才會做。

「下輩子會熱到你受不了。」她補了一句。

「不，」他說：「汝會發現我到時候通風得很。」

這時，她擦洗完了，胡亂幫他擦乾後上樓，很快拿著替換長褲回來。身體一乾，他費力穿起襯衫。只見他紅光滿面，毛髮直豎，法蘭絨襯衫沒紮進工作褲，垂在外面。他站著烘暖等下要穿的衣物，把它們翻到背面，再由內往外翻，結果居然燒焦了。

「老天，你這人喔！」莫瑞爾太太大喊，「衣服穿起來啦！」

「難道汝喜歡穿上冰得跟洗澡水一樣的褲子啊？」他說。

最後，他脫下工作褲，換上體面的黑長褲。他就在爐邊地毯上這樣又脫又穿，即便安妮和她好友在場，他也大剌剌地照做不誤。

莫瑞爾太太將烤箱裡的麵包轉到另一面，再從廚房角落的紅色陶製麵包盆取出巴掌大的麵團，揉捏成形，放入錫製烤模。她還沒忙完，巴克便敲門進屋。他個性安靜，身材矮小結實，一副像要穿透石牆的樣子。他黑髮剪得很短，頭骨輪廓明顯。就像多數礦工，他膚色蒼白，不過身形健壯，線條緊實。

「晚安，太太。」他對莫瑞爾太太點頭致意，就坐時嘆了口氣。

「晚安。」她熱誠回應。

「汝趕路趕到腳都咯咯響了。」莫瑞爾說。

「我都沒發現呢。」巴克說。

男人們一向聚在莫瑞爾家的廚房，於是他就坐在那裡，盡量不引人矚目。

「你太太還好嗎？」她問巴克。

他前陣子告訴她：「我們的第三胎快生了。」

「嗯，」他揉了揉腦袋回答，「我覺得她情況還算好。」

「這樣啊，什麼時候生？」莫瑞爾太太問。

「嗯，現在就生我也不意外。」

「啊！她身體也還好吧？」

「對，相當不錯。」

「謝天謝地，因為她可稱不上是強健啊。」

「是啊。我又做了件蠢事。」

「什麼事？」

莫瑞爾太太很清楚巴克不會做什麼天大蠢事。

「我出門時沒拿購物袋。」

「你可以拿我的去用。」

「不了，妳也要用啊。」

「沒這回事，我每次都用網袋。」

她多次看到這位果決的矮小礦工在週五晚上採買一週所需的食品、肉類、雜貨，很欽佩他。「巴克雖然個子小，男子氣概卻比你多十倍。」她對丈夫說。

就在這時，衛森走了進來。他身形瘦削，弱不禁風，面帶稚氣率真又略顯傻氣的微笑，看不出是七個孩子的父親。他太太倒是很熱情。

「看來你搶先我一步了。」他說，露出有氣無力的笑容。

「對啊。」巴克回答。

剛抵達的男人脫下帽子和厚重羊毛圍巾，鼻子尖挺泛紅。

「衛森先生，你恐怕很冷吧。」莫瑞爾太太說。

「確實冷到有點刺痛啊。」他回答。

「那請過來爐火邊吧。」

「不了，我待在這就行了。」

兩位礦工都坐得遠遠的。誰也勸不動他們坐到爐邊，因為壁爐是屬於這家人的神聖地盤。

「去坐那張扶手椅啦。」莫瑞爾爽快大喊。

「不，謝了，我坐這裡就非常好了。」

「沒錯，當然要過來坐啊。」莫瑞爾太太堅持。

於是他站起來，笨拙地走過去，尷尬地坐進莫瑞爾的扶手椅。這麼做實在太放肆了，不過爐火讓他深感滿足。

「你胸口還好嗎？」莫瑞爾太太詢問。

他再度微笑，藍眼炯炯有神。

「噢，還可以。」他說。

「發出的聲音就跟定音鼓一樣。」巴克立刻說。

「嘖嘖嘖！」莫瑞爾太太迅速彈舌。「你那件法蘭絨汗衫做好了嗎？」

「還沒。」他面帶笑容。

「那你為什麼不做啊？」她大聲問。

「總有一天會啦。」他繼續微笑。

「啊，我看是等到世界末日吧！」巴克大聲嚷嚷。

巴克和莫瑞爾都受不了衛森。但話說回來，兩人的身體可是都結實得要命。

莫瑞爾準備得差不多了，把錢袋推向保羅。

「小子，來算算吧。」他低聲下氣拜託他。

保羅不耐煩地擱下手中的書本和鉛筆，將錢袋倒放在桌上。只見五磅袋裡裝了銀幣、幾枚索維林和零錢。他快速計算，並核對發票，就是那幾張寫了煤礦產量的紙，再按幣額把錢整理好。巴克也大致確認一下那些發票。

莫瑞爾太太上樓後，三個男人圍坐桌邊。身為一家之主的莫瑞爾坐到專屬的扶手椅上，背對熾熱爐火，兩位同僚則坐在離爐邊稍遠的位子。沒人動手數錢。

「我們之前說辛普森要領多少？」莫瑞爾問。眾人針對那名日薪勞工的工資爭論一番，然後把那筆錢擱置一旁。

「那比爾．內勒呢？」

他們又從那堆錢取出此人的薪水。

接下來，由於衛森住在公司提供的住宅，房租已扣除，所以莫瑞爾和巴克各拿了四先令六便士。

因為莫瑞爾家的煤炭送來了，運煤費預先扣除，於是巴克和衛森各拿四先令。然後，一切就簡單了：莫瑞爾給每人一英鎊，直到金幣分完為止；再給每人半克朗，直到半克朗也分光；接著給每人一先令，直到先令也沒了。要是最後剩下平分不了的零錢，莫瑞爾就替大家先收著，再拿來付酒錢。

分完錢，三個男人起身出門。莫瑞爾趁妻子還沒下樓，急忙踏出家門。她一聽見關門聲就下樓，匆匆查看烤箱裡的麵包，接著視線掃過桌面，看到那裡放著給她的錢。保羅始終埋首作畫，現在卻感覺到母親數了一週的預算後，怒氣節節高升。

「嘖嘖嘖！」她咂嘴。

他皺起眉頭。她一生氣，他就無法專心。她又數了一遍。

「只有少得可憐的二十五先令！」她大聲嚷嚷。「發票總額有多少？」

「十鎊十一先令。」保羅煩躁地說。他對她接下來的反應感到害怕。

「而他居然只給了我區區二十五先令，這星期還要繳他俱樂部的會費耶！我太瞭解他了，他以為**你**有收入，他就不必賺錢養家了。不，他口袋有錢，只會花個精光。但我會讓他好看的！」

「噢，母親，別這樣！」保羅大喊。

「別怎樣，告訴我啊？」她大聲嚷嚷。

「別再大吼大叫了，我畫不下去啊。」

她立刻壓低嗓門。

「對，這樣非常好，」她說：「但你以為光靠這點錢，我要怎麼維持這個家？」

「呃，一直煩惱也沒用啊。」

「告訴我啊，換成你不得不忍受這一切，你要怎麼辦。」

「妳不必忍太久的，之後就可以拿我的錢去用了。讓他見鬼去吧。」

他繼續埋頭動筆，她沉著臉，綁好無邊女帽的繫帶。只要她心煩意亂，他就受不了。不過，保羅現在懂得堅持要她不能把他當空氣。

「上層那兩條麵包，」她說：「再二十分鐘就烤好了，別忘了啊。」

「好。」他回答。她出門去市集。

他留下來獨自作畫，但平時驚人的專注力開始渙散。他留神諦聽庭院柵門是否有聲響。七點十五分，門口傳來輕輕的敲門聲，隨後米莉安走進來。

「只有你一個人？」她說。

「對。」

她像在自家般脫下蘇格蘭圓扁帽和長外套，自行掛好。

看見這光景，保羅心情激動。眼下，此處就像是屬於他們自己的家，他和她的家。她又走回來，仔細端詳他的作品。

「這是什麼？」她問。

「靜物圖案，要拿去裝飾和刺繡用的。」

由於近視，她俯身湊近看這些素描。

她非得這樣仔細看遍屬於他的一切，挖掘他的內心，令他十分惱火。他走進客廳，拿了一綑褐色亞麻布回來，小心翼翼攤放在地上。原來是一片窗簾或門簾，用模板印上了精美的玫瑰圖案。

「啊，真漂亮！」她不禁叫道。

攤開的布料上印著絕美的淡紅玫瑰和墨綠花莖，簡樸至極卻蠱惑人心，就這樣靜置在她腳邊。她跪在這塊布前，深色鬈髮隨即垂落。保羅看見她以嬌豔姿態對著自己的作品卑躬屈膝，頓時心跳加快。她忽然抬頭看他。

「它為什麼顯得很無情？」她問。

「什麼？」

「它似乎給人一種無情的感覺。」她說。

「管它無不無情，圖案都一樣美啊。」他回答，捲起作品，動作輕柔如情人愛撫。

她緩慢起身，若有所思。

「你要拿它做什麼？」她問。

「賣給利寶百貨公司吧。我是為母親畫的，但我想她寧可拿去換錢。」

「好。」米莉安說。他的語氣略帶苦澀，米莉安表示同情。換作是**她**，金錢根本微不足道。

他把那塊布拿回客廳放好。回來後，他扔給米莉安一塊更小的布，是有著一模一樣圖案的靠枕套。

「這是我替妳做的。」他說。

她顫抖著手輕觸成品，不發一語。他難為情起來。

「啊，麵包！」他大喊。

他取出上層的麵包，用力敲了幾下。它們烤好了。他把麵包擺到壁爐上放涼，然後走進洗滌間沾溼雙手，從麵包盆挖起剩餘的白色麵團，放入錫製烤模。米莉安仍俯身凝視她那塊繪有花紋的布。他站在一旁，搓掉手上的麵團碎屑。

「妳喜歡吧？」他問。

米莉安抬頭看他，深色雙眸燃著愛火。他不自在地笑了笑，談論起這個圖案設計。對米莉安訴說關於作品的種種，是保羅的一大樂事。當他談論、構思作品，潛藏在體內的所有熱情、所有狂放不羈的生命力，全投注在與她的交流之中。她的存在激發他的各種想像。但她其實不明就裡，如同女人在子宮受孕時也不明所以。不過，這就是所謂的生命，無論對她，抑或對他，皆然。

他們交談時，一名年輕女子走進屋裡。她約莫二十二歲，個子嬌小，皮膚白皙，眼窩凹陷，卻一臉冷酷。她是莫瑞爾家的友人。

「外衣脫一脫吧。」保羅說。

「不必，我晃晃就走。」

她在保羅和米莉安對面的扶手椅坐下，兩人則坐在沙發上。米莉安稍微從他身邊挪開。屋內很熱，飄著麵包剛出爐的香氣。幾條金黃酥脆的麵包就擺在壁爐上。

「我沒料到今晚會在這裡見到妳，米莉安．里佛斯。」碧翠絲不懷好意地說。

「為什麼不會呢？」米莉安低聲說，嗓音沙啞。

「哎呀，看看妳的鞋子就知道了。」

米莉安僵住，渾身不自在。

「汝沒種伸出來吧。」碧翠絲放聲大笑。

米莉安把腳從裙底伸出來。她的靴子看上去古怪又不可靠，慘不忍睹，正好反映出她本人有多不自在、多不信任自己。此外，鞋子沾滿了泥巴。

「真壯觀呀！妳根本像個糞堆。」碧翠絲大聲嚷嚷，「是誰幫妳清的靴子？」

「我都自己清。」

「看來妳得轉行了。」碧翠絲說：「沒有一大票男人，我今晚才不會大費周章來這裡呢。可是愛情對爛泥只是一笑置之，是不是啊，使徒甜心？」

「Inter alia（拉丁文）。」他說。

「噢，老天！你要開始口吐外語了嗎？米莉安，那什麼意思？」

最後這個問題帶著一絲挖苦意味，但米莉安沒聽出來。

「我想是『除此之外』吧。」她低聲下氣說。

碧翠絲吐舌頭，不壞好意地笑了。

「使徒，『除此之外』？」她重複道。「你是說愛情嘲笑天底下的母親、父親、姊妹、兄弟、男性朋友、女性朋友，甚至是心愛的那個人嗎？」

她裝作自己一無所知。

「事實上，是咧嘴微笑。」他回答。

「我看是竊笑才對吧，使徒莫瑞爾。」語畢，她又自顧自地爆出無聲的惡毒竊笑。

米莉安默默坐在原位，縮回自己的內心世界。保羅的每個朋友都喜歡跟她作對，他卻棄她於不顧——簡直像在報復她。

「妳還在教書嗎？」米莉安問碧翠絲。

「對。」

「所以妳還沒接到通知？」

「我想復活節就會收到了。」

「只不過考試沒過就解雇妳，豈不是太可惜了？」

「我不知道。」碧翠絲冷冷地說。

「阿嘉莎說妳就跟任何地方的任何老師一樣優秀。在我看來，這實在很荒謬。我不明白妳為什麼考試沒過。」

「就沒腦袋啊，使徒，是吧？」碧翠絲簡短地說。

「滿腦子就只想著吃。」保羅回答，笑了起來。

「討厭鬼！」她大叫，一躍而起，衝過去賞他一記耳光。她有雙小巧漂亮的手。保羅抓住她的手腕，她拚命想扭開。最終，她掙脫束縛，兩手抓住他深褐色的濃密頭髮晃來晃去。

「小碧！」他邊說邊用手指把頭髮梳平，「我討厭妳！」

碧翠絲開懷大笑。

「給我小心點！」她說：「我想坐你旁邊。」

「我寧可找隻潑悍的母狐狸陪我坐。」說完，他還是替她在自己和米莉安中間騰出空位。

「剛剛是不是把他的秀髮給弄亂啦！」她大喊，拿出自己的梳子幫他梳直。「還有他好看的小鬍子！」她又驚叫，把他的頭往後仰，梳起長沒多久的小鬍子。「這小鬍子真不聽話啊，使徒。」她說：「根本是在招惹危險。你身上有菸嗎？」

保羅從口袋掏出菸盒。碧翠絲朝盒內看了一眼。

「想像一下我是在抽康妮的最後一根菸。」碧翠絲說，叼起那支菸。保羅拿出火柴替她點菸，她優雅地吞雲吐霧。

「感激不盡，親愛的。」她嘲弄說。

她感到愉悅至極。

「米莉安，妳不覺得他點菸點得很順手嗎？」她問。

「噢，真的呢！」米莉安說。

保羅替自己拿了一根菸。

「老弟，要火嗎？」碧翠絲說，把口中的菸朝他湊過去。

保羅向她傾身，用對方的菸點了自己的菸。點火的瞬間，她對他眨眼。米莉安看到他的雙眼淘氣抖動，稱得上肉感的豐滿雙脣也在顫動。這不是真正的他，她實在受不了。眼前這個保羅，米莉安與他毫不相干，她簡直跟不存在沒兩樣。她看見香菸在他豐滿紅潤的雙脣間上下晃動。她討厭他濃密的頭髮散亂垂在額前。

「你這小甜心！」碧翠絲說完，抬起他下巴，在他臉頰上輕輕一吻。

「我要回吻汝，小碧。」他說。

「汝休想！」她咯咯笑，跳起來閃開。「他是不是很不要臉啊，米莉安？」

「確實。」米莉安說：「對了，你是不是把麵包忘了？」

「啊！」他大叫一聲，猛力拉開烤箱門。

烤箱飄出陣陣青煙，以及麵包燒焦的味道。

「噢，天哪！」碧翠絲邊喊邊走到他身邊。保羅蹲在烤箱前，她越過他的肩膀一探究竟。「愛讓人忘卻一切的下場就是這樣啊，小子。」

保羅懊惱地將麵包脫模。其中一條在烤箱偏高溫那一區燒焦了，另一條則硬得像磚頭。

「可憐的母親！」保羅說。

「你應該把它刮一刮。」碧翠絲說：「把磨肉豆蔻的刨器拿來給我。」

她挪了挪烤箱裡的麵包。保羅拿來刨器，她把麵包烤焦的地方磨掉，任憑碎屑掉在桌上的報紙。他打開門窗，好讓麵包的焦味散去。碧翠絲繼續一邊抽菸，一邊刨那塊烤壞的麵包，把焦炭刮掉。

「米莉安啊！這回妳逃不掉囉。」碧翠絲說。

「我！」米莉安訝異地大叫。

「妳最好趕在他母親進門前離開。**我**知道為什麼阿佛烈大帝會把蛋糕烤焦了[16]。我現在終於懂了！使徒可以謊稱自己畫得太投入才忘了麵包，前提是他覺得這套說詞站得住腳。要是那老婆婆再早點走進來，她就會賞那個讓他忘記該做什麼的厚臉皮傢伙一記耳光，而不是可憐的阿佛烈了。」

碧翠絲邊刮麵包邊咯咯笑。米莉安也不由得笑了。保羅懊悔地撥弄爐火。

花園柵門傳來砰一聲。

「動作快！」碧翠絲大喊，將刮好的麵包遞給保羅，「用溼毛巾包起來。」

保羅的身影消失在洗滌間。碧翠絲趕緊把刮下的麵包屑吹進火裡，帶著無辜的表情坐下。安妮衝進來。這位年輕女子動作魯莽，腦袋卻很靈光。刺眼的燈光逼得她眨了眨眼。

「有燒焦味！」她驚呼。

「那是菸味。」碧翠絲故作矜持地回答。

「保羅呢？」

雷納德跟著安妮進屋。他長著一張滑稽的長臉，藍眼哀傷無比。

「我猜他留下妳們兩個自行談判了吧。」他說，對米莉安同情地點了點頭，對碧翠絲則露出略顯嘲諷的表情。

「才不是，」碧翠絲說：「他是跟九號女友走了。」

「我剛正巧遇到五號女友在找他呢。」雷納德說。

「對啦，我們要像所羅門王的那個嬰兒一樣把他瓜分掉[17]。」碧翠絲說。

安妮笑了。

「噢，是喔。」雷納德說：「那妳要哪個部分？」

「不知道。」碧翠絲說：「我會讓其他人先挑。」

「然後剩下的都歸妳，是吧？」雷納德說，滑稽臉孔皺成一團。

安妮正在察看烤箱。米莉安坐著無人搭理。保羅走進來。

「這條麵包看起來還真不錯啊，保羅小弟。」安妮說。

「那妳就待在那，繼續看著它啊。」保羅說。

「你是說**你**應該要做人家交代你做的事。」安妮回應。

「他應該乖乖照做，對不對！」碧翠絲大喊。

「我想他應該是有很多事要忙吧。」雷納德說。

「米莉安，妳剛走來，路況很糟吧？」安妮說。

「對，不過我已經整整一星期都待在家裡……」

「所以想來點變化吧。」雷納德好心暗示。

「嗯，不能老是被困在家裡。」安妮附和。她其實很和藹可親。碧翠絲穿上外套，跟著雷納德和安妮出門。她要去見自己的心上人。

「別忘了麵包啊，保羅小弟。」安妮喊道。「晚安，米莉安。我想不會再下雨了。」

他們離去後，保羅拿來那塊包著的麵包，解開毛巾，難過地檢視一番。

「根本一團糟！」他說。

「可是，」米莉安焦急回應，「再怎麼說也不過兩便士半啊。」

「是沒錯，但這可是母親精心製作的麵包啊，她一定會耿耿於懷。但在這邊煩惱也不是辦法。」

16. 阿佛烈大帝（Alfred the Great, 八四九～九九）是英國歷史上首位自稱「盎格魯—撒克遜國王」且名符其實的人。據說，阿佛烈大帝逃離維京人時，躲在農婦家避難，對方請他幫忙留意正放在爐火旁烘烤的蛋糕，結果他思索著自身困境，不小心讓蛋糕烤焦，被農婦痛罵一頓。

17. 「所羅門王的審判」典故出自《舊約．列王紀上》第三章十六至二十八節。故事描述兩位母親帶著一名嬰兒來找所羅門王，皆聲稱自己才是嬰兒的母親，所羅門王於是宣布將用劍將嬰兒劈為兩半，公平分給兩個人，藉此觀察兩人的反應，判斷誰才是生母。

保羅把那條麵包放回洗滌間。他和米莉安之間保持著一點距離。他穩穩站好面向她，陷入沉思好一陣子，反芻自己剛才和碧翠絲的互動。他感到內疚，卻又很高興，莫名覺得米莉安就是活該，他才不會懺悔。看他僵在那裡站著不動，米莉安納悶他在想些什麼。他濃密的頭髮垂散在額前。她為什麼不能幫他往後撩起，消除碧翠絲用梳子留下的痕跡呢？她為什麼不能伸出雙手緊貼在他身上呢？那副身軀看上去如此結實，充滿活力，他肯讓其他女孩子碰，為什麼她就不行？

他忽然恢復生氣，動了起來。他迅速把額前的髮絲撥開，朝她走來時，她差點嚇得發抖。

「八點半了！」他說：「我們最好快點開始。妳的法文作業呢？」

米莉安拿出練習本，動作膽怯，表情苦不堪言。她每週運用學到的法文，寫一篇類似記錄她內心世界的日記給他看。保羅發現這是唯一能讓她動筆寫作的方法。她這份日記大多像在寫情書。他現在就要讀了，她不禁覺得自己的心路歷程好像即將被他當下的情緒給褻瀆。保羅在她身邊坐下。她盯著他那結實溫暖的手嚴格批改自己的作業。他眼中只看到法文，不理會她在字裡行間透露的心緒。然而，他的手漸漸忘了該做什麼。他默默讀著內容，紋風不動。她顫抖起來。

「『Ce matin les oiseaux m’ont éveillé』，」他讀著，「『Il faisait encore un crépuscule. Mais la petite fenêtre de ma chambre était blême, et puis, jaûne, et tous les oiseaux du bois éclatèrent dans un chanson vif et résonnant. Toute l’aûbe tressaillit. J’avais rêvé de vous. Est-ce que vous voyez aussi l’aûbe? Les oiseaux m’éveillent presque tous les matins, et toujours il y a quelque chose de terreur dans le cri des grives. Il est si clair——[18]』。」

米莉安坐著不住打顫，有些難為情。保羅仍一動也不動，努力想理解內容。他只知道她愛他。她這份愛令他害怕，他覺得過於美好，自己不配。是他自己對她的愛出錯了，不是她的愛有問題。慚愧的他改正她的作業，在她的文字上畢恭畢敬動筆書寫。

「瞧，」他輕聲說：「直接受詞放在前面時，跟著 avoir 的過去分詞要配合它變化。」

她往前一傾，想看他指哪裡並努力搞懂。

她幾綹鬆散鬈曲的秀髮拂過他的臉龐。

他嚇了一跳，渾身一震，彷彿那些髮絲滾燙如火。他看見她筆直盯著那一頁，朱脣微啟，狀似可憐，茶色雙頰紅潤，臉蛋旁有幾縷黑髮晃動不已。她紅光滿面，宛如表皮鮮豔的石榴。他凝視她，呼吸變得急促。她忽然抬頭看他，深色雙眸毫不掩飾愛意、恐懼以及渴望。他的雙眼一樣深沉陰鬱，令她心痛。他的眼睛似乎正掌控著她。她完全失去自制力，暴露在恐懼之中。他很清楚，想要吻她，必須先排除內心的某種雜念。於是，對她的那一絲憎恨又悄悄盤踞心頭。他把心思再度放回她的練習本。

他冷不防扔下鉛筆，一眨眼就來到烤箱前，將麵包轉到另一面。他的動作過於迅速，米莉安嚇了一大跳。他的舉止令她心痛，渾身發疼，就連他蹲在烤箱前的模樣也令她心痛。他的一舉一動似乎帶著幾分殘酷，他把麵包倒出烤模再接住的俐落動作也顯得有些殘忍無情。要是他動作輕柔，她可能內心就會充盈溫暖吧。但事實擺在眼前，她只感到心痛。

他回來後，把作文改完。

「妳這星期寫得很棒。」他說。

18. 今早我被鳥兒喚醒……天剛破曉，不過從我房間的小窗望出去，一片蒼白，又轉為澄黃，然後林中所有鳥兒齊聲鳴唱，歌聲響亮活潑。整個黎明為之顫動。我夢見了你。你是否也看到這番破曉景色？鳥兒幾乎每天早上都將我喚醒，每天都能聽見鶇鳥的叫聲帶著驚恐，清楚得彷彿——

米莉安看得出來他很滿意那篇日記，但這番讚美並不足以回報她。

「妳有時候真的突飛猛進耶。」他說：「妳該寫詩才對。」

她高興得抬起頭，接著一臉懷疑地搖搖頭。

「我對自己沒信心。」她說。

「妳應該試試！」

她再次搖頭。

「要來讀點東西嗎？還是太晚了？」他問。

「是很晚了，不過還是可以讀一下。」她懇求說。

實際上，她將獲得的是接下來整週所需的精神糧食。保羅要她抄寫波特萊爾[19]的詩〈陽臺〉，然後親自為她朗讀。他的嗓音輕柔、撫慰人心，卻逐漸轉為幾近冷酷的語調。他一激動，經常張嘴露牙，顯得激昂悲憤。眼前的他正是這副模樣，讓米莉安覺得他好像在踐踏她。她不敢看向他，只好低頭坐著。她不懂為何他變得如此心煩意亂、如此火冒三丈，內心不禁難受起來。基本上，她不喜歡波特萊爾——也不喜歡魏爾倫。

「看啊，孤獨的高地姑娘

佇立在遠處的田野間[20]。」

這首詩滋潤了她的心靈。〈美人伊妮絲〉[21]也是如此，還有——

「那是個美好黃昏，平靜且自由，

正是神聖的一刻，寂靜如修女[22]。」

這些詩句就像在描述她。然而，他卻悲憤地嘶啞唸出：

「Tu te rappelleras la beauté des caresses（法文：妳將憶起愛撫的美妙滋味）。」[23]

他唸完詩，從烤箱拿出麵包，把烤焦的放在麵包盆底部，賣相佳的擺上面。那條烤過頭的麵包仍舊包起來放在洗滌間。

「不必今晚讓母親知道，早上再告訴她。」他說：「到時候她就不會那麼難過了。」

米莉安瀏覽書架，看到保羅收到的五花八門明信片和信件以及各種藏書。她拿了一本他以前感興趣的書。保羅關掉煤氣燈，兩人動身出發。他連門都懶得鎖上。

他十點四十五分才回家。這時，母親坐在搖椅上。安妮任由髮辮垂在背後，依然坐在爐前的矮凳，手肘靠在膝上，一臉陰沉。桌上擺著那條惱人的麵包，毛巾已經解開。保羅進屋時，上氣不接下氣。無人開口。母親正在看地方小報。他脫下外套，走去沙發坐下。母親唐突地挪了一下，好讓他過去。依舊沒人開口。保羅不自在極了，於是從桌上拿起報紙，坐著假裝看了好幾分鐘。然後——

「母親，我忘了那塊麵包。」他說。

19. 波特萊爾（Charles Baudelaire，一八二一～六七），法國詩人，法國象徵主義和散文詩的先驅，代表作有詩集《惡之華》（*Les fleurs du mal*）和散文詩集《巴黎的憂鬱》（*Le Spleen de Paris*）。
20. 引自英國詩人威廉・華茲華斯（William Wordsworth，一七七〇～一八五〇）的詩作〈孤獨的收割者〉（The Solitary Reaper）。
21. 指英國詩人湯瑪斯・胡德（Thomas Hood，一七九九～一八四五）的詩作〈美人伊妮絲〉（Fair Ines）。
22. 引自華茲華斯的詩作〈那是個美好黃昏，平靜且自由〉（It Is a Beauteous Evening, Calm and Free）。
23. 引自波特萊爾的詩作〈陽臺〉（Le balcon）。

兩個女人都沒回應。

「好吧，」他說：「它才不過兩便士半，我可以賠妳。」

他氣惱地將三便士放在桌上，朝母親推過去。她別過頭，雙脣緊閉。

「沒錯，」安妮說：「你根本不曉得母親情況有多糟！」

女孩悶悶不樂盯著爐火。

「她為什麼情況很糟？」保羅以蠻橫的口吻問。

「因為，」安妮說：「她差點回不了家啊！」

他湊近母親仔細瞧。她看上去病懨懨。

「妳**為什麼**差點回不了家？」他問她，語氣依舊尖銳。她不肯回答。

「我發現她就坐在這裡，整個人面無血色。」安妮隱約帶著哭腔說。

「好吧，但到底**為什麼**？」保羅追問，皺起眉頭，激動得瞪大雙眼。

「誰來都一樣會吃不消，」莫瑞爾太太說：「抱著那些大包小包，又是肉，又是蔬果，還有成對的窗簾……」

「妳何必拿那麼多東西呢？妳不必這麼做啊。」

「那誰要來做？」

「叫安妮去買肉就好啦。」

「沒錯，有人交代我**就會**去買肉，但我哪知道啊。母親回家的時候，你又不在，早就跟米莉安走了。」

「那妳到底是怎麼了？」保羅問母親。

「我想應該是心臟吧。」她回答。她嘴脣周圍確實有些發青。

「之前有像這樣發作嗎？」

「有，夠多次了。」

「那妳怎麼不告訴我？又為什麼沒去看醫生？」

莫瑞爾太太在椅子上挪動一下，對他這樣逼問感到一肚子火。

「你從來沒留心什麼異狀，」安妮說：「一心只想著要跟米莉安出門。」

「噢，是喔，這樣有比妳和雷納德還糟嗎？」

「**我**九點四十五分就回來了。」

屋內陷入短暫沉默。

「我早該料到，」莫瑞爾太太苦澀地說，「她怎麼可能不會占據你所有注意力，搞得整個烤箱的麵包都焦了。」

「碧翠絲也跟她一樣在場啊。」

「很有可能是這樣。但麵包為什麼會烤壞，我們都心知肚明。」

「為什麼？」他語帶怒意。

「因為你整個人被米莉安迷得團團轉。」莫瑞爾太太激動地回答。

「噢，好吧——明明就**不是！**」他生氣回嘴。

保羅既苦惱又難受，只好拿起報紙看。安妮襯衫未扣好，長髮攏成幾綹並編成辮，對他唐突說了聲晚安，就上樓就寢。

保羅繼續坐著假裝看報紙。他曉得母親想罵他一頓，但是也憂心忡忡想知道母親為何身體不適。於是，儘管他很想直接跑去睡覺，卻沒這麼做，反而坐在原位耐心等待。屋內寂靜，氣氛緊繃，時鐘的滴答聲響亮無比。

「你最好趁你父親進門前去睡覺。」母親厲聲說。「你要是還打算吃點什麼，最好先去拿。」

「我什麼都不想吃。」

週五晚上是礦工去奢侈一下的享樂之夜，母親習慣替保羅帶些乳脂鬆糕回來當晚餐。不過，今晚他氣到沒心情去食品儲藏室找來吃，讓她很難堪。

「我要是開口**叫**你星期五晚上去塞爾比，完全想像得到你會有何反應。」莫瑞爾太太說：「但換成**她**來邀你去，你根本不覺得出門很累人。才不呢，你連吃吃喝喝都不管了。」

「我不能讓她一個人回去啊。」

「不能嗎？那她為什麼要來？」

「又不是我叫她來的。」

「你要是不想，她怎麼會來……」

「好吧，假設**真的**是我想要她——」他回應。

「也不會怎樣啊，只要一切合情合理就行了。可是走那麼遠去那裡，路上都是泥巴，半夜才回家，還要一大早去諾丁漢……」

「我就算沒去，妳照樣會生氣。」

「沒錯，我會，因為這一點道理也沒有。她是多有魅力，讓你非得這樣跟著她到處跑？」莫瑞爾太太語氣滿是挖苦。她坐著一動也不動，臉沒看向他，手指以停住又猛然一動的節奏不斷撫摸黑色棉緞圍裙。看見她那動作，保羅感到心痛。

「我確實喜歡她，」他說：「但是——」

「**喜歡**她！」莫瑞爾太太用同樣尖酸的口吻說，「在我看來，你除了她，其他什麼東西、什麼人都不喜歡。現在的你眼中容不下安妮、容不下我或任何人。」

「別胡說八道，母親，妳很清楚我不愛她……我……我是說真的，我**不**愛她……她甚至不挽著我的手走路，因為我不讓她這麼做。」

「那你為什麼這麼常飛奔去找她？」

「我**確實**喜歡跟她聊天——我從沒否認過這點。但是我**真的不**愛她。」

「你就沒別人可聊了嗎？」

「我們聊的東西，跟別人聊不起來啊。妳對很多事物都不感興趣，而且——」

「像是什麼？」

莫瑞爾太太是如此激動，保羅呼吸變得急促。

「唔，就是畫啊……還有書。**妳**又不在乎誰是赫伯特・史賓賽[24]。」

「是不在乎。」回答的語氣充滿哀傷。「到了我這年紀，**你**也不會。」

「好吧，但是我現在在乎啊……米莉安也一樣——」

「那你又怎麼知道，」莫瑞爾太太怒氣沖沖地反駁，「**我**不會感興趣。你根本沒跟我提過啊！」

「但妳就是不會啊，母親，妳很清楚自己根本不在乎一幅畫值不值得拿來裝飾，也不在乎畫作的**風格**。」

「你又怎麼知道我不在乎了？你有跟我提過嗎？你有哪次跟我聊過這些東西，真的努力試過嗎？」

「但妳在乎的又不是這個，母親，妳很清楚不是。」

「那你說呢？你說啊，我在乎的是什麼？」她氣得反問。保羅痛苦得皺起眉頭。

24. 赫伯特・史賓賽（Herbert Spencer，一八二〇～一九〇三），英國哲學家、社會達爾文主義之父。

「妳老了，母親，而我們還年輕。」

他只是想表達**她**那年紀感興趣的事物，他這年紀不會有興趣。可是他一說出口，就意識到自己說錯話了。

「對，我老了，這我清楚得很。所以我要閃到一邊，跟你再無半點瓜葛。你只想要我伺候你，然後其他心思全放在米莉安身上。」

聽到這番話，他無法忍受。他憑直覺領悟到，自己就是她的一切。對他來說，她終究是自己生命裡的重中之重，至高無上的唯一存在。

「妳曉得才不是這麼回事，母親，妳很清楚不是！」

聽他這麼一喊，她不由得心生憐憫。

「看起來非常像是這麼回事啊。」她說，聽起來不再那麼絕望。

「不，母親，我真的**不**愛她。我跟她聊天，但我心裡想的是回家，回到妳身邊啊。」

他脫下衣領，解開領帶，脖頸什麼也沒圍，起身準備就寢。當他俯身給母親晚安吻，她伸手摟住他的脖子，臉埋在他肩上，開始嗚咽泣訴，那哭聲與她本來的聲音相差十萬八千里，聽得保羅心如刀割：

「我受不了啊。我可以忍受其他女人——但她就是不行。她會把我完全從你心裡抹去，不留給我半點空間……」

保羅頓時痛恨起米莉安。

「而且我從來……你也很清楚，保羅……我從來沒有過丈夫……不是真正的……」

他輕撫母親的頭髮，嘴脣貼著她的喉嚨。

「她還因為把你從我身邊奪走，感到洋洋得意——她可不是什麼普通女孩。」

「我不愛她啊，母親。」他輕聲說，痛苦得低下頭，埋在她肩上，蒙住雙眼。母親給了他一個熱烈長吻。

「吾兒啊！」她說，聲音飽含愛意而發顫。

他不自覺地溫柔輕撫她的臉龐。

「好了，」母親說：「快去睡吧，不然你早上會很累。」她話說到一半，聽到丈夫的腳步聲。「你父親回來了——快走吧。」忽然間，她簡直像害怕似地看著他。「也許我太自私了。你要是想要她，就接受她吧，兒子。」

母親看上去是如此陌生，保羅顫抖著親了她一下。

「啊，母親！」他輕聲說。

莫瑞爾搖搖晃晃走進來。他斜戴著帽子，遮住其中一個眼角。他在門口站定。

「又在胡鬧啦？」他惡意滿滿地說。

莫瑞爾太太瞬間切換情緒，憎恨起這個一進家門就找她碴的酒鬼。

「不管鬧不鬧，至少都是清醒的。」她說。

「哼哼哼！哼哼哼！」他冷笑後，踏進走廊，掛好帽子和外套。他們聽見他往下走了三階，進到食品儲藏室。他回來時，手裡抓著一塊豬肉餡餅——這是莫瑞爾太太特地為兒子買回來的。

「那也不是買給你吃的。你要是只交得出二十五先令，我鐵定不會在你灌下一肚子酒後，還替你買豬肉餡餅，讓你飽餐一頓。」

「什什——什麼！」莫瑞爾咆哮，整個人搖搖欲墜。「什什——麼——不是給我吃的？」他看著手中的豬肉餡和餅皮，一氣之下起了歹念，用力扔進火裡。

保羅馬上一躍而起。

「居然這樣浪費食物！」他大喊。

「什麼──什麼！」莫瑞爾突然吼了一聲，跳起來握緊拳頭。「我會要你好看，你這臭小子。」

「好啊！」保羅語氣充滿敵意，頭歪向一邊。「來啊！」

那一刻，他恨不得動手揍點什麼出氣。莫瑞爾半蹲在地，架起拳頭，準備往前一跳。年輕人站在原地，嘴角揚起。

「殺！」父親發出嘶嘶聲，猛力一揮，威力十足的勾拳恰好錯過兒子的臉。即使靠得這麼近，他也不敢真的對眼前的年輕人動手，所以稍稍揮偏了。

「好啊！」保羅說，眼睛盯著父親的嘴角，下一刻他的拳頭就會擊中那裡。他巴不得給他這一拳。然而，他聽到身後傳來微弱呻吟聲。只見母親臉色慘白，雙唇發黑。莫瑞爾正準備往前跳，揮出另一拳。

「父親！」保羅叫道，好讓對方聽進去。

莫瑞爾吃了一驚，站直身子。

「母親！」男孩嗚咽，「母親！」

她開始費力掙扎，眼睛雖然睜著看他，身體卻動彈不得。她逐漸恢復意識。保羅讓她躺在沙發上，接著跑上樓去拿點威士忌。最後，她終於有辦法小口喝下。淚水滾落他的臉龐。他跪在她面前，沒有哭出聲，不過眼淚順著臉頰撲簌流下。莫瑞爾坐在房間另一頭，手肘靠在膝上，瞪大眼睛看著他們。

「她怎麼啦？」他問。

「頭暈！」保羅回答。

「哼！」

上了年紀的男人開始解鞋帶，然後腳步踉蹌走去睡覺。他最後一次打架就是在這個家。

保羅繼續跪在那裡，輕輕撫摸母親的手。

「別病倒，母親——別病倒啊！」他說了一遍又一遍。

「這沒什麼，兒子。」她喃喃說道。

最後保羅起身，取來一大塊煤炭，撥弄爐火。接著，他收拾房間，整頓一切，為早餐做好準備，再拿來母親的蠟燭。

「母親，妳可以去床上睡嗎？」

「可以，我這就來。」

「跟安妮一起睡吧，母親，不要跟他睡。」

「不，我要睡自己的床。」

「別跟他一起睡，母親。」

「我要睡在自己的床上。」

她站起來。他熄燈後，拿著她的蠟燭，緊跟著她上樓。走到樓梯平臺時，他給了她親密一吻。

「晚安，母親。」

「晚安！」她說。

他氣得難受，把臉埋進枕頭。不過，他內心某處卻很平靜，因為他最愛的人還是母親。這種無可奈何的心靈平靜充滿苦澀。

隔天，父親竭力向他示好的種種舉動，對他來說是莫大羞辱。

每個人都努力想忘掉這件事。

第九章　米莉安的挫敗

保羅不論對自己，還是對一切都感到不滿。他最深沉的愛屬於母親。每當他自覺傷了她的心，或傷害到對她的那份愛，便無法忍受。春天來臨，他和米莉安的關係陷入爭戰。這一年，他常事事與她作對，她也隱約有所察覺。她先前禱告時自認將為這份愛犧牲自己，這個預感如今與種種情感混雜在一起。她從未打心底相信自己真的會擁有他。她從根本上不相信自己，懷疑自己是否有朝一日真能成為他所要求的模樣。理所當然，她從未想像自己與他幸福快樂共度一生，她只看到兩人的未來充滿悲劇、懊悔、犧牲。犧牲之舉令她自豪，克己之行使她堅強，因為她不相信自己能維持日常生活。面對諸如悲劇等影響重大深遠之情事，她準備萬全。她沒有信心能應付的，是無所不在的瑣碎平凡日常。

復活節假期在愉快氣氛下展開。保羅像老樣子表現直率，米莉安卻有股不祥預感。週日下午，她站在臥室窗邊遙望橡樹林，只見午後明亮天空下，枝枒間夾雜著些許微光。忍冬的灰綠色蓮座狀葉叢垂掛窗前，有幾處，她認為，隱約看得出花蕾。時值春季，她對此又愛又怕。

聽到大門哐啷作響，她站在原地徬徨不已。這是個天氣灰濛濛的明亮日子。保羅牽著單車走進院子，車身一路閃閃發光。平時，他都按下門鈴，對著屋子發笑；今天，他走來的時候，雙唇緊閉，舉手投足冷漠無情，顯得無精打采，帶有幾分輕蔑。米莉安現在對他瞭若指掌，光從這副表情苦澀、態度冷漠的年輕身軀，就能看出他內心思緒正在翻騰。看到他停放腳踏車，動作準確卻冷淡，她心為之一沉。

她走下樓，緊張不安。她身著一件新的網紋襯衫，認為穿起來與自己融為一體。高領帶有一點輪狀皺領的設計，讓她想到蘇格蘭女王瑪麗一世，不禁覺得自己看上去莊重，女人味十足。二十歲的她擁有傲人雙峰，身材凹凸有致。她的臉蛋仍像戴著柔軟的精緻面具，表情毫無變化，但是雙眸一抬，便教人驚艷。她對他感到害怕，因為他會注意到這件新襯衫。

保羅今天心情不好，開口就是冷嘲熱諷，這時為了逗樂里佛斯一家，正在描述原始衛理公會舉行的某個儀式，是由教派的一位知名牧師主持。他坐在主位，神情豐富多變，那對足以懾人的眼眸時而溫柔得閃閃發亮，時而帶著笑意，眉飛色舞。此刻，他模仿著各種人物，表情隨之不斷變換。他的嘲弄令她難受，因為模仿得過於逼真。他實在太擅長，也太惡毒了。當他的雙眼像這樣充滿嘲弄的恨意，看上去冷酷無情，她覺得他是不會放過他自己或任何人的。不過，里佛斯太太笑到泛淚，擦拭眼角，剛從週日午睡醒來的里佛斯先生則饒富興味地揉著頭。里佛斯三兄弟衣衫不整地穿著便服，睡眼惺忪坐在那裡，不時粗聲大笑。全家人最愛的莫過於「模仿秀」。

保羅對米莉安不理不睬。後來，她看見他注意到自己的新襯衫，看出新衣贏得了這位藝術家的讚許，卻沒有激發出他半點熱情。米莉安緊張兮兮，差點連拿個架上的茶杯都辦不到。

男人們出去擠牛奶時，她鼓起勇氣，當面向他開口。

「你晚到了。」她說。

「有嗎？」他回答。

兩人沉默了一會兒。

「路況不好嗎？」她問。

「我沒注意。」

她繼續迅速擺餐桌。擺完的時候，她說：「下午茶要再等等。你要不要來看水仙花？」

他沒答腔便站起來。他們走出屋外，來到後院那棵正含苞待放的烏荊子李樹下。遠方丘陵和頭頂天空清澈冷冽。一切看起來像洗滌過，生硬死板。米莉安朝保羅看了一眼。他臉色蒼白，神情冷漠。自己所愛的那眼眸、那眉毛看上去竟如此令人難過，她心痛不已。

「風吹成這樣，是不是讓你累了？」她問，察覺到他隱約有些疲憊。

「不，我覺得沒有。」他回答。

「騎來的路上一定很費力吧——連樹林都被風吹得呼呼作響。」

「從雲就能看出來是吹西南風，我來這裡是順風。」

「你也知道我不騎車，所以不懂。」她低聲說。

「這哪需要會騎車才懂啊！」他說。

米莉安認為他沒必要這樣挖苦。他們默默往前走。屋後雜草叢生的荒地周圍是一道有刺樹籬，樹下長著水仙。那些花從一束束灰綠葉片中探出頭，外側由於寒意依然青綠，不過仍有幾朵盛放，金黃花緣波浪皺褶，鮮豔奪目。米莉安跪在其中一簇前，雙手捧起一朵恣意綻放的水仙，將金花正對自己，然後低頭，用嘴巴、雙頰、眉毛一一輕撫。保羅站在一旁，手插在口袋裡看著她。一朵接一朵，她把那些盛開黃花的正面轉向他，想引起他的注意，同時不忘盡情給予愛撫。

「它們是不是美呆了？」她喃喃說道。

「美呆了！得了吧——是很漂亮啦！」

聽到他駁斥自己的讚美，她又對著花低下頭。他繼續看她蹲坐在地，以熱情洋溢的吻輕啄花朵。

「妳為什麼老是得這樣撫弄不可？」他煩躁地說。

「我很喜歡碰觸它們啊。」她語氣受傷地回答。

「妳難道就不能只是喜歡它們嗎？反而非得緊緊抓著，好像要把它們的心挖出來一樣。妳為什麼就不能多克制一下，或是含蓄一點之類呢？」

米莉安抬頭看他，表情痛苦不堪，又繼續緩慢向皺巴巴的花輕輕獻上一吻。她聞到的花香遠比他還來得親切宜人，讓她差點哭了出來。

「妳都靠哄騙，讓萬物失去靈魂。」他說：「我絕不會這樣哄騙——我再怎樣都會直來直往。」

他幾乎不曉得自己在說什麼，這些話自動從他嘴裡冒出來。米莉安望著他，他的身軀似乎成了一具武器，炮口牢牢對準她。

「妳老是乞求萬物要愛妳，」他說：「好像妳在乞討愛。就連那些花，妳也得搖尾乞憐……」

米莉安以固定節奏來回搖晃，用嘴輕碰著花，吸入香氣。此後，只要這股氣味飄入鼻內，便教她顫抖不止。

「妳才不想去愛——妳那異常的永恆渴望是想讓自己被愛。妳才不積極，而是消極。妳不斷一直吸取，好像非得用愛來填滿自己，因為妳身上某處有缺陷。」

米莉安對他如此惡毒大感震驚，所以沒聽進去。自己究竟在說什麼，保羅沒有半點頭緒，彷彿他那受盡折磨的苦惱靈魂由於一時衝動，導致無處宣洩的熱情如電流迸出的火花般，從口中噴出這些話語。他講的一字一句，她都無法理解。她只是蹲伏在那裡，承受他的惡毒言語和他對她的痛恨。米莉安向來無法一點就通，凡事都要再三尋思。

享用完下午茶，保羅待在艾德加和他弟弟身邊，不理會米莉安。明明是期盼已久的假期，她卻鬱悶至極，只等他回心轉意。他最終屈服了，主動來找她。她決心要一路回溯這股情緒，找到他不滿的原因。她認為他只不過是心情不好罷了。

「我們要不要去樹林走走？」她問，很清楚他絕不會拒絕開門見山的請求。

他們步向野兔出沒的那塊地。他們踏上中間那條小徑，經過一個陷阱，是由細小冷杉樹枝搭建而成的馬蹄形窄樹籬，裡面放著充當誘餌的兔子內臟。保羅皺眉看了陷阱一眼。她注意到他的視線。

「是不是很可怕？」她問。

「我不知道！這會比黃鼠狼咬住兔子喉嚨還糟糕嗎？是一隻黃鼠狼，還是很多兔子？總有一方得消失才行！」

想到生命何其苦澀，他滿腦子負面想法。米莉安替他感到難過。

「我們回屋裡去吧，」他說：「我不想再走了。」

他們路過紫丁香樹，古銅色葉芽即將綻開。乾草堆所剩無幾，方方正正的褐色遺跡宛如石柱。上次收割以來，地上還覆著薄薄一層乾草。

「我們稍微在這裡坐坐吧。」米莉安說。

保羅不得已只好坐下，背靠著那堵堅實乾草牆。他們面向一片空地，圓丘環繞四周，在夕陽下閃閃發亮，幾座小小的白色農場格外顯眼，草地金黃燦爛，樹林陰暗卻帶著微光，樹梢一個比一個高，即便在遠處也清晰可見。暮色清朗，東方天空染上一抹淡淡的洋紅紅暈，籠罩著寂靜的豐饒土地。

「是不是很美？」她懇求似地問。

然而，他只是皺眉頭，沉著臉。此刻，他寧可眼前的景色不堪入目。

就在這時，一隻龐大的鬥牛㹴衝過來，嘴巴大張，兩爪撲向年輕人的肩膀，舔起他的臉。保羅笑著往後退。比爾的出現讓他大大鬆了一口氣。他把狗推到一旁，牠卻還是跳回他身上。

「走開啦，」青年說：「不然我要打你囉。」

可是，這條狗怎麼趕也趕不走，保羅只得和牠稍微纏鬥，把可憐的比爾拋離自己，沒想到牠卻樂不可支，又跌跌撞撞跑回來。一人一狗不斷打鬧，男人勉強笑出聲，狗則咧嘴笑開懷。米莉安望著他們。男人看上去有些可憐。他多想去愛、多想變得溫柔體貼。他把狗撞倒在地，動作粗魯，其實卻充滿了愛。比爾站起來，開心喘氣，白臉上的褐色眼睛骨溜地轉個不停，又拖著笨重腳步走回來。牠非常喜歡保羅。青年皺眉。

「比爾，我受夠汝啦。」他說。

那隻狗卻只是抬起兩隻欣喜得不住顫抖的沉甸甸前爪，踩在他大腿上，不斷伸出紅舌舔他。保羅往後一縮。

「不行，」他說：「不行——我玩夠了。」

過了一會兒，那條狗快步跑開，心情愉悅，去找新樂子。

保羅仍痛苦地凝望遠方山丘，對這片平靜美景心生羨慕。他想和艾德加騎單車出遊，卻沒勇氣拋下米莉安。

「你為什麼一臉難過？」她低聲下氣問。

「我才不難過，幹嘛要難過？」他回答，「我再正常不過了。」

她不明白，他為什麼老是要在心情不好的時候，宣稱自己很正常。

「你到底怎麼了？」她懇求問道，語帶安慰地哄他開口。

「沒什麼！」

「才怪！」她低聲說。

他撿起樹枝，開始朝地上又戳又刺。

「妳最好別再開口了。」他說。

「但我想知道……」她回應。

他憤恨地笑了幾聲。

「妳哪次不是這樣。」他說。

「這樣對我不公平。」她低聲說。

保羅彷彿氣到沖昏頭，拿著那根尖樹枝，不斷朝地面刺了又刺，接連挖出不少小泥塊。米莉安把手放在他手腕上，力道輕柔卻帶著堅決。

「住手！」她說：「把它丟掉。」

他把樹枝用力扔進醋栗樹叢，往後一靠。他正壓抑著情緒。

「怎麼了？」她輕聲懇求。

他躺著一動也不動，唯獨雙眼炯炯有神，卻透露出滿滿煎熬。

「妳知道，」他最後終於開口，語氣厭倦無比，「妳知道的，我們最好分手。」

這正是她懼怕的事。她眼前的一切似乎瞬間一暗。

「為什麼！」她低聲說，「發生什麼事？」

「什麼也沒有。我們只不過是認清彼此的關係罷了。這樣下去沒用……」

她默默等著，儘管傷心卻懷著耐心。對他感到不耐是沒用的。無論如何，保羅現在就會告訴她讓他苦惱的原因了。

「我們說好要當朋友，」他繼續用毫無起伏的單調嗓音說，「我們**一直以來**多常把要當朋友這件事掛在嘴邊！可是這段關係沒辦法僅止於此，也無法更進一步。」

他又陷入沉默，她則陷入沉思。他這是什麼意思？他渾身散發出厭倦氣息，仍然有事不願吐露。可是，她必須耐心以對。

「我只能跟妳做朋友——這是我唯一做得到的事——這是我與生俱來的缺陷。這段關係失去平衡，歪向一邊了，我討厭這種快失衡的狀況。所以我們到此為止了。」

他最後幾句話帶著怒火。他是指她愛他勝過他愛她。也許他無法愛她；也許她身上沒有他所渴求的一切。驅使她靈魂運作的最深沉原動力，便是這種自我懷疑的心態，深沉到她不敢瞭解或承認。也許是她有缺陷。這個可能性就像某種極其幽微的恥辱，往往阻止她往前邁進。若真是如此，她沒有他也過得下去。她絕不會讓自己渴望他，只會坐觀其變。

「但到底發生了什麼事？」她說。

「什麼也沒有——就只是我內心的想法，現在才爆發出來。每次快到復活節，我們都這樣啊。」

他卑躬屈膝的模樣如此無助，她很同情。至少她自己從來沒有不知所措到這麼可憐的地步。說到底，丟臉的人主要是他。

「那你想怎麼辦？」她問他。

「唔，我不該常來這裡——就這樣。我幹嘛要獨占妳，畢竟我不……瞧，我只要跟妳扯上關係，就有某種缺陷……」

保羅正在對她說自己並不愛她，所以應該讓她把這個機會留給其他男人。他真是愚蠢又盲目，笨拙得丟人現眼！其他男人對她算什麼！男人對她來說根本什麼也不是！但是他呢，啊！她愛著他的靈魂。**他**是否哪裡有缺陷？也許真的有。

「可是我不懂，」她沙啞地說，「昨天……」

隨著餘暉漸逝，他覺得夜晚變得吵雜刺耳，可恨無比。米莉安難受地低下頭。

「我很清楚，」他大喊，「妳永遠不會懂！妳永遠不會相信我不能……就身體而言不能，就像我不能像雲雀飛上天一樣——」

「不能什麼？」她低聲說。這時，她心懷恐懼。

「愛妳。」

在那一刻，保羅對她痛恨至極，因為他不得不讓她受苦。愛她！她就知道他愛她。他真的屬於她。他這樣表示不愛她，不論是指身體上還是肉體上，只不過是存心作對，因為他明知她愛著他。他蠢得像個孩子。他屬於她，他內心渴望她。她推測是有人影響了他的判斷，從他身上能感覺到另一股冷酷又陌生的影響力。

「家裡的人都對你說了什麼？」她問。

「跟那個沒關係。」他回答。

她頓時明白這正是原因。她瞧不起他家人那種平庸思維，他們不曉得世間萬物的真正價值。

當晚，兩人沒再多加交談，畢竟他丟下她，跟艾德加騎車兜風去了。

保羅回到母親身邊。兩人的關係才是他生命中最牢固的羈絆。他仔細思考後，米莉安便從他心中消失。她給人虛無縹緲的感覺，其他人也無關緊要。全世界只有一處穩固依舊，並未化為虛幻：母親所在之處。對他來說，其他人可以變得模糊不清，幾乎不存在，但她可不會。彷彿他無法逃開的生活重心和人生支柱，正是母親。

母親也懷抱相同的心情等著他。如今，她將自己寄託在他身上。畢竟除了他，莫瑞爾太太的人生幾乎千篇一律。她看出他們**有所作為**的機會降臨了，他的成就對她別具意義。保羅將證明她向來都是對的，他將成為不為任何事所動搖的男子漢，他將發揮重大影響力，為世間帶來巨變。無論他前往何處，她都覺得自身靈魂與他同行；無論他做了什麼，她都覺得自己精神與他同在，彷彿隨時能助他一臂之力。只要他和米莉安在一起，她就無法忍受。威廉已經不在了，為了留住保羅，她會奮戰到底。

他確實回到她身邊。保羅想到自己忠於她，內心深處便對先前自我犧牲的舉動感到滿意。她最愛他；他最愛她。然而，保羅仍不滿足。他年輕氣盛，正值血氣方剛的年紀，迫切渴望母親以外的人事物，因此無時無刻焦躁不安。母親察覺到這點，多麼希望米莉安是那種能帶走他最近展露的年輕一面，把樸實本質留給自己的女人就好了。他反抗母親，簡直像在反抗米莉安。

過了一週，他才再次造訪威利農場。米莉安痛不欲生，害怕再見到他。她現在難道要忍受被他拋棄的恥辱嗎？那只不過是一時的膚淺情感罷了。他會回來的。她才是能掌控他心靈的人。不過，想到他現在會如何對抗她，藉此折磨她，便讓她畏縮起來。

然而，保羅卻在復活節的下個週日來喝下午茶。里佛斯太太見到他很高興，猜他正為某事煩惱、碰上了困難。他似乎不自主地向她尋求安慰，她也樂於幫他。她十分體貼，對待他幾乎是帶著敬意。

他在前院與她和那幾個年幼孩子碰頭。

「我很高興你來了。」這位母親邊說邊用那對迷人的棕色大眼看著他。「天氣實在太好了，我正準備去田野看看，是今年頭一次呢。」

他覺得她是在邀他一起去。這個主意撫慰了他的心。他們走著，簡單聊上幾句，他語氣溫和，態度謙卑。里佛斯太太待他如此畢恭畢敬，差點沒讓他感激涕零。他羞愧不已。

在作物堆巷巷底，他們發現鶇鳥的巢穴。

「要不要讓妳們看一下蛋？」他說。

「請！」里佛斯太太回答。「它們**簡直**就象徵著春天，充滿希望。」

他撥開有刺樹枝，取出那些蛋，捧在掌心。

「它們還暖呼呼的——我想我們把母鳥嚇跑了。」他說。

「哎呀，真可憐！」里佛斯太太說。

米莉安忍不住伸手摸那些蛋，連帶碰到保羅的手。她覺得那隻手將蛋捧得很穩。

「這種溫熱感是不是很奇妙！」她低聲說，藉此接近他。

「來自鮮血的熱度。」他回答。

在她的注視下，保羅把蛋放回去，身體緊靠著樹籬，手臂慢慢伸進有刺樹枝間，手指小心蜷起好保護蛋。他全神貫注，一心想著要如何把蛋放回去。看到他這模樣，她好愛他。他看上去如此單純、自負，她卻無法接觸他。

享用完下午茶，米莉安站在書架前猶豫不決。保羅拿了《達拉斯貢的戴達倫》[25]。他們又走到之前的乾草堆，靠著底部坐在一大片乾草上。他看了幾頁，卻沒讀進去。那條狗又飛奔過來，想跟上次一樣玩耍。牠用口鼻推擠男人的胸口。保羅撫弄一下狗耳，旋即把牠推開。

「走開，比爾，」他說：「我不想跟你玩。」

比爾只好悄然離去。米莉安想知道，也很害怕接下來會發生什麼事。青年身上籠罩著一股沉默，讓她忐忑不安，不敢動彈。她懼怕的不是他會勃然大怒，而是默默下定決心。

為了不讓她看到自己，保羅微微把頭轉開，才痛苦地緩緩開口：

「妳覺得……我要是沒那麼常過來……妳有可能會喜歡上其他人──另一個男人嗎？」

原來這就是他仍耿耿於懷的事。

「但我不認識其他男人啊。你為什麼要問？」她低聲回答，在他聽來就像是指責。

「呃，」他脫口而出，「因為他們說我沒資格這樣過來拜訪，我們又沒打算結婚……」

只要有人逼他們對彼此的關係打開天窗說亮話，米莉安都會氣憤不已。她就對自家父親怒不可遏，因為他居然開玩笑地對保羅暗示，他明白保羅那麼頻繁造訪的原因。

「誰說的？」她問，心想不知道自己家人和這件事是否有關係。結果與他們無關。

「母親──還有別人。他們說這樣下去，大家都會認為我訂婚了，我也應該把自己當作有婚約在身，不然這樣對妳不公平。我有努力想搞清楚，卻還是不覺得自己像丈夫愛妻子那樣愛著妳。**妳**對這件事有什麼看法？」

米莉安悶悶不樂低著頭。她很氣居然得這樣費力抵抗周遭目光。大家應該放過他們，別多管閒事。

「我不知道。」她低聲說。

「妳覺得我們有相愛到足以結為夫妻嗎？」他的問題清楚明確。聽到這句話，她渾身顫抖。

「不，」她老實回答，「我不覺得——我們太年輕了。」

「我是認為，」他悲哀地繼續說，「也許因為妳對凡事都付出強烈情感，所以妳可能給了我更多——多到我永遠無法補償妳。就算這樣，妳要是願意重新考慮一下，我們就訂婚吧。」

聽完這番話，米莉安好想哭。她也好生氣。他老是這麼長不大，人家要他做什麼就做什麼。

「不，我不想這麼做。」她堅決表示。

他沉思半晌。

「妳知道，」他說：「就我看來，我不覺得有哪個人能獨占我，成為我的一切——我認為永遠不會。」

這點她倒是沒想過。

「是啊。」她低聲說。停頓片刻，她看著他，深色雙眼閃過一絲激動。

「這都是因為你母親。」她說：「我知道她從來就不喜歡我。」

「不、不，不是，」他急忙說，「她這次是為了妳好才開口。她只說我要是再這樣下去，就該把自己當作有婚約在身。」語畢，一陣沉默。「如果我隨時開口邀妳來我家，妳不會不來吧？」

她沒答腔。在這個節骨眼，她早已怒火中燒。

「好吧，我們該怎麼辦？」她突兀地說，「我最好別再上法文課了。雖然學習才剛步上軌道，但我

25.《達拉斯貢的戴達倫》（*Tartarin of Tarascon*）是法國作家亞方斯・都德（Alphonse Daudet, 一八四〇～九七）撰寫的小說。

想，接下來自學也沒問題。」

「我看不出我們有必要這麼做。」他說：「我當然可以教妳法文啊。」

「好吧，不過還有星期天晚上。我不會就這樣不上教堂，因為我很喜歡去，這也是我唯一的社交生活。但你不必陪我回家，我可以一個人走回去。」

「好。」他回答，顯然大為震驚。「不過要是我開口邀艾德加，他一定會跟我們來，這樣他們就無話可說了。」

兩人陷入沉默。這麼一來，她終究不會有太多損失，但對他家裡那些閒話恐怕不會有什麼影響。她真希望他們能別多管閒事。

「妳不會為這件事煩惱，還胡思亂想吧？」他問。

「噢，不會。」米莉安沒看他就回答。

他不發一語。她認為他意志不堅。他沒有毫不動搖的決心，亦沒有能支撐住他的正直信念。

「因為，」他又開口，「男人要騎單車去上班，然後做各種事。可是，女人只會抱頭擔憂。」

「不，我不會為此煩惱的。」米莉安說，字字發自肺腑。

戶外開始變得冷颼颼，於是他們進屋。

「看看保羅變得多蒼白！」里佛斯太太驚呼。「米莉安，妳不該讓他坐在室外的。保羅，你覺得自己有著涼嗎？」

「噢，沒有！」他笑說。

不過他覺得筋疲力竭，內心的衝突耗盡了精力。米莉安現在很同情他。結果不到九點，他便早早起身告辭。

「你不是打算要回家吧？」里佛斯太太擔心地問。

「對，」他回答，「我說過會早點回去。」他非常不好意思。

「但**實在**太早了。」里佛斯太太說。

米莉安坐在搖椅上，悶不吭聲。保羅遲疑片刻，以為她會像平常一樣站起來，陪他去穀倉牽腳踏車。結果，她仍坐在原位。他不知如何是好。

「好吧，晚安了，各位！」他結結巴巴地說。

米莉安和其他人一起向他道晚安。他經過窗邊，朝屋內看了一眼。她看到他臉色蒼白，眉頭微皺——簡直快成了他的正字標記，眼神陰鬱痛苦。

她起身走到門口，在他通過大門時，向他揮手道別。保羅從松樹下緩緩騎過，覺得自己是個討厭鬼，還是個可憐蟲。自行車沿著下坡路不時顛簸。他心想，要是摔死就能解脫了。

兩天後，他寄給她一本書，附著一張小紙條，鼓勵她閱讀，努力學習。

這段期間，保羅將友情全獻給艾德加。他熱愛這一家人，也熱愛這座農場，此處就是他在世上最珍視的地方。他自己的家就沒那麼討喜了，這是因為母親的緣故。不過，只要和母親在一起，他到哪都會一樣幸福。至於威利農場，他強烈熱愛。他愛那狹小的廚房，男人紛紛穿著靴子踩踏而過，害狗兒為了不被踩到，睡覺都不得不睜著一隻眼；夜晚降臨，油燈掛在桌子上方，一切如此寂靜。他愛米莉安那間又長又矮的客廳，氣氛浪漫，鮮花、書籍、紫檀木鋼琴點綴其中。他愛那些庭園和屋頂緋紅的房子，只見它們坐落於光禿田地的邊緣，悄悄靠向樹林一側，似要尋求舒適，鄉野景色沿著山谷一路往下綿延，再朝對面未開墾山坡往上擴展。光是待在那裡，保羅便心曠神怡，欣喜無比。他愛里佛斯太太，愛她不諳世故、憤世嫉俗的古怪一面；他愛里佛斯先生，愛他熱情待人、朝氣蓬勃、討人喜歡；他愛艾德加，只要保羅到訪，他就表情一亮；他還愛其他男孩和小孩，以及比爾——甚至連母豬瑟西和印度鬥雞蒂普也愛。除了米莉安，所有這一切，他都無法捨棄。

因此，他依然頻繁造訪，但通常都與艾德加共處。包含父親在內的里佛斯全家，只有晚上才聚在一起玩比手畫腳等遊戲。之後，米莉安號召所有人，大家輪流朗讀廉價本的《馬克白》。場面歡樂，氣氛熱烈。米莉安很高興，里佛斯太太也很高興，里佛斯先生則樂在其中。接著，眾人用首調唱名法學各種曲子，圍著爐火齊唱。不過，保羅如今鮮少與米莉安獨處。她耐心等待。每當她和艾德加跟保羅一起從教堂或貝斯特伍德的文學社走回家，她曉得他現在那些激昂無比的非正統言論，其實是想說給她聽。然而，她還是很羨慕艾德加，嫉妒他可以跟保羅騎車兜風、享受週五夜晚、白天下田工作。因為她本來週五晚上的安排和法文課都沒了。她幾乎無時無刻不形單影隻，走路、在林中沉思、閱讀、學習、幻想、等待皆然。他經常寫信給她。

某個週日晚上，兩人恢復昔日融洽無比的關係。艾德加為了領聖餐，陪莫瑞爾太太留在教堂，因為他對這個儀式很好奇。於是，保羅獨自和米莉安走回他家。他又有點被她迷住了。一如往常，他們討論著布道內容。他正火力全開，滔滔不絕談著不可知論，這種不可知論的宗教觀卻沒有讓米莉安心情太難受。他們已經討論到勒南撰寫的《耶穌傳》[26]。保羅把她當成打穀場，恣意盡情拋出各種看法。他用這些想法對她的心靈蹂躪一番的同時，終於悟出真理——唯有她才是他的打穀場，唯有她才能讓他有所領悟。她幾乎是面無表情，全盤接受他的論據和闡述。但不知為何，正是她的緣故，保羅才逐漸意識到自己哪裡想錯了。當他明白了，她也同樣明白了。米莉安認為他不能沒有她。

他們來到靜悄悄的房子。他從洗滌間的窗口取出鑰匙，接著兩人進屋。從頭到尾，他一直發表長篇大論。他點燈添柴，從食品儲藏室替她拿來幾塊糕餅。米莉安靜靜坐到沙發上，盤子擺在膝上。她戴著一大頂飾以桃紅花朵的白帽。帽子是便宜貨，但他很喜歡。只見帽子下方的臉蛋表情平靜，若有所思，淡褐肌膚氣色紅潤。她的耳朵總是藏在短俏鬈髮後方。她注視著他。

米莉安喜歡週日的他。這時候，他都身穿一套深色西裝，得以展現身體動作有多靈活輕盈，整個人看上去乾淨俐落。他繼續對她闡述自身想法，然後冷不防伸手去拿聖經。米莉安喜歡他伸手取物的模樣——如此敏捷、精準到位。他迅速翻頁，唸《約翰福音》其中一章給她聽。他坐在扶手椅上朗讀，專心致志，語氣全然理性，她不禁覺得他此刻下意識在利用她，就像男人聚精會神、埋頭苦幹時利用工具一樣。她好愛這種感覺。他的聲音帶有一種渴望，彷彿想伸手觸及什麼，而他用以觸及的媒介似乎就是她。米莉安往後靠向沙發遠離他，卻仍覺得自己就是他手中緊握的那件器具。想到這點，她喜不自禁。

然後，他開始結巴，顯得忸怩不自在。就要唸到「婦人生產的時候就憂愁，因為她的時候到了」[27]，他卻整節跳過。米莉安感覺得出來他變得坐立不安。聽到接下來沒出現那段熟悉的經文，她身子一縮。他繼續朗讀，但她沒聽進去。出於悲痛和羞愧，她低下頭。六個月前，他會很乾脆唸過去；現在，兩人相處起來，有道裂痕橫亙其中。此刻，她才真正感受到彼此間確實存在某種憎惡之情，兩人為此感到羞愧。

她僵硬地吃掉糕餅。保羅試著繼續提出論點，口氣卻無法恢復正常。不久，艾德加走進來。莫瑞爾太太去找朋友。三人出發前往威利農場。

米莉安苦思冥想，保羅為何與自己劃清界線？他內心還渴望什麼？他無法獲得滿足，不肯讓她有片刻安寧。兩人現在總是有理由吵起來。她想證明給他看，他生命中最需要的就是她，對此她深信不

26. 勒南（Ernest Renan，一八三二～九二），法國東方學者、哲學家、宗教學家，主要書寫宗教史、宗教哲學、政治哲學等相關作品，《耶穌傳》（*Vie de Jésus*）是他以史料探討耶穌生平的作品。

27. 引自《新約・約翰福音》第十六章二十一節。

疑。要是她能向自己或向他證明這點，接下來或許就會一帆風順，未來她只需要順其自然就行了。

於是到了五月，米莉安邀他來威利農場見見道斯太太。保羅似乎對她有某種渴求。兩人只要談到克拉拉．道斯，她就看到他一陣激動，微微發怒。他嘴巴上說不喜歡她，卻又想多認識她。既然如此，他應該親自來接受考驗。米莉安認為他內心有對崇高事物的渴望，也有對低俗事物的慾望，而前者終將勝出。無論如何，他都該歷經試煉。她忘了自己所謂的「崇高」和「低俗」皆為個人的武斷看法。

想到要在威利農場與克拉拉見面，保羅激動不已。道斯太太當天依約來訪。她將暗褐色的濃密頭髮盤在頭頂，穿著白襯衫和藏青裙子。不知為何，她無論在哪，周圍一切似乎就變得渺小而微不足道。只要她待在屋內，廚房頓時顯得狹小簡陋，米莉安那間微明的漂亮客廳顯得死板乏味，里佛斯全家則像蠟燭般黯然失色。他們覺得她教人難以忍受，但她表現得十分友善，即便神情冷漠，難以親近。

保羅下午才抵達，不過其實提早到了。他一派輕鬆跨下腳踏車時，米莉安看到他對著屋舍熱切張望。要是訪客還沒來，他一定會大失所望。米莉安步出屋外迎接他，陽光刺眼得逼她低下頭。金蓮花叢的涼爽綠蔭下，深紅花朵綻放開來。深色頭髮的女孩站定，很高興見到他。

「克拉拉還沒來嗎？」他問。

「來了，」米莉安以悅耳的嗓音回答，「她在看書。」

他把單車牽進穀倉。保羅打了一條他自認很好看的領帶，穿著與之相配的襪子。

「她今早來的？」他問。

「對。」米莉安走在他身旁回答。「你說過會替我帶利寶百貨那個人寫的信，有記得嗎？」

「噢，該死，我忘了！」他說：「那妳拿到信之前，就一直對我嘮叨這件事吧。」

「我不喜歡一直對你嘮叨。」

「不管喜不喜歡，提醒我就是了。她有變得更好相處嗎？」他繼續說。

「你很清楚我一向認為她很好相處。」

他沉默不語。他今天趕著早點來，顯然是衝著這位剛來的訪客。米莉安心裡開始難受了。兩人一起走向屋子。他解開束褲夾，明明穿了襪子，還打上領帶，卻懶得拂去鞋子上的塵土。

克拉拉坐在陰涼的客廳閱讀。保羅看見她的白皙後頸，以及從頸部往上梳起的秀髮。她起身，表情冷淡看著他。握手致意時，她伸直手臂，既像要與他保持距離，又像要朝他扔什麼東西。他注意到她的胸部撐起襯衫，手臂上端的肩膀則透過平紋細布展現優美曲線。

「天氣很好，妳真會挑日子。」他說。

「碰巧罷了。」她說。

「是啊，」他說：「我很慶幸。」

她坐下來，未對他的禮貌寒暄表示謝意。

「妳們整個早上都在做什麼？」保羅問米莉安。

「嗯，」米莉安沙啞地乾咳一聲，「克拉拉才跟我父親過來，所以剛到沒多久。」

克拉拉倚桌而坐，一臉事不關己。保羅注意到她手很大，不過保養得宜，肌膚看上去簡直粗糙、無光澤，卻顯得白皙，並覆著一層金色細毛。她不介意他觀察自己的手，就是故意要藐視他。她隨意把沉甸甸的手臂擱在桌上，雙脣緊閉，彷彿受到冒犯，臉始終微微轉向一旁。

「妳曾在某一晚參加了瑪格麗特．邦佛德舉辦的聚會。」保羅對她說。

米莉安不認識這麼殷勤有禮的保羅。克拉拉瞥了他一眼。

「對。」她說。

「咦，」米莉安問：「你怎麼會知道？」

「火車到站之前，我進去看了一下。」他回答。

克拉拉又滿臉不屑地轉過頭去。

「我覺得她是個嬌小討喜的女人。」保羅說。

「瑪格麗特．邦佛德耶！」克拉拉驚呼。「她比絕大多數男人聰明多了。」

「我沒說她不聰明啊。」他不以為然，「就算這樣，她還是很討喜。」

「當然了，這比什麼都來得重要。」克拉拉譏諷說。

保羅抓了抓頭，既困惑又氣惱。

「我認為這比她聽不聽明還來得重要，」他說：「畢竟聰明才智永遠沒辦法讓她上天堂。」

「她又不想上天堂——她想要的是獲得在人世間該有的權利。」克拉拉反駁，口氣聽起來好像保羅必須為邦佛德小姐被剝奪的權利負起責任。

「好吧，」他說：「我認為她待人熱情，非常友善——只是身體太虛弱了。真希望她能安安靜靜舒服坐著——」

「『縫補她丈夫的長襪。』」克拉拉尖酸說。

「我敢說她連縫補我的長襪都不會介意，」他表示，「她一定會補得很好。就像她開口要求的話，我也不介意替她擦鞋保養。」

不過，克拉拉拒絕回應他的俏皮話。保羅和米莉安交談了一會兒。另一名女人始終冷眼旁觀。

「好吧，」他說：「我想我要去找艾德加了。他在田裡嗎？」

「我想，」米莉安說：「他是去載煤炭，應該馬上就回來了。」

「那麼，」他說：「我去接他吧。」

米莉安不敢提議他們三人一起做點什麼。保羅起身，離開她們。

在金雀花盛開的上坡路頂端，他看到艾德加懶洋洋走在母馬旁邊。馬兒拉著一車哐啷作響的煤炭，額上白斑隨著頭不斷前後晃動。年輕農夫一看到朋友，不禁喜上眉梢。艾德加外表俊俏，深色雙眸眼神溫暖。他穿著不太體面的破舊衣物，走起路來卻滿懷驕傲。

「嗨！」他說，看到保羅沒戴帽子，「你要去哪？」

「來接你啊。實在受不了那位『永不復焉』。」

艾德加聽完，樂得露齒笑了一聲。

「誰是『永不復焉』啊？」他問。

「就是那位女士啊，道斯太太，應該叫她『烏鴉曰「永不復焉」的太太』[28]才對。」

艾德加開懷大笑。

「你不喜歡她嗎？」他問。

「不怎麼喜歡。」保羅說：「怎麼，你喜歡啊？」

「才不呢！」回答的語氣肯定得不容置疑。「才不喜歡！」艾德加噘嘴說，「我覺得她不太合我的口味。」他沉思了一下，才開口問：「但你為什麼要叫她『永不復焉』啊？」。

「這個嘛，」保羅說：「她要是看著男人就會高傲地說『永不復焉』，看著鏡中的自己則會鄙夷說『永不復焉』，回想過去的時候也會厭惡地這麼說，就連盼望未來也會冷笑著這麼說。」

艾德加仔細思考這番話，沒能理出什麼頭緒，於是大笑說：「你覺得她很討厭男人囉？」

28. 「永不復焉」（Nevermore）出自美國作家暨詩人愛倫坡（Edgar Allan Poe, 一八〇九～四九）的著名敘事詩〈烏鴉〉（The Raven）。

「**她**自認是這樣啊。」保羅回答。

「但你不這麼認為？」

「不認為。」保羅回應。

「她不是對你很友善嗎？」

「你能想像她對任何人**友善**嗎？」年輕人問。

艾德加聞言大笑。兩人在院子合力卸下煤炭。保羅相當不自在，因為他知道克拉拉如果這時望向窗外，就會看到自己。她沒往外看。

週日下午要替馬兒刷毛梳理。保羅和艾德加同心協力，從吉米和花兒兩隻馬的鬃毛裡梳出不少塵土，害他們直打噴嚏。

「你有學什麼新歌能教我唱嗎？」艾德加說。

他從頭到尾都沒有停下手中的工作。艾德加彎下腰，只見他後頸曬得通紅，握著梳刷的手指粗厚。保羅有時會留神觀察他。

「那唱〈瑪麗．莫里森〉[29]？」年紀較小的青年提議。

艾德加表示贊同。他有一副悅耳的男高音嗓子，樂於學各種他朋友能教他唱的歌，這樣駕車運貨時就能放聲高唱。保羅屬於男中音，歌聲不好也不壞，聽覺倒是很敏銳。但他怕克拉拉會聽到，唱得很小聲。艾德加用清澈的男高音跟著唱每一句。打噴嚏逼得他們不時中斷練習，結果其中一人開始罵起馬兒，另一人也照做。

米莉安對男人感到不耐。只不過一點小事就能逗樂他們——連保羅也不例外。他居然能為了瑣事如此全神貫注，在她看來很異常。

他們梳完毛時，正好要喝下午茶。

「剛才那是什麼歌？」米莉安問。

艾德加告訴她。話題於是轉向唱歌。

「我們聽得很愉快吧。」米莉安對克拉拉說。

道斯太太慢條斯理享用她的餐點，舉止莊重。只要有男人在場，她便表現得疏離。

「妳喜歡聽人唱歌嗎？」米莉安問她。

「唱得好聽的話。」她說。

保羅聽到當然漲紅了臉。

「妳是指來自受過訓練的出色歌喉嗎？」他說。

「我認為嗓子要先經過訓練，才稱得上是在唱歌。」她說。

「妳乾脆主張說嗓子得先受過訓練，才允許大家開口講話算了。」他回應，「拜託，大家唱歌通常就只是唱開心的。」

「這樣唱有可能讓聽的人覺得不舒服。」

「那這些人就該摀住耳朵才對。」他答道。

男孩們放聲大笑，接著一片沉默。保羅面紅耳赤，默默進食。

享用完下午茶，等其他男人都出門，只剩保羅後，里佛斯太太對克拉拉說：

「所以妳覺得現在的生活快樂多了？」

29.〈瑪麗．莫里森〉（Mary Morrison）的歌詞出自蘇格蘭詩人羅伯特．伯恩斯（Robert Burns, 一七五九～九六）之手，瑪麗．莫里森很可能是指詩人欣賞的一位十六歲女孩，也可能另有其人，是為了方便押韻而改用此名。

「非常快樂。」

「妳也很滿意？」

「只要我能保持自由、獨立就好。」

「妳對之前的生活也沒有半點**留戀**？」里佛斯太太溫柔問道。

「我早就把那些都拋到腦後了。」

兩人對話期間，保羅始終覺得不自在。最後，他站起來。

「妳會發現自己老是被那些拋到腦後的種種給絆倒。」他說完，離開去牛棚。他自認講了風趣的話，身為男人的自尊心高如天。他吹著口哨，走過鋪磚路。

沒過多久，米莉安來找他，問他要不要跟她和克拉拉去散步。他們出發前往斯特雷利磨坊農場。三人在威利蓄水池附近沿溪而行，望向林緣，幾縷陽光下，粉色蠅子草閃閃發亮。從草叢看過去，再越過樹幹和稀疏榛樹，他們看見有個男人牽著一匹高大的棗紅馬穿過溪谷。這頭紅色巨獸宛如踩著浪漫舞步，一路躍過青綠榛樹旁的昏暗淺灘，遠離恍若昔日的幽暗蔭涼處，那裡長滿了風鈴草，也許曾為迪爾德芮或伊索德[30]綻放，如今已然凋謝。

三人著迷般站在原地。

「當護衛就能欣賞這種美景，」保羅說：「還有座天然涼亭。」

「也能把我們安全關起來？」克拉拉回應。

「對啊，」他回答，「妳們就能一邊刺繡，一邊和女僕齊聲歌唱。我會扛著妳們那白、綠、紫的三色旗幟。我還會把『W.S.P.U.』[31]當成紋章，裝飾我的盾牌，縮寫上面的圖案是一個躍立而起的女人。」

「我毫不懷疑，」克拉拉說：「你八成寧可為女人而戰，也不願讓她為自己而戰。」

「沒錯。當她為自己而戰，看起來就像站在鏡子前面的狗，因為看到形似的身影而抓狂發火。」

「所以**你**就是那面鏡子囉？」她噘嘴問。

「或是那個形似的身影。」他答道。

「你，」她說：「恐怕太聰明了。」

「我就讓妳自己決定要不要**乖乖聽話**吧。」他回嘴，放聲大笑。「乖乖聽話，可愛少女，讓**我**繼續自作聰明[32]。」

不過，克拉拉對他的輕佻發言很厭煩。保羅望著她，忽然在仰起的臉上看出她表情顯得痛苦，而非鄙夷。這個發現頓時讓他對所有人感到心軟。他轉過身，溫柔對待直到此刻都未理會的米莉安。

他們在林緣碰上林姆。這個男人身材單薄，膚色黝黑，已屆不惑，承租斯特雷利磨坊，在那裡經營一座養牛場。他漠然握著烈馬的韁繩，狀似疲憊。三人停下腳步，讓他先走過第一條小溪的踏腳石。身形如此龐大的動物居然踩著如此輕快的步伐，還擁有源源不絕的精力，保羅十分欽佩。林姆在他們面前停下來。

「里佛斯小姐，告訴妳父親，」他的嗓音尖得出奇，「他那些年幼牲畜連三天撞壞圍籬底部了。」

「哪個圍籬？」米莉安抖著聲音問。

巨馬發出粗重喘息，來回晃著赤色身子，低垂著頭，晶亮大眼從散落的鬃毛間往上瞧，眼神滿是

30. 迪爾德芮（Deirdre）是愛爾蘭神話中的悲劇女主角。伊索德（Iseult）是中世紀淒美愛情故事《崔斯坦和伊索德》（*Tristan and Iseult*）的女主角。
31. Women's Social and Political Union（婦女社會政治聯盟）的縮寫。
32. 改寫自英國文學家查爾斯・金斯利（Charles Kingsley, 一八一九～七五）的詩作〈告別〉（A Farewell），原詩句為「乖乖聽話，可愛少女，讓其他人自作聰明」（Be good, sweet maid, and let who will be clever）。

猜疑。

「跟我來一下，」林姆回答，「我指給妳看。」

男人和公馬往前走。馬兒一發覺踏進溪裡，立刻慌忙跳向一旁，晃著馬蹄後方的叢毛，一臉驚恐。

「別耍淘氣。」男人親暱地對牲畜說。

牠小跳步躍上河岸，又順利踩著水花經過第二條小溪。克拉拉顯得有些悶悶不樂，不顧形象邊走邊觀察那匹馬，半是看得入迷，半是瞧不起牠。林姆停下腳步，指向位於幾株柳樹下的圍欄。

「瞧，牠們就是從那裡鑽出去的。」他說：「我的手下已經把牠們趕回來三次了。」

「好的。」米莉安回答時面紅耳赤，彷彿這是她犯下的過錯。

「你們要進來坐坐嗎？」男人問。

「不了，謝謝，我們想去水池附近走走。」

「好吧，你們請便。」他說。

馬兒發現離家不遠了，開心得輕聲嘶鳴。

「牠很高興能回去。」克拉拉對這頭家畜很感興趣。

「對，牠今天走了不少路。」

他們穿過大門，看到有人步出一間大農舍，朝他們走來。這名女人約三十五歲，個子嬌小，膚色偏黑，表情激動，頭髮有些花白，深色雙眸發出熱切光芒。她走過來時，手放在身後。她哥哥往前邁出腳步。一看到她，高大的紅棗馬又嘶鳴起來。她激動地迎上去。

「小子，你又回家啦！」她不是對男人，而是溫柔對馬兒說。這頭巨獸晃到她身邊，迅速低頭。她把一直藏在背後那顆皺了的黃蘋果偷偷塞進牠嘴裡，然後在牠眼睛附近親了一下。牠滿足地大大嘆息一聲。她把馬兒的頭擁入懷中。

「牠真是棒極了！」米莉安對她說。

林姆小姐抬起頭，深色雙眸直接看向保羅。

「噢，晚安啊，里佛斯小姐。」她說：「妳好久沒來這裡了。」

米莉安介紹她的朋友。

「妳的馬**真是**個優秀的傢伙！」克拉拉說。

「對吧！」她又給了牠一個吻。「跟任何人一樣深情！」

「我個人認為比多數男人還要深情。」克拉拉答道。

「牠是個乖孩子！」女人大聲說，又給了馬兒一個擁抱。

克拉拉深受巨獸吸引，走過去撫摸牠的脖子。

「牠很溫順，」林姆小姐說：「妳不覺得大個子都是嗎？」

「牠真美！」克拉拉回應。

她想看進牠的雙眼，想要牠看著自己。

「真可惜牠不會說話。」她說。

「噢，但牠會啊——算是啦。」另一個女人回答。

然後，她哥哥牽著馬兒繼續往前走。

「你們要進來坐坐嗎？**請**進來吧，什麼先生來著，我剛沒聽清楚。」

「是莫瑞爾。」米莉安說：「不，我們就不進去了，我們想去磨坊水池那邊走走。」

「好、好，請吧。莫瑞爾先生，你釣魚嗎？」

「不釣。」保羅說。

「因為要是你有釣魚，隨時都能來釣。」林姆小姐說：「我們每星期幾乎都看不到半個人影，有人來就很感激了。」

「池裡有什麼魚？」他問。

他們穿過前院，越過水閘，爬上陡峭堤岸，來到籠罩在陰影下的水池，池內有兩座林木蓊鬱的小島。保羅走在林姆小姐一旁。

「我不介意在這裡下水游泳。」他說。

「請游吧。」她回答，「隨時想來都行。我哥會非常高興能跟你聊聊天。他實在太安靜了，因為這裡都沒人可聊。請來游個泳吧。」

克拉拉走上來。

「這裡深度夠，」她說：「而且好清澈。」

「對啊。」林姆小姐說。

「妳會游泳嗎？」保羅說：「林姆小姐剛說我們隨時都能來這裡。」

「當然了，這裡還有其他農場工人。」林姆小姐說。

他們又聊了一陣子，才繼續爬上荒野山坡，將那一臉憔悴的孤獨女子留在堤岸。

在陽光照耀下，半山腰顯得生氣蓬勃。遍地雜草叢生，早已成為野兔的地盤。三人默默邁步向前。然後，保羅說，「她讓我感到不自在。」

「你是說林姆小姐？」米莉安問，「對。」

「她是怎麼回事？是因為太寂寞才有點瘋癲嗎？」

「對，」米莉安說：「她不太適合這種生活。我覺得她被埋沒在這裡太殘忍了。我真的應該要更常去找她。可是，看到她就教我沮喪。」

「看到她讓我替她感到難過——沒錯，她還讓我覺得心煩。」他說。

「我認為，」克拉拉突然脫口說，「她應該是想要男人。」

其他兩人默不作聲好一會兒。

「不過她變得瘋癲是因為寂寞。」保羅說。

克拉拉沒回答，繼續大步爬坡。她走路時，手垂在身旁，雙臂顯得放鬆，兩腿輕鬆擺動，一路踢過枯萎薊花和叢生雜草。與其說是走路，她那勻稱身軀爬起坡來簡直跌跌撞撞。保羅忽然渾身發燙。他對她感到好奇。也許她至今的人生並不順遂。他忘了米莉安就走在旁邊，與他聊天。她發現他沒應聲，偷瞄了他一眼。他的雙眼正盯著前方的克拉拉。

「你還是覺得她很難相處嗎？」米莉安問。

保羅沒注意到她的提問有些突兀，因為這和他在思索的事不謀而合。

「她有心事。」他說。

「對。」米莉安回答。

他們在山頂找到一塊隱蔽的野地，一半與樹林接壤，另一半圍著山楂樹和接骨木形成的高聳稀疏樹籬。這些雜亂叢生的灌木之間多有空隙，大到若有牛在場，可能穿過去也不成問題。草地平整如棉絨，到處可見兔子又踩又挖的痕跡。整片野地原始粗獷，長滿從未修剪過的高大黃花九輪草。一簇簇堅韌花朵從參差不齊的雜草中四處冒出，宛如曝曬成棕褐色的小巧船舶停滿了泊地。

「啊！」米莉安驚叫一聲，看向保羅，睜大了深色雙眸。他露出微笑。他們一同欣賞眼前遍地野花的美景。克拉拉在稍遠處哀傷地望著黃花九輪草。保羅與米莉安緊挨著彼此，壓低音量交談。他單膝跪下，迅速採起最美的花，摘完就從這一叢移到下一叢，毫不間斷，嘴巴也沒停過，始終輕聲細語。米莉安深情款款摘著花，每一朵都仔細欣賞。她老是覺得保羅過於性急，簡直太講求精確了。不過，比起米莉安摘的花，他採的那一束更能顯現出自然之美。他愛這些花，但那種愛似乎代表它們屬於他，所以他有權對它們指手畫腳。而她對花兒的態度更像是敬愛：因為它們擁有自己所不具備的某種特質。

這些鮮花芳香濃郁，保羅真想一飲而盡。他邊摘邊吃掉小朵的黃鐘花。克拉拉還在哀傷徘徊。他朝她走過去說：「妳怎麼不摘些花呢？」

「我不認為摘了有什麼用，讓花繼續長看起來更美。」

「但妳想要一些花吧？」

「它們不想被打擾。」

「我才不相信它們是這麼想。」

「我不想要自己身邊有花朵的殘骸。」她說。

「這種想法真是死板又做作。」他說：「它們就算泡在水裡，也不會比靠根部生長還死得快。更何況，花插在盆裡**看上去**很美，看起來很宜人。而且只有看起來像屍體的東西才稱為殘骸。」

「也不管它到底是不是屍體嗎？」她爭辯。

「對我來說就不是。死去的花不等於花的屍體。」

克拉拉不甩他這番言論。

「就算真是如此，你又怎麼有權拔下它們？」她問。

「因為我喜歡這些花，也想要啊——而且這裡的花多得是。」

「光憑這種理由就能摘？」

「對，為什麼不行？我敢說這些花擺在妳諾丁漢的房間裡，聞起來一定很香。」

「然後我應該要很高興看著它們死去。」

「可是，它們就算真的死了也沒差啊。」

語畢，保羅丟下她，走向花團錦簇的矮樹叢並彎下腰，花兒如泛白發亮的泡沫團，密密麻麻遍布野地。米莉安靠過來。克拉拉跪下，稍微聞了聞黃花九輪草的香氣。

「我覺得，」米莉安說：「對這些花只要帶著敬意，就不會造成任何傷害。摘花的時候懷著什麼念頭才重要。」

「對，」保羅說：「但也不對，摘花就只是因為想得到花，就這樣而已。」他伸出手上那束花。

米莉安沉默不語。他又摘了幾朵。

「看看這些！」他繼續說，「健壯有力得就像小樹，又像長著胖腿的小男孩。」

克拉拉的帽子擺在不遠的草地上，她本人跪在地上向前彎身，動也不動嗅著花香。看到她的頸項，保羅體內一陣劇烈痛楚，實在太美了，其本身卻不為此自豪。她的雙峰在襯衫裡微微晃動。背部拱起的曲線優美有力，看得出她沒穿緊身胸衣。保羅還沒回過神，就忽然撒了一把黃花九輪草在她的頭髮和脖頸上，口中說道：

「塵歸塵，土歸土，

若上帝不要妳，魔鬼定會要妳。」

冰涼的花朵落在她脖子上。她抬頭用灰眸看著他，眼神幾乎夾雜著可憐和吃驚，不明白他在做什麼。花兒落在她臉上，於是她閉起眼睛。

站在她上方的保羅突然尷尬起來。「我以為妳想要舉行葬禮。」他侷促不安地說。

克拉拉怪笑了一下，起身挑掉頭髮上的黃花九輪草。她拾起帽子戴好。有一朵花還纏在她髮絲裡。保羅看到了，卻沒告訴她。他一一撿起剛撒在她身上的那些花。

風鈴草宛如洪水，從樹林邊緣朝野地氾濫湧入，蔓延生長。可是，它們已經在凋謝了。克拉拉朝風鈴草漫步而去，保羅跟在她身後。他喜歡風鈴草。

「看看它們是怎麼一路長出樹林的！」他說。

聞言，她轉過頭，臉上閃過一絲親切和感激。

「沒錯。」她面露微笑。

頓時，他血流加快。

「這讓我想到林中野人，當他們不得不和曠野面對面，內心會有多害怕。」

「你覺得他們會害怕嗎？」她問。

「不曉得對古老部落的人來說，哪個比較可怕：是突然從林中暗處來到光天化日之下，還是從曠野悄悄潛入林中。」

「我覺得是後者。」她答道。

「對，妳**確實**感覺很像那種曠野類型的人，想逼自己走進黑暗，對吧？」

「我哪會知道啊？」她回答，語氣古怪。

兩人的對話便到此為止。

暮色漸沉，大地漸暗。山谷早已一片幽暗，對面的克羅斯里班克農場有一小塊亮著燈。山頂光線搖曳。米莉安整個臉被手上那一大束參差不齊的鮮花遮住。她緩緩爬坡，走過高至腳踝且如泡沫般四散各處的黃花九輪草。她身後，樹木只剩輪廓，逐漸與陰影融為一體。

「我們該走了吧？」她問。

於是，三人轉身往回走，個個沉默不語。沿著小徑而下，他們能看到正對面的住家亮著燈。山脊上，在礦村與天空交接處，微弱燈火隱約勾勒出暗淡輪廓。

「今天過得還不錯吧？」他問。

米莉安喃喃表示同意。克拉拉悶不吭聲。

「妳不覺得嗎？」他固執地問。

但是她抬頭挺胸往前走，仍沒回答。從她那似乎滿不在乎的走路姿勢，保羅看得出來她很難受。

約莫這時期，保羅帶母親去了林肯市。她一如往常開朗，興致勃勃，不過當他上了火車，在她對面坐下，她卻看起來好虛弱。剎那間，他覺得她似乎正悄悄離自己而去。當下，他想抓住她、拴住她，甚至囚禁她。他覺得必須用手抓牢她才行。

他們逐漸接近目的地城市。兩人都靠到窗邊，想看看大教堂在哪。

「母親，就在那裡！」他大喊。

他們看到高聳的大教堂在平原上蹲伏而立。

「啊！」她驚呼，「真的耶！」

保羅望著母親。她睜著藍眼，靜靜凝視大教堂。她似乎又遠離至他伸手不及之處。在天空的烘托下，宏偉大教堂拔地而起，顯得蔚藍，散發一股永恆靜謐，在她身上映照出關於宿命的體悟。萬物只能順其自然，**順天應命**。即便年輕如他，也改變不了宿命。他看到她臉部肌膚依然粉嫩細緻，不過眼角開始浮現魚尾紋，眼瞼平穩，只是略為下垂，嘴巴總是由於醒悟而緊閉著，臉上擺出始終如一的表情，彷彿她終於明白命運將何去何從。保羅傾注內心所有力量，對抗此命運。

「看哪，母親，看它在整個市鎮上有多高大！想像它下方到處都是街道！它比整座城市加起來還要大。」

「真的呢！」母親大叫，再次恢復開朗神情。然而，他方才已看見她坐在那裡，持續望著窗外的大教堂，面無表情，目不轉睛，映照出生命的殘酷無情。她的魚尾紋和緊閉的雙脣逼得他快抓狂了。

他們享用了一頓她認為極其奢侈的餐點。

「別以為我喜歡。」她邊吃肉排邊說，「我**不**喜歡，真的不喜歡！只**想到**你要浪費多少錢！」

「妳別管我花多少錢。」他說：「妳忘了我可是帶著心愛的女孩來約會呢。」

他還為她買了幾朵藍色香菫菜。

「快給我住手，先生！」她下令。「我要拿它們怎麼辦？」

「不怎麼辦啊。先站好別動！」

保羅就公然在大街上把花插到她的外套上。

「居然這樣裝飾我這種老太婆！」她嗤之以鼻。

「我啊，」他說：「想讓大家認為我們大有來頭，所以表現得神氣點。」

「看我不敲你腦袋。」她笑說。

「快昂首闊步！」他命令說，「像扇尾鴿一樣。」

結果，母親走完整條街花了保羅一小時。她一下站在高橋拱門上方，一下站在市政廳的石拱門前，每到一處就駐足停留，連聲讚嘆。

有個男人走上前來，對她脫帽鞠躬。

「女士，我能否帶您參觀這座城市？」

「不，謝謝你。」她回答，「我有我兒子陪了。」

然後，保羅很氣她回應對方時，沒表現得更得體。

「你走開啦！」她大聲嚷嚷。「哈！那就是猶太之屋。保羅，你還記得那次演講嗎？」

然而，她根本爬不了通往大教堂的斜坡。保羅起初沒注意到，忽然才發現她說不出話來。他扶她進一間小酒館，讓她休息。

「這沒什麼。」她說：「我的心臟只是有點老了，人老了都會這樣。」

保羅沒回話，只是看著她。他的心又被握在炙熱之中，捏個粉碎。他好想哭，好想發脾氣砸東西。

他們再度上路，一步又一步，緩慢至極。踏出的每一步，都像壓在他心頭的重擔。他覺得心臟彷彿要炸裂了。他們終於來到坡頂。她一臉陶醉地站在原地，望著城堡大門，又看向大教堂正面。她驚嘆得渾然忘我。

「**這**比我想像的還要棒呀！」她大喊。

保羅卻很討厭。他跟著她四處走動，沉浸在思緒中。兩人一起坐在大教堂裡，接著來到唱詩班的席位，參與一場簡單儀式。她顯得很膽怯。

「我想這是對誰都開放的吧？」她問保羅。

「對。」他回答，「妳難不成以為他們會死不要臉，把我們趕走？」

「我敢說，」她驚叫，「聽到你講話那麼不禮貌，他們一定會這麼做。」

儀式期間，她似乎滿心喜悅，內心平靜，再次顯得神采奕奕。反觀保羅從頭到尾只想發洩怒氣，砸爛東西，大哭一場。

之後，當兩人倚靠城牆，探出身子，俯瞰下方的整座城市，他突然脫口問：

「為什麼人不能有個**年輕**的母親？她為什麼要變老？」

「哎呀，」母親笑說，「她也愛莫能助啊。」

「那我又為什麼不是長子？妳想嘛，大家都說年紀小的才得寵——可是**長子**才有年輕的母親啊。妳真該把我生為妳的長子才對。」

「又不是**我**決定的。」她抗議，「仔細想想的話，你也跟我一樣有錯啊。」

他轉向她，臉色蒼白，眼神憤怒。

「妳幹嘛要變老！」他說，氣惱自己為何如此無能。「**為什麼**妳走不動？**為什麼**妳沒辦法跟我出去到處玩？」

「以前，」她回答，「我可是有辦法跑上那道斜坡，跑得遠比你還快呢。」

「那對**我**來說有什麼用？」他大喊，朝城牆揮拳，旋即傷感起來。「妳生病實在太糟了。小姑娘，這根本——」

「生病！」她叫道，「我是有點老了，你不服也得接受，就這麼簡單。」

兩人陷入沉默。不過，他們都無法忍受這般沉默。於是享用下午茶時，他們又打起精神。他們坐在布雷福德湖岸觀看湖上船隻，保羅將克拉拉的事告訴她。母親對他提出數不清的問題。

「那她跟誰住？」

「跟她母親，就住在藍鐘丘。」

「她們的積蓄足以維生嗎？」

「我不這麼認為。我想她們有在織蕾絲賺錢。」

「兒子啊，那她哪裡有魅力？」

「我可不知道她有沒有魅力，母親，不過她人很好。她似乎很直來直往，妳也知道，就是一點也不高深莫測，完全不難懂。」

「但她年紀比你大很多。」

「她三十歲，我快二十三了。」

「你還沒跟我說你喜歡她哪裡。」

「因為我不知道啊……她給人有點桀敖不馴的感覺——有點像在發怒。」

莫瑞爾太太仔細思考這件事。照理說，兒子愛上某個會……她不曉得會怎樣……的女人，她應該要感到高興，但他是如此苦惱，動不動就勃然大怒，接著又陷入憂鬱。她真希望他認識一些好女人——她其實不清楚自己究竟希望什麼，只是有個籠統想法。無論如何，她對克拉拉這個人並未抱持敵意。

安妮也快嫁人了。雷納德遠赴伯明罕工作，某個週末回家時，莫瑞爾太太對他說：「孩子，你臉色看起來不太好。」

「我不知道，」他說：「我就覺得沒精神，媽。」

他已經開始用孩子氣的口吻稱她為「媽」了。

「你確定自己住起來還好嗎？」她問。

「對，還好。只不過很妙的是，我得自己動手倒茶來喝，就算倒在茶碟裡小口喝，也沒人抱怨。不知道為什麼，這樣喝起來就少了一味。」

莫瑞爾太太笑了。

「所以你才煩惱成這樣啊？」她說。

「我不知道。我想結婚。」他就這樣脫口而出，低頭看著鞋子，手指扭成一團。接著一片沉默。

「可是，」她大聲說，「我以為你說要再等一年。」

「對，我是有說過。」他語帶倔強回答。

她又思考了一下。

「你很清楚，」她說：「安妮常亂花錢。她存的錢不超過十一鎊。我也知道，孩子，你的財運向來不怎麼好。」

他頓時耳朵發紅。

「我有三十三鎊。」他說。

「這點錢不算多。」她回答。

他一言不發，只是不斷扭著手指。

「你也知道，」她說：「我沒什麼能——」

「我不想跟妳拿，媽！」他痛苦地大聲抗議，面紅耳赤。

「不，孩子，我知道。我只是希望我能這麼做。扣掉婚禮相關所需的五鎊，只剩二十九鎊，光靠這點錢，你們怎麼過活啊。」

他依然扭著手指，明明無能為力，卻很固執，不肯抬頭。

「你是真的想結婚嗎？」她問，「你是不是覺得非這麼做不可？」

他睜著藍眼直視她。

「對。」他說。

「那麼，」她答道，「孩子，為了這樁婚事，我們都得盡全力才行。」

當他再次抬起頭，淚眼盈眶。

「我不想讓安妮吃苦。」他費力說出這句話。

「孩子，」她說：「你為人可靠，還有份像樣工作。要是有男人**需要**我，看在他上週薪水的份上，我一定會嫁給他。剛成家就要省吃儉用，安妮或許會覺得有點辛苦。年輕女孩**都是**這樣，很期待擁有夢想中的美好住家。**我**就曾擁有昂貴家具，但那並不等於一切。」

於是轉眼間，他們舉行了婚禮。亞瑟返家，身穿軍服，英姿煥發。安妮穿著足以上教堂亮相的鴿灰色洋裝，美麗動人。莫瑞爾說她是傻了才結婚，對女婿擺出冷淡的態度。莫瑞爾太太戴著有白色頂飾的女帽，襯衫也加上些許白色裝飾，被兩個兒子捉弄說居然自認這樣打扮很華麗。雷納德一方面表現得快活熱情，一方面自覺是個擔心受怕的傻瓜。保羅不太明白安妮為什麼想結婚。他喜歡她，她亦然，因此雖然心有疑惑，他還是傷感地希望兩人將來一切順利。亞瑟穿著紅黃相間的軍服，帥氣得驚人，他也很清楚這點，卻暗自對這身軍服感到羞愧。與母親道別時，安妮在廚房痛哭失聲。莫瑞爾太太小哭了一下，拍拍她的背說：「別哭啊，孩子，他會好好待妳的。」

莫瑞爾跺著腳，說她是蠢了才心甘情願讓自己被人套牢。雷納德看上去臉色蒼白，過於緊張。莫瑞爾太太對他說：「我就把她託付給你了，孩子，你要負起責任好好照顧她啊。」

「妳放心。」他說，接下重責大任讓他緊張得要命。然後，一切結束了。

莫瑞爾和亞瑟就寢後，保羅一如往常坐下來與母親聊天。

「母親，妳沒有為她結婚感到遺憾吧？」他問。

「我沒有因為她結婚而感到遺憾，但是她居然離我而去了，感覺好奇妙。她竟然寧可跟雷納德遠走高飛，我覺得這點更教我難受。做母親的就是這樣——我也知道這樣很傻。」

「那妳會為她感到難過嗎？」

「一想到我自己結婚的那天，」母親回答，「我只能希望她的生活會大為不同。」

「妳有辦法相信他會好好待她嗎？」

「對，沒錯。大家都說他不夠好，配不上她。但我個人覺得，男人只要像他一樣**真誠**，女孩子也喜歡他，應該就沒問題了。他就跟她一樣好。」

「所以妳不介意囉？」

「我**絕不**會讓我的女兒嫁給一個我不**覺得**完全真誠的男人。說是這麼說，現在她走了，我就像缺了一塊。」

兩人都很難受，想要她再回來。在保羅看來，穿著全新絲質黑襯衫，上面飾以些許白色花邊的母親，神情落寞。

「不管怎樣，母親，我永遠不會結婚的。」他說。

「是啊，誰不是這樣說。兒子，你還沒遇到自己的真命天女。再等個一、兩年就知道了。」

「但我不會結婚啊，母親。我會跟妳一起住，再雇個僕人。」

「是啊，兒子，說比做容易。等時候到了，我們就知道了。」

「等到什麼時候？我都快二十三歲了。」

「對，你不是那種會早婚的人。但再等個三年——」

「我還是一樣會陪著妳。」

「再說吧，兒子，再說吧。」

「但妳不想要我結婚吧？」

「我不希望去想像你下半輩子都沒人關心你、替你……不。」

「那妳覺得我該結婚囉？」

「每個男人遲早都該結婚的。」

「但妳寧可這件事遲一點發生。」

「到時候我會很難受——非常難受。就像大家常說的：

「『兒子娶妻之前仍是我兒子，

但女兒一輩子都是我女兒。』」

「妳認為我會讓妻子把我從妳身邊奪走？」

「你總不會叫她像嫁給你一樣，也嫁給你母親吧。」莫瑞爾太太微笑。

「她想做什麼都行，但不必介入我們之間啊。」

「她是不必這麼做——直到她得到你。到時候你就知道了。」

「我永遠不必知道。我只要有妳在，就永遠不結婚——我不會的。」

「但我不想讓你無人作伴啊，兒子。」她喊道。

「妳才不會離開我。妳幾歲了？才五十三！假設妳活到七十五歲好了，那我就是個四十四歲的胖子，然後會娶個穩重的人。走著瞧吧！」

母親坐著笑了起來。「去睡覺。」她說：「去睡吧。」

「我們還會有一棟漂亮的房子，就妳跟我住，外加一個僕人，過得一帆風順。搞不好我會靠畫畫發大財呢。」

「快給我去睡覺！」

「然後妳會有輛小馬車。想像一下妳像個嬌小的維多利亞女王，坐車出遊到處逛逛。」

「就跟你說快去睡了。」她笑說。

保羅給了她一吻便就寢。他對未來的規劃始終如一。

莫瑞爾太太繼續坐著沉思，想著女兒、想著保羅、想著亞瑟。失去安妮令她煩憂，因為莫瑞爾一家關係十分緊密。她覺得現在**必須**好好活著，才能繼續陪伴孩子。人生還有許多豐富體驗等著她。保羅需要她，亞瑟也是。亞瑟從來不曉得自己有多愛她，因為他只活在當下，從未有機會被迫瞭解自身。軍隊訓練了他的身體，卻未鍛鍊他的心靈。他身強體壯，英俊瀟灑。朝氣蓬勃的深色頭髮緊貼著不大的腦袋瓜，鼻子散發幾分稚氣，深藍眼眸顯得有點女孩子氣，不過褐色鬍髭下的有趣紅唇具有男子氣概，下巴顯得強而有力。他那張嘴遺傳自父親，鼻子和雙眼則像他母親那邊的親戚——那些外表出眾卻少有主見的人。莫瑞爾太太為他擔憂。以前他闖下大禍都安然無事，但是又能撐多久呢？

加入軍隊對他根本沒半點好處。他痛恨軍官展現權威，討厭自己必須像動物服從命令。不過他還算理智，懂得不要反抗，轉而將注意力放在如何苦中作樂。他歌喉不賴，容易跟人打成一片。他經常惹上麻煩，但都是男人那種不必斤斤計較的冒犯之舉。他雖然找了不少樂子，卻也被迫壓抑自尊心。靠著迷人外表和挺拔英姿，加上頗有氣質、受過良好教育，他深信自己想要什麼，幾乎都能手到擒來，結果確實沒讓他失望。然而，他依然躁動不安，似乎有什麼在啃噬他的內心。他總是無法保持平靜，從來無法一人獨處。待在母親身邊，他便顯得謙卑。對於保羅，亞瑟既欽佩又喜愛，卻有點瞧不起他；至於保羅，對亞瑟也既欽佩又喜愛，一樣有點瞧不起他。

莫瑞爾太太還有父親留給她的幾英鎊財產，於是決定付賠償金，讓兒子提早退伍。亞瑟欣喜若狂，樂得簡直像放了假的小鬼頭。

他一向很喜歡碧翠絲．懷爾德，休假期間，又與她熟絡起來。她身體更健康、更強健。兩人經常一起長途散步，亞瑟老像個士兵，僵硬地挽著她的手臂。他唱歌時，她便彈琴伴奏。然後，亞瑟會解開制服衣領，臉頰漲紅，雙眼發亮，發出充滿男子氣概的男高音。唱完後，他們一起坐到沙發上。他看起來像在炫耀身材，她也意識到他的種種一切：健壯胸膛、緊實腰身、貼身長褲下的大腿。

亞瑟與她聊天時，喜歡不自覺就講起方言。她有時會陪他抽菸，不過只是偶爾拿他的菸吸個幾口。

「不行。」某一晚，當她想伸手拿他的菸，他對她說。「不行，不給汝。汝真想要的話，我會給汝一個菸吻。」

「我是想吸一口，又不是要親一口。」她回答。

「好吧，那就給汝吸一口，」他說：「再加一個吻。」

「我就是想吸一口汝的菸啦。」她大喊，伸手搶他口中那根菸。

兩人並肩坐著。她個子嬌小，動作卻快如閃電。他差點被她得逞。

「我會給汝一個菸吻啦。」他說。

「小亞．莫瑞爾，汝這個小氣的討厭鬼。」她邊說邊往後靠。

「要來個菸吻嗎？」

士兵笑著朝她傾身，湊向她的臉。

「才不要！」她回應後，把頭轉開。

亞瑟吸了一口菸，噘起嘴巴，雙脣朝她湊過去。他的深褐色小鬍子修剪過，整齊如畫筆。碧翠絲望著那噘起的深紅嘴脣，冷不防從他指間搶走那根菸，拔腿跑開。他跳起來追上去，一把抓住她後腦勺上的插梳。她轉過身，把菸扔向他。他撿起來，叼在嘴裡，坐了下來。

「討厭鬼！」她大叫，「把插梳還給我！」

她就怕特地為他梳好的髮型會散開。她站在原地，手壓著腦袋。他將插梳藏在兩膝之間。

「我又沒拿。」他說。

他邊說邊笑，啣著的香菸隨之抖動。

「你騙人！」她說。

「真的啊，汝看！」他大笑，攤開雙手。

「你這厚臉皮的淘氣鬼！」她大喊，衝過去跟他扭打起來，想找到被他藏在膝蓋下的插梳。她與他纏鬥，伸手去拉他裹著平滑緊身褲的膝蓋，害他放聲大笑，笑到躺在沙發上都還渾身顫抖。香菸從他嘴裡掉出來，差點燎到他喉嚨。他笑得太激動，不只曬得微黑的肌膚漲得通紅，藍色眼眸的視線也被淚水模糊，連喉嚨都腫得快哽住了。然後，他坐了起來。碧翠絲正把髮梳插好。

「小碧，汝逗樂我了。」他聲音沙啞地說。

說時遲那時快，她白皙小手一揮，甩在他臉上。他立刻起身怒視她。他們互瞪彼此。她雙頰漸漸泛紅，最後垂眼低頭。他板著臉坐下。她走進洗滌間調整髮型。眼見四下無人，她流了幾滴淚，卻不明白為何而哭。

碧翠絲回來後，臉皺成一團，嘴往上噘起。這卻只是一層掩蓋她激情之火的薄薄偽裝。頂著一頭亂髮的亞瑟仍坐在沙發上生悶氣。她坐到他對面的扶手椅，兩人都不發一語。寂靜之中，時鐘的滴答聲有如轟鳴巨響。

「妳就是隻小貓，小碧。」他終於開口，口吻略帶歉意。

「你剛就不該那麼厚臉皮啊。」她回應。

兩人又陷入一陣漫長沉默。

他自顧自地吹起口哨，感覺十分焦慮，卻表現得目中無人。碧翠絲忽然走過去，給了他一吻。

「好了啦，可憐蟲！」她嘲弄說。

他抬起頭，露出古怪微笑。

「親一個？」他提議。

「我還不敢嗎？」她問。

「來啊！」他提出挑戰，將嘴巴朝她一抬。

她露出微微抖動的獨特笑容，等笑意似乎擴及全身，才從容不迫把脣印在他脣上。他立刻伸手摟住她。深情長吻一結束，她頭便往後挪遠離他，纖纖玉指伸過解開的衣領，貼著他脖子。她閉上雙眼，又沉醉於另一個吻。

她是自願這麼做的。她想做什麼就放手去做，任誰都毋須為她的所作所為負責。

保羅開始覺得周遭生活有所改變。青澀的少年時代已成過往，家裡如今都是成年人了。安妮嫁為人婦，亞瑟則自找樂子，家人卻毫不知情。長久以來，他們同住一個屋簷下，一起出門消磨時間；可是現在，對安妮和亞瑟來說，母親這個家之外的才是他們所過的生活。他們回家是要過節和休息。於是，家裡充斥著有些空蕩蕩的奇妙氛圍，彷彿鳥兒都離巢了。保羅愈發焦躁不安。安妮和亞瑟都離家了，他靜不下來，想跟隨他們腳步。但對他來說，有母親在的地方才是家。即便如此，除了家和母親，外界還是有什麼，是他一心渴求的。

保羅愈來愈靜不下心。米莉安無法滿足他。他以往那種想待在她身邊的瘋狂渴望逐漸淡去。他有時在諾丁漢碰到克拉拉，有時和她一起參加集會，有時在威利農場見到她。不過在農場時，場面都變得劍拔弩張。保羅、克拉拉、米莉安之間形成三方對峙。只要克拉拉在，保羅說起話來口吻精明世故，語氣充滿嘲弄，對米莉安深具敵意。不管前一刻兩人之間相處得如何，米莉安可能跟他氣氛融洽，也可能替他感到難過，但克拉拉一出現，任何態度都消失無蹤，只見他迎合著這位剛現身的人。

米莉安在乾草堆之間與保羅共度了一個美好傍晚。當時，他剛完成駕馬耙草的農活，過來幫她把乾草攏成小堆。他告訴她自己有什麼期望、對什麼絕望，他整個靈魂似乎赤裸裸攤在她面前。她覺得自己好像正看著他內心顫動不息的生命。月亮升起，兩人一道走回家。他來找她，似乎是因為他實在太需要她，而她認真聽他傾訴，將自己的愛和信念全獻給他。在她看來，他似乎把最好的一面展現給她，讓她得以保留，而她將守護一輩子。不，就連天空守望繁星時，也不可能比她守護保羅．莫瑞爾靈魂的善良之心時，更堅定可靠、更恆久不變。她獨自走回家，欣喜萬分，為自身信念感到雀躍。

隔天，克拉拉到訪。他們要在乾草地喝下午茶。米莉安望著暮色漸濃，金黃光芒與漆黑陰影交錯。保羅一直跟克拉拉在嬉戲。他堆起一個比一個高的乾草堆，大家紛紛跳過去。米莉安對這種玩樂不感興趣，於是站在一旁。艾德加、傑佛瑞、莫里斯、克拉拉、保羅輪流跳。保羅贏了，因為他很輕盈。克拉拉整個人蓄勢待發，跑起來快得就像亞馬遜女戰士。保羅很喜歡她以果決姿態衝向小乾草堆，接著起跳。在另一端落地後，她雙峰晃動，濃密秀髮散落開來。

「妳碰到了！」他大喊：「妳碰到了！」

「不！」她生氣地說，轉向艾德加，「我沒碰到，對不對？我安全過關了吧？」

「我判斷不了。」艾德加笑說。

沒有誰判斷得了。

「妳就是碰到了。」保羅說：「妳輸了。」

「我才**沒**碰到！」她大叫。

「事實明擺在眼前啊。」保羅說。

「替我打他耳光！」她對艾德加大喊。

「不，」艾德加笑說，「我才不敢。妳要打自己打。」

「做什麼都改變不了妳碰到的事實。」保羅笑說。

克拉拉對他很火大。她本來在這些小子和男人面前小小得意了一下，這份從容蕩然無存。她在玩樂中失去理智。現在，他還想讓她丟臉。

「我覺得你很卑鄙！」她說。

保羅又笑了，笑得米莉安渾身難受。

「我**就知道**妳跳不過那個乾草堆。」他取笑她。

她轉身背對他。不過，任誰都看得出來，她唯一聽見或意識到的人就只有保羅，反之亦然。在場的男人看著兩人交鋒，神情愉快，米莉安卻為此飽受折磨。

她發覺保羅可能會捨棄高尚，以低賤取而代之。他可能會不忠於自己，不忠於那個真正有內涵的保羅・莫瑞爾。他一不小心就可能變得輕浮草率，只想滿足私慾，成為亞瑟那種人或他父親的翻版。米莉安想到他竟捨棄心靈，就為了這種瑣事與克拉拉無禮鬥嘴，一陣苦澀湧上心頭。她滿懷苦澀，默默走動。那兩個人繼續針鋒相對，保羅還語帶戲謔。

事後，他死不承認，但確實有點以自己為恥，在米莉安面前也抬不起頭。安分一陣子後，他又出言不遜。

「篤信宗教不代表虔誠。」他說：「我認為烏鴉翱翔天際的時候也一樣虔誠。但牠之所以飛翔，只是覺得這麼做能帶牠前往某處，而不是認為這樣就能永垂不朽。」

不過，米莉安曉得人應對凡事虔誠，認為上帝無所不在，無論上帝的真面目為何。

「我才不信上帝對自己有那麼瞭解。」他大喊，「上帝才不**瞭解**一切，祂**就是**一切。我也敢說祂不具有感情。」

聽完，米莉安覺得保羅想主張上帝站在他那一邊，因為他想隨心所欲、高興做什麼就做什麼。他與她展開漫長的拉鋸戰。即便當著她的面，他也完全不忠於她的行事原則，隨後卻感到羞愧，萌生悔意，然後痛恨起她，再度離她而去。這種情況不斷反覆出現。

他連內心深處都為她發愁。而她不動如山，儼然是個哀傷又憂心的信徒。他卻傷透了她的心。他有一半時間替她難過，另一半時間對她反感。她即是他的良知，他卻莫名覺得自己擁有一個難以承受的良知。他無法離開她身邊，因為從某方面來看，她確實掌握著他最佳的一面；他無法留在她身旁，因為她沒有接受他其餘四分之三的面貌。於是，他漸漸惱羞成怒，粗暴待她。

米莉安二十一歲時，他給她寫了一封信，是專為她而寫的信。

「請容我最後一次談談我們之間已經消磨殆盡的愛。這份愛也變質了吧？妳說，乘載這份愛的軀體難道不是已經死去，徒留刀槍不入的靈魂嗎？我是可以給妳心靈之愛，也給了妳好長一段時間，卻給不了妳具體的激情之愛。因為妳是修女。我給予妳的愛，與我會給予聖潔修女的愛別無二致——如同信教的神祕修士對神祕修女一般。妳肯定對其抱持無比敬意。然而，妳卻對另一種愛感到懊悔——不，是曾感到懊悔。在我們的各種關係中，沒有肉體介入。我不是透過五感與妳交流——而是透過心靈。這便是我們無法以一般方式相愛的原因。我們之間的愛不是隨處可見的情愛。我們終究是凡人之軀。相互扶持、攜手共度的光景教人畏懼，因為不知為何，只要與妳在一起，我就始終無法保持平凡，妳也曉得，隨時處於這種超凡脫俗的狀態將令人失去理智。人一結婚，就得以相愛之人的身分共同生活，兩人可能會逐漸習慣彼此，不再感到尷尬——但這是作為兩個人，而非兩個靈魂。我是這麼認為。

「我是否應該寄出這封信？恐怕不應該。不過呢，理解一切才是上策。再會。」

米莉安讀了信兩次便密封起來。一年後，她破壞封蠟，把信拿給母親看。

「妳是修女——妳是修女。」這幾個字一而再、再而三刺入她心坎裡。他說過的話，從來沒有哪句像這樣刺著她心裡同一處，又刺得如此之深，宛若劃開一道致命傷口。

生日聚會過了兩天，米莉安才回信。

「『若非一個微小錯誤，我們的親密關係本將完美無瑕。』」她如此引述。「那個錯誤是因為我嗎？」

保羅幾乎是立刻從諾丁漢回信，隨信附上一些奧瑪·開儼[33]的詩句。

「我很高興妳回信了。妳的筆調如此泰然自若，令我自慚形穢。我真是誇誇其談啊！我們經常意見相左，但是在基本原則上，我認為我們或許永遠看法一致。

「我必須謝謝妳對我的畫作有所共鳴。眾多素描都是獻給妳的作品。我是真心期盼妳的批評指教，無論我因此感到羞愧還是自豪，這些話於我一向都是莫大賞識。這還真是妙事一件。再會。」

保羅初嘗戀愛的這段經歷就這樣劃下句點。現在，快二十三歲的他雖然保有童貞，但長期遭米莉安過度去蕪存菁的性本能，如今變得異常強烈。他與克拉拉·道斯聊天時，經常出現血量增多、血流加快且集中在胸口的奇妙反應，彷彿寄宿在那裡的是個活物，一個全新的自我或全新的意念，在在提醒他遲早非得開口向某個女人提出邀約。然而，他屬於米莉安。她對此堅信不移，以致他也應允了她這個主張。

第十章 克拉拉

保羅二十三歲那年，提交一幅風景畫至諾丁漢城堡的冬季展覽參賽。喬丹小姐對他十分關切，邀他來自家作客，見見其他藝術家。他開始展現雄心壯志。

某天早上，他正在洗滌間梳洗，郵差來訪。忽然間，他聽到母親發出驚人叫聲。他急忙跑進廚房，看見她站在爐邊地毯上，拚命揮舞一封信，口中大喊「太好啦！」彷彿失去了理智。保羅見狀驚恐不已。

「怎麼了，母親！」他大喊。

她撲向他，伸手環抱了他一下，又揮著那封信，大聲嚷嚷：

「太好了，兒子！我就知道我們會成功！」

保羅替她感到擔憂，因為這個子嬌小、頭髮漸白的嚴厲女人，居然突然這樣激動大叫。郵差怕出了什麼意外，於是跑回來。兩人看到他歪掉的制服帽出現在短窗簾上方。莫瑞爾太太一個箭步衝到門口。

「他的畫得到首獎了，弗雷德，」她大叫，「還以二十幾尼售出。」

33. 奧瑪・開儼（Omar Khayyam，一〇四八～一一三一），波斯詩人，詩作主題大多關於死亡和享樂，留下詩集《魯拜集》。

「天哪，真是太不得了了！」他們從小就認識的年輕郵差說。

「而且買下的人是摩頓少校！」她大喊。

「看來這非常了不起啊，莫瑞爾太太。」郵差說，藍眼閃閃發亮。他很高興是自己捎來了這封幸運信。莫瑞爾太太進屋坐下，渾身顫抖。保羅深怕她看錯內容，很可能終究是空歡喜一場，於是詳閱那封信一遍，又看了第二次。沒錯，他開始確信是真的後才坐下來，樂得心臟狂跳。

「母親！」他呼喊。

「我不是**說過**我們會成功嘛！」她一邊說，一邊假裝自己沒在哭。

保羅拿起爐火上的水壺，動手泡茶。

「母親，妳本來不覺得……」他試探問道。

「不，兒子，我沒抱太高期望——不過預期結果會很不錯。」

「但是沒抱太高期望。」他說。

「不，沒有，可是我知道我們會成功。」

隨後，她恢復鎮定，至少表面上是如此。他坐在原位，衣領敞開，露出近似女孩般的稚嫩喉嚨，手裡拿著毛巾，亂翹的頭髮仍溼答答。

「母親，二十畿尼！正好就是妳想讓亞瑟退伍要付的賠償金額。妳現在不必借錢了，這筆錢就夠了。」

「確實夠了，但我不該全拿去用。」她說。

「為什麼不行？」

「因為我不該這麼做啊。」

「好吧，妳拿十二鎊，我拿九鎊。」

要怎麼分這二十幾尼，兩人討價還價起來。她只想拿自己所需的五英鎊，他不肯接受。結果，他們大吵一架，發洩彼此激動的情緒。

晚上，莫瑞爾從礦坑返家後說：「有人跟我說保羅的畫拿了第一名，還賣給亨利．本特利爵士，賺了五十鎊。」

「噢，大家還真會編故事！」她大聲說。

「哈！」他回答：「我就說那鐵定是在騙人。但人家說是汝告訴弗雷德．霍金森的。」

「說得好像我會跟他亂講有的沒的！」

「哈！」礦工表示同意。

不過，他仍大失所望。

「他獲得首獎的確是事實。」莫瑞爾太太說。

礦工重重坐到椅子上。

「真的假的啊！」他大聲嚷嚷。

他目不轉睛看著房間另一頭。

「不過五十鎊那件事——根本胡說八道！」她停頓片刻，「摩頓少校用二十幾尼買下那幅畫，這才是事實。」

「二十幾尼！瞎說什麼！」莫瑞爾驚呼。

「是真的，它就是值這個錢。」

「是啦！」他說：「我不是不信，但他只花一、兩個小時就完成那一丁點畫，居然值二十幾尼！」

他暗自為兒子感到驕傲。莫瑞爾太太不以為然，彷彿這沒什麼大不了。

「那他什麼時候拿到錢？」礦工問。

「這我沒辦法告訴你。我想是等畫送到對方家裡吧。」

屋內籠罩在沉默中。莫瑞爾沒吃晚餐，反而盯著糖罐。他把烏漆抹黑的手臂以及做粗活而腫脹粗糙的手都擱在桌上。妻子假裝沒看見他用手背揉眼睛，無視他在覆滿煤灰的漆黑臉龐留下一道汙痕。

「沒錯，要是另一個小子沒被害死，他也會一樣成功。」他輕聲說。

想到威廉，莫瑞爾太太彷彿被一把冰冷利刃貫穿。她頓覺疲累不堪，只想休息。

保羅受邀到喬丹先生家吃晚餐。應邀後，他說：「母親，我想要一套晚禮服。」

「對，我就怕你會開口要。」她說，心裡其實很高興。她停頓了一兩下。「家裡還有一套威廉穿的，」她繼續說，「據我所知，當初花了他四鎊十先令，而且只穿過三次。」

「母親，妳希望我穿那套嗎？」他問。

「對，我想你穿會很合身——至少外套沒問題。褲子可能要改短一點。」

保羅上樓，穿上外套和背心。下樓後，由於西裝外套和背心裡露出了法蘭絨的衣領和襯衫前襟，他看上去模樣古怪。西裝顯然有點大。

「裁縫師可以幫你修改合身。」她輕撫他的肩膀說，「這布料真棒。我從來就捨不得讓你父親穿那條西裝褲，現在非常慶幸沒那麼做。」

伸手輕輕撫過絲質衣領的同時，她想起了大兒子。不過，眼前在衣物包覆下的這個兒子依然活得好好的。她手沿著他後背往下一滑，感受他的存在。他還活著，仍屬於自己，另一位早已死去。

保羅穿著曾屬於威廉的晚禮服數度出席晚宴。每一次，母親都滿心喜悅，滿懷驕傲。他將要出人頭地了。她和其他孩子以前替威廉買的領扣如今別在保羅的襯衫前襟上，他穿的是威廉的正裝襯衫。保羅身材修長，臉部雖然粗獷，不過膚色偏暖，相當討喜。他看上去不怎麼像紳士，但她認為他看起來富有男人味。

晚宴發生的每件事、眾人說的每句話，他都一五一十告訴她，讓她彷彿置身現場。他還一心想把她介紹給這些晚上七點半才用餐的新朋友。

「胡扯！」她說：「他們認識我要做什麼？」

「他們就想認識啊！」他氣憤叫道，「他們要是想認識我——他們確實有這麼說——那他們就會想認識妳，因為妳幾乎就跟我一樣聰明啊。」

「孩子，別胡扯了！」她笑說。

說歸說，她還是開始保養自己的手。這雙手早已因為家務而粗糙不堪，肌膚太常浸泡熱水而顯得紅亮，指關節則相當腫脹。她開始留意不讓手碰到小蘇打。她哀嘆它們本來是如此小巧纖細。當安妮堅持要她換上適合她年紀也更時髦的襯衫，她屈從了。她甚至同意用黑色天鵝絨蝴蝶結來裝飾頭髮。打扮完，她用一貫的嘲諷態度哼了一聲，深信自己看上去一定亂糟糟。不過保羅宣稱，她看起來就像貴婦，足以媲美摩頓少校的太太，還遠比她好看。莫瑞爾一家的生活慢慢有了起色，唯獨莫瑞爾依然故我，或者該說氣焰漸消。

保羅現在經常與母親針對人生促膝長談，宗教退居次要。他拋棄所有會妨礙自己的信念，剷除不必要的一切，逐漸建立起根本信念：他認為人應自行判斷是非對錯，應耐著性子逐步認識屬於自己的上帝。眼下，他反倒對生活的種種更感興趣。

「妳很清楚，」他對母親說：「我不想成為富有的中產階級一員。我最喜歡我們這種普通老百姓了。我就是屬於平民階級。」

「但如果有誰這麼說你，兒子，你難道不會難過嗎？**你**很清楚你自認比得上任何一位紳士啊。」

「那是指我的內在，」他回答，「不是指我的階級、教育程度或行為舉止。但是我的內在確實足以媲美紳士。」

「好吧。那為什麼要提到普通老百姓呢？」

「因為人與人之間的差異並不在於階級，而在於他們自身。從中產階級身上只能得到各種想法，可是從平民百姓身上、從生命本身，卻能體會到人情冷暖，感受他們的愛恨情仇。」

「聽起來是很不錯，兒子，那你為什麼不去跟你父親的哥兒們聊聊呢？」

「但是他們不太一樣啊。」

「完全沒這回事，他們就是普通老百姓。說起來，你現在到底都跟誰廝混，是那些平民百姓嗎？是那些會交流想法的人吧，就跟中產階級一樣。其他的人你根本不感興趣。」

「但是，真正的生活——」

「我可不信你從米莉安身上感受到的生活氣息，會比任何受過教育的女孩子還多那麼一點，比方摩頓小姐。真正用有色眼光看待階級的人是**你**。」

她顯然**希望**他能躋身中產階級的行列，也知道要辦到並不難。她還希望他最終能娶一位大家閨秀。

她開始要應付他無止盡的苦惱不安。他仍與米莉安藕斷絲連，既不能一刀兩斷，也無法乾脆就訂婚。這種優柔寡斷的態度似乎耗盡他的精力。此外，母親懷疑他正不知不覺和克拉拉愈走愈近。由於她是已婚婦人，母親很希望他能愛上其他身分地位更好的女孩。可是他太傻了，只因為女孩子的社經地位優於自己，便拒絕愛上對方，或甚至大表愛慕之情。

「兒子，」母親對他說：「你明明這麼聰明，也懂得擺脫傳統，還敢於冒險嘗試，這些卻似乎沒能替你帶來多少幸福啊。」

「幸福算什麼！」他大喊，「根本無所謂！我**要**怎樣才能幸福？」

突如其來的問題令她心神不寧。

「這要由你來決定，孩子。但你要是能遇到某個**好**女人，對方能**讓**你幸福，讓你開始考慮要定下來，那等你有能力了，不必像這樣苦惱，而能放心工作，情況對你來說會好很多。」

他皺眉蹙額。母親這番話直擊他的痛處，在米莉安留下的傷口上灑鹽。他撥開垂落額前的髮絲，眼神滿是痛苦和怒火。

「妳的意思是要安逸，母親。」他叫道，「這就是女人唯一的人生信條——身心皆舒適安逸。我就是鄙視這點。」

「噢，是嗎！」母親回應，「所以你是對自己的人生感到義憤囉？」

「沒錯。我才不管什麼義不義。說什麼鬼幸福啊！只要生活充實圓滿，幸不幸福根本無所謂。妳所謂的幸福恐怕只會教我厭煩。」

「你從沒嘗試過啊。」她說完，心裡忽然一陣激動，替他感到悲哀。「但就是有所謂！」她大喊，「你**應該**要幸福，應該要試著變得幸福、過得幸福。想到你居然要過上不幸福的生活，我怎麼受得了！」

「妳自己的生活就夠糟了，母親，但妳也沒有因此遠比那些更幸福的人還慘啊。我想是多虧妳做得好。我也一樣，難道我這樣還不夠好嗎？」

「還不夠，兒子。苦戰……苦戰……然後受苦——依我看，這就是你過的生活。」

「可是這有什麼不好，親愛的母親？告訴妳，這就是最好的——」

「才不是。人**應該**要過得幸福，只要是人就**應該如此**。」

這時，莫瑞爾太太渾身激烈顫抖。每當她似乎不顧兒子自願葬送人生的意願，反而為他的生命奮鬥，兩人便經常像這樣爭論不休。保羅將母親擁入懷裡。她病了，令人同情。

「別管了，小姑娘。」他喃喃說道，「只要妳不覺得生活盡是些狗屁倒灶的爛事，其他都無所謂，不管幸不幸福都一樣。」

她緊緊抱住他。

「但我希望你幸福啊。」她哀傷地說。

「哦，親愛的母親，說妳希望我活下去就好了。」

莫瑞爾太太覺得心似乎要為他碎了。照這樣下去，她很清楚他不會好好活下去。他對自己本身、自己的苦痛、自己的生命都抱持漫不經心的悲哀態度，形同慢性自殺。這簡直教她心碎。她天生愛恨分明，所以極盡所能痛恨米莉安居然在不知不覺間破壞他對生命抱有的喜悅。她才不管米莉安其實身不由己。這都是米莉安造成的，她為此痛恨她。

母親多希望保羅能與他相配的女孩墜入愛河，意即對方要受過教育且性格堅強。然而，他就是不肯考慮任何身分地位高於自己的人。他似乎喜歡道斯太太。至少這份感情還算健全。母親不斷為他祈禱，希望他不會被糟蹋。她一心祈求不為別的——不是為了他的靈魂祈禱，或祈禱他為人正直，只是希望他不會被糟蹋。他沉睡時，她往往花很多時間思考他的事，為他祈禱。

保羅漸漸與米莉安疏遠，本人卻無自覺。亞瑟退伍是為了結婚。婚禮六個月後，他的孩子出生。莫瑞爾太太又在同家公司為他謀得一份工作，週薪二十一先令。在碧翠絲母親的協助下，她為亞瑟的兩房小屋添置家具。他現在被困住了。不管他怎麼反抗掙扎，都動彈不得。他一度為現況感到惱火，對愛著自己的年輕妻子感到煩躁，嬌弱的嬰兒一哭鬧，更是差點沒抓狂。他對母親發牢騷，叫苦連天。結果她只說：「好了，兒子，這可是你自己做的好事，現在只能盡力而為了。」於是，他咬緊牙關，鼓足幹勁工作，肩負起責任，認清自己屬於妻兒的事實，凡事盡力做到最好。他向來與家人感情就不算親密融洽，成家後便徹底斷了聯繫。

月復一月，時光緩緩流逝。由於認識了克拉拉，保羅開始和諾丁漢的社會黨人、婦女參政運動成員、一位論派[34]教徒多少有些來往。某天，他和克拉拉在貝斯特伍德的共同友人託他給道斯太太帶口信。於是，他傍晚穿過斯奈頓市場，前往藍鐘丘。他發現她家位於一條鋪著花崗岩鵝卵石的寒酸小街，兩旁人行道則鋪上深藍色溝紋磚。人行道路面粗糙，行人踩過無不發出吵雜刺耳聲響，由此往上走一階，才會抵達屋子前門。由於年代久遠，門上褐色油漆四處剝落，露出木材原色。保羅站在下方街道伸手敲門。屋內傳來沉重腳步聲，隨後一名身材臃腫的婦女現身，聳立在他面前，看上去約六十歲。保羅從人行道上抬頭看她。她表情相當嚴肅。

她領他進到面朝街道的客廳。房間又小又悶，缺乏生氣，擺著桃花心木家具及死氣沉沉的放大碳印照片，全是遺照。瑞佛德太太留下他一人。她舉止莊重，散發軍人般的威嚴。不出片刻，克拉拉來了。她面紅耳赤，他滿臉困惑。她似乎不喜歡被人看到自己的居家模樣。

「我想說那不可能是你的聲音。」她說。

但既然被看到了，她乾脆一不做二不休，帶他離開有如陵墓的客廳進到廚房。那個房間也又小又暗，不過淹沒在成堆白色蕾絲中。她母親已經坐回櫥櫃旁，正從圖樣錯綜複雜的蕾絲網抽線。她右手邊放著一團蓬亂棉線，左手邊是一堆四分之三吋寬的蕾絲，正前方的爐邊地毯上擺著堆積如山的蕾絲。火爐圍欄和壁爐上到處是從蕾絲條抽出的捲曲棉線。保羅不敢往前走，生怕踩到成堆的白色材料。

桌上擺著一臺將蕾絲繞在紙卡上的旋轉紡紗機，還有一疊褐色方形硬紙板、一疊纏繞好的蕾絲卡、一小盒針，沙發上堆著大量抽過線的蕾絲。

34. 一位論派（Unitarianism），基督教派，主張上帝只有一位，否認三位一體。

房間處處是蕾絲，加上室內昏暗又暖和，似乎讓這些白如雪之物更加顯眼。

「你要進來的話，不必介意這些東西。」瑞佛德太太說：「我知道這裡亂成一團，沒什麼空位，但找個地方坐吧。」

克拉拉顯得很尷尬，替他拿來一張椅子，在那堆白色蕾絲的對面靠牆放下，然後一臉羞愧坐到沙發上。

「你要來瓶烈性黑啤酒嗎？」瑞佛德太太問。「克拉拉，拿瓶啤酒給他吧。」

他表示不必了，但瑞佛德太太堅持要招待他。

「你看起來就是需要喝一杯。」她說：「難道你臉色老是這麼蒼白嗎？」

「我只是臉皮厚，才顯現不出血色而已。」他回答。

克拉拉羞愧又懊惱，替他拿來一瓶烈性黑啤酒和一只玻璃杯。他倒出一些黑色液體。

「那麼，」他舉杯說，「敬身體健康！」

「謝謝了。」瑞佛德太太說。

他喝了一口烈性黑啤酒。

「你想點菸來抽就抽吧，只要別燒了這個家就行。」瑞佛德太太說。

「謝謝妳。」他答道。

「不，不用謝我。」她回答，「我才是很高興又能在這個家聞到一點菸味。依我看，只有女人的屋子就跟沒生火的屋子一樣死氣沉沉。我可不像蜘蛛只喜歡窩在角落。我喜歡身邊有男人在，就算得臭罵他幾句也沒關係。」

克拉拉開始動工。她的旋轉紡紗機轉動時發出嗡嗡悶響，只見白色蕾絲從她指間躍至紙卡上。捆滿後，她剪斷蕾絲條，用針將末端固定在纏繞好的蕾絲上。接著，她將新紙卡裝到旋轉紡紗機上。

保羅盯著她。她坐姿端莊，喉頸和手臂裸露，耳根至臉頰依然泛紅，顯然自覺處境卑微，羞愧得低下頭。她專心看著手上的工作。與白色蕾絲相比，她的雙臂白如凝脂，富有活力，那雙大手保養得宜，動作不偏不倚，彷彿沒什麼能催促得了。保羅沒意識到自己一直盯著她。他看見她低頭時肩膀至脖頸形成一道弧線，看到她的暗褐鬈髮，看著她富有光澤的手臂來回揮動。

「克拉拉有稍微跟我提過你。」她母親繼續說，「你在喬丹工廠工作，對吧？」她不停從蕾絲抽線。

「對。」

「哎呀，我還記得湯瑪斯．喬丹以前常跟**我**討我做的太妃糖呢。」

「真的嗎？」保羅笑說，「那他有討到嗎？」

「有時有，有時沒有，最近都沒有了。因為他是那種只拿不給的人，他就是這種人——或者該說以前是。」

「我認為他非常正派。」保羅說。

「對，嗯，很高興能聽到你這麼說。」

瑞佛德太太從容自若地從房間另一頭打量他。她散發出一種堅毅氣息，他很喜歡。她臉部皮膚鬆弛，眼神卻鎮定沉著，某種堅毅不拔的氛圍讓她看上去不顯老，那些皺紋和下垂臉頰只不過是時間錯亂的結果。她表現出正值壯年婦女應有的氣魄和冷靜。她不停抽著蕾絲，動作緩慢莊嚴。想當然耳，她的圍裙上最終堆滿了一大團纏來繞去的線，而長條的蕾絲成品從她身旁垂落。她的雙臂曲線優美，不過光澤泛黃如舊象牙，沒有克拉拉手臂那種令他著迷的獨特柔光。

「你跟米莉安．里佛斯在交往？」這位母親問他。

「呃……」他回答。

「對，她是個好女孩。」她繼續說，「她人非常好，可是有點太自命清高了，跟我合不來。」

「她是有點像那樣。」他表示同意。

「她永遠不會滿足。除非她長出翅膀，得以飛越所有人的頭頂，否則她不會滿足。」她說。

克拉拉打斷他們，保羅趁機告訴她那則口信。她對他說話都低聲下氣。他的來訪讓做著單調沉悶工作的她出乎意料。她居然這麼低聲下氣，他不禁覺得有些振奮，心懷期待。

「妳喜歡捆繞蕾絲嗎？」他問。

「一個女人家還有得選嗎！」她尖酸回應。

「辛苦嗎？」

「有點吧。女人的工作不**都是**這樣嗎？這就是男人要的另一個花招，因為我們強行進入了勞動市場。」

「好了啦，妳別再提男人了。」她母親說：「女人要是不蠢，男人也不會那麼壞，這是我的看法。從來沒有哪個男人對我那麼糟，只不過他怎麼待我，我就怎麼待他。但不能否認他們就是群討厭鬼。」

「但他們其實都還不錯吧？」他問。

「他們和女人是有點不同啦。」她回答。

「妳願意再回來喬丹工廠上班嗎？」他問克拉拉。

「我不這麼認為。」她回答。

「她當然願意！」她母親大喊。「她要是能回去，就該謝天謝地了。別聽她亂講。她老愛擺架子，這樣總有一天會吃苦頭的。」

聽到母親的話，克拉拉十分難受。保羅覺得自己的眼睛愈睜愈大。難道他不該太認真看待克拉拉的強烈抗議嗎？她手沒停下，持續纏繞蕾絲。想到她可能需要自己的幫忙，他內心一陣欣喜。她似乎被剝奪了太多選擇，失去了不少自由。只見她永遠不該屈從於機械裝置的手臂如機械般來回移動，永遠不該低垂的頭也朝蕾絲彎低。她看起來就像坐困於人生棄置的廢物堆裡，忙著捆繞蕾絲。對她來說，被人生擱置一旁，彷彿自己於它無用，實在很辛酸。怪不得她會挺身抗議。

克拉拉送保羅到門口。他站在下方的寒酸街道仰望她。外表如此出眾，舉止如此端莊，眼前的她讓他想到女神朱諾[35]若被罷黜便是這副模樣。她站在家門前，看著街景及周遭環境，身子不禁縮瑟。

「妳會跟霍金森太太去哈克諾囉？」

他漫無邊際閒聊，只顧著專心看她。她的灰眸最終與他目光交會，人難為情地愣在原地，露出狀似被困的求饒神情。他內心動搖，茫然若失。他至今都認為她高高在上、盛氣凌人。

他一離開她就想拔腿飛奔。他在恍惚之中走到車站，連到家時都沒意識到自己早就不在她住的那條街了。

他想到負責螺旋女孩的監工蘇珊快結婚了。隔天，他便跑去問她。

「蘇珊啊，我聽說妳要結婚了，是真的嗎？」

蘇珊頓時臉紅。

「是誰跟你咬耳朵的？」她回問。

「沒人啊，我只是聽到傳聞說妳**有**打算要——」

「好吧，我確實有，但你不必告訴大家。更何況我真希望自己沒打算這麼做！」

「不，蘇珊，我才不相信。」

「我非結不可嗎？你倒是**可以**相信我這句話：我寧願一直來這裡工作。」

35. 朱諾（Juno）是羅馬神話中的天后，掌管婚姻和生育，天神朱庇特之妻，相當於希臘神話中宙斯的妻子希拉。

保羅心慌意亂。

「蘇珊，為什麼啊？」

女孩滿臉通紅，眼神閃過怒氣。

「沒為什麼！」

「那妳非得結婚嗎？」

她看著他，代替回答。保羅有種溫柔真誠的特質，讓女人不由得信任他。他明白了。

「啊，我很遺憾。」他說。

她淚眼盈眶。

「不過妳會發現一切將很順利。妳會盡力過得很充實。」他若有所思繼續說。

「也只能這樣了。」

「對啊，做好最壞的打算，然後盡力讓一切順利吧。」

不久，他又藉故上門拜訪克拉拉。

「妳願不願意再回喬丹工廠上班？」他說。

她放下手邊工作，將美麗的手臂擱在桌上，看著他好一會兒，沒有回答。她的臉頰漸漸泛起紅暈。

「為什麼這麼問？」她開口。

保羅尷尬不已。

「呃，因為蘇珊打算辭職了。」他說。

克拉拉繼續捆繞。白色蕾絲微微彈動，飛快纏繞紙板。他等她回答。最後，她頭也不抬，格外小聲地說：「你有跟誰提過這件事嗎？」

「除了妳，誰也沒說。」

兩人又陷入一陣漫長沉默。

「徵人廣告一出來，我就去應徵。」她說。

「妳會在那之前就應徵。我會告訴妳確切時間。」

她繼續用那一小臺旋轉紡紗機纏繞蕾絲，沒有反駁他。

克拉拉回到喬丹工廠。包含芬妮在內的幾位老手都還記得她以前的職場習慣，極其厭惡那段往事。克拉拉一向趾高氣昂、沉默寡言、自視甚高。她從不打入那些女孩的圈子，融入其中。只要她揪出錯誤，總是非常客氣地用冰冷語氣指正，在犯錯的人聽來，簡直比被毫不留情痛罵還加倍羞辱。面對神經兮兮的可憐駝背芬妮，克拉拉始終表現得溫柔體恤，結果比起被其他監工痛斥而暗自哭泣，這種態度反倒讓芬妮流下更多辛酸淚。

克拉拉身上有某種特質保羅不喜歡，卻也有不少地方勾起他的好奇心。她一出現在附近，他便老是盯著她強健的頸項，以及上方蓬鬆短俏的金髮。她臉蛋和手臂的皮膚上覆著幾不可見的汗毛，一旦留意到，他就再也無法視若無睹。

他下午作畫時，她都會來看，站在他身邊，一動也不動。儘管她沒開口也沒碰他，他仍感覺得到她的存在。雖然她站得離他將近一米遠，他卻覺得似乎正與她相觸。於是，他再也畫不了，只好扔下畫筆，轉身與她交談。

她有時稱讚他的作品，有時語帶批評、語氣冷淡。

「那張畫得不自然。」她會這麼說。由於她的指摘確實有幾分道理，他不由得火冒三丈。

不然就是：「這張怎麼樣？」他會熱切地問。

「嗯！」她小小悶哼一聲，充滿懷疑。「我對它不怎麼感興趣。」

「那是因為妳看不懂。」他回嘴。

「那你為什麼要問我的感想？」

「因為我以為妳會看懂啊。」

聞言，她會聳聳肩，對他的作品表示不屑。她的舉動讓他抓狂、怒不可遏。接著，他對她惡言相向，開始激昂地解釋自己的作品。這為她帶來了消遣與刺激。不過，她始終沒承認自己的看法有錯。

克拉拉參與婦女運動的十年間受過不少教育，加上擁有幾分像米莉安那樣樂於學習的熱情，自學了法文，勉強能讀懂一點。她自認不同於其他女人，尤其在屬於同一階級的女人之中更是獨樹一幟。螺旋部門的女孩都來自好人家，而這個特殊產業規模小，獨具一格，因此螺旋部門所在的兩個房間皆散發高雅氣息。不過，克拉拉就連和同僚相處，態度也冷淡疏離。

然而，這些事她都沒透露給保羅知道。她不是會輕易吐露心聲的人，總帶有一種神祕感。她實在過於含蓄，保羅覺得她一定保留了許多不為人知的一面。她的經歷表面上人人皆知，但背後意涵卻不為人知，這真是教人激動。有時，他碰巧發現她偷偷端詳自己，眉毛下的雙眸顯得悶悶不樂，看得他不得不加快動作。她的視線經常與他交會。但下一刻，她就像直接遮掩住目光般，什麼也沒透露，而是對他溫和微微一笑。她為保羅帶來莫大刺激，因為她似乎具備不少知識，更是集他無法獲得的經驗於一身。

某天，保羅從她的工作臺拿起一本《磨坊文札》[36]。

「妳會看法文書啊？」他大喊。

克拉拉漫不經心瞥了他一眼。她織著淡紫色彈性襪，以緩慢適中的固定節奏轉動螺旋機，時不時彎腰查看成品或調整織針。只見她那優美脖頸覆著汗毛和一綹綹細髮，在富有光澤的薰衣草紫絲織品映襯下，顯得白皙透亮。她又轉了幾圈機器才停手。

「你剛說什麼？」她問，露出甜美笑容。

看到她對自己既無禮又冷淡，保羅雙眼發亮。

「我不知道原來妳看法文書。」他非常客氣說。

「你不知道？」她回應，臉上帶著挖苦的微笑。

「做作的討厭鬼！」他說，聲音卻幾乎細不可聞。

他注視她，氣得閉上嘴巴。她似乎很唾棄自己如機械般製造的成品，但她織出的長襪近乎完美。

「妳不喜歡用螺旋機工作。」他說。

「噢，任何一種工作都是工作。」她回答，彷彿再瞭解不過了。

他很訝異她居然這麼冷淡，因為他做什麼都非得滿懷熱情。她想必有什麼過人之處。

「那妳更想要做什麼？」他問。

她放任自己對他笑了一下並說：「我有得選的機會實在微乎其微，所以沒有浪費時間去思考這種事。」

「哼！」他表示，換他瞧不起她了。「妳這麼說只是因為妳太驕傲，不肯承認自己想要什麼卻得不到罷了。」

「你還真瞭解我啊。」她冷冷回應。

「我知道妳自認了不起，卻得忍受在工廠工作的無盡羞辱。」

他怒火中燒，出言不遜。聽完，她僅僅鄙夷地別過頭。他吹著口哨走過房間，與希爾妲調情說笑。

後來，他心想：「我為什麼要對克拉拉這麼放肆無禮？」他對自己很氣惱，卻也很高興。「她活

36.《磨坊文札》（*Lettres de mon moulin*）是法國作家亞方斯・都德的散文故事集。

該，她全身上下都默默散發著討人厭的傲氣。」他火大地心想。

他午後又下樓去。他心頭壓著某種重擔，亟欲擺脫。他認為請她吃巧克力便能無事一身輕。

「要吃一個嗎？」他說：「我買了一些，想說吃了能開心點。」

結果她收下了，這令他鬆了一大口氣。他坐到她機器旁的工作臺上，手指捲著絲織品。克拉拉很喜歡他如年幼動物般的矯捷身手，動作往往出乎意料。他陷入沉思，雙腳來回晃動。巧克力糖四散在工作臺上。她彎身查看正發出有節奏摩擦聲的機器，低頭檢查掛在機器下方的彈力襪，因自身重量而往下垂。他望著她背部彎腰時的優美曲線，以及在地上捲成一團的圍裙綁帶。

「妳總是這樣，」他說：「像在等待什麼似的。不管我看妳做什麼，妳都心不在焉，都在等待——就像珀涅羅珀織布的時候[37]。」他不由得一時口出惡言：「我就叫妳珀涅羅珀好了。」

「叫不叫有差嗎？」她邊說，邊小心移除其中一根織針。

「是沒差，我高興就行了。嘿，聽著，我剛突然想到，妳似乎忘了我可是妳上司。」

「這又代表什麼了？」她語氣冰冷地問。

「這代表我有權對妳發號施令。」

「你有什麼想抱怨的嗎？」

「噢，聽著，妳不必這麼討人厭。」他生氣地說。

「我不知道你要我怎麼做。」她說著，繼續工作。

「我要妳對我態度親切，還要尊敬我。」

「也許叫你『先生』？」她輕聲問。

「對，叫我『先生』。我很想要妳這麼叫。」

「那我希望您能上樓去，先生。」

保羅閉上嘴巴，面露不悅之色，突然跳下工作臺。

「妳做什麼都高高在上得要命。」他說。

他離開去找其他女孩。他覺得自己根本不必氣到這種地步。事實上，他有點懷疑自己是在作秀。但若真是如此，他會繼續這麼做。克拉拉聽到他在隔壁房間跟其他女孩有說有笑，正是她討厭的那種笑聲。

傍晚，女孩們下班後，保羅穿過螺旋部門的房間，看見巧克力糖都原封不動擺在克拉拉工作的那臺機器前方。他沒去動。隔天早上，它們還在原位，而克拉拉在工作。後來，一位大家暱稱「小貓」的棕髮嬌小少女米妮對他大聲說：

「嘿，難道你不請大家都吃巧克力嗎？」

「抱歉，小貓，」他回答，「我是打算要請，結果離開後就忘了。」

「我就知道。」她答道。

「今天下午我會帶些過去請妳們。妳們可不想吃放了好一陣子的巧克力吧？」

「噢，我不挑啊。」小貓微笑說。

「噢，不行，」他說：「這樣上面都是灰塵。」

他走到克拉拉的工作臺。

37. 珀涅羅珀（Penelope）是古希臘史詩《奧德賽》主角奧德修斯之妻。丈夫參加特洛伊戰爭後失蹤十年，期間，她堅持不改嫁，於是面對眾多追求者，表示要織完公公的壽衣才能決定，卻白天織、晚上拆，藉此拖延，等候丈夫歸來。

「抱歉，我這些東西亂放後就不管了。」他說。

她滿臉通紅。他一一撿起巧克力，堆在手上。

「它們現在肯定都髒了。」他說：「妳應該拿回去的。我不懂妳為什麼不拿。我本來想跟妳說希望妳收下。」

他把它們扔到窗外，丟到下方的院子裡。然後，他只瞥了她一眼。他的目光令她身子一縮。

下午，他又帶了一包巧克力糖來。

「妳願意拿幾顆嗎？」他說，先請了克拉拉。「這些是剛買的。」

她收下一個，放在工作臺上。

「噢，多拿幾顆吧——就當求個好兆頭。」他說。

她又多拿了幾個，同樣放在工作臺上，心慌意亂地回去繼續工作。保羅朝房間另一頭走去。

「給妳，小貓。」他說：「別太貪心啊！」

「這些全要給她嗎？」其他女孩衝過來喊道。

「當然不是。」他說。

女孩們爭先恐後吵了起來。小貓從同伴中往後一退。

「夠了啦！」她大喊，「保羅，我可以先挑，對不對？」

「別搶啊。」他說完便離開。

「你人**真**好。」女孩們大叫。

「好得肯花十便士呢。」他回答。

他走過克拉拉身邊，一句話也沒說。她覺得要是碰了那三塊巧克力糖，一定會被灼傷。她好不容易才鼓起勇氣，將它們悄悄放進圍裙口袋裡。

螺旋女孩都對保羅又愛又怕。他心情好的時候和藹可親，不過一被激怒，態度立刻冷淡到極點，幾乎把她們當作不存在，簡直跟線軸沒兩樣。如果她們太過放肆，他便輕聲說：「請妳們繼續好好工作。」然後站著監看。

保羅迎來二十三歲生日之際，家裡陷入紛擾。亞瑟即將結婚，母親身體不適，父親不只上了年紀，更由於幾次事故，留下跛行的後遺症，被派去做低薪的無意義工作。米莉安成了一個不斷指責著他的存在。他覺得自己虧欠她，卻無法將自己交給她。更何況，家裡需要他維持生計。他忙進忙出，分身乏術。生日當天，他並不高興，只覺滿心苦澀。

他當天八點就上班了，這時多數職員都還沒到。螺旋女孩們要到八點半才會來。他正在換外套時，聽到背後有人出聲說：「保羅、保羅，請來一下。」

原來是駝背芬妮，她就站在樓梯頂端，由於身懷祕密而容光煥發。保羅驚訝地看著她。

「請你過來。」她說。

他站在原地，不知所措。

「來嘛，」她哄誘，「你開始處理信件之前，先來一下嘛。」

保羅走了幾階下樓，進入她那間乾燥狹窄的收尾室。芬妮走在他前面，只見她洋裝的黑色上身偏短，腰線就位於腋下，顯得墨綠色喀什米爾下襬很長。她在這位年輕男子前方大步行走，他則優雅邁步跟上。她走向狹窄的房間盡頭，來到自己的座位，一旁的窗戶打開正對煙囪管帽。芬妮準備要激動扯開鋪在她面前工作臺上的白色圍裙時，保羅的視線停留在她細瘦的雙手和又扁又紅的手腕上。她遲疑片刻。

「你不會以為我們忘了吧？」她語帶責備地問。

「什麼？」他問，本人都忘了生日這回事。

「居然說『什麼』！『什麼！』看看這裡啊！」她指向月曆，他看到大大的黑色數字「21」周圍有上百個用鉛筆畫出的小叉叉。

「噢，是獻給我生日的吻[38]。」他笑說，「妳們怎麼會知道？」

「沒錯，你就是什麼都想知道吧？」芬妮嘲弄說，心情大好。「每個人都畫了一個——克拉拉女士除外——有人還畫了兩個。但我不會告訴你**我**畫了幾個。」

「噢，我知道啊，妳很癡情的。」他說。

「那你**就**錯了！」她氣憤大喊，「我才沒那麼軟弱。」她的女低音嗓音強而有力。

「妳老是假裝自己是個鐵石心腸的輕佻女人，」他笑說，「可是妳也很清楚自己多愁善感得就像——」

「我寧可被說是多愁善感，也不要被稱為冷凍肉。」芬妮脫口而出。保羅曉得她指的是克拉拉，面帶微笑。

「妳們也都這樣講我壞話啊？」他笑著問。

「才沒有，親愛的。」駝背女人回答，語氣溫柔無比。她已經三十九歲。「不，親愛的，因為你不認為自己是高貴的大理石雕像，還把我們視如糞土。我就跟你一樣優秀，保羅，不是嗎？」這個提問令她愉悅。

「我們誰也沒有優於誰吧？」他回應。

「但我就跟你一樣優秀，保羅，不是嗎？」她大膽地堅持提問。

「妳當然是啊。要論優不優秀，妳更勝一籌呢。」

此刻的場面讓她相當害怕，可能一不小心情緒就激動起來。

「我想說我要比其他人先到——這下她們八成會說我很心機！你現在把眼睛閉起來——」她說。

「然後張開嘴巴，看看上帝送了你什麼。」他接口說，配合自己講的話，做出相應動作，預料會得到一塊巧克力。他聽到圍裙發出窸窣聲，然後是一陣微弱的金屬碰撞聲。「我要看囉。」他說。

他睜開眼睛。只見芬妮的長臉上雙頰緋紅，藍眸閃閃發亮，正盯著他看。他面前的工作臺上，擺著一小捆顏料管。他頓時臉色發白。

「不，芬妮。」他立刻說。

「是我們全體一起送的。」她慌忙回答。

「不，但是——」

「它們是你用的那種嗎？」她問，興高采烈地晃著身子。

「天啊，它們可是型錄上最好的產品。」

「不過是你用的那種吧？」她大聲問。

「就算我發大財，也捨不得把它們列在購物清單上。」他咬著嘴脣壓抑情緒。

芬妮喜不自禁。她得換個話題。

「為了要送你，大家都焦慮不安。每個人都出錢分攤了，唯獨示巴女王[39]沒有。」

示巴女王就是指克拉拉。

「她不願意加入嗎？」保羅問。

「她沒機會，因為我們根本沒告訴她。我們才不要**她**來指揮**這件**大事。我們不**想**讓她加入。」

38. x代表一個吻。

39. 根據希伯來聖經，示巴女王（Queen of Sheba）統治非洲東部的示巴王國，是與所羅門王同時代的人物。

保羅對著女人放聲大笑。他非常感動。最後，他不得不走時，芬妮靠得很近，忽然迅速伸手環住他的脖子，給了他熱烈一吻。

「我今天可以親你一下。」她語帶歉意說，「你臉色感覺好蒼白，看得我心好痛。」

保羅也吻了她，然後離她而去。她的手臂細瘦得令人憐憫，也讓他心好痛。

那天午餐時間，他跑下樓要洗手，結果碰到克拉拉。

「妳居然留在這裡吃飯！」他驚呼。她很難得這麼做。

「對，而且我吃的似乎是舊醫療用具。我現在**必須**出去走走，不然會覺得好像滿肚子都是不新鮮的橡膠。」

她逗留了一下。他立刻心領神會。

「妳有打算要去哪嗎？」他問。

他們一起爬坡走向諾丁漢城堡。在室外，她穿著樸素，可說是難看，但在室內，她看起來一向很體面。她走在保羅旁邊，步伐遲疑，一路低頭不看向他。衣著寒酸，腦袋低垂，她的沮喪之情表露無遺。保羅幾乎看不出她原本的堅毅姿態，彷彿那模樣隨著體力流失而陷入沉睡。她彎腰駝背，躲避眾人目光，看上去簡直微不足道。

城堡公園綠意盎然，一片清新。爬上陡坡時，他笑著講個不停，她卻沉默不語，似乎若有所思。他們沒什麼時間進去那棟盤踞在斷崖上的矮胖方形建築，於是靠著城牆，看著下方峭壁朝公園直落而下。他們腳下，鴿子在砂岩洞裡用喙理毛，輕聲咕咕叫。遠在岩壁底部的林蔭大道上，小小樹木一棵棵佇立在自身投下的大片樹蔭之中，小小行人匆匆趕路的自命不凡模樣幾近荒唐可笑。

「感覺好像可以把人像蝌蚪一樣舀起來，而且一撈就是一大把。」他說。

她笑著回答：「沒錯，不必離得太遠，就能看清我們真正的大小。那些樹反而顯得更有分量。」

「只是數量很多罷了。」他說。

她冷笑了一下。

朝林蔭大道盡頭望去，遠處可見鐵軌的細長金屬條，旁邊堆滿一疊又一疊小小木材，附近有玩具般的火車頭冒煙疾馳而過。運河的銀絲帶在黑壓壓的山巒間左彎右拐。在更遠處，屋舍密密麻麻占據河灘，乍看像黑色毒草，櫛比鱗次，擠得水泄不通，綿延不絕，間或夾雜較高的工廠，整片景色一路蔓延，直至在土地上勾勒出象形文字的波光粼粼河水為止。橫亙於河流上方的懸崖峭壁顯得渺小。廣闊的鄉村風景遇上森林便晦暗不已，來到麥田就微亮起來，一直延伸到衝破灰濛霧靄的青色群山。

「想到這座城鎮就到此為止，」道斯太太說：「真是欣慰。它還只是整片大地上一個小小的瘡。」

「一個小小的痂。」保羅說。

聞言，克拉拉渾身打顫。她痛恨這個城鎮。她陰鬱地眺望這片自己被阻絕在外的土地，面無表情的臉龐蒼白又充滿敵意，讓保羅聯想到某個深為悔恨所苛責的天使。

「但這座城鎮還行啊，」他說：「只不過是暫時的。我們釐清設計概念前，它就是個權宜之計，實驗性質的原始粗糙成果。這座城鎮最終會順利成形的。」

鴿子歇息在高處樹叢間的岩洞裡，自在地咕咕叫。在左手邊，宏偉的聖瑪利亞教堂高聳入雲，與諾丁漢城堡比肩而立，俯瞰著瓦礫堆般的城鎮。道斯太太眺望這片風景，露出爽朗微笑。

「我感覺好多了。」她說。

「謝謝，」他回應，「多謝妙讚！」

「噢，拜託喔！」

「哼！妳這根本就是用左手把右手送出的東西搶回去嘛。」他說。

她對著他發笑，表情饒富興味。

「不過妳到底是怎麼了？」他問，「我知道妳為了某件事悶悶不樂，從妳臉上還是看得出一絲跡象。」

「我想我不會告訴你。」她說。

「好，繼續藏吧。」他答道。

她頓時臉紅，咬了咬嘴脣。

「不，」她說：「是因為那些女孩。」

「她們怎麼了？」保羅問。

「她們一直在策畫什麼，已經一星期了，今天似乎還特別起勁。沒有人例外，都用這個祕密在羞辱我。」

「真的嗎？」他關心地問。

「我本來不介意，」她繼續用刺耳如金屬的生氣語調說，「要不是她們當著我的面，大剌剌炫耀她們有祕密瞞著我。」

「就像女人一樣。」他說。

「她們這樣刻意幸災樂禍真討人厭。」她激動地說。

保羅默不作聲。他知道女孩們為什麼幸災樂禍。他很難過自己成了近來兩方這次不合的原因。

「她們要有多少祕密都無所謂，」她繼續說，悶悶不樂地反芻這件事，「但起碼克制一下，別到處炫耀，還讓我覺得遠比之前更格格不入。這……這簡直教人受不了。」

保羅思索了一陣子。他心慌意亂極了。

「我會告訴妳這是怎麼回事。」他說，臉色蒼白，神情緊張，「今天是我生日，她們為我買了一大堆顏料，所有女孩一起出錢。她們很嫉妒妳，」講到「嫉妒」兩字時，他覺得她僵直了身子，態度變得冷漠，「只是因為我有時拿書給妳。」他緩緩補充說，「但妳瞧，就只是件小事而已。別傷腦筋了，好嗎？因為，」他笑了一下，「哎呀，她們雖然成功瞞過妳，但要是看到我們現在在這裡，又會說什麼呢？」

克拉拉氣他講話居然這麼不得體，暗示兩人此刻狀似親密。他簡直是厚顏無恥。然而，他表現得如此平靜，她決定原諒他，但仍費了好一番功夫。

他們兩手都放在城堡的粗糙岩石胸牆上。保羅遺傳了母親的纖細外表，雙手皆小巧有力；克拉拉的手偏大，與修長四肢相襯，顯得白皙、強而有力。保羅看著她的手，看穿了她的心思。「她想要有人牽起她的手——雖然她對我們是那麼鄙夷。」他暗忖。克拉拉眼中只看到他那雙手，溫暖又充滿活力，似乎是為她而生。他陷入沉思，鬱鬱寡歡皺著眉頭，定睛遠眺眼前這塊土地。景色之中，些許有趣的各種形狀紛紛消失，徒留一大片由憂傷和悲劇構成的密集黑點，每棟房屋、每片河灘、每個人、每隻鳥皆失去清晰輪廓，僅是形狀各有不同的色塊。一切事物的外形似乎都消失了，只剩下構成眼前所有山水景色的一個整體，一個充滿掙扎與苦痛的集合體。工廠、螺旋女孩、母親、高聳巨大的教堂、城鎮裡的雜木林，全融為一體，散發著憂鬱、陰森、哀傷的氛圍。

「鐘是不是敲了兩點？」道斯太太吃驚地問。

保羅嚇了一跳，周圍一切頓時化為實體，恢復各自的原貌，重拾遭人淡忘、令人愉快的形貌。

他們連忙趕回去上班。

保羅一面忙著準備夜間要郵寄的貨物，一面從芬妮那間充滿熨燙氣味的房間上方查看工作情形，就在這時，夜班郵差走了進來。

「『保羅．莫瑞爾先生』，」他面帶微笑唸出，遞給他一個包裹，「是女士的字跡喔！別讓那些女孩看到了。」

同樣身為螺旋女孩的寵兒，這位郵差老愛拿她們對保羅情有獨鍾的事來捉弄他。

包裹裡有一本詩集，附了一張簡短紙條：「請容我將此書送給你，好讓我免於被眾人孤立。我也能諒解，並祝你一切順利。——C.D.」保羅讀完，臉紅發燙。

「老天啊！道斯太太，她怎麼買得起。老天，誰想得到呢！」

他忽然深受感動，她的暖心之舉讓他內心充盈。激動之際，他幾乎能感覺到她，彷彿她就在現場——她的手臂、香肩、雙峰，他看得見也感覺得到，只差一步就能納入懷中。

克拉拉此舉讓兩人的關係更形親密。其他螺旋女孩注意到，每當保羅遇見道斯太太，都抬眼用那種特有的開朗方式打招呼，她們當然解讀得出背後原因。克拉拉知道他沒有意識到這點，於是不動聲色，只有碰到時，偶爾別過頭不看他。

他們經常在午休期間一起走出去，舉止坦蕩，毫不遮掩。大家似乎都覺得他根本沒察覺到自己的感情，沒覺得哪裡不對勁。保羅現在與克拉拉交談時，多少帶有以前與米莉安交談時的那種熱情，但他不再像過去那麼注重談話內容，也不為自己下的結論傷透腦筋。

十月某一天，兩人出門去蘭伯利喝下午茶。他們忽然在山頂停下腳步。他爬上柵門坐下，她則坐在過籬梯上。那天下午，平靜無風，四周薄霧繚繞，霧中一捆捆作物顯得澄黃奪目。兩人靜默無語。

「妳結婚時幾歲？」他輕聲問。

「二十二歲。」

她壓低聲音，語氣近乎乖順。她現在願意告訴他了。

「是八年前？」

「對。」

「那妳是什麼時候離開他？」

「三年前。」

「在一起五年！妳嫁給他的時候愛他嗎？」

她沉默了一會兒，才緩緩說道：「我以前認為我愛——或多或少吧。我當時沒有多想，他也想要我。我那時非常拘謹。」

「所以妳算是什麼也沒想就踏入了婚姻？」

「對。我好像這輩子幾乎都在昏睡。」

「somnambule（法文：夢遊）？可是，妳又是什麼時候醒來的？」

「我不曉得自己從小至今是不是真的有醒來，或者曾醒來過。」

「妳成長為女人的期間也都在昏睡？真是怪！他沒有喚醒妳？」

「沒有，他從來沒有到達那裡。」她語氣平板地回答。

一群棕鳥迅速飛越成排樹籬，光禿樹枝上的玫瑰果鮮紅欲滴。

「到達哪裡？」他問。

「我的內心。在我心目中，他其實從來就不重要。」

午後天氣和煦，光線微暗。青霧裊裊中，農舍屋頂顯得紅亮刺眼。保羅很喜歡這樣的白晝。他能感受到卻無法理解克拉拉正在說的話。

「但妳為什麼要離開他？他對妳很糟嗎？」

她微微顫抖。

「他——他有點貶低我。他想欺凌我，因為他沒有真的得到我。然後我覺得我好像很想逃，好像自己被綁住無法動彈。而且他看起來很卑鄙。」

「我懂了。」

他一點也不懂。

「那他一直都很卑鄙嗎？」他問。

「有一點。」她緩緩答道，「然後他看起來好像無法**理解**我，真的是這樣。結果他變得很粗暴——他**真的**很粗暴！」

「那妳為什麼最後決定離開他？」

「因為……因為他對我不忠……」

兩人沉默好一陣子。為了保持平衡，她伸手扶著門柱。他把手疊放在她手上，心跳加快。

「但是妳……妳有曾經……妳有沒有給過他機會？」

「機會？要做什麼？」

「讓他接近妳。」

「我嫁給了他，也心甘情願……」

兩人都盡可能穩住自己的聲音。

「我認為他愛妳。」他說。

「似乎是。」她回應。

他想把手拿開，卻辦不到。結果是她把手移開，替他解圍。一陣沉默後，保羅再度開口：

「妳一直沒理他嗎？」

「是他離開我。」她說。

「我想他怎樣都沒辦法**讓**他成為妳心目中的一切？」

「他想盡辦法要逼我這麼做。」

此時，這場對話已經超出兩人的理解範圍。保羅冷不防縱身一跳。

「來吧，」他說：「我們去喝點下午茶。」

他們找到一間小屋，坐進冷颼颼的接待室。克拉拉為他倒茶，始終不發一語。保羅覺得她又和他拉開了距離。喝完茶，她一臉沉思望進茶杯，手指不斷轉著婚戒。心不在焉的她拿下戒指，立在桌上轉了起來。金戒頓時成了閃閃發亮的透光球體。最後戒指倒落，在桌上彈動。她一次又一次旋轉那只戒指。保羅不禁看得入迷。

不過，她是已婚女子，而他相信異性間有純友誼。他認為自己對她的關切之情毫無半點非分之想。這只不過是男人與女人之間的友情，如同任何有教養人士之間可能萌生的情誼。

保羅就像眾多同齡青年，認為自身性慾變得過於複雜難解，導致他寧可否認自己曾動念渴望克拉拉或米莉安，或者任何他**認識**的女人。性慾是某種超然之事，不屬於女性。他是用靈魂愛著米莉安。他想到克拉拉便渾身發熱，與她拌嘴吵架，對她胸脯和肩膀的曲線瞭若指掌到彷彿兩者是在他體內鑄造成形，即便如此，無疑他卻並不渴望她。他會永遠否認自己有所渴望。他深信自己其實為米莉安所束縛。要是在遙遠未來的某日，他真要結婚，娶米莉安就是他的義務。他向克拉拉挑明過這一點，她沒有回應，任由他照自己的安排走。他一有空便去找她，找道斯太太。這段時期，他常寫信給米莉安，偶爾上門拜訪。他就這樣度過了冬季，卻似乎不如以往苦惱。母親對他不再那麼苛刻，以為他正遠離米莉安。

米莉安現在明白克拉拉對他的吸引力究竟多強烈，但仍很有把握，他最好的那一面終將勝出。相較於保羅對自己的愛意，他對道斯太太——還是一位已婚婦女——所抱持的感情，只不過是膚淺、短暫的情感罷了。她很肯定他會回到自己身邊，或許到時候他會少了些青澀，但那種除她以外的女人才能滿足他的低賤慾求將消失殆盡。她什麼都能忍，只要他內心忠於她，而且一定要回到她身邊。

保羅完全沒發現自己的處境多異常。米莉安是他的老友兼情人，屬於貝斯特伍德、家鄉、他的青春時代；克拉拉是最近才結識的朋友，屬於諾丁漢、生活、俗世。就他來看，一切再清楚不過。

他和道斯太太不常見面時，經歷了不少次冷淡期，不過最後總是能重修舊好。

「妳有對貝克斯特．道斯很糟嗎？」他問她。這件事似乎困擾著他。

「哪方面很糟？」

「噢，我不知道啊，但妳不是對他很糟嗎？不是有做什麼搞得他內心支離破碎？」

「什麼？請解釋一下。」

「就是讓他覺得自己毫無價值——**我**知道那是什麼感覺。」保羅表示。

「我的朋友，你還真聰明啊。」她冷淡地說。

對話就此結束。但這件事導致克拉拉對他冷淡了好一陣子。

她現在很少與米莉安碰面。兩個女人並未絕交，只是友情淡了許多。

「你星期天下午要不要來聽音樂會？」聖誕節剛過完，克拉拉便開口邀請保羅。

「我答應要去威利農場了。」他回答。

「噢，好吧。」

「妳不介意吧？」他問。

「我為何要介意？」她回答。

她這樣反問差點沒惹惱他。

「妳也知道，」他說：「打從我十六歲起，我和米莉安就一直覺得彼此非常重要——換句話說，已經七年了。」

「還真久啊。」克拉拉回應。

「沒錯，可是不知道為什麼，她……我們之間就是不順利……」

「為何？」克拉拉問。

「她似乎一直不斷在拉我過去，也絕不會放過我任何一根頭髮，不會任憑它掉落、飛走——她反而會保留起來。」

「但你喜歡被人留住啊。」

「不，」他說：「我才不喜歡。我很希望這段關係可以正常點，有來有往——像我跟妳這樣。我是想要女人把我留在她身邊，但可不是保存在她口袋裡。」

「對，真是這樣，我應該要更愛她。她有點太渴望我了，害我沒辦法把自己交出去。」

「但你要是愛她，你們之間就不可能是普通關係，像我跟你這樣。」

「怎麼渴望你？」

「渴望從我的身體把靈魂掏出去。所以我才從她身邊退縮開來。」

「但你還是愛著她！」

「不，我才不愛她。我甚至連親她都沒親過。」

「為什麼不親？」克拉拉問。

「我不知道。」

「我想你是怕了吧。」她說。

「才沒有。我內心有什麼就是拚命想避開她——她太優秀了，反觀我卻不是。」

「你怎麼會知道她是什麼樣的人？」

「我就是知道啊！我也知道她想要達到某種靈魂合而為一的境界。」

「但你又怎麼知道她想要什麼了？」

「我已經跟她在一起七年了。」

「但你還是沒搞清楚對她來說最重要的事。」

「什麼事？」

「就是她才不想要什麼靈魂合而為一，那只是你自己在胡思亂想。她想要的是你。」

他思索她的話。或許是他錯了。

「可是她似乎——」他開口說。

「你從來沒努力試過。」她回答。

第十一章 米莉安的考驗

隨著春天降臨，昔日的輕狂和爭戰死灰復燃。現在，保羅很清楚得去找米莉安，但為何那麼心不甘情不願？他自我辯解說，這只不過是她和他內心某種過於強烈的貞操感在作祟，而且兩人都無法加以克服。他是有可能娶她，但家裡的情況讓這件事變得困難重重，更何況他本身並不想結婚。結婚是終身大事，加上他和她早已成為親密至交，他看不出兩人為何非得遵循傳統觀念，進一步結為夫妻。他不覺得自己想和米莉安建立婚姻關係，他還真希望自己有這種念頭，他巴不得能感受到那種想娶她為妻、將她納為己有的愉悅渴望。那他為什麼無法付諸實行呢？因為有某種阻礙，那這阻礙又是什麼？原因就在於肉體上的束縛。肢體接觸教他退卻。但為何如此？與她在一起，他便覺得綁手綁腳，無法坦然面對她。某種感情在他心裡奮力掙扎，但他就是沒辦法讓她理解。為什麼？她確實愛著他啊。克拉拉還說她渴望他，那他為什麼無法去找她、向她求愛、親吻她呢？每當兩人同行，她羞怯地挽著他的手，他為什麼覺得自己將暴怒耍狠，然後又退縮不前呢？他虧欠她，他希望自己屬於她。或許對她感到退縮又退卻，體現的正是愛最樸實無華的一面。他對她並不反感。不，正好相反，這股強烈慾望對抗的是某種更為強烈的羞怯之情與貞操感。而貞操感有如一股絕對力量，各自在兩人體內戰勝了慾望。與她在一起，他覺得難以抑制這股力量；然而，他與她最為親近，唯有與她在一起，才有辦法從容不迫加以克服。而且他虧欠她。假如他們有辦法將一切導回正軌，就能結婚；但如果他無法非常樂在其中，便不會結婚——永遠不會。他將無臉見母親。在他看來，為了不想要的婚姻犧牲自己，簡直有辱人格，等同毀了一生，使其化為烏有。他會試著去做**力所能及**之事。

他對米莉安一向心軟無比。她總是沉浸於憂傷中，終日幻想自身信仰，對她來說，他幾乎與宗教信仰無異。他不忍心辜負她。只要他們努力，一切將會順利。

他仔細思索自己認識的人，發現許多富有教養的男人就像他，受自身的貞操感所束縛，無法掙脫。他們對女人是如此敏感，寧可永遠不要有女人相伴，也不願傷害她們、錯待她們。這些男人身為母親的兒子，看著她們丈夫暴殄天物，粗暴糟蹋女性的崇高感情，導致他們變得過於羞怯靦腆。比起惹來女人一頓痛斥，克己忘我要容易得多，因為女人就像他們的母親，而母親的存在始終縈繞他們的心頭。他們寧可忍受獨身的痛苦，也不願危害他人。

於是，保羅又回到米莉安身邊。每當他望著她，便被她身上某一點觸動得幾近淚眼盈眶。某天，她開口唱歌時，他站在她背後，安妮則彈琴伴奏。米莉安唱起歌來，嘴巴顯得絕望，像是修女對天高歌。她的模樣讓他想起波提切利的畫作，嘴巴和眼睛實在太像某位在聖母旁邊歌唱的人物，如此神聖。他體內再度湧起燒紅鋼鐵般的熾熱痛楚。他為什麼非得對她別有所求？他為什麼要奮力對抗她？要是他能一直溫柔善待她，與她一同沉溺於幻想和信仰的美夢之中，任何代價在所不惜。傷害她並不公平。她似乎永遠置身少女時期。當保羅想起她母親，看到的是那雙少女般的棕色大眼。雖然她幾乎是在恐懼與震驚下脫離純潔的處女時期，早已生下七名子女，卻似乎仍保有少女心。兒女的出生簡直無視她的意志，與其說是她主動生，應該說是不得不生。所以，她永遠沒辦法放手讓他們走，因為她從未擁有過他們。

莫瑞爾太太發現他又開始頻繁去找米莉安，大為震驚。他對母親什麼也沒說，既沒解釋，也沒找藉口。他要是晚回家，被她斥責，就皺起眉頭，蠻橫地頂嘴。

「我高興幾點回家就幾點回家，」他說：「我已經夠大了。」

「她非得把你留到這麼晚嗎？」

「決定要留下來的人是我。」他回答。

「她還任由你這麼做？非常好。」她說。

後來，她都不鎖門就先就寢，好讓他能進屋，卻老是躺在床上側耳傾聽，等他回來，往往他回家後過了很久都還躺著細聽。知道他又回頭找米莉安，她內心苦澀不已。不過，她早已認清再多干涉也無濟於事。如今，他前往威利農場是作為一個男人，而不是懵懂少年。她無權過問。兩人開始相敬如賓。他對她幾乎隻字不提。被棄置一旁的她依然伺候他、為他煮飯，甘願為他做牛做馬，卻也再度變得面無表情，像戴著面具。她現在除了家事，根本無事可做，因為其餘的日常時光他都去找米莉安共度。她無法原諒他。米莉安扼殺了他的開朗和溫情。他本來是個快活無比的小子，擁有最善解人意的心；現在，他態度日漸冷淡，脾氣愈加暴躁，心情益發陰鬱。這讓她想到了威廉，但保羅的情況更糟。他做起事來更激烈，也更清楚自己打算做什麼。母親曉得他因為渴求女人而有多苦惱，看到他為此去見米莉安。只要他下定決心，什麼也無法讓他回心轉意。莫瑞爾太太身心俱疲，終究決定舉手投降，徹底認輸。她成了礙事的人。

而他毅然前行。他多少明白母親的感受，卻反而因此狠下心來。他逼自己對她冷酷無情，但這就像對自身健康漠不關心一樣。這麼做很快便對他的身心產生負面影響，他卻依然故我。

某天傍晚，他來到威利農場，坐在搖椅上往後靠。他和米莉安已經聊了好幾週，卻一直沒談到重點。這時，他忽然說：「我就快二十四歲了。」

米莉安本來正在沉思，聽到這句話，冷不防驚訝得抬頭看他。

「是啊，你為什麼突然提這件事？」

緊張氣氛的背後正醞釀著什麼，她不禁提心吊膽。

「湯瑪斯・摩爾爵士[40]說過，人二十四歲就能結婚了。」

她古怪地笑了一聲說：「結不結婚還需要湯瑪斯．摩爾爵士批准嗎？」

「是不用，但人就是差不多該在這個年紀結婚。」

「好。」她若有所思回答，等他再次開口。

「我不能娶妳，」他繼續緩緩說道，「現在不行，因為我們沒錢，家裡的人也要靠我養。」

她坐在那裡，隱約猜出他接下來要說什麼。

「但我想現在就結婚……」

「你想結婚？」她重複道。

「娶個女人，妳明白我的意思。」

她默不作聲。

「時機終於到了，我非結不可。」他說。

「好。」她答道。

「妳愛我吧？」

聞言，她苦笑。

「妳為什麼要對這件事感到難為情？」他回應，「妳在妳的上帝面前就不會難為情，為什麼在大家面前就這樣？」

「才沒有，」她回答，聲音低沉，「我才沒覺得難為情。」

「妳就是有，」他語帶苦澀回應，「這都是我的錯。但妳也很清楚，我就是沒辦法不做我自己啊。」

「我知道你沒辦法。」她答道。

「我非常愛妳——但就是有地方不足。」

「哪裡？」她看著他回問。

「噢，我的心啊！該感到難為情的人是我才對，我的靈魂就像是有缺陷。我很慚愧，實在太慘了。怎麼會這樣？」

「我不知道。」米莉安回答。

「我也不知道啊。」他重複道。「妳難道不覺得我們對大家所謂的貞潔太過堅持了嗎？妳難道不覺得害怕和厭惡成這樣，反倒是某種粗鄙下流的行為嗎？」

她睜著深色雙眼，訝異地看著他。

「妳總是迴避跟那檔事有關的一切，我也依樣畫葫蘆，跟著迴避，或許還有過之而無不及。」

屋內籠罩在沉默中好一陣子。

「對，」她說：「確實是。」

「我們之間的關係，」他說：「是多年來培養而成的親密關係。在妳面前，我覺得自己完全赤裸裸的，妳懂嗎？」

「應該懂。」她回答。

「然後妳愛我？」

她笑出聲。

「別這樣刻薄。」他懇求道。

她望著他，替他感到難過。飽受折磨的他眼神陰鬱。她為他感到難過，因為比起永遠無法成為合

40. 湯瑪斯・摩爾爵士（Sir Thomas Moore，一四七八～一五三五），英國律師、作家、哲學家，北方文藝復興代表人物之一，天主教會封其為聖人。

適伴侶的她，擁有這種有所缺失的愛，他顯然更難受。他靜不下來，不斷驅策自己前進，拚命想找到解決之道。他想怎麼做是他的自由，要怎麼喜歡她也一樣。

「不，」她輕聲說，「我沒有刻薄的意思。」

米莉安覺得自己能替他承受一切，甘願為他受苦。他在椅子上往前一傾，她把手放在他的膝上。他牽起那隻手親了一下，此舉卻令他心痛。保羅覺得他正棄自己於不顧。他就這樣為了她所謂的貞潔犧牲自己，說是貞潔，感覺更像是某種虛幻存在。他明知熱烈親吻她的手會讓她遠離自己，只會徒增痛苦，怎麼還親得下去？即使如此，他依然將她慢慢拉近自己，獻上一吻。

他們對彼此瞭若指掌，無須裝模作樣。她吻他時，望著他的雙眼，只見他的目光投向房間另一端，眼神散發陰鬱的異樣光輝，令她神魂顛倒。他一動也不動。她感覺得到他的心臟在胸膛中猛烈跳動。

「你在想什麼？」她問。

他眼中的光輝一顫，目光閃爍起來。

「我在想，始終在想，我愛妳。我一直以來都很固執。」

她把頭埋進他胸膛。

「對。」她回答。

「就這樣。」他說，聽上去很有把握，嘴巴吻著她的喉嚨。

這時，她抬起頭，直視他的雙眼，眼神充滿愛意。他眼中的光輝不斷閃動，似乎想擺脫她的凝視，最後就此消逝。他旋即別過頭。這一刻教人痛苦萬分。

「吻我。」她低聲說。

保羅閉眼吻她，伸出雙臂將她愈抱愈緊。

米莉安和他穿越田野走回家時，他開口說：「我很高興又回到妳身邊了。跟妳在一起，我覺得一切好單純，好像什麼都不必隱瞞。我們會幸福快樂吧？」

「對。」她喃喃說道，淚眼盈眶。

「我們的靈魂帶有幾分倔強，」他說：「導致我們不渴求，而是遠離我們最渴望的事物。我們必須對抗這種天性。」

「好。」她說，內心大為震驚。

周圍一片漆黑，她站在路旁枝條低垂的有刺樹木下，然後他給了她一吻，輕輕撫過她的臉龐。黑暗之中，他看不見她，只能觸摸她，內心熱情澎湃。他緊擁住她。

「總有一天妳會接受我吧？」他喃喃說道，臉埋在她肩上。一切是如此艱難。

「不是現在。」她說。

希望破滅，他頓時心一沉，整個人心灰意冷。

「好。」他說。

他鬆開緊抱著她的手。

「我很喜歡你把手臂環在**那裡**的感覺！」她說著，將他的手臂壓在背上，讓他摟住她的腰。「這樣我很安心。」

他收緊手臂，更用力按著她背部那一小塊地方，好讓她安心。

「我們屬於彼此。」他說。

「對。」

「那我們為什麼不能完全屬於彼此呢？」

「可是……」她結巴說。

「我知道這是很大的要求，」他說：「但妳其實不會背負太多風險——至少不會像葛麗卿[41]那樣。妳可以信任我吧？」

「噢，我當然信任你。」她回答得又快又堅定。「不是因為那樣……根本不是……可是……」

「可是怎樣？」

她把臉埋進他脖子裡，痛苦得輕輕叫了一聲。

「我不知道！」她喊道。

她似乎有點歇斯底里，同時有些驚恐。他心臟驟停。

「妳不覺得反感吧？」他問。

「不，現在不會了。是你**教會**我不用反感的。」

「妳覺得害怕？」

「對，我只是害怕。」她說。

她連忙冷靜下來。

他溫柔地吻了她。

「沒關係，」他說：「就隨妳高興吧。」

她忽然緊緊抓住他摟著自己的手，繃緊全身。

「你**可以**擁有我。」她咬牙擠出這句話。

保羅的心臟如烈焰般再度猛烈跳動。他緊擁著她，雙唇貼在她喉頸上。她受不了，退了開來。他放手讓她走。

「你這樣不是會晚回家嗎？」她輕聲問。

他嘆了口氣，幾乎沒聽見她說的話。米莉安繼續等，希望他會動身離去。他終於飛快吻了她一下，翻過籬笆。回頭一望，他看見在黑暗中枝條垂落的樹下，是她臉蛋的那一團蒼白。整個人就只看得到那一團蒼白。

「再見！」她輕聲喊道。她沒有身軀，只剩下聲音和一張模糊臉孔。他轉身，沿路跑開，拳頭緊握，來到湖邊的圍牆後靠在牆上，差點沒昏過去，接著才抬頭望著漆黑湖水。

米莉安跑過草地，飛奔回家。她不畏懼眾人目光，不怕他們可能指指點點，卻懼怕自己與他之間的癥結。沒錯，要是他堅持，她願意讓他擁有自己。可是，當她事後思索，心為之一沉。他將大失所望、覺得不滿足，於是離她而去。然而他如此堅持，為了這件在她看來似乎沒那麼重要的事，他們之間的愛很可能因此分崩離析。他終究跟其他男人一樣，只想滿足自己。噢，可是他不光擁有這種渴望，還有更深刻的情感！撇開那種種渴望，她依然能仰仗他那份深刻情感。他說過，展現占有慾是人生中的精彩時刻，因為各種強烈情緒皆匯聚於此。也許真是如此。這種情慾有其神聖之處。既然如此，她會懷著虔誠的心屈從，犧牲自己。他可以擁有她。思及至此，她不由得繃緊全身，僵直得像在對抗什麼。不過，生命同樣迫使她非通過這道受苦之門不可，她終究會屈服的。無論如何，他渴望什麼，終將到手，這正是她最深切的願望。她反覆思索，想了又想，不斷說服自己接受他。

保羅現在像情人般追求她。每當他情難自禁，她往往用雙手捧起他的臉，拉開一段距離，直視他的雙眼。面對她的凝視，他無法回望。她的深色雙眸滿懷愛意，誠摯無比，充滿探詢，看得他不得不別過頭。她連短暫片刻都不肯讓他忘卻。結果，他又不得不折磨起自己，滿腦子想著兩人各自肩負的責任。他從不放鬆，從不放縱自己任由充滿強烈渴望又無關乎自我的激情所擺布。他必須恢復成深思

41. 葛麗卿（Gretchen）是民間傳說「浮士德」中遭主角引誘後被拋棄的女主角。

熟慮且懂得反思的人。整個過程就像他在一時激情後，又遭她關回瑣碎生活裡，被囚禁在這段感情關係中。他無法忍受。「別管我——別管我了！」他想要這樣吶喊，她卻想要他用充滿愛意的眼神看著她。他眼中燃燒著陰鬱又冷漠的慾火，而那對眼眸並不屬於她。

威利農場的櫻桃樹結滿果實，只見屋後那一棵棵高大樹木，深綠葉片下密密麻麻掛著鮮紅欲滴的果實。某天傍晚，保羅和艾德加採收水果。整個白天都很炎熱，此刻天色漸暗，晚霞翻滾聚攏。保羅爬到樹上，爬得比附近的鮮紅色屋頂還高。風不停呼嘯，整棵樹隨之搖晃，微妙卻刺激的晃動幅度教人熱血沸騰。年輕人不穩地暫棲於細枝間，隨風左右晃動，晃到有點微醺，才朝下方的粗樹枝伸手，從掛滿鮮紅欲滴櫻桃的地方，摘下一把又一把光滑冰涼的果實。他往前探出身子，耳朵和脖子碰到櫻桃，冰涼表皮瞬間讓他的身體竄過一絲寒意。在樹葉黑壓壓一片的映襯下，深淺不一的紅色鮮豔奪目，從帶有金黃色澤的朱紅乃至濃厚的深紅，盡收眼底。

夕陽西沉之際，忽然照亮布滿天空的雲朵。堆疊到半空中的巨大積雲發出柔和黃光，染得東南方天空一片金黃。前一刻仍灰暗的世界，此時卻映著金黃光芒，驚奇萬分。每個角落的樹木、草地以及遠方湖水，似乎皆被這片暮色喚醒，顯得閃閃發亮。

米莉安走出屋外，一臉驚嘆。

「噢！」保羅聽到她用溫潤的嗓音喊道，「這景色美極了。」

他低頭一望。她的臉龐輝映著金色微光，看上去十分柔和。她抬頭看他。

「你爬得好高啊！」她說。

她身旁的大黃葉片上躺著四隻死鳥，這些偷吃的傢伙都遭射殺身亡。保羅看到樹上掛著幾顆泛白的櫻桃核，個個有如骨骸，果肉被啄得一乾二淨。他又低頭望著米莉安。

「雲朵紅得像著火了。」他說。

「漂亮極了！」她大聲喊道。

她站在下面看起來好小、好纖柔、好脆弱。他朝她扔了一把櫻桃。她嚇了一跳，表情驚恐。他低聲咯咯笑，繼續拿櫻桃丟她。她一邊跑去找掩護，一邊撿起幾顆櫻桃。她拿起兩顆相連的鮮紅果實，在兩耳各掛了一串，又抬起頭。

「你還沒摘夠嗎？」她問。

「快了。待在上面這裡就像坐船一樣。」

「那你要待多久？」

「夕陽沒消失就不下去。」

米莉安走到籬笆旁坐下，觀看金色雲朵逐漸散開，化為一團龐大的玫瑰色殘骸，飄向黑暗。金色光輝燃燒成緋紅光芒，猶如痛楚最為劇烈鮮明的時刻。接著，緋紅沉落為玫瑰紅，玫瑰紅又轉為深紅，不出片刻，這股熾熱之情便從空中消逝無蹤。整個世界籠罩在深灰之中。保羅拿著籃子迅速爬下樹，途中勾破了襯衫袖子。

「它們真美。」米莉安邊說邊撥弄那些櫻桃。

「我扯破袖子了。」他答道。

她接過被撕成三角形的布料說：「我會補好的。」扯壞的地方靠近肩膀，她把手指伸進裂縫。「真溫暖！」她說。

保羅笑了起來，笑聲中多了一種奇妙感覺，聽得她內心悸動不已。

「我們要不要待在外面？」他說。

「不會下雨嗎？」她問。

「不會，我們散步一下吧。」

他們沿著田野走進茂密的人造林和松樹林。

「我們要不要再往樹林裡面走？」他問。

「你想嗎？」

「想。」

冷杉林昏暗無比，尖銳針葉扎在她臉上。她害怕了起來。保羅沉默不語，顯得有些怪異。

「我喜歡這種黑暗。」他說：「真希望它更濃厚——濃厚到變成伸手不見五指的漆黑。」

他好像簡直沒把她視為一個人：此刻，她對他來說就只是一個女人。她感到害怕。

他靠在松樹樹幹上，擁她入懷。她把自己交給他，卻覺得這種犧牲自我的獻身行為有幾分毛骨悚然。眼前這個口齒不清還漫不經心的男人，對她來說是陌生人。

之後，天空下起雨來。松樹飄散出濃烈氣味。保羅躺在地上，頭枕著枯松針，聆聽刺耳雨聲，淅瀝嘩啦不絕於耳，尖銳吵雜。他心情低落、沉重無比。他這時才領悟到，她始終沒有和他真正在一起，她的內心出於某種恐懼而未與身體同調。他的身體感到平靜，但也僅止於此。事實上，他內心沮喪不已，非常難過，脆弱至極，只能任由手指憐憫地撫過她的臉龐。現在，她又深深愛著他。他顯得柔弱、迷人。

「有雨！」他說。

「對，滴到你了嗎？」

她伸手探遍他全身，摸了摸頭髮、肩膀，確認雨水是不是有落在他身上。她深愛他。臉躺在枯松針上的他內心異常平靜。他不在乎雨是否打在身上，就算渾身溼透也寧可躺著不動：他覺得好像一切都無所謂了，彷彿他的生命被抹消，進入了來世，一個近在身邊且相當討喜的地方。這樣輕輕向死亡招手的奇妙過程，對他來說是全新體驗。

「我們該走了。」米莉安說。

「好。」他嘴巴回答，身體卻沒動。

此刻，他覺得生命猶如一道影子，而白晝是一道白色影子。夜晚、死亡、寂靜、無為似乎像是**存在於此**；活著、急切、堅持就是**不存在於此**。最至高無上的境界，正是融入這片黑暗之中，加以支配，與這個偉大的存在合而為一。

「雨開始淋到我們了。」米莉安說。

保羅起身後，拉了她一把。

「真可惜。」他說。

「什麼？」

「可惜非走不可了。我覺得好平靜。」

「平靜！」她重複道。

「我這輩子從沒這麼平靜過。」

他邊走邊牽著她的手。她緊握他的手，略感害怕。她無法理解此刻的他，深怕自己會失去他。

「這些冷杉就像是黑暗中的存在：每一棵就只是一個存在。」

她感到害怕，沉默不語。

「像是某種寂靜的化身，整個夜晚陷入不解與沉睡之中，我想我們人死的時候就是這樣——在不解之中陷入沉睡。」

她先前害怕他殘忍無情的一面，現在則懼怕他的神祕莫測。她默默踩著步伐跟著他走。雨滴重重打在樹上，發出陣陣「噓！」聲。他們終於抵達馬車棚。

「我們在這裡待一下吧。」他說。

雨聲從四面八方而來，淹沒一切聲響。

「我覺得好怪、好平靜，」他說：「跟萬物合而為一。」

「好。」她耐心回應。

雖然他緊握著她的手，卻似乎又沒意識到她的存在。

「擺脫我們各自的特色——也就是個人意志和努力成果——活得輕鬆不費力，相當於陷入某種古怪的沉睡之中，我認為這樣非常美妙。這就是我們的來生——我們的永生。」

「是嗎？」

「是啊，可以擁有這樣的來生非常美妙。」

「你平常不會講這種話。」

「對。」

不久，兩人進屋。大家一臉好奇看著他們。他眼神依然保持靜默，顯得沉重，語氣仍然平靜無波。眾人出於本能都沒去打擾他。

約莫這段時期，米莉安的奶奶病倒了，於是女孩被派去奶奶在伍德林頓的小屋料理家務。那裡是個漂亮的小天地。小屋前院是座大花園，圍著紅磚牆，牆邊種著李樹。後院是另一座花園，以經過歲月洗禮的高大樹籬與周圍田野相隔開來，景色絕佳。米莉安幾乎無事可做，所以多出來的時間都花在熱愛的閱讀上，並寫些自己感興趣的反思短文。

過節期間，身體好轉的奶奶被載往德比，去女兒家住一兩天。這位老太太個性反覆無常，可能第二天就回來，也可能第三天才回家。因此，米莉安獨自留在小屋，倒也合她的意。

保羅經常騎腳踏車上門拜訪，他們通常共享平靜的快樂時光。他平常不太為難她，但放假的那個週一，他打算與她共度一整天。

當天晴空萬里。他告訴母親自己要去哪裡，才留下她離去。她白天將孤身一人。這件事讓他內心蒙上陰影，但他有整整三天都屬於自己，想做什麼就做什麼。騎著鐵馬，疾駛在清晨的巷道上，感覺愜意無比。

他十一點左右抵達小屋。米莉安正忙著準備午餐。她氣色紅潤，忙碌穿梭，看上去簡直與那間小廚房融為一體。他親了她，坐下觀看。廚房小巧舒適。沙發整個鋪上某種亞麻布料，飾以紅色與淺藍的方塊花紋，陳舊褪色卻依然漂亮。房間一角的櫥櫃上擺著玻璃箱，展示貓頭鷹的剝製標本。窗邊放著散發花香的天竺葵，陽光穿過葉隙照了進來。米莉安特地為他料理了一整隻雞。這一天，小屋歸他們所有，他們就是夫妻。他替她打蛋、削馬鈴薯皮。他覺得她給人一種如家般的感受，幾乎與母親無異，而且當她的臉被爐火烤得通紅，加上一頭蓬亂鬈髮，沒有人比她還漂亮了。

午餐大功告成。保羅扮演起年輕丈夫的角色，負責切肉。兩人邊吃邊興致勃勃聊天。飯後，他擦乾她洗好的碗盤，兩人出門走去田野。一條波光粼粼的小溪流向陡峭河堤底端的泥塘。他們在此漫步，摘了幾株驢蹄草及許多又大又藍的勿忘草。然後，她坐在河堤上，雙手抱滿花，大多是金黃色的沼澤萬壽菊。她低頭埋進這些驢蹄草，整張臉染上一層澄黃光輝。

「妳的臉好亮，」他說：「像顯容[42]一樣。」

她滿臉疑惑看著他。他笑著求她原諒，將手疊放在她手上。他吻了她的手指，又親了臉。

周遭世界沐浴在陽光下，平靜無風卻並非全然靜止、陷入沉睡，而是有所期盼，微微顫動。

「我從沒見過比這還漂亮的景色。」他說，始終緊握著她的手。

42. 顯容或譯成顯聖容，指的是耶穌在《新約》中登山變貌、散發榮光的事蹟。

「溪水流過去的時候還潺潺吟唱，妳喜歡嗎？」她深情款款望著他。他的雙眼既深不見底，又明亮無比。

「妳不覺得今天很棒嗎？」他問。

她喃喃表示同意。她**確實**很開心，他看得出來。

「而且是屬於我們的一天——就我和妳兩個人。」他說。

他們逗留了一會兒，才起身站在芬芳的百里香之間。他低下頭，直率地看著她。

「妳願意來嗎？」他問。

他們手牽手走回屋子，一路上保持沉默。一群小雞沿著小徑奔向她。他鎖上門，他們得以盡情獨享這間小屋了。

他永遠忘不了自己解開衣領時，看到她躺在床上的模樣。起初，他只看到她美麗的外表，為之目眩神迷。她的胴體比他曾想像的都還來得美。他站在原地動彈不得，啞口無言，直盯著她瞧，表情驚嘆，隱隱微笑。然後，他渴望占有她。可是，他一朝她走去，她便懇求似地微微舉起雙手，於是他看向她的臉，停下腳步。她睜著棕色大眼注視他，目光平靜又順從，含情脈脈。她躺著的模樣彷彿放棄抵抗，準備犧牲自己：她的身體將任由他擺布。然而，她眼底深處如動物等著被獻祭般的目光震懾住他，令他全身血液倒流。

「妳確定妳想要我？」他問，彷彿突然被冰冷暗影所籠罩。

「對，很確定。」

她安靜無聲，鎮靜無比。她這才領悟自己正主動要為他做些什麼，他卻難以承受。她躺下來為他做出犧牲，因為她實在太愛他了。而他不得不犧牲她。剎那間，他真希望自己性冷感或乾脆死了。他面對她，再度閉上眼，又激動得渾身血液沸騰。

之後，他疼愛她——用盡全身每寸血肉愛她。他愛著她。但不知為何，他就是想哭。即便為了她，他仍有什麼忍受不了。他一直陪她到深夜。騎車回家時，他覺得自己終於躋身成人世界，不再是小伙子了。可是，為什麼他的內心出現這種悶痛？為什麼想到死亡和來生，似乎是如此愉快、充滿慰藉？

他整週都與米莉安共度，趁著激情尚未消退，持續熱烈求愛，耗盡她的精力。他總是不顧她的感受，幾乎蓄意為之，更放任自身感情橫行無阻，隨心所欲辦事。他沒辦法經常這麼做，加上每次事後，失敗與死亡的感覺往往如影隨形。他如果真的和她在一起，就得把自己和自身慾望擱置一旁；他如果想擁有她，就得將她棄置一旁。

「我要妳的時候，」他問她，陰鬱眼神滿是痛苦和羞愧，「妳其實不是真的想要我，對不對？」

「噢，我想啊！」她立刻回答。

他望著她。

「才怪。」他說。

她開始發抖。

「聽著，」她說著捧起他的臉，整個埋到自己肩上，「你聽著，像我們現在這樣子，我怎麼有辦法習慣你？我們要是結婚，一切就會順利的。」

他抬起她的頭，注視她。

「妳是說，目前每次都太過衝擊了？」

「對，而且——」

「妳每次都緊緊抱著我不放。」

她激動得渾身發抖。

「聽著，」她說：「我還不習慣去想——」

「妳最近習慣了啊。」他說。

「可是我這輩子都不習慣啊。母親對我說過：『婚姻中有件事始終很可怕，但妳就是得忍受。』我也相信她說的話。」

「現在依然相信。」他說。

「不！」她急忙大喊，「我相信，就像你一樣，相信所謂的愛，就算是用**那種**方式展現，也是活著的最極致表現。」

「這也改變不了妳從來就不**想要**的事實。」

「不，」她說完，將他的頭擁入懷中，絕望地來回輕輕搖晃，「別這麼說！你又不懂。」她痛苦地晃動身子。「我難道不想要有你的孩子嗎？」

「但妳不想要我。」

「你怎麼能那麼說？但我們必須先結婚才能生小孩——」

「那我們結婚吧？**我**想要妳生下我的孩子。」

他恭敬地親了她的手。她望著他，一臉哀傷，陷入沉思。

「我們太年輕了。」她最後這麼說。

「二十四和二十三……」

「時候還沒到。」她懇求，身體繼續痛苦地來回搖晃。

「要等到妳願意。」他說。

她垂頭喪氣，心情沉重。聽到他談起這些事的語氣是如此絕望，深深傷透了她的心。兩人之間的關係始終是一段失敗的感情。雖然未說出口，但她等於是默認了他的感受。

度過一週愛情生活後，在某個週日晚上，就在保羅和母親準備就寢前，他忽然對她說：

「母親，我以後不會太常去米莉安家了。」

她聽了很訝異，卻不想主動探問他任何事。

「你高興就好。」她說。

聽到回應，他便去睡覺。她確實很納悶他最近多了一種平靜氛圍，幾乎猜到是怎麼回事。不過，她會放他一人靜靜。魯莽行事可能會壞了好事。她看著他形單影隻，不曉得他最後會淪落至何種地步。他悶悶不樂，遠比以往還安靜。他無時無刻不微皺著眉頭，就像她在他襁褓時看到的表情。那種神情已經消失多年，現在卻重回他臉上。對此，她束手無策。他得獨自向前邁進，開拓屬於自己的路。

他仍忠於米莉安。就那麼一天，他曾全心全意愛著她，後來卻再也沒出現同樣的激情。失敗意味益發濃厚。起初，他只感到悲傷，然後才開始覺得自己無法再繼續這樣下去了。他想逃跑、出國，做什麼都好。他漸漸不再要求她接受自己。性事無法讓兩人靠近彼此，反而拉開彼此的距離。這時，他終於有了自覺，意識到這麼做毫無意義。這根本是白費力氣：兩人這段關係永遠不會順利。

幾個月下來，他很少見到克拉拉。他們偶爾在午餐時間外出半小時，但他總是把心力保留給米莉安。然而和克拉拉在一起，他眉頭不再深鎖，又開朗了起來。她總是縱容他，把他當小孩似的。他以為自己不介意，內心深處卻覺得惱怒。

米莉安有時問：「克拉拉還好嗎？我最近都沒聽到她的消息。」

「我昨天有跟她去散步，走了大概二十分鐘。」他回答。

「那她都聊了什麼？」

「我不知道。應該都是我一直在動嘴閒聊——我常這樣啊。我想我是有跟她聊到罷工，還有女人對這件事的看法。」

「好。」

於是，他說了自己都講些什麼。

但是不知不覺間，連保羅本人也沒意識到，他從克拉拉身上感受到的溫情，將他帶離米莉安身邊，即便他自認對後者負有責任，自覺屬於她。他以為自己相當忠於她。要準確估量一個人對女人用情之深、懷情之烈並不容易，恐怕要等這個人與對方私奔才能略知一二。

保羅開始花更多時間和男性友人相處。這些人包括美術學校的傑索普、負責示範化學實驗的大學助教斯溫、擔任教職的紐頓，加上艾德加和米莉安的幾個弟弟。他以工作為由，找傑索普一起素描、鑽研繪畫；他到大學找斯溫，然後兩人結伴去市中心閒晃；與紐頓搭同一班火車回家的話，他就邀對方去月星酒館打撞球。只要他向米莉安推託有事要找男性友人，就覺得不去找她情有可原。母親開始放下心來。他每次都告訴她自己去了哪裡。

那年夏天，克拉拉有時穿著柔軟的棉質洋裝，袖子寬鬆。每當她舉起手，袖子便滑落，露出強而有力的美麗臂膀。

「再一會兒，」他大喊，「手臂別動。」

他替她的手和手臂畫了素描，這些畫納入了他從真實事物上感受到的某種魅力。米莉安總是不厭其煩仔細翻閱他的書籍和畫紙，當然也看到了這幾張畫。

「我覺得克拉拉的手臂十分漂亮。」他說。

「沒錯！你什麼時候畫的？」

「星期二畫的，在工作室，那裡有個角落可以讓我畫畫。吃午飯前，我通常都能把部門該做好的每件工作完成，這樣下午就可以拿來作畫，晚上再處理一些工作雜務。」

「好。」她邊說邊翻看他的素描本。

保羅常常很討厭米莉安。他討厭她彎身向前，審視他的作品；他討厭她那副耐心算計他的模樣，彷彿把他當成一本算不完的心理帳目。每當他和她在一起，便討厭她理解他卻又不懂他，因此折磨起她。她取得一切，卻無所付出，他表示。至少她沒有散發出充滿生命力的溫暖。她從未生氣勃勃，從未散發活力。尋覓她，就像尋找某樣不存在的東西。她頂多就是他的良心，稱不上是他的伴侶。他對她深惡痛絕，對她更加殘忍。他們就這樣藕斷絲連直到隔年夏天。他和克拉拉則愈來愈常碰面。

最後，他終於開口了。某天傍晚，他坐在家裡作畫。他和母親的關係處於奇特狀態，彼此都無所隱晦地互挑毛病。莫瑞爾太太恢復了以往的堅定自信。他不會再黏著米莉安了。很好，那她會袖手旁觀，等他主動開口。從他內心感情爆發，到他願意回到她身邊，實在是一段漫長日子。今晚，兩人之間處於一種問題懸而未決的奇特狀態。他奮力作畫，手自顧自地動起來，好逃避自我。夜色漸深。白百合的花香從敞開的門口悄悄飄進來，簡直像在各處潛行，徘徊不去。他忽然起身走出屋外。

夜景如此美妙，他真想放聲大叫。暗淡的金黃半月掛在空中，朝花園盡頭那棵黝黑槭樹後方沉落，月光照得天空一片暗紫。近處是一排開著百合的微白樹籬，貫穿整座花園，散發的花香彷彿具有生命，似乎讓附近的空氣為之騷動。他穿過草花石竹的花圃，其強烈香氣與百合飄散的濃郁芳香激烈交鋒，他最後就站在那道白花壁壘一側。花朵紛紛鬆垮低垂，一副氣喘吁吁的模樣。聞到這些花香令他暈頭轉向。他走向田野，看月亮西沉。

一隻長腳秧雞在乾草田裡啼叫不已。月亮飛快劃過天空，愈低愈亮。在他身後，眾多花朵往前一傾，狀似在呼喚。這時，他碰巧聞到另一股香氣，天然粗獷，直衝腦門。他四下搜尋，發現原來是紫色鳶尾花，便伸手碰觸那些豐腴的花頸和抓握狀的深色花瓣。不管怎樣，他確實有所發現。這些花在黑暗中僵直身子，氣味襲人。月亮在山丘頂端逐漸下沉消逝，最後不見蹤影，頓時一片漆黑。那隻長腳秧雞啼鳴依舊。

他摘了一朵草花石竹，忽然走進屋裡。

「好了，兒子，」母親說：「我想你該上床睡覺了。」

他站在原地，以脣輕碰草花石竹。

「我要跟米莉安分手，母親。」他平靜回答。

她抬起頭，從眼鏡上方看著他。他回望她，眼神堅定。對視片刻後，她摘下眼鏡。他臉色蒼白，充滿了男子氣概。她不想看他看得過於一清二楚。

「可是我以為……」她開口說。

「嗯，」他答道，「我不愛她。我不想娶她——所以我要了結這件事。」

「可是，」母親驚訝地大聲說，「我以為你最近下定決心要娶她，才什麼也沒說。」

「我一度有——我曾想這麼做——但現在不想了。這樣根本沒意義。我會在星期天分手。我應該這麼做吧？」

「你自己最清楚。你也知道我老早就說過了。」

「現在對我說也沒用啊。我會在星期天分手的。」

「好吧，」母親說：「我想這麼做最好。不過我最近才認定你下定決心要娶她，才什麼也沒說，本來也就不該多嘴的。但我還是老話一句，我**不**認為她適合你。」

「星期天我就分手。」他說著聞起草花石竹，把花往嘴裡放。他沒多想便張嘴露牙，緩緩咬住花，弄得滿口花瓣。他將花瓣吐進火裡，給了母親一個晚安吻，上床就寢。

週日午後剛過，保羅便前往農場。他事先寫了信，告訴米莉安他們要穿過田野，一路走去哈克諾。母親對他十分溫柔體貼。儘管他悶不吭聲，但她看得出這件事耗費了他多少心神。看到他露出少見的古怪表情，她平心靜氣。

「別擔心，兒子，」她說：「等一切結束後，你就會好多了。」

保羅飛快朝母親看了一眼，既驚訝又氣憤。他不想被人同情。

米莉安在巷尾與他碰頭。她穿了一件新的印花平紋細布洋裝，是短袖款式。看到米莉安從袖口下伸出的褐色肌膚手臂——顯得如此可憐又認命的手臂，教他心痛不已，使他更形殘忍。米莉安為了他打扮得光鮮亮麗，似乎只為他一人綻放光彩。每當他望著她，望著這位如今成熟的年輕女子，在新洋裝的加持下顯得楚楚動人，他就心痛得要命，彷彿心臟承受不住壓抑的感情而快炸裂開來。但是，他已經做出決定，無法反悔。

他們在山丘席地而坐，他枕在她膝上，她撫弄他的頭髮。她知道「他心不在這」，她都這麼形容。她和他待在一起時，尋求真正的他，卻往往找不到。但是今天下午，即將發生的事讓她猝不及防。

他告訴她的時候，已經快五點了。兩人坐在小溪邊，腳下長滿草，草皮前緣位於溪岸黃土凹陷處的上方。保羅拿著一根樹枝揮來砍去，他感到心煩、展現殘忍時就會這麼做。

「我一直在想，」他說：「我們應該分手。」

「為什麼？」她發出驚呼。

「因為繼續下去沒意義。」

「為什麼沒意義？」

「就是沒意義啊。我不想結婚，根本不想結婚。要是我們沒打算結婚，再繼續維持關係也沒意義。」

「但你怎麼現在才挑明？」

「因為我下定決心了。」

「那過去這幾個月呢？你跟我說過的那些話呢？」

「我無可奈何啊！我不想再繼續下去了。」

「你再也不想要我了？」

「我想要我們分手——妳不再被我束縛，我也不受妳束縛。」

「那過去這幾個月又算什麼？」

「我不知道。我對妳說過的所有話，都是我當時的真實想法。」

「那你為什麼現在卻變了個人？」

「我沒有——我還是同一個人——只不過明白再繼續下去沒意義罷了。」

「你還沒跟我解釋為什麼沒意義。」

「因為我不想再繼續了啊——而且我不想結婚。」

「你提議過多少次要娶我，我卻不肯答應？」

「我知道，但我希望我們分手。」

兩人一時陷入沉默，他拿著樹枝猛戳地面。她低頭沉思。他真是個無理取鬧的小孩。他就像嬰兒，喝飽了就杯子一扔，摔個粉碎。她看著他，覺得也許可以抓住他，迫使他多少變得言出必行一點。但她無能為力。於是，她大喊：

「我說過你只有十四歲——其實你只有**四歲**！」

保羅還在惡狠狠朝地面又挖又戳。他聽見了。

「你就是個四歲小孩。」她在盛怒之下重複道。

他沒回應，卻在心中暗想：「好吧，我如果是四歲小孩，那妳要我幹嘛？**我**可不想再有一個母親。」但他一個字也沒對她說，兩人陷入沉默之中。

「你跟你家裡的人說了嗎？」她問。

「我有告訴母親。」

兩人又沉默良久。

「那你到底**想要**怎樣？」她問。

「唔，我希望我們分手。這麼多年來，我們一直依賴彼此，就到此為止吧。妳走妳的陽關道，我過我的獨木橋。這樣妳就能自行過上獨立的生活了。」

米莉安雖然內心苦澀不滿，卻依然聽得出他這番話確實有幾分道理。她深知自己隱約受他束縛，痛恨自己身不由己。打從她愛他愛得難以自制的那一刻起，她便痛恨這份感情。她心底更是痛恨他，因為她愛他，而他支配著她。她抗拒過他的支配。兩人最近一次鬧不合時，她奮力讓自己不受他束縛。她也**的確**沒被他束縛，甚至比被她束縛的他還要自由。

「而我們，」他繼續說：「永遠都稱得上是彼此塑造出來的結果。妳為我做了不少事，我也為妳做了很多。從今以後就讓我們踏上各自的人生道路吧。」

「那你想要做什麼？」她問。

「不做什麼——只想要自由。」他回答。

然而，她很清楚這是克拉拉對他的影響，讓他想獲得解放。但她未置一詞。

「那我要怎麼跟母親交代？」她問。

「我跟我母親說，」他回答，「我要分手了——斷得一乾二淨。」

「我不會告訴家裡的人。」她說。

他皺眉說：「隨便妳。」

保羅知道自己陷她於窘境，還棄她於不顧，不禁怒火中燒。

「就跟他們說妳不願意也不會嫁給我，已經分手了。」他說：「這都是事實。」

米莉安悶悶不樂咬著手指。她仔細回想兩人一路走來的過程。她早就知道這段感情會以分手收場，自始至終都再清楚不過了。眼下的情況印證了她的不祥預感。

「總是這樣——一直以來都是這樣！」她大喊，「我們之間一直在進行漫長的拉鋸戰——你奮力想擺脫我。」

她無意間就這麼脫口而出，突如其來像道閃電。男人愣得心跳漏了一拍。她原來是這樣看待兩人的關係嗎？

「但我們在一起的時候，經歷過**幾次**美好片刻，也度過**幾段**美好時光！」他辯稱。

「從來沒有！」她大聲喊道，「從來沒有！一直都是你想驅退我。」

「才沒有一直——一開始就不是啊！」他辯解。

「一直都是，打從一開始就是——沒有哪次不是！」

她說完了，不過說的話也夠有殺傷力了。他坐在原地，目瞪口呆。他本來打算說：「我們一路走來還不錯，但已經走到盡頭了。」當他唾棄自己，總是深信著她對自己的愛，沒想到這樣的她竟然否認兩人之間的愛根本不是愛。「他一直奮力想擺脫她？」那過去種種一切豈不荒謬。兩人之間其實從來就沒有什麼感情，他一直以來想像這段關係該有的感情，實際上卻空無一物。而她都心知肚明。她看得那麼透徹，卻對他幾乎隻字不提。她從頭到尾都心知肚明，始終把這件事埋在心底！

他靜靜坐著，滿懷苦澀。最終，他覺得兩人長久以來的互動關係猶如一大嘲諷。其實都是她在戲弄他，而不是他在玩弄她。她從未透露對他的一絲譴責，對他百般奉承的同時也瞧不起他。她現在就瞧不起他。保羅恢復理智，變得殘酷。

「妳該嫁給一個會崇拜妳的男人，」他說：「這樣妳就能對他為所欲為了。只要妳掌握住男人不為人知的本性，一定會有不少人拜倒在妳裙下。妳該嫁給這種男人。他們永遠不會驅退妳。」

「還真是多謝！」她說：「但別再建議我要嫁給別人了。你之前就說過了。」

「好啊，」他說：「我不會再廢話了。」

他坐著一動也不動，覺得好像挨了重重一拳，而非給予對方痛擊。他們八年來的友情與愛情，他整整八年的人生，頓時化為烏有。

「你是哪時候打算這麼做的？」她問。

「確切有這個念頭，是在星期四晚上。」

「我早就知道會這樣了。」她說。

聽到這句話，他苦樂參半。「噢，很好！要是她早知道會這樣，就不覺得意外了。」他暗忖。

「那你有對克拉拉提過嗎？」她問。

「沒有，不過我之後會告訴她。」

接著一片沉默。

「你還記得自己去年這時候在我奶奶家說過的話嗎？甚至是上個月說的那些話？」

「對，」他說：「我記得！而且我是真心的！做不到我也無可奈何啊。」

「你做不到，是因為你別有所求。」

「不管有沒有，我們都註定失敗。**妳**從來就不相信我。」

她怪笑起來。

保羅坐著不發一語，滿心覺得她欺騙了自己。當他以為自己受她崇拜，其實卻被她瞧不起。她任憑他說錯話，也不出言反駁。她任由他獨自奮戰。然而，真正讓他如鯁在喉的是，當他以為自己受她崇拜，其實卻被她瞧不起這件事。她在看出他的毛病時，就該告知他才對。她一點也不光明磊落。他痛恨她。多年來，她視他如英雄，暗地裡卻當他是幼兒，視為蠢小孩。她又為何放任這個蠢小孩做蠢事呢？他不再對她心軟。

她坐在那裡，滿心苦澀。她就知道——噢，她早就知道了！在他離她而去的這段期間，她早已摸透他，看清他心胸有多狹窄、行徑有多卑劣、舉止有多愚蠢。她甚至提高戒心，不讓他踏入自己的內心。她沒有震驚崩潰，也沒有失魂落魄，甚至沒有感到太心痛。她早就知道了。只不過為什麼坐在那裡的他，依然能用這種奇怪的影響力支配著她？他的一舉一動深深吸引著她，彷彿他將她催眠了。然而，他是如此卑劣虛偽、言行不一、器量狹小。她為什麼受他束縛？為什麼這世上就只有他動個手臂便能如此觸動她的心緒？她為什麼被他套牢？就連此刻，他如果看著她發號施令，她為什麼要聽命行事？她會服從他，執行那些微不足道的命令。但她很清楚，一旦服從他的命令，就能掌控他，加以擺布。她有十足把握。只不過有這個全新的影響從中作梗！啊，他不是男人！他是個吵著要最新玩具的嬰孩。他內心再怎麼戀戀不捨也阻止不了他。很好，就讓他走。不過，等他對新刺激厭倦了就會回來。

他繼續對地面亂砍一通，看得她焦躁得要死。她站起來。他坐在原地，將一塊塊泥土扔進小溪。

「我們去這附近喝個下午茶？」他問。

「好。」她回答。

喝下午茶時，他們聊著無關緊要的話題。他大談特談對裝飾的熱愛——顯然那間小屋的接待室讓他有感而發——以及裝飾與美學有何關聯。她表現冷淡，保持沉默。

兩人走回家的途中，她開口問：「那我們不會再見面了？」

「不會——或是久久一次。」他回答。

「也不寫信？」她用近似挖苦的語氣問道。

「隨便妳。」他回答，「我們彼此又不是陌生人——不管發生什麼事，永遠不該形同陌路。我會偶爾寫信給妳。妳高興怎麼做就怎麼做。」

「知道了！」她尖酸回應。

不過，這時已經再也沒有什麼傷得了保羅的心了。他在自己的生命中劃出了一道巨大裂痕。當米莉安告訴他兩人之間的愛向來是一場衝突，他大為震驚。其他一切都無所謂了。既然這份感情從頭到尾都沒什麼了不起，那結束了也沒必要大驚小怪。

他在巷尾離她而去。她穿著新裙子獨自回家，將不得不面對家人，他則羞愧又痛苦地站在大路上，紋風不動，想著自己讓她吃了多少苦。

為了重拾自尊心，他走進柳樹酒館喝一杯。店裡有四個女孩出門來玩，正小酌葡萄酒。她們的桌上擺著幾塊巧克力。保羅坐到她們附近喝威士忌。他注意到女孩們竊竊私語，用手肘輕推彼此。不久，其中一位膚色黝黑的輕佻美女朝他傾身說：

「要來塊巧克力嗎？」

其他女孩看到她這麼厚臉皮，紛紛放聲大笑。

「好啊，」保羅說：「給我一塊硬的，有堅果的。我不喜歡奶油口味的。」

「來，給你吧。」女孩說：「這塊杏仁的給你。」

她用指尖夾著那塊巧克力糖。他把嘴張開。她丟了進去，滿臉通紅。

「妳人真好！」他說。

「哎呀，」她答道，「我們想說你看起來很沮喪，所以她們問我敢不敢請你吃巧克力。」

「我不介意再吃一塊——換另一種口味。」他說。

不久，所有人哄堂大笑。

他回家時已經九點了，天色漸黑。他悄悄進屋。一直在等門的母親焦急起身。

「我跟她說了。」他說。

「我很慶幸。」母親答道，鬆了一大口氣。

他疲倦地掛好帽子。

「我說我們就此徹底結束了。」他表示。

「這就對了，兒子。」母親說：「她暫時會很難受，不過長遠來看，這樣做對她最好。我很清楚，你不適合她。」

他發出顫抖的笑聲，坐了下來。

「我在酒館跟幾個女孩子玩得好開心啊。」他說。

母親望著他。現在，他忘了米莉安，跟她聊起在柳樹酒館遇到的那些女孩。莫瑞爾太太望著他。他興高采烈得似乎不太真實，顯然是在掩蓋極為強烈的厭惡與痛苦之情。

「來吃點晚飯吧。」她說，語氣非常溫柔。

後來，他傷感地說：「她從不認為她會擁有我，母親，打從一開始就沒這麼想，所以她不覺得失望。」

「恐怕，」母親說：「她還沒放棄得到你的希望。」

「對，」他說：「或許沒有。」

「你到時候就會慶幸有做個了結了。」她說。

「**我**不知道。」他絕望地說。

「好了，別管她了。」母親回應。於是，他就這樣離米莉安而去，留下她孤伶伶一人。關心她的人很少，她在乎的人也不多。她形單影隻，兀自等待。

第十二章 激情

保羅開始逐漸能靠自己的繪畫技能謀生。利寶百貨採納了他一些彩色設計，套用在各種商品上，他還能透過一兩種管道賣出設計圖樣，作為刺繡、聖壇桌巾等布織品的裝飾。目前這份收入不算多，但有增長的空間。他也與製陶公司的設計師結交為友，對這位新友人的技藝多了一層瞭解。他對應用藝術極感興趣。與此同時，他仍一步一腳印努力作畫。他很愛畫充滿明亮光線的大幅人物畫，但不像印象派全由光影構成，更像是偏明亮的清晰人影，有如米開朗基羅筆下的部分人物。接著，他以自認合宜的比例，替這些人物繪上背景。他十分仰賴記憶作畫，把認識的每個人都當成素材。他對自己的作品深具信心，自認成果優秀、有其價值。儘管偶爾陷入低潮，數度畏縮不前，歷經種種困難，他仍對自己的作品有信心。

保羅首次懷著自信對母親表態，是在他二十四歲的時候。

「母親，」他說：「我會成為受人矚目的畫家。」

她如同以往古怪地哼了一聲，相當於一般人略顯高興地聳聳肩。

「很好，兒子，我們等著看吧。」她說。

「妳一定會看到的，我的鴿兒！妳等著看到時候妳會不會走路有風！」

「我現在就挺滿足了，兒子。」她微笑。

「但妳得改改習慣啦。看看妳是怎麼對米妮的！」

米妮是家裡的小女僕，一名十四歲的少女。

「米妮怎麼了？」莫瑞爾太太正經八百問。

「妳今早冒雨出門取煤的時候，我聽到她說：『啊，莫瑞爾太太！我正打算要去拿啊。』」保羅說：「看來妳還真的是很懂要怎麼指揮僕人做事呢！」

「哎呀，那孩子只是出於好心才這麼說。」莫瑞爾太太說。

「妳還跟她道歉說：『妳又沒辦法同時做兩件事，不是嗎？』」

「她當時忙著洗碗啊。」莫瑞爾太太回應。

「那她回了妳什麼？『只要再等我一下就好了嘛。看看您的腳都溼答答了！』」

「對啊，真是厚臉皮的丫頭！」莫瑞爾太太微笑。

保羅看著母親笑了出來。愛著他，讓她再次身心溫暖，氣色也紅潤起來，彷彿在那一刻，每道陽光都照在她身上。他繼續欣然作畫。她只要心情愉快，看起來就好健康，以致他一時忘了她滿頭灰髮。

那一年，母親偕同他前往懷特島度假。兩人都覺得這趟旅程充滿刺激，過於美好。莫瑞爾太太滿心歡喜，始終嘆為觀止。不過，保羅勉強她陪自己多散步，讓她吃不消。她昏倒過一次，情況相當不妙。只見她臉色慘白，連嘴脣也發青了！看到她這樣子，他痛不欲生，彷彿有人朝他胸口捅了一刀。後來，她狀況好轉，他便忘了這回事，但提心吊膽的感覺並未消失，像一道未癒合的傷口。

離開米莉安後，他幾乎是立刻投向克拉拉的懷抱。與米莉安決裂的翌日是週一，他下樓走進工作室。克拉拉抬頭看他，面露微笑。他們在不知不覺間變得非常親密。她看出他帶著不同於以往的愉快心情。

「示巴女王！」他笑說。

「為什麼這樣叫我？」她問。

「我認為這稱呼很適合妳。妳穿了新裙子啊。」

她頓時臉紅，開口問：「你覺得如何？」

「很適合妳——簡直太適合了！**我**可以替妳設計一件洋裝。」

「設計成什麼樣子？」

他站在她面前詳細說明，雙眼閃閃發亮。他不讓她撇開視線，兩人持續對視。然後，他冷不防抓住她，害她嚇得稍微往後退。他拉緊她的襯衫，拉平胸前的布料。

「**像這樣**更貼身！」他解釋說。

雙方面紅耳赤，他立刻掉頭跑開。他剛碰到她了，那觸感直教他渾身發顫。

他們之間早已有了某種心照不宣的默契。隔天傍晚，趁著坐火車前的空檔，他和她去看了一下電影。兩人坐好後，保羅看見她的手就放在離自己不遠處。他好一會兒不敢伸手去碰。電影畫面又跳又晃。下一刻，他握住她的手。那隻手大而結實，剛好讓他握滿。他緊緊握住。她沒有動，沒作任何表示。他們出來時，他要搭的火車正好進站。他遲疑片刻。

「晚安。」她說。他越過馬路，一路狂奔。

隔天，他又來找她聊天。她對他的態度有點高高在上。

「我們星期一要不要去散個步？」他問。

她別過頭。

「你是不是要告訴米莉安？」她挖苦回應。

「我跟她分手了。」他說。

「什麼時候？」

「上個星期天。」

「你們吵架了？」

「不是！是我下定決心了。我非常明確地跟她說，我要把自己視為自由之身。」

克拉拉沒回答，於是他回去工作。她好安靜、好莊嚴！

週六傍晚，保羅約她下班後碰面，邀她一道去餐廳喝咖啡。她依約赴會，顯得非常冷淡疏離。離他搭火車回去還有四十五分鐘。

「我們稍微散個步吧。」他說。

她同意後，兩人走過諾丁漢城堡，進入公園。他怕她。她悶悶不樂地走在他身邊，邁著狀似氣憤又不情願的步伐。他不敢牽起她的手。

「我們要往哪邊走？」他們在黑暗中漫步時，他開口問。

「我無所謂。」

「那我們爬階梯上去吧。」

說完，他忽然轉身。他們剛剛就經過公園的階梯了。她看到他突然拋下自己，氣得站在原地。他回頭找她。她站在那裡，一臉冷漠。他冷不防將她擁入懷中，緊抱了一下，再給她一吻。隨後，他放開她。

「來吧。」他用懺悔的口吻說。

克拉拉跟在他身後。他牽起她的手，吻了指尖。兩人默默前進。走到有燈的地方，他便鬆開她的手。抵達車站前，誰也沒開口。到站時，他們才直視彼此。

「晚安。」她說。

保羅去搭火車。他的身體如機械般自行運轉。有人對他說話，他聽到微弱的附和聲回應他們。他變得心神錯亂。他覺得要是週一不立刻到來，自己鐵定會失去理智。週一他就能再見到她了。他整顆心遠遠飛向那一天，但週日擋在中間。他無法忍受。到週一才能見到她。而週日就擋在中間——每分每秒都是煎熬。他好想用頭撞車廂門，卻一動也不動坐著。回家途中，他喝了點威士忌，卻感覺更糟。絕對不能讓母親心煩，就這麼簡單。於是他裝得若無其事，迅速就寢。他衣服也沒換就坐下，下巴靠在膝上，望向窗外，看著遠處燈火稀落的山丘。他既沒胡思亂想，也沒乖乖入睡，而是紋風不動坐著，凝望遠方。等他終於冷到神志徹底清醒，才發現錶上的時間停在兩點半。這時已經三點多了。他疲累不堪，但意識到現在才不過是週日清晨，仍備感煎熬。他上床睡覺。然後，他騎了一整天的車，直到整個人筋疲力盡。他不太清楚自己騎去了哪裡。不過，明天就是週一了。他一路睡到四點，醒來後躺著思索。他就快徹底清醒了——他看得見自己未來某一刻的身影，真實無比。她下午會跟他去散步。下午！感覺似乎還很漫長。

時間龜速前進。父親起床了，保羅聽見他到處走動的聲音。之後，礦工出門前往礦坑，腳踩著笨重靴子，一路刺耳刮過院子。公雞仍在啼叫。一輛馬車沿路駛去。母親起床了。她撥弄爐灰，調整爐火。不久，她輕聲喚他。他回答時，假裝自己還在睡。他偽裝得相當成功。

他正走向車站——再一哩！火車快到諾丁漢了。它會在隧道前停下來嗎？無所謂，午休前一定會到站。他抵達喬丹工廠。她半小時內就會來。總之，她人就在附近。他將信件處理完畢。她人會在那裡。也許她還沒來。他跑下樓。啊！他透過玻璃門看到她了。她微駝著背工作，看得他不禁覺得無法再往前走。他實在忍受不了，還是走了進去。他臉色蒼白，緊張又尷尬，態度相當冷淡。她會不會誤解他？以這副偽裝，他無法展現真正的自我。

「今天下午，」他好不容易才說出口，「妳會來吧？」

「應該會。」她喃喃回應。

保羅站在她面前，說不出半個字。她別過頭，不讓他看到表情。他又突然覺得自己會失去意識。他咬緊牙關上樓。到目前為止，他每件事都做得規規矩矩，以後也會繼續循規蹈矩。整個早上，一切顯得遙遠模糊，就像被麻醉後所看到的世界。他自身似乎受到拘束，被緊勒不放。他的另一個自我在遠處動手做事，在分類帳上填寫內容，而他密切關注這個遙遠的他，確保他不犯錯。

然而，身心承受著如此痛苦和壓力，無法再撐太久。他馬不停蹄地工作。忙了這麼久，結果才十二點。他像是把衣物釘死在辦公桌般，站在那裡拚命工作，逼自己使出渾身解數。十二點四十五分，他可以收拾休息了。他跑下樓。

「妳兩點到噴水池跟我碰頭。」他說。

「我兩點半才能到。」

「好！」他說。

她看見他的深色雙眼充滿狂熱。

「我會盡量趕在兩點十五分到。」

保羅只能勉為其難接受。他去吃了點午飯。這段期間，他始終處於麻醉般的恍惚狀態，覺得每一分鐘都無限漫長。他沿著街道走了好久，才想起可能會遲到，無法準時赴約。他抵達噴水池，時間為兩點五分。接下來十五分鐘的等待，實在是筆墨難以形容的痛苦折磨，宛如不得不將活著的真實自我與偽裝相結合的錐心之痛。這時，他看到她的身影。她來了！他就在那裡等著她。

「妳晚到了。」他說。

「只晚了五分鐘。」她回答。

「換成是我，絕不會讓妳等。」他笑說。

克拉拉穿著一套深藍服裝。他看著她的曼妙身姿。

「妳得用花裝飾一下。」他說完，走向最近的花店。

她默默跟著他。他為她買了一束有鮮紅也有磚紅的康乃馨。她把花束插在外套上，雙頰泛紅。

「這顏色真漂亮！」他說。

「我比較想要顏色更柔和的花。」她說。

聞言，他笑了。

「妳是不是覺得自己像一團朱紅色汙漬走在街上啊？」他說。

她害怕擦身而過的路人，於是低著頭。兩人並肩而行，他不斷斜眼看向她。她臉蛋靠近耳朵的地方長著細緻柔毛，他想伸手碰觸。她看起來散發出沉重氛圍，沉重得如結滿麥穗的麥子在風中微微低垂，看得他頭暈目眩。他似乎一路在暈眩，一切都在旋轉。

他們坐上路面電車，她沉甸甸的肩膀靠著他，他牽起她的手。他覺得自己從麻醉狀態清醒過來，開始能好好呼吸。她的耳朵半藏在金髮間，離他很近。他實在好想一口親下去，可是車上還有其他人。即便如此，他還是想親那耳朵。畢竟他並不是他自己，而是她所屬的一部分，就像灑落在她身上的陽光。

他迅速移開目光。外頭一直在下雨。諾丁漢城堡盤踞的巨岩斷崖聳立在平坦城鎮上，布滿雨水滑落後的水痕。他們穿過密德蘭鐵路那片漆黑的寬廣占地，經過相形之下顯得一片白的牧牛圍場。接著，他們駛過骯髒的威爾福路。

克拉拉隨著電車震動微微搖晃，由於她倚著保羅，也在他身上不停輕晃。他是個身材修長的男子，活力充沛，精力無窮。他臉孔粗糙，五官粗獷，就像普通老百姓，不過濃眉下的眼睛充滿生命力，深深吸引著她。他的雙眼似乎在躍動，卻又好像似笑非笑地在顫動。他的嘴巴亦然，看起來隨時要洋洋得意大笑，卻沒有笑出來。他明顯給人一種懸而未決的感覺。她悶悶不樂咬著嘴唇。他用手緊握住她的雙手。

他們在十字轉門付了兩枚半便士的車錢，接著過橋。特倫特河漲滿水，神不知鬼不覺靜靜流經橋下，始終平穩流淌。先前下了不少雨，河面因此泛著洪水的晦暗光澤。天色灰濛，夾雜著零星銀光。在威爾福的教堂庭院裡，大理花被雨水浸溼，宛如一顆顆溼淋淋的深紅花球。河畔青草地有一條榆樹夾道而行的小路，不見半個人影。

薄霧沿路飄過泛著銀光的暗色河水、綠意盎然的河畔草地、閃著金色光芒的榆樹林。河水流經之際，全然無聲，湍急無比，交織為一體，猶如某種難以捉摸的錯綜複雜生物。克拉拉鬱悶地走在保羅身旁。

「你，」她終於開口，用相當刺耳的口吻問道，「為什麼要離開米莉安？」

他皺起眉頭。

「因為我**就是想**離開她啊。」他說。

「為什麼？」

「因為我不想繼續跟她在一起了。我也不想結婚。」

她沉默片刻。他們小心走過那條泥濘小徑。水珠紛紛從榆樹落下。

「你是不想跟米莉安結婚，還是根本不想結婚？」她問。

「都是。」他回答，「兩者都有！」

路上到處是水坑，他們得左閃右躲才能走到過籬梯。

「那她說了什麼？」克拉拉問。

「米莉安嗎？她說我是四歲嬰兒，還說我從頭到尾**一直**在驅退她。」

克拉拉思索半晌。

「可是你真的跟她交往了好一段時間？」她問。

「對。」

「而你現在不想繼續跟她在一起了？」

「不想，我知道這樣下去沒意義。」

她又陷入深思。

「你不覺得你對她很糟嗎？」她問。

「是啊，我早該在幾年前就結束這段關係了。但這樣下去根本沒有什麼意義。負負不會得正。」

「你**多**大了？」克拉拉問。

「二十五歲。」

「而我三十歲了。」她說。

「我知道妳幾歲。」

「我快三十一了——還是我**已經**三十一了？」

「我不知道也不在乎，又沒差！」

他們來到小樹林的入口。眼前的紅土小徑穿過草地，順著陡峭河岸而上，路面溼滑，由於落葉而泥濘不堪。小徑兩旁長著榆樹，宛如長廊兩側立著廊柱，只見枝葉下彎，在高處形成屋頂，枯葉從中掉落。四周空蕩蕩，寂靜無聲，溼漉漉一片。她站在過籬梯頂端，他抓住她的雙手。她邊笑邊往下看，直視他的雙眼，接著一躍而下。兩人胸口撞在一塊，他抱住她，吻遍她的臉。

他們沿著陡峭滑溜的紅土小路往上走。不久，她鬆開他的手，將其環在她的腰上。

「你抓得那麼緊，我手臂上的血管都被你壓住了。」她說。

他們邁步向前。他的指尖感受到她的胸部在晃動。此時，萬籟俱寂，空無一人。向左側望去，透過榆樹樹幹和枝枒的間隙，隱約可見被淋溼的紅土耕地；朝右側俯瞰，可以看到下方遠處的榆樹樹梢，偶爾還能聽到河水汩汩作響。有時候，他們會在下面瞥見高漲的特倫特河輕聲順流而過，以及小小牛隻點綴其中的浸水草地。

「柯克．懷特[43]小時候常來這裡，景色跟那時相比幾乎沒什麼變化呢。」他說。

不過，他眼睛正盯著她耳下的頸子，看著泛紅肌膚逐步化為白蜜色澤，瞧見她不快地噘著嘴。她每走一步便輕碰到他，他的身體像緊繃的弦。

走到這條巨大榆樹柱廊的半途，也就是小樹林俯瞰河流的最高處，他們遲疑地停下腳步，不再往前。他牽著她往小路旁的樹下走去，穿越草地。紅土山崖沿陡坡而下，途經林木草叢，直達波光粼粼卻在葉蔭下顯得昏暗的河流。遠在下方的浸水草地青翠欲滴。他和她站在原地，默默挨著對方，心懷畏懼，身體始終貼著彼此。下方的河水傳來急流的汩汩聲。

「妳，」他最後開口問，「為什麼討厭貝克斯特．道斯？」

克拉拉轉向他，動作優美俐落。她朝他噘起嘴，露出喉頸，眼睛半閉，胸部挺起，彷彿在邀請他。他短促笑了一聲，閉上雙眼，與她熱烈長吻。兩人的脣交纏在一起，身軀緊黏著彼此，融為一體。他們吻了好久才分開，而且就站在眾人行經的小路旁。

「妳願不願意下去河流那邊？」他問。

她看著他，決定聽從他的安排。他走到下坡邊緣，開始往下爬。

「很滑喔。」他說。

「沒關係。」她回應。

那道紅土斜坡簡直是垂直而下。他不斷滑落，從這簇草移動到下一簇，死命踩穩草叢，目標是樹底的一小塊平地。他在那裡等她，興高采烈大笑。她爬下去很費力，鞋子黏滿紅土。他皺起眉頭。最後，他終於抓住她的手，隨後，她與他並肩而立。這座山崖朝他們頭頂高聳直上，朝腳底傾斜落下。她臉蛋充滿血色，眼裡閃著光芒。保羅望著下方的陡坡。

「反正不是危險，」他說：「就是麻煩。我們要回去嗎？」

「別把我當藉口。」她立刻說。

「好吧。妳要知道我幫不了妳，只會礙事。把那個小包裹和妳的手套給我。妳鞋子真可憐啊！」

他們站在下坡面，在樹下暫歇。

「好，我要再出發了。」他說。

說完，他動身下滑，跌跌撞撞，滑落到下一棵樹時，重重撞上去，差點喘不過氣。她小心翼翼跟著下去，一路抓著細枝和草葉。於是，他們就這樣一段一段下坡，最終來到河畔。結果，教他作嘔的是，洪水吞噬了小徑，紅土斜坡逕直往河裡而去。他堅持要走這條路，猛然往前一踏。這時，捆著包裹的細繩突然啪一聲斷裂，棕色包裹彈開，掉入水中，直接順水漂走。他緊抓身旁的樹不放。

「啊，該死！」他氣得大喊，又放聲大笑。克拉拉正以危險的方式下坡。

「當心點！」他提醒她。他背靠著樹，站著等待。「現在來吧。」他喊道，張開雙臂。

她放開來跑。他抓住她後，兩人一起站著觀看暗水不斷沖襲參差不齊的河岸。包裹早已漂得不見蹤影。

「不要緊的。」她說。

他緊摟著她，吻了過去。腳下的空間只夠給他們四隻腳站。

「我們被耍了！」他說：「不過這裡有人走過留下的痕跡，所以我想只要走下去，我們遲早會再找到那條小路的。」

43. 柯克・懷特（Henry Kirke White，一七八五～一八〇六），英國詩人，出身諾丁漢。

河水浩浩蕩蕩蜿蜒流過。河的對岸有牛群在荒涼淺灘上啃草。剛才那座山崖高聳在保羅和克拉拉的右上方。他們倚靠著樹，幽靜之中只聞水聲。

「我們試著往前走吧。」他說，於是兩人沿著某人腳踩釘靴所留下的一道凹槽，在紅土上費力前行。他們渾身發熱，滿臉通紅，每踏一步，腳上覆滿泥巴的鞋子益發沉重。最後，他們終於找到那條中途消失的小路。路面散落著河水沖刷上來的碎石，但起碼走起來輕鬆多了。他們用小樹枝把鞋子清乾淨。保羅的心臟激烈狂跳。

來到一塊不大的平地時，他忽然看到兩個人影靜靜站在河邊。他的心猛跳了一下。他們正在釣魚。他轉身，舉手對克拉拉示警。她遲疑了一下，扣好外套。兩人繼續一起往前走。

釣客好奇地轉過頭，看著這兩位不速之客闖入他們本來獨處的清靜空間。釣客有生火，不過快熄滅了。每個人都動也不動。然後，男人們又轉頭回去專心釣魚，像雕像般俯瞰波光粼粼的灰色河面。克拉拉低著頭走過去，面紅耳赤，保羅則暗自發笑。他們的身影很快就消失在柳樹後方。

「真該把他們淹死。」保羅輕聲說。

克拉拉沒答腔。他們繼續沿著外凸河岸上的窄路跋涉。忽然間，路沒了。眼前的河岸完全是一片堅實紅土，逕直朝河水傾斜而去。保羅站在原地，低聲咒罵，咬牙切齒。

「怎麼可能！」克拉拉說。

他挺直身子，環顧四周。就在正前方，溪流間有兩座小島，覆滿柳枝，卻可見不可及；在他們上方，那座山崖像一道傾斜牆面從高處直落而下；在後方不遠處是那兩名釣客；在河的對岸，遠處的牛群正靜靜吃草，度過孤寂的午後時光。保羅又低聲激烈咒罵。他的目光順著高聳無比的巨大河岸往上看。難道除了爬回那條大家都會行經的小路外，別無他法了嗎？

「在這裡等一下。」他說完，用鞋跟斜插進陡峭的紅土河岸，敏捷地攀爬起來。他看遍每棵樹底部，終於發現他要找的目標。兩棵山毛櫸並排立於斜坡上，根部之間較高處有一小塊平地。雖然溼透的落葉散亂一地，不過堪用了。那些釣客可能根本看不見。他扔下雨衣，揮手要她過去。

她費了好一番功夫才來到他身邊。抵達那裡後，她鬱悶地看著他，一言不發，頭靠在他肩上。他一邊緊摟著她，一邊四處張望。在這裡誰也看不到他們，唯一的例外就是河川對岸那些孤伶伶的小小牛隻。他張嘴輕咬她的頸子，雙脣感受到她的劇烈心跳。四周寂靜無聲。這個午後除了他們倆，別無他物。

她起身時，他目光始終停留在地面上，忽然看到山毛櫸的溼黑樹根上散落著許多康乃馨的鮮紅花瓣，猶如血滴四濺，紅色小點還從她的胸脯灑落，滑下裙身，直達腳邊。

「妳那束花被壓爛了。」他說。

她一面梳好頭髮，一面鬱悶地望著他。他冷不防以指尖碰觸她的臉頰。

「汝看起來為什麼心情那麼沉重？」他語帶責備問。

她露出哀傷的微笑，彷彿內心感到孤寂。他輕撫她的臉龐，吻了她一下。

「不！」他說：「汝別煩心！」

她緊抓住他的手指，發出顫抖的笑聲。接著，她鬆手。他將她額前的頭髮往後撩，撫摸她的兩鬢，輕輕吻上去。

「汝不必擔心啊！」他輕聲懇求。

「不，我不擔心！」她溫柔又認命地笑了。

「才怪，汝有！別擔心啊。」他邊苦求邊輕撫她。

「好！」她安慰他，並吻了他。

他們得爬上峭壁，才能回到山頂，過程耗費了整整十五分鐘。保羅一爬到平坦的草地，立刻脫帽，抹掉額上的汗水，發出嘆息。

「我們回到平地了。」他說

克拉拉在雜草間坐下，不停喘氣，雙頰嫣紅。他吻了她，她則放任自己沉浸在喜悅之中。

「我現在要替汝清鞋子，讓汝看上去優雅體面。」他說。

他跪在她腳邊，拿起樹枝和幾把草動手清理。她將手伸進他頭髮裡，把他的頭拉向自己，親了上去。

「我到底該做什麼好？」他看著她笑說，「是清鞋子，還是培養愛呢？回答我嘛！」

「看我高興。」她答道。

「我要暫時當妳的擦鞋童，除此之外誰也不是！」不過，兩人依然彼此對望，開懷大笑。他們落下啄吻，輕輕互咬。

「嘖嘖嘖！」保羅像母親一樣彈了幾下舌。「我就說吧，有女人在，什麼事也做不了。」

說完，他又繼續清理鞋子，輕聲哼唱。她摸了摸他濃密的頭髮，他親了她的手指。他埋頭處理她的鞋子。最後，兩人總算像樣得可以見人了。

「好了，瞧！」他說：「能把妳恢復成得體的樣子，我手很巧吧？站起來！瞧，妳看上去就跟不列顛女神一樣無可挑剔！」

他稍微清了一下自己的鞋子，用水坑洗手，同時唱著歌。他們繼續前行，走進克利夫頓村。他無可自拔地迷戀著她。她做的每個動作、衣服上的每個皺褶似乎都很可愛，看到便教他渾身一陣發熱。

他們到一戶人家享用下午茶。兩人的來訪讓屋主老太太心情愉快了起來。

「真希望今天天氣好一點啊。」她邊說邊在兩人附近打轉。

「沒這回事！」保羅笑說，「我們一直在說今天天氣有多好呢。」

子。

老太太好奇看著他。他容光煥發，具有一種獨特魅力，深邃眼眸帶著笑意。他快活地捻了捻小鬍

「你們真的一直**這麼**說嗎！」她驚呼，上了年紀的雙眼燃起一絲火花。

「千真萬確！」他笑說。

「那我敢說今天稱得上不錯了。」老太太說。

她來回走動，不想離開他們。

「不曉得妳是不是也想來點小蘿蔔，」她對克拉拉說：「我花園倒是有種一些，**還有**小黃瓜。」

克拉拉雙頰泛紅。她看上去非常漂亮。

「那我想來點小蘿蔔。」她回答。

老太太滿心歡喜，慢條斯理走開。

「她要是知道，不知作何感想！」克拉拉對保羅輕聲說。

「可是她不知道啊，反正這樣也表示我們很體面。妳看起來美到連大天使都會懾服，我也敢說自己看上去人畜無害，所以囉，要是這麼做讓人家覺得妳很有教養，在招待我們的時候心情愉快，也讓我們心情愉快，那麼我們就不太算是在騙人了！」

他們繼續享用餐點。兩人即將離去之際，老太太膽怯地捧來三小朵盛開的大理花，花瓣整齊劃一，鮮紅、純白兩色交錯點綴。她站在克拉拉面前，高興地對她說：

「不曉得妳願不願意……」然後她伸出年邁的手，把花往前一舉。

「噢，真漂亮！」克拉拉喊道，收下花朵。

「全都給她嗎？」保羅以責備的語氣問老太太。

「對，全給她。」她答道，臉上堆滿開心的笑容，「你已經擁有夠多美好事物了。」

「啊，那我要叫她送我一朵！」他打趣說。

「她想怎麼做就怎麼做。」老太太面帶笑容說，欣喜地微微屈膝行禮。

克拉拉默不作聲，相當不自在。當兩人沿路而行，保羅說：

「妳不覺得自己有犯罪吧？」

她用驚訝的灰眸望著他。

「犯罪！」她說：「沒有。」

「但妳看起來一副做錯事的樣子？」

「不，」她說：「我只是在想：『他們要是知道，不知作何感想！』」

「他們要是知道，就不會再深入瞭解了。照這樣來看，他們是自認瞭解，也喜歡他們所見的一切。但那些人算什麼？瞧，這裡只有我和這些樹，妳就不覺得有哪裡錯了吧？」

他拉著她的手臂，讓她面向自己，不讓她移開視線。他為某件事感到心煩意亂。

「我們不是罪人吧？」他說，不安地微微皺眉。

「不是。」她回答。

他笑著吻了她。

「我認為妳喜歡內心有點罪惡感。」他說：「我認為夏娃戰戰兢兢縮著身子離開伊甸園時，也對這種感覺樂在其中。」

不過，她洋溢著某種神采，散發出某種恬靜氛圍，讓他滿心喜悅。等他獨自坐在火車車廂裡，發現自己開心得飛上天，周圍的人都友善無比，加上夜色宜人，一切是如此美好。

他到家時，莫瑞爾太太正坐著閱讀。她現在健康欠佳，臉色灰白如象牙，他先前從未注意到，此後則從未忘卻。她沒有向他提起自己身體不適。畢竟，她自認情況不算嚴重。

「你晚回家了！」她注視他說。

他雙眼閃閃發亮，看上去滿面紅光。他對她微微一笑。

「對，我跟克拉拉去了克利夫頓的小樹林。」

母親再次望著他。

「這樣不會有人說閒話嗎？」她說。

「為什麼要說？大家都知道她有參加婦女參政之類的運動。就算他們說閒話又怎樣！」

「當然，也許你們這麼做沒什麼問題。」母親說：「但你也知道大家就是會忍不住，一旦她被當成茶餘飯後閒聊的對象——」

「那我也沒辦法啊。反正，他們想怎麼閒聊，又不是天底下最重要的事。」

「我認為你該替**她**著想一下。」

「我有啊！大家能亂說什麼？我們就只是一起去散個步而已。我認為妳是在嫉妒。」

「你很清楚要不是她已婚了，我會覺得**很慶幸**。」

「親愛的母親啊，她跟丈夫分居，還會上臺演講，早就格外顯眼了。而且就我來看，她簡直是一無所失。不，她覺得自己的人生微不足道，既然微不足道，那又何來的價值？她跟我交往，人生就有某種意義了。然後她必須付出代價——我們倆都必須付出代價！反倒是大家那麼害怕付出代價，寧可餓死。」

「好吧，兒子。我們就來看看結果會如何吧。」

「好吧，母親。結果如何我都會好好承擔。」

「我們就等著看！」

「而且她……她**非常**有教養，母親，她真的很有教養！妳根本不知道！」

「這跟娶她是兩回事。」

「也許比娶她還更好。」

兩人沉默了一會兒。他想問母親一件事，卻怕得不敢開口。

「妳想認識她嗎？」他遲疑後說。

「想。」莫瑞爾太太冷淡地說，「我想知道她是怎樣的人。」

「但她很有教養，母親，真的！而且一點也不俗氣！」

「我從來沒說她是啊。」

「但妳似乎認為她……比不上……我跟妳保證，有一百個人的話，她比九十九個人都還優秀！她就是比誰都還**優秀**！她誠實正直，有話直說！她不卑不亢。別對她那麼刻薄！」

莫瑞爾太太漲紅了臉。

「我敢說自己沒有對她很刻薄。她或許就像你形容的那樣，可是——」

「妳不贊同。」他接腔。

「你是希望我贊同嗎？」她冷冰冰地回答。

「對！沒錯！妳只要夠理智，就會很慶幸的！妳到底**想不想**見她？」

「我說了我想啊。」

「那我會帶她來——我該帶她來這裡嗎？」

「隨你高興。」

「那我**會**帶她來這裡，找個星期天，邀她來喝下午茶。妳要是討厭她哪裡，我可不會原諒妳。」

母親聽完後笑了。

「我討不討厭她對你根本沒影響啊！」她說。他曉得自己說服她了。

「噢，不過她只要出現，感覺就很棒！她總是一副十足的女王作風。」

做完禮拜，保羅偶爾還是陪米莉安和艾德加走一小段路，但沒有走到農場。不過，米莉安對他的態度與以往沒有太大差別，所以他沒有因為她在場而感到尷尬。某天傍晚，他陪她一人走回去。他們聊起書：這是他們永遠聊不完的話題。莫瑞爾太太曾說，他和米莉安的感情關係就像是以書為薪柴的一團火——只要不再有書便會熄滅。米莉安則誇口說，她可以像讀一本書那樣讀懂他這個人，隨時都能指出任一章節、任一行文字。而輕信他人的保羅也相信，米莉安比誰都還瞭解他。於是，他像個單純至極的自命不凡人士，樂於大談特談自己的一切，對話很快便轉向他的所作所為。知道自己居然是他人的頭號關注對象，他受寵若驚。

「那你最近都在做些什麼？」

「我？噢，沒什麼啊！我在花園裡畫了一張貝斯特伍德的素描，終於快接近真正的景色了。這是我第一百次嘗試了。」

兩人繼續聊下去。然後她說：「所以你最近都沒出門？」

「不，我星期一下午才跟克拉拉去了克利夫頓的小樹林一趟。」

「那時天氣不怎麼好，」米莉安說：「對吧？」

「但我想出去走走啊，結果天氣還可以。特倫特河**整個**漲滿了。」

「那你們有去巴頓嗎？」她問。

「沒有，我們在克利夫頓喝下午茶。」

「**是**喔！那應該很不錯。」

「真的很不錯！那個老太太愉快到不行！她送了我們好幾朵開得像絨球的大理花，說有多漂亮就有多漂亮。」

米莉安低頭沉思。對她無所隱瞞這點，他絲毫沒有自覺。

「她為什麼送你們花？」她問。

他笑了起來。

「因為她喜歡我們啊——因為我們過得很愉快，我是這麼認為。」

米莉安將手指放進嘴裡。

「你有晚回家嗎？」她問。

他終於對她的語氣感到不悅。

「我搭了七點半那班車。」

「哈！」

他們默默往前走，他一肚子火。

「那克拉拉**現在**好嗎？」米莉安問。

「我覺得還不錯。」

「那很好啊！」她略帶諷刺地說。「順便問一下，她丈夫怎麼樣？從沒聽過關於他的任何消息。」

「他跟某個女人在交往，也過得還不錯。」他回答，「至少我是這麼覺得。」

「嗯，你並不清楚。你不覺得像那種情況對女人來說很難堪？」

「難堪到極點了！」

「實在太不公平了！」米莉安說：「那男人就這樣隨心所欲——」

「那就讓女人也這麼做吧。」他說。

「她怎麼可能這麼做？就算她做得到，想想她的立場！」

「會怎樣？」

「哪可能這麼做啊！你不懂女人會失去什麼——」

「對，我是不懂。但如果女人一無所有，只能依靠清白的名聲，這根本像喝西北風，傻瓜才會為它而死！」

從這番話，她至少瞭解了他的道德觀，明白他會以此作為行事原則。她從來不直接問他任何事，卻仍有辦法瞭解到一定程度。

後來某天，他又見到米莉安，這次話題轉到婚姻上，接著是克拉拉和道斯的婚姻。

「妳要知道，」他說：「她之前根本不明白結婚這件事有多重大。她以為婚姻就像一日行軍，終究會到達目的地。而道斯呢，一大票女人都願意以身相許，那為何不跟他結婚？然後她就成了 femme incomprise（法文：遭誤解的女人），對他很糟，真的就是這樣。」

「那她離開他，是因為他不瞭解她？」

「我想應該是。我想她非這麼做不可。這不完全是瞭不瞭解的問題了，更在於有沒有好好活著。跟他在一起，她半死不活，沒有活著的部分都陷入沉睡、麻木無感。而這個沉眠的女人就是 femme incomprise，**必須**被人喚醒才行。」

「那他呢？」

「我不知道。我倒是覺得他有盡力愛她，但他就是個傻瓜。」

「這有點像你父母親。」米莉安說。

「對，不過我相信，母親她最開始有從父親身上感受到**真正**的快樂，覺得心滿意足。我相信她曾經對他滿懷激情，所以才留在他身邊。說到底，他們已經離不開彼此了。」

「對。」米莉安說。

「我想那就是人**必須擁有**的感情，」他繼續說，「那種透過另一個人感受到，再真實不過的熱情之火——哪怕只有一次，就那麼一次，就算只持續三個月也好。妳瞧，我母親看起來就像**得到了**生活發展所需的一切。從她身上感覺不到絲毫枯燥乏味的氣息。」

「是沒有。」米莉安說。

「至於她和我父親，我敢說她起初對他的感情一定是真心的。她很清楚，因為她親自體驗過。從她身上感覺得出來，從他身上也是，我們每天擦身而過的上百人也一樣。只要親身體會過一次，就能克服各種難關，變得成熟。」

「中間到底發生了什麼事？」米莉安問。

「實在很難說。不過當你真的和別人心心相印，某種巨大又激烈的衝擊就會改變你。那幾乎就像是心靈得到滋潤，讓人得以繼續前進、變得成熟。」

「所以你認為你母親透過你父親獲得了這種改變？」

「對，即便是現在，她依然打從心底感謝他給了自己這個契機，雖然兩人的心已經相距甚遠了。」

「而你認為克拉拉從來沒經歷過這種改變？」

「我很確定。」

米莉安仔細思考他說的話。

她明白他在追尋什麼了——似乎是某種激情的嚴峻洗禮。

她領悟到，他只要沒親身體會過就絕不滿足。也許他就像某些男人，年輕時非縱情玩樂不可。等他心滿意足了，就不會再因躁動不安而滿腔怒火，反倒能定下心來，將他的下半輩子交付到她手中。好吧，如果他非走不可，就讓他走，讓他盡情享樂吧——去體會那個他稱之為巨大又激烈的衝擊。反正，他體驗過就不會再渴求了——這是他親口說的——到時候，他渴望的就會是她才能滿足他的另一種慾望。他會渴望有所歸屬，才能發揮所長。她似乎為他非走不可這件事感到痛苦，但既然她可以放任他去酒館喝杯威士忌，當然可以放手讓他去找克拉拉，只要這麼做能滿足他的內心需求，最終讓她可以擁有了無牽掛的他就行了。

「你有跟你母親提過克拉拉嗎？」她問。

她很清楚坦白與否就能證明他對這個第三者有多認真：要是他對母親提過，那她就知道他在克拉拉身上尋求的是某種至關重大的體驗，而不是像男人去找妓女尋歡。

「有，」他說：「而且她星期天要來喝下午茶。」

「去你家？」

「對，我想讓母親見見她。」

「啊！」

接著一片沉默。事情的進展比她料想的還快。他竟然有辦法這麼快就把她完全拋到腦後，她內心頓覺苦澀。他家裡那些向來對她懷有敵意的人，到時候會接納克拉拉嗎？

「上教堂的途中，我或許會順道去拜訪一下。」她說：「我好久沒見到克拉拉了。」

「好吧。」他訝異地說，內心氣憤卻不自覺。

週日下午，保羅前往凱斯頓車站與克拉拉碰頭。他站在月臺上，努力審視內心，看看有沒有什麼預感。

「我是不是**覺得**她一定會來？」他自問，拚命想搞清楚。他的心臟不太舒服，緊縮成一團。這似乎就是預兆。他**有**預感她不會來了！她不來，他就沒辦法按預想，帶她穿過田野回家，只能自己孤伶伶走回去。火車誤點了，今天下午會白白浪費掉，晚上也是。他討厭她沒來。既然她無法守約，那當初為何要答應？也許她沒趕上火車——他自己就老是錯過火車——但沒道理她就正好沒趕上這一班車啊。他對她一肚子火，怒不可遏。

忽然間，他看到火車悄悄繞過轉角，徐徐進站。這就是那班火車了，但她當然沒來。綠色火車頭嘶嘶作響停靠月臺，整列棕色車廂停下來，幾道車門旋即打開。不，她沒來！不！有了，啊，她就在那裡！她戴著一頂大黑帽！不出片刻，他就站在她身旁。

「我以為妳不來了。」他說。

她一邊朝他伸手，一邊笑到快喘不過氣來。兩人四目交會。他帶著她迅速穿過月臺，連珠炮般東聊西扯，好掩飾他的心情。她看起來好美。帽子上裝飾著好幾大朵鏽金色的絲製玫瑰，身上服裝的深色布料完美貼合她的雙峰和肩膀。走在她身邊，他不禁驕傲起來。他感覺到認識自己的站務員紛紛對她投以欽羨的目光。

「我還很篤定妳不來了呢。」他笑說，聲音在顫抖。

她以笑代答，幾乎像在小聲驚叫。

「我坐火車的時候也在想，要是你不在這裡，我**究竟**該怎麼辦才好呢！」她說。

他一時衝動握住她的手。兩人沿著樹籬間的窄巷前行，踏入納托，越過發薪處農場。這一天，天空蔚藍，天氣暖和。褐色落葉四散各處，樹籬緊挨著森林，上面長了不少鮮紅的野薔薇果。他摘下幾顆給她當裝飾。

「其實啊，」他說著把果實插在她外套的胸口處，「妳應該要反對我摘的，因為會把鳥引來。不過鳥對這裡的野薔薇果不太賞臉，因為附近能果腹的東西很多。每到春天，常常能看到莓果都慢慢腐爛了。」

他就這樣講個不停，卻不太清楚自己在說什麼，只知道自己正把莓果裝飾在她外套胸前，她則站著耐心等他完事。克拉拉注視他的雙手，看它們飛快舞動，充滿活力，這才似乎發覺自己從未**看見**任何事物。在此之前，一切都顯得模糊不清。

他們逐漸接近礦場。它靜靜矗立於麥田間，黑壓壓一片，堆積如山的礦渣簡直像從燕麥田裡隆起。

「這裡景色這麼漂亮，中間卻冒出個煤礦坑，太可惜了！」克拉拉說。

「妳是這樣想的？」他答道，「妳瞧，我對它太習以為常了，根本不會去注意。不，我喜歡到處都看得到礦坑的蹤影。我喜歡成列貨車、鑽井井架，還有白天飄散的蒸汽和晚上發出的燈火。我小時候總以為礦坑就等於日間雲柱、夜間火柱，加上那些蒸汽、燈火，還有燃燒的煤渣山——我也以為上帝總是位於礦坑的頂端[44]。」

他們快到家時，克拉拉默默邁著腳步，顯得躊躇。他捏了捏她的手指。她頓時臉紅，卻未作回應。

「妳難道不想來我家嗎？」他問。

「不，我想啊。」她回答。

保羅並沒有想到，克拉拉在他家會處於一種相當古怪的為難立場。對他來說，這似乎和把某位男性友人介紹給母親認識沒有差別，只是這個人更有教養罷了。

莫瑞爾一家住的房子位在一條順坡而下的難看街道上。街道本身醜陋不堪，他們家的外觀則比多數屋舍要來得好一點：老舊骯髒，有扇略為鬆脫的大凸窗，整體顯得陰森。保羅一打開花園門，整個景色頓時截然不同。那裡是陽光明媚的午後風景，宛如來到另一個國度。小徑旁長著艾菊和小樹，窗前是一小塊向陽草地，周圍種著經過歲月洗禮的紫丁香。整座花園一路擴展，有一簇簇蓬亂的菊花綻放在陽光下，接著是那棵槭樹，後方便是田野，更遠處可以看到半山腰上有幾間紅屋頂農舍沐浴在秋

44.《舊約．出埃及記》第十三章二十一至二十二節：日間，耶和華在雲柱中領他們的路：夜間，在火柱中光照他們，使他們日夜都可以行走。日間雲柱，夜間火柱，總不離開百姓的面前。

天午後的陽光下。

莫瑞爾太太坐在搖椅上，穿著黑絲襯衫。她灰褐相間的頭髮由額頭和兩鬢往後梳，整齊平順，臉色相當蒼白。克拉拉煎熬地隨保羅走進廚房。莫瑞爾太太起身。克拉拉認為她就像位夫人，還是那種頗為嚴厲的夫人。年輕女子緊張萬分，露出一副簡直愁苦得快認命的表情。

「母親，這位是克拉拉。」保羅說。

莫瑞爾太太伸出手，面露微笑。

「他跟我說了好多關於妳的事。」她說。

克拉拉雙頰泛紅。

「希望您不介意我來訪。」她結結巴巴地說。

「他說要帶妳來的時候，我很高興。」莫瑞爾太太回應。

保羅在一旁看著，覺得心臟痛得揪成一團。站在正值青春年華的克拉拉旁邊，母親顯得如此嬌小、氣色不佳、疲憊不堪。

「母親，今天天氣真好！」他說：「我們還看到一隻松鴉呢。」

母親望著轉向自己的保羅。她心想，他穿著做工精良的深色服裝，看上去男人味十足。他臉色蒼白，神情淡漠，任何女人想挽留他都將困難重重。她心裡一陣激動，接著替克拉拉感到難過。

「妳就把隨身物品放在客廳吧。」莫瑞爾太太和藹地對年輕女子說。

「噢，謝謝您。」她答道。

「來吧。」保羅說完，帶她走進那間不大的起居室，裡面放著一臺舊鋼琴、桃花心木家具、泛黃的大理石壁爐架。壁爐生著火，室內散亂放著書本和畫板。「我東西都放著不管，」他說：「這樣輕鬆多了。」

她很喜歡他的各種美術用具，還有那些書和人物照。隨後，他便為她介紹：這位是威廉，這位是威廉穿著晚禮服的女友，這位是安妮和她丈夫，這位是亞瑟和他太太，還有兩人的寶寶。她覺得自己彷彿被接納為這個家的一員。他將照片、書籍、素描一一展示給她看，兩人聊了一下。然後，他們回到廚房。莫瑞爾太太把書擱置一旁。克拉拉穿著質料好的絲質雪紡襯衫，細條紋黑白相間，秀髮則簡單挽起，盤在頭頂。她整個人看上去莊重含蓄。

「妳住到斯奈頓大道上了？」莫瑞爾太太說：「我還是少女——我居然說少女！——我還年輕時，**我們家**住在彌涅耳瓦街。」

「噢，真的嗎！」克拉拉說：「我有朋友就住在六號。」

對話就此展開。兩人談到諾丁漢和當地居民，聊得津津有味。克拉拉仍緊張兮兮，而莫瑞爾太太為了保持尊嚴，依舊有些矜持。她字字短促，清楚扼要無比。不過，保羅看得出來，兩人會相處融洽的。

莫瑞爾太太暗中與這位年輕女子相比較，發覺自己顯然更為強勢。克拉拉的態度畢恭畢敬。她曉得保羅對母親異常敬重，所以對這次會面提心吊膽，以為會見到一位嚴厲又冷淡的人。結果，她意外發現這位興致勃勃的嬌小婦女樂於閒聊，而且就像她從保羅身上感受到的一樣，她覺得自己不會想去妨礙莫瑞爾太太。他母親帶有一種不容質疑的確信態度，彷彿她這輩子從未心生疑慮。

不久，睡完午覺的莫瑞爾下樓來，頂著一頭亂髮，直打呵欠。他抓了抓頭髮花白的腦袋，穿著長襪的腳踩著沉重緩慢的步伐，汗衫外的背心敞開。他顯得格格不入。

「父親，這位是道斯太太。」保羅說。

莫瑞爾這時才打起精神。克拉拉在他身上看到保羅低頭握手致意的影子。

「噢，當然了！」莫瑞爾大聲嚷嚷，「非常高興能見到妳——我跟妳保證是真的。別特地站起來啦。不必了，把這裡當自己家吧，非常歡迎妳來。」

老礦工居然這麼親切好客，克拉拉十分驚訝。他是如此彬彬有禮，還大獻殷勤！她覺得他實在很討喜。

「妳是不是大老遠跑來啊？」他問。

「只是從諾丁漢來而已。」她說。

「從諾丁漢來！那妳真是挑了個好天氣出遠門啦。」

說完，他晃進洗滌間洗臉洗手，然後出於習慣，拎著毛巾到壁爐前擦乾身體。

享用下午茶時，克拉拉感受到這戶人家散發的高雅沉著。莫瑞爾太太舉手投足從容不迫。無論是倒茶，還是端茶給每個人，她都做得行雲流水，令人渾然不覺，完全沒打斷她發表意見。橢圓餐桌旁顯得空蕩蕩，光滑桌巾上放著繪有深藍柳樹圖樣的瓷器，賞心悅目。桌上有一小盆黃色小菊花。克拉拉覺得自己填補了桌旁的空缺，心裡很高興。但她有點害怕莫瑞爾一家展現的泰然自若，連父親也不例外。她效仿起他們，內心體會到一種平衡。此刻的氛圍平靜又明朗，每個人都做自己，保持和諧狀態。克拉拉很享受，內心深處卻懷抱恐懼。

保羅收拾餐桌，母親與克拉拉聊天。克拉拉清楚意識到他富有活力的身軀正敏捷地來來回回，彷彿被一陣風吹得飛來飛去，簡直像一片突如其來的葉子四處亂飄。她的心思大多放在他身上。她狀似在豎耳聆聽，不過從身體前傾的模樣，莫瑞爾太太看得出來她聊天時心不在焉。年長女人再次替她感到難過。

保羅收拾完，去花園漫步，讓兩個女人繼續閒聊。午後陽光明媚，空中飄著薄霧，天氣溫暖和煦。他在菊花叢間閒晃時，克拉拉目光掃向窗外，追著他的身影。她覺得自己好像被某種近似有形之物緊拴在他身上，他懶洋洋的優雅舉動卻顯得如此從容，將過於沉重的花枝綁在木樁上又是如此不帶感情，充滿無力感的她不禁想放聲尖叫。

莫瑞爾太太起身。

「請讓我幫忙洗碗吧。」克拉拉說。

「呃，沒有多少，很快就能洗好了。」對方說。

不過，克拉拉還是幫忙擦乾茶具，很高興自己與他母親相處得這麼融洽，但無法隨著他漫步花園，卻是一大折磨。她終究還是容許自己跟上去，隨即覺得彷彿腳踝上的繩索被解開了。

午後陽光照得德比郡群山一片金黃。保羅站在對面另一座花園裡，挨著淡色的紫苑花叢，觀看最後一批蜜蜂爬進巢裡。聽到她走過來，他從容轉向她說：「這些小傢伙的生命走到盡頭了。」

克拉拉站到他旁邊。只見在前方那道低矮的紅牆之外，鄉村地區和遠處山丘皆蒙上一層朦朧金光。

在那一刻，米莉安穿過花園門走進來。她看見克拉拉朝保羅走去，看見他轉身，看見他們同時靜止不動。他們沉溺於兩人世界時所散發的某種氛圍，讓她明白他們早已結合，用她的話來說，便是他們已結為夫妻。她沿著這座長花園的煤渣路緩步前進。

克拉拉從一株蜀葵的花穗摘下圓果，剝開取籽。那些粉色花朵就在她低垂的頭上方，狀似守護地注視她。最後一批蜜蜂停落在蜂巢上。

「在算有多少錢啊。」保羅笑說，看著她從果實裡的那圈硬幣一一剝下扁平種子。她望著他。

「我很有錢呢。」她微笑說。

「有多少啊？砰！」他彈了個響指。「我能把它們變成黃金嗎？」

「恐怕不行。」她笑說。

他們望著彼此，對笑起來。就在這時，他們意識到米莉安的存在。喀嚓一聲，一切瞬間變了樣。

「妳好啊，米莉安！」他驚叫，「妳有說妳會來！」

「對，你忘了嗎？」

她和克拉拉握了握手說：「在這裡看到妳感覺真怪。」

「對啊，」對方回答，「在這裡感覺是很怪。」

兩人遲疑片刻。

「這裡很漂亮吧？」米莉安說。

「我非常喜歡。」克拉拉回應。

米莉安頓時明白克拉拉受到了接納，她自己卻從未受過如此待遇。

「妳自己一個人來的嗎？」保羅問。

「對，我去阿嘉莎家喝下午茶。我們正要去教堂，只是順路拜訪一下，來見見克拉拉。」

「妳應該來這裡喝下午茶啊。」他說。

米莉安唐突地笑了，克拉拉不耐地把頭轉開。

「妳喜歡這些菊花嗎？」他問。

「喜歡，它們都好美。」米莉安回答。

「妳最喜歡哪一種？」他問。

「我不知道。我想是古銅色的吧。」

「我不認為妳所有顏色的菊花都看過了，來看看吧。克拉拉，妳也來看看哪些才是**妳**的最愛。」

他領著兩個女人走回他那座花園，小徑旁參差不齊長著五顏六色的雜亂花叢，一路直達田野。他自以為眼下的情況並未讓他感到困窘。

「妳看，米莉安，這些白菊花是來自妳家的花園。它們在這裡長得不太好吧？」

「確實。」米莉安說。

「但它們更強韌。妳都呵護過頭了，讓它們長得又大又嬌弱，然後就枯死了。我喜歡這些黃色小菊花。妳要不要摘個幾朵？」

他們在戶外逗留時，教堂傳來宏亮鐘聲，響徹整座城鎮和整片原野。米莉安望向聳立於櫛比鱗次屋頂之上的鐘塔，想起他帶去給她的素描。那時的光景不同於現在，他甚至還沒離開她。她開口跟他借本書來看。他跑進屋裡。

「什麼！那是米莉安嗎？」母親冷冰冰地問。

「對，她說她想來見見克拉拉。」

「所以你告訴她了？」換來的是挖苦的回應。

「對，我為什麼不能說？」

「你當然沒理由不能說。」莫瑞爾太太說完，繼續看她的書。聽到母親出言諷刺，保羅瑟縮了一下，煩躁地皺起眉頭，心想：「我為什麼不能想幹嘛就幹嘛？」

「妳以前沒見過莫瑞爾太太？」米莉安對克拉拉說。

「沒有，不過她人**真**好！」

「對，」米莉安垂下頭，「就某些方面來說，她確實很不錯。」

「我也這麼認為。」

「保羅常跟妳聊到她嗎？」

「他說了很多。」

「哈！」

兩人沉默不語，直到保羅拿著書回來。

「你希望我什麼時候還？」米莉安問。

「妳想還再還吧。」他回答。

他送米莉安去柵門時，克拉拉轉身準備進屋。

「妳什麼時候會來威利農場？」米莉安問。

「我不確定。」克拉拉回答。

「母親要我轉告說，妳要是願意賞光，什麼時候來她都會很高興見到妳。」

「謝謝，我是很想去，但沒辦法確定時間。」

「噢，好吧！」米莉安語氣苦澀地大喊，轉身離去。

她沿著小徑往前走，將保羅送給她的花貼在唇上。

「妳真的不進來坐坐嗎？」他說。

「不用了，謝謝。」

「我們也要去教堂。」

「啊，那等會兒見了！」米莉安口吻非常刻薄。

「好。」

他們向彼此告別。他對她感到內疚。她內心苦澀不滿，瞧不起他。她相信他依然屬於自己，可是他居然有臉就這樣與克拉拉交往、帶她回家、在教堂和她並肩坐在他母親身邊、把多年前給過自己的同一本讚美詩集也給了她。她聽見他飛奔進屋的腳步聲。

但他沒有直接進去。在一小塊草坪停下腳步時，他聽到母親的聲音，接著克拉拉回答說：

「我討厭米莉安那種緊追不放的個性。」

「沒錯，」母親立刻說，「對，**不就是**那點才讓人討厭她嘛！」

他內心一陣激動，很氣她們在背後議論那個女孩。她們哪來的資格這麼說？這番言論本身不知哪裡激起了他對米莉安的痛恨。下一刻，他卻對克拉拉這麼口無遮攔談論米莉安感到深惡痛絕。畢竟論美德，他心想，那個女孩才是兩個女人之中更善良的一方。他走進屋裡。母親顯得很激動，手正用固定節奏敲打著沙發扶手，女人累壞時往往如此。他從來就受不了看到這個舉動。屋內一片沉默，然後他開了口。

米莉安在教堂看見他為克拉拉把讚美詩集翻到該翻的那一頁，和他以前替自己翻的時候一模一樣。布道期間，他看得到女孩就坐在教堂另一頭，帽子在她臉上投下陰影。看到克拉拉和他待在一起，她作何感想？他沒有費心去思考。他覺得自己對米莉安很殘忍。

禮拜結束後，他偕同克拉拉前往潘特里奇。那天秋夜昏黑。他們向米莉安道別時，由於把女孩獨自拋下，保羅內心遭受打擊。「但她活該啊。」他心想，而且當著她的面，帶著另一位美女離去，簡直讓他心情愉悅。

黑暗中飄來樹葉受潮的氣味。他們走在路上，克拉拉溫暖的手任由他握著。他心裡充滿矛盾。內心激烈的天人交戰導致他陷入絕望。

爬上潘特里奇山時，克拉拉倚著不斷往前走的保羅。他悄悄伸手摟住她的腰。隨著她往前走，他感覺到她的身體在他手臂下保持堅挺，因米莉安而緊繃的心弦放鬆下來，整個人不由得激昂振奮。他將她愈摟愈緊。

然後，她輕聲說：「你還是跟米莉安保持往來。」

「只是聊個一兩句而已。除了聊天外，我們之間向來根本沒什麼。」他不滿地說。

「你母親不喜歡她。」克拉拉說。

「對，不然我可能早就娶她了。但一切真的都結束了！」

他的語氣忽然充滿嫌惡。

「我如果現在是跟她在一起，我們八成就會亂聊什麼『基督教奧祕』之類的話題。但我現在不是，真感謝上帝！」

他們默默繼續走了一陣子。

「但你沒辦法徹底放棄她。」克拉拉說。

「我沒放棄她，是因為沒什麼好放棄的。」他說。

「對她來說可不是這樣。」

「我不懂為什麼我跟她在有生之年不能當朋友。」他說：「我們就只會是朋友啊。」

克拉拉與他拉開距離，身體不再倚靠著他。

「妳幹嘛要退開？」他問。

她沒回答，卻退得更遠。

「妳為什麼要自己一個人走？」他問。

依然沒有回答。她氣憤地低頭往前走。

「就因為我說我要跟米莉安當朋友嗎！」他大喊。

她不肯回他半句話。

「我跟妳說了，我們就只是聊個幾句的關係。」他堅稱，想再抱住她。

她表示抗拒。他冷不防一個箭步跨到她面前，擋住她的去路。

「該死的！」他說：「妳現在到底想怎樣？」

「你還是去追米莉安算了。」克拉拉嘲諷說。

他頓時怒火中燒。他站在原地，怒容滿面。她低頭板著臉。小路昏暗，荒涼無比。他忽然將她擁入懷裡，身體往前一壓，對著她的臉狂親猛吻。她死命把頭別開想閃躲。他緊抱著她不放，嘴巴持續不斷對她發動猛烈攻勢。她的胸脯被他的胸膛壓得發疼。她無可奈何，只能在他的臂彎裡放盡力氣，結果他對著她親了又親。

他聽到有人從山上下來。

「站起來！快站好！」他聲音沙啞地說，緊抓著她的手臂，抓到她發疼。他要是放手，她便會倒地不起。

她嘆了口氣，一臉茫然走在他身邊。他們默不作聲繼續往前走。

「我們從田野穿過去。」他說，她這才振作起來。

她還是讓對方協助自己翻越過籬梯，接著不發一語跟他走過第一片昏暗的田野。她知道這是通往諾丁漢和車站的路。他似乎正四下張望。他們走出田野，來到光禿禿的山丘頂，那裡矗立著一座陰森的風車廢墟。他在此停下腳步。漆黑之中，兩人並肩站在高處，望著眼前四散於夜色的燈火，為數不多的光點閃閃發亮，代表著在黑暗中位於高低各處的一座座村莊。

「就像漫步在繁星間。」他說，顫抖地笑了一聲。

然後，他擁她入懷，緊緊抱住。她把嘴轉到一旁，固執地小聲問：「幾點了？」

「又無所謂。」他聲音沙啞地懇求。

「不，有所謂——沒錯！我得走了！」

「還早啊。」他說。

「到底幾點了？」她很堅持。

黑夜環繞四周，燈光燦爛點點。

「我不知道。」

她把手放在他胸前，想找他的懷錶。他覺得所有關節都熔化燃燒了。她摸索他的背心口袋，而他站著內心悸動不已。漆黑之中，她看得到泛白的圓形錶面，卻看不見上面的數字。她俯身細看。再次找到機會把她擁入懷裡前，他始終小鹿亂撞。

「我看不清楚。」她說。

「那就別看了。」

「好，我要走了！」她說著轉身離去。

「等等！我會看啦！」但他看不見。「我來劃根火柴。」

他暗自希望已經晚到趕不上火車了。她看見他為火擋風，雙手宛如一盞發光燈籠，然後他臉龐亮起來，雙眼盯著懷錶。轉眼又陷入一片黑暗。她眼前漆黑無比，只有腳邊一根火柴通紅發亮。他在哪？

「怎麼樣？」她害怕地問。

「妳趕不上了。」黑暗中傳來他回答的聲音。

兩人沉默半晌。她覺得自己處於他的掌控之中，從他的聲音聽得出那種語氣，嚇壞她了。

「幾點了？」她輕聲問，口氣堅決卻帶著絕望。

「再兩分鐘就九點了。」他回答，很勉強才說出實話。

「那我有辦法在十四分鐘內從這裡趕到車站嗎？」

「沒辦法，反正……」

這時，她又能辨識出他約一碼外的昏暗身影。她想拔腿逃跑。

「我是真的趕不到嗎？」她懇求問道。

「抓緊時間是可以。」他唐突地說，「但妳可以慢慢走啊，克拉拉，走到路面電車那裡只要七哩。我會陪妳走過去。」

「不，我想趕上火車。」

「為什麼啊？」

「我就是想——我想趕上火車。」

他的語氣忽然變了。

「好吧，」他冷淡又不帶感情地說，「那走吧。」

說完，他一頭衝進黑暗裡。她跑在他身後，泫然欲泣。他現在對她變得殘忍無情。她跟著他跑過高低不平的昏暗田野，上氣不接下氣，隨時會倒下。不過，車站那兩排燈光愈來愈近。忽然間：

「就在那裡！」他大喊，飛奔起來。

某處傳來哐啷哐啷的細微聲響。遠在右手邊，火車像一條發光毛蟲穿越夜色。哐啷的聲音不見了。

「它在過高架橋。妳會剛好趕上的。」

克拉拉繼續跑，根本喘不過氣，最後跌跌撞撞上了火車。汽笛響起。他不見了。不在了！而她人在擠滿乘客的車廂裡。她嘗到其中的殘忍滋味。

保羅轉身衝回家。回過神來，他已經站在自家廚房裡。他臉色慘白，眼神陰鬱凶狠，彷彿喝醉了。母親打量他。

「我得說你那鞋子看起來還真不錯啊！」她說。

他望向自己的腳，接著脫下大衣。母親不曉得他是不是醉了。

「所以她趕上火車了？」她說。

「對。」

「希望**她**的腳沒那麼髒。天知道你到底硬把她拖去哪裡晃了！」

他沉默以對，紋風不動好一陣子。

「妳喜歡她嗎？」他最後勉強開口問。

「對，我喜歡她。但你遲早會厭倦她的，兒子，你自己很清楚。」

他沒回答。她注意到他呼吸有多費力。

「你剛是用跑的嗎？」她問。

「我們不跑就趕不上火車了。」

「你這樣會搞垮身體的。最好去喝點熱牛奶。」

熱牛奶這時的確最能提振他的精神，但他不肯喝，直接就寢。他趴在床單上，流下憤怒和痛苦的淚水。肉體的痛楚逼他緊咬雙唇，咬到見血，內心的混亂使他無法思考，幾無感覺。

「她就是這樣對我嗎？」他臉埋在被子裡，心底一而再、再而三自問。他恨她。他又回顧剛才的場面，又痛恨起她。

隔天，他身上多了一股冷漠氣息。克拉拉非常溫柔，簡直深情款款。但他對待她時，舉止疏離，帶有一絲不屑。她只能嘆口氣，繼續溫柔以對。他終究回心轉意了。

當週某一晚，莎拉．伯恩哈特[45]在諾丁漢的皇家劇院登臺演出《茶花女》。保羅想看看這位知名老演員，邀克拉拉陪他去看表演。他交代母親替他把鑰匙留在窗旁。

「我要不要訂位？」他問克拉拉。

「要。也請你穿件晚禮服吧？我從沒看過你穿。」

「可是，老天啊，克拉拉！妳能想像**我**在劇院裡穿著晚禮服的樣子嗎！」他抗議。

「你寧願不穿？」她問。

「妳**要**我穿，我就穿，但我一定會覺得自己像個傻瓜。」

她不禁笑他。

「那就為了我當一次傻瓜吧，好不好？」

這個請求頓時讓他渾身發熱。

「看來我只好這麼做了。」

「你帶手提箱去要做什麼？」母親問。

他面紅耳赤。

「克拉拉拜託我的。」他說。

「你們位置坐哪？」

「特等席——各要三先令六便士！」

「哎呀，肯定是嘛！」母親大聲挖苦。

「這可是千載難逢的機會啊。」他說。

他在喬丹工廠換好裝，穿上大衣，戴起帽子，到咖啡廳與克拉拉會合。她身邊是一位同為婦女參政運動一員的友人。克拉拉穿著老舊的長外套，看上去並不適合她，頭上裹著一小條頭巾，他並不喜歡。三人一齊前往劇院。

克拉拉在樓梯上脫掉外套，他才發現她穿著某種半正式的晚禮服，不只雙臂和頸項暴露在外，更是酥胸半露。她梳著時髦髮型。簡單以綠色縐綢設計的晚禮服裙很適合她。她看起來高貴動人，他心想。他看得出她裙下的身材曲線，彷彿服裝緊裹著她。他光是看著她，幾乎就能感受到她筆直身軀兼具的堅實與柔軟。他不由得握緊雙拳。

45. 莎拉・伯恩哈特（Sarah Bernhardt，一八四四～一九二三），法國劇場女伶、電影演員，在十九世紀末至二十世紀初享負盛名。

他將整晚坐在她裸露的美麗臂膀旁邊，觀賞從堅韌胸膛往上伸出的堅韌喉頸，注視綠色布料下的雙峰以及貼身禮服展現的四肢曲線。與她相鄰將被迫忍受如此煎熬，他又莫名對她心生厭惡。不過，當她把頭擺正，直視前方，噘起嘴唇，一臉沉思，紋風不動，彷彿命運的力量過於強大，她只得任憑擺布，他對她充滿愛意。她身不由己，被比她自身更龐大的某個存在所掌控。她擺出狀似永恆不變的表情，宛如沉思的人面獅身像，他不禁覺得有必要為她獻上一吻。他讓節目單掉落在地，才能彎腰低頭去撿，趁機親她的手和手腕。她的美對他是一種折磨。她動也不動坐著。只有當燈光暗下，她才稍微下滑靠向他，他則以手指愛撫她的手和手臂。他聞得到她身上淡淡的香水味。自始至終，他體內的血都如炙熱的巨大白浪陣陣翻湧，讓他一時失去了知覺。

戲繼續演著。他從遠方看著劇情不斷推進，卻不曉得將有何發展，從他心裡看來，那似乎是遙遠彼方的事。他就是克拉拉的沉重白皙手臂、她的喉頸、她上下起伏的胸部。那似乎就是他。在遙遠的某處，戲劇正在上演，而他融入其中。他自身已不復存在。克拉拉的灰黑眼瞳、壓向他的胸脯、被他雙手緊握的手臂，是世上僅存的一切。此刻，他覺得自己渺小無助，她的氣勢遠勝過他。

唯有幕間燈光亮起時，他才顯得痛苦不已。他想逃跑，去哪都行，只要周圍再次暗下來就好。他糊裡糊塗晃出去喝一杯。接著，燈光熄滅，克拉拉和那齣戲的怪奇瘋狂種種再次奪走他的心神。

戲持續上演，他卻滿腦子渴望親吻坐落於她臂彎處的青色細小血管。他觸手可及。他把嘴唇貼上去前，整張臉像懸在半空中。非這麼做不可。但是旁邊還有別人！最終，他飛快彎身，以唇碰觸。他的鬍髭拂過那塊敏感肌膚。克拉拉為之一顫，挪開手臂。

劇終燈亮，眾人鼓掌，保羅才恢復理智，看了看錶。他要搭的火車開走了。

「我得走路回家了！」他說。

克拉拉望著他。

「太晚了嗎？」她問。

他點頭。隨後，他協助她穿上外套。

「我愛妳！妳穿著這件裙子好美。」在熙來攘往的人群中，他湊在她耳邊低聲說。

她保持沉默。他們一起走出劇院。他看到出租馬車在一旁等候，行人匆匆路過。他似乎與憎恨他的一雙褐眼對上了目光，但他並不知情。他和克拉拉轉身，自動往車站的方向走去。

那班火車已經駛離。他得走上十哩回家。

「沒關係，」他說：「就當散步享受吧。」

「你要不要，」她紅著臉說：「來我家過夜？我可以跟母親睡一間。」

他望著她。兩人四目相交。

「妳母親會怎麼想？」他問。

「她不會介意的。」

「妳確定？」

「相當確定！」

「我**可以**去嗎？」

「只要你願意。」

「好吧。」

於是兩人掉頭。抵達最近的停車處，他們坐上電車。清風吹過他們的臉龐。城鎮一片漆黑，疾駛的路面電車微微傾斜。他坐在車上，緊握她的手。

「妳母親會不會已經睡了？」他問。

「有可能。希望還沒。」

他們匆匆走過寂靜昏暗的小街，是路上唯二的行人。克拉拉迅速進屋。保羅遲疑了一下。他躍上臺階，進到屋內。克拉拉的母親出現在內門處，身形龐大，充滿敵意。

「妳帶誰來了？」她問。

「是莫瑞爾先生，他沒趕上火車。我想說我們也許可以讓他過夜，免得他還要走上十哩。」

「哼。」瑞佛德太太嚷道，「**妳**自己想辦法解決！妳都邀他來了，我當然是非常歡迎他。反正這個家是**妳**在管！」

「妳不喜歡我的話，我會離開。」他說。

「不、不，不必離開！進來吧！我有替她準備晚餐，不知道合不合你的胃口就是了。」

晚餐是一小盤炸薯片和一片培根。餐桌上隨意擺著一人份餐具。

「你可以多要點培根，」瑞佛德太太繼續說，「但沒有多的薯片了。」

「這樣麻煩妳，真不好意思。」他說。

「噢，別跟我道歉！跟我又沒**關係**！你不是請她去看戲了嗎？」最後這個問題帶著挖苦的口吻。

「所以？」保羅不自在地笑了笑。

「所以說，這麼點培根算不了什麼！外套脫下吧。」

這位站得直挺的龐大女人試著評估眼前的情況。她在櫥櫃裡翻找。克拉拉接過他的外套。在燈光照耀下，屋內溫暖愜意無比。

「閣下啊！」瑞佛德太太大喊道，「我得說，你們倆還真是一對俊男美女！幹嘛這樣盛裝打扮啊？」

「我想我們也不清楚。」他說，覺得被針對了。

「你們要是**這麼**招搖，**這棟**房子可沒地方給兩個耀眼炫目成這樣的人啊！」她戲謔說。這番酸言酸語充滿惡意。

他穿著無尾晚禮服，她則穿著綠裙，雙臂裸露，兩人大感困惑。他們覺得必須在這個小廚房裡掩護彼此。

「看看**那種**嬌豔的樣子！」瑞佛德太太指著克拉拉繼續說，「她打扮成那樣是在打什麼算盤啊？」

保羅望向克拉拉。她雙頰緋紅，脖頸熱得泛紅。屋內陷入沉默半晌。

「妳喜歡看她這樣子吧？」他問。

這位母親掌控著大局。從頭到尾，他的心臟都劇烈跳動，還焦慮得渾身緊繃。但他會挺身對抗她。

「我喜歡看她這樣子！」老婦人驚呼，「我幹嘛要喜歡看她在那邊做傻事？」

「我看過別人做過更傻的事。」他說。克拉拉現在由他保護。

「噢，是喔！那又是什麼時候？」對方諷刺反駁。

「那些人出盡洋相的時候。」他回答。

瑞佛德太太站在爐邊地毯上，龐大身形散發出壓迫感，握著叉子的手停下動作。

「反正都是傻瓜。」她最後回應，轉身查看燉鍋。

「不對，」他堅定表示反對，「大家應該盡可能打扮得體面。」

「所以你管**那種**樣子叫體面！」這位母親大喊，拿著叉子鄙夷地指向克拉拉。「那樣——那看起來根本不像有好好穿衣服！」

「我認為妳是在嫉妒，因為妳沒辦法這樣炫耀。」他笑說。

「我！只要我想，要穿晚禮服陪誰出門晃都不成問題！」對方輕蔑地回答。

「那妳為什麼不想呢？」他問得一針見血，「還是妳**曾經**穿過？」

對話停頓良久。瑞佛德太太挪了挪燉鍋裡的培根。他心臟狂跳，唯恐冒犯了她。

「我！」她終於喊出聲，「不，我才沒有！我以前幫傭的時候，只要哪個女僕露肩出門，我馬上就曉得**她**是什麼貨色，準備去參加什麼廉價舞會！」

「妳是覺得廉價舞會配不上妳嗎？」他說。

克拉拉低頭坐著。他的雙眼帶著惡意，閃閃發亮。瑞佛德太太從爐火取下燉鍋，站到他旁邊，將幾小塊培根放到他盤子上。

「**這**一小塊很焦脆呢！」她說。

「不用把最好的那塊給我！」他說。

「**她**已經得到**她**想要的了。」對方回答。

婦人口氣輕蔑，卻隱約帶著寬容，保羅於是明白她情緒平息了。

「妳**也**吃點吧！」他對克拉拉說。

她抬頭用灰眸望著他，覺得既丟臉又寂寞。

「不用了，謝謝！」她說。

「妳為什麼不吃點啊？」他漫不經心回答。

他體內的血如烈火般燒遍全身。瑞佛德太太又坐了下來，龐大身形富有威嚴，顯得冷漠。保羅不再理會克拉拉，轉而把注意力放在她母親身上。

「據說莎拉·伯恩哈特已經五十歲了。」他說。

「五十！她都六十啦！」對方用鄙夷的口吻答道。

「好吧，」他說：「根本看不出來！就算這樣，她還是讓我想放聲嚎叫。」

「我倒想看看自己怎麼對**那個**沒用的老女人放聲嚎叫！」瑞佛德太太說：「她也該是時候認清自己是個老奶奶，而不是能尖聲高唱的潑婦了——」

他笑了起來。

「雙體船[46]是馬來人划的一種船。」他說。

「而**我**就是用來指潑婦。」她反駁。

「我母親有時也這樣，跟她說也沒用。」他說。

「我想她應該有打你耳光吧。」瑞佛德太太愉快地說。

「她想啊，也說她要打，所以我拿了個小凳子給她站上去。」

「我母親壞就壞在這裡，」克拉拉說：「她做什麼都不需要凳子。」

「但她不拿什麼夠長的道具，常常碰不到**那位**小姐。」瑞佛德太太向保羅反駁說。

「我想她應該是不想被道具碰到吧。」他笑說，「**我**就不想啊。」

「拿個什麼往你腦袋敲下去，也許對你們兩個會有幫助。」這位母親說著忽然笑起來。

「妳為什麼那麼恨我啊？」他說：「我又沒從妳身上偷走什麼。」

「是沒有，我會小心的。」老婦人放聲大笑。

不久，晚餐用畢。瑞佛德太太像守衛似地坐在椅子上。保羅點了根菸。克拉拉上樓，帶著一套睡衣回來，攤開放在火爐圍欄上透氣。

「哎呀，我完全忘了有**這些睡衣褲**！」瑞佛德太太說：「從哪挖出來的啊？」

「我的抽屜。」

「哼！妳替貝克斯特買的，他卻不肯穿，對吧？」一陣笑聲，「說他睡覺不想穿褲子。」她轉頭對

46. catamaran 除了指雙體船，亦有潑婦之意。

保羅像講祕密似地說：「他**受不了**什麼睡衣褲。」

年輕男子坐著吐煙圈。

「人各有所好嘛。」他笑說。

接著，兩人小聊了一下穿睡衣有什麼優點。

「我母親很喜歡看我穿睡衣的樣子。」他說：「她說我像啞劇的丑角。」

「我能想像你穿起來會很適合。」瑞佛德太太說。

過了一會兒，他看了一眼在壁爐架上滴答作響的小時鐘。十二點半了。

「還真怪，」他說：「看完戲居然要過那麼久才能靜下心來睡覺。」

「你終於想睡啦。」瑞佛德太太邊說邊收拾桌面。

「**妳**累了嗎？」他問克拉拉。

「一點也不累。」她回答，避開他的目光。

「我們來玩一局克里比奇牌[47]吧？」他說。

「我忘了怎麼玩。」

「好，我再教妳一次。瑞佛德太太，我們可以玩牌嗎？」他問。

「隨便你們。」她說：「不過已經很晚了。」

「玩個一兩局就會想睡了。」他答道。

克拉拉拿來紙牌後坐下，趁他洗牌，轉起了她的婚戒。瑞佛德太太在洗滌間洗餐具。隨著夜愈深，保羅覺得氣氛愈加緊繃。

「十五點兩分、十五點四分、十五點六分、一對八分！」

時鐘敲了一下。牌局仍在進行。瑞佛德太太早已完成所有睡前該做的瑣碎雜事，鎖好門，裝滿水壺。保羅還在發牌、計分。克拉拉的手臂和喉頸看得他神魂顛倒。他自認能看出她的酥胸是從哪裡開始隆起。他離不開她。她望著他的雙手動得飛快，覺得她的關節隨之融化。她身體近得簡直像他碰到了她，其實並沒碰到。他整個人受到激勵。他好恨瑞佛德太太。她繼續坐在那裡，明明快睡著了，卻執意要坐在椅子上等。保羅瞥了她一眼，再看向克拉拉。兩人四目相交，他的眼神散發怒氣，充滿嘲弄，堅定無比，她卻回以羞愧的目光。他知道，無論如何，她都與他心意相通。他繼續玩牌。

最後，瑞佛德太太終於渾身僵硬站起來說：「你們是不是差不多該想睡啦？」

保羅沒有回答，繼續玩牌。他恨不得殺了她。

「再一下下。」他說。

老婦人起身，硬是悠然自得地走進洗滌間，拿著給他用的蠟燭回來，放在壁爐架上。然後，她又坐下來。對她的憎恨在體內沸騰起來，他氣得把牌一扔。

「那我們不玩了。」他依然用挑釁的口吻說。

克拉拉看見他緊閉著嘴巴。他又朝她看了一眼。兩人似乎心照不宣。她俯身收拾紙牌，咳了幾聲，清清喉嚨。

「哦，真高興你們結束了。」瑞佛德太太說：「來吧，拿好你的東西，」她把烘暖的衣服塞進他手裡，「這是給你用的蠟燭。你的房間在這上面，房間只有兩個，所以你不太可能會搞錯。好了，晚安。祝你睡得好。」

「我想我一定會的，我向來都睡得很好。」他說。

47. 克里比奇牌（cribbage），一種兩人玩的紙牌遊戲。

「對，你這個年紀本來就該這樣。」她回應。

他向克拉拉道晚安就上樓。每踩一步，擦得白亮的歪斜木頭樓梯立刻發出震天價響的嘎吱聲。他硬著頭皮爬上去。兩個房間的門相對。他走進他那一間，把門帶上但沒閂。

房間雖小，床卻很大。梳妝臺上放著克拉拉的幾根髮夾及髮刷。她的衣服和幾件裙子掛在角落，上面罩著一塊布。椅子上竟然還掛著一雙長襪。他探索整個房間。書架上擺著兩本他的書。他脫下套裝摺好，坐到床上側耳傾聽。接著，他吹熄蠟燭，躺下不到兩分鐘就快睡著了。這時，喀嚓一聲！他瞬間清醒，煎熬地扭動身子，彷彿在他將入睡那一刻，有東西冷不防咬了他一口，頓時讓他發狂。他在黑暗中坐起來，望著房門，盤起腿，一動也不動，豎起耳朵。他聽到外頭遠處傳來貓叫聲，然後是那位母親泰然自若的沉重腳步聲，接著是克拉拉清晰可聞的嗓音：

「妳能幫我解開裙子嗎？」

沉默持續一陣子後，她母親才開口：「好了！妳不上來嗎？」

「不，先不要。」女兒平靜地回答。

「噢，好吧！要是這樣還不算晚，就再待久一點吧。只是我得好好睡個覺，妳可不能把我吵醒。」

「我不會待太久的。」克拉拉說。

保羅隨即聽見她母親緩緩爬上樓，透過門縫看見燭光閃爍。她的裙襬拂過房門，他的心猛地一跳。接著暗了下來，他聽到她房間的門閂喀噠一響。她做起睡前準備實在是不慌不忙。過了許久，一切寂靜無聲。他緊張不安地坐在床上，微微打顫。他的門開了一點縫。克拉拉一上樓，他就會半路攔下她。他等待著。一片死寂。時鐘敲了兩下。然後，他聽見樓下傳來輕輕刮著火爐圍欄的聲音。這時，他再也忍不住了。他止不住渾身顫抖，覺得非去不可，否則不如去死。

他下了床，站在原地半晌，全身發抖，然後逕直走向門口。他盡可能放輕腳步。樓梯第一階立刻發出槍響般的劈啪聲。他豎耳傾聽。老婦人在床上挪了挪身子。樓梯間一片漆黑。樓梯底端的那扇門通往廚房，門底縫透出一道光。他站在原地片刻，才像機械般繼續前進。每踩一步，階梯都嘎吱作響，他背後不禁竄起涼意，生怕老婦人在他身後上方把門打開。來到樓梯底端，他想開門，動作笨拙。門閂響亮地喀噠一聲打開了。他穿過門走進廚房，在身後重重關上門。老婦人現在不敢來了。

他停下腳步，愣在原地。克拉拉正跪在爐邊地毯的一堆白色內著上，背對著他取暖。她沒有轉頭看，而是跪坐在腳跟上，讓渾圓優美的背部朝向他，藏起臉蛋。她窩在火邊想暖和身子，好聊以慰藉。房間一端的火光顯得紅潤，另一端的暗影則帶著暖意。她的手臂垂放在身旁。

他全身劇烈一震，接著咬緊牙關，緊握雙拳，努力克制住自己。下一刻，他朝她走過去。他把一隻手放在她肩上，另一手伸向她下巴，抬起她的臉。被他這麼一碰，她渾身激烈地打顫了一下，又抖了第二下。她始終低著頭。

「抱歉！」他發覺自己的手冰得要命，喃喃說道。

她抬頭望著他，臉上寫滿驚恐，一副懼怕死亡的模樣。

「我的手好冰。」他喃喃說道。

「我很喜歡。」她低聲說，閉上雙眼。

她說話時吐出的氣息就落在他脣上。她緊緊環抱住他的膝蓋。他睡衣的繩帶貼著她垂落而下，她不禁顫抖起來。暖意湧入體內後，他抖得沒那麼厲害了。

他終於再也沒辦法維持這種站姿，於是將她扶起來，她則把頭埋在他肩上。他的雙手在她身上緩慢游移，溫柔無比愛撫。她緊貼著他，想就這樣把自己藏起來。他緊擁著她不放。最後，她默然不語看著他，一臉懇求，想知道自己是否該感到難為情。

他的深邃雙眼深不見底，平靜至極。她的美貌以及他對其有所領略，似乎令他悲傷。他略顯痛苦地望著她，心生害怕。他在她面前是如此卑微。她朝他的雙眼熱切地親下去，先吻這一眼，再吻另一眼，然後蜷起身子窩在他懷裡。她把自己交付給他。他緊抱著她。在這一瞬間，情感強烈得近似痛楚。

她站著任由他愛慕自己，任憑他因自己而愉悅顫抖。她受傷的自尊因此得以癒合，她自身也獲得治癒，心情愉快起來。她又能抬頭挺胸，感到自豪了。她內心的自尊受過傷害，而她遭人貶低；現在，她再次散發喜悅，備感自豪。她身心獲得修復，自我受到認可。

然後，他望著她，容光煥發。他們相視而笑，他將她緊拉到胸前。一分一秒不斷流逝，兩人仍站著緊緊相擁，嘴對著嘴，宛如由同一塊材料刻成的一尊雕像。

不過，他的手指又開始不安分地探遍她全身，來回摸索，不知饜足。體內的激情一波波翻湧而出。她把頭靠在他肩上。

「妳來我房間吧。」他喃喃說道。

她看著他，搖了搖頭，鬱悶地噘著嘴，眼神充滿情慾。他目不轉睛盯著她。

「來嘛！」他說。

她又搖頭。

「為什麼不要？」他問。

她望著他，表情依然沉悶哀傷，又搖了搖頭。他目光變得冷酷，不再堅持下去。

後來，他回到床上，納悶她為什麼坦率拒絕來他這裡，這麼一來，她母親就會知道了。情況至少就不會如此曖昧不明。她就可以陪他過夜，不必像現在這樣睡在母親床上。她這麼做實在很怪，他無法理解。隨後，他幾乎是倒頭就睡。

早上醒來時，他聽到有人在對自己說話。張開眼睛，他看到身形龐大且充滿威嚴的瑞佛德太太正低頭看他，手裡捧著一杯茶。

「你是打算睡到審判日嗎？」她說。

他立刻笑了。

「現在應該才五點左右吧。」他說。

「哦，」她答道，「不管你相不相信，已經七點半了。我替你端來了一杯茶。」

他揉了揉臉，將垂落額前的髮絲撥開，打起精神。

「怎麼這麼晚啊！」他咕噥說。

他很氣被吵醒，讓她覺得很好笑。她看到他的脖子從法蘭絨睡衣裡露出來，像女孩子般白皙圓潤。他氣得亂揉頭髮。

「你撓頭也沒用，」她說：「撓了時間也不會變早。拿去，你以為我打算站在這裡端著這杯茶等多久啊？」

「噢，管他什麼茶啊！」他說。

「你該早點睡的。」婦人說。

他抬頭看她，厚臉皮地笑了。

「我比**妳**還早睡呢。」他說。

「對，我的老天爺呀，確實呢！」她大聲嚷嚷。

「真想不到，」他邊說邊攪動茶，「居然有人端茶到我床邊！我母親會覺得我這輩子毀了。」

「她從來沒這麼做嗎？」瑞佛德太太問。

「跟她想像自己會飛一樣不可能。」

「啊，我老是寵壞我家那些人！難怪他們後來都變成壞胚子。」老婦人說。

「妳只有克拉拉這個孩子，」他說：「瑞佛德先生也上天堂了。所以，我想剩下的那個壞胚子就是妳吧。」

「我才不壞，只是軟弱罷了。」她說著走出臥室，「我只是個傻瓜，就這樣！」

吃早餐時，克拉拉非常安靜，但隱約散發出獨占他的氛圍，讓他愉快到了極點。瑞佛德太太顯然很喜歡他。他開始談起自己有在畫畫。

「這到底有什麼好的？」她母親喊道，「為了繪畫，居然搞壞身體、操心煩惱，還忙得要死。我很想知道，這對你到底有什麼**好處**？你還是過得快樂點比較好。」

「噢，可是，」保羅大聲說，「我去年賺了三十多幾尼啊。」

「是喔！好吧，這報酬還算不錯，但比起你投入的時間，根本算不了什麼。」

「還有人欠我四鎊呢。有個男人說，要是我願意畫他、他太太、他的狗和房子，就付我五鎊。所以我就去了，但沒畫狗，改畫一些家禽，結果他很不爽，我只好少收一鎊。我討厭這樣，也不喜歡那條狗。我最後還是畫了。等他乖乖付錢，我要拿那四鎊怎麼辦？」

「別問我！你本人才清楚自己的錢要怎麼花。」瑞佛德太太說。

「但我打算把這四鎊盡情花光啊。我們要不要去海邊玩個一、兩天？」

「誰去玩？」

「妳、克拉拉和我。」

「什麼，花你的錢嗎？」她有些憤怒地驚呼。

「為什麼不行？」

「**你**要是去比跨欄，用不了多久就會摔斷脖子了！」她說。

「只要我花錢花得開心不就好了！妳們願意去嗎？」

「不了，你們兩個自己決定吧。」

「所以妳願意去囉？」他又驚又喜地說。

「你想幹嘛就幹嘛，」瑞佛德太太說：「別管我願不願意。」

第十三章 貝克斯特・道斯

保羅與克拉拉去看戲後不久，他在調酒碗酒館跟幾位朋友喝酒，這時道斯走進來。克拉拉的丈夫開始發福，眼瞼鬆弛遮著褐色雙眼，體格不如以往健壯結實。他顯然正在走下坡。和姊姊吵架後，他搬進廉價租屋。他的情婦拋棄他，跟願意娶她的男人跑了。他之前喝醉打架坐了一晚牢，還涉及一場可疑的賭博案。

保羅和道斯是死對頭，兩人之間卻有一種奇特的親密感，好像暗地裡很親近，這種情況有時會出現在明明從未交談的兩個人身上。保羅時常想到貝克斯特・道斯，常想要瞭解他，與他交朋友。他曉得道斯常想到他，知道那個男人由於彼此間的某種聯繫，與自己相吸。然而，除了敵視彼此，兩人從未正眼看過對方。

保羅既然在喬丹工廠擔任主管，理應請道斯喝一杯。

「你要喝什麼？」保羅問他。

「我才不跟你這種渾蛋喝！」男人回應。

保羅轉過去，略顯不屑地晃了一下肩膀，整個人非常惱火。

「貴族政體，」他繼續說，「其實就是軍事機關。就舉德國為例好了，他們國內有上千名貴族，唯一的生存手段就是靠軍隊。他們口袋空得要命，生活步調慢得要死，所以渴望打仗。他們把戰爭當成出人頭地的機會。只要不打仗，他們就是一群遊手好閒的廢物；戰爭一開打，他們就成了領袖和指揮官。所以囉——他們**渴望**打仗！」

由於心直口快，加上盛氣凌人，他在酒館爭辯起來都不得青睞。他態度武斷又狂妄自大，惹毛酒館裡的年長男人。他們悶不吭聲聽著，等他說完，絲毫不覺遺憾。

年輕人口若懸河發表高見時，道斯冷笑一聲打斷他，開口問：「這些都是你那晚在劇院學到的嗎？」

保羅看向他，兩人四目交接。他頓時明白，道斯看見自己和克拉拉一道走出劇院。

「咦，劇院是怎麼回事？」保羅的一位同行友人問，很高興逮到機會能挖苦這個小子，還嗅到八卦氣息。

「噢，他可是穿著短尾晚禮服，整個人裝模作樣呢！」道斯譏諷，頭突然朝保羅鄙夷地晃了一下。

「太誇張了吧。」兩人的共同朋友說：「還帶了個婊子嗎？」

「是有婊子，老天為證！」道斯說。

「繼續說啊，讓我們聽聽來龍去脈！」這位共同朋友大喊。

「我已經講完了。」道斯說：「我想莫瑞爾小子最清楚自己嘗盡了甜頭。」

「真不敢相信耶！」共同朋友說：「那婊子漂亮嗎？」

「那婊子喔，老天，漂亮啊！」

「你怎麼知道？」

「噢，」道斯說：「我想他整晚都跟——」

眾人頓時大聲取笑保羅。

「但她**到底**是誰？你認識她嗎？」共同朋友問。

「是可以**側摸梭**啦。」道斯說

這句話又引來一陣爆笑。

「那就快說啊。」共同朋友表示。

道斯搖了搖頭，灌下一大口啤酒。

「他居然沒自己講出來，真是怪。」他說：「他等等就會開始吹噓了。」

「快講嘛，保羅。」友人說：「瞞著也沒用，你就乾脆從實招來啦。」

「是要招來什麼？說我正好帶一個朋友去看戲？」

「噢，好啦，小子，可以的話，就告訴我們她是誰嘛。」友人說。

「她**確實**很可以。」道斯說。

保羅怒不可遏。道斯用手指抹了抹金色鬍鬚，表情嘲諷。

「我的媽呀！是那種女人嗎？」共同朋友說：「保羅小子，你真讓我意外耶。貝克斯特，你認識她嗎？」

「就一點點吧！」

他對其他人眨了眨眼。

「好了，」保羅說：「我要走了！」

這位共同朋友把手搭在他肩上，想留住他。

「不行，」他說：「你可不能這麼輕鬆溜走，小子。我們非得聽聽整件事的始末。」

「那就叫道斯說啊！」他表示。

「老兄，敢做就要敢當啊。」友人勸道。

這時，道斯說了什麼，氣得保羅往他臉上潑了半杯啤酒。

「噢，莫瑞爾先生啊！」酒吧女侍大叫一聲，馬上搖鈴叫來保鑣。

道斯吐完口水，朝年輕人撲過去。說時遲那時快，一個袖子捲起、褲子緊裹臀腿的彪形大漢介入兩人之間。

「喂，夠了！」他說，整個胸膛擋在道斯前面。

「滾過來啊！」道斯大喊。

保羅臉色慘白，渾身發抖，倚著吧檯的黃銅桌緣。他恨道斯，希望有什麼能在這一刻把他消滅掉，但與此同時，看到那男人額前掛著溼漉漉的頭髮，又覺得他看起來很可悲。他一動也不動。

「滾過來啊，你這——」道斯說。

「夠了啦，道斯。」酒吧女侍大叫。

「好了，」保鑣語氣和藹地堅持，「你最好離開。」

接著，保鑣緊挨著道斯，逼他不得不慢慢後退到門口。

「挑起這一切的**是**那個小王八蛋！」道斯指著保羅．莫瑞爾，半退縮地大叫。

「哦，別胡說八道了，道斯先生！」酒吧女侍說：「你很清楚一直在鬧事的是你啊。」

保鑣仍用胸膛往前推著他走，他依然被步步逼退至門邊，來到門外的臺階上。接著，他一個轉身。

「很好。」他說，朝仇敵點了點頭。

保羅心中莫名對這個人升起憐憫之情，簡直像愛恨交織般。上了色的門來回擺動，酒吧裡鴉雀無聲。

「他真是活該！」酒吧女侍說。

「但眼睛被啤酒潑到可不好受啊。」共同朋友說。

「告訴你，他被潑**我**可是很高興。」酒吧女侍說：「莫瑞爾先生，你要再來一杯嗎？」

她狀似詢問地舉起保羅的酒杯。他點頭。

「貝克斯特．道斯那男人啊，什麼也不在乎。」有人說。

「呸！是嗎？」酒吧女侍說：「他講話吵死了，真的，那種人從來就不是什麼好東西。非要惡棍不可的話，那就給我來個講話斯文的傢伙吧！」

「保羅老弟啊，」友人說：「這陣子你自己得多提防點了。」

「別讓他逮到機會找你碴，就這麼簡單。」酒吧女侍說。

「你會打拳嗎？」有個朋友問。

「根本不會。」他回答，臉色依舊慘白。

「我也許可以教你一兩招。」朋友說。

「謝了，我沒空學。」

不久，他起身離去。

「送他一程吧，詹金森先生。」酒吧女侍一面低聲說，一面朝詹金森先生眨眼示意。

那個人點點頭，拿起帽子，發自內心說：「晚安了，各位！」然後跟上保羅的腳步，出聲喊道：

「慢點啊，老頭子。我想你跟我是走同一條路吧。」

「莫瑞爾先生不喜歡這樣。」酒吧女侍說：「等著看吧，他大概不會常來這裡了。真遺憾，他是個好客人。貝克斯特．道斯就是想被關，滿腦子只想著要惹事。」

保羅寧死也不願讓母親得知這件事。他既丟臉又難為情，內心飽受煎熬。現在，他生活中有很多事都對母親開不了口。他過的生活有個部分與她無關——他的性生活——其他部分她依然知悉。但他覺得自己必須對她有所隱瞞，為此苦惱不已。兩人之間保持著一定程度的沉默，他自認必須在這種沉默中不讓她干預自己的生活，於是覺得受她責難。所以，他有時討厭她，想掙脫她的束縛。他的人生渴望從她的人生中解脫出來。這就好像在原地打轉：人生到頭來又回到原點，毫無前進。她生下他、愛著他、留住他，他又將愛回頭灌注在她身上，因此他無法在自己的人生中隨心所欲邁步向前，真正愛上另一個女人。這段時期，他在不知不覺間抗拒著母親的影響力。他對她不再無話不說，兩人之間產生隔閡。

克拉拉很快樂，對他幾乎深信不疑。她覺得自己終於得到他了，下一刻卻又沒那麼有把握。他用開玩笑的口吻把自己和她丈夫之間的插曲告訴她。聽完，她漲紅了臉，灰眼閃過怒意。

「他就是那種傢伙，」她大喊，「就跟粗工沒兩樣！他不適合跟正派人士來往。」

「但妳還是嫁給他了。」他說。

他居然出言提醒，她勃然大怒。

「對啦！」她大叫，「但我當初哪會知道？」

「我覺得他以前可能人還不錯。」他說。

「你覺得是**我**讓他變成那樣子！」她大聲嚷嚷。

「才沒有！是他自作自受。但他身上有種……」

克拉拉緊盯著她的情人。她厭惡他身上的某種特質，某種對她不帶感情的批判眼光，某種讓她作為女人決定狠心待他的冷漠之情。

「那你打算怎麼辦？」她問。

「什麼怎麼辦？」

「怎麼應付貝克斯特啊。」

「不能怎麼辦啊，不是嗎？」他答道。

「我想，碰到不得已的情況，你應該能跟他打吧？」她說。

「不，我對『拳頭』那種事一竅不通，很奇怪吧。大部分男人都有握緊拳頭出手的本能，我就不是這樣。我跟人打架會想用小刀或手槍之類的東西。」

「那你最好隨身帶點什麼東西。」她說。

「不了，」他笑說，「我又不是會耍刀的人。」

「但他一定會對你動手。你不瞭解他這個人。」

「好吧，」他說：「等著看吧。」

「你要讓他得逞？」

「也許吧，要是我阻止不了的話。」

「如果他殺掉你呢？」她說。

「那我會很遺憾，為他遺憾，也為我遺憾。」

克拉拉沉默半晌。

「你**真是**氣死我了！」她大聲嚷嚷。

「這又不是什麼新鮮事。」他笑說。

「但你為什麼要這麼蠢？你又不瞭解他。」

「我也不想瞭解。」

「好，但你不會讓人就這樣對你為所欲為吧？」

「那我該怎麼辦？」他笑著回應。

「是**我**就會帶把左輪手槍。」她說：「我敢說他很危險。」

「我可能會把自己的手指轟掉。」他說。

「不會的。你就不帶一下嗎？」她懇求。

「不帶。」

「什麼都不帶？」

「不帶。」

「然後就這樣讓他……？」

「對。」

「你這個蠢蛋！」

「千真萬確！」

她氣得咬牙切齒。

「真想用力把你**晃醒**！」她大叫，激動得發抖。

「為什麼？」

「居然要讓**他**那種人對你為所欲為。」

「他要是贏了，妳可以回去他身邊啊。」他說。

「你是想要我恨你嗎？」她問。

「我只是這樣說。」

「**你**還說你愛我！」她大喊，顯得沮喪又憤慨。

「我該殺了他好讓妳滿意嗎？」他說：「但就算我這麼做，想想他會怎麼影響我的心智。」

「你以為我有那麼蠢嗎！」她大聲說。

「一點也不蠢。但妳不懂我，親愛的。」

對話停頓片刻。

「但你**不**該把自己暴露在危險之中啊。」她懇求。

他聳了聳肩。

「『正直之人嚴陣以待，

潔身自好、清白度日，
毋須手持鋒利刀刃，
亦不須以毒箭相助[48]。』」他如此引述。

她以探詢的目光打量他。

「真希望我能搞懂你這個人。」她說。

「沒什麼好懂的啦。」他笑說。

她低下頭，陷入沉思。

他接下來幾天都沒看見道斯。後來，某天早上，他離開螺旋部門跑上樓時，差點撞到這位魁梧的金屬製造工。

「搞什——！」鐵匠大叫。

「抱歉！」保羅說完走過去。

「**抱歉個鬼啦！**」道斯冷笑說。

保羅輕輕吹起口哨，是〈讓我置身女孩之間〉的旋律。

「我會讓你吹不了口哨的，臭小子！」他說。

對方沒理會他。

「你要為那一晚幹的好事付出代價。」

保羅走到他的角落辦公桌，翻閱分類帳。

「去告訴芬妮，我要〇九七號的訂單，動作快！」他對打雜小弟說。

道斯站在門口，高大的身材威嚇感十足。他盯著年輕男人的頭頂。

「六加五是十一便士，再加七是一先令六便士。」保羅大聲加總。

「你聽見沒！」道斯說。

「**共五先令九便士！**」他寫下一個數字。「你說什麼？」他說。

「我會讓你瞧瞧是什麼。」鐵匠說。

對方繼續大聲加總數字。

「你這沒骨氣的小人，連正眼看我也不敢！」

保羅迅速抄起一把笨重的直尺。道斯嚇了一跳。年輕男人在分類帳上畫了幾條線。年長男人見狀火冒三丈。

「下次碰到你，不管在哪裡，我都會好好教訓你一頓，你這卑鄙小人！」

「好。」保羅。

聞言，鐵匠踩著沉重步伐，離開門口。就在這時，一陣刺耳的口哨聲響起。保羅走向通話管。

「是！」他說完專心聽，「呃，對！」他繼續聽，然後笑了。「我立刻下去，剛才有客人。」

道斯從他的語氣聽得出來，與他交談的是克拉拉。他往前一踏。

「你這臭傢伙！」他說：「我不用兩分鐘就能讓你見識什麼叫客人！以為我會讓**你**這種狂妄小子到處胡扯？」

倉庫裡的其他職員抬起頭。保羅的打雜小弟現身，拿著一件白色物品。

「芬妮說如果你早點讓她知道，昨晚就能拿到了。」他說。

「好。」保羅回答，仔細檢查那條長襪，「拿走吧。」道斯一臉挫敗站在原地，氣得不知所措。莫

48. 引自美國第六任總統約翰・亞當斯（John Quincy Adams, 一七六七～一八四八）的詩作〈致莎莉〉（To Sally）。

瑞爾轉過身。

「先失陪一下。」他對道斯說，打算要跑下樓。

「老天在上，看我不讓你跑掉！」鐵匠大吼，一把抓住他的手臂。他迅速轉身。

「喂！喂！」打雜小弟驚慌大喊。

湯瑪斯．喬丹從那間玻璃隔間的小辦公室跑下來，進到房間。

「怎麼了，怎麼回事？」他用老人的尖銳聲音說。

「我只是要解決這個臭小子罷了。」道斯情急之下說。

「你這是什麼意思？」湯瑪斯．喬丹厲聲問道。

「就是我說的那樣。」道斯說，卻顯得遲疑。

莫瑞爾倚靠著工作檯，似笑非笑，一臉難為情。

「這到底是怎麼回事？」湯瑪斯．喬丹厲聲問道。

「說不上來。」保羅搖頭聳肩說。

「你說不上來，什麼說不上來！」道斯大喊，把他那張俊帥的怒容猛然湊過去，掄起拳頭。

「你鬧夠了沒？」老人挺直腰桿大聲說，「滾去做你的工作，別給我一大早來上班就發酒瘋。」

道斯龐大的身軀緩緩轉向他。

「發酒瘋！」他說：「誰發酒瘋？我可沒喝得比**你**還醉！」

「那種說詞老早就聽過了。」老人厲聲說，「現在給我滾，別拖拖拉拉。居然沒事來**這裡**大鬧。」

鐵匠鄙夷地低頭看著雇主。他那雙髒兮兮的大手正好適合他幹的活，這時不斷揮舞著。保羅想起這是克拉拉丈夫的手，一股恨意湧上心頭。

「滾開，不然就把你攆出去！」湯瑪斯．喬丹厲聲說。

「哦，誰會把我攆出去啊？」道斯說，冷笑起來。

喬丹先生聽了很吃驚，朝鐵匠走過去，揮手趕他，硬是用自己矮胖短小的身軀對著男人猛力一推，同時說：「滾出我的地盤——滾！」

他抓住道斯的手臂扯了一下。

「放開！」鐵匠說，手肘用力一扭，逼得矮小的製造商踉蹌後退。

還沒有人來得及扶湯瑪斯．喬丹一把，他就撞上單薄的彈簧門。門應聲打開，害他跌落好幾階，摔進芬妮所在的工作室。一時間，全員愣在原地，下一刻，男男女女奔走起來。道斯站了一會兒，憤恨地看了一眼就離開現場。

湯瑪斯．喬丹大感震驚，只受了點皮肉傷。不過，他氣炸了。他解僱道斯，還控告他襲擊自己。保羅．莫瑞爾不得不出庭作證。當被問及糾紛因何而起，他表示：「我有一晚陪道斯太太去看戲，道斯後來趁機侮辱我和她，然後我潑了他一點啤酒，所以他想報復我。」

「Cherchez la femme！（法文：紅顏禍水）」法官微笑說。

法官認為道斯是個無賴，對他如此表示後，宣布駁回此案。

「你把官司搞砸了。」喬丹先生怒氣沖沖對保羅說。

「我不覺得是我的關係。」後者回應，「更何況，你不是真的想讓他被定罪吧？」

「不然你以為我告他要幹嘛？」

「好吧。」保羅說：「如果我說錯話了，很抱歉。」

克拉拉也大發雷霆。

「為什麼非要把**我**的名字也扯進去？」她說。

「光明正大坦白總比被人私下議論要好吧。」

「根本完全沒必要這麼做。」她如此斷言。

「我們又沒吃虧。」他事不關己地說。

「**你**也許沒有。」她說。

「那妳呢？」他問。

「從頭到尾根本沒必要提到我。」

「對不起。」他嘴上這麼說，聽起來卻不抱歉。

他從容地心想：「她會想通的。」她確實有想通。

保羅告訴母親喬丹先生的跌落事故及道斯一案的審理過程。莫瑞爾太太兩眼緊盯著他。

「那你自己是怎麼想的？」她問他。

「我覺得他很蠢。」他說。

然而，他內心十分不自在。

「你有沒有想過這一切會如何劃下句點？」母親說。

「沒有，」他回答，「船到橋頭自然直。」

「是啊，只不過通常都會以當事人不樂見的方式收場。」母親說。

「那就只能勉為其難接受了。」他說。

「你到時候就會發現，自己不如想像中那麼有辦法『接受』。」她說。

保羅繼續快速畫著設計圖樣。

「你有沒有問過**她**的看法？」她最後開口問。

「什麼看法？」

「關於你，還有這整件事。」

「我才不管她對我有什麼看法。她非常愛我，但愛得還沒那麼深。」

「不過她用情之深，跟你對她的感情差不多了。」

他抬起頭，一臉好奇看著母親。

「對。」他說：「妳知道嗎，母親，我覺得自己一定哪裡有問題，因為我**沒辦法**好好愛人。只要她在，通常我是**真的**愛她。有時候，當我只把她視為**女人**，我是愛她的，母親，可是當她講話、批評，我往往沒聽進去。」

「不過她就跟米莉安一樣通情達理。」

「或許吧，我愛她勝過愛米莉安。可是**為什麼**她們抓不住我的心呢？」

最後的問句聽起來幾乎像在哀嘆。母親別過臉去，坐著望向房間另一頭，非常安靜，顯得嚴肅，稍稍散發出拒絕承認的氛圍。

「但你不想娶克拉拉嗎？」她說。

「對，也許我一開始是想娶。可是為什麼——為什麼我不想娶她或任何人呢？我有時覺得好像自己讓那些女人受委屈了，母親。」

「兒子，是怎樣讓她們受委屈？」

「我不知道。」

他有點絕望地繼續作畫。他觸及到問題的核心了。

「至於想不想結婚，」母親說：「還有大把時間啊。」

「不對，母親，我可以說自己現在愛著克拉拉，以前愛著米莉安，但要我結婚，把自己**交給**她們，我辦不到。我沒辦法屬於她們。她們似乎想得到**我**，我卻永遠給不了。」

「你還沒遇到真命天女。」

「只要妳活著，我永遠不會遇到什麼真命天女。」他說。

她緘默不語。此刻，她又開始感到疲累，好像整個人筋疲力竭。

「等著看吧，兒子。」她答道。

這種一切老是在原地打轉的感覺令他抓狂。

單就激情來看，克拉拉確實熱愛著他，反之亦然。他白天經常忘了她的存在，她明明也在同一棟建築裡工作，他卻沒意識到這點。他忙著工作，她的存在無關緊要。不過，待在螺旋部門室的她自始至終都意識到他就在樓上，實際感覺到他人就在同一棟建築裡。她無時無刻盼望他會從門後走進來，等他真的走進來，她又大受衝擊。然而他待她往往草率無禮，三言兩語就結束對話。他下指示都公事公辦，與她保持距離。她只能用僅剩的理智，把他的吩咐聽進去。她不敢誤解或忘記他交代的事，但只能聽他說話簡直是一大酷刑。她想碰觸他的胸膛。他背心下的胸脯是何種模樣，她一清二楚，一心就是想碰。聽到他用呆板語調下工作指示，她氣得發狂。她想戳破他這層偽裝，粉碎讓他以冷酷掩飾自我的不值一提工作假面，再次走進這個男人的心裡。但她感到害怕，尚未感受到他給予的一絲溫情，他就離開了，而她又深陷渴望之中。

保羅知道她每晚見不到他就沮喪不已，因此留了很多時間給她。對她來說，白天往往苦不堪言，但傍晚和夜晚通常是兩人共度的幸福時光。這時，他們都默不作聲，並肩而坐數個小時，或在黑暗中一起散步，偶爾才說上幾句無關緊要的話。不過，牽著她的手，加上她胸脯在他胸口殘留的暖意，他就覺得一切完滿。

有一晚，他們沿著運河散步，保羅為某事感到心煩。克拉拉知道自己並沒有得到他的心。一路上，他始終輕聲吹著口哨。她豎耳聆聽，覺得比起他說的話，從他的口哨聲反而更能瞭解他。口哨透露著哀傷和不滿，她不由得覺得他不會留在她身邊了。她繼續默默往前走。來到迴旋橋，他坐在粗柱上，俯瞰倒映在水面上的繁星。他離她很遠。她一直思索著。

「你會永遠待在喬丹工廠嗎？」她問。

「不，」他不假思索回答，「不會，我會離開諾丁漢出國——很快就走。」

「出國！要做什麼？」

「不知道！我靜不下來。」

「但你打算做什麼？」

「我會先找個穩定的設計工作，找個管道賣掉我的畫吧。」他說：「我的畫家生涯慢慢有起色了，這點我很清楚。」

「那你打算什麼時候走？」

「我不知道。只要母親還健在，我應該都不會去太久。」

「你沒辦法離開她？」

「沒辦法離開太久。」

她凝視黑水裡的繁星，白得耀眼。得知他會離開自己，她心如刀割，但讓他待在自己身邊，她痛不欲生。

「那你要是賺了一大筆錢，打算怎麼辦？」

「在倫敦附近找間漂亮的房子跟母親住吧。」

「這樣啊。」

對話中斷良久。

「我還是可以來見妳。」他說：「我也不清楚。別問我要做什麼，我不知道啊。」

接著一片沉默。水面上的繁星抖動碎裂。一陣風吹拂而過。他忽然朝她走過去，把手放在她肩上。

「別問我任何未來的事，」他痛苦地說，「我什麼也不知道。不管會發生什麼事，現在陪著我就好，可以嗎？」

於是，她擁他入懷。她終究是一名已婚女子，連他給予的一切都無權接受。他亟需要她。她將他抱在懷裡，而他痛苦不已。她以自身溫暖裹住他、撫慰他、愛他。她會讓這瞬間成為獨一無二的時刻。

片刻後，他抬起頭，狀似要開口。

「克拉拉。」他勉強擠出這幾個字。

她激情無比地把他拉過來，用手將他的頭按在自己胸脯上。她受不了他嗓音裡透露的痛苦。她內心很害怕。他可以擁有她的一切——所有一切——但她不想**知道**。她覺得自己承受不住。她希望他能在她身上得到撫慰，緩和痛苦。她站著緊摟住他，伸手愛撫，他卻像是陌生的存在——幾近神祕怪異。她想安撫他，讓他忘卻一切。

不久，他內心不再竭力掙扎，他忘卻了一切。但是此刻，在他身邊的並非克拉拉，只是黑暗中的一個溫暖女人，某個他愛慕到近乎崇拜的存在。但那並不是克拉拉，她已委身於他。他愛著她時，那種赤裸裸的飢渴與必然伴隨的慾望，在毫無矯飾下顯得如此強烈、盲目、殘忍，她不禁覺得這段時間幾近駭人。她曉得他有多孤寂，慶幸他向自己尋求安慰。她之所以接納他，是因為他的需求遠大於她或他的存在，更何況她的靈魂仍安棲於自己體內。她這麼做都是為了滿足他的需求，即便他將離她而去也一樣，因為她愛他。

自始至終，田鳧都在原野裡尖聲啼鳴。他回過神，納悶著眼前在黑暗中彎曲有致、洋溢著生命力的究竟是什麼，又發出了什麼聲音。接著，他才意識到那些是草，啼叫的是田鳧，暖意源自克拉拉呼吸的喘息。他抬起頭，直視她的雙眼。那對深邃眼瞳閃閃發亮，顯得不可思議，自狂野而生的生命凝視著他的生命，於他像個陌生人，卻迎向他的目光，於是他低頭把臉埋在她頸子裡，心生畏懼。她究竟是什麼？一個強大、陌生、狂野的生命，這段時間與他在黑暗中一同呼吸。這一切實在遠超出他們的存在，他於是緘默不語。他們彼此交會，相交之際還伴隨著各種草莖戳刺、田鳧尖聲鳴叫、滿天星斗旋轉。

他們起身時，看到其他幾對情侶沿著對面的樹籬悄悄溜過去。情侶們置身此處似乎理所當然，夜色將他們納入其中。

度過如此震撼的一晚，體會到激情的巨大無窮，兩人默然無語。他們自覺渺小，略感害怕，帶著稚氣，充滿疑惑，宛如亞當與夏娃失去純真後，領悟到那股將他們趕出伊甸園，跨越無數日夜驅策著人類的力量有多美妙。他們各自都覺得這次體驗帶來了啟蒙與滿足。知曉自己的微不足道，明白生命洪流始終承載著他們前進，他們內心因而得以平靜。如果這股美妙力量強大到足以使他們招架不住，令他們完全產生共鳴，讓他們明白自己只不過是滄海一粟，在促使每片草葉微微萌生、每棵樹拔地而起、每條生命生生不息的巨大推力中，他們只是那一丁點沙粒，那何必自尋煩惱呢？他們可以仰賴生命之力，順流而下，他們也從彼此內心感受到某種寧靜。他們一同見證了這股力量的存在。什麼都無法讓這次經歷化為烏有，什麼也無法奪走這次體驗，這幾乎可說是他們的人生信念。

然而，克拉拉並不滿足。她知道有股巨大力量，這股巨大力量裹住她，卻沒有裹著她不放。到了早上，一切不復以往。他們**體驗過**，她卻無法留住那一刻。她想再次體會那種感覺，她想要某種永恆不變的證明。她尚未徹底明白，以為自己渴望得到的是他。在她看來，他並不可靠。兩人之間體會到的這種火花可能再也不會出現，他可能會離她而去。她沒有得到他的心，因此並不滿足。她曾抵達那個境界，但沒有抓住某個她不曉得真面目、卻極其渴望得到的東西。

到了早上，他內心平靜無比，心情愉快。他簡直像經歷了激情的嚴峻洗禮，因此靜下心來。但不是因為克拉拉，而是多虧有她才發生的某件事，並不是因為她。他們彼此間的距離幾乎稱不上近，彷佛各自代表著龐大力量的盲目個體。

克拉拉那天在工廠看到他時，心臟如一團火融化。他的身軀、眉毛牽動著她的心。那團火在她胸中愈燒愈旺，她一定要抱住他。但他今早出奇安靜，顯得悶悶不樂，只顧著下指示。她跟著他走進陰暗醜陋的地下室，舉起手臂迎向他。他吻了她，體內又燃起激情慾火。有人在門口。他跑上樓，她則回去工作間，走起路來像陷入恍惚之中。

自那之後，激情之火逐漸變小。他益發認為他的經驗非關個人，也不是由於克拉拉的關係。他愛她。兩人共同體會強烈情感後，柔情洋溢，但能讓他內心保持平穩的人並不是她。他曾冀望她成為某種她成為不了的存在。

而她滿腦子渴望他。她一看到他便想碰觸他。他在工廠與她討論螺旋長襪時，她偷偷伸手撫摸他的身側。她跟著他走出工作室，到地下室飛快給他一吻。她無聲的眼神始終帶著渴望，充滿狂放不羈的熱情，視線另一端總是落在他身上。他害怕她，擔心她過於明目張膽，一不小心就會在其他女孩面前洩露她的戀情。每到午休時間，她總是要等他來給個擁抱才回去工作。他覺得自己似乎拿她無可奈何，她簡直成了負擔，令他惱火。

「妳老是想接吻、想擁抱，到底為什麼啊？」他說：「凡事都要講究時間。」

她抬頭看他，眼神流露出恨意。

「我**有**老是想吻你嗎？」她說。

「老是想啊，就連我只是來問妳工作的事也一樣。我工作時不想跟愛情扯上半點關係。工作就是工作——」

「那麼愛情呢？」她問：「它非得有專屬時間嗎？」

「沒錯，在工作以外的時間。」

「而你要按照喬丹先生的下班時間來安排？」

「對，還要按照任何正事以外的時間。」

「它只能存在於閒暇時間？」

「就那些時間，也未必都是——不全是那種要親吻的愛情。」

「你就只在這些時間想著愛情？」

「已經夠多了。」

「真高興你是這麼想的。」

她與他冷戰了好一陣子，痛恨著他。她擺出冷淡輕蔑的態度，他忐忑不安，直到她又原諒他才放下心來。但他們重修舊好後，不再像以往親近。他之所以還與她保持關係，是因為他從未滿足她。

春天時，他們一道前往海邊。兩人在賽德索普附近租了一棟好幾室的小別墅，過著夫妻般的生活。瑞佛德太太有時與他們同行。

在諾丁漢，保羅．莫瑞爾和道斯太太正在交往的事人盡皆知，不過兩人並未高調示愛，加上克拉拉一向獨來獨往，保羅看起來單純樸實，所以沒有引起什麼騷動。

他喜愛林肯郡的海岸，她則熱愛那片大海。一大清早，他們經常結伴出門游泳。破曉時分的天色灰濛濛，受寒冬侵襲的大片荒涼沼澤地綿延至遠方，海邊草地長著一簇簇牧草，景色分明令他內心雀躍。他們走下木板橋，踏上大路，環顧無邊無際的千篇一律平坦地形。大地比天空稍暗，從沙丘後方傳來的海浪聲細不可聞，生命如此生生不息，他心情激動不已。她愛此刻的他。他顯得孤單又堅強，眼神散發迷人光輝。

他們冷得發抖，然後兩人比賽誰先沿路跑到那座覆著綠草皮的橋。她有辦法跑得很快。沒過多久，她臉蛋便恢復血色，喉頸裸露，雙眼發亮。他很愛她身材這麼肉感豐腴，跑起來卻飛快無比，以曼妙姿態奔馳而去。他自己很輕盈。兩人身子暖了起來，開始手牽手散步。

天空忽然一陣發亮，只見朦朧的月亮正在西沉，即將消逝。幽暗大地之上，一切開始恢復生氣，長著大片草葉的植物輪廓逐漸清晰。兩人穿過海邊寒冷、巨大沙丘之間的小路。拂曉天空之下，一大片長長的前灘遭受海水拍擊，嗚咽不斷，大海有如平坦的深色長帶，邊緣發白。在陰暗大海的上方，天色漸紅。火光在雲間迅速蔓延開來，驅散雲朵。深紅燃為橘紅，橘紅轉為暗金，金光閃閃之中，太陽升起，如烈火般在海浪上灑落點點火花，彷彿有人沿途走過，光點從她提著的水桶裡潑灑而出。

一道道長碎浪粗啞地拍打岸邊。小小的海鷗像點點浪花，在海浪線上空盤旋，叫聲聽起來比牠們本身更有存在感。遠處的海岸一路往前伸，融入晨曦之中，雜草叢生的沙丘看起來就像沉落至與海灘一樣的高度。右手邊的梅伯索普顯得渺小。這片平坦的海岸、前方的大海、正在升起的太陽、微弱的海浪聲、海鷗的尖銳叫聲，整個空間裡的一切都為他們所獨占。

他們在沙丘間找到一個風吹不到的溫暖洞穴。他站著眺望大海。

「真美啊。」他說。

「別那麼多愁善感啦。」她說。

看到他站在那裡凝望大海，一副孑然一身、多情傷感的模樣，她很惱火。他笑了起來。她迅速褪去衣裳。

「今天早上的浪還不錯。」她得意洋洋說。

她比他更會游泳。他慵懶站著注視她。

「你不來嗎？」她說。

「晚點就去。」他回答。

她肌膚白皙光滑，肩膀厚實。海上吹來一陣微風，拂過她的身體，吹亂她的頭髮。

這天清晨呈現出一種美妙清澈的金黃色澤，層層薄影似乎往南北兩處飄散而去。風一吹，站在原地的克拉拉微微瑟縮一下，繼續盤捲頭髮。在赤裸著白皙肌膚的女人身後，地面長著沙灘草。她望了大海一眼，然後轉頭看他。他注視著她，那對深邃眼眸她很喜歡卻讀不懂。她雙手抱胸，縮成一團笑說：「哦，看來會冷得要命！」

他傾身吻她，忽然緊摟住她，又親了一下。她站著等待。他直視她的雙眼後，移開目光，望向淺色沙灘。

「去吧！」他輕聲說。

她迅速摟住他的脖子，拉向自己，給了他激情一吻，並在離去時說：「但你會下水吧？」

「晚點就去。」

她踩著沉重步伐，緩緩走過柔軟如絲絨的沙灘。他站在沙丘上，看著遼闊的淺色海岸把她包圍起來。她的身影愈來愈小，與周遭景色不成比例，看上去只是一隻巨大白鳥在費力前行。

「根本沒比海灘上的一顆白色大卵石要大多少，也不比噴上沙灘亂飛的一團浪沫要來得大。」他心想。

她似乎正以緩慢無比的速度，穿過這片迴盪著海浪聲的廣闊海岸。他看著看著，卻看丟她的身影。陽光一陣眩目，她就消失在視野裡。然後，他又看見她，一個小到不能再小的白點，緊鄰著呢喃細語的大海白色邊緣移動。

「看看她有多渺小！」他心想，「她就像迷失在海灘上的一粒沙，就只是凝聚成一點，隨風飄動，像一個微小的白色泡沫，在這片早晨景色中幾乎微不足道。她為什麼如此吸引我？」

早晨未受絲毫干擾，即便她早已下水。海灘一望無際，沙丘長著青色濱草，海水波光粼粼，全在未受打破的巨大孤寂之中散發光芒。

「所以她到底是什麼人？」他心想，「眼前是海濱早晨的壯闊恆久美景，她卻煩躁不安，老是不滿足，跟浪花的泡沫一樣短暫即逝。她到底是我的什麼人？她確實代表著什麼，就像浪沫代表了大海。但**她**到底是什麼人？我在乎的並不是她。」

種種無意識的想法似乎清晰得連整個早晨都聽得見，他因此嚇了一跳，立刻脫衣，飛奔過沙灘。她正在等他。她猛然舉起手臂朝他伸去，整個人隨著浪載浮載沉，雙肩浸泡在液態銀般的池子裡。他躍過一波波碎浪，不出片刻，她的手就搭在他肩上。

他不怎麼會游泳，無法在水中待太久。她洋洋自得在他周圍打轉嬉戲，賣弄高超泳技，令他心生嫉妒。陽光深深射入水中，耀眼奪目。他們在海裡笑鬧一會兒後，比賽看誰先回到沙丘。

當兩人氣喘吁吁擦乾身體，他望著她上氣不接下氣的笑臉、她透亮的雙肩、她揉搓時晃動的乳房，那對雙峰看得他一陣驚恐。這時，他又心想：

「但是她美麗動人，甚至比眼前的早晨和大海都來得壯麗。她是嗎？她真的是嗎？」

她看見他的深邃雙眼盯著自己，突然不再擦乾身體，笑了一聲。

「你在看什麼？」她說。

「妳啊。」他笑著回答。

兩人目光相會，轉眼間，他已吻上她那起了雞皮疙瘩的白皙香肩，心裡想著：

「她是什麼人？她是什麼人？」

她愛早晨的他。這時候，他的親吻有種超然、強烈、原始的感覺，彷彿他只意識到自身意願，絲毫未察覺她的存在和她對他的渴望。

白天稍晚的時候，他出門寫生。

「妳，」他對她說：「跟妳母親去索頓吧。我太無趣了。」

她站著看向他。他知道她想陪他去，但他更想獨處。當她在場，他覺得受到她的拘束，似乎無法自由深呼吸，彷彿有東西壓在他身上。她感覺到他渴望擺脫她的束縛。

傍晚，他回到她身邊。他們在黑暗中沿著海岸散步，然後在沙丘間的避風處坐了一會兒。

「總覺得，」兩人凝望不見一絲光亮的漆黑大海時，她開口說，「總覺得你好像只在晚上才愛我——好像你白天就不愛我了。」

他任由冰涼沙粒從指間滑落，為這項指控感到內疚。

「晚上全聽妳的，」他回應，「白天我想要獨處。」

「但是為什麼？」她說：「為什麼就連現在我們短短度個假也要這樣？」

「我不知道。白天做愛讓我窒息。」

「但不必每次都要做愛啊。」她說。

「每次都那樣，」他回答，「只要妳和我在一起，毫無例外。」

她坐在原地，心裡苦澀不已。

「妳有想過要嫁給我嗎？」他好奇地問。

「那你想娶我嗎？」她反問。

「想，想啊，我希望我們生幾個孩子。」他緩緩回答。

她坐著低下頭，撥弄沙粒。

「但妳不是真心想跟貝克斯特離婚，對不對？」他說。

過了好一陣子，她才開口回答。

「對，」她謹慎無比說，「我不覺得我想離婚。」

「為什麼？」

「我不知道。」

「妳是不是覺得好像自己屬於他？」

「不，我不這麼認為。」

「那是什麼原因？」

「我認為他屬於我。」她答道。

他沉默好一陣子，聽著風吹拂浪聲粗啞的黑暗大海。

「而妳從來就不是真心打算要屬於**我**？」他說。

「有啊，我是屬於你的。」她回答。

「不對，」他說：「因為妳不想被迫離婚。」

這是他們無法解開的癥結，只好放著不管，滿足於現況，無法實現的願望便視若無睹。

「我認為妳對貝克斯特很糟。」他之後這麼說。

他以為克拉拉會像母親那樣回答說：「你管好你自己，別深入打聽別人的事。」沒想到她認真以對，有些出乎他的意料。

「為什麼？」她說。

「我想妳應該是把他當成鈴蘭，所以種到合適的花盆裡，就這樣照顧他。妳早就認定他是鈴蘭，所以他要是什麼牛防風草就沒意義了，妳可不會接受。」

「我敢說自己從沒把他想成是鈴蘭。」

「妳把他想成並不是他的某個存在。女人就是這樣，自認什麼對男人才有用，還一定要讓他得到才行。而且不管男人是不是在挨餓，可能正坐著眼巴巴盼望自己需要的東西，女人卻早就掌控住他，給他那些對他有用的東西。」

「那你在做什麼？」她問。

「我正在想自己該盼望什麼才好。」他笑說。

她沒有賞他一記耳光，反而認真把他的話聽進去。

「你認為我想給你對你有用的東西？」她問。

「希望如此，可是愛情應該要讓人覺得自由，而不是受到拘束。米莉安就讓我覺得自己好像被拴在木樁上的驢子，不得不在她那塊地吃草，不能去其他地方。真令人作嘔！」

「那**你**願意讓**女人**為所欲為嗎？」

「願意啊，我會看看她**想不想要**愛我。要是她不想，嗯，我並沒有擁有她啊。」

「假如你就像你說的那麼棒——」克拉拉回應。

「那我就會是一大驚奇了。」他大笑。

兩人雖然都笑了出來，卻默默痛恨著彼此。

「愛就像占著茅坑不拉屎的人。」他說。

「那我們誰是那個人？」她問。

「噢，那當然是妳啊。」

於是，他們陷入爭戰之中。克拉拉曉得自己從來沒有完全得到他。他內心某個至關重要的部分，她無法掌握，也從未試圖納為己有，甚至去瞭解那到底是什麼。某種程度上，他也知道她仍視自己為道斯太太。她不愛道斯，從未愛過他，但相信對方愛她，至少依賴著她。克拉拉從道斯身上感受到某種確信，保羅．莫瑞爾卻從未給予她這種感受。她對這個年輕人湧現的熱情充盈她的內心，多少帶來了滿足，讓她不再對自己如此懷疑、如此不信任。無論她擁有什麼其他面向，內心都滿懷確信。她簡直像獲得了**自我**，整個人現在鮮明完整。她獲得了肯定，但從不認為自己的人生屬於保羅．莫瑞爾，反之亦然。他們終究會分手，她餘生將為他心痛。但不管怎樣，她現在**知道**自己滿懷信心，這點幾乎也能套用在他身上。兩人都透過對方經歷了生命的洗禮，但現在各有各的使命，他想去的地方，她無法陪同前往。他們遲早得分道揚鑣。即使他們結婚，忠於彼此，他還是得離開她，獨自前行，而她只得在他回家時加以照料。但這樣行不通。兩人都想要一位能並肩而行的伴侶。

克拉拉與母親住在麥波里平原路上。某天傍晚，保羅和她走在同一條路的另一段伍德伯勒路上，碰到道斯。莫瑞爾覺得迎面走來的男人姿態有點眼熟，卻由於一時沉浸在思緒中，只用藝術家的眼光觀察這位陌生人的體態。他忽然轉向克拉拉笑了一聲，手放在她肩上笑說：

「我們明明並肩走在路上，我卻跟想像中的奧爾彭[49]在倫敦爭論不休，那妳又身在何處呢？」

就在那一刻，道斯擦肩而過，差點撞到莫瑞爾。年輕男子匆匆一瞥，看到對方深褐色的雙眼怒火中燒，充滿憎恨，卻顯得疲倦。

「那是誰啊？」他問克拉拉。

「是貝克斯特。」她回答。

保羅放開她的肩膀，四下張望，再次清楚看到男人朝自己迫近的身軀。道斯走起路來姿勢依舊筆挺，結實肩膀往後收，頭高高揚起，但眼神飄忽不定，讓人覺得他不想被每個經過身邊的人注意到，卻又懷疑地偷看他們，想知道對方如何看待他。他的雙手狀似遮遮掩掩。他穿著舊衣，長褲膝頭扯破，圍著脖子的頸巾髒兮兮，但帽子還是挑釁似地斜戴，遮住一隻眼。克拉拉一看到他，頓時心生愧疚。他臉上帶著倦容，神情顯得絕望，讓她痛恨起他，因為他這副模樣令她心痛。

「他看起來很不光彩。」保羅說。

不過，他口氣中的一絲憐憫帶有指責她的意味，讓她很難受。

「他只是露出了粗俗的真面目。」她回答。

「妳討厭他嗎？」他問。

「你都說女人有多殘酷，」她說：「真希望你能體會男人動用蠻力時有多殘忍。他們根本不曉得這世上還有女人的存在。」

「**我**不曉得嗎？」他說。

「對。」她回答。

「我難道不曉得妳存在嗎？」

「你根本就不瞭解**我**。」她尖酸地說，「不瞭解**我**的一切！」

「不比貝克斯特還瞭解嗎？」他問。

「也許沒那麼瞭解。」

他覺得困惑無助，火冒三丈。他們一起經歷了那種震撼體驗，走在身旁的她卻依然陌生。

「但妳對**我**就相當瞭解啊。」他說。

她沒回話。

「妳對貝克斯特的瞭解程度跟對我一樣嗎？」他問。

「他不肯讓我瞭解他。」她說。

「而我有讓妳瞭解我？」

「是男人**不肯**讓人瞭解。他們不會讓人非常親近自己。」她說。

「我難道沒讓妳親近嗎？」

49. 威廉・奧爾彭（William Orpen，一八七八～一九三一），愛爾蘭藝術家，以肖像畫聞名。

「沒有，」她緩緩答道，「但你從沒主動親近我。你沒辦法擺脫自我，你就是不能。這點貝克斯特有辦法做得比你好。」

他邊走邊沉思。他很氣她居然認為貝克斯特勝過自己。

「妳之所以開始看重貝克斯特，是因為沒得到他。」他說。

「不是，我只不過看得出他跟你差在哪裡。」

但他覺得她對自己懷恨在心。

有天傍晚，他們穿越田野要回家，她突然開口問，嚇了他一跳。

「你認為真的值得嗎……那個……性愛的部分？」

「做愛行為本身嗎？」

「對，對你來說有什麼價值嗎？」

「但怎麼能把它分開談？」他說：「它就是集一切之大成啊。我們之間所有的親密感情就是在這時候達到高潮。」

「對我來說可不是。」她說。

他不發一語，對她的恨意閃過心頭。她終究還是對他不滿意，即便是在他認為兩人滿足彼此的時刻。但他對她太深信不疑了。

「我覺得，」她繼續慢條斯理說，「好像我沒得到你，好像你整個人不在那裡，好像你接受的並不是**我**——」

「那麼是誰？」

「你獨享的某種樂趣。我們一直都相安無事，所以我才不敢去想。但你渴望的究竟是**我**，還是**那種行為**？」

他再次感到內疚。他是不是沒把克拉拉放在眼裡，只是想要女人而已？但他覺得這是在吹毛求疵。

「當我擁有貝克斯特，是真的擁有他，我**真切**覺得似乎擁有他的一切。」她說。

「那樣比較好？」他問。

「對，沒錯，感覺更完整。我不是在說你給予我的不如他曾給我的多。」

「或是他能給妳的。」

「對，也許吧，但你從來沒把自己交給我。」

他氣得皺眉。

「我要是開始向妳求愛，」他說：「就會像葉子隨風飄落。」

「然後不正視我這個人。」她說。

「那麼這對妳毫無意義嗎？」他問，由於懊惱而顯得生硬。

「是有點意義。有時候你讓我意亂情迷，還是以迅雷不及掩耳的速度，我很清楚……我為此很尊敬你……可是——」

「別給我說什麼『可是』。」他說，趁著慾火焚身，迅速吻了她一下。

她屈從後，沉默不語。

他說的是實話。每當他開始做愛，情緒往往高漲得足以席捲一切——理性、靈魂、熱血——就像特倫特河無聲無息猛烈捲走河裡的逆漩渦和交纏匯聚的水流。那些微不足道的指責、微乎其微的感覺都逐漸消逝，千頭萬緒也跟著消失，一切皆順著一股洪流而去。他不再是具備心智的人，而是化身為憑本能行動的存在。他的雙手有如活物，他的四肢和軀幹充滿生命與知覺，不受他的意志所支配，而是各自擁有生命。和他一樣，光芒四射的冬星似乎也洋溢著生命力。他和群星與同一團生命之火同步脈動，而同一股生命的喜悅之力不只讓他眼前的歐洲蕨羽葉挺立，更使他自己的軀幹堅挺。他、繁星、深色草葉、克拉拉彷彿被巨大火舌吞噬，繼續往前迸發，往上竄燒。一切洋溢著生命力，隨他奔騰；一切如此平靜完美，與他同在。萬物內在美妙平靜如斯，同時隨著生命狂喜順流而去，這似乎正是極樂的最高境界。

克拉拉知道這股激情能讓他留在自己身邊，於是完全任其擺布。然而，它卻時常辜負她的期望。他們鮮少再次達到田鳧啼叫那次的頂點。例行公事的嘗試漸漸讓他們的性愛變得索然無味，不然就是兩人分別體驗那個美妙時刻，還不怎麼滿足。他似乎往往像在一個人瞎忙，他們也經常意識到努力失敗了，不是他們想要的體驗。他離開她時，明白**那天**晚上僅僅只是讓兩人之間多了點隔閡。他們的性愛愈來愈例行公事，少了令人驚艷的吸引力。他們慢慢開始增添情趣，想多少找回那種滿足感。他們辦事會選在離河非常近的地方，近得危險，黑色河水幾乎就從他臉旁流過，帶來小小刺激；他們有時去城鎮邊緣，在偶爾有人經過的路邊籬笆下找個小坑做愛，中途聽到腳步聲靠近，幾乎能感覺到過路人踩踏的震動，還聽見他們在講話，說著從未打算要講給人聽的奇妙雞毛蒜皮小事。完事後，他們彼此羞愧不已，種種行為拉開了兩人間的距離。他開始有點瞧不起她，彷彿她活該被如此對待！

有一晚，他與她道別後，穿過田野前往戴布魯克車站。夜色漆黑，似要下雪，即便已為春末時節。保羅趕時間，於是往前衝。小鎮幾乎是在窪地的陡坡邊上嘎然而止，房舍在黑暗中仍亮著黃光。他翻越過籬梯，朝下方田野飛奔而去。斯萬司黑德農場的果園裡，有扇窗戶透出溫暖燈光。保羅四處張望。身後那一棟棟房子佇立在斜坡邊緣上，襯著夜空顯得漆黑，有如野獸睜著好奇的黃眼睛凝望這片黑暗。小鎮看上去原始荒涼，注視著他背後的雲朵。農場池畔的柳樹下有東西在動。天色太暗，什麼也看不清。

他接近下一個過籬梯時，看到有個黑影靠在一旁。那個人往旁邊挪了挪。

「晚安！」他說。

「晚安！」保羅回應，沒有留意對方是誰。

「保羅．莫瑞爾？」那個人說。

他頓時知道對方是道斯。那個人擋住他的去路。

「我逮到你了吧？」他侷促不安地說。

「我會趕不上火車的。」保羅說。

他看不清道斯的表情。那個人講話時，牙齒似乎在打顫。

「我現在就要讓你吃點苦頭。」道斯說。

保羅試圖往前移動，另一人跨步至他前方。

「你是要把那件薄大衣脫了呢，」他說：「還是打算吃我一拳躺在上面？」

保羅心想這個人恐怕瘋了。

「可是，」他說：「我不會打架啊。」

「那好吧。」道斯回答。年紀較輕的男人還沒看清對方人在哪，臉上就挨了一拳，搖搖晃晃往後退。

整個夜晚旋即一片漆黑。他急忙脫掉大衣和外套，躲過一擊，再把那些衣服甩向道斯。後者激烈咒罵。這時，只穿著襯衫的莫瑞爾保持警覺，怒不可遏，覺得全身上下像張了爪般蓄勢待發。既然他不會打架，那就好好動腦筋。對方的人影愈來愈清晰，裹著襯衫的胸膛看得特別清楚。道斯被保羅的外衣絆了一下，接著往前衝。年輕男子的嘴流著血。對方的嘴是他拚命想擊中的目標，渴望得痛徹心扉。他迅速跨越過籬梯。道斯緊追在後，正要下梯，嘴巴突如其來被他揮了一拳。他樂得直發抖。道斯緩步向前，啐了一口。保羅感到害怕，繞過他想再走回過籬梯。忽然天外飛來一拳，重重揍在他耳朵上，打得他只能往後跌。他聽見道斯野獸般的粗重喘息聲，膝蓋隨即被踢中，痛得他爬起來，盲目地跳離仇敵的攻擊範圍。他感覺到對方正拳打腳踢，卻不覺得疼。他像隻野貓緊纏著這個比自己高大的男人不放，結果道斯終於自亂陣腳，砰一聲倒地，保羅隨他跌落在地。出於純粹的本能反應，他把手伸向那個人的脖子。發狂又痛苦的道斯還來不及掙脫，保羅的拳頭已經纏上領巾，指關節深陷在他喉嚨裡。他完全是出於本能反應，既無理智，亦無感覺。他的身體結實又美妙，緊緊黏附在對方使勁掙扎的身體上，全身沒有一絲肌肉放鬆。他近乎失神，唯有身體打算要殺掉眼前這個人，他本人卻毫無感覺，亦無理智可言。他重重壓著死對頭，為了掐死對方這個唯一目的，身體不斷調整姿勢，在分毫不差的正確時刻，用分毫不差的恰好力道，出力抵抗對方持續不斷的無聲迫切掙扎。隨著指關節慢慢掐得更深，感覺對方身體更使勁狂暴掙扎。他的身體像壓力漸增的螺絲釘愈綳愈緊，直到終於有什麼斷裂了。

忽然間，他放鬆身子，滿心困惑，滿懷疑慮。道斯都表示屈服了。莫瑞爾發現自己做了什麼好事，渾身布滿痛楚，整個人不知所措。道斯突然一陣狂怒，又開始拚命掙扎。保羅的手被猛力一抓，從本來纏在一塊的領巾扯出來，本人則毫無防備地被甩到一旁。他聽到對方發出可怕的喘氣聲，卻還是震驚地躺在原地。依然頭昏眼花的他感覺到對方用腳不斷踢自己，然後就失去了意識。

道斯痛得像野獸般粗聲喘息，踹著對手倒在地上的身體。從兩塊田外突然傳來尖銳的火車汽笛聲。他轉過頭，狐疑地瞪過去。什麼要來了？他看到火車的燈光劃過視野，似乎覺得有人正在靠近。他匆匆逃離現場，穿過田野踏進諾丁漢，一路上模糊感覺到穿著靴子的腳某處踢中了那小子的一根骨頭。那一踹似乎迴盪在他體內，於是他加快腳步，想逃離那種感覺。

莫瑞爾漸漸恢復知覺。他知道自己在哪裡，知道出了什麼事，但就是不想動。他紋風不動躺著，細雪搔得臉發癢。躺在那裡動也不動，真愜意。時間流逝。他明明不想被喚醒，卻一直被細雪吵醒。

最後，他的意志力終於開始運作。

「我不能躺在這裡，」他說：「有夠蠢。」

但他依然沒動。

「我就說我要站起來了，」他重複道，「為什麼我不起來？」

結果，他還是過了好一陣子才振作得足以動動身子，再緩緩站起來。疼痛讓他噁心暈眩，不過腦袋倒是很清醒。他搖搖晃晃，四處摸索外衣後穿上，大衣扣好並遮到耳邊。他花了點時間才找到帽子。他不知道臉是否還在流血。他盲目亂走，每走一步都痛得要命。他走回池塘，洗了洗臉和手。冰冷的水刺痛著他，反而有助於他恢復正常。他再次緩慢爬上山坡去搭路面電車。他想回到母親身邊——他必須回到母親身邊——這是他盲目下的意圖。他盡可能遮住臉，有氣無力地掙扎前進。他邊走邊覺得地面似乎不斷在遠離自己，有種下墜的噁心感。這趟回家之旅宛如一場噩夢，他好不容易才到家。

大家早已就寢。他仔細檢查自己。他的臉失去血色，血跡斑斑，簡直像死人面孔。他洗完臉，上床睡覺。整夜下來，他神志不清，譫語不斷。到了早上，他發現母親正看著自己。她那對藍眼，正是他一心想看到的。她就在那裡，他有她照料了。

「沒怎麼樣，母親。」他說：「是貝克斯特．道斯。」

「告訴我你哪裡痛。」她靜靜地說。

「我不知道，肩膀吧。母親，就說我是騎腳踏車出了意外。」

他手臂沒辦法動。不久，小女僕米妮端茶上樓。

「您母親差點嚇壞我了——她昏倒了。」她說。

他實在覺得承受不住。母親為他療傷，而他把一切告訴她。

「換成是我，就會跟他們都斷絕關係。」她靜靜地說。

「我會的，母親。」

她替他蓋好被子。

「別想這件事了，」她說：「想著睡上一覺就好。醫生十一點才會來。」

他肩膀脫臼，第二天急性支氣管炎發作。母親現在臉色死白，骨瘦如柴。她會坐著注視他，發起愣來。兩人之間有件誰也不敢提起的事。

克拉拉來探望後，他對母親說：「她讓我感到疲倦，母親。」

「對，真希望她不要來。」莫瑞爾太太回應。

另一天，米莉安來了，但他覺得她似乎根本是陌生人。

「妳也知道我不在乎她們，母親。」他說。

「恐怕你確實不在乎，兒子。」她難過地回應。

他們對外宣稱他是騎腳踏車出了意外。不久，他又能重返工作崗位，卻老是感到心煩意亂。他去找克拉拉，可是感覺就像那裡沒人在一樣。他無法工作。他和母親簡直像在迴避彼此。他們之間有某個兩人無法承受的祕密。他沒意識到這點，只知道自己的生活似乎失去平衡，彷彿將要瓦解粉碎。

克拉拉不曉得他到底是哪裡不對勁。她發覺他似乎沒意識到她的存在，就連他來找她時，好像也沒在注意她，老是心不在焉。她覺得自己想抓住他，他的心思卻在別處。為此，她備受折磨，於是折磨起他。曾有整整一個月，她都與他保持距離。他幾乎是痛恨她，卻仍情不自禁受她吸引。他多半都和男人結伴同遊，不是窩在喬治酒館，就是去白馬酒館。這段期間，母親患病，表現疏離，沉默不語，存在感單薄。他很害怕某件事，因此不敢直視她。她雙眼似乎益發陰鬱，臉色日漸蒼白，卻依然拖著身子做家事。

聖靈降臨週時，他表示要和朋友紐頓去黑潭四天。這位大個子友人生性開朗，舉止有點粗魯。保羅說母親得去安妮在謝菲爾德的住處待上一週。也許換個環境對她會有好處。莫瑞爾太太目前在看諾丁漢的一個婦科醫生，他說她的心臟有毛病，消化也有問題。她百般不情願，還是答應去謝菲爾德。現在兒子希望她做什麼，她都願意照辦。保羅說第五天會去找她，然後跟她待在謝菲爾德直到假期結束。他們就這樣說好了。

兩個年輕人興高采烈動身前往黑潭。保羅向莫瑞爾太太吻別時，她顯得活力十足。不過一到車站，他就忘了一切。四天都無牽無掛——不必提心吊膽，不必胡思亂想。兩個年輕人盡情玩樂。保羅簡直變了個人，原本的他徹底消失——沒有克拉拉、沒有米莉安、沒有母親讓他苦惱發愁。他給三人都寫了信，寫給母親的是好幾封長信，不過內容都歡樂得逗她發笑。他就像普通年輕人到黑潭這種地方度假時一樣，玩得很盡興。在快樂的表面下，卻是籠罩著她的不祥陰影。

保羅快樂無比，想到可以與母親一同待在謝菲爾德，心情便很激動。紐頓那天也會與他們共度。要搭的火車誤點了。兩位年輕人嘴裡叼著菸斗，一面有說有笑，一面把行李扔上路面電車。保羅為母親買了一小片由真蕾絲製成的頸飾，想看她戴上好捉弄她一番。

安妮住在一間不錯的房子，還雇了一位小女僕。保羅興高采烈奔上臺階。他以為母親會在門廳笑臉迎接他，結果來開門的人卻是安妮。他覺得她似乎很冷淡，沮喪地站在原地半晌。安妮讓他親了親臉頰。

「母親病了嗎？」他說。

「對，她不太舒服。別讓她心煩。」

「她在臥床嗎？」

「對。」

一股奇怪的感覺油然而生，彷彿他心中所有的歡樂都消失無蹤，徒留不安的陰影。他扔下旅行袋，跑上樓。他遲疑地把門打開。母親穿著古典玫瑰色的睡袍坐在床上。她望著他，表情簡直是自覺羞愧，好像在卑微懇求他。他看到她面如死灰。

「母親啊！」他說。

「我還以為你永遠不來了呢。」她高興地回答。

但他反而跪在床邊，把臉埋入床單，痛苦哭喊：

「母親——母親——母親啊！」

她伸出細瘦的手，緩緩撫摸他的頭髮。

「別哭，」她說：「別哭，這沒什麼。」

他卻覺得體內的血似乎化為淚水，害怕得痛哭出聲。

「別哭——別哭啊。」母親抖著聲音說。

她慢慢輕撫他的頭髮。大受打擊的他哭個不停，渾身上下無一處不被淚水刺痛。他忽然不再哭泣，卻不敢從床單上抬起頭。

「你晚到了，跑去哪了啊？」母親問。

「火車誤點了。」他還埋在床單裡，回答的聲音模糊不清。

「沒錯，那討人厭的中央鐵路！紐頓有來嗎？」

「有。」

「我想你們一定餓了，他們一直在等你們開飯。」

他悲從中來，抬頭看她。

「母親，到底怎麼了？」他逼問。

她移開目光，回答：「只是個小腫瘤，兒子。你不必擔心。它——那個腫塊——已經在那裡很久了。」

淚水再度湧出。他思緒清晰，心智堅定，身體卻止不住哭泣。

「在哪裡？」他說。

她把手放在身體側邊。

「這裡。但你也知道醫生能把腫瘤弄小變不見。」

他像個小孩站在那裡，茫然無助。他想也許就像她說的那樣。沒錯，他向自己保證就是這麼回事。不過，他體內的血和整個身體自始至終都非常清楚實情。他坐到床上，握住她的手。她這輩子從沒戴過什麼首飾，唯有那只戒指是例外——她的婚戒。

「妳什麼時候開始不舒服的？」他問。

「昨天才開始這樣。」她順從地回答。

「會痛嗎？」

「會，但沒有比在家常常發疼的時候還痛。我認為安賽爾醫生太大驚小怪了。」

「妳不該獨自出遠門的。」他說，比起對她說，更像在對自己說。

「說得好像這麼做就會帶來不好的影響！」她立刻回應。

兩人陷入一陣沉默。

「先去吃飯吧，」她說：「你**一定**餓了。」

「妳吃過了嗎？」

「對，我吃了很美味的比目魚。安妮對我很好。」

兩人又聊了一下，他才下樓。他臉色慘白，顯然在硬撐。紐頓坐在那裡，表情痛苦，顯得很同情。

吃完飯，保羅走進洗滌間幫安妮洗碗。小女僕出門跑腿了。

「真的是腫瘤嗎？」他問。

安妮又哭了起來。

「她昨天痛起來的時候——我從沒看過有誰痛成那樣！」她哭說，「雷納德像瘋了似地跑去找安賽爾醫生。她上了床後對我說：『安妮，看看我側邊的這個腫塊，不曉得是什麼啊？』所以我就看了，差點沒昏倒。保羅，我敢對天發誓，那個腫塊有我兩個拳頭那麼大。我說：『天啊，母親，那是什麼時候出現的？』她說：『哦，孩子啊，已經在那裡好久了。』我以為我會心碎而死，保羅啊，我真的這麼想。她已經在家痛了好幾個月，卻沒有人好好照顧她。」

他雙眼湧出淚水，但忽然就乾了。

「可是她一直有在諾丁漢看醫生啊，而且根本沒告訴我。」他說。

「我要是在家，」安妮說：「一定會直接確認。」

他自覺像個走在非真實世界裡的人。到了下午，他去見醫生，對方是個機靈又討喜的人。

「那到底是什麼？」他問。

醫生看著年輕人，手指緊扣。

「可能是在組織膜裡形成的大腫瘤，」他緩緩說道，「**也許**有辦法把它消除掉。」

「您不能動手術嗎？」保羅問。

「那個位置不行。」醫生回答。

「確定嗎？」

「**相當確定！**」

保羅思索片刻。

「您確定是腫瘤嗎？」他問，「為什麼諾丁漢的詹姆森醫生從來沒發現它的存在？她已經去看他好幾個星期了，他一直在替她治療心臟和消化的問題。」

「莫瑞爾太太從未告訴詹姆森醫生有那個腫塊。」醫生說。

「那您能**判斷**它是腫瘤嗎？」

「不，我不確定。」

「那它**可能**還會是什麼？您問過我姊姊家裡是不是曾有人罹癌，有可能是癌症嗎？」

「我不知道。」

「那您打算怎麼做？」

「我想進行檢查，和詹姆森醫生會診。」

「那就請檢查吧。」

「這得由你來安排。要請他從諾丁漢來這裡看診，費用起碼要十幾尼。」

「您希望他什麼時候來？」

「我今晚會通知他，然後我們再討論。」

保羅咬著脣離去。

醫生表示他母親可以下樓喝茶，於是兒子上樓協助她。她穿著雷納德送給安妮的那件古典玫瑰色睡袍，臉上恢復一點血色，又顯得有朝氣了。

「妳穿那件看起來很漂亮呢。」他說。

「對啊，他們把我打扮得很好看，我幾乎快認不出自己了。」她回答。

但她起身一走，頓失血色。保羅伸手扶住她，幾乎是抬著她走。來到樓梯頂端時，她昏了過去。

他一把抱起她，迅速帶她下樓，讓她躺在沙發上。她好輕、好脆弱，臉色看起來與死了無異，嘴脣發紺緊閉。她睜開那一貫的藍眼，懇求地看著他，簡直像要他原諒自己。他將白蘭地靠在她嘴邊，但她不願張口。她始終深情注視他。她只為他感到難過。淚水不停順著他的臉龐滑落，他的肌肉卻紋風不動。他一心想把少許白蘭地餵進她口中。片刻後，她吞下了一小匙。她往後一躺，整個人累壞了。淚水依舊滑落他的臉龐。

「哦，」她喘著氣說，「病會好的。別哭！」

「我沒哭。」他說。

過了一會兒，她又好多了。他跪在沙發旁，兩人直視彼此。

「我不希望你為這件事煩惱。」她說。

「不，母親，妳得乖乖靜養，這樣很快就會好起來的。」

但他連嘴脣都發白了。他們彼此對視，看到眼神便瞭然於心。她的眼睛好藍，完全就是勿忘草的美妙藍色！他覺得如果它們是不同的顏色，他或許更能承受這一切。他的心似乎正在胸口被慢慢撕裂。他跪在那裡，握著她的手，兩人誰也沒開口。這時，安妮走進來。

「妳沒事吧？」她膽怯地小聲問母親。

「當然。」莫瑞爾太太說。

保羅坐下來告訴她在黑潭的所見所聞。她滿是好奇。

過了一兩天，他去諾丁漢見詹姆森醫生，以便安排會診。保羅身上根本沒什麼錢，但能想辦法借。母親以往都是去週六早上的一般門診看醫生，這個時段只需花小錢就能看診。兒子也在同一天前往。等候室擠滿了貧窮婦女，個個耐心坐在靠牆的長椅上。保羅想到母親穿著小巧的黑色服裝，也像這樣坐著等待。醫生遲到了。婦女看上去都驚恐不已。保羅詢問值班護士，他能不能等醫生一到就先看，護士於是排他第一個看。婦女們耐心地環坐在室內牆邊，用好奇的眼光打量這名年輕人。

醫生終於來了。他年約四十歲，外表出眾，肌膚棕褐。他妻子已逝，由於他深愛她，因此專精婦科疾病。保羅報了自己和母親的名字。醫生沒有印象。

「編號四十六M。」護士說。醫生翻開自己的紀錄查看病歷。

「有個很大的腫塊，可能是腫瘤。」保羅說：「安賽爾醫生有說要寫信給您。」

「噢，對！」醫生答道，從口袋裡取出那封信。他十分親切友善，在百忙之中仍富有同情心。他隔天就會去謝菲爾德一趟。

「你父親是做什麼的？」他問。

「他是礦工。」保羅回答。

「那我想手頭應該不太寬裕吧？」

「這件事──我會處理的。」保羅說。

「那你呢？」醫生微笑。

「我是喬丹醫療用具工廠的職員。」

醫生對他微微一笑。

「呃，去謝菲爾德是吧！」他說，雙手指尖相觸，眼神帶著笑意。「八幾尼？」

「謝謝您！」保羅說，滿臉通紅起身。「那您明天就會來？」

「明天……是星期天？對！你能告訴我下午幾點有火車可搭嗎？」

「中央鐵路有一班四點十五分會進站。」

「那有什麼交通手段可以到住家嗎？我得用走的嗎？」醫生微笑。

「有電車，」保羅說：「西公園的路面電車。」

醫生動筆記下來。

「謝謝！」說完，他握手致意。

保羅回家去看父親，他留在家裡由米妮照顧。華特．莫瑞爾現在滿頭花白。保羅發現他在院子裡挖土。他先前有寫信給他。他與父親握了握手。

「嘿，兒子！汝回來啦？」父親說。

「對。」兒子回答，「但我今晚就要回去了。」

「不會吧！」礦工驚呼。「那汝吃過了嗎？」

「還沒。」

「汝老是這樣。」莫瑞爾說：「進來吧。」

父親很怕提到他妻子。兩人進屋。保羅悶不吭聲吃東西，父親雙手沾滿泥土，袖子捲起，坐在對面的扶手椅看著他。

「呃，她還好嗎？」礦工最後還是小聲問。

「她可以坐起來，我們也能抱她下樓喝茶。」保羅說。

「謝天謝地！」莫瑞爾大聲說，「希望我們很快就能接她回家了。諾丁漢那個醫生怎麼說？」

「他明天會去替她做檢查。」

「真的假的！我猜要花不少錢吧！」

「八畿尼。」

「八畿尼！」礦工屏住呼吸說。「好吧，我們得想辦法湊出來才行。」

「我付得起。」保羅說。

兩人沉默了一會兒。

「她說希望你跟米妮相處得還行。」保羅說。

「對，我還好，希望她也是。」莫瑞爾回答。「米妮是個很棒的小姑娘，上帝保佑她！」他坐著一臉憂鬱。

「我三點半就得走了。」保羅說。

「小子，這一趟會很漫長啊！八幾尼！汝覺得她什麼時候有辦法這樣長途旅行啊？」

「我們得看明天醫生們怎麼說。」保羅表示。

莫瑞爾深深嘆了一口氣。屋子顯得莫名空蕩，保羅覺得父親看上去既失落又孤獨，而且老態龍鍾。

「你下星期得去看看她，父親。」他說。

「希望她到時候就回家了。」莫瑞爾說。

「要是她沒回家，」保羅說：「你就得來一趟。」

「真不知道要去哪湊那麼多錢。」莫瑞爾說。

「我會寫信告訴你醫生怎麼說。」保羅表示。

「可是汝字都那樣寫，我看不懂啊。」莫瑞爾說。

「好吧，我會寫得清楚簡單。」

要莫瑞爾回信是白費功夫，因為他除了自己的名字，幾乎什麼都不會寫。

醫生來了。雷納德覺得自己有義務租馬車去接他。檢查沒有花太多時間。安妮、亞瑟、保羅、雷納德在客廳等候，個個心急如焚。兩位醫生下樓。保羅看了他們一眼。他從來沒抱什麼希望，唯一的例外是自欺欺人的時候。

「**可能**是腫瘤，我們得靜觀其變。」詹姆森醫生說。

「如果是的話，」安妮說：「您能把它弄不見嗎？」

「可能吧。」醫生說。

保羅在桌上放了八枚一英鎊金幣和一枚半英鎊金幣。醫生清點後，從錢包取出一枚弗羅林[50]放在桌上。

「謝謝！」他說：「我很遺憾莫瑞爾太太病得那麼重，不過我們會盡力而為。」

「不能動手術嗎？」保羅說。

醫生搖搖頭。

「不能，」他說：「就算可以，她的心臟也承受不了。」

「她的心臟很脆弱嗎？」保羅說。

「沒錯，你們對她一定要小心。」

「非常脆弱？」

「不，呃，不，沒有！只要多注意就好。」

語畢，醫生離去。

隨後，保羅抱母親下樓。她像個小孩乖乖躺著。但他走下樓梯時，她環住他的脖子，緊摟不放。

「我好怕這些討人厭的樓梯。」她說。

他也好怕。下次他會讓雷納德來抱她下樓。他覺得自己抱不了她。

「醫生認為就只是腫瘤！」安妮對母親大聲說，「他還有辦法把它弄不見。」

「我**就知道**他有辦法。」莫瑞爾太太輕蔑地反駁。

她裝作沒注意到保羅走出了房間。他坐在廚房抽菸，想把外套上的什麼菸灰拂去。他又仔細看了一眼。那是母親的一根白髮，實在好長啊！他捏起來，髮絲飄向煙囪。他手一鬆，長長的白髮就這樣飄走，消失在煙囪的漆黑之中。

隔天，他回去上班前親了她一下。當時還一大清早，只有他們兩個人。

「兒子，你別苦惱啊！」她說。

「不會的，母親。」

「別苦惱，因為這樣很蠢。你自己多小心。」

「好。」他回應，過了一會兒才說：「我下星期六會來，要帶父親來嗎？」

「我想他應該會想來。」她回答，「不管怎樣，他想來，你就讓他來吧。」

他又親了她一下，撫摸她鬢角的髮絲，動作小心輕柔得像在對待情人。

「你要遲到了吧？」她喃喃說道。

「我要走了。」他非常低聲說。

他還是坐了好幾分鐘，撫摸她兩鬢棕灰相間的髮絲。

「母親，妳不會病得更重吧？」

「不會，兒子。」

「妳向我保證？」

「好，不會更重的。」

他親了她，擁抱她一下就走了。清晨天空晴朗，他奔向車站，一路哭泣，卻不知為何而哭。她一邊想著他，一邊睜大藍眼凝望半空中。

下午，保羅和克拉拉去散步。他們坐在長滿風鈴草的小樹林裡。他牽起她的手。

「等著看吧，」他對克拉拉說：「她永遠不會好起來了。」

50. 一九七一年前，一弗羅林等於兩便士。

「噢，你又不知道！」對方回答。

「我就是知道。」他說。

她一時衝動，把他拉到自己胸前。

「試著忘掉這件事，親愛的。」她說：「試著忘掉吧。」

「我會的。」他回答。

她的胸脯就在那裡，暖和著他。她把手伸進他頭髮撫弄，他覺得很舒服，環抱住她。但他沒有忘記。他只是和克拉拉談起別的事，一向如此。當她察覺那股痛楚即將來襲，便對他喊說：

「別去想，保羅！別去想啊，親愛的！」

說完，她把他緊緊抱在胸前，輕輕搖晃，像哄小孩般安慰他。於是，他看在她的份上將煩惱擱置一旁，但隻身一人時，又立刻煩憂起來。不管他怎麼忙，總是會無意識哭出來。腦袋和雙手明明忙碌不已，他本人卻哭個不停，也不曉得原因。流淚哀悼的是他體內的血。無論他是和克拉拉在一起，或是和男性友人在白馬酒館，簡直都與孤單一人沒有差別。全世界就只剩下他本身和心中的那股壓力。他有時拿書來看。他不能讓腦袋閒下來，而克拉拉就是占據思緒的一種方式。

週六，華特．莫瑞爾前往謝菲爾德。他形單影隻，顯得毫無歸屬。保羅跑上樓。

「父親來了。」他邊說邊親了母親。

「是嗎？」她疲倦地回應。

老礦工戰戰兢兢走進臥室。

「姑娘，汝感覺怎樣啊？」他說著傾身，匆匆且怯怯地給了她一吻。

「嗯，我還行。」她回答。

「看起來的確是。」他說，站著低頭看她，然後用手帕擦了擦眼睛。他看上去很無助，彷彿毫無歸屬。

「你過得還好嗎？」妻子十分疲倦地問，好像和他說話很費功夫。

「好啊，」他回答，「就有時動作慢吞吞，汝大概也猜到了。」

「她有幫你把飯準備好嗎？」莫瑞爾太太問。

「哦，是有一兩次要吆喝她啦。」他說。

「如果她沒準備，你**一定**要吆喝她，不然她**會**拖到最後一刻才去做。」

她交代了他幾件事。他坐著看她的神情，彷彿她是陌生人。在她面前，他舉止局促，態度卑微，好像慌了手腳，想拔腿就跑。明明想逃跑、巴不得逃離難堪場面，卻必須留在原地，因為這麼做比較體面，實在教他非常難熬。他痛苦地皺眉，握緊放在膝上的拳頭，面對如此傷神的困境，渾身不自在。

莫瑞爾太太的病情沒有太大變化。她在謝菲爾德待了兩個月。若說有什麼變化，那就是她最後病況惡化了。但是她想回家。安妮還有小孩要顧。莫瑞爾太太想回家，不過她病得無法搭火車，所以他們從諾丁漢弄來一輛汽車，在大晴天載她回去。時序剛邁入八月，一切顯得明亮又溫暖。在蔚藍天空下，他們誰都看得出來她早已奄奄一息，但她卻比前幾週還要來得快活。他們每個人都有說有笑。

「安妮，」她大喊，「我看到有隻蜥蜴竄到那顆石頭上了！」

她目光好敏銳，整個人仍充滿活力。

莫瑞爾知道她要回來。他把前門打開。大家躡手躡腳。半條街的人都跑出來看。他們聽到這輛驚人汽車的聲響。莫瑞爾太太面帶微笑，沿著街道乘車回家。

「看看他們居然全跑出來看我！」她說：「不過我想我應該也會這麼做吧。馬修斯太太，妳過得好嗎？哈里森太太，妳好嗎？」

她們誰也沒聽到她說的話，但看見她在點頭微笑。這些人看見她臉上籠罩著死亡氣息，大家都這麼說。這趟回家之旅成了轟動街坊的大事。

莫瑞爾想抱她進屋，但他年紀太大了。亞瑟抱起她就像在抱小孩子。壁爐旁本來擺著她的搖椅，現在改放一張又大又深的椅子。等眾人替她脫下外衣，讓她坐好並喝點白蘭地，她才環顧室內。

「別以為我不喜歡妳家，安妮，」她說：「但能再回到自己的家，感覺真好。」

莫瑞爾聲音沙啞地附和：「沒錯，姑娘，的確是。」

古靈精怪的小女僕米妮說：「我們很高興能歡迎您回來。」

花園裡參差不齊長著漂亮的黃色向日葵。她朝窗外望去。

「我的向日葵啊！」她說。

第十四章　解脫

「對了，」保羅待在謝菲爾德的某一晚，安賽爾醫生說，「我們這裡的發燒病房有位來自諾丁漢的男人，叫道斯。他似乎沒什麼親屬，感覺無依無靠的。」

「貝克斯特・道斯！」保羅驚呼。

「就是他。我認為單就體格來說，他一直都還不錯，但最近整個人有點糟。你認識他？」

「他以前在我的公司工作。」

「是嗎？你對他有什麼瞭解嗎？他整天生悶氣，不然現在早就好很多了。」

「我不清楚他家裡的情況，只知道他跟妻子分居，大概情緒有點消沉吧。不過是否能請您轉告他，說我會去探望他。」

保羅下次見到醫生時說：「道斯他怎麼樣了？」

「我跟他說，」對方回答，「『你認識一位來自諾丁漢，叫莫瑞爾的人嗎？』結果他勃然大怒瞪著我。於是我說：『看來你聽過這個名字，是保羅・莫瑞爾。』然後我告訴他，你說你會去探望他。他卻說：『他想幹嘛？』好像把你當成警察。」

「那他有說願意見我嗎？」保羅問。

「他不肯開口——好話、壞話或沒興趣都沒表示。」醫生回答。

「為什麼不肯？」

「我也想知道原因啊。他成天躺著生悶氣，沒辦法從他嘴裡撬出半點訊息。」

「您認為我可以去嗎？」保羅問。

「可以吧。」

兩位仇敵之間有某種情感連結，是他們動手以來最為強烈的一次。在某種程度上，保羅對另一人心懷愧疚，多少覺得負有責任。加上他這時處於情緒低潮，對於同樣正受苦並陷入絕望的道斯，幾乎能對那種痛苦感同身受。更何況，他們是在赤裸裸的恨意下相遇，那就是一種聯繫。至少雙方各自都以原始本性交手過了。

他拿著安賽爾醫生的名片前往隔離病院。一位年輕健康的愛爾蘭女護士帶他去病房。

「有訪客來探望你了，烏鴉黑佬。」她說。

道斯聽到咕噥一聲，猛然翻過身來。

「啊？」

「嘎！」她嘲弄，「他只會『嘎嘎』叫！我帶了一位先生來見你。給我說『謝謝』，有禮貌點。」

他張著吃驚的深色雙眼，迅速看向護士身後的保羅。他的眼神充滿恐懼、懷疑、憎恨、痛苦。保羅迎上那對靈敏的深色眼睛，遲疑片刻。兩個男人都畏懼著之前赤裸展現本性的自己。

「安賽爾醫生告訴我你在這裡。」保羅邊說邊伸出手。

道斯下意識地握了他的手。

「所以我想說來看看。」保羅繼續說。

沒有回應。道斯躺著瞪視對面的牆。

「快『嘎』一聲啊！」護士嘲弄，「烏鴉黑佬，快『嘎』啊！」

「他情況有在好轉吧？」保羅問她。

「噢，沒錯！他只是躺著想像自己快死了，」護士說：「嚇得他半個字都不敢講。」

「而妳**非得**找個人聊天不可。」保羅笑說。

「沒錯！」護士笑了，「這裡只有兩個老頭，跟一個整天哭哭啼啼的小男孩，**實在**有夠倒楣！所以我才很想聽聽烏鴉黑佬的聲音，結果他卻只肯『嘎嘎』怪叫！」

「妳太辛苦了！」保羅說。

「對吧？」護士說。

「看來我來得正好。」他笑說。

「噢，簡直是天降甘霖呢！」護士也笑說。

不久，她便離開，讓他們兩人獨處。道斯變得消瘦，外表恢復俊俏，卻顯得不太有活力。正如醫生所說，他躺著生悶氣，不願往前邁進，好讓自己康復。他似乎對每一下心跳都心懷怨懟。

「你之前是不是很難受？」保羅說。

道斯忽然又看向他。

「你來謝菲爾德幹嘛？」他問。

「我母親在我姊姊家病倒了，就在瑟斯頓街那邊。你在這裡幹嘛？」

沒有回應。

「你住院多久了？」保羅問。

「我不確定。」道斯心不甘情不願回答。

他躺著瞪視對面的牆，似乎想當作莫瑞爾不在那裡。保羅覺得自己狠心起來，開始發怒。

「安賽爾醫生告訴我你在這裡。」他冷冷地說。

對方沒有回答。

「我知道得到傷寒確實很難受。」保羅繼續說。

道斯忽然開口：「你到底要來幹嘛？」

「因為安賽爾醫生說你在這裡沒有認識的人，是這樣嗎？」

「我在哪都誰也不認識。」道斯說。

「哦，」保羅說：「那是因為你選擇不去認識啊。」

又是另一陣沉默。

「只要情況允許，我們會盡快帶我母親回家。」保羅說。

「她怎麼了？」道斯說，像個關心疾病的病人。

「她得了癌症。」

又是另一陣沉默。

「可是我們想帶她回家，」保羅說：「所以得弄一輛汽車來才行。」

道斯躺著思索。

「你幹嘛不拜託湯瑪斯．喬丹把車借你？」道斯說。

「那輛車不夠大。」莫瑞爾回答。

道斯繼續躺著思索，眨了眨深色眼眸。

「那去拜託傑克．皮爾金頓，他會借你的。你認識他。」

「我想我會租一輛吧。」保羅說。

「你是蠢了才會去租車。」道斯說。

生病男人的面容變得憔悴，卻依然英俊。保羅替他感到難過，因為他的眼神看起來好疲倦。

「你在這裡找到工作了嗎？」他問。

「我來這裡才一、兩天就病倒了。」道斯回答。

「你得去療養院。」保羅說。

對方的臉再次蒙上陰影。

「我才不去什麼療養院。」他說。

「我父親待過希索普的一間療養院，他很喜歡。安賽爾醫生會替你寫介紹信的。」

道斯躺著思索。顯然，他沒膽再面對這個世界了。

「剛好現在海邊會很宜人，」保羅說：「陽光照在沙丘上，浪也不大。」

對方沒有回應。

「老天啊！」保羅最後說，糾結痛苦到口不擇言，「知道自己還能再走路、游泳就很好了啦！」

道斯迅速看了他一眼。男人害怕用自己的深色雙眼迎向這世上任何人的目光。不過，保羅語氣中流露的真切痛苦和無助感，讓他感到一絲欣慰。

「她病得很重嗎？」他問。

「她臉色蒼白到不行，」保羅回答，「不過心情很愉快，還充滿活力！」

他咬了咬脣。過了一會兒，他站起來。

「好吧，我要走了。」他說：「我把這半克朗留給你。」

「我不要。」道斯咕噥說。

保羅沒有答腔，但將硬幣留在桌上。

「好吧，」他說：「等我回來謝菲爾德，會盡量順便來探望你。也許你想見見我姊夫？他在派克羅夫特斯工作。」

「我不認識他。」道斯說。

「他人不錯。我要不要叫他來？他或許可以帶些報紙來給你看。」

對方沒有回答。保羅離去。道斯在他心裡激起了強烈情緒，他為了壓抑，不禁渾身顫抖。

這次會面他沒告訴母親，但隔天午休期間就對克拉拉說了。兩人現在不常一起外出，但這一天，他邀她陪自己去諾丁漢城堡的庭園。他們席地而坐，周圍的緋紅天竺葵和澄黃荷包花在陽光下恣意盛放。如今，她總是對他充滿戒心、滿懷憤恨。

「妳知道貝克斯特患了傷寒，正住在謝菲爾德醫院嗎？」他問。

她睜著灰眼，吃驚地看著他，臉色頓時發白。

「不知道。」她語氣驚恐。

「他正在好轉。我昨天去探望他了——是醫生告訴我的。」

聽到這個消息，克拉拉似乎深受打擊。

「他病得很重嗎？」她內疚地問。

「他之前是，現在正在好轉。」

「他對你說了什麼？」

「噢，沒什麼！他似乎在生悶氣。」

兩人之間有些隔閡。他又更詳細告訴她探病過程。

她從頭到尾不發一語。他們下次一起散步時，她不再挽著他的手，而是走在一旁，與他保持距離。他非常需要她給予慰藉。

「妳不能對我好一點嗎？」他問。

她沒有回答。

「怎麼了？」他說著伸手摟住她的肩。

「別這樣！」她說，掙脫他的手。

他沒纏著她，又陷入沉思。

「妳心煩是因為貝克斯特嗎？」他最後開口問。

「我**一直以來**都對他**很惡劣！**」她說。

「我說過很多次了，妳對他不是很好。」他回應。

兩人之間出現了敵意，陷入各自的思緒當中。

「我對他……不，我對他確實很惡劣。」她說：「而你現在對**我**很惡劣。是我活該。」

「我怎麼對妳惡劣了？」他說。

「是我活該。」她重複道。「我從不認為他值得我納為己有，你現在也不認為**我**值得你納為己有。但我活該。他愛我比你愛我還要多一千倍。」

「他才沒有！」保羅抗議。

「他有！他至少都有尊重我，你就沒這麼做。」

「他只是看起來尊重妳！」他說。

「他就是有！我卻**讓**他變得討人厭——我知道是我害的！就是你讓我看清了事實。而且他愛我的程度勝過你一千倍。」

「好吧。」保羅說。

此刻，他只想一個人靜靜。他有自己的煩惱，光是這些就教他快無法承受了。克拉拉只會折磨他，搞得他筋疲力竭。他離她而去時，並不覺得難過。

克拉拉一有機會就到謝菲爾德探望丈夫。這次會面不怎麼順利，但她為他留下了玫瑰、水果、金錢。她想補償他。這倒不是因為她愛他。當她看著他躺在那裡，內心並沒有因為愛而激動。她只是想在他面前表現謙卑，向他跪下。她現在想自我犧牲，畢竟她沒辦法讓保羅真正愛上自己。她簡直嚇壞了。她想懺悔贖罪，於是向道斯下跪，他因而感受到一絲愉快。但兩人之間的距離依舊遙遠無比——實在太遙遠了。為此，男人感到害怕，女人則近乎滿意。她喜歡感覺自己像隔著難以跨越的距離在服侍他。她現在很自豪。

保羅又去探望了道斯一兩次。兩個男人之間存在著某種情誼，但始終是不共戴天的仇敵。不過，他們從未提起介於兩人之間的那個女人。

莫瑞爾太太的病情每況愈下。起初，他們還會抱她下樓，有時甚至抱到花園裡。她靠著椅子坐起來，面帶微笑，如此漂亮。她白皙手指上的金色婚戒閃閃發光，頭髮仔細梳理過。她看著糾結在一起的向日葵逐漸枯萎，望著菊花和大理花綻放開來。

保羅和她對彼此感到害怕。不只他明白，她也明白：她就快死了。但他們仍故作愉快。每天早上，他起床後都穿著睡衣走進她房間。

「親愛的，妳有睡嗎？」他問。

「有。」她回答。

「睡得不太好？」

「沒有啊！」

他頓時曉得她整晚都躺著沒睡。他看見她的手在被子下按壓身側的疼痛處。

「很疼嗎？」他問。

「不。只是有點疼而已，沒什麼。」

她像老樣子不屑地哼了一聲。躺在床上的她看上去像個小女孩。她始終用那對藍眼注視他，但因痛苦而浮現的黑眼圈看得他又心痛起來。

「今天天氣很好。」他說。

「是個宜人的日子。」

「妳覺得可以抱妳下去嗎？」

「再看看吧。」

他離開去拿她的早餐。他整天什麼事都沒去注意，一心只想著她。長時間如此心痛，他渾身燥熱不安。傍晚，他回到家，匆匆朝廚房窗戶看了一眼。她不在那裡，顯然沒起床。

他立刻跑上樓，親了她一下。他簡直怕得不敢問。

「鴿兒，妳沒起床嗎？」

「對，」她說：「是那個嗎啡的關係，讓我覺得好累。」

「我想他劑量給太多了。」他說。

「我也是這麼想。」她答道。

他坐到床邊，一臉難受。她老是像個孩子般蜷縮起來側躺。棕灰交雜的髮絲散落，遮住她的耳朵。

「妳這樣不癢嗎？」他說著把頭髮輕柔地往後撥。

「癢啊。」她回答。

他將臉湊到她臉蛋旁。她的藍眼笑著直視他的雙眼，如少女般充滿溫暖，笑意中帶著溫柔的愛。這眼神看得他內心悸動，滿懷恐懼、痛苦、愛意。

「妳應該把頭髮綁成辮子。」他說：「躺著別動。」

他來到她背後，小心翼翼解開頭髮，一一梳開。她的頭髮像一長匹棕灰相間的細緻絲綢。她的頭縮在雙肩之間。他輕輕梳頭、編髮時，咬著嘴脣，頭暈目眩。一切感覺好不真實，他實在無法理解。

他晚上經常在她房間裡作畫，時不時抬頭查看。結果，他往往發現她那雙藍眸正盯著自己。兩人四目相交，她微微一笑。他又下意識繼續動筆，想創作出好作品，卻不曉得自己在做什麼。

他有時走進房間，臉色慘白，悶不吭聲，眼神充滿戒備，東張西望，像個快醉死的人。他們都害怕彼此之間那層層帷幕正撕裂開來。

於是，她假裝身體有好一點，與他開心閒聊，對幾則瑣聞大驚小怪。因為事已至此，他們不得不小題大作，否則就得屈服於那件迫近的大事，身為人的獨立性將蕩然無存。他們很害怕，所以刻意不在乎一切，表現得興高采烈。

有時，她躺在那裡，他看得出來她在回憶過往。她的嘴唇漸漸緊抿成一條線。她緊繃著身子，這樣也許死前就永遠不會發出撕心裂肺的淒厲叫聲了。他始終忘不了她緊閉嘴巴時，神情是如此堅定、頑固、全然孤寂，而且持續了好幾週。有時，病情減輕，她便談起丈夫。她現在痛恨他，不原諒他。她受不了讓他待在房裡。還有那幾件最教她怨恨不滿的事，又紛紛湧上心頭，鮮明到她非得向兒子一吐為快。

保羅覺得自己的生命似乎在體內一點一滴被摧毀。淚水時常忽然一湧而出。他跑向車站，淚灑人行道。他經常無法好好繼續工作，停筆不再寫，坐著放空呆望。等他再次回過神，頓時心煩意亂，四肢顫抖不止。他從未質疑為何如此，沒有試著動腦分析或加以理解。他只是默默忍受，閉著雙眼，任其蹂躪自己。

母親也一樣。她想著痛苦、想著嗎啡、想著明天，卻鮮少想到死亡。那一刻就快來了，她很清楚。她必須屈服於死亡。但她絕不會向它求情或與它為友。她繃緊表情，視若無睹，盲目地被推向死亡之門。日復一日、週復一週、月復一月，時間不斷流逝。

在晴朗的午後，她有時似乎顯得很快樂。

「我試著回想那些美好時光，就是我們去梅伯索普、羅賓漢灣、尚克林的時候。」她說：「可不是每個人都看過那些美麗的地方。真的好美啊！我努力回想這些記憶，不去想其他事。」

然後，她又整晚不發一語，他亦然。他們伴著彼此，舉止生硬，顯得固執，沉默以對。最後，他走回自己的房間要就寢，卻倚靠在門邊，彷彿全身癱瘓，無法再往前踏出半步。他的意識飄走。他心中似乎掀起一陣莫名的狂風暴雨，恣意肆虐。他站著靠在門上，屈服於體內的風暴，從未表示質疑。

到了早上，兩人又恢復正常，儘管她因為服用嗎啡而形容枯槁，他們還是重拾開朗心情。他通常對她視若無睹，尤其是安妮或亞瑟在家的時候。他不常與克拉拉碰面，往往與男人為伍。他倆俐活潑，精力充沛，可是當友人看到他臉色發白，陰鬱雙眼放光，便對他抱著幾分不信任。他有時去找克拉拉，但她的態度簡直冷若冰霜。

「接納我吧！」他只這麼說。

她偶爾會照做。不過她很害怕。他占有她時，舉手投足間暗藏著什麼——某種不自然的態度——讓她想從他身邊退縮開來。她對他日漸畏懼。他如此安靜，卻又如此古怪。她害怕這個心並未與她同在的男人，感覺得到他就藏在眼前這位虛假情人的面具下，這個人陰險邪惡，令她滿懷畏懼。她開始對他產生某種恐懼，簡直像把他當成罪犯。他渴望她，也占有她，讓她覺得自己彷彿被死神一把攫住。她陷入恐懼之中。本應愛著她的人那裡卻空無一人。她幾乎為此痛恨他。接著，時而出現片刻柔情，但她不敢憐憫他。

道斯轉院到諾丁漢附近的希利上校[51]家療養院。保羅有時去探望他，克拉拉偶爾才去。兩個男人之間莫名建立起情誼。道斯復原得十分緩慢，顯得虛弱無比，似乎任由保羅擺布。十一月初，克拉拉提醒保羅那天是她的生日。

51. 希利上校（Colonel Seely，一八六八～一九四七），英國軍官、政治家。

「我差點忘了。」他說。

「我想應該也是。」她回應。

「我沒忘。我們要不要這週末去海邊？」

他們去了。天氣寒冷，天色陰沉。她等著他對自己溫柔，展現熱情，他卻反而好像幾乎沒意識到她的存在。他坐在火車車廂裡向外眺望，聽到她對自己開口時嚇了一跳。他顯然並未在思索什麼，彷彿一切都不存在。她努力將話語傳達給他。

「親愛的，怎麼了？」她問。

「沒什麼！」他說：「那些風車扇葉看起來是不是很單調？」

他坐在那裡，牽著她的手。他無法閒談，亦無法思考。不過，坐在那裡握著她的手令他寬慰。她內心既不滿又苦悶。他心不在她身上，她無關緊要。

傍晚時分，兩人坐在沙丘間，遠眺波濤洶湧的漆黑大海。

「她永遠不會屈服。」他輕聲說。

克拉拉心一沉。

「對。」她回應。

「死法有千百種。我父親家族的人都很怕死，必須像牲口拖進屠宰場那樣，硬是扯著他們的脖子，拖出生命，拉進死亡；可是，我母親家族的人是要從背後一步步推向死亡。他們很頑強，不肯死。」

「好。」克拉拉說。

「她不會死的，她沒辦法。倫蕭先生，那個牧師前幾天來我們家。他對她說：『好好想清楚！妳會在另一個國度和妳父母、姊妹、兒子團聚。』結果，她說：『沒有他們在身邊，我都活了那麼久，現在就算他們不在，我也一樣**有辦法**活下去。我想要的是生者，不是死者。』就連現在，她也想活下去。」

「噢，太可怕了！」克拉拉嚇得差點說不出話來。

「然後她看著我，想留在我身邊。」他用呆板的聲音繼續說，「她意志這麼堅定，好像她永遠不會離開——永遠不會！」

「別想了！」克拉拉大喊。

「她以前很虔誠——現在也很虔誠——但這毫無意義。她就是不肯屈服。妳知道嗎，我星期四對她說：『母親，要是我不得不死，我會乖乖死。我會死得**心甘情願**。』結果，她尖酸地對我說：『你以為我不是這樣嗎？你以為你能想死就死嗎？』」

他的話音消失。他沒哭，只是繼續用呆板的聲音說話。克拉拉想逃跑。她環顧四周。眼前的漆黑海岸迴盪著海浪聲，黑暗的天空似要朝她塌下來。她嚇得站起來。她想去有光的地方，想待在有人群的場所。她想遠離他。他坐著低頭，紋絲不動。

「我不想要她吃東西，」他說：「她也心知肚明。當我問她：『妳要吃點什麼嗎？』她簡直怕得不敢說『好』。她說：『我想喝杯班格爾牌的營養補充飲。』我對她說：『那只會讓妳保持精神。』『對，』她差點沒哭出來，『但什麼也不吃實在很難受，我受不了啊。』所以我只好去幫她張羅餐點。都是癌症害她難受成那樣。要是她死了就好了！」

「來吧！」克拉拉粗聲粗氣地說，「我要走了。」

他跟著她穿過籠罩著沙丘的黑暗。他沒有靠向她，好像幾乎沒意識到她的存在。她對他既害怕又厭惡。

兩人在同樣的茫然至極狀態下返回諾丁漢。保羅始終很忙碌，始終在做些什麼，始終找某個朋友作陪。

週一，他去探望貝克斯特．道斯。那個男人無精打采，臉色蒼白，起身向對方問候，一邊伸出手，一邊緊靠著椅子。

「你不該站起來的。」保羅說。

道斯重重坐下，一臉狐疑打量保羅。

「你要是還有其他好事可做，」他說：「就別在我身上浪費時間。」

「是我自己想來。」保羅說：「瞧！我替你帶了點糖果。」

病人把糖果放到一旁。

「這個週末過得不怎麼樣。」保羅說。

「你母親還好嗎？」對方問。

「沒什麼變化。」

「你星期天沒來，我還以為她可能病得更重了。」

「我人在斯凱格內斯，」保羅說：「想換換環境。」

對方用深色雙眼注視保羅。他似乎在等待，不太敢主動問，確信對方會從實招來。

「我是跟克拉拉去的。」保羅說。

「我也料到是這樣。」道斯輕聲說。

「我之前就答應過她了。」保羅說。

「你想幹嘛就幹嘛吧。」道斯說。

這是他們之間首次確切提及克拉拉。

「不，」保羅緩緩開口，「她已經厭倦我了。」

道斯又望向他。

「她從八月就開始厭倦我了。」保羅重複道。

兩人靜默以對。保羅提議下一盤西洋棋。他們默默下棋。

「我母親過世後，我打算出國。」保羅說。

「出國！」道斯重複他的話。

「對，我不在乎自己要做什麼。」

他們繼續下棋。道斯占上風。

「我要展開某種人生新篇章。」保羅說：「我想你也是吧。」

他吃了道斯一顆棋。

「我不知道該從哪著手。」對方說。

「事情遲早會發生，」保羅說：「做什麼一點用也沒有——反正就是這樣——不，我也搞不懂。給我顆太妃糖。」

兩人吃著糖果，又下了一盤西洋棋。

「你嘴上那道疤哪來的？」道斯問。

保羅慌忙把手放在嘴脣上，望向花園。

「我騎單車出了意外。」他說。

道斯顫抖著手移動棋子。

「你之前不該嘲笑我的。」他非常低聲說。

「什麼時候？」

「在伍德伯勒路那一晚，你跟她當時從我旁邊走過去——你還搭著她的肩。」

「我絕對沒有嘲笑你。」保羅說。

道斯的手仍放在那棋子上。

「我根本不知道你在那裡，是你經過的那一刻才發現。」保羅說。

「就是你那種態度，我才被激怒。」道斯非常低聲說。

保羅又拿了一顆糖。

「我絕對沒有嘲笑，」他說：「除非我就像平常那樣在笑。」

他們結束棋局。

那一晚，莫瑞爾為了有事做，從諾丁漢徒步回家。鍋爐的火光將布魯威爾上空染得一片通紅，烏雲有如低矮的天花板。他走在那長達十哩的大路上，覺得自己似乎正在烏黑的天地之間，一步步遠離生命，盡頭卻只有那間病房。如果他一直不斷走下去，終究只會抵達那裡。

他快到家時並不疲倦，不然就是累了卻不自知。隔著田野，他看得到她臥室窗戶裡的紅色火光搖曳不已。

「等她死了，」他心想，「那團火焰就會熄滅。」

他輕輕脫了鞋，悄悄爬上樓。母親的房門大開，因為她依然一個人睡。紅色火光在樓梯平臺灑下點點光芒。他動作輕柔如幽影，在她門口偷看了一下。

「保羅！」她低喃。

他的心似乎又碎了。他走進去，坐在床邊。

「你好晚才回來啊！」她喃喃說道。

「沒有很晚。」他說。

「唔，現在幾點了？」低喃聲顯得悲傷又無助。

「才過十一點而已。」

這並非事實，時間快一點了。

「噢！」她說：「我以為時間更晚。」

他隨即明白她又身陷苦不堪言的夜晚，此時疼痛往往揮之不去。

「我的鴿兒，妳睡不著嗎？」他說。

「嗯，睡不著。」她嗚咽。

「小姑娘，別擔心！」他低聲柔情說，「我的愛，別擔心。我會陪妳半小時，鴿兒，情況或許就會好點了。」

他坐在床邊，用指尖有節奏地緩緩撫摸她的額頭，輕闔她的雙眼，安撫她，用另一隻空著的手握住她的手指。他們聽得見其他房間裡睡覺的人正在呼吸。

「好了，去睡吧。」她喃喃說道，感受到他的愛意和手指輕撫後，躺著動也不動。

「妳睡得著嗎？」他問。

「嗯，我覺得可以。」

「小姑娘，妳覺得好點了吧？」

「對。」她說，就像心浮氣躁的小孩獲得了些許安慰。

然而，日復一日、週復一週，時間繼續流逝。保羅現在幾乎沒去找克拉拉，而是心神不寧地遊走在眾人間，想尋求幫助，卻求助無門。米莉安體貼地寫了信給他。他去見她。看見他臉色蒼白憔悴，雙眼陰鬱迷茫，她非常心痛。憐憫之情油然而生，刺痛著她，直到她無法承受。

「她情況怎麼樣？」她問。

「老樣子——還是一樣！」他說：「醫生說她撐不下去了，但我知道她會。她到聖誕節都還會在。」

米莉安不由得渾身發抖。她把他拉向自己，將他緊摟在胸前，對他親了又親。他屈服了，卻飽受煎熬。她親吻不了他的痛苦，緩和不了那依然存在的痛苦。她吻了他的臉龐，他體內一陣激動，內心卻與肉體分離，因死亡的痛苦而備受折磨。她繼續親吻他，撫摸他的身體，直到他終於覺得自己會失去理智，才從她懷裡掙脫。此時此刻，他不想這麼做——不想做那檔事。她自以為安慰了他，有幫上他的忙。

時序進入十二月，下了點雪。他現在成天待在家裡。他們請不起護士，於是安妮過來照顧母親，他們喜愛的一位教區護士早晚各來探訪一次。保羅與安妮共同分擔看護的工作。晚上常有朋友和他們待在廚房裡，眾人哄堂大笑，笑得渾身發抖。這全是純粹的反應，因為保羅太過滑稽，安妮有夠古怪。大家笑出淚來，強忍住笑聲。莫瑞爾太太孤伶伶躺在黑暗中，儘管痛苦不堪，但聽到他們的笑聲，感到一絲欣慰。

然後，保羅會小心翼翼上樓，心懷愧疚，前來查看她是不是聽到了。

「要不要給妳喝點牛奶？」他問。

「一點點就好。」她哀傷地回答。

他會在牛奶裡摻點水，不讓她獲得滋養。即便如此，他依然愛她勝過自己的生命。

她每晚服用嗎啡，因此出現心律不整的情形。安妮都睡在她身邊。姊姊一大清早起床時，保羅會走進房間。由於嗎啡的關係，母親早上臉色都很憔悴，面如死灰。受盡痛苦的折磨，她的眼神愈來愈黯淡無光，只看得到瞳孔。每到早上，身體往往又累又痛到她簡直受不了。但她無法也不願痛哭失聲，甚至不太出聲抱怨。

「今天早上妳睡得有點晚啊，小不點。」他會對她說。

「是嗎？」她回答，疲倦的語氣帶著一絲煩躁。

「對啊，都快八點了。」

他站著望向窗外。整片鄉野埋在雪中，景色淒涼慘淡。接著，他替她量脈搏。脈動一強一弱，宛如聲音及其回聲。這理應預示著生命的盡頭。她任由他把脈，很清楚他有何心願。

他們有時直視彼此，幾乎像在這瞬間達成了共識。簡直就像他同意她就此死去，但她不肯點頭答應，不願死。她身體衰弱得要化為灰燼，眼神陰鬱，飽受折磨。

「您難道不能給她服用點什麼，好了結一切嗎？」他終於開口問醫生。

但醫生搖了搖頭。

「她時日無多了，莫瑞爾先生。」他說。

保羅進屋。

「我快受不了了，這樣下去，我們全都會發瘋。」安妮說。

兩人坐下來吃早餐。

「米妮，趁我們現在吃早餐，去陪陪她吧。」安妮說。可是，女孩十分害怕。

保羅穿過鄉野，行經樹林，踏過雪地。他看到兔子和鳥兒在白雪上留下的痕跡。他漫無目的走了又走。霧紅色夕陽緩緩露臉，徘徊不去，十分惱人。他以為她那一天就會離開人世。有隻驢子從林緣一路踏雪朝他走來，用頭蹭了他一下，伴他而行。他摟住驢子的脖頸，臉頰輕蹭牠的耳朵。

母親沉默不語，依然活著，抵死不從地緊抿著嘴巴，飽嘗苦痛的眼眸反而顯得有生氣。

聖誕節快到了，雪愈下愈多。他和安妮都覺得他們似乎無法再撐下去了。然而，她的陰鬱雙眼依然活著。莫瑞爾沉默又害怕，盡量消除自己的存在感。有時，他走進病房看了看她，然後退出房間，整個人不知所措。

她繼續緊抓著生命不放。礦工集體罷工，直到聖誕節兩週前左右才回來。米妮端著餵杯上樓。這時，男人們已經回來兩天了。

「米妮，那些男人有沒有說他們手瘦啊？」她問，聲音微弱，帶著一絲抱怨，聽起來不肯屈服。米妮驚訝地站在原地。

「就我所知沒有，莫瑞爾太太。」她回答。

「但我敢說他們一定覺得很瘦。」奄奄一息的婦人說完，疲倦地嘆了口氣，動了一下頭。「但是不管怎樣，這星期會有點錢能買東西了。」

任何小事她都沒放過。

「安妮，妳父親的礦工服大概需要好好晾一下。」男人們準備返回工作崗位時，她這麼說。

「妳別操心那種事了，親愛的。」安妮說。

有一晚，安妮與保羅獨處，護士在樓上。

「她會活過聖誕節的。」安妮說。兩人皆驚恐不已。「她不會。」他沉著臉回答，「我會給她服用嗎啡。」

「什麼嗎啡？」安妮說。

「所有在謝菲爾德拿到的嗎啡。」保羅說。

「好——動手吧！」安妮說。

翌日，他在臥室作畫。她似乎睡著了。他在畫前輕手輕腳前後來回移動。她忽然發出小小的嗚咽聲：「別晃來晃去，保羅。」

他轉過頭去。她臉上那像是兩個黑泡泡的雙眼正望著他。

「好，親愛的。」他溫柔地說。他心中的另一根弦似乎猛地斷裂。

當天晚上，他搜刮家裡所有嗎啡藥丸，拿到樓下，小心翼翼全壓成粉末。

「你在做什麼？」安妮說。

「我會把藥加進她晚上要喝的牛奶裡。」

語畢，他們像密謀的兩個小孩齊聲同笑。即使滿懷恐懼，他們還是保有那麼點理智。

這一晚，護士沒有來安頓莫瑞爾太太睡覺。保羅端著裝了熱牛奶的餵杯上樓。時間是九點整。

她上半身被撐起，坐在床上。他將餵杯湊到她嘴邊，他寧死也不願傷到那雙脣。她啜了一小口，推開杯嘴，用疑惑的陰鬱雙眼望著他。他看著她。

「噢，保羅，這**好**苦喔！」她說，臉皺了一下。

「這是醫生要我給妳服用的一種新安眠藥。」他說：「他認為這藥會讓妳早上不那麼昏昏沉沉。」

「我也希望不會。」她像小孩似地說。

她又喝了一些牛奶。

「但味道**真的**好噁啊！」她說。

他看見她虛弱的手指蓋在杯口上，嘴脣微微顫抖。

「我知道，我嘗過了。」他說：「喝完之後，我再給妳一點沒加藥的牛奶。」

「我也是這麼想。」她說完，繼續喝那杯藥。她就像個乖乖聽他話的孩子。他心想她是不是察覺到了。他看著她可憐枯瘦的喉嚨不斷起伏，費力嚥下。他跑下樓再倒些牛奶。只見杯底沒有半滴殘留。

「她喝了嗎？」安妮低聲問。

「喝了，她還說很苦。」

「噢！」安妮笑說，咬著下脣。

「我跟她說這是新藥。牛奶放在哪？」

他們一起上樓。

「不知道為什麼護士沒有來安頓我睡覺？」母親像孩子似地傷感抱怨。

「她說要去聽音樂會，親愛的。」安妮回答。

「是嗎？」

他們沉默片刻。莫瑞爾太太大口吞下那一丁點沒摻藥的牛奶。

「安妮，那個藥嘗起來**真的**好噁喔！」她哀怨說。

「吾愛，是這樣嗎？好了，別放在心上。」

母親又疲倦地嘆了口氣。她的脈搏不太規律。

「**我們**來幫妳安頓好吧，」安妮說：「護士可能很晚才來。」

「好，」母親說：「試試看吧。」

他們掀開被子。保羅看到母親穿著法蘭絨睡衣，像個小女孩蜷縮身子。他們迅速鋪好半邊床，將她移過去，再鋪好另一半，然後把她的睡衣拉過那雙小腳，整個人用被子蓋好。

「好了，」保羅邊說邊輕撫她，「好啦！現在可以睡了。」

「好。」她說。「我沒想到你們能把床鋪得那麼好。」她又補了一句，簡直是興高采烈。語畢，她蜷起身子，臉頰枕在手上，腦袋舒服地縮在雙肩之間。保羅將那條細長的灰髮辮擺到她肩上，親了她一下。

「妳睡吧，親愛的。」他說。

「好。」她深信不疑地回答，「晚安。」

他們熄燈後，一切寂靜無聲。

莫瑞爾早已上床。護士沒來。安妮和保羅在十一點左右去查看她。她喝藥後，似乎像往常一樣睡著了。她嘴巴微開。

「我們要熬夜嗎？」保羅說。

「我會跟平常一樣躺著陪她。」安妮說：「她可能會醒來。」

「好。要是發現任何變化，就叫我一聲。」

「好。」

他們逗留在臥室的爐火前，感受到外頭夜色廣袤漆黑，雪花不斷飄落，世界上唯有他們孤單兩人。最後，保羅走進隔壁房間就寢。

他幾乎一沾枕就墜入夢鄉，卻時不時醒來。然後，他陷入沉睡。安妮低聲叫喚，「保羅、保羅！」他才驚醒。睜眼便見姊姊站在黑暗中，穿著白色睡衣，長辮垂在身後。

「怎麼了？」他低聲說，坐起身子。

「快來看看她。」

他溜下床。在那間病房裡，一盞煤氣燈已經點燃。母親的姿勢和入睡時一樣，臉頰枕在手上，蜷著身子。但她現在嘴巴張開，發出沉重刺耳的呼吸聲，像在打鼾，一吸一吐之間停頓許久。

「她快走了！」他低聲說。

「對。」安妮說。

「她這樣多久了？」

「我剛剛才醒。」

安妮匆匆披上睡袍，保羅裹著棕色毛毯。時間是三點整。他撥弄爐火。兩人坐下來等待。先是打鼾般的沉重吸氣聲，停頓片刻後，換成吐氣聲。接著出現一段空檔——很長一段空檔。然後，同樣的過程再次上演。打鼾般的沉重吸氣聲再次出現。他彎腰湊過去看她。

「太可怕了！」安妮低聲說。

他點點頭。他們又無助地坐回去。打鼾般的刺耳吸氣聲再次響起。他們的心也再次懸在半空中。

刺耳漫長的吐氣聲再次響起。這個聲音如此不規律，中間停頓如此久，卻響徹整間屋子。莫瑞爾繼續在他房裡呼呼大睡。保羅和安妮蹲坐著，縮成一團，動也不動。沉重的打呼聲再次響起，中間屏息的空檔長得令人痛苦，接著才出現刺耳的吐氣聲。分秒流逝。保羅又彎身查看她。

「她可能會這樣一直拖下去。」他說。

兩人皆默不作聲。他望向窗外，隱約看得出花園覆蓋著積雪。

「妳去我床上睡吧。」他對安妮說，「我來守著。」

「不，」她說：「我會留下來陪你。」

「我希望妳別這麼做。」他說。

最後，安妮悄悄走出房間，他獨自待著。他用棕色毛毯緊緊裹住自己，蹲在母親面前細瞧。她下顎鬆垮，看上去糟透了。他定睛觀看。有時，他以為那沉重的呼吸聲再也不會響起。他實在受不了了——要這樣一直等。忽然間，那沉重的刺耳聲音響起，嚇了他一跳。他又去撥弄爐火，沒發出半點聲響。不可以打擾到她。時間流逝。隨著一次又一次的呼吸聲，夜晚逐漸消逝。那呼吸聲一響起，他便心如刀割，直到最後感覺幾近麻木。

父親起床了。保羅聽到礦工一面穿上長襪，一面打呵欠。然後，穿著襯衫和長襪的莫瑞爾走進來。

「噓！」保羅說。

莫瑞爾站在那裡看。他轉頭望著兒子，一臉無助，神情恐懼。

「我是不是最好待在家裡啊？」他低聲說。

「不，去工作吧。她會撐到明天的。」

「我覺得不會。」

「會的。去工作吧。」

礦工又擔心地看了她一眼，然後聽話走出房間。保羅看到他腿上的襪帶晃來晃去。

又過了半小時，保羅下樓喝杯茶就回來了。換上礦工服的莫瑞爾再次上樓。

「我要去嗎？」他說。

「去吧。」

幾分鐘後，保羅聽到父親踩著沉重步伐，砰砰踏過吸音的積雪。礦工們在街上互打招呼，成群結隊邁著沉重腳步去上工。那拉長的可怕呼吸聲依舊持續：嘶嘶嘶，停頓良久，接著又是哈啊啊啊！遠處雪地上方迴盪著鐵工廠的汽笛聲。礦場和其他工廠的鼓風機嗡嗡作響，此起彼落，有些從遠方傳來較小聲，有些離得很近。接著，一片沉寂。他撥弄爐火。沉重的呼吸聲劃破了寂靜——她還是老樣子。他拉開窗簾，向外望去。天色仍暗。也許有稍微亮了一點。也許積雪更藍了一些。他拉上窗簾，換好衣服。他邊發抖邊拿起盥洗臺上的瓶子，喝下白蘭地。積雪正愈變愈藍。他聽到一輛馬車沿街哐啷駛過。對，已經七點了，天色開始微微發亮。他聽到有人在打招呼。整個世界正在甦醒。死氣沉沉的灰暗黎明悄悄籠罩著雪地。對，他看得見那一棟棟屋舍。他關掉煤氣燈，室內顯得昏暗無比。呼吸聲依舊持續，但他幾乎習慣了。他看得見她。她還是老樣子。他心想，要是把厚重衣物堆在她身上，呼吸聲是不是就會停下來。他望著她。那不是她——從頭到腳都不是她。要是他把毛毯和厚重大衣堆到她身上——

房門忽然打開，安妮走進來。她一臉探詢看著他。

「還是老樣子。」他平靜地說。

兩人交頭接耳一會兒，他下樓吃早餐。時間是七點四十分。不久，安妮下來了。

「太可怕了！她看上去太可怕了！」她低聲說，害怕得兩眼發昏。

他點了點頭。

「就是她現在那樣子！」安妮說。

「喝點茶吧。」他說。

兩人又上樓。不久，鄰居紛紛來訪，提心吊膽問說：「她情況怎麼樣？」

情況還是老樣子。她臉頰枕在手上，嘴巴張開，沉重嚇人的打呼聲來來去去。

十點，護士來了。她表情古怪，顯得愁眉苦臉。

「護士，」保羅喊道，「她會一直這樣好幾天嗎？」

「不會的，莫瑞爾先生。」護士說：「她沒辦法的。」

接著一片沉默。

「實在太糟了！」護士嗚咽，「誰想得到她居然有辦法忍受？下樓去吧，莫瑞爾先生，下樓吧。」

最後，十一點左右，他終於下樓，去鄰居家坐坐。安妮也在樓下。護士和亞瑟待在樓上。保羅坐在那裡，一手托著腦袋。這時，安妮忽然飛奔過院子，有點瘋了似地大喊：「保羅——保羅——她走了！」

他立刻趕回自家，跑上樓。她躺著一動也不動，蜷著身子，臉枕在手上，護士正在替她擦嘴。他們全站在後方。他跪下去，臉湊向她，環抱住她。

「吾愛，吾愛啊——噢，吾愛！」他低聲不停呼喚，「吾愛——噢，吾愛！」

他聽到身後的護士哭說：「她好多了，莫瑞爾先生，她好多了。」

他從母親死去卻仍有餘溫的身體抬起頭後，立刻下樓，開始擦亮靴子。

待做的事堆積如山，有信要寫，還有其他瑣事。醫生上門，看了她一眼便嘆氣。

「唉，真可憐啊！」他說完別過頭。「六點左右來診所拿死亡證明吧。」

父親大約四點下班回家。他默默拖著腳步進屋坐下。米妮忙著為他張羅晚飯。他疲憊不堪，把髒兮兮的手臂擱在桌上。晚餐有他喜歡的蕪菁甘藍。保羅心想，他是不是知道了。好一段時間，無人開口。最後，兒子才說：「你有注意到捲簾拉下了嗎？」

莫瑞爾抬起頭。

「沒有。」他說：「怎麼，她走了嗎？」

「對。」

「什麼時候走的？」

「今天早上十二點左右。」

「嗯！」

礦工坐著沒動，過了片刻才開始吃，一副若無其事的樣子。他默默吃著蕪菁甘藍。吃完飯，他洗了澡，上樓穿衣。她的房門緊閉。

「你有去看她嗎？」他下樓時，安妮問他。

「沒有。」他說。

過沒多久，他出門了。安妮離去，保羅聯絡殯儀業者、牧師、醫生、戶籍管理員。處理這些事相當費時，他回家時都快八點了。殯儀業者很快就會來丈量棺材的尺寸。整間屋子除了她，空無一人。他拿著蠟燭上樓。

這個房間長久以來都很溫暖，現在卻寒氣逼人。鮮花、瓶罐、杯盤，所有散置在病房裡的東西已經清出去，一切顯得簡陋又肅殺。她躺在床上，從床單下隆起，由翹起的腳看過去宛如一片曲線俐落的連綿起伏雪地，寂靜無聲。她躺在那裡，猶如沉睡的少女。他舉著蠟燭，俯身看她。她躺在那裡，像個夢見摯愛的沉睡女孩。她嘴脣微啟，彷彿不知為何受苦，但臉蛋顯得年輕，額頭白皙無皺紋，彷彿歲月從未留下痕跡。他又看向她的眉毛，望向小巧迷人的微歪鼻子。她再次恢復年輕光采。唯有從鬢角優美流洩而下的頭髮摻雜著銀絲，兩條擺在肩上的簡單髮辮則像銀棕相間的細絲飾品。她好像隨時會醒，隨時會睜開眼睛。她仍與他同在。他彎下腰，激動地親了她。但他的嘴只感到一片冰冷。他驚恐地咬了咬唇。他望著她，自覺永遠無法放手讓她走。不！他輕撫起她鬢角的髮絲，連那也一樣冰冷。他看著那開不了口的嘴，對這份心痛感到詫異。接著，他蹲伏在地，輕聲對她說：

「母親、母親！」

殯儀業者來的時候，他仍陪在她身邊。這些年輕人以前是他同學，個個態度平靜，有條不紊，恭敬地碰觸她。他們並未盯著她瞧。保羅在一旁嫉妒觀看。他和安妮嚴守著她，不肯讓任何人來看她，此舉激怒了鄰居。

過了一陣子，保羅外出去朋友家玩牌，回來時早已半夜。他進屋後，父親從沙發上起身，哀怨地說：「我以為汝再也不回來了，小子。」

「我沒想到你會等門。」保羅說。

父親看上去如此孤苦無依。莫瑞爾一向無所畏懼，簡直天不怕地不怕。保羅這才驚覺，他是怕得不敢就寢，怕要獨自與去世的妻子共處一屋。他很難過。

「我忘了只會剩你一個人，父親。」他說。

「汝要吃點什麼嗎？」莫瑞爾問。

「不用了。」

「瞧，我替汝弄了點熱牛奶。快喝吧，冷得差不多了。」

保羅喝掉牛奶。

過了一會兒，莫瑞爾便去睡覺。他匆匆經過緊閉的門扉，沒把自己的房門關上。不久，兒子也上樓。他一如往常走進去，給了她一個晚安吻。房裡又黑又冷。他真希望他們沒熄滅她房裡的爐火。她仍做著青春美夢，但這樣下去會很冷。

「親愛的！」他低聲說，「親愛的！」

說完，他沒有親她，生怕她會變成冰冷陌生的存在。看到她睡得如此安詳，他很安心。他輕輕關上房門，以免吵醒她，然後上床睡覺。

早上，聽到安妮在樓下，保羅在樓梯平臺對面的房間裡咳嗽，莫瑞爾鼓起勇氣，打開她的房門，走進昏暗的房間。晨光下，他看到隆起的白色軀體，卻不敢看她本人。他嚇得六神無主，又不知所措地逃出房間，留下她一人。他再也沒看過她一眼。他已經好幾個月沒正眼看她，因為不敢看。她看起來又像他那位年輕妻子了。

「你有去看她嗎？」安妮在早餐後厲聲問他。

「有。」他說。

「你不覺得她看起來很美嗎？」

「對。」

不久，他走出家門。他似乎始終悄悄繞開她所在的房間，避之唯恐不及。

保羅四處奔波，忙著處理後事。他在諾丁漢與克拉拉碰面，一起去咖啡廳享用下午茶，氣氛又愉快起來。她發現他沒有將此事當作悲劇，極其欣慰。

之後，親戚紛紛前來參加葬禮，弔唁成了眾人之事，兒女三人不得不寒暄、接待，暫時放下個人情感。他們在狂風暴雨中為她下葬。泥土溼得發亮，白色獻花都溼透了。安妮緊抓著保羅的手臂，往前傾身，在洞裡看到威廉深色棺材的一角。橡木箱一路平穩下降。她消失了。雨水傾瀉而下，注入墓穴。黑壓壓的送葬隊伍掉頭離去，雨傘上閃著水光。在冰冷的滂沱大雨之中，墓園空無一人。

保羅回家後，忙著端飲品給客人。父親坐在廚房，身邊是莫瑞爾太太的親戚，那些「自視甚高」

的人。他一下悲嘆她生前是多麼好的姑娘，一下表示自己為她竭盡所能了——真的竭盡一切。他傾注一生為她竭力打拚，所以不必感到自責。她走了，但他已經為她盡力了。他用白手帕擦了擦眼睛。他不必感到自責，他又說了一遍。他這輩子都為她盡己所能了。

他便是這樣試圖將她拋諸腦後。他從未動情想念她，心中任何深切情感，他都予以否認。保羅痛恨父親坐在那裡為她故作感傷，很清楚他也會在酒館這麼做。即使莫瑞爾想忘卻，內心依舊陷入愁雲慘霧之中。後來，他有時午睡完下樓，臉色蒼白，身子瑟縮。

「我**剛剛**夢到汝母親了。」他小聲說。

「是嗎？父親，我每次夢到她，都是她還很健康的樣子。我常夢見她，不過這樣感覺似乎很不錯、很自然，好像一切都沒變。」

然而，莫瑞爾蹲在爐火前，滿懷恐懼。

接下來幾週似虛似實，不太感到心痛，也沒什麼感覺，或許輕鬆了一點，卻往往是不眠之夜。保羅靜不下心，流連各處。母親病情惡化後，他已經好幾個月沒和克拉拉做愛。她顯然不願與他交談，態度相當疏遠。道斯偶爾才見到她，但兩人都無法縮短彼此相隔的那段遙遠距離。三人就這樣隨波逐流過活。

道斯恢復得奇慢無比。聖誕節時，他住在斯凱格內斯的療養院，就快痊癒了。保羅去海邊住了幾天，父親則去謝菲爾德與安妮同住。道斯前往保羅的租屋，因為療養院沒辦法再讓他繼續住。這兩人明明對彼此十分含蓄，卻似乎又忠於對方。道斯現在很信賴保羅。他知道保羅與克拉拉實際上等同分手了。

聖誕節兩天後，保羅要回諾丁漢。前一晚，他陪著道斯坐在爐火前抽菸。

「你知道克拉拉明天要來這裡過吧？」他說。

對方看了他一眼。

「知道，你有跟我說。」他回答。

保羅把杯中殘留的威士忌喝完。

「我跟房東太太說你太太會來。」他說。

「是嗎？」道斯說，畏縮了一下，卻還是幾乎把自己的命運交由對方來決定。他有些僵硬地站起來，伸手拿走保羅的酒杯。

「我幫你倒一杯。」他說。

保羅一躍而起。

「你坐著就好。」他說。

不過，道斯還是繼續用顫抖不已的手倒酒。

「夠了就說一聲。」他說。

「謝了！」對方回答。「但你根本不必站起來啊。」

「這樣對我有幫助，小子。」道斯答道，「我開始覺得身體又好起來了。」

「你確實快好了。」

「我是啊，我當然是。」道斯說，對他點了點頭。

「連恩還說能替你在謝菲爾德找份差事。」

道斯又用深色雙眸掃視他，流露出不論對方說什麼都會贊同的眼神，或許顯得有點受他所支配。

「真好笑，」保羅說：「你都要重新開始生活了，我卻覺得我的情況比你還糟。」

「小子，怎麼說？」

「我不知道，搞不清楚啊。好像我身在一個混亂複雜的洞裡，又暗又悶，到處都無路可走。」

「我知道——我懂你的意思。」道斯點頭說，「但你最後會發現一切會沒事的。」

他說話時帶著安撫的口吻。

「我想應該是吧。」保羅說。

道斯狀似絕望地敲了敲菸斗。

「你還沒走到像我這種地步。」他說。

莫瑞爾看著對方的手腕和蒼白的手，看他緊抓著菸斗柄，把菸灰敲出來，彷彿放棄了希望。

「你幾歲了？」保羅問。

「三十九。」道斯回答，瞥了他一眼。

那雙棕眼寫滿對失敗的擔憂，簡直像在乞求安心保證，懇求誰來幫自己重拾男子氣概、給予自己溫暖鼓勵、使自己重新堅強起來。他的目光令保羅不安。

「你才正要邁入壯年。」保羅說：「你看起來可不像少了大把精力的人啊。」

對方的棕眼忽然閃爍了一下。

「是沒有。」他說：「我精神還健在。」

保羅抬頭笑了。

「我們倆都精力充沛到還能幹大事呢。」

兩人目光相會，互相交換了一下眼色。在彼此身上看出內心激動所產生的緊張後，他們都喝下威士忌。

「沒錯，老天為證！」道斯氣喘吁吁說。

兩人沉默片刻。

「我也不明白，」保羅說：「你為什麼不在哪跌倒就在哪爬起來。」

「什麼——」道斯暗示他說下去。

「對，讓你原本的家恢復原狀。」

道斯遮住臉，搖了搖頭。

「辦不到。」他說完，抬頭冷笑。

「為什麼？因為你不想嗎？」

「或許吧。」

他們默默抽菸。道斯露齒咬著菸斗柄。

「你是說你不想要她了？」保羅說。

道斯仰望著畫，露出譏諷的表情。

「我也搞不清楚。」他說。

煙霧輕輕往上飄。

「我認為她想要你。」保羅說。

「是嗎？」對方回應，語氣輕柔卻諷刺，難以解讀。

「對。她從來就沒有真的緊纏著我不放——你的存在始終陰魂不散。這就是為什麼她不願意離婚。」

道斯繼續擺出譏諷表情，盯著壁爐架上那幅畫。

「女人都是這樣看待我。」保羅說：「她們發狂似地渴望我，卻不想屬於我。而她自始至終都**屬於**你，這點我很清楚。」

道斯的男性自尊得意洋洋起來。他露出更多牙齒。

「也許我以前太傻了。」他說。

「你以前確實非常傻。」保羅說。

「不過就算我是，你或許比我還更傻。」道斯說。

這句話帶有一絲勝利與惡意的口吻。

「你是這樣想？」保羅說。

兩人沉默好一陣子。

「不管怎樣，我明天就走了。」保羅說。

「知道了。」道斯回答。

隨後，兩人不再交談。內心又湧出想殺掉對方的本能。他們幾乎是迴避著彼此。

他們睡在同一間臥室。就寢時，道斯看上去心不在焉，若有所思。他穿著襯衫，坐在床緣，看著自己的腿。

「你這樣不冷嗎？」保羅問。

「我在看這兩條腿。」對方答道。

「腿怎麼了？看起來沒事啊。」保羅在床上回應。

「看起來沒事，但還是有點水腫。」

「那又怎麼了？」

「你過來瞧瞧。」

保羅心不甘情不願下床，走過去看那男人相當結實的腿，上面覆著一層富有光澤的深金色腿毛。

「看這裡。」道斯指著小腿說，「看看這下面的水。」

「哪裡？」保羅說。

男人用指尖壓了壓，留下幾個緩慢回彈的小小凹痕。

「這沒什麼。」保羅說。

「你摸摸看。」道斯說。

保羅用手指摸了一下，按出小小凹痕。

「嗯！」他說。

「很糟吧？」道斯說。

「怎麼會？這又沒什麼大不了。」

「有水腫的腿算什麼男子漢啊。」

「有沒有又沒差。」保羅說：「我的肺就不好啊。」

他回到自己的床上。

「我想我其他部分都還算好。」道斯說完熄了燈。

到了早上，天空下著雨。保羅收拾行李。大海一片灰濛濛，不甚平靜，顯得陰沉。他似乎刻意讓自己愈來愈遠離生命，此舉令他愉悅至極。

兩人來到車站。克拉拉下了火車，沿著月臺走過來，挺直身子，態度冷淡沉著。她穿著長外套，戴上粗花呢帽。兩個男人都很討厭她如此泰然自若。保羅在剪票口與她握手。道斯倚靠著書報攤觀看。由於在下雨，他的黑色大衣一路扣到下巴。他臉色蒼白，不說話的模樣儼然帶有一絲高貴氣息。他走上前，微微跛行。

「你實際上應該比現在這樣要好很多吧。」她說。

「噢，我現在已經好了。」

三人茫然站在原地。她讓身旁兩個男人躊躇不前。

「我們是要直接去租屋，」保羅說：「還是去別的地方？」

「還是回家去吧。」道斯說。

保羅走在人行道外側，旁邊是道斯，接著是克拉拉。他們彼此客氣交談。客廳面海，只見灰茫茫的洶湧浪潮在不遠處嘶嘶作響。

保羅把大扶手椅轉了過來。

「男人，坐吧。」他說。

「我不想坐那張椅子。」道斯說。

「坐吧！」保羅又說了一遍。

克拉拉脫下衣帽，放在沙發上。她微微散發著怒意。她撩開頭髮坐下，表現得冷漠沉著。保羅跑下樓去找房東太太談談。

「我想妳應該很冷，」道斯對妻子說，「過來靠近爐火吧。」

「謝謝，我很暖和。」她回答。

她望向窗外的雨和大海。

「你們什麼時候要回去？」她問。

「這幾間房租到明天，所以他希望我住一晚。他今晚就會回去了。」

「然後你打算去謝菲爾德？」

「對。」

「你身體有好到可以開始工作嗎？」

「我有這個打算。」

「你真的有找到工作？」

「對，星期一開始上工。」

「你看起來還沒好。」

「哪裡還沒好？」

她沒答腔，反而又望向窗外。

「那你在謝菲爾德有地方住嗎？」

「有。」

她又轉頭朝窗外望去。窗玻璃上布滿不停滑落的雨水，顯得一片模糊。

「那你應付得來嗎？」她問。

「我覺得可以。我非做到不可！」

兩人默不作聲，保羅在這時回來了。

「我要搭四點二十分的車。」他說著走進來。

無人回應。

「希望妳能把靴子脫下來。」他對克拉拉說。

「這裡有雙我的拖鞋。」

「謝謝。」她說：「我鞋子沒溼。」

他將拖鞋放在她腳邊。她沒去動。

保羅坐下來。兩個男人似乎很無助，表情各自都狼狽不堪。但道斯這時表現平靜，狀似屈服，保羅反而好像全身緊繃。克拉拉心想，她從未看過他如此渺小、如此卑賤。他彷彿努力想把自己塞進小到不能再小的羅盤裡。無論他是忙著做準備，還是坐著聊天，總顯得有些虛偽，格格不入。她看著陌生的他，暗自心想：在他身上找不到所謂的安定。他心情好的時候，個性宜人，充滿激情，可以讓她一嘗純粹生命的滋味。但是此刻，他看起來毫無價值、微不足道。他一點也不安定。她丈夫反而更有男子漢的尊嚴。至少**他**不是毫無定性，不會隨風飄盪。保羅給人倏忽即逝的感覺，她心想，無常又虛假。他永遠不會成為任何女人得以仰賴的穩固依靠。她相當瞧不起他這樣畏畏縮縮、愈來愈沒存在感。她丈夫起碼夠有男子氣概，被打敗就認輸；但這個人絕不會承認自己被打敗，只會變來變去，到處徘徊，愈縮愈小。她瞧不起他。然而，她沒看向道斯，而是注視保羅，彷彿三人的命運都掌握在他手裡。她為此痛恨他。

她現在似乎更瞭解男人，也曉得他們可以或願意做什麼事。她對他們少了點恐懼，對自己多了點信心。他們其實並沒有她原本想像的那麼卑劣自私，於是她更自在了。她從中學到不少——幾乎是她想學的一切。她福杯已然滿溢，仍經得起它如此滿溢。總而言之，當他離去，她是不會感到遺憾的。

他們吃完飯，坐到爐邊喝酒配堅果。沒人談起正事。然而，克拉拉領悟到保羅要從三人中退出，讓她能選擇待在丈夫身邊。此舉教她怒不可遏。他終究是個卑鄙的傢伙，取得自己所需，再把她還回去。她卻忘了自己也取得所需，並打從心底希望自己被還回去。

保羅覺得自己一蹶不振，寂寞無比。母親曾是他名副其實的生命支柱。他曾愛著她，事實上，他們兩人是一起面對這個世界。如今，她不在了，在他身後永遠留下人生中的一道裂口、帷幕上的一個破洞，他的生命似乎從中緩緩流逝，彷彿他被一步步拉向死亡。他希望有人能自動自發幫他。他開始放棄次要事物，就是生怕這件大事到來，生怕緩緩步向死亡，生怕自己隨心愛的人而去。克拉拉成為不了他能依靠的人。她想得到他，卻不想理解他。他覺得她想要的是那個偽裝的外殼，而不是這個身處困境、真正的他。這對她來說過於棘手，他不敢交出這個自己，她應付不了他的。他為此感到羞愧。就因為他整個人一團糟，就因為他對生命的堅持充滿變數，就因為沒有人留得住他，他暗自感到羞愧，自覺虛幻無形，彷彿他在這個具體有形的世界裡算不了什麼，因此把自己愈縮愈小。他不想死，也不願屈服。但是他並不怕死。若無人伸出援手，他會獨自走下去。

道斯的人生被逼到絕境，逼到他心生恐懼。他能走到死亡邊緣，能躺在邊緣朝其窺探。然後，他受到威嚇，害怕得只能往回爬，像個乞丐接受施捨。此舉帶有幾分高尚。在克拉拉看來，他承認自己被打敗，而且無論如何都希望再次被她接納。她可以為他完成這個心願。時間是三點整。

「我要搭四點二十分的車。」保羅又對克拉拉說，「妳要來嗎？還是晚點再走？」

「我不知道。」她說。

「我和父親約好七點十五分要在諾丁漢碰頭。」

「那麼，」她回答，「我晚點再走。」

道斯忽然抽動一下，彷彿一直處於緊繃狀態。他向外眺望大海，眼前卻空無一物。

「角落裡有一、兩本書，」保羅說：「我都看完了。」

他四點左右離開。

「兩位，回頭見了。」他邊說邊握手致意。

「應該吧。」道斯說：「也許……總有一天……我會有辦法還你錢，因為——」

「我會來找你討的，等著吧。」保羅笑說，「我年紀還沒一大把，八成就破產了。」

「好吧，那就……」道斯說。

「再見。」他對克拉拉說。

「再見。」她說，朝他伸出手。接著，她最後一次看了他一眼，無言以對，態度卑微。

他走了。道斯和妻子又坐了下來。

「這種惡劣天氣真不適合出遠門。」男人說。

「是啊。」她回答。

他們隨意閒聊直到天色漸暗。房東太太把茶端來。道斯就像個丈夫，逕自把椅子拉到桌旁，恭順坐著等人倒茶給他。她就像個妻子，沒開口問他想怎麼喝，便照慣例伺候他。

喝完下午茶，快六點時，他走到窗邊。外面一片漆黑。大海轟隆作響。

「還在下雨。」他說。

「是嗎？」她回答。

「妳今晚不會走，是吧？」他遲疑地說。

她沒答腔。他等著。

「雨下成這樣，是我就不會走。」他說。

「你**希望**我留下嗎？」她問。

他抓著深色窗簾的手在顫抖。

「對。」他說。

他仍背對著她。她站起來，緩緩朝他走去。他放開窗簾，猶豫地轉向她。她手放在背後站著，用難以解讀的沉重表情抬眼看他。

「貝克斯特，你想要我嗎？」她問。

他回答時，嗓音粗啞：「妳想回到我身邊嗎？」

她呻吟了一聲，舉起雙臂，環抱他的脖子，把他拉向自己。他將臉埋在她肩上，緊擁著她。

「再次接納我吧！」她欣喜若狂地低聲說，「再次接納我，接納我吧！」她將手指插進他那稀疏的深色細髮裡，彷彿處於半夢半醒間。他將她抱得更緊。

「妳還想要我嗎？」他結巴地喃喃說道。

第十五章 遭遺棄之人

克拉拉與丈夫一同前往謝菲爾德，保羅幾乎再也沒見過她。華特．莫瑞爾似乎任由麻煩找上門，就這樣繼續在爛攤子裡匍匐前進。父子之間簡直毫無情分可言，除了各自都覺得不能讓對方落入窮困之中。既然無人持家，加上他們皆無法忍受家裡空蕩蕩，保羅便在諾丁漢租屋，莫瑞爾則住到貝斯特伍德的一個朋友家。

對年輕人來說，一切似乎分崩離析。他無法動筆繪畫。他在母親去世那天完成的畫，那幅他滿意的畫，是他最後畫的作品。上班時，克拉拉不在那裡；回家後，他無法再提筆作畫。不再有什麼讓他眷戀了。

結果，他老是出沒在鎮上某處，不是喝酒，就是與熟識的男人們廝混。他感到厭倦無比。他不只與酒吧女侍攀談，還幾乎每個女人都去搭訕，但他的眼神透露著陰鬱和焦慮，好像他在搜索什麼。

一切顯得如此不同、如此不真實。大家似乎沒理由走在街上，屋舍似乎沒理由在日光下櫛比鱗次——這些人事物似乎沒理由占據空間，反而應該留下空缺。他朋友與他交談，他聽到聲響就回應。但為什麼要有吵雜的交談聲，他無法理解。

唯有獨處，或在工廠身體自動埋頭苦幹時，他最能做自己。若是後者，他意識一飄離，便徹底忘卻一切。可是，這種狀態終究會結束。一切都失真了，他難受至極。最初一批雪花蓮開始含苞待放。一片灰茫茫之中，他看到水珠狀的小小花蕾。過去，它們會讓他心情最為激動；現在，花長在那裡，卻顯得毫無意義。再過不久，它們便不會再占據那塊地方，空間又會恢復原貌。高大明亮的路面電車在晚上沿街奔馳。這樣大費周章來回疾駛，簡直令人困惑不解。「幹嘛要大費周章下坡駛去特倫特橋啊？」他問那些龐大路面電車。它們去或不去似乎都無關緊要。

最真實不過的當屬夜晚伸手不見五指的漆黑了。他覺得那漆黑才顯得完整又平靜，可以理解。他得以放任自己置身其中。一張紙忽然出現在他腳邊，然後沿著人行道一路飄去。他站著動也不動，渾身僵直，拳頭緊握，痛苦之火燃遍全身。他又看到那間病房，又看見母親和她的雙眼。他在無意識間與她同在，有她陪伴。飛速輕躍的紙張讓他想起她已經不在了。但他曾與她同在。他希望一切就此靜止不動，好讓他能再次陪著她。

一天又一天，一週又一週，時光不斷流逝。可是，一切似乎融為一體，匯聚成一大團。他分不清今日是何日、今週是何週，也搞不清楚自己身在何方。一切不再清晰可辨，全都模糊不清。他經常一失神就是一小時，記不起剛剛做了些什麼。

有一晚，他很晚才回到住處。爐火將熄，其他租客早已就寢。他又添了幾塊煤，看了餐桌一眼，決定不吃晚餐。他坐上扶手椅。四下寂靜無聲。他什麼也不清楚，卻仍看到一縷輕煙裊裊飄進煙囪。不久，兩隻老鼠跑出來，充滿戒心，小口咬著掉在地上的麵包屑。他像是從遠方觀看著牠們。教堂的鐘敲了兩下。他聽得見遠處傳來貨車駛過鐵軌的刺耳噹啷聲。不對，貨車並沒有在遠處，而是在該在的地方。但他自己又身在何處？

時間流逝。兩隻老鼠到處亂竄，從他拖鞋上放肆地跑過去。他紋風不動。他不想動。他什麼也沒想，這樣輕鬆多了。沒有想搞清楚一切的痛苦。然後，某個自行運轉的意識，不時化為尖銳話語。

「我在做什麼？」

在半醉的恍惚狀態下，答案浮現：

「摧毀自己。」

接著，一種活著的模糊感覺油然而生，雖然轉瞬即逝，卻告訴他這麼做不對。過了一會兒，疑問忽然冒出來：

「為什麼不對？」

依然沒有答案，但他胸中湧起一股激烈情緒，頑強抗拒著他的自我毀滅行為。

一輛沉重馬車駛過街道，哐啷作響。電燈忽然熄滅，投幣式瓦斯表內部重重砰了一聲。他沒有動，而是坐著凝視前方。只有那些老鼠匆忙逃跑，爐火在暗室裡發出熊熊火光。

接著，剛才的對話又更清晰地在他內心自行展開。

「她死了。她奮力掙扎，是為了什麼？」

他絕望得想隨她而去。

「你還活著。」

「她可沒有。」

「她有——就活在你心裡。」

忽然間，這份重擔讓他感到疲倦。

「看在她的份上，你得好好活下去。」他體內的意志表示。

他內心有什麼悶著，彷彿不願被喚醒。

「你得帶著她曾活著的事實、曾做過的一切，繼續活下去。」

可是，他不想這麼做。他想就此放棄。

「但你可以繼續畫畫啊，」他體內的意志說：「不然也可以生小孩。這兩件事都能延續她的努力成果。」

「畫畫又不等於活著。」

「那就好好過活。」

「要娶誰？」令人氣惱的問題冒出來。

「你能找到的最好人選。」

「米莉安？」

但他不相信這個答案。

他冷不防起身，逕直去睡覺。他走進臥室，關上門，站在原地，握緊拳頭。

「媽媽，親愛的——」他用盡所有靈魂的力量起了頭，旋即住口。他不願說出來。他不願承認自己想死、想了結生命。他不願承認生命擊敗了自己，或者該說死亡擊敗了他。

他直接上床，立刻睡著，任由自己墜入夢鄉。

日子一週週過去。他總是形單影隻，內心搖擺不定，一下偏向死亡，一下偏向生命，反覆不斷。真正的痛苦是他無處可去、無事可做、無話可說，不再是他自己。有時，他像發了瘋似地沿街奔跑；有時，他是真的瘋了。一切不在原處，一切都在原處，他不禁心跳加速，呼吸急促。有時，他站在酒館的吧檯前點酒來喝。忽然間，一切離他遠去。他從遠處看著酒吧女侍的臉孔、豪飲的酒客、他那放在濺溼桃花心木桌面的酒杯。他和這些人事物之間有所相隔。他接觸不了。他不想接觸那些人事物，不想要那杯酒。他突然一個轉身，走出去。來到門口，他站在那裡望向燈火通明的街道。但他既不是其中一部分，也未置身其中。有什麼將他分隔了開來。路燈下的一切照常運轉，卻將他隔絕在外。他無法接近那一切。他覺得就算伸出手，也碰不到燈柱。他還能去哪呢？他無處可去，既無法折回酒館，也無法前往任何地方。他感到窒息難耐。他毫無容身之處。體內壓力節節高升，他覺得快崩潰了。

「我不行。」說完，他盲目轉身，進去喝酒。有時，杯中物對他有幫助；有時，喝酒只讓他更糟。

他一路跑過街道。老是靜不下來的他東奔西跑，無處不去。他決心要好好作畫。可是才畫了六筆，他就深深痛恨起鉛筆，起身離去，匆匆前往可以玩牌或打撞球的俱樂部，或是可以與酒吧女侍調情的地方，即便在他看來，對方與她倒啤酒時拉下的黃銅龍頭把手相差無幾。

他身形削瘦，下巴突出。他不敢對著鏡子直視自己，從未正眼看過自己。他想逃離自己，卻找不到有什麼能抓住作為支柱。走投無路之下，他想到米莉安。也許、也許……？

後來，某個週日傍晚，他碰巧走進一位論派教會。當全體起立唱第二首讚美詩，他看見她就在自己面前。她開口唱歌時，燈光照得她下唇閃閃發亮。她看上去一副有所得的樣子：若不是對人間，就是對天國抱有希望。她似乎在所謂的來世尋得了慰藉與生命意義。一股對她的濃烈溫情油然而生。她唱歌時，像是盼望著信仰的奧祕及隨之而來的慰藉。他把希望寄託在她身上。他期盼布道早點結束，才能上前找她攀談。

人群一擁而出之際，正好將她推到他前方，就在他伸手可及之處。她不知道他也在場。他看到她的烏黑鬈髮下露出謙卑的褐色後頸。他會把自己交給她。她比他更優秀、更強大。他將仰賴她。

她一如往常，看似漫無目的地穿梭在教堂外三三兩兩的人群間。置身眾人之中，她老是顯得如此茫然又格格不入。他走上前，把手放在她臂膀上。她嚇了一大跳。她害怕地睜著棕色大眼，一看見來者是他，表情轉為疑惑。他從她身邊稍微退開。

「我不知道……」她支吾地說。

「我也沒料到。」他說。

他別過頭。他原本意外燃起的希望又化為泡影。

「妳在鎮上做什麼？」他問。

「我借住在表姊安的家。」

「哈！要住很久？」

「沒有，只待到明天。」

「妳得直接回家嗎？」

她望著他，然後低頭把臉藏在帽緣底下。

「不，」她說：「不用，沒必要。」

他轉身離去，她跟著他走。他們穿過眼前這一大群信徒。聖瑪利亞教堂裡仍迴盪著管風琴的樂音。黑壓壓的人影步出明亮的門口，魚貫走下臺階。夜色下，碩大的彩繪玻璃窗光鮮奪目，整座教堂有如懸在半空中的巨大燈籠。他們走過空心石街，他坐上開往特倫特橋的車。

「妳就跟我吃頓晚飯吧。」他說：「之後我會送妳回去。」

「好。」她沙啞地低聲回答。

坐車時，兩人幾乎不發一語。橋下的特倫特河奔騰而過，暗水高漲。往科爾維克的方向眺望，盡是漆黑夜色。他住在荒涼城鎮邊緣的霍爾姆路上，正對通往斯奈頓隱修院的河畔草地，以及科爾威克林的陡坡地帶。潮水溢出。無聲的河水與黑暗在他們左手邊蔓延開來。他們幾乎是心懷恐懼，沿著住家匆忙趕路。

晚餐已端上桌。他拉起窗簾。桌上擺著一盆小蒼蘭和鮮紅的銀蓮花。她彎腰湊向那些花。她用指尖輕觸花朵時，抬頭看他說：「它們是不是很美？」

「對。」他說：「妳要喝什麼，咖啡嗎？」

「我很樂意。」她說。

「那等我一下。」

他走去廚房。

米莉安脫下外衣，環顧四周。房間樸素，顯得空蕩蕩。牆上掛著她、克拉拉、安妮的照片。她望向畫板，想看看他在畫什麼。上面只有幾道無意義的線條。她想知道他最近在讀什麼書，查看了一下，顯然只是一本普通小說。她看到放在架上的信件來自安妮和亞瑟，以及她不認識的某個男子或其他人。他觸碰過的一切，只要與他有點關係的一切，她都愛不釋手般專心檢視。他離開她已經好一段時間了，她想要重新挖掘這個人，瞭解他的處境和近況。可是，房裡沒什麼東西能助她一臂之力，只讓她難過無比，因為這個房間是如此簡陋又令人難受。

正當她好奇翻看一本寫生簿，他端著咖啡回來了。

「裡面沒畫什麼新東西，」他說：「也沒什麼非常有趣的畫。」

他放下托盤走過去，越過她肩上一瞧。她一頁頁緩慢翻看，專心細看所有一切。

「嗯！」看到她停在某張素描上，他出聲說，「我都忘了有這張，還不錯吧？」

「對。」她說：「我看不太懂。」

他從她手上拿走寫生簿，快速翻閱一遍。他又發出驚喜交加的怪聲。

「這裡面有些成品還不錯。」他說。

「確實不錯。」她嚴肅回應。

他再度感受到她對自己的作品感興趣。還是對他本身感興趣？她為什麼老是在作品展現他的本色時，才對他最感興趣？

他們坐下來吃晚飯。

「對了，」他說：「我好像聽說妳自己在賺錢謀生了？」

「對。」她回答，一頭深髮的腦袋朝茶杯垂下去。

「是做什麼的？」

「我只不過是要去布洛頓的農業大學教三個月，很可能會被續聘。」

「聽起來很適合妳！妳向來都希望能自食其力。」

「對啊。」

「妳怎麼沒告訴我？」

「我上星期才得知消息。」

「可是我一個月前就聽說了。」他說。

「對，但那時候還沒確定。」

「我還以為，」他說：「妳一定會告訴我妳正在努力呢。」

她不慌不忙吃著飯，動作有些壓抑，簡直像對公然做什麼感到有點畏縮，那姿態他再熟悉不過了。

「我想妳應該很高興。」他說。

「非常高興。」

「沒錯，這會是個不錯的經驗。」

他大失所望。

「我認為這將會很了不起。」她說，語氣幾乎滿是高傲與憤慨。

他唐突地笑了。

「你為什麼認為這沒什麼了不起？」

「噢，我不是認為它沒什麼了不起，只是妳會明白，自己賺錢餬口並不等於一切。」

「對，」她說，費力地嚥了一下，「我並沒有這麼認為。」

「我想對男人來說，工作**也許**就等於一切，」他說：「但對我卻不是。不過女人工作時，只會動用自己的一部分，那重要的真實面卻隱藏起來。」

「但男人就能將**全副**身心投入到工作中？」她問。

「對，差不多。」

「而女人只投入自己不重要的那一部分？」

「就是這樣。」

她抬頭看他，氣得雙眼圓睜。

「那麼，」她說：「真是這樣的話，實在太遺憾了。」

「是啊，但我也不是無所不知。」他回答。

吃完晚餐，他們走到爐火邊。他替她拿了把椅子，面朝自己，兩人都坐下來。她身穿暗紫紅色的洋裝，與她深色肌膚和輪廓分明的五官十分相稱。她那一頭鬈曲秀髮依舊鬆散垂落，不過臉龐增添了不少歲月痕跡，褐色喉頸更顯細瘦。在他看來，她似乎老了，比克拉拉還老。她的青春年華倏忽即逝。現在的她給人一種生硬不自然的感覺，幾近呆板。她沉思半晌，才抬眼看他。

「那你最近過得怎麼樣？」她問。

「還行吧。」他回答。

她望著他，等他開口。

「才怪。」她非常低聲說。

她那雙褐色的手不安地緊握在膝上，看上去仍欠缺自信、缺乏鎮靜，近乎歇斯底里。看到那雙手，他不由得瑟縮。隨後，他苦笑起來。她把手指擱在脣間。他單薄的黝黑身軀飽受折磨，一動也不動靠在椅子上。她突然將手指從嘴上移開，朝他望去。

「你和克拉拉分手了？」

「對。」

他的身體像被拋棄般攤坐在椅子上。

「你知道嗎？」她說：「我想我們應該結婚。」

這是他好幾個月來首次睜開雙眼，並帶著敬意，將全副心神放在她身上。

「為什麼？」他說。

「瞧，」她說：「你居然這樣自暴自棄！你搞不好會生病，說不定還會死掉，我卻根本不知道——無消無息得簡直跟我從來不認識你沒兩樣。」

「那要是我們結婚了？」他問。

「我至少可以阻止你荒廢人生，不讓你落入其他女人的魔掌……比方說……比方說克拉拉。」

「魔掌？」他重複道，面帶微笑。

她低頭不語。他攤坐在那裡，絕望再次湧上心頭。

「我不確定，」他緩緩說道：「結婚真的會那麼有用。」

「我只是在替你著想。」她回應。

「我知道啊。可是，妳實在太愛我了，愛到想把我放進妳的口袋裡，我會在那裡悶死的。」

她低下頭，將手指擱在唇間，內心湧起滿滿苦澀。

「不然你打算怎麼辦？」她問。

「我不知道——大概就照舊吧。也許我很快就會出國。」

他的絕望語氣聽起來冥頑不靈，她不禁跪在爐邊地毯上，離他僅咫尺之遙。她蜷縮著身子，彷彿遭到輾壓，無法抬起頭。他的雙手無力地擱在椅子扶手上。她意識到那雙手的存在。她覺得此刻的他可以任由自己擺布。要是她能起身，把他拉過來，環抱住他，對他說「你是我的」，他就會把自己交給她。但她有膽這麼做嗎？她可以輕而易舉犧牲自己，但她有膽宣示主權嗎？她清楚意識到他穿著深色衣物的纖瘦軀體，正攤開四肢躺在她旁邊的椅子上，顯得奄奄一息。可是沒辦法，她沒膽伸手摟住這軀體，抱起來說：「這副身軀是我的，交給我吧。」她渴望這麼做，女性本能盡數被喚起。但她蜷縮著身子，不敢出手。她深怕他不願讓她這麼做。她深怕這麼做太過頭了。他的身體仍像被拋棄般攤在那裡。她知道自己應該將它抱起來，宣示主權，聲稱自己有權擁有它。可是——她做得到嗎？在他面前，面對內心強烈渴求著某種未知事物的他，她無能為力，身陷絕境。她雙手顫動，稍微抬起頭。她哀求的眼神顫抖著，近似發狂，忽然對他懇求起來。他心中頓時湧出憐憫之情。他牽起她的手，將她拉向自己，安慰她。

「妳願意接受我、嫁給我嗎？」他非常低聲說。

噢，他為什麼不接納她呢？她的靈魂完全屬於他。他怎麼不拿走屬於自己的一切？明明屬於他卻不為他所擁有，她忍受這番殘酷對待已經這麼久了。現在，他又在折磨她。她實在無法承受。她頭往後一仰，雙手捧著他的臉，直視他的眼睛。不，他頑固又無情，別有所求。她滿懷愛意懇求他，不要把這件事交由**她**來決定。她應付不來，也拿他沒轍，不曉得該如何應對。但她依然飽受折磨，感覺快崩潰了。

「你想嗎？」她以沉重無比的語氣問道。

「不是很想。」他痛苦地回答。

她別過頭，不失尊嚴地站起來，將他的頭擁入懷中，輕輕來回搖晃。看來她得不到他了！她倒是可以安慰他。她將手指伸進他髮間。對她來說，這是自我犧牲帶來的甜蜜痛楚；對他來說，這是另一次失敗帶來的厭惡與痛苦之情。他實在受不了：那溫暖的胸脯明明將他抱在懷裡，卻承受不起他這個重擔。他多想依偎在她身上休息，這個假裝暫歇的舉動卻只讓他備感煎熬。他退了開來。

「要是不結婚，我們就什麼也不能做？」他問。

他痛苦得齜牙咧嘴。她將小指擱在脣間。

「對，」她說，聲音低沉有如鐘鳴，「對，我認為不行。」

兩人之間就此劃下句點。她無法接納他，讓他免除照顧自己的責任。她只能為他犧牲自己——日復一日欣然犧牲自己。他就是不希望她這麼做。他想要她抱著自己，語帶權威，口氣愉快地說：「別再這樣躁動不安，別再對抗死亡了。你就是屬於我的伴侶。」她並沒有如此強韌。她是真的想要有個伴侶嗎？還是想在他身上找到耶穌基督的影子？

他覺得自己離她而去，便是從她身上奪走生命。但他很清楚，留在她身邊，壓抑心中陷入絕望的自我，就是在否定他的生命。他不希望藉由否定自己的生命來賦予她生命。

她默然坐著。他點了一支菸，煙霧搖曳飄升。他思念著母親，早已忘了米莉安。她突然望向他，一陣苦澀湧上心頭。看來她的犧牲毫無用處。他攤在那裡，一臉冷漠，對她毫不在乎。她忽然又看出他缺乏虔誠信仰，無時無刻躁動不定。他會像個任性的孩子毀了自己。那就讓他這麼做吧！

「我想我得走了。」她輕聲說。

聽她的語氣，他知道她瞧不起自己。他靜靜起身。

「我會送妳一程。」他回答。

她站在鏡前戴好帽子。她好痛苦，痛苦得難以言喻，他居然拒絕接受她的犧牲！眼前的人生看起來一片黯淡，彷彿失去了光輝。她低頭湊向那些花：小蒼蘭如此芳香，充滿春天氣息，而鮮紅的銀蓮花在桌上絢爛盛放。用這樣的花裝飾，很有他的風格。

他在房裡走來走去，舉止帶著一定的自信，動作敏捷流暢，安靜無比。她知道自己應付不了他，他會像隻黃鼠狼從她手中溜走。然而少了他，她的人生將死氣沉沉拖著腳步前行。她一面碰觸花朵，一面思忖。

「收下它們吧！」他說完，把花從盆中取出，任由它們一路滴著水，快步走進廚房。她等他回來，收下那些花。兩人一同走出屋外，他開口講話，她感覺麻木。

她現在就要離他而去了。他們坐在車上時，痛苦不堪的她倚靠著他。他毫無反應。他會去哪裡？他最後會變得如何？她無法忍受那種本該由他填補的空虛感。他實在太傻了，就這樣浪費生命，永遠靜不下心來。他現在會去哪裡？他又哪裡在乎自己浪費了她的生命呢？他沒有虔誠信仰，一心只在乎當下什麼吸引自己，其他皆視若無睹，也不深入瞭解。好吧，她會等著看他最後落到什麼下場。等他苦頭吃夠了就會屈服，回到她身邊。

來到她表姊家門口，他與她握了握手，離她而去。轉身之際，他感覺到最後一股羈絆消失了。他坐在車上，看到鐵路堤防外的城鎮燈火通明，綿延不絕。城鎮外便是鄉村，星星點點如餘燼般發亮的是更多城鎮，再來是大海，接著是黑夜，永無止盡！在這之中，他卻沒有立足之地！無論他站在何處，都孑然一身。無窮無盡的空間從他胸中、從他嘴裡湧出，亦出現在他身後，無所不在。對於他置身的這片虛空，街道上行色匆匆的路人絲毫不構成阻礙。他們是微小的影子，聽得見其腳步聲與說話聲，但每個影子都呈現出同樣的夜色、同樣的沉默。他下了車。鄉野間，萬籟俱寂。小小繁星高掛空中，閃耀發光；小小繁星灑遍高漲的河水，直至盡頭，宛如天空下的蒼穹。無邊無際夜晚之浩瀚與驚駭無所不在，儘管只在白晝期間被短暫喚起，微微擾動，卻在黑夜回歸，終將化為永恆，將萬物納入其寂靜之中，置於活生生的黑暗裡。沒有時間，只有空間。誰能說母親曾活在世上，卻沒活下來？她曾待在某處，然後去了另一處，僅此而已。無論她身處何方，他的靈魂都離不開她。如今，她步入黑夜離去，他依舊與她同在。他們彼此相伴。然而，他的身體、胸膛仍倚著過籬梯，雙手放在木欄上。它們似乎是某種東西。他人在哪？只是挺立著肉體的一個小點，不比遺落在田間的一株麥穗還要大。他實在受不了。這股巨大又黑暗的沉默似乎從四面八方壓迫著微小如火花的自己，欲將他撲滅，但幾乎等同不存在的他無法被消滅。黑夜，萬物迷失其中；黑夜，不斷擴展，遠及繁星與太陽之外。繁星與太陽是為數不多的明亮細粒，在遠大於它們並使其顯得渺小又畏縮的漆黑之中，不停驚恐旋轉，緊擁彼此。萬事萬物與無窮小的他，在本質上皆為虛無，卻又並非空無一物。

「母親！」他嗚咽，「母親！」

在這一切之中，她是支撐他的唯一支柱。可是她走了，混入這片黑暗。他想要她觸摸自己，希望自己能陪在她身邊。

但是不行，他不會屈服。他冷不防一個轉身，朝著城市那片金色磷光走去。他緊握雙拳，緊閉雙脣。他不會走往那個方向，踏入黑暗，步上她的後塵。他朝著微微嗡鳴、燈火通明的城鎮飛快走去。

（全書完）